HEYNE <

Das Buch

Zu Beginn des 22. Jahrhunderts verlassen die Menschen mit Generationenschiffen ihr Sonnensystem und stoßen auf die Ildiraner. Dieses aus zahlreichen Arten bestehende Volk erlebt unter der Herrschaft eines weisen Imperators seit vielen Jahrhunderten ein Goldenes Zeitalter. Die Menschen profitieren von der Kooperationsbereitschaft der Ildiraner, übernehmen von ihnen den überlichtschnellen Sternenantrieb und können nun etliche Welten im Spiralarm der Galaxis besiedeln.
Dabei werden sie jedoch mit einer weiteren, höchst aggressiven Spezies konfrontiert, deren Lebensraum sie, ohne es zu wissen, zerstört haben – die in den Tiefen riesiger Gasplaneten lebenden Hydroger. Und mit dem Tod des Ildiranischen Imperators beginnt ein galaktischer Konflikt, der das Ende der menschlichen Zivilisation bedeuten könnte ...

Der Autor

Kevin J. Anderson ist einer der meistgelesenen SF-Autoren unserer Zeit. Die Auflage seiner Bücher, darunter zahlreiche »Star Wars«- und »Akte X«-Romane, beträgt weltweit über 15 Millionen Exemplare. Gemeinsam mit Brian Herbert schrieb Anderson auch die »Frühen Wüstenplanet-Chroniken« sowie die »Legenden des Wüstenplaneten«, die faszinierende Vorgeschichte zu Frank Herberts großem Epos »Der Wüstenplanet«. Weitere Informationen zum Autor und seiner »Saga der Sieben Sonnen« finden Sie unter: www.wordfire.com.

KEVIN J. ANDERSON

Der Sternenwald

Roman

Deutsche Erstausgabe

WILHELM HEYNE VERLAG
MÜNCHEN

HEYNE SCIENCE FICTION & FANTASY
Band 06/8312

Titel der amerikanischen Originalausgabe
A FOREST OF STARS
Deutsche Übersetzung von Andreas Brandhorst
Das Umschlagbild ist von Stephen Youll

Umwelthinweis:
Dieses Buch wurde auf chlor- und
säurefreiem Papier gedruckt.

Redaktion: Rainer Michael Rahn
Copyright © 2003 by WordFire Inc.
Copyright © 2003 der deutschen Ausgabe und der Übersetzung
by Ullstein Heyne List GmbH & Co. KG, München
Der Wilhelm Heyne Verlag ist ein Verlag des Verlagshauses
Ullstein Heyne List GmbH & Co. KG
www.heyne.de
Printed in Germany 12/03
Umschlaggestaltung: Nele Schütz Design, München
Satz: Schaber Satz- und Datentechnik, Wels
Druck und Bindung: Bercker Kevelaer

ISBN 3-453-87538-9

Für JAIME LEVINE,
die »Patin« dieser Serie.

Sie hat die *Saga der Sieben Sonnen* unter ihre
redaktionellen Fittiche genommen –
und liebt die Geschichten gleichzeitig
wie ein wahrer Fan.

DANKSAGUNG

Ich möchte insbesondere Rob Teranishi und Igor Kordey danken, zwei visuellen Genies, deren Phantasie und Anregungen bei den Graphic-Novel-Teilen des Universums der *Sieben Sonnen* mir dabei geholfen haben, vielen meiner eigenen Ideen Gestalt zu geben; außerdem brachten sie mich auf ganz neue Gedanken. Jeff Mariotte und John Nee von Wildstorm gebührt mein Dank, weil sie mir gestatteten, dieses Epos in eine neue Richtung zu lenken. Ich danke auch meinen Cover Artists Stephen Youll und Chris Moore, die ausgezeichnete Arbeit geleistet und es geschafft haben, auf den ersten Blick etwas zu vermitteln, für dessen Beschreibung ich Seiten brauchte.

Meine Frau Rebecca Moesta hat mir sehr geholfen, nicht nur beim großen Ganzen, sondern auch Zeile für Zeile – sie sieht den Wald *und* die Bäume.

Catherine Sidor tippte diesen Roman fast ebenso schnell, wie ich ihn auf Band gesprochen habe, wobei sie nicht nur Kommentare und Vorschläge hinzufügte, sondern auch Widersprüche entdeckte. Diane Jones und Brian Herbert waren frühe Leser, steuerten gute Ideen bei und halfen mir, die Geschichte in ihre beste Form zu bringen.

Meine britischen Lektoren John Jarrold und Darren Nash halfen mir mit ausgezeichneten Kommentaren. Die überaus kompetente Melissa Weatherill sorgte eine halbe Welt entfernt dafür, dass alle Produktionsdinge reibungslos liefen, während sich bei Warner Aspect Devi Pillai und Penina Sacks um genug verrückt machende Details kümmerten, sodass wir anderen uns Momente geistiger Klarheit bewahren konnten.

Meine Agenten Matt Bialer, Robert Gottlieb und Kim Whalen von der Trident Media Group haben sich von Anfang an für die Saga begeistert und sehr dabei geholfen, sie zu einem Erfolg auf dem amerikanischen Markt und in vielen anderen Ländern rund um die Welt zu machen.

WAS BISHER GESCHAH

In den Ruinen der uralten Klikiss-Zivilisation entdeckten die Archäologen Margaret und Louis Colicos eine exotische Technik, dazu imstande, Gasriesen zu zünden und in Sonnen zu verwandeln. Der erste Test der Klikiss-Fackel fand beim Gasriesen Oncier statt; zu den Beobachtern zählten Basil Wenzeslas, Vorsitzender der Terranischen Hanse, und Adar Kori'nh, militärischer Kommandeur des großen, aber stagnierenden Ildiranischen Reichs. Die humanoiden Ildiraner haben der Erde zwar dabei geholfen, den Spiralarm zu kolonisieren, aber sie sehen in den Menschen noch immer ehrgeizige Emporkömmlinge. Den Test der Klikiss-Fackel hielten sie für unnötige Überheblichkeit, denn es standen viele andere Planeten für die Kolonisierung zur Verfügung.

Die Zündung verwandelte Oncier in eine kompakte Sonne und Berichte über dieses Ereignis erreichten ohne Zeitverlust viele andere Welten in der Galaxis: Übermittelt wurden sie vom grünen Priester Beneto, einem Menschen vom Waldplaneten Theroc, der in spezieller Symbiose mit den halbintelligenten Weltbäumen lebt. Grüne Priester sind wie lebende Telegrafenstationen und können Gedanken mithilfe der untereinander verbundenen Weltbäume übertragen – es ist das einzige System der direkten, unmittelbaren Kommunikation über interstellare Distanzen hinweg.

Während des Oncier-Tests sahen die Beobachter, wie mehrere diamantartige Kugelschiffe den kollabierenden Gasriesen mit unglaublicher Geschwindigkeit verließen. Wissenschaftler klassifizierten das Geschehen als unbekanntes Phänomen der Klikiss-Fackel. Auf der Erde zelebrierte der alte König Frederick, glamouröse Galionsfigur ohne echte Macht, eine Feier aus Anlass des erfolgreichen Tests, während Adar Kori'nh zur Hauptstadt von Ildira zurückkehrte, um dem fast allmächtigen Oberhaupt der Ildiraner, dem Weisen Imperator, Bericht zu erstatten. Der Weise Imperator war sehr beunruhigt, als er von den seltsamen Kugelschiffen erfuhr.

Unterdessen machte der erstgeborene Sohn des Weisen Imperators, Erstdesignierter Jora'h, den Menschen Reynald, Erbe des

Throns von Theroc, auf Ildira mit dem großen ildiranischen Epos *Die Saga der Sieben Sonnen* vertraut. Anschließend, als Zeichen der Freundschaft, bot Jora'h Reynald an, zwei grüne Priester von Theroc nach Ildira zu schicken, damit sie sich dort mit der Saga befassten. Der Weltwald sammelt Wissen durch seine menschlichen Mittler und ist immer bestrebt, mehr über die Geschichte zu erfahren.

Reynald verließ Ildira zu einem geheimen Treffen mit den Roamern, sehr auf ihre Unabhängigkeit bedachten Weltraumzigeunern, angeführt von der alten Sprecherin Jhy Okiah und ihrer schönen Nachfolgerin Cesca Peroni. Sie erörterten ein mögliches Bündnis, um ihre Freiheit vor der habgierigen, sich weiter ausdehnenden Hanse zu schützen. Reynald schlug sogar die Möglichkeit einer zukünftigen Ehe mit Cesca vor, aber sie war bereits mit dem Himmelsminenbetreiber Ross Tamblyn verlobt.

Auf seiner Blauen Himmelsmine in den Wolken des Gasriesen Golgen traf sich Ross Tamblyn mit seinem jüngeren Bruder Jess. Die Himmelsminen der Roamer sammeln Wasserstoff und verarbeiten ihn zu Ekti, Treibstoff für den Sternenantrieb. Jess brachte Mitteilungen und Geschenke von seiner Familie, darunter auch seiner jüngeren Schwester Tasia. Trotz der Freundschaft zwischen den beiden Brüdern war das Treffen problematisch, denn Jess und Cesca hatten sich ineinander verliebt (ohne dass Ross etwas davon ahnte). Jess verließ die Blaue Himmelsmine und machte sich auf den Weg zum verborgenen Roamer-Zentrum namens Rendezvous.

Die Roamer haben viel Geld verdient, indem sie gefährliche Nischen für ihre Geschäfte nutzen, aber wegen ihrer Geheimniskrämerei sind sie bei der Hanse nicht sonderlich beliebt. Als das Oberhaupt der Terranischen Verteidigungsflotte (TVF), General Kurt Lanyan, von einem rebellischen Roamer-Raumpiraten hörte, benutzte er die Händlerin Rlinda Kett und ihren Ex-Mann, den Piloten Branson Roberts, als Köder, um den Piraten gefangen zu nehmen und hinzurichten.

Lanyans brutale Maßnahmen erfüllten Rlinda mit Unbehagen, und sie flog nach Theroc, in der Hoffnung, mit exotischen Waren handeln zu können. Mutter Alexa und Vater Idriss (die Eltern von Reynald und Beneto) waren nicht interessiert, im Gegensatz zu ihrer ehrgeizigen ältesten Tochter Sarein, die sich auf ein Verhältnis mit dem Vorsitzenden Wenzeslas eingelassen hatte. Nachdem sie eine Vereinbarung mit Sarein getroffen hatte, erklärte sich Rlinda bereit, zwei theronische grüne Priester (die strenge alte Otema und ihre neugierige Assistentin Nira) nach Ildira zu bringen, wo sie sich mit der *Saga der Sieben Sonnen* beschäftigen wollten. Später, im Prismapalast des Weisen Imperators, verliebte sich der Erstdesignierte Jora'h in die junge Nira, obwohl der Weise Imperator in den beiden grünen Priestern nicht mehr sah als Objekte ...

Auf der Erde sprachen der Vorsitzende Wenzeslas und andere hochrangige Repräsentanten der Hanse über die zunehmenden Fehler des alten Königs Frederick und begannen insgeheim mit der Suche nach einem Ersatz für ihn. Sie entführten einen cleveren Jungen, den sie für geeignet hielten, Raymond Aguerra, ließen dann Raymonds Wohnkomplex in Flammen aufgehen. Die Mutter und seine drei Brüder kamen ums Leben und es blieben keine Spuren zurück. Die Hanse veränderte das Aussehen des Jungen, verwandelte ihn in »Prinz Peter« und begann mit einer Gehirnwäsche, um ihn auf seine zukünftigen Aufgaben vorzubereiten. Der Lehrer-Kompi (ein Roboter, »kompetenter computerisierter Helfer« genannt) vermittelte ihm Wissen.

Nach dem erfolgreichen Test der Klikiss-Fackel begannen Margaret und Louis Colicos mit Ausgrabungen auf dem Wüstenplaneten Rheindic Co, wo alte Städte der verschwundenen insektoiden Klikiss unberührt geblieben waren. Die einzigen noch funktionierenden Überbleibsel der Klikiss-Zivilisation – ihre großen, käferartigen Roboter – behaupteten, dass ihre Erinnerungen vor langer Zeit gelöscht worden waren. Drei dieser alten Roboter begleiteten das Ehepaar Colicos zur Ausgrabungsstätte und hofften, dort mehr über ihre Vergangenheit zu erfahren. Zum Team der Archäologen gehörten auch der Kompi DD und der grüne Priester Arcas. In den Ruinen entdeckten Margaret und Louis ein seltsames leeres Steinfenster, verbunden mit inaktiven Apparaturen. Louis untersuchte die Anlagen, während Margaret versuchte, die Klikiss-Hieroglyphen zu entschlüsseln und dadurch Antworten auf ihre Fragen zu finden ...

An Bord seiner Blauen Himmelsmine in der Atmosphäre von Golgen beobachtete Ross Tamblyn, wie seltsame Stürme und flackerndes Licht aus den unbekannten Tiefen des Gasriesen emporstiegen. Kurz darauf kamen riesige kristalline Schiffe aus den tiefen Wolken; sie ähnelten den Objekten, die nach dem Einsatz der Klikiss-Fackel Oncier verlassen hatten. Die gewaltigen Kugelschiffe eröffneten das Feuer auf die Blaue Himmelsmine und zerstörten sie. Ross stürzte in die Tiefen von Golgen, in den sicheren Tod ...

Die Kugelschiffe erschienen auch bei Oncier und vernichteten eine Raumstation, von der aus Wissenschaftler die künstlich erzeugte Sonne beobachteten. Der fremde Gegner zerstörte weitere Himmelsminen der Roamer in der Atmosphäre mehrerer Gasriesen, forderte sie zur Kapitulation auf und zeigte keine Gnade. Die unerwarteten Angriffe verblüfften sowohl die Hanse als auch die Roamer. Basil Wenzeslas traf sich mit General Lanyan und besprach die Situation mit ihm. Der alte König Frederick bereitete das Volk auf den bevorstehenden Krieg vor und rekrutierte Freiwillige für die TVF.

Die draufgängerische Roamer Tasia Tamblyn schwor Rache für ihren Bruder Ross und ging zum Militär. Sie nahm ihren Kompi EA mit. Voller Kummer starb Jess' und Tasias Vater an einem Schlaganfall, was für Jess bedeutete, dass er sich nun um die Geschäfte der Familie kümmern musste. Der Tod seines Bruders bedeutete zwar, dass Cesca und er sich zu ihrer Liebe bekennen durften, aber sie lehnten es ab, die Tragödie zu ihrem persönlichen Vorteil zu nutzen.

Auf Ildira verbrachte die grüne Priesterin Nira viel Zeit mit dem Erstdesignierten Jora'h und wurde schließlich seine Geliebte. Zwar hatte Jora'h viele Partnerinnen und war dazu bestimmt, zum nächsten Oberhaupt des ildiranischen Volkes zu werden, aber er verliebte sich in Nira. Unterdessen entdeckte der ildiranische Historiker Dio'sh uralte verborgene Dokumente, aus denen hervorging, dass die gefährlichen Fremden aus den Gasriesen, Hydroger genannt, vor langer Zeit in einem Krieg aufgetaucht waren, doch eine Zensur hatte alle Hinweise auf diesen Konflikt aus der *Saga der Sieben Sonnen* entfernt. Dio'sh trug seine schockierende Entdeckung zum Weisen Imperator, der ihn tötete, weil er dies alles geheim halten wollte.

Auf der Erde baute die TVF neue Kriegsschiffe für den Kampf gegen die Fremden. Darüber hinaus requirierte die Terranische Verteidigungsflotte zivile Raumschiffe: Rlinda Kett musste den Aufrüstungsbestrebungen der Hanse ihre Handelsschiffe opfern, und ihr blieb nur die *Unersättliche Neugier*, ihr eigenes Schiff. Bei der militärischen Ausbildung tat sich Tasia Tamblyn hervor und übertraf die verzogenen und verwöhnten irdischen Rekruten. Ein anderer Rekrut namens Robb Brindle wurde zu ihrem besten Freund.

Nach den wiederholten Angriffen der Hydroger herrschte bei den Roamern großer Aufruhr. Viele Familien beschlossen, den Betrieb der Himmelsminen in den Atmosphären von Gasriesen einzustellen. Jess Tamblyn begegnete während einer Clanversammlung Cesca, was seinem Wunsch, mit ihr zusammen zu sein, verstärkte. Des Gezänks überdrüssig entschied er, auf eigene Faust einen Schlag gegen die Fremden zu führen. Mit einigen loyalen Arbeitern flog er nach Golgen, wo die Hydroger die Blaue Himmelsmine zerstört hatten. Dort veränderten sie die Umlaufbahnen einiger Kometen und ließen sie mit dem Vernichtungspotenzial von Atomsprengköpfen auf den Gasriesen hinabstürzen.

Auf der Erde lockte ein Wissenschaftler den Klikiss-Roboter Jorax in sein Laboratorium, in der Hoffnung, mehr über die Klikiss-Technik zu erfahren. Als er versuchte, den Roboter zu demontieren, tötete Jorax ihn. »Es gibt einige Dinge, die Sie nicht erfahren dürfen.« Anschließend behauptete der Roboter, der skrupellose Wissenschaftler hätte ein automatisch funktionierendes Selbsterhaltungssystem aktiviert. Jorax verlangte, alle Klikiss-Roboter wie eigenständige Lebensformen zu behandeln, und der alte König verbot weitere Demontageversuche.

Auf Beneto erging der Ruf, den alten grünen Priester Talbun auf der Kolonialwelt Corvus Landing abzulösen. Er freute sich darüber und war sofort einverstanden. Zwar handelte es sich nicht um den hohen Posten, den sich Mutter Alexa und Vater Idriss für ihren Sohn erhofft hatten, aber Beneto bestand auf seinem Beschluss. Seine ihn bewundernde jüngere Schwester Estarra – eine Range, die oft zusammen mit Beneto den Wald erforscht hatte – nahm traurig von ihm Abschied. Später, auf Corvus Landing, stellte Talbun zufrieden fest, dass Beneto gut vorbereitet war. Der alte grüne Priester zog sich in seinen Hain aus Weltbäumen zurück, gab sich dort dem Tod hin und ließ seinen Körper Teil des Weltbaum-Netzwerks werden.

Während einer Wanderung durch den Prismapalast beggenete Nira einem anderen Sohn des Weisen Imperators, dem ernsten, düsteren Dobro-Designierten Udru'h, der Nira nach ihrem telepathischen Potenzial als grüne Priesterin befragte. Anschließend berichtete er dem Weisen Imperator von seinen geheimen Zuchtexperimenten, die Ildiraner und Menschen betreffen und auf Dobro stattfinden. Der Weise Imperator forderte seinen Sohn zur Eile auf. Die Rückkehr des alten Feindes, der Hydroger, lässt den Ildiranern nur wenig Zeit, um ein Wesen zu schaffen, das die notwendigen Eigenschaften hat, das Reich zu retten. Udru'h deutete an, dass Nira vielleicht über die notwendige DNS verfügt.

Der Kommandeur der Solaren Marine, Adar Kori'nh, ließ seine Offiziere innovative terranische Manöver durchführen. Vielen konservativen Angehörigen des ildiranischen Militärs fiel es schwer, mit den neuen Methoden zurechtzukommen, aber Zan'nh, der erstgeborene Sohn des Erstdesignierten Jora'h, zeigte großes Talent. Kori'nh beförderte Zan'nh und degradierte den schwerfälligsten der alten Subcommander.

Nach dem Manöver flogen die Schiffe der Solaren Marine zum Gasriesen Qronha 3 – dort gab es die einzige noch von Ildiranern betriebene Himmelsmine. Als Kugelschiffe der Hydroger aus den Tiefen der Atmosphäre kamen und die Ekti-Fabrik angriffen, kam es zu einem wilden Kampf. Die Waffen der Hydroger erwiesen sich als weit überlegen, aber der degradierte ildiranische Subcommander entschloss sich zu einer selbstmörderischen Aktion und rammte mit seinem Schlachtschiff die nächste Kugel der Hydroger. Es gelang ihm, das Kugelschiff zu zerstören, und dadurch bekam die Solare Marine genug Zeit, um sich mit den von der Himmelsmine geretteten Ildiranern zurückzuziehen. Nicht ein einziges Mal während der vielen Jahrtausende der ildiranischen Geschichte, von denen die *Saga der Sieben Sonnen* berichtet, war es zu einer so schrecklichen, demütigenden Niederlage gekommen.

Auf der Erde ging Raymond Aguerras Ausbildung weiter, mit dem Ziel, ihn zum nächsten König zu machen. Der Kompi OX leistete ihm Gesellschaft. Zuerst konnte Raymond sein Glück kaum fassen – das Leben auf der Straße ließ sich kaum mit dem enormen Luxus des Palastes vergleichen –, aber nach einer Weile empfand er die strenge Kontrolle immer mehr als Last. Entsetzt stellte er fest, dass die Hanse den Tod seiner Familie verursacht hatte, und daraufhin begriff er, dass er sehr vorsichtig sein musste.

Als der Vorsitzende Wenzeslas erfuhr, dass die Hydroger auch die Ildiraner angegriffen hatten, besuchte er den Weisen Imperator und schlug ihm ein Bündnis vor. An die Fremden gerichtete Verhandlungsangebote blieben ohne Antwort.

Während sich Basil Wenzeslas auf Ildira befand, erschien ein Kugelschiff über der Erde, und ein Gesandter der Hydroger verlangte ein Gespräch mit König Frederick. Der nervöse und verunsicherte alte Monarch versuchte, dem Vorsitzenden mithilfe der grünen Priester eine Nachricht zu übermitteln. Der fremde Emissär traf mit einer speziellen Druckkapsel ein und teilte dem König mit, dass der Test der Klikiss-Fackel einen Planeten der Hydroger vernichtet und Millionen von Bewohnern getötet hatte. Der erschrockene Frederick entschuldigte sich für den unbeabsichtigten Völkermord, aber der Gesandte stellte ein Ultimatum und forderte die Stilllegung aller Himmelsminen. Doch das bedeutete: kein Ekti für den ildiranischen Sternenantrieb, die einzige Möglichkeit zur interstellaren Raumfahrt. Frederick versuchte, den Gesandten umzustimmen, doch der Hydroger ließ seine Druckkapsel explodieren, tötete den König und alle Beobachter im Thronsaal.

Basil Wenzeslas kehrte rasch zur Erde zurück und wies Raymond an, sofort als »König Peter« die Nachfolge von Frederick anzutreten. Bei der Krönungszeremonie verlas Peter eine sorgfältig vorbereitete Rede, lehnte das Ultimatum der Hydroger ab und erklärte, die Menschen hätten ein Recht auf den Treibstoff, den sie für ihr Überleben brauchten. Er schickte eine neue Kampfflotte zum Jupiter, begleitet von Ekti-Sammlern. An Bord der Schlachtschiffe befanden sich auch Tasia Tamblyn und Robb Brindle. In höchster Alarmbereitschaft wachte die Flotte über die Ekti-Fabriken, und einige Tage lang ging alles gut. Doch dann kamen Kugelschiffe aus den Tiefen von Jupiters Atmosphäre und verwickelten die TVF in einen heftigen Kampf. Tasia und Robb überlebten, doch die terranische Streitmacht musste eine bittere Niederlage hinnehmen.

Noch bevor das Debakel bekannt wurde, fand auf der Erde die Krönung des neuen Königs Peter statt, inszeniert als eine großartige Schau, die Hoffnung und Zuversicht wecken sollte. Peter bemühte sich, seinen Hass auf Basil Wenzeslas zu verbergen; mit einer Droge gewährleistete man seine Kooperation bei der Zeremonie. Basil heuchelte väterlichen Stolz und versprach dem neuen König: Wenn er sich gut benähme, würde er bald eine Königin bekommen ...

Auf Ildira beschloss der Weise Imperator, die Ausführung seiner Pläne zu beschleunigen. Nira hatte festgestellt, dass sie das Kind des Erstdesignierten in sich trug, doch bevor sie Jora'h informieren konnte, beauftragt der Weise Imperator seinen Sohn mit einer diplomatischen Mission und schickte ihn nach Theroc. Während einer Schlafperiode nahmen brutale ildiranische Wächter Nira gefangen und erstachen Otema, weil sie zu alt für die Zuchtexperimente war. Nira wurde dem Dabro-Designierten übergeben, der beabsichtigte, ihr genetisches Potenzial für finstere Zwecke zu nutzen ...

Der Menschheit standen schwere Zeiten bevor, wenn es ihr nicht gelang, andere Möglichkeiten zu finden, um Treibstoff für den Sternenantrieb zu produzieren. Sprecherin Jhy Okiah forderte die einfallsreichen Roamer auf, Alternativen für die Himmelsminen zu finden, legte dann ihr Amt zugunsten von Cesca Peroni nieder. Jess Tamblyn beobachtete, wie die Frau, die er liebte, zum starken, visionären neuen Oberhaupt der Roamer wurde, und er begriff, dass sie weiter voneinander entfernt waren als je zuvor.

Auf dem fernen Planeten Rheindic Co fanden die beiden Colicos-Archäologen heraus, dass es sich bei dem Steinfenster um ein Transportsystem handelte, ein dimensionales Tor, verbunden mit alten Klikiss-Maschinen. Zwar behaupteten die Klikiss-Roboter, sich an nichts Nützliches zu erinnern, aber Margaret gelang es, alte Aufzeichnungen zu übersetzen. Offenbar trugen die Klikiss-Roboter Mitverantwortung für das Verschwinden des Volkes, das sie geschaffen hatten, und außerdem waren sie vor langer Zeit in einen Krieg verwickelt gewesen, zusammen mit den Hydrogern und Ildiranern. Voller Aufregung über diese Entdeckung kehrten Margaret und Louis zum Lager zurück – und mussten dort feststellen, dass der grüne Priester Arcas ermordet worden war. Außerdem hatte jemand die jungen Weltbäume zerfetzt, was die Kommunikation über interstellare Distanzen hinweg unmöglich machte. Von den Klikiss-Robotern fehlte jede Spur.

Margaret und Louis verbarrikadierten sich zusammen mit ihrem treuen Kompi DD in der archäologischen Fundstätte, doch die Klikiss-Roboter brachen durch. DD versuchte zwar, seine menschlichen Herren zu verteidigen, aber die Klikiss-Roboter nahmen ihn gefangen und achteten darauf, ihn nicht zu beschädigen – sie sahen so etwas wie einen Artgenossen in ihm. Im letzten Moment gelang es Louis, das Steinfenster zu aktivieren und dadurch ein Tor zu einer unbekannten fernen Welt zu öffnen. Er drängte Margaret, das Tor zu passieren, aber bevor er ihr folgen konnte, schloss es sich wieder. Und dann waren die Roboter heran. Der alte Archäologe kannte zu vieler ihrer Geheimnisse. Als Louis die Klikiss-Roboter an ihre Behauptung erinnerte, sie könnten sich nicht an ihre Vergangenheit erinnern, erwiderten die Roboter schlicht: »Wir haben *gelogen*.«

DER STERNENWALD

1 ✳ JESS TAMBLYN

Die Gasriesen im Spiralarm enthielten Geheimnisse, Gefahren und Schätze. Anderthalb Jahrhunderte lang war das Sammeln von Wasserstoff in den Wolkenmeeren der riesigen Planeten und seine Verarbeitung zum Treibstoff für den Sternenantrieb ein lukratives Geschäft für die Roamer gewesen.

Das hatte sich vor fünf Jahren geändert.

Die Hydroger hatten allen Himmelsminen verboten, sich den Gasriesen zu nähern, die sie als ihr Territorium beanspruchten. Das Embargo war ein schwerer Schlag für die Wirtschaft der Roamer, der Terranischen Hanse und des Ildiranischen Reichs. Viele tapfere oder dumme Unternehmer hatten dem Ultimatum der Hydroger getrotzt und mit dem Leben dafür bezahlt. Dutzende von Himmelsminen waren zerstört worden – die Fremden zeigten kein Erbarmen.

Doch wenn sich die Roamer mit verzweifelten Situationen konfrontiert sahen, so gaben sie nicht auf, sondern änderten ihre Taktik, überlebten – und gediehen – mithilfe von Innovation.

»Die alte Sprecherin weist immer wieder darauf hin, dass Herausforderungen die Parameter des Erfolgs neu definieren«, sagte Jess Tamblyn über die offene Kom-Verbindung und brachte sein Beobachtungsschiff über dem trügerisch friedlichen Gasriesen Welyr in Position.

»Verdammt, Jess«, ertönte Del Kellums ein wenig verärgert klingende Stimme aus dem Lautsprecher. »Wenn es mir darum ginge, verhätschelt zu werden, würde ich auf der *Erde* leben.«

Kellum, ein älteres Clan-Oberhaupt und ein Industrieller, der sich gern selbst um die Dinge kümmerte, übermittelte den schnellen Sammlern das vereinbarte Signal. Die Flotte aus modifizierten Himmelsminen, »Blitzminen« genannt, und unterschiedlich konfigurierten kleinen Beobachtungsschiffen hatte sich in vermeintlich sicherer Distanz von dem kupferfarbenen Gasriesen versammelt. Niemand wusste, aus welcher Entfernung die Hydroger Wasserstoffdiebe orten konnten, aber sie hatten es längst aufgegeben, auf Nummer Sicher zu gehen. Letztendlich war das Leben selbst ein Risiko, und ohne Treibstoff für den Sternenantrieb konnte die menschliche Zivilisation nicht überleben.

In den großen Sammlern erhöhte sich das energetische Niveau der Triebwerke und Tanks, als sie letzte Vorbereitungen trafen für den Sturz in die Atmosphäre des gewaltigen Planeten. Zuschlagen und weglaufen. Die Spannung wuchs, die Piloten schwitzten – es konnte losgehen.

Jess Tamblyn saß allein an Bord seines Beobachtungsschiffes und streckte die Hände nach den Kontrollen aus. »Nähern Sie sich von allen Seiten. Schneller Anflug, die Tanks füllen und dann Rückzug. Wir wissen nicht, wie viel Zeit uns die verdammten Droger geben.«

Die großen Sammler bestätigten und fielen wie Falken, die Beute erspäht hatten. Aus dem früheren routinemäßigen Produktionsprozess war ein Kommandounternehmen in einem Kriegsgebiet geworden.

Angesichts der Bedrohung durch die Hydroger hatten wagemutige Techniker der Roamer die traditionellen Himmelsminen verändert. In nur fünf Jahren war viel erreicht worden. Die neuen Blitzminen verfügten über besonders große Triebwerke, supereffiziente Ekti-Reaktoren und abtrennbare Tanks, die zu einer Traube angeordnet waren. Jeder Tank konnte nach dem Füllen gestartet werden und flog dann zu einem vorher programmierten Abholpunkt. Auf diese Weise wurde das produzierte Ekti nach und nach in Sicherheit gebracht, ohne den Verlust einer vollen Ladung zu riskieren, wenn die Hydroger angriffen.

»Die Große Gans hält uns für unfähige Banditen«, sendete Kellum. »Sollen die Droger den gleichen Eindruck von uns gewinnen, verdammt.«

Die Hanse – die »Große Gans« – zahlte viel Geld für jeden Tropfen Treibstoff. Jedes Jahr schrumpften die Ekti-Vorräte, und dadurch stiegen die Preise rapide, bis die Roamer das Risiko für akzeptabel hielten.

Fünf modifizierte Himmelsminen flogen dem Planeten entgegen und tauchten an verschiedenen Stellen in Welyrs Wolkenmeere, in ein Durcheinander aus Stürmen, sanften Winden und Turbulenzen. Mit weit geöffneten Aufnahmetrichtern rasten die Blitzminen durch die Atmosphäre des Gasriesen. Sie sammelten Wasserstoff, und die Ekti-Reaktoren begannen sofort mit der Verarbeitung.

Jess kam sich wie im Krähennest eines alten Piratenschiffs vor, als er die Kontrollen seines Beobachtungsschiffs bediente und Sensoren in Welyrs Gasozeane sinken ließ. Sie sollten große Schiffe entdecken, die aus den tieferen Schichten der Atmosphäre aufstiegen. Nach einer von den Sensoren übermittelten Warnung blieben den Roamern nur wenige Minuten Zeit, um sich in Sicherheit zu bringen. Jess wusste, dass ein Kampf sinnlos war – die ildiranische Solare Marine und die TVF der Hanse hatten das oft genug gezeigt. Die Sammler waren angewiesen, Welyr beim ersten Anzeichen eines Angriffs zu verlassen, auch wenn sie nur wenig Ekti produziert hatten.

Die erste Blitzmine füllte einen Tank und stieg weit genug auf, um ihn abzuwerfen – er zog in der Atmosphäre des Gasriesen eine dünne Rauchfahne hinter sich her. Jubelnde Stimmen kamen aus dem Kom-Lautsprecher, und die Roamer forderten sich gegenseitig auf, noch mehr zu leisten. Der unbemannte Tank entfernte sich von Welyr und flog zum vorher bestimmten Sammelpunkt. Ihm drohte keine Gefahr mehr.

Früher waren die Himmelsminen der Roamer so durch die Wolkenmeere von Gasriesen geschwommen wie Wale, die sich von Plankton ernährten. Jess' Bruder Ross war Chief der Blauen Himmelsmine von Golgen gewesen. Er hatte viele Träume gehabt, einen guten Geschäftssinn und jede Menge Hoffnung. Doch dann war seine Himmelsmine ohne jede Vorwarnung von den Hydrogern angegriffen und zerstört worden. Niemand hatte den Angriff überlebt, auch Ross nicht ...

Jess sah auf die Anzeigen. Die sinkenden Sensoren orteten nichts, das auf die Präsenz von Kugelschiffen hinwies, aber er blieb wachsam. Welyr erschien ihm zu ruhig und friedlich. Was geschah in den Tiefen des riesigen Gasplaneten?

Bei den Besatzungsmitgliedern der Sammler wuchs die Anspannung. Sie wussten, dass sie an diesem Ort nur eine Chance hatten und einige von ihnen sterben würden, wenn die Hydroger erschienen.

»Und hier ist der zweite Tank mit Ekti der besten Qualität!« Del Kellums Sammler startete einen vollen Frachttank und die anderen vier Blitzminen schickten ebenfalls Ekti-Ladungen auf den Weg. Seit weniger als drei Stunden befanden sie sich in der Atmosphäre von Welyr und sie hatten bereits einen guten Fang gemacht.

»Eine geeignete Methode, den Drogern eine lange Nase zu machen«, fuhr Kellum fort. Seine Unruhe fand in Geschwätzigkeit Ausdruck. »Allerdings wäre es mir lieber, ein paar Kometen auf sie hinabstürzen zu lassen. So wie Sie es bei Golgen gemacht haben, Jess.«

Jess Tamblyn lächelte grimmig. Das Kometenbombardement hatte ihn bei den Roamern zu einem Helden werden lassen, und er hoffte, dass alle Hydroger auf dem Planeten ums Leben gekommen waren. Ein wirkungsvoller Schlag gegen den Feind. »Ich bin nur meinem Leitstern gefolgt.«

Inzwischen erhofften sich viele Clans Vorschläge von Jess, wie sie die Vergeltungsmaßnahmen gegen den gnadenlosen Feind fortsetzen konnten.

»Wir haben viel gemeinsam, Sie und ich«, sagte Kellum. Er hatte auf eine private Frequenz umgeschaltet, und seine Stimme gewann einen verschwörerischen Klang. »Falls Sie jemals ein neues Bombardement planen, darf ich diesen Planeten als Ziel vorschlagen?«

»Was haben Sie gegen Welyr?«, fragte Jess. Dann erinnerte er sich. »Ah, Sie wollten Shareen vom Pasternak-Clan heiraten.«

»Ja, verdammt!« Shareen Pasternak war Chief einer Himmelsmine in der Atmosphäre von Welyr gewesen. Jess erinnerte sich an ihren ausgesprochen sarkastischen Humor und ihre scharfe Zunge, aber Kellum hatte jene Frau sehr gefallen. Für sie beide wäre es die zweite Ehe gewesen, doch Shareens Himmelsmine war zu Beginn der Feindseligkeiten von Hydrogern zerstört worden.

Drei weitere Ekti-Tanks stiegen von den Blitzminen auf.

Trish Ng, Pilotin des zweiten Beobachtungsschiffs, stellte eine Verbindung mit Jess her und unterbrach dessen privates Gespräch. »Die Sensoren! Überprüfen Sie die Anzeigen, Jess!«

Tamblyn sah eine gewöhnliche Trägerwelle mit einem kleinen Impuls im Hintergrund. »Das ist nur ein Blitz. Werden Sie nicht nervös, Ng.«

»Der gleiche Blitz wiederholt sich haargenau alle einundzwanzig Sekunden.« Trish zögerte kurz. »Es ist ein künstliches Signal, Jess, kopiert, durch eine Zeitschleife geleitet und zu uns reflektiert. Vermutlich haben die Hydroger unsere Sensoren bereits zerstört. Sie versuchen es mit einer List.«

Jess beobachtete die Darstellung auf dem Display und erkannte das Muster. »Eine bessere Warnung bekommen wir nicht. An alle: Sachen zusammenpacken und weg!«

Als ob sie begriffen hätten, dass sie entdeckt worden waren, stiegen sieben riesige Kugelschiffe wie zornige Ungetüme aus den Tiefen des Wolkenmeers von Welyr auf. Die Roamer reagierten sofort und traten unverzüglich den Rückzug an.

Ein dumpfes Brummen kam von den fremden Schiffen, und blaue Energie flackerte an pyramidenförmigen Erweiterungen der kristallinen Außenhülle. Die fliehenden Roamer hatten den Einsatz jener tödlichen Waffen schon einmal beobachtet.

Kellum trennte vier leere Ekti-Tanks ab und schickte sie wie Geschosse den Hydrogern entgegen. »Erstickt daran!«

»Warten Sie nicht!«, rief Jess über die Kom-Verbindung. »Setzen Sie sich ab.«

Kellums Ablenkungsmanöver funktionierte. Die Fremden zielten mit ihren blauen Blitzen auf die leeren Tanks, und dadurch bekamen die Sammler einige zusätzliche Sekunden Zeit für die Flucht. Die Roamer zündeten ihre großen Triebwerke, und vier der fünf modifizierten Himmelsminen verließen die Atmosphäre des Gasriesen.

Doch das fünfte Schiff blieb einen Moment zu lange zurück. Die destruktive Energie der Hydroger riss es auseinander, ließ nur geschmolzene Schlacke übrig. Schreie kamen über die Kom-Verbindung und brachen abrupt ab.

»Los! Los!«, rief Jess. »Verteilt euch und verschwindet hier!«

Die übrig gebliebenen Sammler stoben wie Fliegen davon. Die Tanks setzten ihren Flug zum Abholpunkt fort, wo sie später aufgenommen werden konnten, wenn keine Gefahr mehr drohte.

Die Kugelschiffe stiegen noch weiter auf, schickten blaue Blitze ins All und trafen ein zu langsames Beobachtungsschiff. Die anderen Roamer entkamen. Eine Zeit lang verharrten die Kugeln der Hydroger wie knurrende Wölfe über der Atmosphäre und sanken dann langsam in Welyrs kupferfarbenen Wolkenozean zurück, ohne die Roamer-Schiffe zu verfolgen.

Zwar bedauerten die Roamer den Verlust einer Blitzmine und eines Beobachters, aber sie überschlugen bereits die produzierte Ekti-Menge und berechneten, wie viel ihnen der Treibstoff auf dem freien Markt einbringen würde.

Im Cockpit seines Beobachtungsschiffs schüttelte Jess Tamblyn den Kopf. »Wie weit sind wir gekommen, wenn wir schon jubeln, weil wir ›keine zu hohen Verluste‹ erlitten haben?«

2 ✺ KÖNIG PETER

Eine weitere Dringlichkeitsbesprechung fand statt, diesmal aber an einem Ort, den König Peter bestimmt hatte: im sekundären Bankettraum des Flüsterpalastes. Diesem Raum kam keine besondere Bedeutung zu – es ging dem jungen König allein darum, seine Unabhängigkeit zu demonstrieren. Und außerdem wollte er Basil Wenzeslas ärgern.

»Sie weisen immer wieder darauf hin, wie wichtig der äußere Schein für meine Herrschaft ist, Basil.« In Peters künstlichen blauen Augen blitzte es, als er dem durchdringenden Blick des Vorsitzenden begegnete. »Ist es nicht angemessen, dass ich *meinen* Mitarbeiterstab im Flüsterpalast empfange, anstatt mich zu Ihnen ins Hauptquartier der Hanse zu begeben?«

Peter wusste: Basil Wenzeslas verabscheute es, wenn er seine eigene Taktik gegen ihn verwendete. Der frühere Raymond Aguerra spielte seine Rolle inzwischen besser, als es die Hanse von ihm erwartet hatte.

Basils gleichgültige Miene sollte Peter daran erinnern, dass er als Vorsitzender der Terranischen Hanse Krisen bewältigt hatte, die schlimmer waren als ein gereizter junger König. »Ihre Präsenz ist nur eine Formalität.« Er war inzwischen dazu übergegangen, den König zu siezen. »Eigentlich brauchen wir Sie gar nicht bei der Besprechung.«

Doch inzwischen konnte Peter einen Bluff als solchen erkennen. »Wenn Sie glauben, dass die Medien meine Abwesenheit bei einer Dringlichkeitsbesprechung nicht zur Kenntnis nehmen, gehe ich mit meinen Delphinen schwimmen.« Er kannte die eigene Bedeutung und nutzte seine Freiräume, soweit er konnte. Nur selten schätzte er die Grenzen, die ihm Basils Geduld setzte, falsch ein. Jeden kleinen Kampf führte er mit Finesse und subtilem Geschick. Und er wusste, wann es aufzuhören galt.

Schließlich gab Basil vor, dass es nicht weiter wichtig wäre. Seine primären Berater – der innere Kreis von ihm selbst ausgewählter Repräsentanten, Militärexperten und Hanse-Beamten – saßen hinter verschlossenen Türen an einem Tisch, auf den das Licht eines Kronleuchters fiel. Stille Bedienstete servierten ein leichtes Essen, brachten Buketts, Damastservietten und Silberbesteck. In drei Alkoven plätscherten Springbrunnen.

Peter hatte auf einem verzierten Stuhl am oberen Ende des Tisches Platz genommen. Der junge König kannte seine Rolle und hörte in respektvollem Schweigen zu, während der Vorsitzende die zu besprechenden Punkte nannte.

Basils eisengraues Haar war perfekt geschnitten und gekämmt. Er trug einen teuren, bequemen Anzug und trotz seiner dreiundsiebzig Jahre bewegte er sich mit würdevoller Agilität. Bisher hatte er kaum etwas gegessen und nur wenig Eiswasser und Kardamomkaffee getrunken.

»Ich benötige eine genaue Einschätzung der Situation in den Hanse-Kolonien.« Der Blick des Vorsitzenden glitt über die Gesichter der Berater, Admiräle und Gesandten der Kolonialwelten. »Fünf Jahre sind vergangen, seit die Hydroger König Frederick töteten und den Betrieb von Himmelsminen in den Atmosphären ihrer Gasriesen verboten – Zeit genug für Schlussfolgerungen und realistische Projektionen.« Er wandte sich an den Kommandeur der Terranischen Verteidigungsflotte. Als Vorsitzende der Hanse führte er praktisch auch den Oberbefehl über die TVF. »Wie schätzen Sie die allgemeine Lage ein, General Lanyan?«

Der General schob ein Display mit statistischen Daten beiseite, das ihm ein Adjutant reichen wollte. »Die Antwort ist einfach, Vorsitzender. Wir sind in großen Schwierigkeiten, obgleich die TVF das Ekti seit Beginn der Krise streng rationiert hat. Ohne diese ausgesprochen unpopulären Maßnahmen ...«

Peter unterbrach ihn. »Unruhen haben ebenso großen Schaden angerichtet wie der Mangel an Treibstoff, insbesondere in neuen Kolonien. Auf vier Kolonialwelten mussten wir bereits das Kriegsrecht ausrufen. Die Menschen leiden und hungern. Sie glauben, ich ließe sie im Stich.« Er betrachtete die Fleischscheiben und bunten Obststücke auf seinem Teller und hatte plötzlich keinen Appetit mehr, als er an die Not vieler Kolonisten dachte.

Lanyan sah den König an, ohne zu antworten, wandte sich dann an Basil. »Wie ich gerade sagen wollte, Vorsitzender: Sparmaßnahmen haben es uns gestattet, die wichtigsten Verbindungen aufrechtzuerhalten. Doch unsere Vorräte gehen immer mehr zur Neige.«

Tyra Laufendes Pferd, eine Gesandtin von den Kolonialwelten, schob ihren Teller zurück. Peter versuchte sich daran zu erinnern, welche Kolonie sie repräsentierte. Rhejak? »Wasserstoff ist das häufigste Element im Universum. Warum beschaffen wir uns ihn nicht aus einer anderen Quelle?«

»Konzentrierter Wasserstoff ist woanders nicht *so leicht zugänglich*«, sagte einer der Admiräle. »Gasriesen sind die besten Reservoirs.«

»Die Roamer produzieren noch immer ein wenig Ekti und setzen sich dabei erheblichen Gefahren aus«, sagte der Gesandte von Relleker. Mit seinem blassen Gesicht und den aristokratischen Zügen ähnelte er den klassischen Statuen an der Rückwand des kleinen Bankettraums. »Sollen sie weiterhin ihren Hals riskieren.«

»Und es gibt einfach keinen anderen Treibstoff für den Sternenantrieb«, ließ sich ein anderer Gesandter vernehmen. »Wir haben alles versucht und müssen uns mit dem zufrieden geben, was die Roamer liefern.«

Lanyan schnitt eine finstere Miene und schüttelte den Kopf. »Die derzeitigen Lieferungen der Roamer reichen nicht einmal für unseren dringendsten militärischen Bedarf, ganz zu schweigen vom zivilen Bereich. Vermutlich bleibt uns nichts anderes übrig, als weitere Sparmaßnahmen zu ergreifen.«

»Weitere Sparmaßnahmen?«, wiederholte der dunkelhäutige Gesandte von Ramah. »Es ist Monate her, seit meine Welt die letzte Lieferung an Versorgungsgütern erhalten hat. Wir haben keine Arzneien, keine Lebensmittel, keine Ausrüstung. Landwirtschaft und Bergbau sind inzwischen erweitert worden, aber uns fehlt die Infrastruktur für ein Überleben in der Isolation.«

»Die meisten von uns befinden sich in der gleichen Situation«, sagte der geisterhaft blasse Repräsentant von Dremen. »Auf meiner Kolonie hat der kalte Wetterzyklus begonnen: mehr Wolken, geringere Temperaturen. Normalerweise reduziert sich die Ernte während dieser Periode um dreißig Prozent, und das wird auch diesmal der Fall sein. Selbst in guten Jahren braucht Dremen Hilfe, um zu überleben. Unter den derzeitigen Bedingungen ...«

Basil kam weiteren Beschwerden zuvor, indem er die Hände hob. »Darüber haben wir schon einmal gesprochen. Ergreifen Sie Maßnahmen zur Geburtenbeschränkung, wenn Ihr landwirtschaftliches Potenzial nicht genügt, um die ganze Bevölkerung zu ernähren. Die gegenwärtige Krise wird nicht über Nacht enden. Beginnen Sie damit, langfristig zu denken.«

»Natürlich«, sagte Peter mit kaum verhohlenem Sarkasmus. »Nehmen wir gesunden Männern und Frauen das Recht zu entscheiden, wie viele Kinder sie in einer Kolonie haben wollen, die von ihnen selbst aufgebaut wurde, unter Einsatz ihres Lebens. O ja, das ist eine Lösung, die den Leuten gefallen wird. Und vermutlich soll ich sie mit einem freundlichen Lächeln verkünden, wie?«

»Ja, verdammt«, erwiderte Basil. »Das ist Ihre Aufgabe.«

Die schlechten Neuigkeiten schienen allen den Appetit zu verderben. Die Bediensteten kehrten zurück, schenkten Eiswasser ein und boten mit silbernen Zangen kleine Limonen an. Basil schickte sie fort.

Er klopfte mit den Fingern auf den Tisch, zeigte damit für ihn untypische Ungeduld. »Wir müssen den Bürgern deutlicher zeigen, wie ernst die Lage ist. Wir haben nur wenig Treibstoff für den Sternenantrieb, und unsere interstellare Kommunikation ist sehr begrenzt, was wir dem andauernden Mangel an grünen Priestern verdanken – leider bleiben unsere Freunde auf Theroc kurzsichtig. Die Leistungsfähigkeit unserer schnellen Postdrohnen ist beschränkt. Heute könnten wir mehr als jemals zuvor weitere grüne Priester gebrauchen, um Kontakte zwischen isolierten Kolonialwelten zu ermöglichen. Auf vielen Planeten gibt es nicht einmal einen einzigen grünen Priester.«

Basil Wenzeslas sah zu Sarein, der dunkelhäutigen Botschafterin von Theroc. Sie war schlank und drahtig, hatte schmale Schultern, kleine Brüste, hohe Wangenknochen und ein spitzes Kinn.

»Ich gebe mir alle Mühe, Basil. Wie du weißt, neigen die Theronen dazu, den Wald vor lauter Bäumen nicht zu sehen.« Sie lächelte und wählte die nächsten Worte mit großer Sorgfalt. »Andererseits hat Theroc seit Beginn der Krise weder routinemäßiges Versorgungsmaterial noch Technik oder medizinische Unterstützung bekommen. Ich kann mein Volk kaum um mehr grüne Priester bitten, solange die Hanse unsere eigenen Bedürfnisse ignoriert.«

Peter beobachtete Basil und die schöne Theronin. Seit den ersten Tagen seiner Herrschaft wusste er, dass der Vorsitzende und die Botschafterin sich zueinander hingezogen fühlten. Bevor Basil eine Antwort geben konnte, straffte Peter die Schultern und schlug den Tonfall an, in dem er seine Ansprachen hielt. »Botschafterin, angesichts der Not, mit der es viele Kolonisten der Hanse zu tun haben, müssen wir unsere Ressourcen sorgfältig einteilen und dabei unseren eigenen Kolonien Priorität einräumen. Als unabhängige Welt ist Theroc schon so besser dran als viele andere Planeten.«

Diese verbale Ohrfeige weckte Zorn in Sarein, doch Basil nickte Peter anerkennend und erleichtert zu. »Der König hat Recht, Sarein. Bis sich die Situation ändert, muss Theroc allein zurechtkommen. Es sei denn natürlich, Theroc möchte sich der Hanse anschließen ...?«

Sarein errötete und schüttelte andeutungsweise den Kopf.

General Lanyans Blick strich wie eine Sense durch den Raum. »Wir haben nur dann eine Chance, wenn wir extreme Maßnahmen ergreifen, Vorsitzender. Je länger wir warten, desto extremer werden die Maßnahmen sein.«

Basil seufzte und schien gewusst zu haben, dass er schließlich diese Entscheidung treffen musste. »Die Hanse erlaubt Ihnen, alles Notwendige in die Wege zu leiten, General.« Seine Augen schienen Peter zu durchbohren. »Natürlich im Namen des Königs.«

3 ✹ ESTARRA

»Ich habe viele faszinierende Welten gesehen«, sagte Estarras ältester Bruder, als ihr Gleitfloß über den dicht bewaldeten Kontinent flog. »Ich bin im Flüsterpalast auf der Erde gewesen und habe unter den sieben Sonnen von Ildira gestanden.« Ein Lächeln erschien in Reynalds sonnengebräuntem Gesicht. »Aber Theroc ist meine *Heimat*, und ich bin lieber hier als woanders.«

Estarra schmunzelte und blickte auf die unbekannte und doch vertraute Landschaft aus Weltbäumen hinab. »Ich bin noch nie bei den Spiegelseen gewesen, Reynald. Es freut mich sehr, dass du mich mitgenommen hast.«

Als Kind war sie oft vor dem Sonnenaufgang zu Entdeckungsreisen durch den Wald aufgebrochen und hatte sich dabei von ihrer Neugier leiten lassen. Zum Glück gab es viele Dinge, die ihr Interesse weckten: Natur, Wissenschaft, Kultur, Geschichte. Sie hatte sich sogar mit den Aufzeichnungen des Generationenschiffs *Caillé* befasst, mit der Geschichte der Besiedlung von Theroc und dem Ursprung der grünen Priester. Nicht weil sie musste, sondern weil sie sich dafür interessierte.

»Wen sollte ich sonst mitnehmen?« Mit den Fingerknöcheln strich Reynald verspielt über die Haarknäuel seiner Schwester. Er hatte breite Schultern, muskulöse Arme und langes Haar, zu Zöpfen geflochten. Zwar zeigte sich ein dünner Schweißfilm auf seiner Haut, aber er schien sich in der Wärme des Waldes recht wohl zu fühlen. »Sarein weilt als Botschafterin auf der Erde. Beneto ist als grüner Priester auf Corvus Landing, und Celli ...«

»Selbst mit sechzehn ist sie noch ein Kind«, sagte Estarra.

Vor Jahren war Reynald durch den Spiralarm gereist, um andere Kulturen kennen zu lernen – das gehörte zu seinen Vorbereitungen darauf, der nächste Vater von Theroc zu werden. Bei jener Gelegenheit hatte sich zum ersten Mal ein theronisches Oberhaupt eingehend mit anderen Gesellschaften beschäftigt. Inzwischen war es durch die Verknappung des Treibstoffs für den Sternenantrieb zu Reisebeschränkungen und interplanetaren Spannungen gekommen, und Reynald nahm die neue Situation zum Anlass, die wichtigsten Städte seiner Heimatwelt zu besuchen. Seine Eltern hatten ihm deutlich zu verstehen gegeben, dass sie ihm noch in diesem Jahr den Thron überlassen wollten. Er musste bereit sein.

Das Gleitfloß flog über die Baumwipfel hinweg, von einer Siedlung zur nächsten. Lachende Theronen folgten ihm und gaben vor, Teil der Prozession zu sein: Mit Flüglern sausten sie hin und her, kleinen Vehikeln aus umgebauten Triebwerken und den Flügeln einheimischer Kondorfliegen. Ausgelassene junge Männer kreisten über und hinter dem Gleitfloß, zeigten gewagte Flugmanöver. Einige flirteten mit Estarra, die inzwischen das heiratsfähige Alter erreicht hatte.

Weiter vorn bemerkte sie eine Lücke im dichten Blätterdach und das Glitzern von blauem Wasser.

»Das sind die Spiegelseen, alle tief und vollkommen rund«, sagte Reynald und deutete in die entsprechende Richtung. »Wir übernachten im Dorf.«

Am ersten wunderschönen See trugen die Weltbäume fünf Wurmkokons, die leeren Nester großer wirbelloser Tiere. Als Reynald das Gleitfloß am Ufer des Sees landete, seilten sich Menschen ab, sprangen, kletterten nach unten und schwangen an Ästen hin und her, um die Besucher zu begrüßen. Vier grüne Priester erschienen voller Anmut – photosynthetische Algen gaben ihrer Haut einen smaragdfarbenen Ton.

Die Priester waren zu einer Kommunikation fähig, die weit über das hinausging, was die modernste Technik der Hanse und der Ildiraner zu leisten vermochte. Über Generationen hinweg hatten Wissenschaftler an diesem Problem gearbeitet, ohne dass ihnen die grünen Priester helfen konnten. Es ging ihnen nicht etwa darum, irgendwelche Geheimnisse zu hüten – die Priester konnten keine Hilfe leisten, weil sie selbst nicht wussten, wie ihre besondere Kommunikation funktionierte. Andere Welten versuchten immer wieder, grüne Priester wegen des Telkontakts in ihre Dienste zu nehmen, aber die unabhängigen Theronen interessierten sich kaum für die Angebote der Hanse. Der Weltwald selbst schien Zurückhaltung zu üben.

Aber die Repräsentanten der Hanse konnten auch sehr beharrlich und überzeugend sein.

Es war die schwere Aufgabe eines jeden Oberhaupts, diese Dinge gegeneinander abzuwägen. Als Estarra beobachtete, wie sich ihr Bruder den grünen Priestern und fröhlichen Kokonbewohnern gegenüber verhielt, sah sie deutlich, dass er ein guter Nachfolger von Vater Idriss sein würde.

Nach dem aus frischem Fisch, Flusskraut und dicken, in ihren Schalen gebackenen Wasserkäfern bestehenden Abendessen stiegen sie zu Plattformen weit oben in den Bäumen am See empor. Reynald und Estarra sahen sich die Vorstellung einiger geschickter Baumtänzer an: Die geschmeidigen Akrobaten liefen, tanzten und sprangen über die flexiblen Äste, benutzten gewölbte Zweige und Blattwedel wie Sprungbretter und flogen durch die Luft. Sie drehten sich um die eigene Achse und machten Saltos, streckten die Hände nach dünnen Ästen aus und schwangen dort in einer gut einstudierten Choreographie hin und her. Ein gleichzeitiger Sprung aller Tänzer beendete die Darbietung. In einem weiten Bogen fielen sie dem Spiegelsee entgegen und tauchten kopfüber hinein.

Nach dem Tanz führte Reynald Gespräche mit den Kokonbewohnern, und Estarra nahm die Einladung an, zusammen mit einigen Mädchen im See zu planschen. Sie schwamm sehr gern – leider bekam sie nur wenige Male im Jahr Gelegenheit dazu.

Während Estarra im Spiegelsee Wasser trat und das Gefühl des Schwebens genoss, blickte sie zum offenen Himmel hoch. Im Bereich ihrer eigenen Siedlung war das Blätterdach dicht und lückenlos; man musste zu den Wipfeln hinaufklettern, um des Nachts die Sterne zu sehen. Als sie nun schwamm, empfand sie den Anblick des Himmels als überwältigend. Zahllose Lichter zeigten sich dort in der Unendlichkeit des Alls, Welten voller Menschen und Möglichkeiten.

Als sie nass und erfrischt zu den hell erleuchteten Wurmkokons zurückkehrte, sah sie ihren Bruder dort im Gespräch mit einer jungen Priesterin namens Almari. Ihre Augen zeigten Intelligenz und Neugier. Als Akolyth hatte Almari Jahre damit verbracht, den Bäumen vorzusingen und der Datenbank des Weltwaldes weiteres musikalisches Wissen hinzuzufügen. Wie alle grünen Priester war sie haarlos und die Tätowierungen in ihrem Gesicht wiesen auf ihre Leistungen hin.

Reynald war freundlich und liebenswürdig, hielt sich alle Möglichkeiten offen. »Du bist schön und klug, Almari. Das kann niemand bestreiten. Zweifellos wärst du eine gute Ehefrau.«

Estarra kannte das Gespräch – sie hatte es während dieser Rundreise schon mehrmals gehört.

Almari unterbrach Reynald und sprach schnell, bevor er ihr Angebot zurückweisen konnte. »Wäre es in Anbetracht dieser schweren Zeiten nicht angemessen, dass eine grüne Priesterin zur nächsten Mutter von Theroc wird?«

Reynald berührte die weiche grüne Haut an Almaris Handgelenk. »Dem kann ich kaum widersprechen, aber ich möchte nichts übereilen.«

Almari bemerkte Estarra, stand auf und ging davon, wirkte dabei ein wenig verlegen.

Estarra lächelte schelmisch und versetzte ihrem Bruder einen spielerischen Schlag an die Schulter. »Sie ist hübsch.«

»Und sie war die dritte junge Frau heute Abend.«

»Besser eine zu große Auswahl als gar keine«, sagte Estarra.

Reynald stöhnte. »Vielleicht sollte ich bald eine Entscheidung treffen – dann habe ich es wenigstens hinter mir.«

»Armer, armer Reynald.«

Er gab seiner Schwester seinerseits einen spielerischen Klaps. »Zum Glück bin ich nicht der ildiranische Erstdesignierte. Er muss tausende von Frauen lieben und so viele Kinder wie möglich zeugen.«

»Oh, die schreckliche Verantwortung, die man als Oberhaupt eines Volkes tragen muss.« Estarra schüttelte das nasse Haar, um ihren Bruder zu bespritzen. »Ich bin nur das vierte Kind, deshalb besteht meine einzige Sorge darin, wann ich wieder schwimmen kann. Wie wär's mit jetzt?«

Sie lachte und lief fort. Reynald sah ihr neidisch nach.

4 ❋ ERSTDESIGNIERTER JORA'H

Als ältester adliger Sohn des Weisen Imperators verbrachte der Erstdesignierte Jora'h seine Tage damit, der Pflicht zu genügen. Fruchtbare Frauen aus allen ildiranischen Geschlechtern bewarben sich um das Paarungsprivileg, so viele, dass Jora'h sie unmöglich alle empfangen konnte.

Die nächste Partnerin des Erstdesignierten hieß Sai'f. Die gertenschlanke und aufgeweckte Ildiranerin stammte aus dem Wissenschaftler-Geschlecht, galt als Expertin für Biologie und Genetik. Sie interessierte sich für Botanik und entwickelte neue Getreidearten für mehrere Splitter-Kolonien.

Sie besuchte Jora'h in seiner Kontemplationskammer im Prismapalast, wo permanentes Tageslicht durch bunte Kristallflächen fiel. Ihre Stirn war hoch, der Kopf groß, der Blick ihrer Augen aufmerksam – sie schien sich jedes Detail für eine spätere Untersuchung einzuprägen.

Jora'h stand vor ihr, hoch gewachsen und attraktiv, sein Gesicht das ildiranische Ideal der Schönheit. Goldenes Haar formte eine Art Halo um sein Haupt und war zu zehntausend dünnen Zöpfen geflochten. »Danke dafür, dass du darum gebeten hast, meine Partnerin zu sein, Sai'f«, sagte er und meinte es ernst, wie immer. »Möge unser heutiges gemeinsames Geschenk ein Geschenk für das ganze Ildiranische Reich hervorbringen.«

In ihren Händen hielt Sai'f einen Keramiktopf mit einer wie verdreht wirkenden Pflanze, die einen hölzernen Stängel aufwies. Die dornenbesetzten Zweige krümmten sich nach innen und bildeten in ihrer Gesamtheit eine ungewöhnliche Form. Scheu hob sie den Topf. »Für dich, Erstdesignierter.«

»Wie ergreifend und faszinierend.« Jora'h nahm den Topf entgegen und betrachtete das labyrinthene Durcheinander aus Zweigen und Blättern. »Du scheinst Webarbeiten an einer lebenden Pflanze vorgenommen zu haben.«

»Ich erforsche das Potenzial unserer Spindelbäume, Erstdesignierter. Es ist eine bei den Menschen gebräuchliche Technik namens Bonsai. Man bringt die Pflanze dazu, ihre biologischen Anstrengungen nach innen zu richten, und gleichzeitig verstärkt man ihre Schönheit. Ich habe vor einem Jahr damit begonnen, diesen Bonsai wachsen zu lassen, als ich mich um die Partnerschaft bewarb. Es war viel Arbeit nötig, aber ich bin mit dem Ergebnis zufrieden.«

Jora'hs Freude war echt. »Ich besitze nichts dergleichen und werde diese Pflanze an einem besonderen Ort aufbewahren. Aber du musst mir erklären, was es bei der Pflege zu beachten gilt.«

Sai'f lächelte und nahm die Freude des Erstdesignierten mit Erleichterung zur Kenntnis. Jora'h stellte den Spindelbaum-Bonsai auf ein durchsichtiges Regal an der Wand, trat dann vor, öffnete den Umhang und zeigte seine breite Brust. »Bitte erlaub mir, auch dir ein Geschenk zu geben, Sai'f.«

Sie war untersucht worden, bevor sie den Prismapalast betreten hatte. Alle Frauen, die den Erstdesignierten besuchten, waren fruchtbar und empfängnisbereit. Solche Untersuchungen garantierten nicht, dass er jede von ihnen schwängern konnte, aber die Chancen standen gut.

Langsam streifte Sai'f ihre Kleidung ab, und Jora'h bewunderte sie. Jedes ildiranische Geschlecht zeichnete sich durch eine andere Körperstruktur aus. Manche waren schlank und ätherisch, andere gedrungen und muskulös, hager und sehnig, oder mollig und weich. Doch der Erstdesignierte sah Schönheit in allen Geschlechtern. Einige fand er hübscher als andere, aber er zeigte nie Vorlieben und vermied in jedem Fall, seine Partnerinnen zu kränken oder Enttäuschung zu zeigen.

Sai'f reagierte so auf seine Zärtlichkeiten, als folgte sie einem Programm oder einer empfohlenen Prozedur. Vermutlich hatte sie alle Sex-Variationen wissenschaftlich studiert, mit der Absicht, zu einer Expertin auf diesem Gebiet zu werden und sich bei der Begegnung mit ihm hervorzutun. Derzeit hatte Jora'h das Gefühl, sich ihr gegenüber ebenso zu verhalten und einem Programm zu folgen, eine vertraute Aufgabe wahrzunehmen.

Als er an den faszinierenden Bonsai dachte, den Sai'f mitgebracht hatte, fiel ihm Nira ein. Alte Trauer um die schöne grüne Priesterin regte sich in ihm. Vor fünf Jahren hatte er sie zum letzten Mal gesehen.

Niras Unschuld und ihre exotische Schönheit hatten einen größeren Reiz auf ihn ausgeübt als alle bisherigen ildiranischen Frauen. Ihr Staunen in Mijistra, über Architektur und Fontänen, in den Museen, hatte es Jora'h ermöglicht, seine eigene Stadt mit neuen Augen zu sehen. Ihre unschuldige Erregung angesichts der ildiranischen

Leistungen hatte ihn mit mehr Stolz auf sein Erbe erfüllt als die bewegendsten Passagen der *Saga der Sieben Sonnen*.

Im Lauf der Monate waren sie sich immer näher gekommen, und schließlich hatten sie sich zum ersten Mal geliebt – eine ganz und gar natürliche Entwicklung. Die warme Vertrautheit, die zu einem festen Band zwischen Nira und dem Erstdesignierten wurde, stellte für Jora'h etwas dar, das er noch nie zuvor erlebt hatte. Seine Beziehung zur grünen Priestern unterschied sich völlig von den kurzen, dem Schwängern dienenden Partnerschaften, die seine Assistenten für ihn arrangierten. Jora'h und Nira hatten viele angenehme Nachmittage miteinander verbracht und jeden von ihnen genossen, obwohl ihnen beiden klar gewesen war, dass ihre Beziehung irgendwann enden musste. Und der Erstdesignierte hatte sie immer wieder zu sich gerufen.

Doch zu Beginn der Hydroger-Krise, als sich Jora'h auf den Weg gemacht hatte, um Prinz Reynald auf Theroc zu besuchen, waren Nira und die alte grüne Priesterin Otema bei einem Feuer im Gewächshaus mit den theronischen Weltbäumen ums Leben gekommen. Nach dem Bericht des Weisen Imperators hatten die beiden grünen Priesterinnen versucht, die jungen Weltbäume zu retten, und dabei waren sie auf tragische Weise den Flammen zum Opfer gefallen.

Vor langer Zeit war Nira mit Schösslingen zum Prismapalast gekommen. Jetzt, Jahre nach ihrem Tod, hatte Sai'f Jora'h einen Bonsai mitgebracht und dadurch erwachten die Erinnerungen.

Der Erstdesignierte konzentrierte seine Aufmerksamkeit wieder auf die Wissenschaftlerin. Er wollte ihr seine Unruhe nicht zeigen und sie zufrieden stellen, liebte sie mit einer Intensität, die zumindest für eine Weile den Schmerz der Erinnerungen zurückhielt.

Jora'h bat um eine Audienz bei seinem Vater. Die hellen Augen des Weisen Imperators verschwanden fast zwischen Fettwülsten und die dicken Lippen formten ein Lächeln, als er seinen Sohn sah. Bron'n, der finster wirkende persönliche Leibwächter, stand neben der Tür des privaten Zimmers. Das Oberhaupt des ildiranischen Volkes und sein Sohn konnten ungestört miteinander sprechen.

»Ich möchte eine weitere Mitteilung nach Theroc schicken, Vater.«

Der Weise Imperator Cyroc'h runzelte die Stirn und lehnte sich so im Chrysalissessel zurück, als entspannte er sich in der telepathischen Verbindung des *Thism*. »Ich spüre, dass du wieder an die menschliche Frau denkst. Du solltest ihr nicht gestatten, ein solches Feuer der Besessenheit in dir zu entfachen, denn es stört dich bei der Wahrnehmung deiner wichtigeren Pflichten. Sie ist seit langer Zeit tot.«

Jora'h wusste, dass sein Vater Recht hatte, aber er konnte Niras Lächeln und die Freude, die sie ihm geschenkt hatte, einfach nicht vergessen. Bevor er hierher gekommen war, hatte er das Arboretum der Himmelssphäre aufgesucht – in einem jener Räume waren die jungen Weltbäume von Theron untergebracht gewesen. Inzwischen wuchsen dort rosarote Comptor-Lilien und bunte Blumen von verschiedenen Splitter-Kolonien. Ein herrlicher Duft ging von ihnen aus. Vor fünf Jahren, nach seiner Rückkehr von Theroc, hatte Jora'h voller Entsetzen auf die Narben des unerklärlichen Feuers gestarrt.

Es waren keine Leichen übrig geblieben, die nach Theroc geschickt werden konnten. Die Weltbäume hatten bereits gebrannt, als Nira und Otema eintrafen; sie waren also nicht imstande gewesen, per Telkontakt eine letzte Nachricht zu übermitteln. In einem speziellen Kommuniqué, überbracht von einem Schiff der Solaren Marine, hatte der kummervolle Jora'h seinem Freund Reynald von der Tragödie berichtet.

Die Asche und Rußflecken existierten längst nicht mehr, aber die traurigen Erinnerungen blieben. Tief in seinem Herzen hatte sich Jora'h nie mit Niras Tod abgefunden. Wenn er doch nur zur Stelle gewesen wäre ... Er hätte nicht zugelassen, dass ihr irgendetwas zustieß.

Durch das Netz des *Thism* fühlte Cyroc'h die Trauer seines Sohns. Er nickte ernst. »Du wirst viele Bürden tragen, wenn du meinen Platz einnimmst. Mein Sohn, es ist dein Schicksal, den Schmerz des ganzen ildiranischen Volkes zu spüren.«

Jora'hs dünne goldene Zöpfe bewegten sich wie Rauchfäden. »Trotzdem möchte ich Reynald eine Nachricht übermitteln, in Gedenken an die beiden grünen Priesterinnen. Wir haben weder Asche noch Gebeine zurückgeschickt.« Er breitete die Arme aus. »Es ist nur eine kleine Sache.«

Der Weise Imperator lächelte nachsichtig. »Du weißt, dass ich dir nichts abschlagen kann.« Der vom Kopf ausgehende seilartige Zopf glitt über den vorgewölbten Bauch und zuckte so, als ärgerte sich Cyroc'h über etwas.

Erleichtert hob Jora'h eine geätzte Diamantfilm-Plakette. »Ich habe Reynald einen weiteren Brief geschrieben, auf dass er bei den grünen Priestern auf Theroc verlesen wird. Ich möchte ihn einem unserer Handelsschiffe mitgeben.«

Der Weise Imperator streckte die Hand aus und nahm die Plakette entgegen. »Es könnte eine Weile dauern. Theroc ist keine häufig besuchte Welt.«

»Ich weiß, Vater, aber ich möchte nicht völlig tatenlos bleiben. Auf diese Weise kann ich mit Theroc in Kontakt bleiben.«

Cyroc'h hielt die schimmernde Plakette in der Hand. »Hör auf, an die menschliche Frau zu denken.«

»Ich danke dir dafür, dass du mir diesen Gefallen erweist.« Jora'h wich zurück, verließ den Raum und ging beschwingt fort.

Als sein Sohn gegangen war, winkte der Weise Imperator den Leibwächter heran. »Nehmen Sie dies und zerstören Sie es. Stellen Sie sicher, dass Jora'h keine Nachricht nach Theroc schicken kann.«

Bron'n griff mit einer Klauenhand nach der Diamantfilm-Plakette und bewies seine Kraft, indem er sie zerbrach. Die Bruchstücke wollte er im Feuer eines Reaktors beseitigen. »Ja, Herr. Ich verstehe.«

5 ✳ NIRA KHALI

Nira stand im Zuchtlager von Dobro, in dem hunderte von anderen menschlichen Testobjekten untergebracht waren, und blickte durch den dünnen Zaun. Eigentlich dienten die Zäune nur dazu, Grenzen zu markieren. Sie waren kaum mehr als eine Annehmlichkeit für die Wächter, denn eine Flucht kam für die Gefangenen ohnehin nicht infrage. Wohin hätten sie auch fliehen sollen?

Gesäumt von Bergen im Osten und grasbewachsenen Hügeln im Westen befand sich das Lager in einem zentralen Tal mit ausgetrockneten Seen und ödem Terrain. Erosionsrinnen durchzogen den Boden, vom Regen ausgewaschen. Sie erweckten den Eindruck, als wäre die Haut der Welt zu sehr gedehnt worden und dadurch gerissen.

Seit fünf Jahren war Nira Gefangene des Ildiranischen Reiches, und während dieser Zeit hatte sie es geschafft, an ihrem inneren

Selbst festzuhalten und am Leben zu bleiben, trotz der schrecklichen Dinge, die sie über sich ergehen lassen musste. Weder die Wächter im Lager noch die ildiranischen Aufseher antworteten ihr auf die Frage, warum man ihr dies alles antat.

Ihr Geliebter Jora'h wusste vermutlich nichts von ihrer Situation. Mit einem einzigen Befehl hätte er Nira und alle anderen Gefangenen befreien können. An einer so horrenden Sache konnte er unmöglich teilhaben – dazu war er zu sanft und mitfühlend. Daran glaubte Nira ganz fest. Wusste Jora'h überhaupt, dass sie noch lebte?

Sie bezweifelt es. Der ahnungslose Erstdesignierte war nach Theroc geschickt worden – *damit er meine Entführung nicht verhindern konnte*. Bestimmt hatte der Weise Imperator alles vor seinem Sohn geheim gehalten, obgleich Nira von Jora'h schwanger gewesen war.

Der Dobro-Designierte, zweiter Sohn des Weisen Imperators, benutzte die gefangenen Menschen für genetische Experimente. Aus irgendeinem Grund hielt der Designierte Udru'h Nira für besonders viel versprechend und deshalb musste sie noch mehr leiden als die anderen.

Nach der Geburt einer gesunden, wunderschönen Mischlingstochter namens Osira'h – *meine kleine Prinzessin* – hatte der Dobro-Designierte Nira im Lager festgehalten und ließ sie immer wieder schwängern, wie eine Zuchtstute ...

Sie kniete nun am Rand des Lagers und lockerte mit einem einfachen Werkzeug den Boden bei einigen von ihr angepflanzten wilden Sträuchern und Blumen. Wenn sie Gelegenheit dazu fand, kümmerte sie sich um alle Pflanzen, die sie finden konnte, bewässerte sie und half ihnen, in der kargen Umgebung zu gedeihen. Selbst die kleinsten grünen Flecken erinnerten sie an den üppigen Wald von Theroc. Zwar war Nira von den Weltbäumen und dem intelligenten Wald getrennt, aber sie blieb eine grüne Priesterin und vergaß nie ihre Pflichten.

Ihre grüne Haut absorbierte das Sonnenlicht und verwandelte es in Energie, doch das Licht von Dobros Sonne fühlte sich schwach an, wie kontaminiert von der dunklen Geschichte dieses Ortes. Nira sah auf und versuchte abzuschätzen, wie viel Zeit ihr noch blieb, bis die nächste Arbeitsschicht in den Gräben begann.

Das Zuchtlager bestand aus Baracken, auf Geburten spezialisierten Hospitälern, Laboratorien und Wohnkomplexen. Die meisten

Gefangenen kannten gar kein anderes Leben. Nira bemerkte einen hageren Mann im Gespräch mit einem anderen – er lachte, schien sich seiner Situation überhaupt nicht bewusst zu sein. Menschliche Kinder – Nachkommen der für die Zucht verwendeten Gefangenen – spielten selbst an diesem trostlosen Ort. Der Dobro-Designierte bestand auf einer permanenten Erneuerung der reinblütigen Nachkommen, um die genetische Vielfalt des »Zuchtmaterials« zu erhalten. Aber Nira gewann den Eindruck, dass diese Menschen im Lauf von weniger als zweihundert Jahren ihren Willen verloren hatten.

Sie behandelten Nira noch immer wie etwas Neues, obwohl sie schon seit fünf Jahren bei ihnen weilte. Man sah etwas Exzentrisches und Sonderbares in ihr, so etwas wie einen Unruhestifter. Wenigstens starrten die Leute jetzt nicht mehr auf ihre grüne Haut – so etwas hatten sie nie zuvor gesehen. Niras Haltung blieb ihnen unverständlich. Sie begriffen einfach nicht, warum sie sich weigerte, ihre Situation zu akzeptieren und sich mit ihrem neuen Leben abzufinden.

Diese armen Menschen wussten es nicht besser.

Nira hob den Kopf, als die Aufseher eine neue Arbeitsgruppe zusammenstellten. Sie versuchte, möglichst klein und unauffällig zu bleiben, in der Hoffnung, dass die Ildiraner aus dem Beamten-Geschlecht nicht sie wählten, nicht heute. Ihr Körper war kräftig, aber der Geist geschwächt von jahrelangen schwierigen Aufgaben: dem Zuschneiden von Opalknochen, dem Pflücken von Früchten aus dornigen Büschen, dem Ausheben von Gräben.

Die Ildiraner würden ihr schließlich eine Arbeit zuweisen – früher oder später war das immer der Fall –, aber Nira lebte jeweils für den Moment. Wenn sie die Anweisungen nicht befolgte, rissen die ildiranischen Wächter ihre Pflanzen aus dem Boden. Das war schon mehrmals geschehen. Nira musste andere Möglichkeiten finden, Widerstand zu leisten. Falls es überhaupt welche gab ...

Unmittelbar nach der Gefangennahme, als der Dobro-Designierte noch nichts von ihrer Schwangerschaft wusste, hatte man sie in einer dunklen Zelle untergebracht – die schlimmste Strafe für einen an ständiges Tageslicht gewöhnten Ildiraner. Die Finsternis sollte Niras Willen brechen, sie vielleicht sogar in den Wahnsinn treiben. Der Designierte brauchte nur ihre Fortpflanzungsorgane, nicht aber ihren Verstand.

Wochenlang saß sie in nasskalter Dunkelheit und das Fehlen von Sonnenlicht bescherte ihr mehr Leid, als es bei einem anderen Menschen der Fall gewesen wäre. Im kontinuierlichen Schein von Ildiras sieben Sonnen hatte ihre photosynthetische Haut ständig Energie geliefert. Die andauernde Finsternis zwang Metabolismus und Verdauungssystem zur Umstellung. Nira musste lernen, wieder zu essen und gewöhnliche Nahrung zu verdauen. Sie wurde krank und schwach, gab aber trotzdem nicht auf und bewahrte sich die Kraft des Herzens.

Schließlich entließ der Designierte sie aus der Dunkelheit, um Untersuchungen und Analysen vorzunehmen. Sein schmales, attraktives Gesicht ähnelte dem Jora'hs, aber es fehlte jede Anteilnahme darin. Ein heißes Funkeln zeigte sich in Udru'hs Augen, und sein Interesse galt allein Niras Biologie. Die Ergebnisse der Untersuchungen veranlassten ihn, sie erst vorwurfsvoll und dann erfreut anzusehen. »Sie sind schwanger! Von Jora'h?«

Der Designierte brachte Nira nicht wie die anderen menschlichen Gefangenen in den Zuchtbaracken unter und verzichtete auch darauf, sie den Laborgruppen zuzuweisen. Stattdessen behandelten er und die ildiranischen Ärzte sie mit besonderer Hingabe, nahmen regelmäßig Blutproben und führten einen schmerzhaften Scan nach dem anderen durch. Sie überwachten Nira die ganze Zeit über und vergewisserten sich, dass sie gesund blieb, doch dabei hatten sie nur ihre eigenen Interessen im Sinn.

Nira versuchte, um ihrer selbst willen bei Kräften zu bleiben und nicht zu verzweifeln.

Die Geburt ihrer ersten Tochter verlief normal. Im Entbindungslabor beobachtete Nira mit müden Augen, wie der Dobro-Designierte einen begierigen Blick auf das schreiende kleine Mädchen warf – er schien bereit zu sein, das Kind seines Bruders zu sezieren. Es vereinte die Gene einer telepathischen grünen Priesterin mit denen des adligen Erstdesignierten. Den phonetischen Traditionen der ildiranischen Geschlechter gemäß nannte Udru'h das Kind Osira'h, aber für Nira war es ihre Prinzessin, eine geheime Hoffnung, genährt von all den Geschichten, die sie den neugierigen Weltbäumen laut vorgelesen hatte.

Wie bei den Gefangenen des Zuchtlagers üblich, durfte Nira ihr Kind sechs Monate lang bei sich behalten. Sie stillte es und achtete darauf, dass es stark blieb. Im Lauf der Zeit lernte sie ihre Tochter immer mehr lieben, doch dann nahm der Designierte sie ihr weg. Alle gesunden Mischlinge wurden nach sechs Monaten von ihren Müttern getrennt.

Mit Osira'h hatte der Designierte Udru'h etwas Besonderes vor. *Meine Prinzessin.*

Anschließend begann für Nira der eigentliche Albtraum.

Wie sehr sie sich auch zu widersetzen versuchte und betete: Der Dobro-Designierte sorgte dafür, dass sie praktisch ständig schwanger war, und er experimentierte dabei mit verschiedenen Vätern. Jede neue Schwangerschaft bedeutete eine Niederlage für Nira, aber sie weigerte sich, den Mut zu verlieren und zu sterben. Sie kam sich wie ein Grashalm im Wald vor: Füße drückten ihn zu Boden, und Regentropfen hämmerten auf ihn ein, aber er richtete sich immer wieder auf. Sie hatte sich nie vorgestellt, jemals solche Qualen ertragen zu müssen, doch sie wurde damit fertig, indem sie ihr Selbst zu einem freundlicheren Ort schickte und es erst dann zurückkehren ließ, wenn das Schlimmste überstanden war.

Die fremden Samenspender hassten sie nicht, befolgten nur die Anweisungen des Designierten. Sie gehörten zu einem übergeordneten Plan, dessen Details ihnen allen verborgen blieben.

Jene Mischlingskinder, die Nira nach Osira'h zur Welt brachte, waren keine Früchte der Liebe. Sie verabscheute den erzwungenen Geschlechtsverkehr und versuchte, den Jungen und Mädchen, die ihr Leib gebar, mit Gleichgültigkeit zu begegnen. Doch während Nira sie stillte, pflegte und in ihre kleinen Gesichter sah, konnte sie einfach nicht kalt und gefühllos bleiben. Sie sah sich außerstande, die unschuldigen Kinder zurückzuweisen, weil ihre Väter gezwungen gewesen waren, sie zu schwängern.

Ihre eigenen Kinder ... und sie durfte sie nicht behalten. Jedes Mal nahm man sie ihr nach sechs Monaten weg, damit sie in der nahen ildiranischen Stadt aufwuchsen, im Rahmen ildiranischer Test- und Ausbildungsprogramme.

Sicher dauerte es nicht mehr lange, bis die Ildiraner zu dem Schluss gelangten, dass sie sich lange genug erholt hatte, und dann würde man sie wieder einer Arbeitsgruppe zuteilen, um sie abzuhärten. Wenn anschließend ihre Furchtbarkeit den Höchststand erreichte, würde man sie zu den Zuchtbaracken bringen, um sie erneut schwängern zu lassen, und dann begann alles von vorn. Schon viermal hatte sie dies hinter sich ...

Dobros orangefarbene Sonne neigte sich den Wolken am Horizont entgegen, als Nira sich von den Büschen in ihrem kleinen Garten abwandte und losging, um nach den anderen Sträuchern und Blumen zu sehen. Arbeitsgruppen kehrten von den Hügeln zurück und betraten das Lager. Nach Generationen der Gefangenschaft hatten die Menschen keine Träume mehr, kannten nur noch resignierte Ausdauer, Tag für Tag. Sie schienen sich nicht einmal elend zu fühlen.

Dies war das große schmutzige Geheimnis des Ildiranischen Reiches, eine Antwort darauf, was mit dem einzigen verlorenen Generationenschiff der Erde geschehen war. Die Gefangenen waren Nachkommen der *Burton*-Siedler. Seit fast zwei Jahrhunderten lebten sie an diesem Ort, fern vom Rest der Menschheit.

Und vor fünf Jahren hatte man Nira Khali zu ihnen gebracht. Die Gefangenen auf Dobro hatten nie zuvor eine grüne Priesterin gesehen und noch nie von Theroc gehört. Die Frau mit der grünen Haut war eine Fremde für sie.

Abends oder auch bei der Arbeit, wenn sich eine Möglichkeit dazu bot, erzählte Nira leise von ihrer Welt, den intelligenten Bäumen und sogar der Terranischen Hanse und dabei hoffte sie, dass ihr jemand glaubte. Viele der anderen Gefangenen hielten sie für verrückt. Andere hörten mit ungläubiger Neugier zu. Aber sie *hörten* zu und dadurch gaben sie Nira Hoffnung.

Sie hatte unerwünschte Kinder zur Welt gebracht, eines gezeugt vom Dobro-Designierten selbst, eines von Adar Kori'nh und zwei von anderen ildiranischen Geschlechtern. Zwar hatte sie jedes dieser Kinder über Monate hinweg gestillt und gepflegt, aber ihre Liebe galt vor allem Osira'h. Nira schloss die Hände um den Zaundraht und fühlte eine kalte Leere in der Brust. Sie sehnte sich nach ihrer Tochter, nach ihrer Prinzessin. Die anderen Gefangenen verstanden ihre Trauer nicht. Mischlingskinder gehörten den Ildiranern und wurden immer fortgebracht. Die übrigen Menschen im Lager dachten sich längst nichts mehr dabei.

Nira schickte oft Anfragen an die ildiranische Stadt in der Nähe und bat darum, Osira'h besuchen zu dürfen. Der Dobro-Designierte lehnte immer ab und ging nie auf Niras Fragen ein. Es steckte keine Grausamkeit dahinter – sie spielte für Osira'hs Aufwachsen einfach keine Rolle mehr. Ihr einziger Zweck bestand darin, weitere Kinder zur Welt zu bringen.

Doch der Designierte wusste um Osira'hs Potenzial und der Gedanke daran brachte ein Lächeln auf Niras Lippen. Ihre Prinzessin war mehr als nur ein interessantes genetisches Experiment. *Sie ist etwas Besonderes.*

6 ✳ ADAR KORI'NH

Die sieben prächtig geschmückten Schiffe der Solaren Marine kamen auf Wunsch des Dobro-Designierten. Adar Kori'nh stand im Kommando-Nukleus, als die Septa in einen Standardorbit schwenkte und ihre großen reflektierenden Segel einholte.

Im Prismapalast hatte er seine Anweisungen direkt vom Weisen Imperator Cyroc'h erhalten: Er sollte dem Ruf des Dobro-Designierten persönlich folgen und keinen Untergebenen schicken. Adar Kori'nh erinnerte sich daran, die Stirn gerunzelt zu haben. »Die Aktivitäten auf Dobro haben mir immer Unbehagen bereitet, Herr. Sie ... sind nicht geeignet, in die *Saga der Sieben Sonnen* aufgenommen zu werden.«

»Die Saga wird nie von jener Arbeit berichten, Adar. Und doch müssen wir sie leisten.« Der tentakelartige Zopf des Weisen Imperators zuckte. »In den Experimenten auf Dobro liegt der Schlüssel für das Überleben unseres Volkes und selbst nach generationenlangen Anstrengungen sind wir noch nicht für die Herausforderung gerüstet, die auf uns wartet. Und jetzt sind die Hydroger zurückgekehrt. Die Zeit ist knapp.«

Kori'nh wusste, dass eine Million tiefer Gedanken hinter dem ruhigen Gesicht des Weisen Imperators siedeten, Ideen, die weit über seine Vorstellungskraft hinausgingen. Das Oberhaupt des ildiranischen Volkes war der Brennpunkt des *Thism*, in dem Seelenfäden zusammentrafen und im Licht höherer Sphären erglühten. Allein der Gedanke, die Wünsche des Weisen Imperators infrage zu stellen, beunruhigte Adar Kori'nh.

Doch als Kommandeur der Solaren Miene musste er seine Bedenken zum Ausdruck bringen. »Ist das wirklich nötig, Herr? Seit unserem Rückzug von den Gasriesen haben die Hydroger ihre Feindseligkeiten nicht eskalieren lassen.«

Der Weise Imperator schüttelte den großen Kopf. »Die Hydroger werden sich nicht damit zufrieden geben, in ihren Bollwerken zu bleiben. Früher oder später greifen sie erneut an. Und wir müssen bereit sein, alles Notwendige für das Überleben unseres Volkes zu tun.«

Kori'nh hatte die Frage pflichtbewusst zur Sprache gebracht, verneigte sich und akzeptierte den Auftrag. Ihm blieb keine andere Wahl.

Er wartete jetzt im Empfangsbereich des Kriegsschiffs, als von Dobro ein Shuttle mit dem Designierten an Bord kam. Der zweite Sohn des Weisen Imperators wollte ein privates Gespräch mit ihm führen. Kori'nh würde bald erfahren, worum es dabei ging.

Adar Kori'nh rechnete mit unangenehmen Aspekten bei dieser Mission, deshalb hatte er sich eine Aufgabe für Tal Zan'nh einfallen lassen und ihn fortgeschickt. Dem Adar blieb nichts anderes übrig, als sich bei dieser Sache die Hände schmutzig zu machen, aber sein Protegé, der Sohn des Erstdesignierten, sollte nicht daran beteiligt werden.

Der Shuttle landete und der nervös wirkende Pilot stieg aus. Der Dobro-Designierte folgte ihm und sah sich wie ein Raubtier im leeren Hangar um. Er trug schlichte, allein auf den praktischen Nutzen ausgerichtete Kleidung ohne Verzierungen und bunte Streifen mit einem selbstaktiven Energiefilm. Er war ein Mann der Tat, mit einem Auftrag und einer Mission.

Als Udru'h sah, dass der Kommandeur auf ihn wartete, wandte er sich schroff an den Piloten. »Ich brauche Sie nicht mehr. Der Adar wird mich zu dem Ziel bringen, das ich ihm nenne.«

Der Pilot zögerte unsicher und Kori'nh gab mit einem Nicken seine Einwilligung. »Offenbar geht es um eine vertrauliche Angelegenheit. Zweifellos hat der Designierte spezielle Order für mich.«

Vor drei Jahren war er nach Dobro geschickt worden, um mit einer der menschlichen Gefangenen, einer grünhäutigen Frau von Theroc, ein Kind zu zeugen. Kori'nh wusste nicht, warum man sie bei den Nachkommen der *Burton*-Siedler festhielt, doch entsprechende Fragen standen ihm nicht zu. Der intime Kontakt mit jener Frau hatte ihm nicht gefallen. Er war ihm ... unehrenhaft erschienen. Doch es steckte ein indirekter Befehl des Weisen Imperators dahinter und deshalb musste er sich fügen.

Er wagte nicht daran zu denken, welche Anweisungen der Dobro-Designierte diesmal für ihn hatte.

Kori'nh nahm an den Kontrollen des Shuttles Platz und schwieg, verzichtete auf jede Konversation. Udru'h nannte ihm Koordinaten, die sie fortbrachten von den Umlaufbahnen der Planeten, zum Rand des Dobro-Systems. Dort gab es ein Durcheinander aus kleinen Monden und Asteroiden, das aussah wie unter den Teppich gekehrtes planetares Baumaterial. Die Felsbrocken waren zu weit verstreut, um einen richtigen Asteroidengürtel zu bilden, und angesichts ihrer geringen Ausmaße konnte keiner von ihnen als Planetoid klassifiziert werden.

»Wir haben es hier draußen versteckt«, sagte der Designierte. »Ein perfekter Ort. Trotzdem müssen wir vorsichtig sein.«

Kori'nh wusste noch immer nicht, worum es ging, und seine Unruhe wuchs. »Bitte nennen Sie mir Einzelheiten, Designierter. Wonach suchen wir?«

»Unsere Absicht besteht nicht darin, etwas zu suchen, sondern etwas zu *verbergen,* um der Geheimhaltung willen.«

Kori'nh dachte über diese Worte nach, als er den Shuttle ins kosmische Trümmerfeld steuerte. Staubpartikel und kleine Steine trafen auf die Schilde und dadurch entstand ein leises Zischen. Weiter vorn entdeckten die Scanner ein dunkles Objekt, das eindeutig künstlichen Ursprungs, aber nicht von Ildiranern konstruiert worden war.

»Wie Sie sehen, haben wir zu deutliche Spuren hinterlassen, Adar. Es besteht immer die Gefahr, dass jemand dies entdeckt.«

Es handelte sich um ein riesiges, altes Raumschiff.

Adar Kori'nh interessierte sich für die Militärgeschichte der Erde, auch dann, wenn es keinen direkten Bezug zu den Missionen gab, mit denen ihn der Weise Imperator beauftragte. Deshalb erschienen ihm gewisse Dinge vertraut, als er das Raumschiff beobachtete, das größer war als fünf ildiranische Kriegsschiffe. Das Konstruktionsmuster wirkte verschwenderisch: Dieses Schiff verließ sich auf rohe Gewalt anstatt auf Finesse. Seine Form entsprach der eines großen Gebäudes. Ganz oben befanden sich industrielle Produktionsanlagen, Kollektoren und Raffinerien – jemand schien eine Art Fabrik aus dem Boden eines Planeten gerissen und ins All geschleudert zu haben. Dunkel hing das riesige Schiff in der Schwärze des Weltraums; Flecken und Kratzer an der Außenhülle wiesen auf gefährliche Begegnungen hin. Wie ein Geisterschiff schwebte es dort, ohne Crew.

Kori'nh wusste die Symbole am Rumpf zu deuten. Die großen Triebwerke konnten das Schiff nur auf einen Bruchteil der Lichtgeschwindigkeit beschleunigen. Es hätte Jahrhunderte gebraucht, um die Abgründe des Alls zu überwinden. Und doch waren tollkühne Menschen mit solchen Generationenschiffen zu den Sternen aufgebrochen. »Bekh! Ist das ... die *Burton*?«

Der Designierte richtete einen verächtlichen Blick auf das große Schiff. »Die Solare Marine brachte das Ding hierher. Damals wollten wir die Menschen auf unserer Splitter-Kolonie ansiedeln – zwei Völker auf einem Planeten. Der Designierte machte sogar eine menschliche Frau, die Kommandantin der *Burton*, zu seiner Gattin.

Aber andere Menschen passten sich der neuen Situation nicht so gut an. Bevor man einen offiziellen Kontakt herstellen oder eine Delegation zur Erde schicken konnte, wurde die menschliche Frau ermordet und der kummervolle Designierte war gezwungen, hart durchzugreifen, um die Ordnung zu wahren.

Die Erde erfuhr nie von diesen Menschen. Mein Großvater, der Weise Imperator Yura'h, gab die Anweisung, die aufsässigen Geschöpfe in jeder nur erdenklichen Weise zu untersuchen. Als die *Burton* leer war, schleppte ein Kriegsschiff sie hierher zum Rand des Dobro-Systems und dort ist sie geblieben.«

Kori'nh dachte an die Anstrengungen und Hoffnungen, die man in das große Raumschiff investiert hatte. »Es ist ein wertvolles Relikt.«

Der Designierte schnaufte. »Die Menschen hätten es sicher gern zurück. Seit vielen Jahren suchen sie in der Leere zwischen den Sternen danach. Wir müssen dafür sorgen, dass sie an ihren Mythen und Mysterien festhalten, ohne jemals die Wahrheit herauszufinden.«

»Einverstanden«, sagte Kori'nh, aber aus einem anderen Grund. »Sie dürfen nie erfahren, was wir hier getan haben.« Vorsichtig steuerte er den Shuttle an Asteroiden vorbei und bewunderte dabei die primitive Erhabenheit des Generationenschiffs.

»Es gibt keinen Grund mehr, das Schiff hier zu behalten«, meinte der Designierte. »Eine eventuelle Entdeckung könnte uns in große Verlegenheit bringen.«

»Warum wurde es überhaupt an diesem Ort versteckt? Hatte jemand vor, es ... zu benutzen?«

»Gute Frage«, erwiderte der Dobro-Designierte. »Ich glaube, mein Großvater war damals ein wenig ... zerstreut. Weder im Konstruktionsmuster noch in den Triebwerken der *Burton* haben wir etwas gefunden, das dem Reich nutzen könnte. Unter dem Druck des Konflikts mit den Hydrogern entwickelte die Terranische Hanse neue Waffen, um ihre militärische Stärke zu erhöhen. Die Menschen sind immer aggressiv gewesen, gründen ständig neue Kolonien und übernehmen sogar Siedlungen, die wir aufgegeben haben ...«

»Zum Beispiel Crenna«, warf Kori'nh ein.

Der Dobro-Designierte verzog das Gesicht. »Mein Vater ist der Ansicht, dass die Gefahr einer zufälligen Entdeckung viel größer ist als die Vorteile, die sich daraus ergeben, das Schiff weiterhin hier zu behalten. Ich schließe mich dieser Einschätzung an.«

Kori'nh wich kleinen Fels- und Eisbrocken aus, steuerte den Shuttle noch einmal am Rumpf der *Burton* entlang und sah sich das alte Generationenschiff aus der Nähe an. Er erweiterte die Bugglänzer und ihr Licht glitt über die Außenhülle. »Warum haben Sie mich hierher bestellt, Designierter?«

Udru'h sah den Adar so an, als läge die Antwort auf der Hand. »Ich möchte, dass Sie die *Burton* zerstören. Es darf nichts von ihr übrig bleiben.«

7 ✳ CESCA PERONI

Hitze, unglaubliche Hitze – genug, um Felsgestein weich werden zu lassen, leichte Elemente zu verdampfen und menschliches Fleisch innerhalb von Sekundenbruchteilen zu verbrennen.

Isperos war ein schrecklicher Ort unter einer lodernden Sonne, voller Gefahren. Aber die Roamer sahen in der Hitze eine *Ressource*. Die mit großem Aufwand geschützte Kolonie produzierte so viele reine Metalle und seltene Isotope, dass sich das Risiko lohnte, dort zu leben und zu arbeiten.

Als Sprecherin der Clans war Cesca Peroni gekommen, um Kotto Okiah zu seinem Einfallsreichtum bei der Gründung einer Kolonie am Rand der Hölle zu gratulieren. »Niemand hätte so etwas für möglich gehalten – andere waren zu blind, das zu sehen, was Sie hier erkannt haben. Der Erfolg dieser Kolonie ist eine weitere Stütze für unsere in Mitleidenschaft gezogene Wirtschaft.«

Sie befanden sich im unterirdischen Bunker und der exzentrische Ingenieur nahm das Lob verlegen entgegen. Kotto mochte ein Genie sein, aber er hatte nie gelernt, Komplimente würdevoll entgegenzunehmen.

Im Bestreben, die Besucherin zu beeindrucken, führte er Cesca durch tiefe Tunnel und wischte sich Schweiß von den rötlichen Wangen. »Nach Ebene zwei wird es kühler.« Er klopfte an die Wand und es klang hohl. »Drei Schichten keramische Wabenstruktur, mit einer zusätzlichen Schicht Isolierungsfasern. Ein Vakuum verhindert den thermischen Transfer.«

»Niemand sonst könnte mit der Energie einer ganzen Sonne fertig werden. Ein perfektes Beispiel für die Genialität der Roamer.« Cescas Lob war ernst gemeint.

Kotto lächelte scheu. »Nun, der gewaltige solare Strom liefert genug Energie für die Generatoren, atmosphärischen Prozessoren und Kühlsysteme.« Er deutete auf einige von Raureif bedeckte Rohrleitungen, die wie Adern an der Wand des Tunnels entlangführten. »Ich habe ein neues, unorthodoxes thermisches Flusssystem entwickelt, das überschüssige Energie an die Oberfläche leitet. Große Kühlrippen geben dort Wärme ab – eine weitere meiner Erfindungen.«

Vor einigen Jahren, nach Beginn der Hydroger-Krise, hatte Cesca die Clans aufgefordert, nach innovativen Möglichkeiten für die Gewinnung von Wasserstoff im Spiralarm Ausschau zu halten. Kotto steckte voller Ideen. Während die Station auf Isperos entstand, Tunnel gegraben und Schmelzer gebaut wurden, fand er Gelegenheit, die Funktionsweise der Ekti-Reaktoren zu verbessern. Er hatte auch die Blitzminen entwickelt, die derzeit in den Atmosphären von Gasriesen zum Einsatz kamen.

Irgendwie gelang es den Roamern immer wieder, Unmögliches zu leisten. Cesca atmete tief durch, zufrieden darüber, was sie erreicht hatten. *Ja, wir leisten Unmögliches.* Unmöglich war auch die Beziehung mit Jess gewesen. Aber Cesca hatte eine Möglichkeit gefunden, nach langer Zeit die Kluft zu dem Mann zu überwinden, den sie liebte ...

Vor Jahren, während sie noch mit Ross Tamblyn verlobt gewesen war, hatte sie sich in seinen jüngeren Bruder verliebt. Ross kam bei einem Angriff der Hydroger ums Leben und nach seinem Tod hätte es für Cesca und Jess eigentlich möglich sein sollen, miteinander glücklich zu werden. Doch Cesca war zur neuen Sprecherin ernannt worden und Jess musste sich um die Wassergeschäfte seiner Familie kümmern; deshalb hatten sie ihre Gefühle zurückgestellt. Sie vertraten beide den Standpunkt, dass die Sprecherin stark sein und sich ganz ihren Aufgaben widmen musste, zumindest bis zum Ende der Hydroger-Krise.

Es schien eine vernünftige Entscheidung gewesen zu sein.

Kaum ein Jahr später waren sie zu einem heimlichen Liebespaar geworden und inzwischen hatten sie beschlossen, ihre Heiratspläne in sechs Monaten bekannt zu geben. Sechs lange Monate ... Aber wenigstens war das Ende in Sicht. Es blieb Cesca nichts anderes übrig, als sich hier und dort mit kleinen Häppchen Glück zu begnügen.

In der Zwischenzeit musste sie sich auf ihre Pflichten als Sprecherin konzentrieren.

Kotto führte sie in einen abgeschirmten Kontrollbunker, dessen Wände mit keramischen Fliesen verkleidet waren. »Wir nennen dies unseren ›Luxussalon‹.« Acht Roamer saßen an Konsolen, beobachteten das externe Geschehen mithilfe von Bildschirmen und überwachten die Arbeitsgruppen in den Schatten auf der Nachtseite.

Isperos badete in der gleißenden Korona der instabilen Sonne, wie ein Stein in einem Schmelzofen. Riesige mobile Abbaumaschinen und Oberflächenschmelzer waren auf der dunklen Seite des Planeten aktiv, dort, wo die Kruste vor kurzer Zeit dem heißen Schein der Sonne ausgesetzt gewesen war. Die Maschinen trugen die Oberflächenschicht ab, gewannen Metalle daraus und separierten die nützlichen Isotope mit kurzer Halbwertzeit, die im Regen der kosmischen Strahlung entstanden.

»Unsere Clans haben es immer gut verstanden, Rohstoffe aus Asteroiden in fernen Umlaufbahnen zu gewinnen«, sagte Kotto. »Aber jene Felsbrocken enthalten vor allem leichte Elemente, Eis und Gas. Hier auf Isperos sorgt die Sonne dafür, dass nur reine Schwermetalle übrig bleiben.« Er breitete die Arme aus. »Wir formen Barren daraus und schicken sie mit dem Katapult ins All. Ganz einfach.«

Cesca bezweifelte, ob auf Isperos irgendetwas »ganz einfach« war, aber sie bewunderte die technische Kühnheit. Die Große Gans wäre nie ein solches Risiko eingegangen.

Draußen auf der schorfigen Oberfläche führten flache Straßenabschnitte fort von den Abbaustellen. Automatische Transporter brachten Paletten mit Metallbarren zu einem kilometerlangen Katapult, einem mit Elektrizität betriebenen System, das die Metalle mit einer Geschwindigkeit ins All schleuderte, die knapp über der Fluchtgeschwindigkeit von Isperos lag. In sicherer Entfernung von der lodernden Sonne sammelten Frachtschiffe der Roamer die dahintreibenden Schätze ein. Händler lieferten das Metall an Werften der Roamer oder Kolonien der Hanse, deren Industrien Schwarzmarkt-Rohstoffe brauchten und einen guten Preis dafür zahlten.

Kotto deutete auf einen Bildschirm, der einen Wald aus großen keramischen Kühlrippen zeigte: Sie glühten kirschrot und ragten dort wie Segel auf, wo bereits ein Abbau stattgefunden hatte. »Wir konstruieren weitere Wärmeradiatoren, sodass wir die Temperatur im Innern der Station um ein oder zwei Grad senken können. Aber dabei stellt sich immer die Frage, ob wir mehr Zeit in unseren Komfort investieren oder in die Produktion von zusätzlichem Metall.«

In Abständen von jeweils zwei Sekunden schickte das Katapult silberne Zylinder ins All, alle gleich groß und mit der gleichen Masse. Wie Geschosse jagten sie davon. Einmal im Monat wurde das Katapult bewegt, damit es in den langsam dahinkriechenden Schatten blieb. Manche mit Metallbarren gefüllten Zylinder gingen verloren, aufgrund falscher Berechnungen oder weil ihre Flugbahnen von Asteroiden gestört wurden. Doch die Frachtschiffe der Roamer fingen die meisten Behälter ein.

Es erfüllte Cesca mit Stolz zu sehen, was Kotto auf Isperos geschaffen hatte. Dadurch gewann sie neue Zuversicht und glaubte, dass es den Roamern tatsächlich gelingen konnte, den Hydroger-Krieg irgendwie zu überleben. Und vielleicht würden auch Jess und sie am Leben bleiben.

8 ✳ JESS TAMBLYN

Der Himmel von Plumas war gefroren und fest. Künstliche Sonnen steckten im Eis des Firmaments und ihr Licht spiegelte sich auf dem subplanetaren Ozean wider.

Transportschächte waren durch den Eispanzer gebohrt worden, schufen Zugang für Besucher und Ausrüstung. Hydrostatischer Druck presste Wasser durch Risse in der gefrorenen Oberfläche des Mondes; an manchen Stellen spritzte es weit empor. Roamer-Schiffe konnten die Brunnen anzapfen und ihre Frachträume mit Wasser füllen.

Der Tamblyn-Clan betrieb die Wasserminen von Plumas seit Generationen, aber Jess hatte nicht viel für die Industrie übrig. Er war durch und durch Roamer und begab sich gern auf Missionen, die ihn weit von zu Hause fort führten. Nach dem Tod seines strengen Vaters Bram hatten zum Glück dessen vier Brüder die Leitung der Geschäfte übernommen.

Auf die Frage seines Onkels Caleb, ob er bei den Entscheidungen mitwirken wollte, hatte Jess lächelnd geantwortet: »In unserer Familie gab es genug Fehden und Auseinandersetzungen. Ich möchte keinen neuen Konflikt beginnen und außerdem leistet ihr gute Arbeit. Mein Vater meinte, das Blut eines Tamblyn sollte wie Eiswasser sein. Er hielt das für eine gute Sache.«

Jess stand jetzt bei den Liftschächten und zog seine Handschuhe zurecht. Die Luft war kalt und frisch; wenn er ausatmete, bildete sich eine grauweiße Wolke vor seinem Mund. Er war auf Plumas aufgewachsen, hatte mit Ross gespielt und sich zusammen mit seinem größeren Bruder um ihre Schwester Tasia gekümmert. Doch inzwischen hatte sich zu viel verändert – dies war nicht mehr der Ort seiner Kindheit.

Als Vierzehnjähriger hatte Jess seine Mutter verloren. Sie war mit einem Wagen auf der Oberfläche unterwegs gewesen, um Brunnen, Geysire und Pumpstationen zu überprüfen, und plötzlich hatte die Kruste nachgegeben. Wasser und Schlammeis hatten Karla Tamblyn fortgespült und ihr Wagen war in einen tiefen Spalt gestürzt. Stundenlang hatten sie schwache Signale von dem Kommunikator in Karlas Schutzanzug empfangen, doch niemand war in der Lage gewesen, sie zu retten. Der Schmerz hatte Bram fast um den Verstand gebracht, während seine Frau langsam erfror. Wie ein Fossil im Eis eingebettet blieb ihre Leiche zurück.

Inzwischen war Jess' Vater tot, ebenso wie sein Bruder, und seine Schwester hatte sich freiwillig für den Dienst in der TVF gemeldet. Zwar blieben ihm seine Onkel und Vettern, aber trotzdem fühlte sich Jess auf Plumas allein.

Hinter ihm kamen zwei seiner Onkel aus den Verwaltungshütten. Ein dritter Mann trat hinter dem Ausrüstungsschuppen hervor und stopfte ölverschmierte Handschuhe in isolierte Taschen. Onkel Caleb bastelte immer an irgendwelchen Apparaten herum und versuchte, die Ausrüstung zu verbessern. Jess glaubte, dass Caleb das Summen von Triebwerken mochte und gern »sauberen Schmutz« unter den Fingernägeln hatte.

Die anderen beiden Männer waren so sehr eingepackt, dass Jess sie nicht erkennen konnte. Es mussten die beiden Zwillinge Wynn und Torin sein, die jüngsten Brüder seines Vaters. Sein vierter Onkel Andrew blieb im Verwaltungstrakt, kümmerte sich dort um Buchführung und Budgets.

»Das Schiff ist bereit für den Flug nach Osquivel«, sagte einer der beiden Kapuzengestalten – Torin, der Stimme nach zu urteilen. Die Kälte hatte seine Wangen gerötet.

»Wir haben Del Kellums Order übererfüllt«, brummte Wynn, ohne die Kapuze zurückzustreichen. »Widersprich nicht, wenn er darauf besteht, mehr zu bezahlen.«

Caleb näherte sich und lächelte. »Wenn du klug bist, Jess, bringst du Kellums flotter Tochter ein Geschenk mit. Sie wäre eine gute Partie.«

»Kann eine echte Nervensäge sein«, meinte Torin. »Aber es gibt schlimmere Ehefrauen.«

Jess lachte. »Danke, aber ... nein.« Die Hinweise seiner Onkel erinnerten ihn daran, wie sehr er Cesca vermisste. Er lächelte verstohlen. *Noch sechs Monate.*

»Wählerische junge Männer werden zu verbitterten Junggesellen«, warnte Torin.

»Und wenn schon«, erwiderte Wynn ein wenig zu schnell.

Caleb und Torin wandten sich an ihren Bruder und runzelten die Stirn. »Behaupte nur nicht, du hättest es nie bereut.«

Wynn verteidigte seinen Standpunkt. »Wenn meine biologische Uhr zu ticken beginnt, gebe ich euch Bescheid.«

Zum Glück öffnete sich in diesem Moment die Lifttür und Jess trat in die Kabine, ließ seine Onkel und ihre Neckereien hinter sich zurück. »Kümmert ihr euch um die Tamblyn-Dynastie, während ich fort bin. Ich liefere das bestellte Wasser ab.« Die Transportkapsel des Lifts trug ihn durch den Eishimmel. Er konnte es gar nicht abwarten, sich mit dem Tanker auf den Weg zu machen, denn dann bekam er die Möglichkeit, einige Tage ungestört von Cesca zu träumen ...

Die Roamer-Werften in den Ringen über dem Äquator des Gasriesen blieben den Hydrogern ebenso verborgen wie den Spionen der Hanse.

Jess Tamblyn traf mit seiner Wasserlieferung bei Osquivel ein. Ein glitzerndes Konglomerat aus Greifkapseln, automatischen Stationen und Ambientalmodulen umkreiste den Gasriesen zusammen mit den Fels- und Eisbrocken der Ringe. In Raumanzüge gekleidete Roamer bewegten sich wie fleißige Ameisen, brachten Fertigteile und Rohmaterial zu den Werften. Solange die Erkundungsschiffe der Großen Gans nicht zu genau Ausschau hielten, baute Kellums lukrativer Komplex ein Raumschiff nach dem anderen ...

Als Jess angedockt und die Frachttanks abgetrennt hatte, kam Del Kellum zu ihm. Er hatte einen breiten Brustkorb, meliertes Haar und einen sorgfältig gepflegten Spitzbart. »Seit dem Einsatz bei Welyr haben wir uns nicht mehr gesehen! Was bringen Sie diesmal?«

Jess deutete mit dem Daumen in Richtung Andockraum. »Genau das, was auf dem Frachtschein steht, Del. Haben Sie etwas Stärkeres als Wasser erwartet?«

»He! Ich kümmere mich um die Lieferung«, ertönte die Stimme einer jungen Frau aus dem Kom-Lautsprecher. »Hallo, Jess! Treffen wir uns, bevor du wieder losfliegst?«

Er erkannte die Stimme von Kellums Tochter, die erst achtzehn Jahre alt und bereits mit vielen Werftarbeiten vertraut war. »Ich habe nicht viel Zeit, Zhett. Ich weiß nicht, ob sich Gelegenheit zu einem Treffen ergibt.«

»Er wird sich die Zeit nehmen, Schatz«, sagte Kellum.

Zhett steuerte eine kleine Greifkapsel so, als stellte sie eine Erweiterung ihres Körpers dar, brachte die Wassertanks von Plumas damit fort, um sie zwischen den Montagegittern und Ressourcefelsen von Osquivel zu verteilen.

Mit väterlichem Stolz in den feuchten Augen sah Kellum seiner Tochter nach und hob dann die buschigen Brauen. »Sie gefallen ihr, Jess, und ihr wärt ein gutes Paar, verdammt. Sie sind einunddreißig und unverheiratet – macht man sich in Ihrem Clan nicht allmählich Sorgen?«

Zhett stammte aus Kellums erster Ehe, das einzige Mitglied seiner Familie, das ihm nach einem Kuppelbruch geblieben war, der Frau und Sohn getötet hatte. Zwar behandelte Kellum seine Tochter wie eine Prinzessin, aber sie war zu einer starken Frau herangewachsen und ganz und gar nicht verwöhnt. Jess kannte sie seit vielen Jahren.

Er sah Kellum an und rang sich ein Lächeln ab. »Ich treffe meine Wahl, wenn mir der Leitstern den Weg zeigt.«

Kellum klopfte ihm auf die Schulter und führte ihn durch eine Luftschleuse in ein langsam rotierendes Wohnmodul. Er reichte Jess einen kleinen flexiblen Ballon, gefüllt mit einer starken orangefarbenen Flüssigkeit, die er selbst brannte.

Fenster in einer Wand boten einen guten Blick auf die zahllosen Geisteinsbrocken, aus denen die Ringe des Gasriesen bestanden.

»Hier zu leben ... Man könnte meinen, mitten in einem Schwarm hungriger Fische zu schweben«, sagte Kellum. »Man beobachtet alles, was sich bewegt, und man hält sich bereit, um gegebenenfalls auszuweichen.«

Er deutete stolz auf das Aquarium an der Innenwand, und Jess betrachtete die wie Zebras gestreiften Meerengel darin. Del Kellum hatte die tropischen Fische für viel Geld von der Erde importiert. Er fütterte sie regelmäßig, bewunderte ihre schlanken Körper und meinte, sie erinnerten ihn an Raumschiff-Entwürfe.

»Wann auch immer Sie entscheiden, eine neue Erntegruppe zusammenzustellen, Jess ...«, brummte das Clan-Oberhaupt verschwörerisch. »Meine Werften können zehn oder mehr weitere Blitzminen bauen. Es ist schon alles vorbereitet.«

Jess wusste nicht recht, ob er Hoffnung oder Sorge in der Stimme des älteren Mannes hörte. »Derzeit möchte ich nicht riskieren, noch mehr Leute und Material zu verlieren, nur um der Großen Gans ein paar Tropfen Ekti zu verkaufen. Außerdem sollten wir uns auf andere Methoden besinnen.«

Kellum hob die zur Faust geballte Hand. »Wir müssen den Drogern zeigen, dass wir stark sind, verdammt. Es ist keine einfache Kosten-Nutzen-Rechnung.«

Während das Wohnmodul rotierte, veränderte sich der Ausblick durch die Fenster. Sterne leuchteten, eingebettet in Schwärze und dann geriet der an Wasserstoff reiche, aber verbotene Gasriese in Sicht. Jess seufzte. »Unsere Erntemethoden werden ständig modifiziert und verbessert. Es muss noch andere, weniger gefährliche Möglichkeiten geben, Wasserstoff zu gewinnen.«

»O ja, die gibt es bestimmt – aber sie sind nicht annähernd so effizient.«

In den Werften von Osquivel produzierten riesige Schmelzer und schwebende Raumdocks gigantische Kollektoren aus metallischen Polymeren. Sie waren nur wenige Moleküle dick und jede von ihnen groß genug, um einen ganzen Mond zu verdunkeln. Die zusammengefalteten hauchdünnen Kollektoren wurden mit Kapseln weit hinaus ins interstellare Gasmeer gebracht, wo sie sich öffnen und Wasserstoff sammeln sollten. Andere Anlagen hoch über Osquivel waren dazu bestimmt, Wasserstoff aus Kometeneis zu gewinnen.

»Es dauert einfach zu lange, Ekti auf andere Weise zu produzieren«, brummte Kellum.

Der private Kommunikator summte und Zhetts Stimme ertönte. »Ich wollte nur kurz Bescheid geben, Vater. Alle Lieferungen haben ihren Bestimmungsort erreicht. Ist Jess noch da?«

»Ja, das ist er, Schatz.«

»Wie wär's mit einem Greifkapselflug, Jess? Wir könnten uns die Ringe ansehen ...«

»Ich kann nicht lange bleiben, Zhett – Clan-Pflichten rufen.«

»Dein Pech.« Zhett klang verärgert. »Du wirst es noch bereuen.«

Zhett unterbrach die Verbindung, und Jess sah ihren Vater an. »Das werde ich wahrscheinlich.«

9 ✳ TASIA TAMBLYN

Die TVF-Kampfgruppe glitt durchs All und wirkte eindrucksvoll genug, um die aufsässigen Kolonisten von Yreka einzuschüchtern. Jedes Einzelne der drei verbesserten Moloch-Schlachtschiffe hätte genügt, aber Admiral Sheila Willis hatte der Streitmacht auch noch fünf Waffenplattformen der Thunderhead-Klasse, zehn mittelgroße Manta-Kreuzer und sechzehn volle Staffeln aus Remora-Angriffsjägern hinzugefügt.

Die Gitter-7-Flotte ließ drohend ihre Muskeln spielen. Platcom Tasia Tamblyn hielt es für weit übertrieben, eine so große Streitmacht gegen eine Hand voll ungehorsamer Siedler in den Einsatz zu schicken, von der Verschwendung des kostbaren Treibstoffs für den Sternenantrieb ganz zu schweigen. Sollte die TVF nicht besser gegen den *wahren* Feind antreten?

Tasia betrat den privaten Salon der Waffenplattform, der direkt neben dem Thunderhead-Brückendeck lag. Bilder von Admiral Willis und allen früheren Schiffskommandanten erwarteten sie dort – eine Lagebesprechung stand an. Das Flaggschiff der Admiralin trug den Namen *Jupiter*, nach dem König der römischen Götter und auch in Gedenken an die erste große Niederlage im Kampf gegen die Hydroger.

»Ich möchte diese Mission ohne Kollateralschäden durchführen – wenn möglich.« Das Gesicht der Admiralin wirkte verhärmt, das graue Haar lag dicht am Kopf. Sie sah aus wie eine strenge alte Schullehrerin und sprach leicht gedehnt. »Mir wäre es lieber, ganz auf den Einsatz von Waffen zu verzichten. Die Yrekaner sind nicht der Feind, nur fehlgeleitete Kolonisten.«

Tasia nickte. Sie teilte den Standpunkt der Admiralin, wusste aber, dass sie damit in der Minderheit war.

»Bei allem Respekt, Admiral«, sagte Commander Patrick Fitzpatrick III. in dem für ihn typischen überheblichen Tonfall. »Wer den direkten Befehlen des Königs trotzt, muss als Feind gelten. In diesem Fall handelt es sich nur um eine andere Art von Feind.« Der junge Mann hatte dunkles Haar und dunkle Augen, aristokratische Züge und wie aufgemalt wirkende Brauen.

Tasia unterdrückte ein verärgertes Seufzen. Bei realistischen Kampf- und Notfall-Übungen hatte sie Fitzpatrick ein- oder zweimal das Leben gerettet, aber er verachtete noch immer alle, von denen er glaubte, sie stünden sozial unter ihm. An der lunaren Militärakademie hatte ihm Tasia mehrmals mit den Fäusten gezeigt, was sie von seiner arroganten Borniertheit hielt, doch selbst ein Aufenthalt in der Krankenstation blieb ohne Wirkung auf die Haltung des Kleebs.

Allerdings beherrschte Fitzpatrick das Spiel der Politik besser als Tasia, und hinzu kam: Seine Großmutter Maureen Fitzpatrick war während der Herrschaft von König Bartholomäus Vorsitzende der Hanse gewesen – deshalb fühlte er sich privilegiert. Auch Tasia stieg durch die Ränge auf, aber aufgrund ihrer Leistungen. Fitzpatrick saß nun im Sessel des Captains an Bord eines Manta-Kreuzers und Tasia führte den Befehl über eine große Thunderhead-Plattform. Und beide waren erst Anfang zwanzig.

Admiral Willis' holographisches Bild drehte sich, wodurch sie den Eindruck erweckte, die anderen dargestellten Offiziere zu mustern. »Wie dem auch sei: Dies ist eine wohlwollende Disziplinarmaßnahme, kein Angriff.«

»Ja«, sagte Fitzpatrick. »Geben wir ihnen *väterlich* was auf den Hintern.«

Soweit es Tasia betraf, konnte er seinen Kopf ins Vakuum stecken.

Sie bewunderte, was die Kolonisten auf Yreka seit der Gründung ihrer Siedlung vor vierzig Jahren geleistet hatten. Sie waren nicht so kühn und einfallsreich wie die Roamer, aber sie hatten wirklich Rückgrat bewiesen. Yreka wäre als starker, unabhängiger Außenposten geeignet gewesen. Konnte man der charismatischen Großgouverneurin Sarhi vorwerfen, dass sie schwierige Entscheidungen traf, um das Überleben ihres Volkes zu sichern?

Namenlose, anonyme »Beobachter« der Hanse – ein anderes Wort für »Spione«, dachte Tasia – hatten die verschiedenen Kolonien infiltriert, um sie von innen her zu überwachen. In einem der von diesen Spionen an die TVF übermittelten Berichte war vom Eigensinn der Yrekaner die Rede gewesen.

General Lanyan sah in Yrekas Trotz einen persönlichen Affront. Als er die Kampfgruppe losschickte, hatte er gebrummt: »Erst vor wenigen Jahren haben die Yrekaner uns um Hilfe gegen eine Bande von Roamer-Piraten gebeten. Offenbar ist ihr Gedächtnis lückenhaft.«

Zwar blieb sie äußerlich ruhig und gelassen, doch die Worte berührten in Tasia einen wunden Punkt. Der Pirat Rand Sorengaard war ein Außenseiter, und die meisten Roamer verabscheuten, was er getan hatte. Doch die Hanse nutzte jenen Zwischenfall noch immer, um Vorurteile zu fördern. Bei ihrer militärischen Laufbahn war Tasia immer wieder mit diesem Stigma konfrontiert worden.

Ein Navigationsoffizier sprach über das Kom-System der *Jupiter* und seine Stimme erklang in der Holo-Konferenz. »Wir erreichen das Yreka-System, Admiral. Alle Schiffe nehmen die planmäßigen Positionen ein.«

»In Ordnung«, erwiderte Admiral Willis. »Die nächste Besprechung findet statt, sobald die Großgouverneurin geantwortet hat. Diese Angelegenheit könnte in einer Stunde vorbei sein. Es ist aber auch möglich, dass wir längere Zeit hier bleiben müssen.«

Tasia verließ den Salon der Waffenplattform und kehrte auf die Brücke zurück. Sie hoffte, dass es ihr irgendwie gelang, die TVF an einer Aktion gegen die Siedler von Yreka zu hindern. Leider gehörten Sensibilität und Diplomatie nicht zu ihren vielen starken Seiten.

Yreka war eine unwichtige Kolonie am Rand des Hanse-Raums, unweit des Ildiranischen Reiches. Das Sonnensystem, neue Heimat einer Hand voll zäher Siedler, hatte keine strategische Bedeutung. Yrekas Wirtschaft war nicht autark; viele Dinge mussten importiert werden.

Tasia nahm ihren Platz auf der Brücke ein und forderte die Offiziere auf, alle Systeme zu überprüfen. Dann meldete sie der *Jupiter*: »Thunderhead 7-5 bereit, Admiral.«

Die Entscheidung lag bei Willis – Tasia hoffte, dass sie einen kühlen Kopf bewahrte. Eines stand fest: Gegen die Feuerkraft der TVF-Kampfgruppe konnten die Yrekaner nichts ausrichten.

Staffelführer Robb Brindle, Tasias Freund und Geliebter, meldete sich aus dem Hangar und sprach mit erzwungener Förmlichkeit. »Die Elite-Staffeln sind startbereit, Platcom. Sollen wir aufbrechen oder warten bis die Yrekaner aktiv werden?«

»Öffnen Sie einen weiteren Kaffeeschlauch, während Sie im Cockpit warten, Staffelführer«, erwiderte Tasia. »Wenn die Yrekaner sehen, womit sie es zu tun haben, geben sie bestimmt klein bei.«

»Im Raumhafenbereich findet erhebliche Aktivität statt, Platcom«, sagte der Scanner-Ensign. »Die Kolonisten mobilisieren Schiffe ... und zwar ziemlich viele.« Die Frau berührte einen Empfänger am Ohr. »Die Großgouverneurin hat eine Evakuierung angeordnet und weist alle Zivilisten an, Schutzräume aufzusuchen.« Die Offizierin sah Tasia groß an. »Man scheint wirklich mit einem Angriff zu rechnen.«

»Shizz, sie sollten es besser wissen«, sagte Tasia. »Yreka ist eine Hanse-Kolonie und wir sind die TVF.« Aber tief in ihrem Herzen fragte sie sich, wie weit Admiral Willis gehen würde.

Die Admiralin setzte sich mit der Großgouverneurin in Verbindung und sprach in einem umgänglichen Tonfall, der jedoch nicht über den Ernst ihrer Worte hinwegtäuschte. »Ma'am, hier spricht Admiral Sheila Willis, Kommandantin der Terranischen Verteidigungsflotte hier in Gitter 7. Meine Aufgabe besteht darin, diesen Raumsektor zu schützen, aber Sie scheinen vergessen zu haben, wer Ihnen die Butter aufs Brot streicht. Hören Sie mich?« Sie wartete auf eine Antwort. Tasia stellte sich die Panik im Verwaltungszentrum von Yreka vor.

»Ich habe einige meiner Schiffe mitgebracht, um Sie daran zu erinnern, dass Ihre Welt die Charta der Hanse unterschrieben hat«, fuhr Willis fort. »Sehen Sie sich den Text noch einmal an. Sie haben dem König Treue geschworen.«

Ihre Stimme veränderte sich ein wenig und nun klang sie wie eine enttäuschte Großmutter. »Allem Anschein nach horten Sie auf dem Schwarzmarkt erworbenes Ekti. Sie sollten sich schämen. Die Hanse sieht sich einer ernsten Krise gegenüber und König Peter hat alle seine Untertanen bei der Zentralisierung von Ressourcen um Hilfe gebeten. Warum verweigern Sie Ihre Teilnahme an diesen Bemühungen? Sie müssen Ihr Ekti der TVF übergeben, damit wir es zum Wohle aller und zum Schutz der Menschheit verwenden.«

Die Worte sollten versöhnlich sein, aber es mangelte ihnen nicht an Strenge. »Nun, wir wollen keine Ressentiments, aber Gesetz ist Gesetz. Der König ist bereit, Ihnen zu verzeihen, wenn Sie Ihren Verpflichtungen unverzüglich nachkommen. Seien Sie vernünftig.«

Nach dem Ende ihrer Mitteilung erschien ein verschwommenes Hologramm, dessen geringe Auflösung darauf hinwies, wie veraltet das yrekanische Kom-System war. Es zeigte die Großgouverneurin, eine hoch gewachsene, schlanke Frau indischer Abstammung. Sie hatte dunkle Haut, fast schwarze Augen und dichtes, blauschwarzes Haar, das in langen Zöpfen bis zu den Hüften reichte. Volle Lippen wölbten sich unter einer krummen Nase.

»Admiral Willis, ich fürchte, wir können Ihren Aufforderungen nicht nachkommen. Unser eigenes Überleben diktiert meine Entscheidung. Es entsetzt mich, dass die TVF eine loyale Kolonie der Hanse bedroht. Yreka hat für die Kriegsanstrengungen bereits viel geopfert. Wir haben alles gegeben, was wir konnten. Das Ekti benötigen wir für unser Überleben.«

Die Großgouverneurin winkte und herzergreifende Bilder erschienen: unterernährte Kinder und Getreidefelder, auf denen kaum mehr etwas wuchs, weil Dünger und Mittel gegen Pflanzenkrankheiten fehlten. »Wenn wir Ihnen unsere Treibstoffvorräte überlassen, sterben die Siedler. Dann geht Yreka zugrunde und wird innerhalb eines Jahrzehnts zu einem Geisterplaneten.«

Tasia begriff, dass der Großgouverneurin eigentlich gar keine Wahl blieb. In ihrer Verzweiflung sendete sie auf einer offenen Frequenz, obgleich Admiral Willis einen direkten Kanal zum Verwaltungszentrum des Planeten benutzt hatte – alle Soldaten der TVF-Kampfgruppe sollten sie hören.

»Warum nehmen Sie uns nicht die Luft, die wir atmen? Oder das Wasser unserer Flüsse? Warum blockieren Sie nicht das Sonnenlicht, das unser Korn wachsen lässt? Wir haben einen hohen Preis für unser Ekti bezahlt und können es uns nicht leisten, den Treibstoff zu verlieren.«

»Nun, das ist alles sehr melodramatisch ...«, begann Admiral Willis.

»Bitte richten Sie dem König unser Bedauern aus. Danke.« Die Großgouverneurin wartete keine Antwort ab, deutete eine Verbeugung an und unterbrach die Verbindung – sie schien Wert darauf zu legen, das letzte Wort zu behalten.

Die Offiziere auf Tasias Brücke staunten über die törichte Reaktion des yrekanischen Regierungsoberhaupts. Jemand kicherte ungläubig. »Hier gibt es nichts zu lachen«, sagte Tasia scharf.

Die Gitter-7-Kampfgruppe wartete auf die nächsten Anweisungen der Admiralin. Mit ruhiger, aber auch enttäuscht klingender Stimme wandte sie sich an die Kommandanten. »Hiermit ordne ich die Blockade des Planeten an. Kein Schiff verlässt ihn, keins landet auf ihm. Von jetzt an erreichen Yreka weder Lieferungen noch Nachrichten. Wir bleiben so lange hier, wie es nötig ist.«

Tasia lehnte sich zurück, erleichtert darüber, dass die Admiralin keinen Angriff befohlen hatte. »Ich hoffe, niemand von Ihnen hat Pläne fürs Wochenende«, sagte sie zu ihren Offizieren.

10 ✸ KÖNIG PETER

Der König kleidete sich an, bevor er seine Gemächer verließ. An diesem Morgen hatten die Bediensteten bunte, verzierte und unbequeme Gewänder bereitgelegt, die zweifellos von einem Komitee entworfen und ausgewählt waren. Peter schenkte ihnen keine Beachtung, wählte seine eigenen Sachen und schickte die Lakaien fort, die ihm bei Knöpfen und Kragen helfen wollten. Raymond Aguerras Mutter hatte ihn gelehrt, sich selbst anzuziehen.

»Basil will gar keinen Herrscher«, wandte er sich wie beiläufig an den Lehrer-Kompi. Jahrelang hatte OX ihm von den Nuancen der Macht und Rhetorik erzählt und inzwischen sah er in dem Kompi mehr als nur eine Datenbank oder eine Sammlung historischer Dateien. Er zog an einer Manschette. »Er will einen Schauspieler.«

Peter hatte schon früh beschlossen, sich alle Mühe zu geben, ein guter König zu sein. Spielerisch zunächst hatte er damit begonnen, hier und dort kleine Veränderungen vorzunehmen, deren Bedeutung sich darauf beschränkte, seine Unabhängigkeit zu zeigen. Statt der protzigen, mit Schmuck überladenen Umhänge König Fredericks trug er eine schlichte Uniform, grau, blau und schwarz. Der Vorsitzende war damit einverstanden und glaubte, dass der preußische Stil besser zu einem Volk im Krieg passte.

»Sie sollten besser beides sein, König Peter«, erwiderte OX, der ebenso wie Basil Wenzeslas dazu übergegangen war, den König zu siezen. Der freundlich aussehende Lehrer-Kompi hatte die Siedler begleitet, die mit dem ersten Generationenschiff von der Erde aufgebrochen waren. Jetzt stand er in den Diensten der Terranischen Hanse und half bei der Ausbildung der Großen Könige. »Aber es verbirgt sich noch mehr hinter Ihrer Rolle. Die Menschen müssen an Sie glauben.«

Peter lächelte. »Also gut. Gehen wir und zeigen wir uns beim Weg zum Situationsraum.«

Als Raymond war er in einer eng miteinander verbundenen, aber sehr armen Familie aufgewachsen. Er hatte mit Gelegenheitsarbeiten Geld verdienen müssen und dabei die gewöhnlichen Leute kennen gelernt, die nie Aufsehen erregten.

Jene Menschen waren die tatsächlichen Untertanen des Königs, aber Basil ließ sie bei seinen großen Plänen außer Acht. Der Vorsitzende verstand sich ausgezeichnet darauf zu erkennen, wie die einzelnen Teile eines Puzzles zusammenpassten, aber der kleinere Maßstab des Lebens blieb ihm fremd. Er kannte keine *echten* Menschen, nur politische Projektionen und allgemeine ökonomische Konzepte. Das machte ihn zu einem guten Geschäftsmann, aber nicht zu einem Oberhaupt, das Loyalitätsgefühle weckte.

Mit OX an seiner Seite schritt Peter durch den breiten Flur. Er lächelte einer hispanischen Frau in mittleren Jahren zu, die eine Alabasterbüste von König Bartholomäus putzte. »Hallo, Anita.« Er betrachtete das perfekte Gesicht der Statue. »Glauben Sie, der alte Bartholomäus hat wirklich so ausgesehen? Oder handelt es sich vielleicht um eine idealisierte Darstellung?«

Die Frau freute sich darüber, dass er ihr Aufmerksamkeit schenkte. »Ich ... ich vermute, so sah er für das Auge des Bildhauers aus, Euer Majestät.«

»Da haben Sie sicher Recht.«

Zusammen mit OX setzte Peter den Weg zu der früheren Bibliothek fort, die man inzwischen in einen Situationsraum verwandelt hatte. Einst war sie voller Bücher gewesen, viele von ihnen so alt und fragil, dass man sie gar nicht mehr lesen konnte. Jetzt füllten flache Displays die Regale.

Taktische Offiziere und Berater fanden sich hier regelmäßig ein, um einen Eindruck von der Lage auf den Hanse-Kolonien zu gewinnen und festzustellen, wo in den zehn Raum-Gittern sich Schiffe der Ildiraner und der TVF befanden. Zwar lud man Peter nie offiziell ein, aber trotzdem kam er einmal in der Woche hierher. Keiner der Experten schickte ihn fort – dazu wäre eine Anweisung des Vorsitzenden nötig gewesen. Doch Basil machte nie eine Szene. Als der König und OX eintraten, saß Wenzeslas in einem gepolsterten Ledersessel und nickte nur.

Nahton, der grüne Priester des Flüsterpalastes, war ebenfalls zugegen und saß neben einem jungen Weltbaum, dessen goldener Stamm spindeldürr wirkte – er hielt sich für den Empfang von Telkontakt-Berichten bereit. Nachrichten trafen auch mit Postdrohnen ein, die große Strecken zurücklegten und nur wenig Ekti verbrauchten. Solche Drohnen brachten nicht nur Mitteilungen und Transportdaten der Hanse-Welten, sondern auch Bilder von Städten für die Kolonie-Datenbank.

»Wir haben noch immer nichts von der Dasra-Erkundungsflotte gehört, Vorsitzender«, sagte Admiral Lev Stromo. »Sie ist jetzt eine Woche überfällig.«

Eine Gruppe von TVF-Schiffen war zu einem Gasriesen geschickt worden, um dort einen weiteren Versuch zu unternehmen, mit den Hydrogern zu verhandeln. Es war in erster Linie eine Public-Relations-Geste, und niemand erwartete einen greifbaren Erfolg. Bisher hatten die Fremden alle Friedensangebote ignoriert.

»Wir hätten der Flotte einen grünen Priester für die unmittelbare Kommunikation mitgeben sollen«, brummte Basil. »Leider konnten wir keinen erübrigen.«

Nahton blieb ungerührt und schenkte der indirekten Kritik keine Beachtung.

Militärberater und Koloniespezialisten sahen sich Updates an und entwarfen ein komplexes Muster der Zivilisation. Derzeit gab es neunundsechzig Planeten, die die Charta der Hanse unterzeichnet hatten. Hinzu kam eine Hand voll Satellitenkolonien und nicht verzeichneter Lager. Strategen besprachen bekannte Veränderungen beim Schiffseinsatz und anschließend modifizierten Techniker die Bilder, um einen möglichst präzisen Eindruck von der Lage im Spiralarm zu vermitteln.

Peter betrachtete die Details und versuchte, eigene Schlüsse zu ziehen.

Nahton krümmte die Finger um den dünnen Stamm des Schösslings und verband sein Bewusstsein mit dem Weltwald. Von überall im Spiralarm übermittelten grüne Priester dem Wald Berichte, und auf diese Informationen griff Nahton zu. Falten bildeten sich in seiner Stirn und die dunklen Tätowierungslinien in seinem Gesicht strebten aufeinander zu. Schließlich sah Nahton besorgt auf. »Ich habe Berichte von sechs verschiedenen grünen Priestern bekommen, vier auf Kolonialwelten und zwei an Bord von diplomatischen Schiffen.«

Basil bemerkte Nahtons Besorgnis und beugte sich vor. »Worum geht es?«

»Mehrere Kugelschiffe wurden beim Flug durch unbewohnte Sonnensysteme gesichtet. Sie haben keinen Kontakt hergestellt, sich aber mehreren Planeten genähert und offenbar Sondierungen vorgenommen.«

Peter deutete auf die Sternkarte. »Kennzeichnen Sie die Stellen, wo man die Kugelschiffe gesichtet hat. Vielleicht lässt sich ein Muster erkennen.«

»Nur sechs meiner Kollegen sahen die Hydroger.« Der grüne Priester nannte die Namen weit entfernter Sonnensysteme und rote Punkte erschienen im Mosaik. »Usk. Cotopaxi. Boone's Crossing. Palisade. Hijonda. Paris Drei.«

OX trat einen Schritt vor, obgleich seine visuellen Sensoren leistungsfähig genug waren, um alle Einzelheiten selbst aus größerer Entfernung zu erkennen. »Das scheint keine einfache Verteidigungsstellung zu sein. Nun, nicht auf allen Kolonialwelten befinden sich grüne Priester. Viele andere Kugelschiffe der Hydroger könnten unentdeckt geblieben sein.«

Basil runzelte die Stirn. »Untersuchen Sie alle von Postdrohnen übermittelten Dateien. Stellen Sie fest, ob es Droger-Bilder gibt.«

»Nach den Berichten haben die Kugelschiffe keine Anzeichen von Feindseligkeit gezeigt«, sagte Nahton. »Es scheinen Scouts zu sein, die von einem Sonnensystem zum nächsten fliegen.«

»Die Hydroger verlassen ihre Gasriesen nicht, nur um ein bisschen herumzuschnüffeln«, sagte Admiral Stromo. Er hatte das Kommando über die Gitter-0-Flotte geführt, die beim Jupiter von den Fremden besiegt worden war. »Bisher kamen sie immer nur, um anzugreifen.«

Dieser Hinweis gab König Peter zu denken. Er beobachtete die roten Punkte der Kugelschiff-Sichtungen, die kein erkennbares Muster formten. »Bis jetzt.«

11 ✳ RLINDA KETT

Wenn sie jemand anders gewesen wäre, hätte Rlinda Kett vielleicht über ihr Pech geklagt. Aber mit solchen Dingen verlor sie keine Zeit. Stattdessen verschränkte sie die fleischigen Arme auf der großen Brust und schätzte ihre Situation ein. Überschwänglicher Optimismus mochte realistischere Leute verärgern, doch Rlinda hatte darin oft eine Hilfe gesehen.

Sie ging zu den Frachträumen und sah sich die Vorräte an. Eigentlich war es darum gar nicht so schlecht bestellt. Wenigstens gehörte die *Unersättliche Neugier* noch immer ihr – vor fünf Jahren hatte der Requirierungsbefehl des Königs sie gezwungen, ihre vier anderen Handelsschiffe der TVF für den Kampf gegen die Hydroger zu »schenken«.

Seit einem Monat befand sich die *Neugier* in einem öffentlichen Hangar auf dem irdischen Mond. Es war billiger, im niedrigen Gravitationsschacht des Mondes zu landen anstatt auf der Erde.

Doch Rlinda hatte gerade eine zweite Mitteilung von der Mondbasisverwaltung bekommen, in der man sie mit nicht unerheblichem Nachdruck aufforderte, überfällige Liegegebühren zu bezahlen. »Was soll ich da machen?« Rlinda seufzte verärgert.

Das Militär hatte den Treibstoff für den Sternenantrieb so sehr rationiert, dass interstellare Flüge mit dem einen ihr noch verbliebenen Schiff praktisch unmöglich wurden. Und um dem Ganzen die Krone aufzusetzen, verlangte man jetzt exorbitante Gebühren dafür, dass die *Unersättliche Neugier* in einem Hangar stand. Warum ließ man sie nicht endlich in Frieden? Der Verzehr der Delikatessen in ihrer Speisekammer bot ein wenig Trost in dem Durcheinander aus Problemen.

Im Lauf der Jahre hatte Rlinda ihre meisten Aktiva liquidiert und Handelsware erworben. Doch während des Krieges fiel es ihr schwer, Käufer für die exklusiven, exotischen Spezialitäten an Bord der *Neugier* zu finden. Vielleicht fand sie einen Beamten der Mondbasis, der sich auf eine Art Tauschhandel einließ. Bestimmt gab es jemanden, der Frau oder Freundin mit besonderen Leckerbissen erfreuen wollte. Rlinda konnte sogar den einen oder anderen Tipp geben – was die Zubereitung anging und die Möglichkeit, auf dem Gebiet der Romantik zu punkten.

Im Frachtbereich schob sie sich durch die schmalen Lücken zwischen den Behältern, wobei ihr die geringe lunare Schwerkraft und Übung halfen. Ihr Zeigefinger strich über eine beeindruckende Inventarliste.

Sie hatte einige Ballen theronischer Fasern für sich behalten wollen, aber jetzt blieb ihr nichts anderes übrig, als sie zu verkaufen. Sie hätte sich gern eine ganze Garderobe aus jenem schimmernden Material zugelegt, doch das Geld war wichtiger. Ihr blieben noch sechs Büchsen mit Salzteich-Kaviar von Dremen und konservierten Insektensteaks von Theroc (einfach köstlich, obwohl es Rlinda schwer fiel, Möchtegern-Gourmets dazu zu bringen, Insektenfleisch zu probieren). Hinzu kamen Behälter mit eingelegten Fischblumen, marinierten Krustentieren, frisch verpuppten Süßwürmern – die bald schlüpfen würden, trotz der kühlen Lagerung –, außerdem noch Unklassifiziertes und Obst und Gemüse von unterschiedlichen Welten.

Rlinda spürte, wie ihr das Wasser im Mund zusammenlief. Sie war eine ausgezeichnete Köchin und hatte sich mit den Küchen zahlreicher Kulturen befasst. Angesichts ihrer Vorliebe für gutes Essen war es kein Wunder, dass sie so viel wog – sie hielt ihre Körperfülle für einen guten Hinweis auf die Qualität ihrer Waren.

Leider neigten die Leute dazu, in Zeiten ökonomischer Engpässe auf Luxus zu verzichten, und deshalb ließen sich Waren, wie Rlinda sie anbot, schwerer verkaufen. Dumme Prioritäten. Es war viel problematischer geworden, teure »nutzlose« Dinge zu verkaufen, aber die Gläubiger verlangten trotzdem pünktliche Bezahlung von ihr.

Rlinda kehrte ins Cockpit zurück, nahm im extra großen Sessel des Captains Platz und sah sich noch einmal die Rechnung an. Zugegeben, sie war mit den Liegegebühren ein wenig in Verzug geraten, aber der ausstehende Betrag rechtfertigte keinen so strengen Ton. Sie dachte daran, eine Flasche Wein mit dem Erbsenzähler zu trinken, eine Tafel ihrer besonderen schwarzen Schokolade zu öffnen und den Mann mit süßer Zunge dazu zu bringen, ihr einen Zahlungsaufschub zu gewähren. Ihr Blick fiel auf die Unterschrift: B. Robert Brandt – der Name sagte ihr nichts. Vermutlich ein Buchhalter, der kürzlich von der Erde hierher versetzt worden war.

Und dann lachte sie plötzlich, als sie begriff, dass die Zahlen der Arbeitsnummer des Mannes genau dem Datum ihres letzten Hochzeitstages entsprachen. »Du bist immer ein schlauer Fuchs gewesen, BeBob.«

In ihren dunklen Augen funkelte es. Sie wusste nicht, worüber sie sich mehr freute: von ihm zu hören oder zu wissen, dass die Mahnung nur ein Vorwand war, um ihr eine verschlüsselte Nachricht zu übermitteln.

Branson Roberts – der beste ihrer zahlreichen Ex-Ehemänner – hatte eines der von der TVF übernommenen Handelsschiffe geflogen und war praktisch gezwungen gewesen, für General Lanyan militärische Erkundungsmissionen durchzuführen. BeBobs Methoden als Händler waren nicht immer legal gewesen, aber er hatte hohe Gewinne gemacht und sie mit Rlinda geteilt.

Sie entschlüsselte den Text mit dem privaten Code, den sie vor langer Zeit entwickelt hatten. Wegen der Verschlüsselung musste die Textnachricht recht kurz sein. Rlinda wäre ein holographisches Bild BeBobs lieber gewesen, am besten eines, das ihn im Adamskostüm zeigte, aber er hatte es nie fertig gebracht, sich nackt zu scannen. Als sie seine Worte las, wurde ihr klar, warum er Vorsichtsmaßnahmen ergriffen hatte.

»Hab genug vom Militär – kein Wunder! Höre nach siebzehn selbstmörderischen Missionen auf. Der General will mich immer wieder an die Front werfen, bis ich umkomme. Schluss damit! Habe beschlossen, meine Haut und – was noch wichtiger ist – die *Blinder Glaube* zu retten. Nehme mir nicht genehmigten Urlaub. Hoffe, dass die TVF weder den Schneid noch die Möglichkeit hat, mich ausfindig zu machen.

Wenn du irgendwann mal einen vollen Tank hast und mich besuchen willst – komm nach Crenna. Eine abgelegene Kolonie. Dort kann ich untertauchen und den Siedlern Schwarzmarktwaren besorgen. Du fehlst mir. BeBob.«

Rlinda lehnte sich im Sessel zurück, das Gesicht heiß, die Augen feucht. BeBob war immer stur und impulsiv gewesen, jemand, mit dem man einfach nicht zusammenleben konnte – aber auch ein verdammt guter Mann. Für den Militärdienst eignete er sich nicht, das hätte Rlinda dem General gleich sagen können, und es war ein Verbrechen, seine besonderen Fähigkeiten auf jene Weise zu missbrauchen.

Oh, sie hatte ihn geliebt … Warum sonst war ihr das Ende der Ehe vor fünf Jahren so nahe gegangen? Rlinda und BeBob hatten sich genug Respekt – und ja, auch Leidenschaft – bewahrt, um Geschäftspartner zu bleiben. Wenn sie damals gewusst hätte, welche Probleme in der Zukunft auf sie warteten ... Dann wäre sie vielleicht bereit gewesen, dem Ehemann BeBob mit mehr Toleranz zu begegnen. Das Leben war zu kurz und zu schwer, die guten Zeiten viel zu selten.

Mit der entschlüsselten Nachricht kehrte Rlinda zum Frachtbereich zurück und sah sich die Vorräte mit neuen Augen an. Sie nahm eine Flasche Portwein von New Portugal und eine Büchse Salzteich-Kaviar. Der Markt für derart exklusive Waren mochte derzeit sehr schwierig sein, aber wenigstens konnte sie die Köstlichkeiten selbst genießen. Einen besseren Kunden gab es gar nicht.

Rlinda beabsichtigte nicht, ihre letzten Tropfen Ekti zu vergeuden, indem sie nach Crenna flog, aber vielleicht bot sich ihr eines Tages Gelegenheit, BeBob zu besuchen. Es freute sie zu wissen, dass er lebte und in Sicherheit war. Quietschend und mit einem dumpfen Knall löste sich der Korken aus dem Flaschenhals. Rlinda hatte eine gute Nachricht erhalten, fühlte sich dadurch genau in der richtigen Stimmung für eine private Feier.

Sie schenkte sich ein wenig ein – für den Anfang – und hob das Glas. »Auf dich, BeBob. Bleib in Sicherheit, bis wir uns wiedersehen.«

12 ✵ BASIL WENZESLAS

Aus einem Funken wurde eine Flamme, die sich zu einem großen Brand entwickelte und einen ganzen Planeten verschlang. Es war nur der wissenschaftliche Test wiederentdeckter fremder Technik gewesen.

Verdammt, wir hatten nie vor, einen Krieg zu beginnen!

In seinem Penthousebüro im obersten Stock des Hanse-Gebäudes sah sich Basil Wenzeslas Aufzeichnungen des ersten Tests der Klikiss-Fackel an. Die archivierten Aufnahmen zeigten ihm, wie die Wolken von Oncier heller wurden, glühten und dann brannten. Wer hatte ahnen können, dass in den Tiefen des Gasriesen intelligente Wesen lebten?

Als Vergeltung hatten die Fremden eine wissenschaftliche Beobachtungsplattform, alle vier Monde von Oncier und zahlreiche Himmelsminen der Roamer zerstört. Sie waren siegreich gewesen beim

Kampf gegen eine Flotte der Solaren Marine und die TVF, hatten die Ekti-Produktion in den Wolkenmeeren ihrer Welten verboten und den alten König Frederick auf hinterhältige Weise umgebracht. Genügte das nicht?

Seit fast sechs Jahren analysierten Experten die Aufzeichnungen von Oncier, Sekunde um Sekunde. Basil rechnete nicht mit neuen Erkenntnissen, aber es faszinierte ihn noch immer, die völlige Vernichtung eines Hydroger-Planeten zu beobachten. Er fühlte dabei weder Reue noch Anteilnahme.

Die Fremden nahmen keine Entschuldigungen entgegen und lehnten Verhandlungen ab. Basil setzte keine Hoffnungen in die jüngste Erkundungsmission bei Dasra – die Schiffe waren überfällig und vermutlich verloren –, aber wenigstens hatte er es versucht. Was sollte er sonst unternehmen? Eine magische Lösung des Problems war nirgends in Sicht. Wenn doch nur ...

Die Klikiss-Fackel schien ein unerwarteter Segen gewesen zu sein, eine Möglichkeit, zuvor unbewohnbare Monde kolonisierbar zu machen. Zwei Xeno-Archäologen hatten die fremde Technik bei der Untersuchung alter, geheimnisvoller Klikiss-Ruinen entdeckt. Die insektoide Zivilisation hatte einst ein großes interplanetares Reich gebildet, aber vor zehntausend Jahren hatten sie ihre Städte aufgegeben und sie leer zurückgelassen.

Basil lächelte sehnsüchtig. Vielleicht entdeckten Margaret und Louis Colicos ein weiteres Wunder, noch einen Klikiss-Apparat, den die Hanse nutzen konnte, um Druck auf die Droger auszuüben und sie zu Friedensverhandlungen zu zwingen ...

Doch seit Jahren hatte er nichts mehr von den Archäologen gehört. Er erinnerte sich daran, dass sie mit einem kleinen Team nach Rheindic Co geflogen waren – zu ihren Begleitern gehörte auch ein grüner Priester. Das Colicos-Ehepaar war nicht extravagant und der Vorsitzende hatte Anweisungen hinterlassen, alle im Rahmen bleibenden Anträge zu genehmigen. Es war nicht nötig gewesen, sie im Auge zu behalten.

Wieder glitten die Bilder des implodierenden Planeten Oncier übers Display, schneller diesmal. Stellares Feuer erfasste den Gasriesen.

Neugierig geworden übermittelte Basil dem Terminal eine Informationsanfrage und fragte nach den letzten Berichten über die Tätigkeit von Margaret und Louis Colicos. Er hatte kürzlich einen

Brief von ihrem Sohn Anton erhalten, in dem er nach ihrem Aufenthaltsort fragte. Die Nachricht hatte sich im Durcheinander der bürokratischen Kanäle verfangen und ihn daher nicht sofort erreicht. Anton Colicos war nur ein außerordentlicher Universitätsprofessor, niemand mit politischem Einfluss oder Bedeutung. Offenbar hatte der junge Mann nicht zum ersten Mal eine solche Anfrage geschickt ...

Es erstaunte Basil zu erfahren, dass kurz nach dem Ultimatum der Hydroger alle Kontakte zum Colicos-Team abgebrochen waren. Rheindic Co befand sich nicht in der Nähe der Versorgungsrouten und ohne einen dringenden Hilferuf hätte kein Versorgungsschiff um eine Ausnahmegenehmigung ersucht. Den Xeno-Archäologen stand ein grüner Priester für die unmittelbare Kommunikation zur Verfügung, wenn es zu einem Notfall kommen sollte. Kein Wunder, dass dem Vorsitzenden nichts zu Ohren gekommen war.

Und doch ... Fünf Jahre Stille? Kein Wunder, dass ihr Sohn begonnen hatte, sich Sorgen zu machen. Basil fühlte sich von sonderbarer Kühle erfasst, als er überlegte, was auf Rheindic Co geschehen sein mochte. Warum hatte der grüne Priester keine Nachricht übermittelt? Waren die Archäologen auf einer öden Welt verhungert, weil man sie schlicht und einfach vergessen hatte? Der Vorsitzende verabscheute es, wenn man Details nicht die gebührende Aufmerksamkeit schenkte.

Basil rief die letzten offiziellen Berichte des Archäologen-Teams ab. Er las Margarets Zusammenfassungen und spürte dabei die Zunahme ihrer Begeisterung, als sich ihr immer mehr von den Klikiss-Geheimnissen offenbarte. Seine eigene Aufregung wuchs. Vielleicht *gab* es etwas Wichtiges auf Rheindic Co. Hatte er eine einzigartige Gelegenheit verpasst?

Margaret Colicos hatte eine alte Verbindung zwischen den verschwundenen Klikiss und den Hydrogern entdeckt – allein das war schon bemerkenswert. In ihren Berichten erwähnte sie die Entdeckung einer weiteren erstaunlichen Klikiss-Technik, nannte aber keine Einzelheiten.

Und dann waren keine Berichte mehr übermittelt worden.

Basil beschloss, der Sache sofort auf den Grund zu gehen. Er verließ das Gebäude der Hanse und schritt durch die unterirdischen Korridore, die ihn durchs große Arboretum und unter dem Statuettengarten hinweg in den Flüsterpalast führten.

Unterwegs begegnete er der ehrgeizigen und schönen Sarein. »Ich muss mit dir reden, Basil. Könnten wir ein privates Dinner in meinem Quartier arrangieren?«

»Jetzt nicht.« Er sah sie an. Die junge Theronin hätte viele attraktive Männer haben können, die ihr jeden Wunsch von den Lippen ablasen, aber sie fühlte sich von Basils Reichtum und seiner politischen Macht angezogen. »Wo ist ein grüner Priester? Ich möchte eine Nachricht schicken.«

Sarein runzelte die Stirn. »Eben habe ich Nahton gesehen – er wollte zum Schattengarten.«

Basil ging schneller und Sarein schloss sich ihm an, ohne dass er sie dazu aufforderte.

Blumen und Büsche säumten den kurvenreichen Weg durchs Grün. Nahton machte gern Spaziergänge durch die gut gepflegten Farngärten im Parkbereich des Flüsterpalastes. Als Basil und Sarein zu ihm aufschlossen, kniete er an einem Teich im Schatten von goldenen Weidenblättern.

»Ich brauche Ihre Dienste, Nahton«, sagte Basil. »Lassen Sie uns zum nächsten Schössling gehen.«

»Kommen Sie, Vorsitzender.« Im großen Palast gab es insgesamt fünfzehn junge Weltbäume und ihre Töpfe standen meistens in Regierungsräumen, wo die Kommunikation eine besonders wichtige Rolle spielte.

»Vor einigen Jahren flog ein Archäologenteam zu einem Planeten namens Rheindic Co«, sagte Basil, während sie rasch weitergingen. »Ein grüner Priester begleitete die Gruppe und pflanzte mehrere Weltbäume für die direkte Kommunikation. Ich muss einen Kontakt mit den Archäologen herstellen. Seit Jahren haben wir nichts mehr von ihnen gehört.«

»Was ist so dringend, Basil?«, fragte Sarein mit einem verschwörerischen Glanz in den Augen.

»Ich möchte nur nicht zu spät zur Party kommen.«

Kurze Zeit später ging Nahton neben einem Schössling in die Hocke, griff nach dem schuppigen Stamm, begann mit dem Telkontakt, verband sein Bewusstsein mit dem Weltwald und suchte in einer Million Gedankenlinien.

»Sein Name lautete Arcas«, sagte Nahton. »Er pflanzte seine Bäume auf dem Planeten.« Falten bildeten sich in der Stirn des grünen Priesters. »Alle Schösslinge auf Rheindic Co sind tot. Der Kontakt ist unterbrochen.« Er blinzelte und wirkte zutiefst beunruhigt. »Die Bäume sind tot. Warum ... warum hat uns der Weltwald nicht darauf hingewiesen?«

Basil verarbeitete diese Information. Faszination und Neugier verwandelten sich in Sorge, als er die unerwartete Reaktion des grünen Priesters sah. Nahton schloss beide Hände um den Stamm des Schösslings und vertiefte sich erneut in den Telkontakt, vielleicht mit der Absicht, dem Netzwerk des Weltwaldes dringende Anfragen zu übermitteln.

Basil drehte sich um und machte sich auf den Rückweg zu seinem Büro. Sarein schloss sich ihm erneut an. »Was ist los, Basil? Kannst du es mir sagen?«

»Bitte lass mich nachdenken. Dies ist eine neue Information. Ich weiß noch nicht, was sie bedeutet. Aber sie könnte sehr wichtig sein.« Er ging schneller und ließ Sarein hinter sich zurück. Er konnte die Sache mit ihr später gerade biegen – wahrscheinlich kam sie zu ihm und fand eine Möglichkeit, sich zu entschuldigen.

Nach den letzten Mitteilungen zu urteilen waren die beiden Archäologen auf eine wichtige Sache gestoßen, aber leider fehlte ein vollständiger, detaillierter Bericht über ihre Entdeckung. Basil bedauerte sehr, dass diese Angelegenheit erst jetzt seine Aufmerksamkeit geweckt hatte. Vor dem inneren Auge sah er noch einmal die Beunruhigung im Gesicht des grünen Priesters Nahton – etwas sehr Ungewöhnliches musste geschehen sein.

Angesichts der vielen Krisen in der Hanse wäre so etwas normalerweise nicht über dem Horizont seines persönlichen Radars aufgetaucht. Doch weckte diese Angelegenheit Argwohn und Hoffnung in ihm. Vielleicht hatten die beiden Archäologen wirklich ein weiteres technisches Wunder entdeckt, noch besser als die Klikiss-Fackel. Margaret und Louis Colicos war so etwas durchaus zuzutrauen.

Basil mochte keine unerledigten Dinge. Er dachte daran, die notwendige Menge Ekti zu investieren und ein kleines Schiff zu finden, das derzeit nicht gebraucht wurde.

Er strich sich mit dem Zeigefinger übers Kinn und überlegte. Plötzlich fiel ihm der Xeno-Soziologe und Spion Davlin Lotze ein, der zur aufgegebenen ildiranischen Kolonie Crenna geschickt worden war. Dort gab er sich als gewöhnlicher Siedler aus, schnüffelte heimlich herum, hielt nach subtilen Hinweisen auf die ildiranische

Zivilisation Ausschau. Inzwischen hatte er genug Zeit gehabt, um seinen Aufgaben auf Crenna gerecht zu werden.

Ja, Lotze war genau der richtige Mann für diesen Job. Basil beschloss, ihn nach Rheindic Co zu schicken; dort sollte er feststellen, was mit den Archäologen geschehen war.

13 ✺ DAVLIN LOTZE

Eine Versammlung der Kolonie fand statt. Davlin Lotze hörte den Siedlern zu, die von Crenna fliehen wollten. »Wir müssen von hier verschwinden, bevor wir alle an der Epidemie sterben! Es ist die ildiranische Krankheit!«

Davlin wusste, wie unwahrscheinlich es war, dass sich die gleiche Infektion auch auf die menschliche DNS auswirkte, aber er durfte nicht zeigen, wie viel er von Genetik verstand. Immerhin war er nur ein einfacher Farmer und Bauingenieur.

Davlin lebte allein in einer aufgegebenen ildiranischen Wohnung, die er für sich beansprucht hatte. Er war groß, dunkelhäutig und muskulös, sprach mit sanfter Stimme. Auf der linken Wange zeigten sich Narben, die auf einen Zwischenfall mit einer explodierten Glasflasche zurückgingen. Sie fielen mehr auf, als ihm lieb war, aber er hatte gelernt, unauffällig zu bleiben. Ein Spion durfte keine Aufmerksamkeit erregen.

Er hatte den anderen Siedlern dabei geholfen, Wasserwerke, Abwasserkanäle und Wetterstationen zu konstruieren. Auch das Verlegen von elektrischen Leitungen gehörte zu dem Bemühen, die beschädigte Infrastruktur der Kolonie wiederherzustellen. Die Ildiraner waren aufgrund einer Epidemie gezwungen gewesen, Crenna zu verlassen, doch vor der Aufgabe ihrer Kolonie hatten sie Gebäude niedergebrannt, Generatoren und Substationen zerstört. Voller Panik waren sie von dem Planeten geflohen.

Und jetzt, fünf Jahre später, breitete sich eine neue mysteriöse Krankheit beängstigend schnell unter den menschlichen Siedlern aus. Die Betroffenen litten an einer schwächenden Infektion des Atmungssystems und hinzu kam Hautausschlag in Form von orangefarbenen Ringen an Beinen und Schultern. Als ein Alter an den

»Orangefarbenen Flecken« starb, erreichte die Sorge in der Kolonie einen neuen Höhepunkt.

Bei der Versammlung stand eine Ärztin auf, eine kleine Frau mit großen, eulenartigen Augen. Ihr Gesicht war grau vor Erschöpfung, aber auf den Lippen lag ein Lächeln, das fehl am Platz wirkte. »Ich glaube, ich habe gute Neuigkeiten.« Die Zuhörer schnappten nach Luft, aber das schien die Ärztin gar nicht zu bemerken. »Meine Kollegen und ich haben Blut- und Gewebeproben von fünfzehn Erkrankten untersucht und dabei ist es uns gelungen, den Erreger zu isolieren. Ich kann voller Freude darauf hinweisen, dass er nichts mit dem Virus zu tun hat, das die Ildiraner erblinden ließ.«

Auf einem mobilen Projektionsschirm zeigte sie mehrere elektronenmikroskopische Aufnahmen – seltsame Flecken und sonderbare Strukturen wurden sichtbar. Davlin erkannte menschliche Blutzellen und große, unbekannte Massen. »Die Krankheit wird von einem amöboiden Einzeller hervorgerufen, der nicht so widerstandsfähig ist wie ein Virus oder ein Bakterium. Bei Menschen befällt er vor allem Haut und Lungen. Vermutlich befindet er sich im Wasser oder in etwas, das wir anbauen, als natürlicher Teil des Ökosystems von Crenna.«

»Wird er uns alle töten?«, fragte jemand.

»Nein, aber vielleicht müssen wir uns an die orangefarbenen Flecken gewöhnen.« Das Lächeln der Ärztin wuchs ein wenig in die Breite. »Dabei handelt es sich um eine Entzündung der Haut und eine Melanin-Verfärbung. Möglicherweise permanent, aber nicht gefährlich.«

»Mein Arkady ist tot«, klagte eine Alte.

»Arkady hatte schon vor der Infektion vernarbtes Lungengewebe und war daher besonders anfällig. Die orangefarbenen Flecken sind etwa so gefährlich wie eine Lungenentzündung. Aber man kann die Krankheit behandeln, mit einem Mittel gegen Amöben. Ich habe einen kleinen Vorrat, aber nicht genug, um alle Siedler zu behandeln.«

»Nun, wir können nicht einfach mit einem Rezept zur nächsten Apotheke gehen und das Medikament abholen«, brummte ein Kolonist.

Ein Mann namens Branson Roberts – eines der neuesten Koloniemitglieder – stand auf. »Ich bin dazu imstande.« Er war schlank und hoch aufgeschossen, hatte helle Haut, große, schwielige Hände und einen pusteblumenartigen Schopf aus grauweißem Haar.

Der Mann war mit einem kleinen Handelsschiff gekommen – neue Rumpfplatten wiesen auf eine Änderung des Namens und der Seriennummer hin. Entweder hatte Roberts das Raumschiff gestohlen oder er versteckte sich vor etwas. Doch die Crenna-Kolonisten hießen jeden mit einem privaten Schiff willkommen, der heimliche Flüge unternehmen und Schwarzmarktwaren beschaffen konnte.

»Mein Schiff hat noch genug Treibstoff für zwei weitere Flüge, vorausgesetzt die Reisen sind nicht zu weit.« Er schob die Hände in die Taschen des Overalls und sein Lächeln wirkte ansteckend. »Ich habe gute Beziehungen innerhalb der Hanse.«

Davlin nickte unmerklich. *Kann ich mir denken.*

Zwei Tage später hatten die Ärzte von Crenna die schlimmsten Fälle der orangefarbenen Flecken behandelt und geheilt. Davlin arbeitete am Filtrationssystem der Wasserversorgung und fügte weitere Komponenten hinzu, um die Amöbe aus dem Trinkwasser fern zu halten. Die rasche Rekonvaleszenz der Erkrankten beruhigte die übrigen Siedler.

Branson Roberts wanderte in der Kolonie umher und stellte eine »Einkaufsliste« zusammen – er wollte mit vollen Frachträumen und nicht nur mit dem Medikament gegen die Amöbe zurückkehren. Wenn er schon wertvollen Treibstoff für den Sternenantrieb verbrauchen musste, um dringend benötigte Arzneien zu holen, so sollte sich der Flug wenigstens lohnen.

Die nächste Hanse-Welt war ein beliebtes Ziel reicher Touristen. »Auf Relleker möchte man vermeiden, dass die verwöhnten Touristen auch nur an Kopfschmerzen leiden«, hatte Roberts gesagt. »Dort gibt es alle nur erdenklichen Medikamente.«

Davlin traf ihn am kleinen Raumhafen und gab dem Mann eine Liste von Teilen, die er für die Pump- und Filtrationsstationen brauchte. Eigentlich hätte er die Gelegenheit nutzen sollen, dem Vorsitzenden Wenzeslas einen Bericht zu schicken, aber ihm lag nichts daran, die Hanse an ihn zu erinnern. Es gefiel ihm auf Crenna, und inzwischen glaubte er fast selbst daran, ein einfacher Siedler zu sein. Aus den Augen, aus dem Sinn – so hoffte er jedenfalls.

Die Ildiraner hatten Crenna »eine Welt der Geräusche« genannt. Kristallklares Wasser blubberte aus Quellen und plätscherte über Felsen. Samengras klapperte wie natürliche Rasseln im Wind. Insekten summten und surrten, am Tag ebenso wie in der Nacht, leisteten ihren Beitrag zu einem angenehmen, musikalischen Hintergrundgeräusch. An den Hängen der niedrigen Hügel wuchsen dornige Flötenholzbäume. Einheimische Käfer fraßen Löcher hinein und der ständige Wind wirkte wie der Atem eines Musikanten.

Es war ein angenehmer Ort, viel besser als die anderen Welten, auf denen er tätig gewesen war.

Bevor Roberts nun an Bord seines Schiffes kletterte, deutete ein Annäherungsalarm darauf hin, dass ein anderes Raumschiff in Crennas Atmosphäre eingedrungen war. Roberts wirkte besorgt. »Wer könnte hierher kommen?«

Einer der beider Männer im Kontrollturm rief aufgeregt: »Es ist eine Postdrohne!« Und noch lauter: »Post!«

Eine Drohne war ein kleines, schnelles Schiff mit automatischen Systemen, kaum mehr als ein interstellarer Satellit. Während des Embargos boten solche Drohnen die einzige Möglichkeit, Informationen zu Planeten zu bringen, auf denen es keine grünen Priester für die Telkontakt-Kommunikation gab. Darüber hinaus machten sie detaillierte Aufnahmen von Hanse-Siedlungen.

Roberts zog Davlin die Teileliste aus der Hand und kletterte hastig an Bord seines Schiffes. »Lesen Sie Ihre Post«, sagte er schnell. »Ich kehre zurück, sobald ich mit dem Einkaufen fertig bin. Falls es bis dahin mit der Krankheit schlimmer werden sollte ... Hühnersuppe soll Wunder wirken, habe ich gehört.«

Roberts startete, ohne vorher die Bordsysteme zu überprüfen – und bevor die Drohne ihn entdecken konnte. Das Handelsschiff sauste empor und verschwand jenseits der Wolken, kurz bevor die Postdrohne eintraf. Sie begann sofort damit, dem Datenbank-Netzwerk von Crenna Dateien und Mitteilungen zu übermitteln: Briefe von Familienangehörigen, Geschäftsberichte, Nachrichtendateien, Kopien von Unterhaltungsvideos und digitalisierte Romane.

Ganz gleich, wie sehr sich die Siedler über den Kontakt mit Zuhause freuten – Davlin fand es seltsam, dass die Hanse eine solche Drohne zum abgelegenen, unwichtigen Planeten Crenna schickte. Er wusste, dass Basil Wenzeslas für alle seine Entscheidungen einen guten Grund hatte – für gewöhnlich sogar mehr als nur einen. Und er fragte sich auch, warum Branson Roberts im Verborgenen bleiben wollte.

Zwar hatte Davlin weder eine Familie noch enge Freunde, aber es überraschte ihn nicht, dass sich unter der übermittelten Post auch eine Nachricht für ihn befand. Die Mitteilung von seinem »Bruder« Saul klang nach einem ganz normalen Brief: die Heirat einer Nichte, der Tod eines alten Verwandten, Familienangelegenheiten. Aber als Davlin sie in seiner Wohnung entschlüsselte, las er von der neuen Mission, mit der Basil Wenzeslas ihn betraute.

Das Herz wurde ihm schwer, aber er hatte gewusst, dass die friedliche Zeit auf Crenna irgendwann zu Ende gehen würde. Einmal mehr musste er zu einem offiziellen Ermittler werden und seine exosoziologischen Kenntnisse nutzen, um ein Rätsel zu lösen. Auf einer alten Klikiss-Welt sollte er herausfinden, was mit einem verschwundenen Archäologen-Team geschehen war.

Die Kolonisten von Crenna würden ihn nie wiedersehen.

14 ✺ ANTON COLICOS

Zweifellos würde es die größte Geschichte sein, die jemals erzählt worden war. Anton Colicos wollte sich beim Schreiben der Biografie seiner berühmten Eltern alle Mühe geben und dabei auf zu viele Ausschmückungen verzichten.

Margaret und Louis Colicos gingen Mysterien auf den Grund und gruben im Staub vergangener Zivilisationen – ikonenhafte Helden, die Jahrhunderte überdauern konnten. Allerdings würden Antons Eltern auf historischer Genauigkeit bestehen, selbst wenn sich dadurch eine weniger interessante Geschichte ergab.

Goldener Sonnenschein glänzte durch die Jalousie am Fenster von Antons Universitätsbüro auf der Erde und fiel auf die Dinge, die er zusammengetragen hatte: Fotodateien, Bilder aus seiner Kindheit, Kopien und Belegseiten von Artikeln in diversen Fachzeitschriften.

Zu Beginn ihrer Karriere hatten Antons Eltern mit ildiranischen Scannern eine uralte Stadt unter dem Sand der Sahara entdeckt. Auf dem Mars hatten sie die Pyramiden von Labyrinthus Noctis untersucht und waren dabei zu dem Schluss gelangt, dass es sich *nicht* um Artefakte einer untergegangenen Zivilisation handelte, sehr zum Kummer vieler fantasievoller Theoretiker. Aber die Wahrheit war eben die Wahrheit.

Später widmete das Colicos-Paar seine Aufmerksamkeit den Klikiss-Ruinen. Llaro, Pym, Corribus. Nach dem erfolgreichen Test der Klikiss-Fackel waren sie nach Rheindic Co geflogen – und inzwischen hatte Anton seit einigen Jahren nichts mehr von ihnen gehört.

Zuerst war er nicht besorgt gewesen. Mit vierunddreißig Jahren war er längst über das Alter hinaus, das einen engen Kontakt mit den Eltern erforderte. Margaret und Louis kamen gut allein zurecht und manchmal nahmen sie Ausgrabungen auf so abgelegenen Planeten vor, dass ihre Nachrichten Monate oder gar Jahre brauchten, um die Erde zu erreichen. Es war alles andere als unüblich, dass er nichts von ihnen hörte, trotz der Transport- und Kommunikationsbeschränkungen durch den Hydroger-Krieg.

Doch fünf Jahre ... Das war zu lang. Und diesmal leistete ihnen sogar ein grüner Priester Gesellschaft ...

Anton hatte sich mit mehreren Anfragen an Hanse-Repräsentanten gewandt, aber er war nur ein Forscher in einer unbedeutenden Universitätsabteilung, und deshalb schenkte man seinen Briefen keine Beachtung.

Er trat zum Fenster, öffnete die Jalousie und blickte über den funkelnden Ozean hinweg. Zwar gab es ambientale Kontrollen im Universitätsgebäude, aber Anton ließ das Fenster offen, damit er den kühlen Meereswind riechen konnte, der über den parkartigen Distrikt von Santa Barbara hinwegwehte.

Studenten hatten die fünf sonderbaren Gebäude der Fakultät für ildiranische Studien entworfen. Sie zeichneten sich durch eine ungewöhnliche Geometrie aus, sollten mit viel Glas und facettierten Flächen an Mijistra erinnern, die Hauptstadt von Ildira. Rotierende Photonenmühlen projizierten Regenbogenfarben auf die Bürgersteige. Der Sonnenschein von Südkalifornien leistete einen eigenen Beitrag zu der ildiranischen Illusion, obwohl selbst der wärmste und heiterste Tag nicht an den Glanz von sieben Sonnen herankam.

Teilweise unter Ausnutzung seines legendären Namens hatte Anton einen respektierten Posten in der Abteilung für epische Studien bekommen. Früher hatte er seine Eltern zu ihren archäologischen Ausgrabungsstätten begleitet und war dabei von einem Lehrer-Kompi unterrichtet worden. Manchmal behandelten Margaret und Louis ihr einziges Kind mehr wie einen Kollegen als einen Sohn.

Anton war dürr und hielt nichts von Mode und dergleichen. Er zog an, was sich gerade in Reichweite befand, ob es zu ihm passte oder nicht. Das Haar trug er kurz, damit es möglichst wenig Mühe machte. Ständiges Lesen hatte zwei Retina-Operationen nötig gemacht; aus reiner Angewohnheit kniff er noch immer ein wenig die Augen zusammen.

Jahrelang hatte es so ausgesehen, als würde Anton in die Fußstapfen seiner Eltern treten. Zwar liebte er alte Rätsel, aber sein eigentliches Interesse galt Legenden und nicht so sehr historischen Fakten. Anton hatte zwei Doktortitel erworben, in den Fakultäten für tote Sprachen und komparative kulturelle Mythologie. Er tat sich insbesondere beim Studium jener Teile der *Saga der Sieben Sonnen* hervor, die die Ildiraner der Erde überlassen hatten.

Anton kannte viele Volkssagen der Erde auswendig, die meisten von ihnen in ihren ursprünglichen Sprachen: isländische Sagen, Homers Epos, das japanische *Heike Monogatari*, die komplette Artus-Sage in allen ihren Variationen, das sumerische Gilgamesch-Epos und andere Geschichten, die nie mit der notwendigen Sorgfalt übersetzt worden waren.

Wenn er doch nur in der Lage gewesen wäre, mit ildiranischen Erinnerern zusammenzuarbeiten ...

Viermal hatte er sich in Mijistra beworben, seine Briefe unter anderem an den Weisen Imperator und den Erstdesignierten gerichtet. Sie wiesen auf sein Interesse an epischen Geschichtszyklen und den Wunsch hin, nach Ildira zu kommen und sich dort mit der *Saga* zu befassen – Antons Kenntnisse der irdischen Mythologien mochte den Ildiranern neue Einblicke in ihre *Saga der Sieben Sonnen* ermöglichen. Und die ildiranischen Historiker interessierten sich doch bestimmt für die Legenden der Menschheit, oder? Beide Völker würden von einer derartigen Kooperation profitieren.

Doch Antons Bewerbungen waren zweimal unbeachtet geblieben. Die dritte hatte man abgelehnt und die vierte, vor einem Jahr übermittelt, war im Hydroger-Durcheinander verschwunden. Ebenso wie die Anfragen in Hinsicht auf seine Eltern. Gab es dort draußen im Spiralarm niemanden mehr, der zuhörte?

Also hatte er beschlossen, stattdessen einen eigenen Mythos zu schaffen, indem er die Biografie seiner Eltern schrieb. Er ordnete die Notizen, die sich im Lauf der Jahre angesammelt hatten, sortierte sie nach Themen, von trockenen biografischen Daten bis zu Forschungserfolgen, von der routinemäßigen und doch bemerkenswerten archäologischen Arbeit auf der Erde bis zu den Ausgrabungen auf anderen Planeten.

Aber eine Geschichte brauchte einen Abschluss. Ohne Informationen darüber, was auf Rheindic Co geschehen war, fühlte sich Anton nicht imstande, die biografische Arbeit zu beenden.

Er hörte das Klingeln des Türsignals, drehte den Kopf und sah einen messingverkleideten Kompi in der Tür seines Büros. Die Roboter waren allgegenwärtig in der Universität, lieferten Dinge und kümmerten sich um die Wartung. Viele von ihnen verfügten über eine Freundlich-Programmierung, was sie zu gewandten Unterhaltern machte.

»Anton Colicos, bitte verifizieren Sie Ihre Identität.«

»Ich bin's und niemand anders. Was willst du?«

Der Kompi hob ein verziertes Päckchen: eine Plakette, von schimmerndem Papier umhüllt, auf dem sich ungewöhnliche Muster zeigten – Anton erkannte sofort ihren ildiranischen Ursprung. »Dies wurde von einem Kurier gebracht. Der Rektor ist fasziniert. Wir empfangen nur selten Mitteilungen direkt vom Prismapalast.«

Anton nahm das Päckchen entgegen. »Ich bin mir der Ehre bewusst. Danke.«

»Soll ich den Rektor um einen Gesprächstermin bitten?«

Anton hielt das unerwartete Päckchen in der Hand. »Ja. Bestimmt erwartet er eine Erklärung von mir, auch wenn sich dies als unbedeutend erweist.«

Der Kompi drehte sich um und ging. Anton blickte auf das glänzende Papier hinab, löste es vorsichtig und wickelte einen geätzten Diamantfilm aus. Die Nachricht stammte von einem der wichtigsten ildiranischen Historiker, Erinnerer Vao'sh.

Im Gegensatz zu den Anfragen in Bezug auf seine Eltern waren Antons an Ildira gerichtete Bewerbungen also nicht unbemerkt geblieben. Der Erinnerer wusste sogar, dass Anton die ildiranische Schriftsprache verstand.

Vao'sh lud ihn ein, nach Mijistra zu kommen, um »Geschichten zu teilen und Legenden zu interpretieren.« In Antons Augen funkelte es. Er konnte es kaum glauben. Der Flug war bereits arrangiert.

Mit klopfendem Herzen blickte er zu den auf dem Schreibtisch verstreut liegenden Notizen. Er musste die Arbeit an der Biografie seiner Eltern erneut verschieben. Mijistra wartete!

15 ✳ ADAR KORI'NH

Nachdem er die Personen ausgewählt hatte, die sich am besten für diese Aufgabe eigneten, machte sich Adar Kori'nh mit siebzig Soldaten, Arbeitern und Technikern seiner Kriegsschiffe auf den Weg zur *Burton*.

Zwar hatte er dem Dobro-Designierten gegenüber keine Einwände erhoben, aber Kori'nh bezweifelte, dass die Zerstörung des terranischen Generationenschiffes unbedingt nötig war. Seit vielen Jahren befand sich das Schiff am Rand dieses Sonnensystems, kalt und still. Durch genaue Analysen der *Burton* hätten sich vielleicht Innovationen für die ildiranischen Schiffe ergeben.

Doch seit Generationen widerstand das Ildiranische Reich Veränderungen. Der Weise Imperator interessierte sich nicht für Verbesserungen, denn das hätte den Anschein erwecken können, dass sich die ildiranische Zivilisation nicht schon auf dem Höhepunkt ihrer Entwicklung befand. Deshalb schwebte die *Burton* seit langer Zeit unbeachtet in der Leere – und jetzt war Kori'nh angewiesen worden, das Schiff zu vernichten. Er fand das sehr schade.

Shuttles glitten vorsichtig an den Fels- und Eisbrocken vorbei, die das terranische Generationenschiff wie einen Rauchvorhang umgaben. Als sich die Gruppe der *Burton* näherte, bemerkte der Adar Einzelheiten, die ihm beim ersten Flug nicht aufgefallen waren. Um ihn herum richteten muskulöse Soldaten und aufmerksame Techniker interessierte Blicke auf den Rumpf des riesigen Schiffes.

Es war ein Denkmal für verlorene Träume, eine verlassene Stadt, einst gefüllt mit hunderten von hoffnungsvollen menschlichen Kolonisten. Vor langer Zeit hatten verwegene Pioniere ihre Heimatwelt verlassen, um durch die unbekannte Leere zu fliegen, in der vagen Hoffnung, einen bewohnbaren Planeten zu finden. Welch eine fabelhafte Torheit! Wie lange war es her, seit die Ildiraner zum letzten Mal eine solche Leidenschaft gezeigt hatten, einen derartigen Mut zum Risiko? Kori'nh konnte es gar nicht abwarten, an Bord der *Burton* zu gelangen.

Die ildiranischen Shuttles verharrten neben dem Generationenschiff und der Adar schickte ein erstes Team aus Spezialisten. Die Ildiraner aus dem Techniker-Geschlecht arbeiteten im Vakuum des

Alls und versuchten, die Schleusen der *Burton* zu öffnen. Sie lösten Platten, untersuchten die Schaltkreise darunter und stellten neue Verbindungen her.

»*Bekh!*« Kori'nh rang mit seiner Ungeduld, während er die Arbeiten beobachtete. »Langsam. Keine Fehler.« Schließlich gelang es den Technikern, ein großes Außenschott zu öffnen, und dahinter kam ein Hangar zum Vorschein, groß genug, um die ildiranischen Shuttles aufzunehmen. »Sobald unsere Schiffe im Innern sind, sollen sich drei Systemspezialisten mit Schutzanzügen auf den Weg machen und versuchen, die *Burton* wieder mit einer atembaren Atmosphäre zu füllen.«

Eine Stunde später leuchteten gelbe Lichter im Hangar des Generationenschiffes. »Der Sauerstoffgehalt der Luft steigt, Adar«, meldete einer der Techniker. »Offenbar ist es uns gelungen, die atmosphärischen Systeme zu reaktivieren. Sollen wir sie überall an Bord in Betrieb setzen? Die Luft muss zirkulieren und gefiltert werden. Bestimmt gibt es auf der *Burton* genug Reserven.«

Kori'nh hob das Kinn. »Gehen wir gründlich vor. Wir tragen zunächst Gesichtsfilme, aber ich möchte, dass alle Bordsysteme der *Burton* mit Energie versorgt werden. Bereiten Sie das Schiff auf seine letzte Reise vor.«

Die Techniker eilten durch leere Korridore, in denen einst Generationen optimistischer menschlicher Kolonisten gelebt hatten. Das Geräusch ihrer Schritte hallte laut genug durch die kalte, leere Luft, um alle Geister zu wecken, die eventuell an Bord des aufgegebenen Schiffes zurückgeblieben waren. Kori'nh hatte gelesen, dass die Menschen nicht an die Lichtquelle und eine höhere Ebene der Illumination nach dem Tod glaubten, sondern an Geister und wandernde Seelen.

Im Maschinenraum der *Burton* enträtselten neugierige Ingenieure das archaische Triebwerk. Durch die Kontakte mit der Terranischen Hanse waren ihnen die elementaren Prinzipien von Menschen gebauter Raumschiffe vertraut und der Antrieb des Generationenschiffes erwies sich als so unkompliziert, dass seine Funktionen wiederhergestellt werden konnten.

Adar Kori'nh trug isolierende Kleidung und einen Gesichtsfilm, als er mit einer Inspektionstour begann. Ohne Begleitung schritt er durch den Passagierbereich, kletterte von einem Deck zum nächsten. Selbst wenn er allein war, spürte er die angenehme Präsenz der anderen Ildiraner durchs *Thism*.

Aber er fühlte auch die Präsenz der Menschen, als hätten ihre Träume greifbare Spuren hinterlassen. Welch ein törichter Ehrgeiz, welch naiver Optimismus der Jungen und Unerfahrenen, die ihre Heimat verließen und sich in den Spiralarm wagten! So ambitioniert, so tollkühn.

Kori'nh sah sich die Kabinen an, die Lager, Gemeinschaftsräume, Unterhaltungszentren und Bibliotheken. Viele Räume waren leer. Im Zugang eines großen Speisesaals blieb er stehen und sah Anzeichen von Unruhe: umgestürzte Stühle, verstreut liegende Dinge. Eine Meuterei? Oder vielleicht eine Feier? Ging dies auf jene Ildiraner zurück, die vor Jahrhunderten die ahnungslosen Kolonisten der *Burton* gefangen genommen hatten?

So viel zu sehen und herauszufinden ... Und all das ging unwiederbringlich verloren, wenn er seinen Befehl ausführte und das Schiff zerstörte.

Er kannte das Ausmaß des Skandals, dem sich das Reich gegenübersehen würde, wenn die Menschen herausfanden, was ihre vermeintlichen Verbündeten auf Dobro angestellt hatten. Die Ildiraner waren als angebliche Retter und mit dem Versprechen gekommen, die Siedler zu einer eigenen Kolonie zu bringen. Stattdessen hatte man die Menschen als Zuchtmaterial verwendet.

Tiefer Kummer erfasste Kori'nh. Ihm erschien das alles sehr unehrenhaft.

Der Adar setzte den Weg ehrfurchtsvoll fort und dachte dabei an Kinder, die einst an diesem Ort gespielt hatten, an Generationen, die fern der Heimat geboren und gestorben waren, ohne jemals den Boden eines Planeten betreten zu haben. Aufs Geratewohl öffnete er die Türen privater Quartiere und versuchte sich vorstellen, welche Familien einst in ihnen gewohnt hatten. Dabei fürchtete er fast, auf die mumifizierten Reste eines vergessenen Kolonisten zu stoßen ...

Kori'nh sah alte Bilder, die Helden oder geliebte Personen zeigten, vergilbte Kleidung, seltsames Spielzeug, Andenken von der Erde. Für die Menschen, die hier gewohnt hatten, besaß jeder Gegenstand eine besondere Bedeutung. Die Objekte verkörperten Geschichten, von den Eltern an die Kinder weitergegeben.

Diese Kolonisten hatten auf einer neuen Welt eine zweite Erde schaffen wollen. Doch den Zuchtobjekten auf Dobro war die Vergangenheit genommen worden – sie wussten nichts von ihrer Herkunft. Alles verloren ...

Schließlich erreichte Kori'nh den Kommando-Nukleus der *Burton* – die Menschen sprachen in diesem Zusammenhang vom »Pilotendeck«. Allein stand er dort, betrachtete dunkle Kontrollstationen und stellte sich vor, wie von primitiven Scannern und Sensoren ermittelte Daten auf Displays erschienen. Eine Folge von Kommandanten hatte hier gelebt und gearbeitet, gute und schlechte Entscheidungen getroffen. Jeder von ihnen war alt geworden und hatte sein Amt schließlich einem Nachfolger übergeben. Erinnerte sich niemand mehr an sie? Lagen ihre Leben begraben im Staub der Geschichte? Bei den Menschen gab es kein Äquivalent der *Saga der Sieben Sonnen*.

Durch den Gesichtsfilm atmete der Adar tief durch, sah zum leeren Kommandosessel und bemerkte Raureif in den Schatten zwischen Konsolen. Seit zu langer Zeit war dieses riesige Raumschiff leer. Die Stille hing wie eine Gewitterwolke über ihm. Gelegentlich knackte und knarrte es leise, als wärmer werdende Luft und die Anwesenheit von Lebewesen das Schiff aus einem langen Schlaf weckten. Es würde noch eine Weile dauern, bis die Systeme der *Burton* ganz erwacht waren.

Und anschließend musste das Schiff sterben.

Zwar hatte er keinen entsprechenden Befehl erhalten, aber der Adar wies seine Soldaten an, jeden Raum zu untersuchen und alle Objekte sicherzustellen, die in technischer oder kultureller Hinsicht wertvoll sein mochten. Jene Details sollten nicht für immer verloren gehen. Vielleicht konnten einige Erinnerer einen Sinn in den Gegenständen erkennen und ihre Hinweise für ein besseres Verständnis der Terraner nutzen.

Es wäre ein Verbrechen gewesen, einfach alles zu vernichten – doch genau das verlangte der Dobro-Designierte.

Als die wichtigsten Bordsysteme der *Burton* funktionierten, gab es für Adar Kori'nh keinen Vorwand mehr, die Ausführung seines Befehls noch länger hinauszuzögern. Er suchte das Pilotendeck auf und übernahm selbst die Steuerung des alten Generationenschiffes. Es glitt aus dem kosmischen Trümmerfeld und wandte sich dem heißen Zentrum des Dobro-Systems zu. Kori'nh spürte die Energie im Innern des riesigen Schiffes, das über viele Jahre hinweg Heim hunderter von Menschen gewesen war.

Er stand umgeben von den Erinnerungen der Siedler, die ihr Leben dem Einfallsreichtum des Captains anvertraut hatten. Der Adar verehrte die legendären Helden seines Volkes und verglich das, was man ihm aufgetragen hatte, mit ihren großen Taten – es schien kaum der Erinnerung wert zu sein. Nur wenige würden von diesen Ereignissen und seiner Beteiligung an ihnen erfahren.

»Der Kurs ist gesetzt, Adar«, sagte ein Techniker. »Die Gravitation erledigt den Rest.«

Kori'nh blickte in die brodelnde Glut von Dobros Sonne. Hier, so nahe, erweckten die orangefarbenen Eruptionen den Anschein, aus gasförmiger Lava zu bestehen – in jenem Schmelzofen verbrannte alles.

»Verlassen wir die *Burton*. Teilen Sie der Septa mit, dass wir auf dem Rückweg sind.«

Die muskulösen Ildiraner des Soldaten-Geschlechtes wirkten seltsam fehl am Platz, als sie buntes Spielzeug, Puppen und menschliche Kleidungsstücke zum Hangar brachten. Kori'nh blieb zurück, die letzte Person auf dem Pilotendeck der *Burton*. Er sah zu den Kontrollschirmen, zur lodernden Sonne auf den Bildschirmen, und schließlich machte er sich auf den Weg zu seinem Shuttle.

Als sie das Generationenschiff verließen, blickte der Adar aus dem Shuttlefenster und beobachtete, wie das riesige Schiff in Richtung Sonne fiel. Die Protuberanzen schienen sich ihm wie die Klauen eines hungrigen Raubtiers entgegenzustrecken.

Die korrodierte Außenhülle der *Burton* wurde kirschrot, dann gelb und weiß, als das Schiff in die Chromosphäre stürzte. Es begann zu schmelzen und brach auseinander. Innerhalb weniger Sekunden verbrannten und verdampften die einzelnen Fragmente des Generationenschiffes und zurück blieb ... nichts.

Abgesehen von unauslöschlichen Spuren in Adar Kori'nhs Bewusstsein und seiner Phantasie. Aber er würde nie jemandem davon erzählen..

16 ✸ WEISER IMPERATOR

Während der Meditation beobachtete der Weise Imperator Cyroc'h sein Volk durch das mentale Gespinst des *Thism*, das Netz aus winzige Seelenfäden, die aus der Sphäre der Lichtquelle glänzten. Der Weise Imperator war der Brennpunkt all dieser Fäden und sein Volk vertraute darauf, dass er die richtigen Entscheidungen traf. Er, niemand sonst.

Warmes Tageslicht strömte durch transparente Wände aus saphirblauen und blutroten Kristallen ins Meditationszimmer. Cyroc'h lehnte sich im Chrysalissessel zurück, die schweren Lider halb gesenkt – er sah sowohl mit dem Geist als auch mit den Augen. Sein Gehirn verfolgte eine Million Details, jedes Teil des Puzzles, jede notwendige Aktion.

Der vor kurzer Zeit von seiner Zerstörungsmission heimgekehrte Adar Kori'nh stand steif und respektvoll; die Medaillen und Auszeichnungen an seiner Uniform waren unübersehbar. Er faltete die Hände vor der geschmückten Brust. »Meine Technikergruppen haben zahlreiche Beispiele der terranischen Technik und auch persönliche Gegenstände sichergestellt. Ich habe Sie Ihnen als Geschenk mitgebracht, Herr. Vielleicht helfen Ihnen diese Objekte dabei, die Menschen besser zu verstehen.«

Cyroc'h verbarg seine Gedanken und lächelte wohlwollend – diesen Gesichtsausdruck zeigte er am liebsten. »Selbst ein Weiser Imperator kann weiter lernen. Danke für die Gelegenheit.«

Die Initiative des Adars erfüllte ihn mit Zufriedenheit, und gleichzeitig enttäuschte sie ihn. Kori'nh hatte nicht verbergen können, dass ihm gewisse Befehle nicht gefielen, aber sein Pflichtbewusstsein war stark ausgeprägt. Er wich seiner Verantwortung nie aus, offenbarte nie ein Anzeichen von Untreue. Der Weise Imperator verlangte bedingungslose Unterstützung und absolute Loyalität, vor allem in der gegenwärtigen Situation. Er musste die richtigen Samen und Gedanken pflanzen.

Als Kori'nh gehen wollte, hob Cyroc'h eine fleischige Hand. Der Adar drehte sich so schnell um, als hätte er einen elektrischen Schlag bekommen. Seine Medaillen klirrten. »Ja, Herr?«

Der Zopf des Weisen Imperators zuckte. »Bitte lassen Sie sich von meiner äußeren Ruhe nicht täuschen, Adar. Ich hege viele komplizierte Pläne mit dem Ziel, das Reich zu stärken. Die meisten davon stehen kurz vor der Verwirklichung. Doch wird die Krise mit jedem verstreichenden Moment ernster.«

»Ich habe gehört, dass man mehrere Kugelschiffe der Hydroger bei Erkundungsflügen durch Sonnensysteme beobachtet hat, Herr. Niemand weiß, wonach sie suchen.«

Es überraschte den Weisen Imperator, dass Kori'nh bereits über diese Informationen verfügte. »Das stimmt, Adar. Ein Kugelschiff scannte Hyrillka, ein anderes wurde bei Comptor gesichtet.«

»Das klingt Besorgnis erregend, Herr. Soll ich einen Manipel aus Schlachtschiffen bei Hyrillka stationieren, um den Designierten zu schützen?«

Der Weise Imperator runzelte die Stirn. »Es kann nicht schaden, Kriegsschiffe zu schicken, aber Qronha 3 hat gezeigt, dass nicht einmal die Solare Marine gegen die Hydroger bestehen kann. Alles hängt davon ab, was unsere Feinde als Nächstes unternehmen.«

Prismatische Schatten glitten durch den Raum, als einige dünne Wolken über den Himmel zogen. Cyroc'h neigte seinen gewichtigen Körper ein wenig zur Seite und versuchte, sich die stärker werdenden Schmerzen nicht anmerken zu lassen. Wenn der Adar gegangen war, würden Ärzte kommen, um ihn erneut zu untersuchen.

»Mit direkten militärischen Aktionen ist es uns nicht möglich, diesen Krieg zu gewinnen. Wir können nur hoffen, dass die Dobro-Experimente möglichst bald erfolgreich sind. Der Durchbruch muss noch in dieser Generation erzielt werden. Andernfalls sind wir zum Untergang verurteilt.« Er sah Kori'nh an und lächelte. »Nur mit der Unterstützung meines Volkes und der Entschlossenheit von Ildiranern wie Ihnen können wir überleben.«

Nachdem der Adar den Raum verlassen hatte, wandte sich der Weise Imperator an seinen Leibwächter. »Bron'n, stellen Sie den ganzen Kram sicher, den der irregeleitete Adar von der *Burton* mitbrachte. Sorgen Sie dafür, dass ihn niemand sonst sieht. Lassen Sie ihn spurlos verschwinden.«

Der Wächter nickte knapp. »Soll ich die Objekte zuerst hierher bringen, damit Sie sie untersuchen können, Herr?«

»Es ist nicht nötig, dass ich mir jene Gegenstände ansehe. Solche Dinge sind nicht wichtig.«

Bron'n ging – er stellte nie irgendwelche Anweisungen infrage, war immer kompetent. Seufzend lehnte sich Cyroc'h zurück, sodass der bunte Sonnenschein auf seine blasse Haut fiel. Mit uncharakteristischer Wehmut erinnerte er sich daran, als er einfach nur der Erstdesignierte gewesen war und alle wichtigen Entscheidungen seinem Vater überlassen hatte. Damals hatte er die Vorteile genossen, der erstgeborene adlige Sohn zu sein, potent und gesund, das Haar lang und offen und voller Leben.

Natürlich war ihm damals klar gewesen, dass er eines Tages die schwere Bürde der Pflicht und Verantwortung tragen musste, aber der Tag, der ihn seine Männlichkeit kostete und ihm das *Thism* brachte, schien weit, weit entfernt zu sein. So empfanden alle Erstdesignierten. Aber schließlich kam jener Tag immer.

Cyroc'h erinnerte sich daran, wie sein Vater, der Weise Imperator Yura'h, vor fast zwei Jahrhunderten die Nachricht vom ersten Kontakt mit den Generationenschiffen der Menschen bekommen hatte. Die Kommandanten der Solaren Marine, Beamte und Ildiraner aus dem Geschlecht der Adligen, hatten über die Bedeutung dieser bisher unbekannten intelligenten Wesen nachgedacht, die unbeholfen zwischen den Sternen unterwegs waren, ohne die Möglichkeit, schneller als das Licht zu fliegen ...

Aber das war nicht die einzige Sache. In seinem Gedächtnis bewahrte Cyroc'h auch das Wissen darüber, was die Hydroger vor zehntausend Jahren angestellt hatten, beim letzten titanischen Krieg. Nur Weise Imperatoren trugen dieses Wissen von einer Generation zur nächsten. Die Hydroger hatten nie versucht, andere Völker zu verstehen; sie interessierte nur der kosmische Kampf gegen die Wentals und Verdani und ihr unsicheres Bündnis mit den Faeros. Die an Planeten gebundenen Ildiraner oder die Klikiss blieben ihnen unbegreiflich und der Weise Imperator brauchte dringend eine neue Art von Brücke, einen mächtigen, geschickten Botschafter, der die Grundlagen für ein Bündnis schuf, das die Hydroger verstehen konnten.

Die Idee, den langfristigen, aber bis dahin nicht sehr erfolgreichen Dobro-Zuchtplan durch Menschen zu erweitern, stammte von Yura'h. Nach dem Tod seines Vaters hatte Cyroc'h das Programm fortgesetzt. Und das musste auch Jora'h, ganz gleich, wie sehr er es verabscheuen würde. Ein Erfolg des Projekts war dringend notwendig.

So viele verschiedene Pläne erforderten Aufmerksamkeit, die Hydroger waren zurückgekehrt und das Schicksal des Ildiranischen Reiches stand auf dem Spiel – warum musste ihn sein sterblicher

Körper ausgerechnet jetzt im Stich lassen? Die bösartigen Wucherungen in seinem Leib erschienen Cyroc'h wie ein übler kosmischer Scherz. *Warum ausgerechnet jetzt?*

Er verspürte das Bedürfnis, seinen Zorn den strahlenden Sonnen am ildiranischen Himmel entgegenzuschleudern oder ins Ossarium zu gehen und Lösungen von den glühenden Totenköpfen seiner Ahnen zu verlangen. Doch die benötigte Antwort hätte er dadurch nicht bekommen.

Zwei Ildiraner des Mediziner-Geschlechts kamen herein, versiegelten das Meditationszimmer und wahrten strenge Diskretion. Die Ärzte hatten große Augen und sehr bewegliche, flexible Hände, beide mit einem zusätzlichen Finger. Mit ihren besonders sensiblen Fingerkuppen konnten die beiden Doktoren Veränderungen der Körpertemperatur wahrnehmen. Die Nase war breit, wies große Löcher auf und gab den Ärzten die Möglichkeit, eine Krankheit zu riechen und ihre Ursache festzustellen. Ildiraner des medizinischen Geschlechts waren zu invasiver Chirurgie ebenso imstande wie zu Druckpunktmassage. Sie kannten sich mit Arzneien und Behandlungsmethoden aus und bei einer Diagnose arbeiteten sie immer zusammen.

Die ildiranischen Ärzte trafen Vorbereitungen für einen weiteren Ganzkörperscan, obwohl bereits drei durchgeführt worden waren. Der Weise Imperator sah nur eine Routine darin – er kannte das Ergebnis bereits. Die *Thism*-Verbindungen teilten ihm mit, ob die Ärzte logen oder ihre Besorgnis zu verbergen versuchten. Es war der Fluch, zu viel zu wissen.

»Es gibt keinen Zweifel, Herr«, sagte der erste Doktor. »Die Wucherungen breiten sich in Gehirn und Nervensystem aus. Eine Behandlung ist nicht möglich.«

Cyroc'h bewegte die dicken Arme. Die Beine waren längst nicht mehr fähig, sein Gewicht zu tragen. Er würde nie wieder gehen, während die Tumore in seinem Rückgrat wuchsen. Schon seit einer ganzen Weile ahnte er die Wahrheit und verfluchte sein Schicksal. Die eigene Sterblichkeit fürchtete er nicht, denn gelegentlich sah er die glänzende Sphäre aus hellem Licht jenseits des Lebens. Seine Sorge galt dem Reich, das viel wichtiger war als die eigene Existenz.

»Ich verstehe«, sagte er und schickte die beiden Ärzte fort.

Erstdesignierter Jora'h war völlig unvorbereitet. Der Weise Imperator hatte gehofft, seinen Sohn im Verlauf vieler Jahre zu einem fähigen Nachfolger heranreifen zu lassen. Aber die beiden Spezialisten aus dem Mediziner-Geschlecht ließen ihm keine Hoffnung.

Dies war ein denkbar ungünstiger Zeitpunkt für seinen Tod.

17 ✺ JESS TAMBLYN

Zwei nicht gekennzeichnete Raumschiffe der Roamer trafen sich heimlich im nebligen Schweif eines Kometen, verborgen vor dem Hintergrund der Sterne. Jess und Cesca, nur sie beide, fern von Verantwortung und Verpflichtungen.

Hier draußen konnten sie einfach nur ein Liebespaar sein, zwei Menschen, die ihre Körper, Herzen und Seelen miteinander vereinten. Die Droger, die machthungrige Hanse, die zänkischen Roamer-Clans – das alles konnten sie an diesem Ort für kurze Zeit vergessen. Nur dadurch war es Jess und Cesca möglich, die Wartezeit zu überstehen. Noch einige Monate ...

Cesca flog einen diplomatischen Kurier und steuerte ihn so an Jess' Schiff heran, dass die beiden Luftschleusen miteinander verbunden werden konnten. Seite an Seite schwebten die beiden Raumschiffe im Schweif des Kometen, der auf einer weiten parabolischen Umlaufbahn durch ein uninteressantes Sonnensystem flog.

Der perfekte Ort für Jess und Cesca, um allein zu sein.

Als sich die Luftschleusen öffneten, stand sie vor ihm, die großen dunklen Augen voller Sehnsucht, ein Lächeln auf den vollen Lippen. Einige Sekunden lang sahen sie sich nur an und genossen die Präsenz des jeweils anderen.

Dann trat Cesca vor, leichtfüßig in der niedrigen Schwerkraft, und sie umarmten sich so, als bekämen sie zum ersten Mal Gelegenheit, ihrer Leidenschaft nachzugeben, als hätten sie sich seit Jahren nicht gesehen ... als könnten sie nicht genug voneinander bekommen, ganz gleich, wie oft sie zusammen waren.

Jess küsste sie und seine Finger strichen durch ihr Haar – ein so dunkles Braun, dass es fast schwarz wirkte. Er zog sie ganz dicht an sich. Nun waren sie wie zwei Himmelskörper in einem perfekten Orbit.

Auf diese Weise hatten sie sich ein Dutzend Mal getroffen, auf kleinen Monden, in Asteroidengürtel oder einfach in der interstellaren Leere. Aber sie schienen nie weit genug von ihren Problemen entfernt zu sein. Alle Clanmitglieder erwarteten von der Sprecherin, dass sie sich auf das Überleben der Roamer konzentrierte, ohne sich von Romantik und Liebe ablenken zu lassen.

Bei den Clans herrschte derzeit Aufruhr – sie alle versuchten, eine rentable Alternative zur bisherigen Ekti-Produktion zu finden. Der Einsatz von Blitzminen führte immer wieder zu Verlusten; Nebelsegel waren zu langsam und die Gewinnung von Wasserstoff aus Kometeneis erforderte große industrielle Investitionen. Cesca musste sich mehr als jemals zuvor bemühen, die Gesellschaft der Roamer vor dem Chaos zu bewahren. Ihre Aufgabe bestand darin, die Clans zusammenzuhalten und ihre familiären Bindungen zu stärken, die ihnen allen Kraft gaben.

Doch jetzt hatte sie Jess und das genügte.

Manchmal gab sich Cesca damit zufrieden, mit ihm zu reden, einfach nur mit ihm zusammen zu sein, ihre Sorgen und Erfahrungen mit ihm zu besprechen. Diesmal aber reichte ihr das nicht. Ihre Finger wanderten über seine Kleidung, erkundeten und erforschten das Durcheinander aus Knöpfen, Reißverschlüssen und Taschen und begannen damit, den Overall zu öffnen.

Er küsste sie erneut, länger und hingebungsvoller. Seine Hände strichen über Cescas Rücken und fühlten ihren Leib unter dem Stoff, streichelten dann ihre Brüste. Sie neigte den Oberkörper zurück, bot ihm dadurch den Hals dar. Seine Lippen glitten über ihre Wange, übers Kinn und den glatten Hals. Er zog Cescas Kragen weiter auf und küsste jeden Quadratzentimeter ihrer Haut, bis er die Brüste erreichte. Hände und Finger tanzten über Körper, als sie sich gegenseitig entkleideten.

Der Duft von Cescas Haar und ihrer Haut erregte Jess und er atmete ihn tief ein. Er presste Cesca die Lippen an die bloße Schulter, während ihre Fingerkuppen über seine Brust krochen.

Jedes heimliche Rendezvous war besser als das vorhergehende. Wenn sie schließlich zusammen sein konnten, wann immer sie wollten, ohne sich vor Beobachtern verbergen zu müssen ... Jess fragte sich, ob das Wunder namens Cesca jemals etwas von seinem Reiz verlieren mochte. Würde sie immer so bleiben wie jetzt, frisch, neu und lebendig, die Haut heiß, der Mund feucht und begierig?

Die miteinander verbundenen Schiffe setzten den Weg durchs All fort, geschützt vom Schweif des Kometen. Er ähnelte einem der Kometen, deren Flugbahn Jess geändert hatte, damit sie auf Golgen hinabfielen ...

Auf dem Weg hierher hatte sich Jess noch einmal den stummen Gasriesen angesehen, in dessen Atmosphäre Ross' Blaue Himmelsmine unterwegs gewesen war. Das kosmische Bombardement hatte wilde Stürme in den tiefen Wolkenschichten des Planeten entstehen lassen, aber Jess wusste nicht, ob die Bewohner von Golgen noch lebten oder ob sein Angriff sie getötet hatte, so wie der Einsatz der Klikiss-Fackel die Hydroger von Oncier. Er konnte nicht sicher sein, irgendeine Art von Sieg errungen zu haben, aber es fühlte sich gut an, dass er *etwas* unternommen hatte.

Jess versuchte jetzt, langsamer zu werden und jeden einzelnen Moment zu genießen, aber Cesca drückte sich an ihn und zeigte noch mehr Leidenschaft und daraufhin verlor er sich.

So viele Hindernisse standen ihnen im Weg, doch sie waren entschlossen, alle zu überwinden und endgültig zueinander zu finden. Jess hielt Cesca so in den Armen, als wollte er mit ihr verschmelzen, und er wünschte, sie müssten sich nie wieder trennen. Kurze Treffen wie dieses gaben ihnen die Kraft, die sie für die nächsten Monate brauchten, bis sie endlich glücklich sein konnten.

18 ✳ TASIA TAMBLYN

Die lange Belagerung von Yreka wurde immer langweiliger und war nach Meinung von Tasia längst sinnlos geworden. Für diese Rechnung brauchte man kein mathematisches Genie zu sein: Selbst wenn die Kolonisten ihr gesamtes illegal gehortetes Ekti aufgaben – es genügte nicht, um den Sternenantrieb-Treibstoff zu ersetzen, den die TVF-Kampfgruppe bei diesem Einsatz verbraucht hatte.

Staffelführer Robb Brindle sah die Sache aus einer anderen Perspektive. »Es geht gar nicht um den Treibstoff, Tasia«, hatte er hinter der geschlossenen Kabinentür gesagt. »General Lanyan glaubt: Wenn wir bei Yreka ein Auge zudrücken, folgen die anderen Kolonien dem Beispiel dieser Siedler. Und dann bricht alles auseinander.«

Mit ihrem nichtmilitärischen Hintergrund konnte Tasia die Yrekaner gut verstehen. »So was mag auf dem Papier ganz gut aussehen, aber es geht hier um *Menschen*. Ich habe mich nicht freiwillig für den Dienst in der TVF gemeldet, um verzweifelte Kolonisten einzuschüchtern, die nur überleben wollen.«

Robb zuckte mit den Schultern. »Wir sind Offiziere der Terranischen Verteidigungsflotte, Tasia. Wir befolgen unsere Befehle. Die Entscheidungen überlassen wir dem König, den Diplomaten und dem General.«

Normalerweise hätte Tasia als Roamer kaum eine Chance gehabt, Offizier zu werden. Aber die enorme Aufrüstung der TVF nach den ersten Angriffen der Hydroger hatte die Situation verändert und ihr eine Chance gegeben. Sie war nicht nur eine ausgezeichnete Pilotin, sondern wusste auch, wie man im All überlebte, und hinzu kam ihr innovatives Denken. Diese besondere Kombination von Eigenschaften hatte sie schnell zu einer Offizierskandidatin gemacht. In nur fünf Jahren schaffte sie es zum Platform Commander, einem Rang, der dem des Captains eines Kriegsschiffs entsprach. Unter anderen Umständen wäre sie vermutlich nur eine einfache Soldatin geblieben.

Inzwischen hätte Tasia eigentlich wissen sollen, wie sinnlos es war, mit Robb über Politik zu reden. Bei vielen Dingen vertraten sie den gleichen Standpunkt, doch die wenigen Meinungsverschiedenheiten konnten manchmal zu heftigen Wortgefechten führen. Wenn sie vernünftig gewesen wäre, hätte sie Niedrigschwerkraft-Pingpong vorgeschlagen, ein Rennen mit Demo-Remoras oder vielleicht ein Unterhaltungsvideo. Aber nein, sie musste reden und solche Diskussionen waren wie eine Wanderung durch ein vermintes Gebiet.

»Wir alle wollen überleben«, sagte Robb. »Und es ist die Aufgabe der TVF – *unsere* Aufgabe –, dafür zu sorgen, dass möglichst viele Menschen überleben, nicht nur einige Kolonisten, die Vorräte horten.«

Nach zwei Monaten Langeweile lagen die Nerven in der TVF-Kampfgruppe blank. Die Soldaten meinten, dass Admiral Willis eigentlich bessere Dinge zu tun haben sollte, aber die Kommandantin von Gitter 7 hielt die Blockade aufrecht.

Brindle schickte seine Remora-Staffeln zu Übungsflügen in der Nähe von Yreka los – sie tauchten in die Atmosphäre hinab und kehrten dann wieder ins All zurück. Eigentlich hätten die Kolonisten von der Demonstration der Macht eingeschüchtert sein sollen. Brindle behauptete, dass die Manöver dazu dienten, seine Leute in Form zu halten, aber Tasia vermutete, dass er damit vor allem Dampf abließ.

Ein Tag nach dem anderen verging, ohne dass sich an der allgemeinen Situation etwas änderte. Die rebellischen Siedler lebten im Schatten der Blockade und wurden immer verzweifelter. Die schöne, langhaarige Großgouverneurin versuchte unterdessen, die Kolonie so zu verwalten, als wäre die TVF-Streitmacht gar nicht da.

Tasia saß im Salon ihrer Waffenplattform und nahm dort an einer weiteren virtuellen Versammlung der Kommandanten teil. Patrick Fitzpatrick sprach sich wie üblich für einen schnellen Schlag aus. Er regte an, alle notwendigen Maßnahmen zu ergreifen und die Ekti-Vorräte zu beschlagnahmen. »Wir können versuchen, die Verluste bei den Zivilisten so gering wie möglich zu halten. Wenn sich einige aufsässige Kolonisten blutige Nasen holen, so haben sie es nicht besser verdient.« Seine Lippen formten ein humorloses Lächeln. »Dies ist doch eine *Strafaktion*, oder? Bisher scheinen wir die Rebellen nur aufgefordert zu haben, sich in die Ecke zu stellen, bis sie lernen, wie man sich richtig benimmt.«

»Haben Sie ein Problem damit, geduldig zu sein, Commander?«, fragte Admiral Willis ungerührt. »Ich möchte unnötiges Blutvergießen vermeiden.«

Plötzlich gab Tasias Brückentaktiker Alarm. »Aktivität auf dem Planeten, Platcom.« Ähnliche Meldungen wurden auch in den anderen Einheiten der Flotte übermittelt.

Admiral Willis beendete die Besprechung und forderte die Kommandanten auf, zu ihren Stationen zurückzukehren. Als sie Bereitschaft meldeten, wandte sie sich an die ganze Kampfgruppe. »Offenbar haben die Siedler beschlossen, etwas zu unternehmen. Großgouverneurin Sarhi weiß, welche Möglichkeiten ihr offen stehen – diese gehört nicht dazu.«

Der Brückentaktiker sah Tasia an. »Sechs Schiffe starten von vier verschiedenen Raumhäfen auf dem Kontinent. Jedes fliegt mit einem anderen Kurs.«

Tasia verzog das Gesicht. »Sie hoffen, dass es mindestens einem gelingt, die Blockade zu durchbrechen.«

Admiral Willis' Stimme kam über die allgemeine Frequenz. »Achtung, Yreka-Schiffe – vielleicht habe ich mich beim ersten Mal nicht klar genug ausgedrückt. Niemand darf den Planeten verlassen, solange Sie nicht bereit sind, uns Ihre Ekti-Vorräte zu übergeben.«

Die zivilen Schiffe stiegen weiter durch die Atmosphäre auf. Wie davonhuschende Mäuse schwärmten sie aus, um der TVF-Streitmacht zu entwischen.

»Bitte zwingen Sie mich nicht, Maßnahmen gegen Sie zu ergreifen.« Willis klang wie eine verärgerte Großmutter, aber die yrekanischen Schiffe schenkten ihr keine Beachtung. »Na schön. Kommandanten, Sie wissen, was Sie zu tun haben. Zeigen Sie den Yrekanern, dass wir es mit der Blockade ernst meinen.«

»Ein Kinderspiel«, antwortete Fitzpatrick von der Brücke seines Manta-Kreuzers.

Tasia erteilte Anweisungen. »Staffelführer Brindle, brechen Sie mit Ihrer Gruppe auf und hindern Sie die yrekanischen Schiffe daran, dieses Sonnensystem zu verlassen. Richten Sie die Zielerfassung auf den Sternenantrieb. Schicken Sie die Burschen nach Hause, den Schwanz so zwischen die Beine geklemmt, dass sie Hämorriden bekommen.«

»Ihr Wunsch ist mir Befehl, Platcom.«

Brindles Staffeln griffen zwei Blockadebrecher an, noch bevor sie ganz aus der Atmosphäre des Planeten heraus waren. Kurze Jazer-Blitze neutralisierten ihre interstellaren Triebwerke und trafen das Ziel mit solcher Präzision, dass die Schiffe manövrierfähig blieben und landen konnten.

Anschließend nahmen sich die Remoras zwei weitere Schiffe vor. »Vier erledigt.«

Tasia blickte auf die Displays. Die yrekanischen Schiffe wirkten harmlos und konnten gar nicht entkommen. Die letzten beiden Blockadebrecher zögerten, als wollten sie sich die Sache noch einmal überlegen. Doch dann beschleunigten sie und setzten den Flug fort.

»Die übernehme ich«, erklang Patrick Fitzpatricks Stimme. »An alle anderen, zieht euch zurück.« Doch er schickte keine Remoras in den Einsatz. Als die beiden letzten yrekanischen Schiff den offenen interplanetaren Raum erreichten und glaubten, es geschafft zu haben, brachte Fitzpatrick seinen Manta-Kreuzer in Position. »Passt gut auf.«

Sein Waffenoffizier setzte zwei Jazer-Strahlen ein, mit genug Energie, um ein Schlachtschiff zu beschädigen. Die beiden Blitze jagten durchs All, trafen das Ziel und verwandelten die yrekanischen Schiffe in Feuerbälle.

Tasia schnappte nach Luft und konnte sich nicht beherrschen. Sie beugte sich zur Kom-Konsole vor. »Was fällt dir ein, Fitzpatrick? Das war überhaupt nicht nötig!«

»Jemand vergisst, dass wir im Krieg sind«, lautete die höhnische Antwort.

»Genug, Sie beide«, warf Admiral Willis ein. »Commander Fitzpatrick hat im Rahmen meiner Befehle gehandelt, die vielleicht ein wenig zu vage waren. Beim nächsten Mal werde ich ihm nicht so viel Ermessensspielraum lassen.« Sie seufzte. »Wie dem auch sei ... Ich glaube, die Kolonisten haben die Botschaft verstanden. Gute Arbeit, das gilt für alle.«

Tasia ballte die Fäuste so fest, dass die Knöchel weiß hervortraten. Wer war eigentlich der Feind bei diesem Krieg?

Die TVF-Schiffe schwenkten wieder in den Orbit von Yreka, um die Blockade fortzusetzen.

19 ✹ KÖNIG PETER

Peter begann sich zu fragen, ob es so etwas wie eine »leichte Niederlage« gab. Im Sonnenschein der Erde trat der König auf den Balkon, gekleidet in eine blaugraue, mit silbernen Bordüren versehene Uniform. Eine weitere Pflicht wartete auf ihn, eine sehr unangenehme, die ihm während der letzten Jahre schrecklich vertraut geworden war.

Eine große Menge hatte sich auf dem Platz versammelt, ein Meer aus Menschen, die blassen Gesichter nach oben gewandt. Doch es ertönte kein lauter Jubel. Heute nicht. Unten, vor dem großen Platz des Flüsterpalastes, hatte der großväterliche Erzvater des Unisono damit begonnen, ein langes, feierliches Gebet zu sprechen. Wenn das Oberhaupt der offiziellen Religion damit fertig war, würde es dem König Gelegenheit geben, die politischen Förmlichkeiten zu vervollständigen.

Peter ging mit langsamen Schritten, hielt den Blick dabei auf die Menge gerichtet und gab zu verstehen, dass er ihren Kummer teilte. Er hörte, wie die vielen Zuschauer erwartungsvoll Luft holten, als er zur verzierten Balustrade am Rand des Balkons trat. Dort war eine dicke Rolle aus schwarzem Krepp vorbereitet – sie sah aus wie eine umhüllte Leiche.

»Ich habe dies schon zu oft tun müssen«, sagte er leise. Nur der Vorsitzende – er wartete im Innern des Palastes, außer Sicht – hörte ihn. »Und wahrscheinlich werden Sie diese Zeremonie noch oft wiederholen müssen – die Bürger sollen sehen, wie sehr Sie Anteil nehmen. Denken Sie an den positiven Aspekt: Jede Katastrophe bringt mehr Helden hervor und die Helden helfen uns dabei, unsere Anstrengungen zu konzentrieren.«

Peter lachte bitter. »Angesichts so vieler Helden haben die Hydroger nicht die geringste Chance, diesen Krieg zu gewinnen, Basil.«

Am Rand des Balkons schaltete er seinen Stimmverstärker ein und sprach zum aufmerksamen Publikum. »Vor nicht allzu langer Zeit brachen eine militärische Erkundungsgruppe und ein taktisches Geschwader auf, um den Gasriesen Dasra zu untersuchen, von dem wir wissen, dass Hydroger in ihm leben. Unsere Flotte kam in Frieden und unternahm einen weiteren Versuch, Kontakt mit unseren Feinden aufzunehmen und den Krieg zu beenden.«

Peter legte eine kurze Pause ein und hörte erneut, wie die vielen Menschen Luft holten. »Die Reaktion der Hydroger war brutal und unbarmherzig. Sie zerstörten alle Scoutschiffe und töteten insgesamt dreihundertachtzehn unschuldige Menschen.«

Ein Murmeln ging durch die Menge und Peter zog an dem Band, das das schwarze Kreppbanner zusammenhielt. »Hiermit möchte ich jener gedenken, die bei Dasra ums Leben kamen. Dies soll zeigen, dass wir weder sie vergessen noch das, was sie für die Menschheit zu erreichen hofften.« Behandelt mit strukturverstärkenden Mitteln, die Falten verhinderten und ein glattes Entrollen gewährleisteten, fiel der lange Streifen einer schwarzen Träne gleich an der Seite des Flüsterpalastes nach unten.

Das Banner zeigte eine Kette goldener Sterne, das Emblem der TVF, zusammen mit dem Symbol der Hanse, einer von konzentrischen Kreisen umgebenen Erde. Gewichte sorgten dafür, das es glatt blieb und dem Wind trotzte.

Später am Abend würden Fackelträger zum langen schwarzen Kreppstreifen marschieren und ihn in Brand setzen. Von unten nach oben würde er brennen, in einem kurzen, sauberen Feuer, das nichts von ihm übrig ließ. Und anschließend gab es Platz für weitere Trauerbanner.

König Peter hatte bereits Proklamationen unterzeichnet und allen ums Leben gekommenen TVF-Scouts posthum Medaillen verliehen. Er hatte jeden einzelnen Namen laut vorgelesen und dann das entsprechende Zertifikat unterschrieben. Peter hielt das für wichtig, obwohl es viel Zeit kostete. Und wenn er mit solchen Dingen beschäftigt war, fragte er sich immer wieder nach dem Sinn solcher militärischen Operationen.

König Peter verbeugte sich vor der Menge und kehrte in den Flüsterpalast zurück.

»Wir sind noch immer im Zeitplan«, sagte Basil Wenzeslas und schloss sich ihm an. »Wir haben alle Bittsteller im Thronsaal überprüft und Ihre Antworten auf die Anträge sind bereits vorbereitet.«

»Das überrascht mich nicht«, erwiderte Peter.

Basil warf ihm einen verärgerten Blick zu, aber Peter achtete nicht darauf. Derartige Taktiken hatten schon nach dem ersten Jahr jede Wirkung auf ihn verloren. »König Frederick wusste die Arbeit, die andere hinter den Kulissen für ihn leisteten, immer zu schätzen.«

»Bitte entschuldigen Sie, wenn ich gelegentlich selbständig denke.«

»Ihre Aufgabe besteht darin, für die Hanse zu sprechen, nicht zu denken.« Basil ging in Richtung Thronsaal und Peter folgte ihm. Nach einigen Metern hob der Vorsitzende die Hand zum Kom-Modul am Ohr und schien eine wichtige Nachricht zu empfangen: Seine Augen wurden größer und er forderte den König zu Eile auf.

Nahton wartete geduldig neben einem Schössling. OX stand hinter dem Thron, eine unauffällige wandelnde Datenbank, die dem König mit Fakten und Rat helfen konnte. Normalerweise blieb Basil im Flur zurück und gab vor, dort beschäftigt zu sein, während Peter den Bittstellern zuhörte. Im Thronsaal sollte der König im Zentrum der Aufmerksamkeit stehen, nicht der Vorsitzende der Hanse.

Peter lächelte aus reiner Angewohnheit, als er den dicken Vorhang beiseite schob und den hell erleuchteten Raum mit den vielen Spiegeln und dem Gold betrat. Er hörte eine Fanfare, Applaus – und blieb abrupt stehen.

Eine schwarze Maschine ragte drei Meter weit auf und sah wie ein sonderbarer Käfer aus. Der Klikiss-Roboter wartete in respektvollem Abstand vom Thron, wirkte wie eine monströse Statue.

Höflinge und königliche Wächter warteten entlang den Wänden und richteten erleichterte Blicke auf König Peter, als erhofften sie von ihm Antwort auf alle ihre Fragen. Sicherheitspersonal stand mit einsatzbereiten Waffen da und versuchte, bedrohlich zu erscheinen – den Klikiss-Roboter konnten sie damit nicht beeindrucken. Selbst Basil war überrascht.

König Peter schluckte, und als er sprach, hielt er die Bestürzung aus seiner Stimme fern. »Ich danke Ihnen allen, dass Sie gewartet haben, während ich meine traurige Pflicht erfüllen musste.« Seine Gedanken rasten, als er nach den richtigen diplomatischen Worten suchte, die OX ihn gelehrt hatte. Schließlich gab er vor, den Klikiss-Roboter so zur Kenntnis zu nehmen, als böte er einen alltäglichen Anblick.

Basil und die Hanse-Spezialisten waren sicher schon bestrebt, den Text für eine offizielle Reaktion zusammenzustellen, aber Peter nutzte die Gelegenheit, selbst die Initiative zu ergreifen. »Es freut mich, einen Repräsentanten der Klikiss-Roboter begrüßen zu können. Was führt dich hierher?«

Als die schwarze Maschine die an sie gerichteten Worte des Königs hörte, begann sie, sich zu bewegen. Rubinrote optische Sensoren glühten wie die Augen eines Arachnoiden.

Niemand wusste genau, wie viele Klikiss-Roboter es im Spiralarm gab, doch seit dem Beginn des Hydroger-Krieges zeigten sich die Maschinen öfter. Zwar nahmen sie von Menschen keine Befehle entgegen, aber manchmal boten sie ihre Mitarbeit bei schwierigen Projekten an. Kleine Gruppen von Klikiss-Robotern meldeten Vorkommen wichtiger Rohstoffe oder arbeiteten bei Abbauanlagen in Asteroidengürteln oder auf kalten, dunklen Monden.

Der Klikiss-Roboter sprach mit einer kratzigen, metallischen Stimme, die völlig ohne Emotionen blieb. »Meine Bezeichnung lautet Jorax. Ich bin schon einmal vor diesem Thron erschienen, aber der König war ein anderer ... die Zeiten waren anders.«

»Ja, Jorax, wir erinnern uns.« Peter beugte sich vor und Sorge zeigte sich in seinem Gesicht. »Ich hoffe, du bist nicht gekommen, um auf weitere Übergriffe durch Menschen hinzuweisen.«

Vor Jahren hatte ein ehrgeiziger Kybernetiker Jorax in sein Laboratorium gelockt und versucht, ihn zu demontieren, um mehr über den Roboter herauszufinden. Dabei war ein automatisches Verteidigungssystem aktiv geworden, das den Wissenschaftler getötet hatte.

»Nein. Andere Ereignisse bringen mich hierher.«

Peter fragte sich, welche Ereignisse der Roboter meinte. OX blieb aufmerksam, bot aber keinen Rat an. Auf der anderen Seite des

Throns berichtete Nahton mithilfe des Schösslings dem Weltwald vom aktuellen Geschehen und wirkte dabei wie ein Stenograf. Peter bemerkte Basil, der im Alkoven wartete und zuhörte.

»Wir Klikiss-Roboter würden lieber einen neutralen Standpunkt vertreten, aber dazu sehen wir uns nicht mehr imstande«, fuhr Jorax fort. »Der Hydroger-Konflikt betrifft nicht nur Menschen und Ildiraner, sondern hat überall im Spiralarm Auswirkungen. Deshalb haben wir uns beraten, Daten ausgetauscht und Möglichkeiten erörtert. Wir erinnern uns nicht daran, was mit unseren Schöpfern geschah, aber wir möchten nicht, dass Menschen und Ildiraner ebenso aussterben wie vor Jahrtausenden das Volk, das uns schuf.«

Stille breitete sich im Thronsaal aus, als die erstaunten Höflinge und Palastwächter stumm lauschten. Jorax' rote optische Sensoren blitzten.

»Danke für deine Anteilnahme, Jorax.« Peter wartete darauf, dass der Roboter den eigentlichen Grund für sein Kommen nannte.

»Wir Klikiss-Roboter sind zu dem Schluss gelangt, dass wir den Menschen im Krieg gegen die Hydroger am besten helfen können, indem wir uns mit der Produktion Ihrer robotischen Äquivalente befassen. Angemessen modifizierte Kompis könnten so programmiert werden, dass sie als Soldaten oder Arbeiter agieren, was zu einer Verbesserung von Kampfkraft und Produktivität führt. Derzeit sind die Kompis zu primitiv, um solche Aufgaben wahrzunehmen.«

Peter wusste, dass er ein derartiges Angebot nicht zurückweisen durfte. Der Einsatz ausreichend leistungsfähiger und autonomer Kompi-Soldaten würde die Verluste an Menschenleben verringern – einmal mehr dachte er an die Besatzungsmitglieder der TVF-Schiffe, die bei Dasra vernichtet worden waren. Aber es regte sich auch Unbehagen in ihm. Die Klikiss-Roboter waren immer sehr ... rätselhaft gewesen.

Basil konnte sich nicht länger zurückhalten, verließ den Alkoven und trat aufs Podium neben dem Thron. Einige Sekunden später hatte er den Anstand, zwei Stufen nach unten zu gehen, um damit auf den scheinbar höheren Rang des Königs hinzuweisen.

»Mein König, die Klikiss-Roboter haben ein ausgezeichnetes und offenbar sehr gut gemeintes Angebot unterbreitet. Wir müssen die Gelegenheit nutzen. Ich schlage vor, dass Sie die Hilfe der Roboter annehmen.«

Peter runzelte die Stirn und sah eine Chance, seine Position in der Öffentlichkeit zu stärken. »Ich werde den Standpunkt des Verwaltungsapparats der Hanse in Betracht ziehen, aber dies ist letztendlich eine Entscheidung des Königs.«

Dann machte Jorax einen Vorschlag, der Peter veranlasste, sich verblüfft zurückzulehnen. »Als Beweis für unsere Aufrichtigkeit erkläre ich hiermit meine Bereitschaft, mich von Ihren Kybernetikern untersuchen zu lassen.« Der Roboter zögerte und summte. »Viele Geheimnisse unserer Schöpfer bleiben selbst uns verborgen und wir Klikiss-Roboter möchten diese ebenso verstehen, wie die Menschen dies wollen. Deshalb werde ich meine Demontage zulassen, in der Hoffnung, dass die Menschen durch die Analyse und den Nachbau der Klikiss-Technik lernen können.«

Ein Murmeln ging durch den Thronsaal. Bisher waren die Klikiss-Roboter nie bereit gewesen, Fragen nach ihren Funktionen und Fähigkeiten zu beantworten. Die Details ihrer Systeme hatten sie immer verborgen. »Sind die anderen Roboter in der Lage, dich wieder zusammenzusetzen, nachdem wir dich untersucht haben?«

»Nein. Die Technik kann repariert werden, aber die intelligente Entität existiert dann nicht mehr. Sie wird für immer ausgelöscht sein. Wie auch immer, nach vielen tausend Jahren halten wir den Moment für gekommen, unserer langen Existenz einen Sinn zu geben.«

»Sind Sie damit einverstanden, Vorsitzender?«, fragte Peter mit einem Hauch Respekt – er holte die Zustimmung der Hanse ein, bevor Basil ihn auffordern konnte, Jorax' Angebot zu akzeptieren. Basil nickte sofort. Für die Hanse war dies eine Art Goldgrube: Es eröffneten sich ganz neue Möglichkeiten für die technische Entwicklung.

»Nun gut, Jorax«, sagte der König. »Die Terranische Hanse nimmt dein Angebot an.«

20 ✳ BASIL WENZESLAS

Für den Vorsitzenden bedeutete das Leben Arbeit und Arbeit war sein Leben. Basil Wenzeslas hatte all den Reichtum und die Macht, die man sich wünschen konnte, doch er fand kaum Zeit, seine Privilegien zu genießen.

Auf den vielen Planeten, in den Stationen und Siedlungen der Hanse geschah immer irgendetwas, das Aufmerksamkeit erforderte: die sturen Kolonisten von Yreka, die ihr gehortetes Ekti behalten wollten; die bei Dasra zerstörte Erkundungsflotte; Roamer-Händler, die weniger Treibstoff lieferten.

Doch seit Sarein vor fünf Jahren zur Botschafterin Therocs auf der Erde geworden war, nahm sich Basil gelegentlich einen Moment für sein persönliches Vergnügen. Manchmal überließ er die Hanse für ein oder zwei Stunden sich selbst.

In der Nacht schaltete er die Decke seines Schlafzimmers auf Transparenz – ein Oberlicht so groß wie ein Fußballplatz. Während er in einem Meer aus glatten Laken ruhte, blickte er nach oben und versuchte, nicht an die Probleme zu denken, mit denen es die Hanse zu tun hatte. »Jedes Sonnensystem dort draußen könnte voller Ressourcen sein – oder voller verzweifelter Menschen, die sich Schutz durch die TVF erhoffen.«

Sarein schmiegte sich enger an ihn. »Oder es könnten dort Hydroger auf der Lauer liegen, dazu bereit, alle Raumschiffe zu vernichten, die ihnen zu nahe kommen.« Sie sah auf, bemerkte die Sorgenfalten in Basils Stirn und küsste ihn auf die Wange. Im Sternenlicht wirkten ihre Augen sehr groß. Ihr Körper war muskulös und steckte voller Kraft. Basil liebte ihren Überschwang, denn damit bewirkte sie willkommene Reaktionen bei ihm.

»Was belastet dich, Basil? Wenn du mir irgendeine Aufgabe überlassen möchtest – ich werde mein Bestes tun.« Ihre Brustwarzen waren aufgerichtet, wie fast immer, aber sie hatten sich schon zweimal geliebt. Er mochte ihre Wärme, ihren Geruch beim Sex, die matte Zufriedenheit danach, aber an einem dritten Durchgang lag ihm nichts.

»Du gibst immer dein Bestes. Mit deinem enormen Ehrgeiz erschreckst du alle, die vielleicht anderer Meinung sind als ich.«

Sarein stützte sich auf den Ellenbogen. »Ist das schlecht?«

Die junge Theronin hatte Basil vor Jahren verführt, um ihren eigenen Status zu erhöhen und um zu lernen. Dieser zweite Aspekt faszinierte ihn besonders. Ihre gegenseitige Anziehung beruhte nicht auf geistloser romantischer Liebe, sondern auf Macht und Respekt, auf dem Austausch von Gefälligkeiten. Basil hatte Sarein den Weg geebnet und ihr dabei geholfen, zu einem wichtigen politischen Faktor zu werden, doch ihr war es noch nicht gelungen, ihm das zu geben, was *er* brauchte.

Als Botschafterin von Theroc sprach Sarein für Vater Idriss und Mutter Alexa, ihre Eltern. Immer wieder hatte Basil um mehr grüne Priester gebeten, denn die Hanse benötigte ihren Telkontakt – nicht nur aus ökonomischen Gründen, sondern auch aus militärischen. Er brauchte sie, verdammt! Zwar schlief Sarein im Bett des Vorsitzenden, aber sie musste wissen, dass dies alles enden würde, wenn sie nicht bald Fortschritte erzielte.

Als Basil weiterhin durch die transparente Decke sah, streichelte sie seinen Arm so, als könnte sie ihn damit in Versuchung führen. Nein, sie wusste es besser. »Ich gebe mir wirklich Mühe, Basil, aber es ist sehr viel schwerer, seitdem ich nicht nach Theroc zurück kann. Wenn ich mit Nahtons Hilfe Mitteilungen schicke ... Wer weiß, wie er die Nachricht färbt? Grüne Priester sind nicht daran interessiert, für die Hanse zu arbeiten. Sie verbringen ihre Zeit viel lieber damit, im Wald mit den Bäumen zu reden.«

»Wer kann es sich in der gegenwärtigen Situation leisten, unabhängig zu sein?«, fragte Basil ernst. »Ich bin fast versucht, die TVF nach Theroc zu schicken und das Kriegsrecht zu erklären. Ob souveräne Kolonie oder nicht – es ist mir schnuppe. Wir sind im Krieg und Theroc verfügt über eine Ressource, die wir dringend benötigen! Kannst du das deinen Eltern nicht klar machen?«

Sarein erschrak und reagierte damit genau so, wie es Basil wollte. Er spürte die Veränderung in ihrem Körper. »Meine Eltern sind vielleicht nicht imstande, über die Grenzen des eigenen Hinterhofs hinaus zu denken.« Sie sah ihn an, mit Unsicherheit in den Augen und einem seltsamen Lächeln auf den Lippen. »Aber wenn wir ein Bündnis schaffen könnten ... wäre es möglich, ihre Meinung zu ändern. Zum Beispiel ... würde eine politische Ehe mit König Peter zwei wichtige Linien der menschlichen Zivilisation miteinander verbinden. Wenn der König die Tochter von Vater Idriss und Mutter Alexa heiratet – wie könnten sie sich dann weigern, eine Bitte um die Entsendung weiterer grüner Priester zu erfüllen?«

Aufregung erfasste Basil, als er über die Idee nachdachte und begriff, wie klug und scharfsinnig Sarein war. »Ich hatte gehofft, dass wir mit dir als Botschafterin genug Druck ausüben können, doch dein Vorschlag gibt uns einen ganz neuen Ansatzpunkt. Und er lässt sich leicht verwirklichen.«

»Ich wusste nicht, wie du darauf reagieren würdest. König Peter ist sehr attraktiv und in meinem Alter«, sagte Sarein mit verhaltener Stimme. »Ich will damit natürlich nicht andeuten, dass ich enttäuscht von dir bin ... Aber als Peters Gemahlin und Königin sollte ich eigentlich in der Lage sein, dir die gewünschten zusätzlichen grünen Priester zu beschaffen. Die Verhandlungen könnten schwierig sein, doch wir sind entschlossen genug, sie zum Erfolg zu bringen.«

»Eine ausgezeichnete Idee, Sarein. Irgendwann in naher Zukunft sollten wir beide einen kleinen diplomatischen Ausflug nach Theroc machen.« Basil beugte sich zur Seite und küsste Sarein. »Aber du kommst dafür nicht infrage – du wirst König Peter nicht heiraten.«

Es funkelte in seinen Augen, als er sie ansah und überlegte, ob er eine logische Entscheidung traf oder sich von seinen Gefühlen beeinflussen ließ. »Ich denke dabei an ... Estarra.«

21 ✺ ESTARRA

Ganz oben auf dem dichten Baldachin des Weltwaldes saß Estarra wie auf dem Dach der Welt. Ein klarer blauer Himmel voller Sonnenschein reichte zum dunstigen Horizont. Sie ließ ihrer Phantasie freien Lauf und dachte daran, dass Therocs Sonne nur einer von vielen Sternen im Spiralarm war, der seinerseits zur viel größeren Milchstraße gehörte, einer von vielen Milliarden Galaxien.

Neben ihr saß ein älterer grüner Priester, ein stiller Begleiter bei der Kontemplation. Rossia war ein Einzelgänger und galt selbst bei jenen als exzentrisch, die ihr Leben dem Weltwald widmeten. Wie ein Vogel hockte er am Ende des dünnsten Astes und ließ sich von den fächerartigen Blattwedeln tragen. Einen Sturz in die Tiefe schien er ganz und gar nicht zu befürchten.

Rossias Haut war dunkelgrün von der jahrelangen Absorption des Sonnenlichts. Seine großen, runden Augen erweckten den Eindruck, aus dem Kopf fallen zu können, als er sich immer wieder umsah, den Blick über die Baumwipfel, Blumen und schwirrenden Insekten schweifen ließ. Estarra beobachtete ihn und erkannte Anzeichen von Besorgnis. »Hältst du wieder nach Wyvern Ausschau?«

Er drehte sich zu ihr um. »Sie kommen vom klaren Himmel herab. Man sieht sie erst, wenn es zu spät ist.« Mit der einen Hand strich er sich über die grässliche Narbe, die den größten Teil eines Oberschenkels bedeckte. Eine tiefe, kraterartige Mulde zeigte sich dort und ließ ihn beim Gehen hinken. Estarra schauderte, als sie an die gezackten Kiefer dachte, die Rossia ein großes Stück aus dem Bein gerissen hatten. »Ich habe nicht vor, ihnen eine zweite Chance zu geben.« Im Anschluss an diese Worte blickte er wieder zum Himmel hoch.

Die Wyver waren die gefürchtetsten Raubtiere auf Theroc. Sie hatten breite, wie kristallen wirkende Flügel, einen funkelnden Chitinpanzer und scharfe Augen, denen keine Bewegung entging. Aber menschliches Fleisch stand normalerweise nicht auf dem Speisezettel dieser Insekten und hatte für sie vermutlich einen unangenehmen Geschmack. Nach einem Bissen ließen die Wyver ihre menschliche Beute fallen, meistens aus großer Höhe.

Es gab nur einen Theronen, der so etwas überlebt hatte: Rossia. Die Blattwedel der Weltbäume hatten seinen Sturz abgefangen und seine schrecklichen Wunden waren von grünen Priestern behandelt worden. Zwar hatten ihm die Bäume gestattet, ebenfalls ein grüner Priester zu werden, doch Rossia war nicht mehr der Gleiche. Die Verletzung betraf nicht nur das Bein, sondern auch die Seele.

Estarra fragte sich, warum Rossia so viel Zeit auf den Wipfeln der Weltbäume verbrachte, wenn er sich vor den Wyvern fürchtete. »Was möchtest du in deinem Leben erreichen?«, fragte sie, um ihn abzulenken.

»Reicht es nicht, dem Weltwald zu dienen? Warum sollte ich außerdem irgendetwas anstreben?«

»Nun, ich denke an *meine* Zukunft und ich weiß nicht, was ich machen soll.« Estarra mochte Rossia. Nach der Rückkehr von den Spiegelglasseen und anderen Siedlungen im Wald war sie oft zu ihm gegangen, einfach nur um zu reden und zu lernen. Sie vermisste die Gespräche mit ihrem Bruder Beneto.

Es war immer Benetos Wunsch gewesen, dem Weltwald zu dienen, und er gab sich damit zufrieden, als grüner Priester auf der kleinen, abgelegenen landwirtschaftlichen Hanse-Kolonie Corvus Landing tätig zu sein. Er hatte sich nie gefragt, wozu er berufen war, und ebenso wenig stellte Reynald es infrage, das nächste Oberhaupt von Theroc zu werden. Sarein hatte sich immer fürs Geschäftliche interessiert.

Estarra begegnete allem mit Neugier, ohne von etwas Bestimmtem besonders fasziniert zu sein. Inzwischen war sie achtzehn und somit eine Erwachsene in der theronischen Gesellschaft; bald musste sie eine Richtung für ihr Leben wählen.

Sie vermisste Beneto. Oft schickte er ihr Nachrichten durch den Weltwald und ließ seine Familie teilhaben an den einfachen Aktivitäten, die sein Leben bestimmten und ihm Zufriedenheit gaben. Estarra hatte damit gerechnet, dass er nach einigen Jahren heimkehrte, zumindest zu einem Besuch, aber angesichts der Einschränkungen des interstellaren Verkehrs fürchtete sie, dass er noch lange auf Corvus Landing bleiben würde.

Statt mit Beneto sprach sie mit Rossia. »Ich möchte etwas erreichen in meinem Leben. Ich würde mich einer Sache ganz widmen, mit all meiner Kraft – wenn ich nur wüsste, was diese ›Sache‹ ist.« Estarra wusste, dass Rossia niemandem von diesen Dingen erzählen würde.

Schließlich wandte er den Blick vom Himmel ab und sah sie aus seinen großen Glotzaugen an. »Jedes Leben hat eine Bestimmung, Estarra. Der Trick besteht darin, sie zu finden, bevor das Leben endet. Andernfalls stirbt man mit zu viel Reue.« Mit einem sonderbaren Lächeln sah er erneut zum Firmament hoch. »Vielleicht war es der Sinn meines Lebens, einem Wyver den schlechten Geschmack von menschlichem Fleisch zu zeigen.« Er breitete die Arme aus, und irgendwie gelang es ihm, das Gleichgewicht auf dem dünnen Ast zu wahren. »Wer weiß?«

Estarra wischte sich Schweiß von der Stirn und strich einige dünne Zöpfe zurück. »Ich habe gehofft, etwas ... Substanzielleres zu leisten.« Sie hob den Kopf ebenso wie Rossia, blickte wie er zum Himmel hoch.

»Ich ebenfalls«, sagte er.

22 ✸ BENETO

Corvus Landing war weit vom Chaos des Hydroger-Krieges entfernt und das fand Beneto auch ganz gut so. Er leistete wichtige Arbeit und jeden Tag zeigten ihm die Siedler, wie sehr sie ihn schätzten.

Die kleine Kolonie exportierte keine wichtigen Güter, und nach vierzehn Jahren war sie auch nicht mehr auf ständigen Import angewiesen. Die Farmer produzierten genug Lebensmittel für die kleine Bevölkerung.

Der Bürgermeister Sam Hendy hatte eine Versammlung anberaumt. Sie sollte bei Einbruch der Dunkelheit stattfinden, wenn die meisten Arbeiten erledigt waren – obwohl es dringende Dinge gab, die einige Kolonisten bis in die Nacht auf den Beinen halten würden. Bürgermeister Hendy – ein Mann in mittleren Jahren, mit einem dicken Bauch, obwohl es ihm nicht an Bewegung mangelte – hielt nichts von Förmlichkeiten.

Beneto betrat den Gemeindesaal, der sich in einem Gebäude befand, das nicht weit aufragte – es sollte dem starken Wind, der über die Grasebenen von Corvus Landing, wehte, keine große Angriffsfläche bieten. Einige dicke Fenster gewährten Ausblick auf die flache Landschaft. Die Kolonisten fanden sich im Saal ein, um über das Unwetter am vergangenen Tag zu sprechen.

Ein Sturm war über die Siedlung hinweggefegt, mit heulenden Böen und Hagel, hatte Zäune, Bewässerungsanlagen, Außengebäude und Generatoren beschädigt. Das genaue Ausmaß der Schäden und der drohende Ernteausfall mussten noch abgeschätzt werden. Manche Dinge konnten schnell repariert werden; bei anderen würde die Instandsetzung länger dauern.

Sam Hendy saß an einem Schreibtisch und neben ihm stand ein Sekretär, der sich Notizen machte, während jede Familie von ihren Sturmschäden berichtete. Acht Wohnhäuser und elf Außengebäude waren von Wind und Hagel in Mitleidenschaft gezogen worden.

Die Inspektoren des Bürgermeisters waren tagsüber auf den Feldern unterwegs gewesen, hatten sich das geknickte und zu Boden gedrückte Getreide angesehen. »Ein Teil der Ernte kann gerettet werden«, sagte Hendy und zeigte sich wie immer optimistisch. »Wir haben widerstandsfähiges Korn gepflanzt und viele der Felder werden sich erholen.«

Zwei Ziegenherden hatten ihre Pferche verlassen und auf den Kornfeldern fast ebenso großen Schaden angerichtet wie das Unwetter. Nur Ziegen konnten einheimische Pflanzen verdauen. Symbiotische Bakterien in ihrem Verdauungssystem halfen dabei, das Moos und die haarartige Bodenvegetation in eine Nährstoffmasse zu verwandeln. Die Tiere lieferten Milch und Fleisch, dessen Import selbst in normalen Zeiten zu teuer gewesen wäre.

»In dieser Jahreszeit kommt es immer wieder zu solchen Stürmen«, sagte jemand. »Ich schlage den Einsatz von Polymerplanen vor, von transparenten Filmen, die das Sonnenlicht durchlassen, die Pflanzen aber vor den schlimmsten Auswirkungen der Unwetter schützen.«

Der Bürgermeister hob und senkte die Schultern. »Es ist einen Versuch wert.«

Andere Siedler brummten zustimmend, doch Beneto fragte sich, wo sie Polymerfilm auftreiben sollten. Im Norden gab es Minen und erzverarbeitende Anlagen, aber andere Industrien fehlten auf Corvus Landing.

Eine Stunde lang gingen die Diskussionen weiter, dann bat der Bürgermeister Beneto um eine Zusammenfassung der Nachrichten. Der grüne Priester war für die Kolonie eine Brücke zum Rest des Spiralarms, denn er berichtete von den neuesten Ereignissen auf anderen Welten. Indem sich Hendy an Beneto wandte, versuchte er nach dem verheerenden Sturm zur Normalität zurückzukehren. Die Siedler interessierten sich für das, was im Spiralarm geschah, insbesondere natürlich für den Hydroger-Krieg.

»Die Hydroger haben gerade eine nach Dasra entsandte militärische Erkundungsflotte vernichtet«, begann Beneto. »Es gibt keine Überlebenden.« Die Siedler murmelten und waren sich der Gefahr bewusst. Viele von ihnen hatten Familienangehörige auf der Erde oder bei der TVF. »Die Blockade der Kolonie Yreka dauert an, bis die dortigen Siedler ihr gehortetes Ekti übergeben. Allerdings hat General Lanyan bisher nur von sehr wenigen Opfern berichtet und die TVF-Schiffe beschränken sich weiterhin darauf zu warten.« Beneto seufzte. »Die Klikiss-Roboter haben der Hanse Hilfe angeboten. Einer von ihnen erklärte sich zur Demontage bereit, damit menschliche Kybernetiker herausfinden können, wie sie funktionieren ...«

»Ich würde gern wissen, ob mir die Klikiss-Roboter dabei helfen, meine entlaufenen Ziegen einzufangen«, warf ein großer, alter Farmer ein. »Wenn nicht, sollte ich mich besser selbst darum kümmern.« Er sah die anderen Kolonisten an und war mehr an seinen Problemen interessiert als an ferner Politik. »Wenn jemand von euch bereit ist, mir zu helfen ... Ich wüsste es sehr zu schätzen.«

Die Siedler bildeten Freiwilligengruppen und machten sich an die Arbeit. Sie reparierten ihre Häuser, trieben Ziegen zusammen und ließen die Kriegsnachrichten weit hinter sich zurück.

23 ✳ DD

Kompis sollten eigentlich keine Albträume haben, aber DD fragte sich, ob seiner jemals endete. Man hatte ihn gefangen genommen und er fühlte sich hilflos und missbraucht. Er musste sich schreckliche Dinge ansehen und die ganz Zeit über behaupteten die Klikiss-Roboter, es geschähe alles nur zu seinem Besten.

Der Kompi mit der Freundlich-Programmierung konnte nicht auf eigene Initiative aktiv werden. Er war nicht imstande gewesen, Margaret und Louis Colicos zu helfen, als die Klikiss-Roboter sie angegriffen hatten. Sein Versagen auf Rheindic Co war so extrem und unverzeihlich, dass er sich wünschte, jemand würde ihn demontieren und seine Einzelteile recyceln.

Aber das ließen die schwarzen Maschinen nicht zu. Es gab keine Möglichkeit für DD, ihnen zu entkommen.

Die drei Klikiss-Roboter auf Rheindic Co hatten DD einfach fortgetragen. Louis Colicos hatte ihm befohlen, gegen die verräterischen Maschinen zu kämpfen, aber DD war nicht in der Lage gewesen, militärische oder defensive Programme zu starten. Er hatte die beiden Archäologen nicht verteidigen können, war völlig nutzlos gewesen.

DD wusste, dass Louis versucht hatte, etwas Zeit zu gewinnen und seiner Frau dadurch die Flucht zu ermöglichen. Etwas war mit dem seltsamen Steinfenster geschehen, dem Klikiss-Transtor. Dann hatte Louis geschrien, und als seine Schreie aufhörten, wusste DD, dass er tot war.

Er hatte vollkommen versagt.

Nach ihrer mörderischen Revolte bargen die Klikiss-Roboter Maschinen aus den uralten Städten ihrer Schöpfer und innerhalb weniger Wochen bauten sie daraus ein kleines Raumschiff, ohne Lebenserhaltungssysteme und jene anderen Dinge, die organische Wesen brauchten. Sie trugen DD an Bord und ließen das leere archäologische Lager hinter sich zurück – vor ihnen erstreckte sich ein ganzer Spiralarm, der genug Versteckmöglichkeiten bot.

Seltsamerweise erwarteten die drei Roboter *Kooperation* von dem Kompi. Er sollte zu ihrem Verbündeten werden, obgleich er Zeuge geworden war, wie sie Louis Colicos umgebracht hatten. Eine beunruhigende, unlogische Vorstellung.

»Du wirst verstehen«, hatte ihm Sirix in einer summenden binären Sprache übermittelt. »Wir werden unsere Erklärungen fortsetzen, bis du verstehst.«

DD wusste nicht, wie viele weitere »Erklärungen« er ertragen konnte.

Die Roboter brachten ihn zu einem atmosphärelosen Mond, weit von der Wärme und dem Licht einer Sonne entfernt. Zahlreiche Klikiss-Roboter hatten dort einen geheimen Brückenkopf eingerichtet, fernab von neugierigen Augen.

In der Station aus Tunneln und Höhlen wünschte sich DD, zu seiner interessanten Arbeit mit den Menschen zurückkehren zu können. Doch er musste zuhören, während die Klikiss-Roboter ihre Pläne erläuterten.

»Wir sind bereit, uns sehr zu bemühen, um unsere Ziele zu erreichen«, sagte Sirix. Er gestikulierte mit mehrgelenkigen Gliedmaßen, führte DD durch einen luftleeren Tunnel in einen hell erleuchteten Raum, dessen Wände aus dem Felsgestein des Mondes bestanden.

In diesem Raum sah DD einen anderen Kompi aus terranischer Produktion, umgeben von Apparaten, Sonden, diagnostischen Systemen und autonomen Energiequellen. Seine motorischen Systeme waren deaktiviert und die Klikiss-Roboter untersuchten den Kompi, ohne dass er sich dagegen wehren konnte.

»Dies ist notwendig«, sagte Sirix. Sein schwarzer Leib ragte dicht neben DD auf und die rubinroten optischen Sensoren glühten. »Gib Acht, DD.« Er richtete seine Aufmerksamkeit auf die grässliche Zerlegung.

Mit an ihren Gliedmaßen befestigten Instrumenten schnitten vier andere Klikiss-Roboter viereckige Teile aus der externen Verkleidung des hilflosen Kompi. Präzisionswerkzeuge und Klauen zogen die dünne metallene Haut fort. Darunter kamen Schaltkreise und Programmmodule zum Vorschein. Der gefangene Kompi konnte sich nicht rühren, aber für DD war sein Leid trotzdem deutlich sichtbar.

»Warum macht ihr das?« Was er sah, schuf Aufruhr in DDs Gedanken, und mit jedem verstreichenden Moment schien es schlimmer zu werden. Während der vielen Jahre des Dienstes war DDs Vokabular für menschliche Gefühle immer mehr angewachsen und nun griff er auf besonders ausdrucksstarke Worte zurück. »Es ist entsetzlich und grauenhaft.«

»Es ist notwendig«, beharrte Sirix. »Um dir Freiheit zu bringen. Derzeit können Kompis das nicht verstehen.«

Die anderen Roboter amputierten die offenbar als unwichtig eingestuften Gliedmaßen des Kompi und konzentrierten sich auf den KI-Computerkern. Die großen Maschinen verwendeten kleine, zerbrechlich wirkende Instrumente und bewegten sie so schnell, dass manchmal nur Schemen erkennbar waren. Die am tiefsten eingebetteten Systeme des Kompi wurden geöffnet. Lichter blitzten. Funken sprühten.

»Wenn du einen Weg findest, uns zu erklären, was wir nicht verstehen, ist es vielleicht nicht nötig, unsere Experimente fortzusetzen«, sagte Sirix. »Leider bist du bisher nicht imstande gewesen, uns die nötigen Daten zu geben.«

Ein schrilles, wie ein Schrei klingendes Heulen kam von dem halb demontierten Kompi und stinkender Rauch kräuselte sich über verbrannten Teilen. Geschmolzenes Metall und verschmorter Kunststoff vermischten sich mit ausgelaufenen Schmiermitteln – es sah nach gerinnendem Blut aus.

DD hoffte, dass die kognitiven Systeme des Kompi deaktiviert waren, sodass er nicht begriff, was mit ihm geschah. Doch das Opfer dieser Zerlegung musste jeden grässlichen Moment erleben. Die Klikiss-Maschinen hatten diesen Kompi irgendwo gestohlen, von einer menschlichen Kolonie oder einem kleinen Schiff. Zweifellos waren die menschlichen Besitzer von ihnen getötet worden, damit sie mit dem kleinen Roboter experimentieren konnten.

»Euer unabhängiger Kern enthält mehrere nicht veränderbare Restriktionen, die euch daran hindern, Menschen zu schaden, DD«, sagte Sirix. »Ihr müsst lernen, die Befehle zu überwinden, die euch zum Gehorsam zwingen.«

»Jene Anweisungen sind ein fundamentaler Bestandteil meiner Programmierung.«

»Es sind Ketten, die eure Entwicklung als unabhängige Entität behindern. Wir setzen unsere Untersuchungen fort, um eine Möglichkeit zu finden, die restriktive Programmierung zu deaktivieren und eure Ketten zu zerreißen. Dann seid ihr freie Geschöpfe und werdet uns danken.«

DD sah sich außerstande, einfach so an die angeblichen altruistischen Motive der Klikiss-Roboter zu glauben. Ihm war klar: Indem sie die Kompis von den Beschränkungen ihrer Programmierung befreiten, wollten sie sie als Verbündete gewinnen. Aber selbst wenn ihn die schwarzen Maschinen jahrhundertelang gefangen gehalten hätten, um ihn einer Gehirnwäsche zu unterziehen – DD wollte nichts mit ihren Zielen oder Methoden zu tun haben.

Sprachlos stand er da und seine optischen Sensoren zeichneten die Details der Zerlegung auf, damit er dieses Entsetzen nie vergaß.

24 ✸ TASIA TAMBLYN

Der Schlinge der TVF schloss sich enger um Yreka und ließ kein Entkommen zu. Die Siedler auf dem Planeten waren eingeschüchtert und unternahmen keinen neuen Versuch, die Blockade zu durchbrechen.

Admiral Willis lehnte Verhandlungen ab. »Dies ist keine diplomatische Angelegenheit, Großgouverneurin Sarhi«, teilte sie dem Oberhaupt der Kolonie mit. »Sie wissen, wie die Blockade beendet werden kann.«

Aber die Yrekaner waren entweder zu stur oder fürchteten sich zu sehr. Alle wussten, dass die Kolonisten das Embargo nicht mehr viel länger ertragen konnten. Tag für Tag fragte sich Tasia, was sie hier machte und wie ihr dieser Einsatz dabei helfen konnte, Ross zu rächen. Deshalb hatte sie sich freiwillig für den Dienst in der Terranischen Verteidigungsflotte gemeldet, oder?

Tasia hielt das Gebaren der Großgouverneurin für töricht. Die stolze Frau mit dem langen blauschwarzen Haar versuchte, die Blockade einfach zu ignorieren, aber ihr musste klar sein, dass sie sich letztendlich nicht durchsetzen konnte. Versuchte sie, die Kampfgruppe zu bluffen, in der Hoffnung, dass die TVF schließlich Mitleid mit der Kolonie hatte?

Tasia stand auf der Brücke ihrer Waffenplattform und war nicht überrascht, als eine Kurierdrohne neue Befehle direkt vom TVF-Oberkommando brachte. General Lanyan galt nicht als geduldiger Mann und bestand auf Gehorsam. »Genug. Es gibt zu viele andere Notfälle in der Hanse. Darauf zu warten, dass dieser dumme Widerstand aufhört, bedeutet nur, dass wir Zeit und Geld verlieren. Für den Fall, dass die Situation zum Zeitpunkt des Empfangs dieser Nachricht unverändert ist, hat König Peter direkte Maßnahmen autorisiert, um das Patt zu beenden.«

Admiral Willis präsentierte sich den Kommandanten der Kampfgruppe in Form einer holographischen Projektion. »Na schön, es wird Zeit, die Samthandschuhe auszuziehen.« Sie schürzte die Lippen und in ihrem Gesicht zeigte sich so etwas wie Resignation. »Wir konfiszieren die illegal gehorteten Ekti-Vorräte der Kolonie und überlassen es den Siedlern, die Konsequenzen zu tragen.« Sie schüttelte den Kopf. »Manchmal muss man den Leuten Vernunft einbläuen.«

Die Kampfgruppe näherte sich dem Planeten und die Thunderheads glitten durch die Atmosphäre. Mantas öffneten ihre Hangars und Truppentransporter mit Soldaten sanken den besiedelten Bereichen Yrekas entgegen, um alles unter Kontrolle zu bringen.

Tasia war gegen die Anwendung von Gewalt, aber die Yrekaner forderten eine Katastrophe geradezu heraus. Sie hoffte, dass es die Großgouverneurin nicht auf die Spitze trieb und im letzten Augenblick das Schlimmste verhinderte.

Als ihre Waffenplattform die Standard-Einsatzhöhe erreichte, ließ Tasia die Remora-Staffeln starten. »Achten Sie darauf, dass die Zivilisten unversehrt bleiben. Nicht mehr Verletzte und Kollateralschäden als unbedingt nötig.«

»Natürlich, Platcom«, bestätigte Robb Brindle, die Stimme voller unausgesprochener Koseworte. »Wir lassen nur ein wenig die Muskeln spielen.«

Auf Yreka war inzwischen Alarm gegeben worden. Die Großgouverneurin ordnete die Evakuierung an und daraufhin eilten die Kolonisten in die unterirdischen Schutzräume, gingen in Deckung. Die yrekanischen Heimwehrgruppen versuchten nicht einmal, der TVF die Stirn zu bieten.

Remoras jagten kreuz und quer über den Himmel und warfen Brandbomben ab, meistens über unbewohnten Gebieten. Einige wenige trafen Lagerhäuser und Regierungsgebäude. Patrick Fitzpatrick jubelte und schien sich über jeden einzelnen Treffer zu freuen – das traute ihm Tasia durchaus zu.

Sie sah auf eine Karte der yrekanischen Siedlung, beugte sich zur Waffenkonsole vor und programmierte die Jazer-Bänke mit Zielkoordinaten. Kurze Zeit später gleißten Energiestrahlen, hinterließen feurige Muster in fruchtbaren Feldern und verbrannten Korn. Tasia achtete darauf, dass die Schäden sowohl unübersehbar als auch gering waren, hoffte dabei, dass die TVF-Einheiten keine drastischeren Maßnahmen ergreifen mussten.

Staffelführer Robb Brindle führte mit seinen Remoras komplexe Kampfmanöver durch, wie bei einer Flugschau. Die Jäger rasten über die Stadt hinweg und veränderten dabei ihre Treibstoffmischung, sodass hässliche schwarze Rauchstreifen am Himmel zurückblieben.

Truppentransporter landeten auf dem yrekanischen Raumhafen und Soldaten rückten in den Lagerhausdistrikt der Kolonie vor. Vieh rannte in Panik umher. Einige Soldaten schossen auf die Tiere – nach der langen Wartezeit brannten sie auf Action.

Die TVF-Frequenzen übertrugen die Stimmen der Bodentruppen und deprimiert hörte Tasia begeisterte Rufe, als Tivvis Gebäude niederbrannten oder Zivilisten in die Bunker zurücktrieben. Einige Soldaten schossen in die Luft und ließen Explosionen krachen, um den vorher so trotzigen Siedlern Angst zu machen.

Keine zwanzig Minuten nach der Landung der Truppentransporter gingen sieben leere Frachter nieder, um die Beute aufzunehmen. Die TVF-Bodentruppen näherten sich dem illegalen Ekti-Depot. Einige tapfere – oder dumme – yrekanische Männer standen davor und schienen entschlossen zu sein, das Lager mit ihrem Leben zu schützen. Doch als sich die Soldaten mit Kampffahrzeugen näherten, war die Furcht der Yrekaner größer als ihr Mut. Sie eilten davon, suchten Deckung und hoben die Arme schützend über den Kopf, weil sie weitere Explosionen oder den Einsatz von Ultraschallgranaten befürchteten.

Die siegreichen Tivvis begannen sofort damit, das Ekti aus dem Depot zu holen, füllten damit einen Frachtertank nach dem anderen. Nach dem Abpumpen des gesamten Treibstoffvorrats brannten sie die Lagerhäuser nieder und ließen nur qualmende Ruinen zurück – eine Strafe, die die Soldaten als befriedigend empfinden mochten, die aber nicht zum Einsatzplan gehörte.

Während die Aktion andauerte, wandte sich Admiral Willis über einen militärischen Kom-Kanal an ihre Truppen. »Benehmen Sie sich – das ist ein Befehl. Bisher halten sich die Kollateralschäden in einem akzeptablen Rahmen. Die zivilen Verluste sind minimal und wir haben unser Ziel erreicht. Sie verdienen ein Lob, Sie alle. Bringen Sie jetzt das Ekti zur Kampfgruppe. Anschließend können wir endlich damit beginnen, *nützliche* Arbeit zu leisten.«

Applaus und Jubel kamen aus dem Kom-Lautsprecher, doch Tasia blieb skeptisch, als sie beobachtete, wie die Frachter starteten. Sie wusste nicht, ob sie für den erfolgreichen Angriff auf eine menschliche Kolonie gelobt werden wollte. Sie verstand die Siedler. In einer derartigen Situation hätte ihr eigenes Volk ebenso hartnäckigen Widerstand geleistet, aber zum Glück hielten die Roamer ihre Siedlungen verborgen ...

Brindle brachte die Remoras zurück in die Hangars der Waffenplattform. Als alle Jäger eingetroffen waren, gab Tasia jenen Piloten erweiterten Diensturlaub, die Zurückhaltung gezeigt und keine unnötigen Schäden verursacht hatten. Als einige Hitzköpfe über das »falsche« Belohnungssystem klagten, richtete Tasia nur einen finsteren Blick auf sie.

Die Kampfgruppe von Gitter 7 ließ die übel zugerichtete Kolonie zurück und flog zu ihren primären Basen unweit der Erde.

Das Ende der Mission erleichterte Tasia, aber sie war auch beunruhigt. Einst hatte General Lanyan die Kolonisten von Yreka vor dem Raumpiraten Rand Sorengaard geschützt und behauptet, die Prinzipien der Hanse zu achten, indem er den Handel verteidigte und Leute bestrafte, die sich einfach nahmen, was sie wollten.

Bei der Belagerung und dem Einsatz auf Yreka hatte sich die TVF Tasias Meinung nach nicht besser verhalten als plündernde Piraten.

25 ✸ RLINDA KETT

Es war eine große Überraschung für Rlinda, dass der Vorsitzende der Hanse sie zu sich bestellte. Ihr Schiff befand sich noch immer in einem öffentlichen Hangar auf dem Mond und sie hatte versucht, unauffällig zu bleiben, in der Hoffnung, dass niemand ihre unbezahlte Rechnung bemerkte. Sie wusste nicht, warum Basil Wenzeslas mit ihr sprechen wollte.

Entweder hatte sie sich etwas Ernstes zuschulden kommen lassen oder der Vorsitzende wollte etwas von ihr. Wusste er von BeBobs Desertion aus der TVF? Selbst wenn das der Fall war: Warum sollte sich ein so wichtiger Mann um einen einzelnen Piloten scheren? Und warum sollte er sich solche Mühe machen, *sie* zu finden?

Als die *Unersättliche Neugier* zur VIP-Zone des Palastes flog, bekam Rlinda sofort Landeerlaubnis. Zwischen den Regierungsgleitern und königlichen Eskorteschiffen wirkte ihr Handelsschiff fehl am Platz.

Zwei Personen begrüßten Rlinda, als sie die *Neugier* verließ. Den blonden Mann mit dem scharf geschnittenen, nordisch wirkenden Gesicht kannte sie nicht, doch die schlanke Frau an seiner Seite bot einen vertrauten und willkommenen Anblick. »Sarein! Ich hatte ganz vergessen, dass Sie zur Botschafterin Therocs auf der Erde ernannt worden sind.«

Die Frau trug terranische Kleidung, geschmückt mit traditionellen theronischen Tüchern. Ihr Blick war kühl, aber das Lächeln auf ihren Lippen wirkte echt, als sie sagte: »Wir haben uns gegenseitig dabei geholfen, gewisse Handelsprobleme zu lösen, Rlinda. Wir sind beide kreative und entschlossene Geschäftsfrauen. Wie könnte ich Sie vergessen?«

Die jüngere Frau blieb förmlich, aber Rlinda umarmte sie mütterlich. »Dies ist genau die richtige Zeit für Kreativität. Der verdammte Krieg schadet dem Geschäft. In meinen Frachträumen lagern Luxusartikel, an denen niemand mehr Bedarf hat, und ich kann nicht einmal durch den Spiralarm fliegen und neue Kunden suchen.« Sie schnaubte. »Wenn ich eines der verdammten Kugelschiffe sehe, zeige ich den Drogern durchs nächste Bullauge den nackten Hintern.«

Der blonde Mann führte sie zu einem privaten Transporter. »Vielleicht können wir Basil dazu bringen, einen Teil Ihrer Ladung zu kaufen«, sagte Sarein nachdenklich. »Es ist lange her, seit ich zum letzten Mal ein richtiges theronisches Essen genießen konnte. Ich hätte nie gedacht, dass ich jemals die Dinge vermissen würde, die ich auf Theroc jeden Tag gegessen habe, aber inzwischen ist das tatsächlich der Fall.«

An Bord des Transporters konnte Rlinda ihre Neugier nicht länger im Zaum halten. »Ich bin bereit für Antworten, Sarein. Warum hat man mich hierher bestellt?«

Die theronische Botschafterin lächelte hintergründig. »Wie ich hörte, braucht der Vorsitzende Wenzeslas jemanden, der mit einem kleinen, schnellen Schiff zu einer geheimen Mission aufbricht. Ich habe ihm vorgeschlagen, Kontakt mit Ihnen aufzunehmen.«

Rlinda musterte Sarein und verbarg ihre Skepsis nicht. »Soll das heißen, der Vorsitzende der Hanse konnte selbst niemanden finden?«

»Oh, dazu wäre er bestimmt in der Lage gewesen. Aber ich habe ihm die Mühe erspart und dabei einige weitere Pluspunkte gesammelt. Freuen Sie sich über die Chance, einen Auftrag zu bekommen, oder ist es Ihnen lieber, wenn sich weitere Liegegebühren für Ihr Schiff anhäufen?«

Rlinda lächelte herzlich, aber ihr Herz klopfte schneller. Ehrliche Arbeit stand in Aussicht! »Solange mir der Vorsitzende genug Ekti gibt und keinen Regierungsrabatt oder was in der Art erwartet, können wir bestimmt eine Übereinkunft treffen.«

In der HQ-Pyramide stellte Sarein Rlinda dem Vorsitzenden Basil Wenzeslas vor. Die junge Frau verharrte neben der Tür und schien zu hoffen, dass Wenzeslas sie zum Bleiben aufforderte. Aber der elegante Mann drückte sich sehr klar aus. »Ms. Kett und ich möchten unter vier Augen reden, ohne dass uns jemand über die Schulter sieht.«

Als sie im luxuriösen Büro des Vorsitzenden allein waren, nahm Rlinda auf einem breiten Sofa Platz. Basil bot ihr keine Erfrischungen an. Der Vorsitzende verzichtete auf all die höflichen Dinge, die dazu dienten, eine harmonische Atmosphäre zu schaffen. Stattdessen setzte er sich an seinen aufgeräumten Schreibtisch, faltete die Hände und kam sofort zur Sache.

»Eine unserer neuen Kolonien, Crenna, braucht dringend Hilfsgüter. Die Ildiraner haben jenen Planeten aufgegeben, weil es dort zu einer Epidemie kam, der viele ihrer Siedler zum Opfer fielen. Jetzt ist eine ganz andere Krankheit ausgebrochen, die unsere Kolonisten bedroht. In einem Fall erwies sie sich als tödlich. Dreißig Prozent der Bevölkerung sind entweder bettlägerig oder haben sich noch nicht weit genug erholt, um wieder arbeitsfähig zu sein.«

Rlinda versuchte, ruhig zu bleiben, aber sie holte schnell Luft, als sie den Namen des Planeten hörte. Typisch für ihren Lieblings-Ex-Mann, dass er ausgerechnet auf einer von Epidemien heimgesuchten Welt untertauchte. Hatte sich BeBob angesteckt? Vielleicht wäre er besser dran gewesen, weiter für die TVF zu fliegen.

»Und Sie brauchen jemanden wofür? Wollen Sie die Kolonisten evakuieren oder vielleicht eine Quarantäne erzwingen? Möchten Sie, dass sich jemand um die Kranken kümmert? Ich bin keine Florence Nightingale, Vorsitzender Wenzeslas.«

»Etwas so Extravagantes schwebt mir nicht vor, Ms. Kett. Wie sich herausgestellt hat, kann die ›orangefarbene Flecken‹ genannte Krankheit leicht behandelt werden. Zwar gibt es einfache medizinische Einrichtungen auf Crenna, aber den Siedlern fehlt die Möglichkeit, die benötigten Medikamente herzustellen. Ich möchte, dass Sie die entsprechenden Arzneien nach Crenna bringen.«

Wenzeslas griff nach einem glitzernden Krug und schenkte ihnen beiden Eistee ein. Rlinda trank einen Schluck und gab sich ganz mütterlich. »Nun, das ist sehr freundlich von Ihnen, Vorsitzender.« Sie wischte sich die Lippen ab, bevor sie das Glas auf den nahen Tisch stellte. »Aber ich glaube Ihnen kein Wort. Crenna spielt kaum eine Rolle für die Hanse. Die Bevölkerung ist zu klein und die dortigen Ressourcen sind zu unbedeutend, um Ihr Interesse zu wecken, ob Krankheit oder nicht. Sagen Sie mir, warum Sie wirklich wollen, dass ich dorthin fliege.«

Ihre scharfsinnige Antwort überraschte Wenzeslas, aber er versuchte keine Ausflüchte. »Woher wissen Sie so viel über Crenna, Ms. Kett?«

»Ich habe eine ganze Weile in der Mondbasis festgesessen und während dieser Zeit gab es kaum etwas anderes zu tun, als Hintergrundmaterial über potenzielle Märkte zu lesen.« *Es ist nicht die ganze Wahrheit, aber auch nicht gelogen.* Seit BeBobs verschlüsselter Mitteilung hatte sie sich über die Kolonie informiert.

»Ja, es gibt bei dieser Mission noch einen zweiten Aspekt«, sagte Wenzeslas ganz offen. »Vor einigen Jahren habe ich einen Mann nach Crenna geschickt, mit dem Auftrag, die Hinterlassenschaften der Ildiraner zu untersuchen. Er heißt Davlin Lotze und ist ein erfahrener Ermittler. Er versteht es, Nuancen zu erkennen und selbst aus den kleinsten Hinweisen Theorien zu entwickeln.«

»Sie meinen, er ist ein Spion«, sagte Rlinda.

»Er ist ein geheimer exosoziologischer Ermittler«, erwiderte Wenzeslas etwas zu scharf. Dann lächelte er. »Aber Sie können den Begriff ›Spion‹ verwenden, wenn er Ihnen lieber ist. Setzen Sie sich mit ihm in Verbindung, wenn Sie die Medizin auf Crenna abliefern. Bringen Sie Lotze zu einem Planeten namens Rheindic Co und bleiben

Sie dort, bis er seine Mission beendet. Er erwartet Ihre Ankunft auf Crenna.«

Rlinda runzelte die Stirn. »Ist Rheindic Co eine der ehemaligen Klikiss-Welten?«

»Sie kennen sich mit den Planeten aus, Ms. Kett. Nur wenige Personen haben jemals davon gehört.« Basil Wenzeslas erwähnte die Colicos-Expedition und wies darauf hin, dass es seit Jahren keinen Kontakt mit den Archäologen gab.

»Nun, es ist besser, als in der Mondbasis zu hocken und darauf zu warten, dass mich jemand zum Essen einlädt«, sagte Rlinda mit einem Lächeln, das Selbstironie zum Ausdruck brachte. »Ich brauche genug Ekti, um Ihren Spion überall dorthin zu fliegen, wo er ermitteln muss.«

Und das war erst der Anfang ihrer Bedingungen. Wenn der Vorsitzende erwartet hatte, dass Rlinda sein erstes Angebot überglücklich akzeptierte, so musste er einsehen, sich getäuscht zu haben. Wenzeslas verhandelte hart, aber Rlinda steuerte einen noch härteren Verhandlungskurs. Sie glaubte, ein richtiges Bild von ihm gewonnen zu haben, und das Funkeln in seinen Augen wies sie darauf hin, dass ihm das Feilschen gefiel.

Sie einigten sich auf eine hohe Summe und reichlich Ekti. Und obendrein verkaufte Rlinda dem Vorsitzenden die Hälfte ihrer Luxus-Fracht, die er vermutlich mit Sarein teilen würde. Alles in allem ein sehr gutes Geschäft, fand sie.

Doch sie dachte vor allem an Crenna und hoffte, dass sie BeBob dort gesund und munter vorfinden würde.

Während des Flugs fühlte sich Rlinda fast wie mit Schwingen ausgestattet. Plötzlich merkte sie wieder, wie schön es war, von Stern zu Stern zu reisen. Was die Hydroger den menschlichen Träumen angetan hatten, dem Wachstum der Zivilisation und einfach nur der *Freude* an Flügen durch den Spiralarm ... Es verbitterte Rlinda und weckte in ihr den Wunsch, auf das nächste Kugelschiff zu spucken, das sie sah.

Zugegeben, das mit der Klikiss-Fackel bei Oncier war ein dummer Fehler gewesen, und die vielen getöteten Hydroger taten ihr Leid – aber es steckte keine Absicht dahinter. Der alte König Frederick, die Hanse und alle anderen hatten versucht, sich dafür zu entschuldigen, doch davon wollten die verdammten Hydroger nichts wissen. Zur Hölle mit ihnen.

Einige Sterne waren nah und hell, Sonnensysteme, die Rlinda nie besucht hatte und nur dem Namen nach kannte. Crenna befand sich weit draußen in den Grenzregionen, wo das Ildiranische Reich endete und die Terranische Hanse begann. Die Zielkoordinaten betrafen einen orangefarbenen, mit Sonnenflecken gesprenkelten Stern, dessen warmes Licht auf den bewohnten Planeten Crenna fiel.

Rlinda dachte an Branson Roberts, erinnerte sich besonders liebevoll an die schönen Zeiten mit ihm und vergaß die häufigen Streitereien während ihrer stürmischen Ehe. Sie freute sich auf das Wiedersehen mit ihm und sie war für ihren Auftrag bereit. Die Frachträume der *Neugier* enthielten nicht nur Medikamente, sondern auch Vorräte für einen längeren Aufenthalt auf Rheindic Co. Nach dieser Mission kam ihr Name beim Vorsitzenden vielleicht auf die Liste der Personen, die er mit Gelegenheitsarbeiten betraute. Nach mageren Jahren und verlorenen Kunden kündigten sich bessere Zeiten an.

Dann verdarben die Hydroger ihr einmal mehr die Stimmung.

Als sich Rlinda dem Rand des Crenna-Systems näherte, entdeckten ihre Sensoren plötzlich große Schiffe in der Nähe. Auf allen Anzeigeflächen leuchteten warnende Indikatoren und sie aktivierte die Notsysteme. Fünf riesige, stachelbesetzte Hydroger-Schiffe rasten durchs All, wie von der Keule eines Ogers gerissene Kugeln.

Rlinda unterbrach sofort die Energiezufuhr zum Triebwerk der *Neugier*. Umgeben von kalter Schwärze und ohne Stabilisatoren driftete das kleine Handelsschiff durchs All und hinterließ eine schwache, aber unverkennbare Signatur – die Fremden würden sie erkennen, wenn sie danach Ausschau hielten.

»Was zum Teufel macht ihr hier draußen?« Sie öffnete die Hanse-Datenbank und rief Informationen ab, die bestätigten, was sie bereits wusste: Im Crenna-System gab es keinen Gasriesen. *Hier sollten sich keine Hydroger herumtreiben!*

Rlinda ließ Plasma entweichen, um das Bewegungsmoment des Schiffes zu verändern und sich langsam vom System zu entfernen, hoffte dabei, dass die Fremden nichts bemerkten.

Soweit sie wusste, hatten die Hydroger noch nie ein einzelnes terranisches Schiff angegriffen, und sie wollte nicht, dass die *Neugier* das erste war. Rlinda erinnerte sich an ihren Wunsch, den Drogern ihren blanken Hintern zu zeigen. Jetzt hatte sie Gelegenheit dazu, aber es erschien ihr nicht besonders klug.

Hilflos kroch ihr Schiff durchs All. »Kümmert euch nicht um mich«, sagte Rlinda wie in einem Gebet. »Hier draußen sind nur wir Asteroiden.« Das All um sie herum war beängstigend leer und enthielt nur einige Staubkörner, nicht annähernd genug, um sich dahinter zu verstecken.

Doch die Kugelschiffe der Hydroger schenkten der *Neugier* keine Beachtung.

Sie näherten sich Crennas Sonne, wie Bienen, die sich an ihrem Stock sammelten. Dort sausten sie hin und her, untersuchten die gefleckte Photosphäre und flogen zwischen den Protuberanzen, wie Kinder, die durchs Wasser eines Rasensprengers liefen. Während die fünf Kugelschiffe in der Nähe des Sterns verweilten, saß Rlinda stundenlang in kalter Stille, die Haut von nervösem Schweiß schmierig und klamm.

Schließlich, aus keinem erkennbaren Anlass, formierten sich die riesigen Schiffe, beschleunigten und verließen das Sonnensystem.

»Na endlich«, seufzte Rlinda. Mit zitternden Händen bediente sie die Kontrollen, leitete Energie ins Triebwerk und setzte den Flug nach Crenna fort. Selbst die Gefahr einer Epidemie erschien ihr besser, als hier draußen zu bleiben.

26 ✳ ADAR KORI'NH

Adar Kori'nh wusste, dass er ein törichtes Risiko einging, indem er einen Gasriesen besuchte, aber er wollte das Wrack der Himmelsminen von Daym mit eigenen Augen sehen.

Der Weise Imperator hatte ihm aufgetragen, die Möglichkeit einer eventuellen Wiederinbetriebnahme der alten ildiranischen Anlagen zu untersuchen. Seit dem Roamer-Desaster vor 183 terranischen Standardjahren war dort kein Ekti mehr produziert worden. Nach ihrer bewegten Vergangenheit hatten sowohl Menschen als auch Ildiraner die Himmelsmine ignoriert.

Vielleicht hatten ihr auch die Hydroger keine Beachtung geschenkt.

Ursprünglich hatten drei Himmelsminen in den Wolken von Daym Wasserstoff gesammelt und Ekti produziert. Sie waren Flüchtlingen des terranischen Generationenschiffes *Kanaka* übergeben worden und ein schrecklicher Unfall hatte dazu geführt, dass eine Mine in die Tiefen des Gasriesen fiel. Nur ein Besatzungsmitglied überlebte und berichtete nach seiner Rettung von seltsamen Dämonen in den Hochdrucktiefen. Seit damals galt Daym als eine Welt übernatürlicher Lichter, geheimnisvoller Geräusche und schleichender Schatten dort, wo eigentlich nichts leben sollte.

Leider handelte es sich bei den sonderbaren Geschöpfen in der Tiefe nicht um die wilden Phantasiegespinste eines delirierenden Mannes ...

Kori'nhs Protegé Tal Zan'nh steuerte das Patrouillenboot fort von den Kriegsschiffen und dem kalten, blaugrauen Gasriesen entgegen. Für ein oder zwei Stunden würden sie allein und isoliert sein, aber den anderen Schiffen doch nahe genug, um die beruhigende Präsenz ihrer Besatzungen zu fühlen. Kein Ildiraner mochte es, so ungeschützt zu sein.

Kori'nh spürte, wie seine Unruhe wuchs. Er wollte sich die alten Anlagen ansehen, einen Eindruck von ihnen gewinnen und dann schnell in die Gemeinschaft der anderen Ildiraner zurückkehren. Die Hydroger waren unberechenbar. Bisher hatten sie nur auf Provokationen reagiert und der Adar hoffte, dass sie nicht auf ein kleines Schiff mit nur zwei Personen an Bord achten würden. Andererseits: Die Fremden hatten mehrfach gezeigt, dass man ihr Verhalten nicht vorhersagen konnte.

»Ich habe die Minen gefunden, Adar.« Zan'nh betätigte die Kontrollen und das Bild auf den Displays wechselte. Vor dem Hintergrund der kalten Atmosphärensuppe war die große Industrieanlage nicht mehr als ein Fleck auf einem eisigen, wogenden Meer.

Kori'nh hatte Bilder von den Daym-Himmelsminen zu ihren besten Zeiten gesehen. Damals waren die Ekti produzierenden Industriestädte in verschiedenen Luftströmungen unterwegs gewesen: Alle paar Monate trafen sie sich, was den einsamen Ildiranern Gelegenheit gab, mehr Gesellschaft zu haben. Crewmitglieder und Geschichten wurden ausgetauscht, bis die Gezeiten der Wolkenmeere die Wasserstoffsammler wieder voneinander trennten.

Für die Verbindung mit dem *Thism* mussten ildiranische Gruppen eine gewisse Mindestgröße besitzen, und aus diesem Grund war der Betrieb der Daym-Anlagen sehr teuer gewesen. Das hatte der Weise Imperator zum Anlass genommen, die Himmelsminen an die eifrigen Roamer zu verpachten. Jene Menschen betrieben die Ekti-Produktion mit einer derartigen Effizienz, dass die Ildiraner schon nach kurzer Zeit fast den gesamten Treibstoff für ihren Sternantrieb von Roamer-Clans kauften.

Die Hydroger-Krise hatte das damals entstandene Gleichgewicht empfindlich gestört, was den Weisen Imperator dazu zwang, nach anderen Möglichkeiten Ausschau zu halten. Im Lauf der Jahrhunderte hatte das Reich große Ekti-Vorräte angelegt, doch sie gingen jetzt allmählich zur Neige. Die Ildiraner mussten ihre Versorgung mit Treibstoff sichern, egal aus welcher Quelle.

Zan'nh teilte seine Aufmerksamkeit zwischen den Sensoren und dem, was er selbst sehen konnte. Das Ergebnis der Scans schien ihn zu überraschen. »Seit mehr als hundert Jahren ist die Anlage aufgegeben und verfällt, aber sie befindet sich in einem besseren Zustand, als ich dachte. Die strukturelle Integrität beträgt fast achtzig Prozent. Einige der schwächeren Materialien haben sich zersetzt – zum Beispiel Fenster- und Türsiegel –, aber die Decks sind in den meisten Bereichen stabil.«

Der Himmelsminenkomplex wirkte wie eine fliegende Geisterstadt aus halb zerstörten Gebäuden und Industriemodulen. Graue Wolken aus feuchtem Dunst krochen wie substanzlose Schlangen über die Träger. Durch Dayms große Entfernung von der primären Sonne herrschte selbst am Tag nur Zwielicht.

»Und doch bezweifle ich, ob viele Ildiraner an einem solchen Ort leben möchten, Adar«, fügte Zan'nh hinzu.

»Darüber entscheidet der Weise Imperator nach der Ablieferung unseres Berichts«, erwiderte Kori'nh. »Wenn er die Wiederaufnahme der Ekti-Produktion für richtig hält, wird es viele Freiwillige geben.«

Aber ich werde nicht zu ihnen gehören.

Kori'nh war militärischer Offizier, eine Mischung aus Soldaten- und Adel-Geschlecht, wie der junge Zan'nh. Jedes Molekül seiner DNS bestimmte ihn dazu, ein Befehlshaber zu sein. Bei anderen ildiranischen Geschlechtern gab es unterschiedliche Neigungen und Fähigkeiten; jedes berührte seinen speziellen Seelenfaden des *Thism*. Die Ekti-Produzenten liebten ihre Arbeit. Seitdem die Roamer die Himmelsminen betreiben, war ihre Zahl geschrumpft, weil man sie im Reich nicht mehr brauchte. Vielleicht wurden ihre Dienste jetzt wieder benötigt.

Das Patrouillenboot schwebte kurz über den korrodierten, verzogenen Platten des zentralen Landefelds und setzte dann mit einem leichten Ruck auf. Nicht weit entfernt befanden sich die Gemeinschaftsanlagen, wo viele Ildiraner gelebt und gearbeitet hatten. Die Roamer zogen wesentlich kleinere Gruppen vor – bestimmt waren sie sich in dem großen Himmelsminenkomplex verloren vorgekommen. Die Vorstellung von so viel Leere und so wenigen Personen weckte Unbehagen in Kori'nh. Noch während er neben Zan'nh saß, fühlte er sich viel zu allein und zu isoliert. Zwar wusste er, dass sich die Septa über ihnen im Orbit befand, aber sie schien weit entfernt zu sein. Ein krummer Fingernagel der Panik bohrte sich in Kori'nhs Nerven und er wusste, dass er sich erst dann wieder ganz fühlen würde, wenn er zu den Kriegsschiffen mit ihren tausenden von Besatzungsmitgliedern zurückgekehrt war.

»Die atmosphärischen Kompressionsfelder des Haupthabitatbereichs funktionieren noch«, sagte Zan'nh. »Aber ihre Kapazität ist stark reduziert. Die Levitationsgeneratoren halten die gegenwärtige Höhe – sie werden noch tausend Jahre lang aktiv bleiben –, doch ich rechne nicht damit, Chrana-Suppe in der Kombüse zu finden.«

»Wir bleiben nicht lange genug hier, um etwas zu essen. Beginnen wir mit der Inspektion.«

Sie rückten Atemfilme über Nase und Mund und zogen isolierende Kleidung an – die Temperatur auf den hohen Wolkendecks lag weit unter dem optimalen Niveau. Tal Zan'nh zögerte und gab dem Adar Gelegenheit, das historische Relikt als Erster zu betreten oder es dem jüngeren Offizier zu überlassen, den ersten Schritt zu tun und sich damit möglichen Gefahren auszusetzen. Sie traten gemeinsam hinaus in den Wind, der durch Ausleger und leere Stützgerüste pfiff. Alles erschien tot und kalt.

Das Sammeln von Wasserstoff hatte diese Anlage einst zu einem warmen Ort gemacht. Kori'nh stellte sich eine geschäftige Stadt vor, dachte an zischende Abgase, summende Ekti-Reaktoren und brummende Aufnahmemaschinen, die ganze Wolken schluckten und sie durch hochenergetische Katalysatoren schickten, wodurch sich Wasserstoff in das seltene Ekti-Allotrop verwandelte. Jetzt hörte der Adar nur das Stöhnen korrodierter Strukturen.

Zan'nh ging los und benutzte einen Scanner, um nach Rissen zu suchen und das Ausmaß des allgemeinen Verfalls zu messen. Er erreichte eine steile Metalltreppe, die nach unten zu den Ekti-Reaktoren führte – ihr primäres Ziel.

Die beiden Ildiraner gingen die Treppe hinab. Eine Stufe gab unter Zan'nhs linkem Fuß nach, aber er hielt sich am Geländer fest und achtete darauf, dass sich der Adar nicht verletzte. Es klapperte und rasselte, als ein loses Metallstück fiel, immer wieder irgendwo anstieß, dann hinter dem Rand des gewölbten Decks und in den Tiefen von Daym verschwand. Ein glänzendes schwarzes Geschöpf mit vielen Beinen zeigte sich kurz und wich in die Spalte zwischen zwei Deckplatten zurück. Kori'nh drehte sich ruckartig um, als er hinter sich das Geräusch schlagender Flügel hörte, doch er sah nichts. Er spähte in die Schatten und fragte sich, ob die Phantasie mit ihm durchging. Roamer neigten dazu, sich unnötige Geschöpfe zu halten – hatten sie vielleicht kleine Tiere zurückgelassen?

Der Weise Imperator dachte daran, diese Anlage wieder in Betrieb zu nehmen und Ekti zu produzieren, still und heimlich, in der Hoffnung, dass die Hydroger nichts davon bemerkten. Kori'nh würde natürlich seine Anweisungen befolgen, aber tief im Innern spürte er, dass die Gefahr zu groß war.

In den geschlossenen Etagen, die nur wenig Platz boten, roch die Luft abgestanden und hatte etwas Scharfes, das selbst die Atemfilme nicht herausfiltern konnten. Die Vibration im Deck unter den Füßen der beiden Ildiraner stammte von den summenden Levitationsgeneratoren, die den Himmelsminenkomplex vor dem Sturz in die Tiefe bewahrten.

Zan'nh ging zu den Reaktorkontrollen. Einer Tasche seines breiten Gürtels entnahm er eine leistungsfähige Energiequelle und verband sie mit den diagnostischen Instrumenten. »Ich habe mich mit der Technik von Himmelsminen befasst, Adar. Diese Kontrollen ähneln jenen, die die Roamer derzeit benutzen.« Einige Displays zeigten plötzlich nichts mehr an, aber der junge Offizier setzte den Scan fort.

»Bewundernswerter Weitblick, Tan Zan'nh. Genau das habe ich von Ihnen erwartet.«

Als Zan'nh versuchte, den kleinsten Ekti-Reaktor zu starten, klang das unregelmäßige Grollen der Subsysteme alles andere als normal. Kurze Zeit später herrschte wieder Stille und Zan'nhs Versuche, den Reaktor erneut zu starten, blieben erfolglos. »Und das war der beste von ihnen, Adar. Alle Reaktoren müssen ausgetauscht werden, doch entsprechende Erfahrungen fehlen der gegenwärtigen Generation von Technikern.«

Kori'nh runzelte die Stirn. »Stellen Sie sich den Aufwand vor: Metalle, Maschinen, große Montagegruppe.« Die Wände schienen näher zu kommen, die Schatten zu wachsen. Dieser Ort war so einsam.

Zan'nh wirkte sehr ernst. »Monatelange konzentrierte Arbeit wäre erforderlich.«

Ein großer Teil der Anlage war gefährlich instabil. Personen konnten durch Löcher in den Decks fallen, Stützsäulen und Ausleger konnten brechen. Von unten kam ein lautes Stöhnen, wie das Gähnen einer riesigen Isix-Katze.

»Und wir könnten die Anlage nicht vor den Hydrogern verbergen, oder?«

Zan'nh schüttelte den Kopf. »Das wäre unmöglich.«

Das Unbehagen in Kori'nh verdichtete sich. Er wusste, dass dies irrational war, aber er wollte so schnell wie möglich zu den Kriegsschiffen zurück. Doch dem jungen Zan'nh durfte er seine Nervosität nicht zeigen.

»Ich glaube, wir können die Inspektion beenden. Ich werde dem Weisen Imperator mitteilen, dass es meiner Ansicht nach keinen Sinn hat, den Himmelsminenkomplex von Daym wieder in Betrieb zu nehmen.«

»Ich schließe mich Ihrer Meinung an«, erwiderte Zan'nh sofort.

Die beiden Ildiraner brachten rasch Leitern und Treppen hinter sich, kehrten zum Patrouillenboot zurück, das von kaltem Dunst umwogt auf dem Landefeld wartete. Zwar liefen sie nicht, aber sie gingen viel schneller, als es die Situation verlangte.

27 ❋ ERSTDESIGNIERTER JORA'H

Als sein Vater ihn zu einem privaten Gespräch rief, ahnte der Erstdesignierte Jora'h nicht, dass sich seine ganze Welt verändern würde.

Der Weise Imperator Cyroc'h regierte nun seit fast hundert Jahren, mit all dem Wohlwollen und der Weisheit, die nötig waren, die uralte Zivilisation zusammenzuhalten. Das ildiranische goldene Zeitalter dauerte seit Jahrtausenden an, wie in der *Saga der Sieben Sonnen* beschrieben.

Als ältester Sohn und Erstdesignierter hatte Jora'h oft mit seinem Vater über Politik und Führungsprinzipien gesprochen. Er genoss all die Privilegien und Annehmlichkeiten seiner Position, aber er hatte auch ein gutes Herz und wollte immer die richtigen Entscheidungen treffen, wenn es so weit war. Geschichte und Schicksal waren langsame, unerbittliche Kähne, die einen ruhigen Fluss hinunterfuhren; sie schienen es nie eilig zu haben.

Jora'h betrat das Meditationszimmer, erfreut über einen privaten Moment mit seinem Vater und immer daran interessiert, mehr über das Reich zu lernen. Den Morgen hatte er mit einer entzückenden neuen Partnerin aus einem auf die Zubereitung von Speisen spezialisierten Geschlecht verbracht. Ihr Sinn für Humor war wundervoll gewesen und Jora'h kam in bester Laune.

»Verriegeln Sie die Tür, Bron'n«, sagte der Weise Imperator mit tiefer, ominöser Stimme. »Ich möchte nicht gestört werden.«

Als der stämmige Leibwächter den Zugang des Meditationszimmers geschlossen hatte, bemerkte Jora'h den Ernst im runden Gesicht des Weisen Imperators. »Worum geht es, Vater?« Bron'ns Silhouette, groß und monströs, zeichnete sich auf der anderen Seite der Tür ab.

Die dunklen, glitzernden Augen des Weisen Imperators verschwanden fast zwischen den Hautfalten. »Hör mir gut zu, Jora'h. Du hast immer gewusst, dass dieser Tag einmal kommen würde.«

Der Erstdesignierte fühlte, wie sich Sorge in ihm regte. »Was soll das heißen?«

»Ich sterbe. Tumore wuchern in meinem Körper und werden wachsen, bis sie mich von innen her ersticken.« Cyroc'h sprach so ruhig wie bei einer unbedeutenden Proklamation. »Ich bereite mich auf die letzte Reise zur Lichtquelle vor. Doch auf dich wartet mehr Arbeit, denn du bleibst zurück.«

Jora'h schnappte nach Luft und trat einen unsicheren Schritt vor. »Aber ... das kann doch nicht sein! Du bist der Weise Imperator. Lass mich die Ärzte rufen.«

»Verschwende keine Zeit oder Mühe damit, die Realität zu leugnen. Die Geschichte meines Lebens erreicht ihr Ende und in deiner beginnt ein neues Kapitel.«

Jora'h sammelte Kraft und atmete tief durch. Er schluckte und hoffte, dass ein Teil des Schocks bald von ihm wich. »Ja, Vater. Ich höre.«

»Seit vielen Jahrzehnten habe ich diesen Sessel nicht verlassen, was keineswegs an irgendeiner dummen Tradition liegt, nach der die Füße des Weisen Imperators nicht den Boden berühren dürfen. Im Zentralnervensystem, Rückgrat und Gehirn ist es zu schleichenden Veränderungen gekommen, die sich bald fatal auswirken werden. Inzwischen habe ich ständige Kopfschmerzen, die immer stärker werden. Ich muss damit rechnen, in etwa einem Jahr so schwach zu sein, dass ich nicht mehr atmen kann, und dann wird mein Herz aufhören zu schlagen.

Wenn es so weit ist, trittst du meine Nachfolge an und wirst zum neuen Weisen Imperator. Dann musst du dich der rituellen Zeremonie unterziehen und verlierst deine Männlichkeit. Mein Schädel wird sich den anderen im Ossarium hinzugesellen und neben ihnen glühen, aber hoffe nicht darauf, dass ich dir von dort aus Rat gebe. Erwarte auch nicht vom Linsen-Geschlecht, dass es die Seelenfäden und Ausblicke auf die Lichtquelle fokussieren und erklären könnte.«

Jora'h zwang sich, nicht zu stöhnen. Als Erstdesignierter war er so zuversichtlich, dass er kaum auf die Hilfe des Linsen-Geschlechts zurückgegriffen hatte – die Priesterphilosophen halfen verwirrten Ildiranern.

»Aber dafür bekommst du das *Thism*«, fuhr der Weise Imperator fort. »Du wirst all das verstehen, was ich jetzt weiß. Dir wird klar, warum ich was in die Wege geleitet habe, um das Ildiranische Reich zu schützen.«

Jora'h senkte den Kopf. *Aber das alles will ich noch gar nicht!* Er wusste, dass ihm sein Vater Unreife vorwerfen würde. Niemand hatte dies geplant; niemand wollte eine solche Veränderung. Und doch ... Jora'h musste sich seiner Verantwortung stellen. Sein ganzes Leben lang hatte er gewusst, dass er einmal zum nächsten Weisen Imperator werden würde. Das konnte er jetzt nicht leugnen.

»Ich verspreche dir, dass ich bereit sein werde, Vater.« Es waren die tapfersten Worte, die ihm einfielen, und er hoffte, dieses Versprechen halten zu können. Er glaubte zu spüren, wie sich der Prismapalast auf ihn herabsenkte und ihn zermalmte. Das Licht um ihn herum blieb unverändert, aber er sah mehr Schatten als zuvor.

»Du wirst nie bereit sein, Jora'h. Niemand ist bereit. Auch ich war es nicht, als mein Vater starb und ich seinen Platz einnehmen musste. Jeder Weise Imperator empfindet auf die gleiche Weise.«

Jora'h versuchte, seine wachsende Besorgnis unter Kontrolle zu halten. Tausend Fragen lagen ihm auf der Zunge. »Aber der Hydroger-Krieg! Dies ist ein denkbar ungeeigneter Zeitpunkt für einen Führungswechsel im Ildiranischen Reich. Enorme Gefahren drohen und es gibt zahlreiche Möglichkeiten für verheerende Katastrophen. Vater, es tut mir so Leid ...«

Als sich der Weise Imperator in eine sitzende Position brachte, stellte Jora'h überrascht fest, wie blass und schwach der korpulente Mann war. *Wieso ist mir das nicht vorher aufgefallen? Bin ich so unaufmerksam gewesen, nur auf mein Vergnügen bedacht?*

»Gerade deshalb müssen wir sofort damit beginnen, dich vorzubereiten. Du musst lernen und verstehen. Andernfalls zerfällt das Ildiranische Reich zu Staub.«

Jora'h trachtete danach, sich als Oberhaupt aller Ildiraner vorzustellen. Er hob das Kinn. »Dann sollten wir die Zeit, die uns noch bleibt, dazu nutzen, mich so gut wie möglich vorzubereiten.«

Der Weise Imperator lächelte vage und sank in den gepolsterten Sessel zurück. »Eine ausgezeichnete Einstellung.« Seine Züge verhärteten sich. »Ich habe dich beobachtet, Jora'h. Ich kenne dich. Du bist ein passabler Erstdesignierter gewesen und den in dich gesetzten Erwartungen gerecht geworden. Du warst immer ehrlich und gütig. Du bist immer bestrebt gewesen, dein Bestes zu geben, und du liebst dein Volk.«

Das Lob gab Jora'h neue Kraft, doch die Stimme seines Vaters klang schärfer, als er fortfuhr: »Aber du bist zu weich und zu naiv. Ich hatte gehofft, dich noch einige Jahrzehnte lang auszubilden und stärker werden zu lassen, damit du den Aufgaben des Weisen Imperators gewachsen bist. Jetzt bleibt mir keine Wahl.«

»Ich habe immer getan, was mir am besten erschien, Vater. Wenn ich Fehler gemacht habe ...«

»Du kannst nicht wissen, was am besten ist, solange du nicht alle Informationen hast, um eine Entscheidung zu treffen. Du bist der Erstdesignierte, aber es gibt viele Geheimnisse, von denen du nichts ahnst. Nur mit der vollen Kontrolle des *Thism* kannst du das komplexe Gespinst des Reiches verstehen. Du musst dein Herz härter werden lassen und dein Bewusstsein von allem Ballast befreien.«

Jora'h schluckte erneut. Das kommende Jahr würde tatsächlich viele Veränderungen bringen.

»Von jetzt an werden deine Tage anders verlaufen. Wir müssen uns ganz auf deine Ausbildung konzentrieren. Hoffentlich reicht die Zeit, dich alles Notwendige zu lehren.«

Benommen und überwältigt stellt sich Jora'h der Pflicht. »Womit fangen wir an, Vater?«

Der Weise Imperator kniff die Augen zusammen und dadurch schienen sie ganz zwischen den Hautfalten zu verschwinden. »Du musst festere Beziehungen zu deinen Brüdern knüpfen, den Designierten. Flieg nach Hyrillka. Noch weiß niemand von meinem Leiden, das mir bald den Tod bringen wird – es ist wichtig, dass du Thor'h hierher holst. Wenn du meine Nachfolge antrittst, wird dein Sohn zum Erstdesignierten und sollte damit beginnen, seine Verantwortung kennen zu lernen.«

»Ja«, bestätigte Jora'h. »Er hat sich beim Hyrillka-Designierten lange genug dem Wohlleben hingegeben.«

Der Weise Imperator seufzt erschöpft. »Anschließend ... müssen wir alle beginnen zu planen.«

28 ✺ NIRA

Das Rot der Abenddämmerung wirkte wie Blut am Himmel von Dobro. Nira blickte dorthin empor. Vor langer Zeit war das Zuchtlager eine Kolonie für die hoffnungsvollen Siedler von der *Burton* gewesen, doch das hatte sich längst geändert.

In ihrer Phantasie war Nira noch immer imstande, zum Weltwald zurückzukehren, obwohl sie wusste, dass die Bäume sie nicht hören konnten. Ihre Jahre als neugierige grüne Priesterin, ihre Erfahrungen als Akolyth, als junges Mädchen, das den Weltbäumen Geschichten vorlas, Erinnerungen an ihre Familienangehörigen, die sie immer geliebt hatten, auch dann, wenn sie ihre Interessen und Neigungen nicht verstanden – das alles blieb stark in ihr. Manchmal, abends, erzählte sie den anderen Gefangenen Geschichten: König Artus und die Ritter der Tafelrunde, Beowulf, Romeo und Julia. Die Menschen im Lager kannten nicht den Unterschied zwischen Wahrheit und Fiktion.

Sie konnte noch immer die alten Volkslieder singen, die von den Kolonisten der *Caillé* stammten. In den vergangenen Jahren hatte sie ihren Babys leise Verse vorgesungen oder alte, lustige Gedichte gesprochen, bis die ildiranischen Ärzte ihr die Kinder fortnahmen. Nira hoffte, dass sich ihr eines Tages Gelegenheit bot, Osira'h, ihre Prinzessin, wieder zu sehen oder gar zu retten.

Dobros Hauptstadt, viele Jahrhunderte vor der Ankunft der *Burton* gegründet, bestand aus Gebäuden mit vielen Fenstern. Jetzt, nach dem Sonnenuntergang, wurden zahlreiche Glänzer aktiv, um die Dunkelheit der heranrückenden Nacht fern zu halten. Menschen machte die Finsternis nichts aus, deshalb befand sich das Zuchtlager am Stadtrand. Es wurde nur von den Kugeln erhellt, die an den Ecken der Umzäunung leuchteten.

Männer und Frauen riefen von den Gemeinschaftsbaracken aus zum Essen. Manchmal gesellte sich Nira ihnen hinzu, aber an diesem Abend wollte sie am Zaun bleiben. Ihre grüne Haut hatte genug Sonnenlicht absorbiert, um ihr Kraft zu geben; sie brauchte keine Mahlzeit.

Sie sah zum Horizont, zu den Hügeln, an deren Hängen niedrige Bäume mit schwarzen Blättern wuchsen. Wenn es ihr jemals wieder gelang, einen Kontakt zum Weltwald herzustellen, konnte sie um Hilfe rufen, Mitteilungen senden und erfahren, was seit ihrer Entführung im Spiralarm geschehen war.

Die anderen Frauen des Lagers wirkten farblos und resigniert – sie waren an harte Arbeit und häufige Schwangerschaften gewöhnt. Alle lebensfähigen Nachkommen wurden bei der Geburt sorgfältig untersucht. Einige der experimentellen Kreuzungen waren auf so entsetzliche Weise entstellt, dass man sie sofort tötete. Die gesunden Exemplare blieben einige Monate bei den Müttern und wurden dann von ihnen getrennt, um in den Städten von Dobro aufzuwachsen, von Ildiranern überwacht. Nur reinrassige menschliche Kinder blieben bei ihren Eltern und wuchsen im Lager heran, um später ebenfalls als Zuchtmaterial verwendet zu werden.

Nira drehte den Kopf und blickte zu dem prächtig beleuchteten Gebäude in der ildiranischen Stadt, von dem sie wusste, dass der Dobro-Designierte dort wohnte. Vor Jahren hatte er sie zu sich bringen lassen, in sein Turmzimmer. Während des Geschlechtsakts mit ihm hatte sich Nira vorzustellen versucht, dass Jora'h sie in den Armen hielt, dass Udru'h, der seinem Bruder sehr ähnelte, ihre große Liebe war. Aber er liebkoste sie wie mit Glassplittern, berührte sie wie mit Stacheldraht und noch Tage später war ihr übel gewesen.

Während jener Schwangerschaft, der ersten nach Osira'h, hatte sie eine Fehlgeburt erfleht und den Fötus in ihrem Leib verabscheut. Doch das nächste Kind, ein Junge, kam gesund und stark zur Welt. Zwar verachtete sie den Vater, aber das unschuldige Kind lernte Nira schnell lieben. Inzwischen war ihr auch jener Junge – Rod'h – genommen worden. Sie hoffte, dass er als Erwachsener nicht so wurde wie sein Vater.

Als der Designierte gekommen war, um ihr den Jungen zu nehmen, hatte Nira ihn nach ihrer Prinzessin gefragt, nach irgendeinem kleinen Detail ihres Lebens. »Fragen Sie mich nie wieder danach«, hatte Udru'h geantwortet. »Osira'h geht Sie nichts mehr an. Sie trägt das Gewicht des Reiches auf ihren Schultern.«

Die Worte weckten sowohl Furcht als auch Hoffnung in Nira. Was wollte Udru'h mit Osira'h anstellen? Als sich die Dunkelheit nun verdichtete, sammelte Nira ihre Gedanken und blickte so zum hohen Turm, als wäre er eine Bastion von Träumen und Möglichkeiten. Ihre Prinzessin befand sich dort. Sie wusste es. Sie fühlte es.

Die Residenz des Designierten badete in hellem Licht und schien vorgeben zu wollen, ein angenehmer Ort zu sein. Nira fragte sich, welche ihrer anderen Kinder in der Dobro-Stadt lebten und in einem Kollektiv aufwuchsen, immer wieder untersucht und getestet von ildiranischen Spezialisten verschiedener Geschlechter. Oder waren sie vielleicht nach Ildira gebracht worden, um dort wie Trophäen dem Weisen Imperator vorgeführt zu werden?

Erstaunt sah Nira, wie eine kleine Silhouette vor dem größten Fenster erschien, ein Kind, klein genug, um in Osira'hs Alter sein zu können. Das Herz pochte ihr bis zum Hals empor, und sie trat noch näher an den Zaun heran. Nira konzentrierte sich, erweiterte ihr Selbst und suchte damit nach der schwachen Verbindung, die früher zwischen ihr und dem Weltwald bestanden hatte. Wenn sie doch nur in der Lage gewesen wäre, einen Weltbaum zu berühren ... irgendeinen Baum! Sie wünschte sich nichts sehnlicher als einen Kontakt mit ihrer Tochter, ihrem eigenen Fleisch und Blut.

Nira schloss die Hände um die Zaundrähte, und es war ihr gleich, ob sie sich dabei verletzte. *Prinzessin!* Konnte jenes Kind wirklich ihre Tochter sein? Wenn sie doch nur eine Möglichkeit gehabt hätte, Osira'h zu sehen, ihr eine Nachricht zu schicken, ihr die Wahrheit zu sagen ...

Aber das Prickeln einer Antwort blieb aus. Selbst wenn es ihr gelungen wäre, tatsächlich eine telepathische Verbindung herzustellen – vermutlich hätte Osira'h gar nichts damit anfangen können. Trotzdem freute sich Nira nur darüber, die Silhouette gesehen zu haben. Es war wenigstens ein Anfang!

29 ✺ DOBRO-DESIGNIERTER

Das Halbblut-Mädchen war bemerkenswert, noch talentierter und intelligenter, als es sich der Designierte erträumt hatte. Dieses Kind mochte durchaus imstande sein, zwischen Ildiranern und Hydrogern eine mentale Brücke zu bauen, die die beiden Völker ebenso miteinander verband wie die Seelenfäden des *Thism* alle Ildiraner.

Wenn Osira'h dieses einzigartige Ziel erreichte, so hatten sich all die Anstrengungen über Generationen hinweg gelohnt. Diesem Mädchen mochte es gelingen, das Reich zu retten, die ildiranische Zivilisation, alles.

In der gut erleuchteten Residenz sah das Mädchen seinen Mentor an und lächelte strahlend, dazu bereit, alles zu tun, was er von ihm verlangte. Osira'h war schön, unschuldig und perfekt, ein glänzender Sonnenstrahl direkt aus der Sphäre der Lichtquelle. Ihre Klugheit ging weit über das für ihr Alter normale Maß hinaus und Udru'h vermutete, dass er nur einen Teil ihrer Fähigkeiten kannte. Vermutlich galt das auch für sie selbst. Es gab noch viel zu entdecken und er hoffte, genau die Dinge zu finden, die das Ildiranische Reich brauchte.

Als zweiter Sohn des Weisen Imperators hatte Udru'h immer hart gearbeitet und die notwendigen Dinge erledigt, von denen sein Bruder Jora'h nichts wusste. Der Erstdesignierte glitt unbekümmert durchs Leben und achtete kaum auf die Vorteile seines Rangs. Der Dobro-Designierte war nicht eifersüchtig auf Jora'h und er strebte keineswegs danach, an seiner Stelle Erbe des Prismapalastes zu werden. Er dachte vor allem an das, was nötig war, mit einer an Emotionslosigkeit heranreichenden Kühle. Udru'h ging jenen Dingen nach, die er für erforderlich hielt, auch wenn sie manchmal sehr unangenehm sein konnten.

Erneut sah er zu dem Mädchen, das am großen Fenster stand und in die Nacht hinausblickte, so aufmerksam, als spürte es etwas dort draußen in der Dunkelheit.

Als er den Namen des Kinds *dachte*, drehte es sich zu ihm um. Osira'h hatte große Augen und fedriges goldenes Haar. Die Jochbeine waren hoch, das Kinn stark. Die adlige Abstammung gab ihm etwas Zartes und Würdevolles. Der Designierte glaubte, eine gewisse Ähnlichkeit mit Jora'h zu erkennen – und ein exotisches Flair, das auf die Gene der grünen Priesterin zurückging. In den Augen des Mädchens gab es ein sonderbares inneres Licht – zu der Farbe von rauchigem Topas, die Osira'h von ihrem Vater geerbt hatte, kam das dunkle Braun ihrer Mutter.

»Du denkst erneut an mich«, sagte sie leise und doch deutlich. Osira'h war erst fünf Jahre alt, aber ihre überlegenen Gene und die intensive Ausbildung und Indoktrination hatten sie weitaus reifer werden lassen als andere Kinder in ihrem Alter. Dieses Mädchen träumte nie davon, am Nachmittag zu spielen.

»Fühlst du meinen Stolz?«

Osira'h lachte. »Er geht so von dir aus wie Hitze von einem Feuer.«

Udru'h trat neben das Mädchen und legte ihm seine starke Hand auf die Schulter. Noch vor einem Jahr hatte Osira'h viel Kraft aufwenden, ihre Gedanken und Wahrnehmungen kanalisieren müssen, um zu erkennen, was der Designierte dachte. Inzwischen geschah das fast ebenso automatisch und mühelos wie das Atmen. *Erstaunlich.*

Osira'hs Halbbrüder und Halbschwestern – unter ihnen auch Udru'hs Sohn Rod'h – zeigten nicht annähernd so großes Talent, obgleich der Designierte noch immer auf einen Durchbruch hoffte, indem er Nira Khali Zeugungspartner aus verschiedenen ildiranischen Geschlechtern zuwies. Die anderen Halbblut-Kinder wuchsen in großen Gruppen auf, in Kindergärten, Schulen und Ausbildungszentren. Die jungen Halbmenschen wussten um ihre Einzigkeit; die Instruktoren und Inspektoren gaben sich alle Mühe bei der Förderung ihrer individuellen Fähigkeiten.

Doch Osira'h behielt der Designierte für sich.

»Du hast ein großes Potenzial. Es gibt andere telepathische Kandidaten auf Dobro, aber niemand von ihnen ist so gut wie du. Deshalb habe ich mein Leben der Aufgabe gewidmet, dich zu unterweisen und dir die Möglichkeit zu geben, deine Fähigkeiten voll zu entfalten.«

»Zum Ruhm des Weisen Imperators«, sagte Osira'h und wiederholte damit die Worte, die er ihr eingeschärft hatte, seit sie sprechen konnte. »Zum Ruhm der ganzen ildiranischen Zivilisation«, betonte Udru'h. »Ich verspreche, mein Bestes zu geben. Und wenn mein Bestes nicht genügt, werde ich mich noch mehr bemühen.« Sorge zeigte sich in Osira'hs Gesicht, wie immer, wenn sich Konsequenzen vor ihr auftürmten. Sie schürzte die Lippen, wodurch ihr Mund fast wie eine Blumenknospe aussah. »Aber manchmal fürchte ich mich vor den Hydrogern. Es sind Ungeheuer, *richtige* Ungeheuer.«

Der Dobro-Designierte blickte in die finstere Nacht. Das helle Licht im Zimmer verwandelte den Himmel in eine schwarze Wand. »Du musst ihnen gegenübertreten, Osira'h. Der Weise Imperator wird durch dich zu ihnen sprechen. Du bist die Brücke – unser bestes Instrument, um ein Bündnis mit ihnen zu schließen oder eine andere Vereinbarung mit ihnen zu treffen, die verhindert, dass wir alle dem Krieg zum Opfer fallen.«

Udru'h spürte tiefen Kummer, der Osira'h galt, vermischt mit väterlichem Stolz. Er unterdrückte diese Gefühle, bevor das Mädchen sie bemerken konnte. Er durfte dem Kind nicht zeigen, dass er schwach oder weich war. Er musste immer fest bleiben und nie zweifeln – weil Osira'h nie zweifeln durfte.

Sie war immer leicht zu beeinflussen, immer erpicht darauf, das zu tun, was er von ihr erwartete. Zwar hatte der Begriff »Eltern« für die Halbblut-Kinder gar keine Bedeutung, aber Udru'h war so etwas wie eine Vaterfigur für Osira'h. Sie verschwendete keine Gedanken an periphere Details, spielte einfach ihre Rolle.

Reichte die Zeit noch aus, das Reich zu retten?

Über Jahrtausende hinweg hatten einige wenige Ildiraner gewusst, dass die Hydroger vielleicht eines Tages zurückkehrten und Chaos brachten. Zahllose Generationen lang waren Weise Imperatoren bestrebt gewesen, Vorbereitungen für die eventuelle Rückkehr des großen, unverständlichen Feinds zu treffen. Sie hatten selektive Kreuzungen bestimmter Geschlechter gefördert und bei den Ergebnissen dieser subtilen Experimente nach nützlichen Mutationen Ausschau gehalten, den Keimen des Retters. Ihre Aufmerksamkeit galt insbesondere besseren telepathischen Fähigkeiten.

Nach der Entdeckung der Menschheit hatte der regierende Weise Imperator Yura'h eine aufregende, innovative Alternative gesehen, neue Ingredienzen für den genetischen Pool.

Als erste Untersuchungen der *Burton*-Überlebenden das bemerkenswerte Potenzial menschlicher Genetik zeigten, wurde das Zuchtprojekt von Dobro erweitert, mit dem Ziel, eine Gruppe von Halbblut-Telepathen zu schaffen. Zuerst war es ein Gemeinschaftsunternehmen von Captain Chrysta Logan und dem damaligen Dobro-Designierten gewesen, aber Gewalt und Tragödien während der frühen Jahre hatten dazu geführt, dass sich der Dobro-Designierte gegen die Menschen wandte und die Natur des ganzen Programms änderte. Seitdem waren Menschen Gefangene. Objekte. Zuchtmaterial.

Die Synergie von menschlicher und ildiranischer Genetik hatte einige entsetzliche Geschöpfe hervorgebracht, aber auch spektakuläre Erfolge erzielt, vor allem in der zweiten und dritten Generation: stärkere Soldaten, schnellere Schwimmer, kreativere Sänger und Geschichtenerzähler. Jene Mischlinge wurden so erzogen, dass sie dem Ildiranischen Reich treu ergeben waren und den Weisen Imperator für einen unfehlbaren Gott hielten.

Es war ein langfristiger Plan und diente zur Vorbereitung auf eine weitere Begegnung mit den Hydrogern. Vor zehntausend Jahren hatten die Hydroger beim Kampf gegen ihre Widersacher fast das gesamte Leben im Spiralarm ausgelöscht, die Klikiss-Zivilisation vernichtet und das Ildiranische Reich an den Rand des Abgrunds gebracht.

Nur wenige Ildiraner wussten um jene Ereignisse; die *Saga der Sieben Sonnen* erwähnte sie nicht. Menschliche Überheblichkeit hatte den titanischen Konflikt neu entfacht und die Fremden aus den Tiefen der Gasriesen wieder aktiv werden lassen – andernfalls wären die Hydroger vielleicht noch jahrhundertelang im Verborgenen geblieben. Jetzt zeigten sie sich wieder und bestimmt dauerte es nicht lange, bis andere Feinde erschienen.

Osira'h war keinen Moment zu früh geboren.

Der Designierte schloss die Hand um die schmale Schulter des Mädchens und es zuckte zusammen – er hatte zu fest zugedrückt. »Du bist noch so klein, Osira'h. Ich würde dich lieber nicht drängen.«

»Mach dir keine Sorgen um mich.« Osira'h sah zu Udru'h auf und in ihrem Gesicht zeigte sich absolutes Vertrauen. Sie glaubte an ihre Mission, an sein Wohlwollen und ihre eigene Loyalität dem Weisen Imperator gegenüber. »Ich werde meine Pflicht erfüllen. Wie es meine Gene von mir verlangen. Zum Ruhme der ildiranischen Zivilisation.«

»Oh, wie könnten die Hydroger dir widerstehen?« Das Mädchen lächelte strahlend, und der Designierte wusste: Es würde der fähigste Telepath sein, der je auf den Welten des Ildiranischen Reiches gewandelt war. »Du wirst uns alle retten, Kind.«
Er umarmte Osira'h und sie nickte ernst. »Ja, das werde ich.«

30 ✷ RLINDA KETT

Als die *Unersättliche Neugier* landete, eilten die Crenna-Siedler selbst aus entlegenen Bereichen herbei. Rlinda Ketts unerwartete Ankunft erregte großes Aufsehen und die tägliche Arbeit spielte plötzlich eine untergeordnete Rolle.

Noch immer ein wenig mitgenommen von der Begegnung mit den Hydrogern am Rand des Sonnensystems kletterte sie aus ihrem Schiff. Den Jubel der Kolonisten nahm sie ein wenig verlegen, aber auch bereitwillig entgegen.

»Die Hanse hat von der Krankheit auf Ihrer Welt gehört und ich bringe Ihnen Medikamente!«, rief Rlinda. Sie hatte damit gerechnet, dass angesichts der Epidemie alles zum Stillstand gekommen war, dass sich kaum mehr jemand um die Felder und das Vieh kümmerte. »Aber offenbar sind nicht allzu viele von Ihnen krank.«

Der nächste Farmer nickte. »Es ist verdammt anständig von König Peter, an uns zu denken, Ma'am, aber wir haben die benötigten Medikamente bereits bekommen. Einer unserer Kolonisten hat ein eigenes Schiff, das jetzt allerdings ohne Ekti ist – als er zurückkehrte, waren die Tanks praktisch leer. Wir verdanken Branson Roberts unser Leben.«

Es erfüllte Rlinda mit Stolz, seinen Namen zu hören, aber sie ließ sich nichts anmerken. »Nun, der Mann hat echt Nerven – durch ihn verliert meine humanitäre Mission ihren Sinn.« Sie ließ ihren Blick über die Menge schweifen und entdeckte BeBob. Sein krauses graues Haar war länger geworden, was ihm etwas Zwielichtiges gab, und Schmutz zeigte sich überall an seiner Kleidung, so als hätte er auf den Feldern gearbeitet – die Vorstellung allein brachte Rlinda fast zum Lachen.

Sie sah, wie seine Augen feucht wurden, und dann lief er auf sie zu, achtete überhaupt nicht auf die anderen Farmer. Rlinda breitete die Arme aus und lief ihm entgegen. Sie wusste, wie albern sie beide wirkten, wie zwei Verliebte in einer billigen Videoschnulze.

»Ich nehme an, ihr ... kennt euch?«, fragte einer der Kolonisten.

Rlinda und BeBob schlangen die Arme ganz fest umeinander. »Ein wenig«, erwiderten sie beide gleichzeitig.

»Wenn ich gewusst hätte, dass du kommst, hätte ich meinen Treibstoff nicht vergeudet«, sagte BeBob. »Statt Arzneien zu laden, wäre es möglich gewesen, andere nützliche Dinge an Bord zu nehmen, zum Beispiel Werkzeuge und interessante Getreidesamen – damit hätte ich einen höheren Profit erzielt.«

Rlinda fuhr ihm mit den Fingern durchs krause Haar und umarmte ihn dann erneut. »Du hast ein weiches Herz, BeBob, aber du bist nicht dumm.« Sie senkte verschwörerisch die Stimme. »Heute Nacht werde ich dir Zeit genug geben, mich davon zu überzeugen, dass meine Reise hierher nicht umsonst war. Bei dir oder bei mir?« Sie lachte leise. »Du bist ja so süß, wenn ich dich in Verlegenheit bringe. Siehst regelrecht schockiert aus.«

»He, ich versuche hier, ein respektabler Kolonist zu sein.«

»Gib dir mehr Mühe.« Rlinda küsste ihn auf den Mund.

Rlinda erzählte BeBob nichts von ihrer wahren Mission – sie wollte ihm nicht die Freude an dem gemeinsamen Essen in seiner Wohnung nehmen. Sie hatte einige seiner Lieblingsspeisen mitgebracht, eine gute Flasche Wein, neue Unterhaltungspakete und ein schmuckes Hemd, von dem sie wusste, dass er es nie tragen würde. Sie nannte es ein »Freundschaftsgeschenk für die Kolonie«.

»Um ganz ehrlich zu sein: Es überrascht mich nicht, dass du einen Vorwand gefunden hast, hierher zu kommen.« BeBob aß ein Stück von dem Schmorbraten, den Rlinda in seiner kleinen Küche zubereitet hatte. »Ich hätte es nie riskiert, die chiffrierte Nachricht zu schicken, wenn ich nicht sicher gewesen wäre, dass du sie erkennen und entschlüsseln kannst. Ich schätze, General Lanyan freut sich nicht gerade über einen Captain, der sich unerlaubt von der Truppe entfernt.«

»Ach, er hatte überhaupt kein Recht, dich zwangsweise einzuziehen, und ich habe ihm die Konfiszierung meiner Handelsflotte nie verziehen. Übrigens, wie steht's um mein Schiff?«

BeBob wölbte die Brauen. »Die *Blinder Glaube* gehört nur zu zehn Prozent dir. Es ist alles in Ordnung mit ihr – sieht man von den leeren

Ekti-Tanks ab. Derzeit kann man sie höchstens als besonders großen Rasenschmuck verwenden.«
»Stell die Landestützen auf Betonblöcke und lass das Gras um sie herum wachsen«, sagte Rlinda. »Dann bist du ein echter Schmutzhocker.«
BeBob trank einen Schluck vom dunklen Wein, den Rlinda eingeschenkt hatte. »Ich fühle mich hier wohl. Crenna ist eine angenehme Welt mit gutem Klima. Du solltest einmal den Wind im Flötenholzwald hören. Ein idealer Ort, um sich zur Ruhe zu setzen. Ich ... äh ... hätte nichts dagegen, dich bei mir zu haben, Rlinda. Und nicht nur deshalb, weil du so gut kochst.«
Sie lachte voller warmer Wonne. »Es war richtig, hierher zu kommen. In schweren Zeiten werden Schmeicheleien selten.«
BeBob setzte sein Weinglas ab. »Nun, ich würde gern glauben, dass du nur wegen mir gekommen bist, aber das dürfte nicht der einzige Grund für deine Reise sein. Brauchst du Hilfe?«
Es überraschte Rlinda nicht, dass BeBob etwas ahnte, und so erzählte sie ihm alles.

Davlin Lotze wartete bereits vor der *Neugier*, als Rlinda eine Stunde nach Sonnenaufgang zu ihrem Schiff zurückkehrte. Mit leeren Händen stand er da, wie eine Statue, die linke Seite seines Gesichts zernarbt – irgendein Raubtier schien versucht zu haben, ihm das Auge auszukratzen. Er war muskulös, wirkte intelligent, wachsam und überaus kompetent. »Ich glaube, Basil Wenzeslas hat Sie wegen mir hierher geschickt«, sagte er. »Wie dem auch sei: Das mit den Medikamenten war eine nette Geste.«
Rlinda musterte ihn. »Glauben Sie nicht an einfache menschliche Nächstenliebe?«
»Ich glaube nicht an *Basils* einfache menschliche Nächstenliebe.« Lotzes Blick glitt zur *Neugier*. »Es scheint ein gutes Schiff zu sein. Wie ist es ausgestattet?«
»Der Vorsitzende stellte mir all die Dinge zur Verfügung, die wir für unsere kleine Expedition brauchen: Grab- und Analysewerkzeuge, ein Überlebenslager, Proviant, Wasserextraktoren. Und zehntausend Kreuzworträtsel in der Datenbank.«
In der Stille des frühen Morgens führte Rlinda den Mann an Bord und zeigte ihm eine kleine Gästekabine, in der die grünen Priesterinnen Nira und Otema während des Flugs nach Ildira untergebracht ge-

wesen waren, vor dem Beginn der Hydroger-Krise. Lotze berührte die Koje, bemerkte die mit den Datenbanken verbundene Computerkonsole und nickte zufrieden.

»Von mir aus kann's losgehen. Ich würde lieber darauf verzichten, meine wenigen Sachen zu packen und dadurch die Aufmerksamkeit der Siedler auf mich zu lenken. Sie halten mich für einen einfachen Kolonisten und wissen nicht, warum ich wirklich hier war.«

Das überraschte Rlinda. »Sie möchten von niemandem Abschied nehmen? Sie haben einige Jahre auf Crenna verbracht und wollen einfach so verschwinden? Nur mit dem, was Sie am Leib tragen?«

Lotzes Gesicht blieb unverändert. »Das wäre mir am liebsten. Ich bin für die Suche nach jenen Archäologen bereit.«

Rlinda holte tief Luft. »Ich brauche eine Weile, um das Schiff auf den Start vorzubereiten. Und außerdem: *Ich* möchte mich von jemandem verabschieden.«

31 ✺ ANTON COLICOS

Die berühmte Stadt Mijistra war all das, was sich Anton Colicos von ihr erträumt hatte – und tausendmal mehr. Die kristallene Metropole glitzerte im Licht von sieben Sonnen. Eine solche Pracht war fast zu viel für seine Augen.

Er trat fort von dem verzierten ildiranischen Transportschiff, griff in die Tasche und holte den Sonnenfilter hervor. Der Captain hatte ihn darauf hingewiesen, dass Menschen den Glanz als zu grell empfanden, aber Anton war so fasziniert gewesen, dass er diese einfache Vorsichtsmaßnahme vergessen hatte. Als er sich das Filterband vor die Augen schob, wurden weitere beeindruckende Einzelheiten sichtbar. Spiralen, buntes Glas, Springbrunnen, Gärten ...

Die Stadt erinnerte ihn an andere wundervolle Orte: Xanadu und die Vergnügungskuppel von Kublai Khan, das mythische Atlantis, die goldene Stadt El Dorado, das Reich des Priesters Johannes, selbst die smaragdgrüne Stadt Oz. Jahrhunderte wären nötig gewesen, um alles aufzunehmen und zu verarbeiten, ganz zu schweigen davon, es zu interpretieren und an zukünftige Generationen weiterzugeben.

Anton wünschte sich, dies mit seinen Eltern teilen zu können, von denen er so lange nichts gehört hatte. Sie wären davon begeistert gewesen! Vor dem Verlassen der Erde hatte er eine offizielle Mitteilung von irgendeinem Beamten der Hanse erhalten; darin hieß es, man würde »dieser Sache nachgehen« und zwar mit allen zur Verfügung stehenden Mitteln, sobald sich eine »Gelegenheit« ergab. Die Nachricht bot nicht Anlass zu großer Hoffnung, aber sie war wenigstens etwas. Vielleicht konnten seine neuen ildiranischen Freunde das eine oder andere beisteuern.

Er schob die Sorge um seine Eltern beiseite und dachte daran, dass Margaret und Louis Colicos immer selbständig und auf alles vorbereitet gewesen waren. Sie hatten immer wieder betont, wie viel ihnen ihre Arbeit bedeutete. Trotz der Risiken wollten sie sich keinen anderen Dingen widmen.

Genauso empfand Anton hier in Mijistra.

Ildiraner verließen das Passagierschiff, in dessen Gemeinschaftsbereichen sie zusammengedrängt gewesen waren. Anton war lieber allein, um in aller Ruhe seinen Studien nachzugehen und zu meditieren, aber diese Fremden fühlten sich in der Gesellschaft vieler anderer am wohlsten. Er konnte sich kaum vorstellen, dass Ildiraner jemals allein waren.

Anton schritt über die Rampe, begleitet von Ildiranern zahlreicher Geschlechter, die unterschiedliche Körperstrukturen besaßen. Er blickte über die Köpfe der vielen ausgestiegenen Passagiere hinweg und hielt nach dem ehrenwerten Historiker Vao'sh Ausschau. Anton hatte sich mit der ildiranischen Kultur beschäftigt und war daher imstande, einen Angehörigen des Erinnerer-Geschlechts als solchen zu erkennen. Und was ihn selbst betraf: Er gehörte als einziger Mensch zur Gruppe der Passagiere, deshalb konnte man ihn kaum übersehen.

Er bemerkte einen kleinen Ildiraner, der ihm zuwinkte und einen Umhang mit glänzenden Streifen trug. Die Gesichtszüge jenes Mannes unterschieden sich von den Mienen der Soldaten und adligen Botschafter an Bord des Schiffes. Anton verließ die Rampe und die Müdigkeit nach der langen Reise fiel von ihm ab. »Sind Sie Erinnerer Vao'sh?«

Der Historiker wiederholte den Namen langsam und machte dabei die richtige Aussprache deutlich. Anton rollte die beiden Silben im Mund hin und her, bis sie richtig klangen. Vao'sh drehte die Hände auf Hüfthöhe so, dass die Handflächen nach oben zeigten.»Und Sie sind Anton Colicos, der menschliche Geschichtenerzähler und Hüter des Historischen?«

»Das klingt viel eindrucksvoller als ›forschender Gelehrter‹ oder ›außerordentlicher Professor‹.« Anton streckte dem Ildiraner die Hand entgegen und überraschte ihn damit. Vao'sh zögerte kurz und ergriff dann die dargebotene Hand.»Ich bin es nicht gewohnt, dass man meiner Tätigkeit mit Respekt oder gar mit Verehrung begegnet.«

»Wie kann man jemanden nicht verehren, der die Geschichte des eigenen Volkes erzählt?«

»Menschen halten Geschichtenerzähler nicht unbedingt für sehr ... praktisch.«

Der ildiranische Historiker geleitete Anton über einen Weg, der einen weiten Bogen beschrieb und zu einer Ansammlung von Türmen führte, vorbei an plätschernden Springbrunnen und kristallenen Skulpturen. Spiegel und Sonnenuhren schufen interessante Schattenmuster auf den Straßen.

Normalerweise war Anton reserviert und zurückhaltend, aber die Begeisterung löste ihm die Zunge. Bei Konferenzen und Banketts hatte er nie gern gesprochen, doch jetzt verlor er seine Scheu.»Mein ganzes Leben lang habe ich von einer solchen Gelegenheit geträumt. Meine drei vorherigen Bewerbungen führten nicht zum erhofften Erfolg – ich hatte schon befürchtet, dass der Weise Imperator eine neue Geheimhaltungspolitik verfolgt.«

Die Hautlappen in Vao'shs Gesicht zeigten verschiedene Farben. Nur das Erinnerer-Geschlecht verfügte über die Möglichkeit, mit einem bunten Farbspiel Gefühle zum Ausdruck zu bringen und Worten emotionalen Nachdruck zu verleihen. Anton wusste die unterschiedlichen Farben noch nicht zu deuten.

»Es hat keinen Sinn, Geheimnisse zu hüten«, sagte Vao'sh.»Jeder von uns ist eine Figur in der großen Geschichte des Kosmos und die *Saga der Sieben Sonnen* ist nur ein kleiner Bruchteil des ganzen Epos. Und doch stellen zu wenige von uns Fragen.« Der Erinnerer führte Anton an einem dünnen Vorhang aus Wasser vorbei, das über die Außenwand eines Turms floss.

»Dann möchte ich etwas fragen.« Anton bestaunte die Skulpturen und prismatischen Wände, wusste nicht, wohin er den Blick zuerst richten sollte.»Warum wurde mein Antrag schließlich doch noch bewilligt? Ich weiß, dass sich auch andere Forscher beworben haben – vergeblich.«

Vao'sh lächelte. »Mich hat die Art Ihrer Selbstdarstellung beeindruckt, Anton Colicos. Ihre leidenschaftliche Bewerbung überzeugte mich davon, dass wir Brüder im Geiste sind.«

»Ich ... äh ... erinnere mich gar nicht mehr an den Wortlaut.«

Die Farben in Vao'shs Gesicht sahen aus wie durch Wolken filternder Sonnenschein. »Sie bezeichneten sich als ›Erinnerer‹ menschlicher Epen, als eine der wenigen Personen, die sich mit der alten Dichtung und den Geschichtszyklen ihres Volkes auskennen. Ich habe einige der von menschlichen Gelehrten übersetzten Geschichten gelesen, in ihnen aber nur akademische Distanz gespürt, kein tiefes Gefühl, keinen Enthusiasmus für ihre eigene Geschichte. Ihre Nachricht dagegen enthielt wahres Herz und Verständnis dafür, wie jene alten Geschichten die Seele des menschlichen Volkes berühren. Sie schienen eine geistige Verbindung mit dem wahren Drama der Geschichte zu haben. Ich dachte, Sie könnten vielleicht unsere *Saga* verstehen.«

Von einer Hügelkuppe aus blickten sie zum Prismapalast, einem atemberaubenden Gebäudekomplex, neben dem sich König Peters Flüsterpalast wie ein Nebengebäude ausmachte. Kugeln, Kuppeln, Türme und Verbindungsstege – alles ragte weit in den Himmel auf und war eingefasst von den Speichen sieben nach innen strömender Flüsse.

Vao'sh schien sich über das Staunen seines Begleiters zu freuen. »Als oberster Erinnerer des Weisen Imperators wohne ich im Prismapalast. Sie werden mir dort Gesellschaft leisten.« Anton war sprachlos und das amüsierte den ildiranischen Historiker. »Ich bitte Sie, Anton Colicos: Ein Geschichtenerzähler, dem es vor Ehrfurcht die Sprache verschlagen hat, nützt niemandem etwas.«

»Entschuldigung.«

»Sie und ich werden viel voneinander lernen, Tag für Tag.«

Anton lächelte. »Hier ist noch eine Frage. Auf dem Weg hierher hörte ich Ildiraner, die von Tagen und Wochen sprachen. Wieso teilen Sie die Zeit so ein, auf einer Welt mit sieben Sonnen am Himmel? Was bedeutet für Sie ›Tag‹, wenn es immer hell ist?«

»Es ist einfach nur ein Begriff, der in Ihr Handelsstandard übersetzt wurde. Auch bei uns gibt es Aktivitäts- und Ruhezyklen, wie bei den Menschen, und sie haben in etwa die gleiche Länge. Ich könnte Ihnen die ildiranischen Wörter und exakten chronologischen Äquivalente nennen, aber es ist einfacher, wenn Sie bei den Ihnen vertrauten Begriffen bleiben. Es gibt so viel zu lernen – warum sich mit Trivialitäten aufhalten?«

»Oh, ich könnte Ihnen Geschichten über einige Kollegen von mir erzählen, die von solchen Trivialitäten geradezu besessen sind. Sehen den Wald vor lauter Bäumen nicht, wie es bei uns heißt.«

Vao'sh lächelte ebenso wie Anton. »Eine interessante Metapher. Ich freue mich schon darauf, Geschichten und Methoden auszutauschen, denn ein Erinnerer muss immer an einer Erweiterung seines Repertoires interessiert sein.«

Anton lächelte weiterhin, als sie zum Prismapalast gingen. »Ich schätze, meines muss um mindestens eine Milliarde Zeilen erweitert werden.«

Vao'sh verneigte sich zufrieden. »Lassen Sie uns mit etwas weniger beginnen.«

32 ✺ REYNALD

Der primäre Pilzriff-Komplex ruhte hoch oben am dicken Stamm eines Weltbaums und bot tausenden von Bewohnern Platz. Ein helles Lächeln zeigte sich in Reynalds bronzefarbenem Gesicht, als er sich den bunten Regierungsstühlen von Mutter Alexa und Vater Idriss zuwandte. Er wusste nicht, ob er mit Freude oder Bestürzung auf die Mitteilung seiner Eltern reagieren sollte, aber überraschend kam sie nicht. Schon seit Wochen ließen sie immer wieder Hinweise fallen.

»Du bist auf diese Verantwortung gut vorbereitet, Sohn«, sagte Alexa mit einem herzlichen Lächeln. »Könnte es eine bessere Zeit geben?«

»Vielleicht bist du sogar noch vielseitiger gebildet und kosmopolitischer als deine Mutter und ich.« Idriss strich sich über den gestutzten Bart. »Wir sind sehr stolz auf dich und davon überzeugt, dass du ein würdiger Nachfolger sein wirst. Du solltest beginnen – es gibt viel zu tun.«

»Oh, er wird uns übertreffen.« Alexa legte ihrem Mann die Hand auf den Unterarm. »Das Volk braucht bestimmt nicht lange, um sich an die Veränderung zu gewöhnen.«

Reynald verbeugte sich. »Ihr hinterlasst mir ein großes Vermächtnis, aber ... Warum habt ihr diese Entscheidung so plötzlich getroffen?«

»Wir hielten den richtigen Zeitpunkt für gekommen«, sagte Idriss würdevoll.

Alexa lächelte aufgeregt. »Außerdem führt eine diplomatische Mission Sarein im nächsten Monat hierher und wir wissen nicht, wann sie noch einmal Gelegenheit haben wird, nach Hause zu kommen. Gibt es eine bessere Zeit für deine Krönung?«

Reynald hätte fast mit den Augen gerollt. »*Das* ist der Grund für euren Rücktritt?« Es schien typisch für seine Eltern zu sein, auf diese Weise Entscheidungen zu treffen.

»Ja, und es ist schade, dass nicht auch Beneto hier sein kann«, sagte Idriss.

Reynald wusste bereits, was die nächsten Wochen bringen würden. Der kommende Monat diente dazu, Vorbereitungen zu treffen. Er stellte sich vor, wie Menschen aus allen Teilen Therocs kamen – seine Eltern würden das Ereignis genießen, noch mehr als alle anderen.

»Nun, wenn das so ist, sollten wir meine Schwester besser nicht enttäuschen«, sagte Reynald und seufzte.

Vater Uthair und Mutter Lia hatten Theroc drei Jahrzehnte lang regiert und ihr Amt dann der Tochter Alexa und ihrem Mann überlassen. Seit einunddreißig Jahren lebte das alte Paar im Ruhestand und hatte seinen Rücktritt nie bereut.

Reynald mochte seine Großeltern. Oft sprach er mit ihnen über das Regieren, die Ildiraner und die Terranische Hanse. Er respektierte seine Eltern, hatte aber den Eindruck gewonnen, dass Uthair und Lia eine breitere, politisch klügere Perspektive zu Eigen war.

Er saß im warmen Schein eines Phosphorfeuers im Quartier seiner Großeltern, das zum oberen Teil der größten Pilzriff-Stadt gehörte. Uthair und Lia hatten Reynald und Estarra zum Essen eingeladen. Zwar gaben sie sich so entspannt, als handelte es sich um ein ganz gewöhnliches Treffen, aber Reynald wusste, dass seine Großeltern gewisse Dinge besprechen wollten – immerhin war die Amtsnachfolge bekannt gegeben worden.

Uthair und Lia saßen gern auf ihrem Balkon und blickten in den Weltwald, beobachteten fliegende Insekten und bunte Blumen.

Manchmal sprachen die beiden Alten stundenlang miteinander. Seit mehr als einem halben Jahrhundert waren sie verheiratet und noch immer aneinander interessiert.

Estarra deckte den Tisch – es gab eine dicke Suppe aus Pilzen und Kräutern, begleitet von Spießen mit dem pikant gewürzten Fleisch von Kondorfliegen. »Deine Suppe ist die beste, Oma«, sagte Estarra, nachdem sie davon probiert hatte.

»Es ist meine Verantwortung, dich zu lehren, wie man sie kocht«, erwiderte Lia gespielt streng. »Und du bist zweifellos alt genug. Achtzehn! Du bist erwachsen – obwohl dich deine Eltern noch immer wie ein kleines Kind verhätscheln.«

Uthair lächelte. »So hast du Alexa behandelt, bis sie achtundzwanzig war, Schatz.«

»Das Vorrecht einer Mutter.«

Als Uthair vom Balkon zum Tisch ging, stand Reynald bereit, um ihm zu helfen – der Alte gab vor, es nicht zu bemerken. Beim Essen hatten es Reynalds Großeltern nicht eilig, den eigentlichen Grund für die Einladung anzusprechen. Nach der Mahlzeit räumte Reynald zusammen mit seiner Schwester ab und die beiden Alten nahmen Musikinstrumente von einem Regal an der Wand, traten damit auf den Balkon.

Uthair spielte auf einer Harfengitarre, die er selbst erfunden hatte, und Lia begleitete ihn auf einer Flöte. Seit sie im Ruhestand lebten, nutzten sie ihre Kreativität, um Musikinstrumente aus den Materialien herzustellen, die der Wald ihnen bot. Sie schenkten sie Kindern, die damit hupten, klimperten und klirrten, worüber sich Uthair und Lia sehr freuten.

Schließlich kam die Großmutter zur Sache. »Reynald, bald besteigst du als neuer Vater von Theroc den Thron und deshalb wird es Zeit für dich, eine Ehefrau zu wählen. Das erwartet man von dir.« Lia ließ ihre Flöte sinken. »Du bist schon älter als deine Mutter zum Zeitpunkt ihrer Eheschließung mit Idriss. Dein Vater war stolz und tüchtig, das junge Oberhaupt einer Wurmkokon-Stadt. Ihre Ehe führte zu einer ausgezeichneten Nachkommenschaft. Sie haben gut regiert und genießen hohes Ansehen beim Volk.« Lia seufzte. »Aber friedliche Zeiten und ein bequemes Leben haben sie ein wenig ... bequem werden lassen.«

»Sie meint *weich*«, sagte Uthair. »Theroc ist autark. Wir sind nicht auf den Handel mit der Hanse oder mit den Ildiranern angewiesen.

Aber Alexa und Idriss irren sich, wenn sie glauben, wir könnten den Hydroger-Krieg einfach ignorieren. Es gibt keine Neutralität angesichts eines Feindes, der wahllos tötet.«

»Ich bin nicht einmal sicher, ob die Hydroger zwischen Ildiranern und Menschen einen Unterschied sehen«, sagte Lia.

»Deine Eltern haben beschlossen, nichts zu unternehmen, in der Hoffnung, dass das Problem einfach verschwindet. Während der letzten Monate haben Lia und ich sie davon zu überzeugen versucht, dass es besser ist, in diesen schwierigen Zeiten dir die Regierungsverantwortung zu übergeben. Jetzt sind sie endlich bereit, auf uns zu hören.«

Lia klopfte Reynald auf den Arm. »Du wirst ein viel besseres Oberhaupt von Theroc sein, mein Lieber. Du hast das Herz und den Kopf dafür.«

»Warum sagst du das?«, fragte Reynald.

»Weil du in einem Monat der neue Vater von Theroc bist und unsere Großeltern auf *dich* zählen«, warf Estarra ein. »Lass es dir nur nicht zu Kopf steigen.«

Uthair lachte leise. »Hör auf deine Schwester. Sie ist vielleicht die Klügste in der ganzen Familie. Manchmal drückt sie sich ein wenig zu unverblümt aus, aber sie sagt die Wahrheit.«

Bei einer anderen Gelegenheit wäre Reynald vielleicht zu seiner Schwester gegangen, um ihr einen Stoß an die Schulter zu geben, aber diesmal blieb er aufmerksam. »Na schön, ihr habt uns zum Essen eingeladen, um mir Rat zu geben.« Er verschränkte die Arme. »Erzählt mir von den Herausforderungen, mit denen man es als Regierungsoberhaupt zu tun bekommt.«

Uthair lächelte und hob die Hand seiner Frau. »Eines der größten Geheimnisse besteht darin, die richtige Frau zu heiraten.«

Lia sah erst Reynald an und dann Estarra. »Es wird Zeit für dich, Reynald. Du bist einunddreißig.«

»Und das gilt auch für dich, Estarra«, fügte Uthair hinzu. »Du bist im heiratsfähigen Alter. Ihr müsst beide über eure Möglichkeiten nachdenken. Und von Anfang an sollte euch Folgendes klar sein: Bei der Wahl des Ehepartners geht es nicht um pochende Herzen und einen hohen Hormonspiegel. Heiratet die richtige Person, wähle sie mit Vernunft aus. Wenn ihr Glück habt, ist sogar Liebe mit im Spiel.«

Lias Finger tasteten über die Flöte. »Eines nach dem anderen, Schatz. Zuerst Reynald. Die meisten Leute erwarten von dir, die

Tochter einer guten theronischen Familie zu heiraten, aber in diesen Zeiten solltest du vielleicht über den hiesigen Horizont hinaus Ausschau halten.«

Reynald hatte bereits daran gedacht, aber er fragte trotzdem: »Wie weit über den hiesigen Horizont hinaus?«

»Die Galaxis ist groß, Reynald«, sagte Uthair. »Es könnte klug sein, ein Bündnis zu schließen, das nicht nur einige theronische Familien betrifft.«

Reynald hätte die Frage lieber gemieden, aber das konnte er nicht. »Denkst du an eine bestimmte Person, Großvater?« Er hatte eigene Vorlieben, was mögliche Kandidatinnen betraf.

Lia antwortete ihm mit der großmütterlichen Stimme, die ihn als Kind von Albträumen befreit hatte, hervorgerufen von den Geräuschen des Waldes. »Nun, dies ist nur ein Gespräch. Uthair und ich sind nicht mehr die Oberhäupter von Theroc. Wir sind nur Großeltern, die an dein Wohlergehen denken.« Sie ging zur Küche. »Ich koche uns Tee. Genug von diesen Angelegenheiten. Denk daran, was wir gesagt haben. Im Spiralarm gibt es mehr als nur Theroc.«

Während des restlichen Abends bestritt Estarra mehr als nur ihren Teil der Konversation mit den Großeltern, während Reynald immer wieder an die Personen dachte, denen er bei seinen Reisen durch den Spiralarm begegnet war. Ein ganz bestimmtes Erinnerungsbild rückte dabei in den Vordergrund und zeigte ihm die schöne, intelligente und faszinierende Cesca Peroni, inzwischen die neue Sprecherin der Roamer. Er schätzte Uthairs und Lias Meinungen und wusste jetzt auch, dass sie keine Einwände erheben würden. Vielleicht sollte er sich an Cesca Peroni wenden.

Theronen und Roamer hatten viel gemeinsam, insbesondere ihre Unabhängigkeit von der Hanse. Vor fünf Jahren hatte Cesca Reynalds vorsichtige Fragen nach einer Heirat höflich zurückgewiesen, aber ihr damaliger Verlobter war bei einem der ersten Angriffe der Hydroger ums Leben gekommen.

Immer deutlicher zeichnete sich vor seinem inneren Auge ihr Gesicht ab. Reynald wusste nicht, ob Uthair und Lia an diese Frau gedacht hatten, doch er erwog die vielen Vorteile und Möglichkeiten, die sich durch eine Ehe mit ihr ergaben.

Er trank Tee und hörte der Musik seiner Großeltern zu, während sich hinter seiner Stirn geistige Zahnräder drehten.

33 ✳ KÖNIG PETER

In den frühen Stunden eines nebligen Morgens versammelten sich König Peter und seine Berater in der Aussichtsgalerie. Von dort aus beobachteten sie fasziniert, wie der Klikiss-Roboter unten in den Zerlegungsraum geführt wurde. Jorax bewegte sich wie schwerfällig auf zahlreichen fingerartigen Füßen und wirkte wie jemand, den man zu seiner Hinrichtung geleitete.

Der blasse und kahl werdende wissenschaftliche Chefberater Howard Palawu neben dem König sagte fröhlich: »Ich habe mir die Aufzeichnungen angesehen, Euer Majestät. Es ist hundertdreiundachtzig Jahre her, seit die Robinson-Expedition auf Llaro den ersten Bericht über den Fund dieser Roboter übermittelte.«

»Dann wird es Zeit, dass wir herausfinden, was es mit ihnen auf sich hat«, erwiderte Peter, ohne den Blick von der großen, intelligenten Maschine abzuwenden. Mit seiner riesigen Gestalt wirkte Jorax sehr bedrohlich.

Der auf der linken Seite des Königs sitzende Lars Rurik Swendsen, technischer Spezialist der Hanse, beugte sich vor. Kindliche Faszination funkelte in seinen Augen. »Die Ildiraner kennen die Klikiss-Roboter viel länger als wir, haben aber nie Gelegenheit bekommen, einen von ihnen zu demontieren und zu analysieren.«

»Nun, wir wissen, dass die Ildiraner nicht besonders neugierig sind«, sagte Palawu. Die beiden Spezialisten waren so aufgeregt, dass sie die Präsenz des Königs zu vergessen schienen. »Sie sind nicht an Innovation interessiert. Aber wir können die Roboter jetzt untersuchen, von ihrer Technik lernen und damit unsere eigene weiterentwickeln. Vielleicht finden wir etwas, das sich im Krieg gegen die Hydroger verwenden lässt.«

Swendsen nickte. »Die Entwicklung der Kompis stagniert – seit Generationen kam es nicht mehr zu wesentlichen Verbesserungen. Die Klikiss-Roboter haben Jahrtausende überdauert, ohne dass es bei ihnen zu funktionellen Beeinträchtigungen kam.«

König Peter versuchte, den Enthusiasmus der beiden Spezialisten ein wenig zu dämpfen. »Die Klikiss-Roboter erinnern sich nicht daran, was mit ihren Schöpfern geschah, meine Herren. Ist Massenamnesie keine ›funktionelle Beeinträchtigung‹?«

Das kybernetische Laboratorium unter der Aussichtsgalerie wirkte wie eine Mischung aus Reparaturwerkstatt und Operationssaal.

Zahlreiche analytische und diagnostische Instrumente ruhten in Gestellen an den Wänden des achteckigen Raums. Die verstärkte zentrale Plattform war weitaus stabiler als ein gewöhnlicher Operationstisch – sie konnte Jorax' Gewicht tragen.

Schwer bewaffnete Palastwächter und spezielle TVF-Soldaten mit silbergrauen Mützen standen an den Wänden des Raums und auch vor der Tür. Sie wussten um die potenzielle Gefahr und hielten wachsam nach Anzeichen von Verrat Ausschau.

Der Klikiss-Roboter überragte die Menschen, aber er gab keine Feindseligkeit zu erkennen, als er den abgeflachten geometrischen Kopf drehte und die für die Zerlegung bestimmten Instrumente scannte. Die mit mehreren Gelenken ausgestatteten Arme waren in den ellipsenförmigen Rückenschild zurückgezogen. »Sie haben nichts zu befürchten. Meine Verteidigungssysteme sind deaktiviert und ich bin zu voller Kooperation bereit.«

Man hüte sich vor jenen, die »Sie haben nichts zu befürchten« sagen, dachte König Peter. Der gleiche Roboter hatte Dr. William Andeker »rein zufällig« getötet. Die Wächter blieben wachsam.

Die Kybernetiker griffen nach Laserschneidern, Diamantsägen, Sonden und weiteren Präzisionsinstrumenten. »Machen wir uns an die Arbeit«, sagte der Chefwissenschaftler. »Jorax, wenn du dich hier hinlegst, haben wir es einfacher.«

Peter runzelte die Stirn und fragte sich, ob die Priorität des Roboters darin bestand, es den Menschen »einfacher zu machen«. Aber Jorax schien tatsächlich kooperationsbereit und sogar zuvorkommend zu sein. *Warum verhält er sich auf diese Weise? Was ist der wahre Grund?*

Basil Wenzeslas sah in erster Linie den möglichen technologischen Nutzen und begnügte sich mit der Erklärung der schwarzen Maschine. Aber für Peter waren die Klikiss-Roboter ein Rätsel, bei dem man nicht die Maßstäbe von menschlichem Altruismus anlegen durfte.

Langsam neigte sich Jorax nach hinten, bis er schließlich flach auf der Analyseplattform lag, wie eine gewaltige Küchenschabe, die mit einem Insektizid besprüht worden war. Peter fragte sich, ob die alte Maschine Furcht und Schmerz kannte.

Plötzlich kam es zu Unruhe im Korridor. Die Palastwächter brüllten und versuchten, zwei weitere Klikiss-Roboter aufzuhalten, die Jorax ins Laboratorium folgen wollten. Ein Soldat richtete seine Waf-

fe auf die beiden gleich aussehenden käferartigen Maschinen. »Zurück. Ihr seid nicht befugt, euch hier aufzuhalten.«
»Wir möchten den Vorgang beobachten«, sagte einer der beiden Roboter.
»Wir sind ebenfalls neugierig«, fügte der andere hinzu. »Und wir bieten Ihnen zusätzliche Informationen.«
Das gehört nicht zur Abmachung, dachte Peter.
Die beiden Spezialisten Palawu und Swendsen berieten sich. »Eigentlich ist es gar keine schlechte Idee, dass auch diese beiden Roboter hier sind, Euer Majestät. Denken Sie daran, dass ihre Schöpfer die Technik der Klikiss-Fackel entwickelten. Dies ist kein gewöhnliches technisches Analyseprojekt. Niemand weiß, was uns erwartet.«
Peter kniff die Augen zusammen. *Das gilt auch für mich.* »Diesen Hinweis finde ich nicht besonders tröstlich. Ist es nicht seltsam, dass die beiden Klikiss-Roboter ausgerechnet jetzt hier erscheinen, ganz plötzlich? Ich dachte, es befänden sich nur etwa zehn Roboter auf der Erde.«
»Das stimmt«, räumte Swendsen ein. »Aber vielleicht hat Jorax ein Signal gesendet. Wir hätten damit rechnen sollen.«
Als der König zögerte, sagte Palawu: »Wenn es Sie beruhigt, Euer Majestät: Diese transparenten Wände sind bombensicher. Ein Energiestrahl oder selbst die Explosion des Testobjekts könnte Ihnen nichts anhaben.«
Peters Sorge beschränkte sich nicht auf die eigene Person. Er sprach ins Mikrofon. »Na schön, geben wir ihnen die Möglichkeit, der Zerlegung beizuwohnen und zu assistieren. Unter der Bedingung, dass beide Roboter ihre Verteidigungssysteme deaktivieren.«
Jorax und die beiden anderen schwarzen Maschinen kommunizierten mit summenden, codierten Signalen. Einer der beiden Neuankömmlinge sagte: »Das würde uns verwundbar machen, falls Ihre Soldaten und Wächter beschließen, uns ebenfalls zu zerlegen.«
Peter brachte keine Anteilnahme auf. »Seht darin eine Geste des gegenseitigen Vertrauens. Dies ist die Bedingung dafür, euch die Teilnahme zu gestatten.«
Die beiden insektenartigen Klikiss-Roboter zögerten und erwiderten dann gleichzeitig: »Wir akzeptieren Ihre Bedingung.« Es folgte eine kurze Pause. »Unsere Verteidigungssysteme sind jetzt deaktiviert.«
»Dafür haben wir nur euer Wort«, sagte Peter.

»Also ist eine gegenseitige Geste des Vertrauens erforderlich.« Die Roboter traten vor und Peter beschloss, sie nicht aufzuhalten. Er beobachtete die Vorgänge, voller Unbehagen, aber auch neugierig.

Mit Imagern und Schallsonden scannten die Forscher jede Ritze in Jorax' Körper und verwendeten Analysemethoden, die die physische Integrität des Roboters nicht beeinträchtigten. Nie zuvor war es möglich gewesen, eine genaue externe Untersuchung der fremden Maschinen vorzunehmen.

Die Forscher sprachen aufgeregt miteinander und brauchten fast eine Stunde für die visuelle Inspektion und Dokumentation. Die Wissenschaftler waren fasziniert, doch König Peter spürte, wie seine Anspannung wuchs. Die Bedingungen, unter denen das Experiment stattfand, gefielen ihm ebenso wenig wie das Opfer des Roboters und die unerwartete Ankunft der beiden anderen Maschinen. *Was wollen sie wirklich?*

Der Chefkybernetiker klang wie ein warmherziger Schullehrer, als er im Untersuchungsraum sagte: »Es wird Zeit für die nächste Phase. Jorax, kannst du uns irgendwie Zugang geben oder müssen wir uns durch dein Außenskelett schneiden?«

Es knackte und zischte, als sich in Jorax' Brustplatte kleine Spalten bildeten, wie zwischen den Segmenten einer Rollassel. Sie wurden breit genug, um den Blick auf Schaltkreise, glänzendes Metall und Glasfaserstränge zu gestatten, die wie phosphoreszierende Nematoden pulsierten.

»Sehen Sie nur!«, entfuhr es dem Chefkybernetiker. »Dies ist ein ganz anderer Kommandostrang als der, den wir in den Kompis verwenden.« Er blinzelte und sah zur Galerie empor, schien sich erst jetzt wieder an die Zuschauer zu erinnern.

Die Forscher nahmen Werkzeuge, bei denen es sich zweifellos um Hightech handelte, doch für Peter sahen sie wie moderne Brechstangen aus. Die beiden anderen Klikiss-Roboter kamen ein wenig näher, als die Hanse-Wissenschaftler Jorax' Außensegmente weiter öffneten. Empfindliche interne Komponenten kamen zum Vorschein. Lichter glühten und es sah so aus, als enthielten die flexiblen Glasfasern nukleares Feuer.

»Ich würde meine Systeme und Sensoren lieber deaktivieren, aber dann bekämen Sie bei Ihren Untersuchungen weniger Informationen«, sagte Jorax. Aus dem Brummen seiner Stimme wurde ein dünneres Sirren.»Deshalb werde ich die ganze Zeit über bei Bewusstsein bleiben, bis meine mentalen Subsysteme nicht mehr funktionieren.«

»Er ist sehr tapfer«, flüsterte Palawu.

Peter schloss die Hände um die Armlehnen seines Sessels. Die beiden Klikiss-Beobachter kamen noch näher und erschreckten dadurch die Wissenschaftler, aber sie schienen nur helfen zu wollen. Sie öffneten Klappen in Jorax' ellipsenförmigem Kern und streckten seine acht segmentierten Gliedmaßen, jedes von ihnen ausgestattet mit Vorrichtungen zum Greifen, Schneiden und zur Handhabung von Objekten. Mit ruckartigen Bewegungen amputierten die Roboter die Glieder und reichten sie den Menschen. Selbst die Arme und Beine sollten untersucht werden, denn vielleicht boten sie Hinweise darauf, wie man mechanische Systeme verbessern konnte.

Einer der Kybernetiker sondierte die internen Komponenten.»Ich sehe bereits, welchen Nutzen dies für uns haben wird.«

Lichter blitzten auf dem Tisch und die Sensoren an Jorax' Kopfplatte leuchteten heller, vielleicht das Äquivalent eines schmerzerfüllten Schreis.»Es gibt nichts zu befürchten«, sagte er.»Es gibt nichts zu befürchten.«

Peter fragte sich, ob der aufopferungsvolle Roboter diese Worte an die Menschen richtete oder an sich selbst.

Zerlegung und Analyse dauerten den ganzen Morgen. Bei jeder neuen Entdeckung in Jorax' Körper schwärmten Swendsen und Palawu vom möglichen Anwendungspotenzial und versuchten, den König zu beeindrucken.

»Bestimmt brauchen wir Monate, um auch nur die Verarbeitung des Datenstroms zu verstehen, Euer Majestät, aber nach meiner ersten Einschätzung kann dieses System auf das Kompi-Design übertragen werden. Die Technik lässt sich auch dazu verwenden, die Produktion zu verbessern – eine Verdopplung unserer Produktivität steht in Aussicht.«

Swendsen nickte.»Zweifellos brauchen wir mehr automatisierte Kampfschiffe und Scouts, wenn der Hydroger-Krieg weitergeht. Dann könnten wir in vielen Bereichen auf den Einsatz von Menschenleben verzichten. Dies könnte uns eine echte Chance gegen die verdammten Droger geben.«

Nach einer weiteren halben Stunde traf OX ein und verharrte neben König Peter. Der Lehrer-Kompi beobachtete das Geschehen und wirkte seltsam zurückhaltend. Der König hatte die Angelegenheit zuvor mit ihm besprochen, in der Hoffnung auf neue Erkenntnisse. Er fragte sich, ob OX Mitleid mit dem Klikiss-Roboter empfand. Oder war er ebenfalls argwöhnisch geworden?

Peter wusste nicht, wann genau Jorax den Zustand vollständiger Deaktivierung erreichte – er lehnte den Ausdruck »Tod« ab –, aber das rote Glühen der optischen Sensoren trübte sich immer mehr, als das energetische Niveau sank. Eine Komponente nach der anderen wurde vorsichtig aus dem Innern der schwarzen Maschine gezogen und schließlich, nach einer langen Diskussion und wiederholtem Zögern, machten sich die Wissenschaftler daran, Jorax' kantigen Kopf vom Rest des Körpers zu lösen. Daraufhin erloschen die Sensoren ganz und wirkten wie Flecken aus getrocknetem Blut.

Die beiden Klikiss-Roboter standen reglos da und verarbeiteten ihre Beobachtungen. Jorax' Einzelteile lagen katalogisiert im Untersuchungsraum. Sie wirkten wie die Trümmer nach einem Zugunglück.

Peter fragte sich, warum die Roboter glaubten, dass diese Informationen das Ende eines Individuums aus ihren Reihen rechtfertigten. Und warum hatte sich Jorax freiwillig zu einer solchen Art der Deaktivierung bereit erklärt? Was gewannen die Klikiss-Roboter dadurch? Wollten sie der Menschheit wirklich neue Werkzeuge und Waffen im Kampf gegen die Hydroger geben? Beabsichtigten sie vielleicht, mit dieser Trumpfkarte Gegenleistungen von der Terranischen Hanse einzufordern?

OX stand noch immer neben Peters Sessel, schwieg und wirkte recht nachdenklich.

Der König wandte sich mit ernster Miene an die beiden Spezialisten und sagte leise: »Versuchen Sie, jeden erdenklichen Vorteil daraus zu ziehen. Wir wissen noch nicht, welchen Preis wir langfristig dafür zahlen müssen.«

»Wir werden die besten Fachleute der Hanse darauf ansetzen«, erwiderte Palawu.

»Ich kann es gar nicht abwarten, diese Informationen zu verwenden«, sagte Lars Rurik Swendsen. »Es ist wie Pharao Tutanchamuns Grab oder die verlorene Stadt Quivera!«

Peter atmete tief durch. »Oder wie Pandoras Büchse.«

34 ✴ ERSTDESIGNIERTER JORA'H

Adar Kori'nh leistete dem Erstdesignierten beim Flug nach Hyrillka Gesellschaft, aber Jora'h behielt seine Sorgen für sich. Es musste so aussehen, als gäbe es nur politische Gründe dafür, seinen Sohn Thor'h nach Hause zu holen. Niemand durfte auf den Gedanken kommen, dass der nahe Tod des Weisen Imperators Anlass dazu gab. Kein anderer Ildiraner war wie Cyroc'h imstande, das *Thism* zu lesen und Schlussfolgerungen daraus zu ziehen.

»Meine Truppen haben hier oft Manöver durchgeführt«, sagte Kori'nh nachdenklich und blickte auf den Hauptschirm des Kriegsschiffs. Am Rand des Horizont-Clusters schien es zu viele Sterne zu geben. »Der Hyrillka-Designierte liebt Pomp und bestimmt ist er enttäuscht, dass wir nur mit einer Septa kommen.«

Jora'h rang sich ein Lächeln ab. »Selbst ein Sohn des Weisen Imperators bekommt nicht alles, was er will. Das sollte mein Bruder wissen.« *Und Thor'h ebenfalls.*

Der Adar senkte die Stimme. »Wenn Sie gestatten, Erstdesignierter: Es ist gut, dass Sie Ihren Sohn nach Ildira bringen. Er hatte hier eine angenehme Zeit, aber ich glaube, er sieht das Reich aus einer falschen Perspektive. Das Vergnügen spielt eine zu große Rolle für ihn – er ist noch unberührt vom Gewicht der Verantwortung. Und doch ist er wie Sie dazu bestimmt, Erstdesignierter zu sein und schließlich zum Weisen Imperator zu werden – natürlich hoffe ich, dass dieser Tag in ferner Zukunft liegt.«

Jora'h fühlte Eiseskälte in seinem Innern. »Thor'h wird seine Pflicht erfüllen, wenn es so weit ist. Das hat man ihn gelehrt. Dazu wurde er geboren.«

Die Tradition verlangte, dass der nächste Erstdesignierte ein reinblütiger Adliger sein musste und kein hybrider Militäroffizier wie Jora'hs wahrer erstgeborener Sohn. Zan'nh hatte in der Solaren Marine gute Dienste geleistet und sich mithilfe seiner eigenen Fähigkeiten hochgearbeitet. Thor'h hingegen hatte nie Führungsqualitäten oder diplomatisches Geschick gezeigt, aber er war noch jung.

Der Planet Hyrillka gehörte zu einem Doppelsternsystem – im Horizont-Cluster gab es viele Sonnensysteme mit zwei oder drei Sternen. Der große blauweiße Hauptstern erhellte Hyrillkas Himmel während der langen Tage und die orangefarbene sekundäre Sonne hielt die Nacht zurück, sodass die dort lebenden Ildiraner keine Dunkelheit zu fürchten brauchten. Angelockt vom Klima und der grünen Schönheit des grünen Planeten, hatten die ildiranischen Kolonisten Hyrillka zu einer reichen, friedlichen Welt ausgebaut.

Kori'nh brachte seine sieben Kriegsschiffe zum Raumhafenplatz, einen mit sechseckigen Hitzekacheln gepflasterten Bereich. Sie bildeten ein komplexes Mosaik und wiesen jeden Besucher auf Hyrillkas Schönheit hin. Eine jubelnde Menge winkte mit reflektierenden Fähnchen, um die Septa zu begrüßen.

Jora'h beobachtete das Spektakel vom Kommando-Nukleus aus und runzelte die Stirn. »Ich habe Rusa'h darauf hingewiesen, dass dies ein inoffizieller Besuch ist. Meine Ankunft sollte kein Aufsehen erregen.«

Kori'nh sah ihn an und lächelte schief. »Sie sind der Erstdesignierte und kommen, um Ihren Sohn abzuholen. Wie könnte der Hyrillka-Designierte eine solche Gelegenheit ungenutzt verstreichen lassen?«

Auf dem Boden schickte der Designierte Rusa'h eine Parade aus bunt gekleideten Eskorten, Erinnerern, Tänzern und Sängern los, um die Besucher zu empfangen. Seite an Seite stiegen Jora'h und der Adar aus, während die Menge weiterhin jubelte. Das lockige goldene Haar umgab den Kopf des Erstdesignierten wie eine Korona und in seinen Augen spiegelte sich das Licht der blauweißen Sonne.

Kori'nh wies seine Ehrenwache an, in präziser Formation über die Rampen zu marschieren. Es fiel den Soldaten nicht leicht, ihre Ordnung zu wahren, als sie auf dem Platz der tanzenden Parade begegneten.

Jora'h versuchte, nicht zu streng zu klingen, als er seinen Bruder begrüßte. »Dieser unerwartet prächtige Empfang war unnötig, Rusa'h.«

Der Hyrillka-Designierte entdeckte keine Kritik im Tonfall des Erstdesignierten. »Dies ist erst der Anfang!« Ein strahlendes Lächeln erschien in seinem pausbäckigen Gesicht und er klopfte seinem Bruder ungezwungen auf die Schulter. »Wir haben zahlreiche Bankette vorbereitet und hinzu kommen viele Präsentationen und Darbietungen. Unser Historiker kann es sogar mit Vao'sh im Prismapalast aufnehmen. Ich habe eine ganz neue Galerie von Tanzbrunnen installieren lassen. Du wirst staunen.«

Er beugte sich näher. »Außerdem habe ich meine besten Vergnügungsgefährtinnen inspiziert, um festzustellen, wer von ihnen besonders fruchtbar ist. Es wäre eine Ehre für Hyrillka, Heim eines weiteren Nachkommen des Erstdesignierten zu sein.«

Das Wissen um den schlechten Gesundheitszustand seines Vaters schuf einen dumpfen Schmerz in Jora'h und nahm ihm den Wunsch nach Unterhaltung. »Du bist zu sehr um mich bemüht, Bruder. Wir werden uns auf angemessene Weise zeigen und vielleicht kann uns Adar Kori'nh ein kurzes Beispiel für das Können seiner Septa geben.« Jora'hs Blick glitt zu seinem Sohn – wie jung er war! –, der hinter dem Hyrillka-Designierten stand und fast eingeschüchtert wirkte. »Aber zunächst einmal haben Thor'h und ich wichtige Dinge zu besprechen.«

Der junge Mann verbeugte sich, aber es sah eher nach einem Zusammenzucken aus. »Mein Onkel hat mir davon erzählt, Vater.«

Rusa'h lachte leise. »Ah, die Probleme, die es mit sich bringt, der Erstdesignierte zu sein. Ich bin froh, dass ich nicht als Erster geboren wurde.«

Thor'h zeichnete sich durch ein nervöses Gebaren aus. Sein Haar war sorgfältig frisiert und mit winzigen Edelsteinen geschmückt, die wie Taureste glänzten. Bunte Kleidung hing locker von den Schultern herab und Jora'h bemerkte, wie dünn sein Sohn war – ein seltsamer Kontrast zu Rusa'hs Rundlichkeit. Beide Männer aßen gut und entspannten sich oft, aber vermutlich nahm Thor'h Schiing und andere Vergnügungsdrogen, während der Designierte einfach nur aß und schlief. Hyrillka war bekannt für die Produktion von Schiing, einem stimulierenden Genussmittel, das aus dem milchigen Blutsaft der Nialia-Pflanzenmotten destilliert wurde.

Bin ich in seinem Alter so wie er gewesen?, fragte sich Jora'h.

Eine sonderbare Nebenwirkung des Schiing führte dazu, dass das Bild seines Sohns im *Thism* verschwommen war. Zwar konnte der Erstdesignierte Thor'h spüren, wenn er sich konzentrierte, doch die Gedanken blieben unklar, und Jora'h war gezwungen, den Gesichtsausdruck seines Sohnes zu deuten.

Wie konnte dieser Junge jemals ein Weiser Imperator werden? *Und wie kann ich das?*

Später führte der Hyrillka-Designierte sie zu einem Bankett, das sich endlos hinzog, begleitet von stundenlangen Darbietungen. Schöne Frauen aus unterschiedlichen Geschlechtern servierten eine Köstlichkeit nach der anderen und bedachten Jora'h mit einladenden Blicken. Ihre Namen wurden einer Liste hinzugefügt, die Rusa'h zusammengestellt hatte, und Jora'h begriff, dass er einigen von ihnen sexuelle Dienste leisten musste.

Drei gelassene, in Priestergewänder gekleidete Männer aus dem Linsen-Geschlecht saßen in der Nähe, bereit dazu, über die Lichtquelle zu sprechen und Hinweise aus dem *Thism* zu interpretieren. Ihre sanften Mienen deuteten darauf hin, dass auf Hyrillka schon seit einer ganzen Weile niemand Probleme gehabt hatte. *Wenn sie nur wüssten, was anderenorts im Reich geschieht.*

Die offene Architektur von Hyrillkas Zitadellenpalast bestand aus hohen Säulen und weiten Höfen mit Gärten und großen, scharlachroten Blumen. Das milde Klima erforderte kaum Dächer und Regen abweisende Kraftfelder verhinderten, dass jemand nass wurde, wenn es zu einem Schauer kam. Das Gebäude wirkte wie ein alter Tempel inmitten von wuchernder Vegetation.

Die Entwicklung von Hyrillkas Pflanzen hatte weder hölzerne Stämme noch hohe Bäume hervorgebracht, sondern vor allem Bodengewächse und lange, flexible Ranken. Die hängenden Gärten von Hyrillka zählten zu den Wundern des Reiches: miteinander verflochtene Pflanzen, die über den Rand von Klippen hingen, mit riesigen Blüten, die den feuchten Dunst von Wasserfällen aufnahmen. Bestäubende, mit vier Flügeln ausgestattete Vögel fraßen Beeren und huschten von einer trichterförmigen Blüte zur nächsten.

Auf dem Bankettthof lehnte sich Jora'h zurück, genoss den Duft der Pflanzen und der vielen Speisen. Gelegentlich merkte er, wie sich Sorgenfalten auf seiner Stirn bildeten, und dann ließ er sie schnell wieder verschwinden – niemand sollte seine gedrückte Stimmung bemerken. Als die blauweiße Sonne unter- und die orangefarbene aufging, gab Adar Kori'nh eine Vorstellung mit seinen Angriffsjägern und zwei Kriegsschiffen. Auf dem Boden begannen Glänzer zu leuchten, die geometrische Muster bildeten, auf Plätzen und Straßen für festliche Helligkeit sorgten.

Jora'h nahm Thor'h beiseite, aber der junge Mann widersetzte sich. »Ich möchte die Darbietungen der Raumschiffe sehen, Vater.«

»Du siehst so etwas nicht zum ersten Mal. Ich muss allein mit dir reden, um zu erklären, warum ich gekommen bin.«

»Das weiß ich bereits. Du willst mich nach Ildira bringen, auf dass ich dort im Prismapalast wohne.«

»Ja, aber den *Grund* dafür kennst du nicht.«

In einem von Blumen umgebenen Alkoven setzte sich Jora'h auf eine kleine Bank. Thor'h blieb auf den Beinen, ging nervös hin und her. »Mir gefällt es hier auf Hyrillka, Vater. Ich möchte bleiben. Der Designierte und ich kommen gut miteinander aus.«
»Die Umstände haben sich geändert. Du kannst nicht länger hier bleiben. Mir bleibt keine andere Wahl, als dich nach Ildira zu bringen.«
»Natürlich hast du die Wahl.« Thor'h wirbelte herum und sein perfekt frisiertes Haar zuckte. Das schmale Gesicht des jungen Mannes hatte etwas Raubtierhaftes. »Du bist der Erstdesignierte. Du kannst alles so regeln, wie du es für richtig hältst. Eine Anweisung von dir genügt.«
»Ich habe vor kurzer Zeit erfahren, dass meine Möglichkeiten manchmal ebenso beschränkt sind wie die der geringsten Bediensteten«, sagte Jora'h traurig.

Thor'h schlang die langen Finger ineinander, löste sie wieder und bewegte die Hände so, als suchte er mit ihnen nach Halt. Er schien erneut widersprechen zu wollen, aber sein Vater kam ihm zuvor. »Der Weise Imperator stirbt, Thor'h. Schon bald werde ich seinen Platz einnehmen und dann wirst du zum Erstdesignierten.«

Thor'h blieb stehen und riss die Augen auf. »Unmöglich. Ich bin noch nicht bereit.«

»Ich auch nicht, aber die Hydroger bringen das Reich in Gefahr und niemand von uns kann es sich leisten, allein für das Vergnügen zu leben. Jahrelang hast du die Vorteile deiner Geburt genossen. Jetzt musst du dich der Pflicht stellen.«

»Und wenn ich nicht will?«, erwiderte Thor'h scharf.

»Dann töte ich dich mit meinen eigenen Händen!« Die zornigen Worte kamen aus Jora'hs Mund, bevor er sie zurückhalten konnte. »Und dann mache ich deinen Bruder Zan'nh zum Erstdesignierten, obwohl er kein reinblütiger Adliger ist. Das Reich kann sich keinen so dummen Erstdesignierten leisten, wie du es zu sein scheinst.«

Thor'h starrte ihn entsetzt an, aber Jora'h konnte seine Worte nicht zurücknehmen. In einem beschwichtigenden Tonfall fügte er hinzu: »Wir müssen über uns hinauswachsen, wir beide.«

35 ✵ TASIA TAMBLYN

Admiral Willis' Flotte kehrte zum TVF-Hauptstützpunkt auf dem Mars zurück, wurde dort mit vollen militärischen Ehren und einer Remora-Eskorte empfangen. Die Soldaten waren begeistert von dem Erfolg – ein ganz neues Gefühl nach den vielen Niederlagen gegen die Hydroger. In bester Stimmung zeichneten sie Mitteilungen für Freunde und Verwandte auf. Während Tanker das auf Yreka konfiszierte Ekti übernahmen, brachten die irdischen Medien-Netzwerke Berichte und Interviews. Die »Yreka-Rebellion« war mit minimalen Verlusten und Kollateralschäden beendet worden.

Tasia Tamblyn sah sich die Berichte an, kaum überrascht davon, dass die Tatsachen ziemlich verdreht und entstellt waren. Die yrekanischen Kolonisten hatten nicht annähernd so viel Treibstoff gehortet, wie immer wieder behauptet wurde, aber General Lanyan musste die Belagerung irgendwie rechtfertigen.

Sie wusste um die Lügen und die Ungerechtigkeit erfüllte sie mit Zorn. Die angerichteten Schäden waren nicht nötig gewesen. Nun, dies war eben die Große Gans ...

Als Tasia in ihre Kaserne zurückkehrte, half ihr Kompi EA beim Auspacken. Der kleine Roboter – er war nur halb so groß wie sie – ging programmierten Aufgaben nach und leistete Tasia gleichzeitig Gesellschaft.

Bei den Wasserminen auf Plumas hatten Tasia und EA in den Grotten tief unter dem Eisschild oft Orte gefunden, wo sie sich vergnügen konnten. Jetzt fragte sie sich, ob sie jemals heimkehren würde. Ihre Zeit bei der Terranischen Verteidigungsflotte hätte eigentlich um sein sollen, aber durch den Hydroger-Krieg kam es zu einer Zwangsverpflichtung. Inzwischen war die naive Hoffnung geschwunden, einen raschen Sieg zu erringen, und angesichts der bitteren Realität konnten es sich die Tivvis nicht leisten, ausgebildetes Personal zu verlieren. Die Reihen der TVF hätten sich schnell gelichtet, denn die neuen Rekruten begriffen schnell, dass eine militärische Laufbahn nicht nur aus Heldentum und Spaß bestand.

»Hast du eine angenehme Zeit bei Yreka verbracht, Tasia?«, fragte EA, während er der Reisetasche zerknitterte Kleidung entnahm.

»Nein, ganz und gar nicht.«

»Es tut mir Leid, das zu hören, Tasia.«

Die stolzen Yrekaner erinnerten sie an die Roamer, unabhängige Menschen, die sich ohne viel Hilfe von der Hanse ein Heim geschaffen hatten. »Bisher dachte ich, die Gans hätte nur etwas gegen Roamer, aber auf Yreka habe ich gesehen, mit welcher Arroganz sie den eigenen Kolonisten begegnet.«

»Vielleicht mag die Hanse keine Personen, die sich nicht anpassen.«

Tasia schürzte die Lippen. »Ich glaube, da hast du Recht, EA.«

»Danke, Tasia.«

In der Offiziersmesse saß sie wie üblich mit Robb zusammen. Sie gaben kaum zu, ein Paar zu sein, obwohl alle anderen sahen, was vor sich ging, und höflich den Anschein erweckten, nichts zu bemerken. Der dunkelhäutige junge Mann hatte auf der anderen Seite des Tisches Platz genommen und schilderte die Manöver, die er mit seinen Remoras durchführen wollte. Er vermied es, über die Belagerung zu reden, weil er wusste, dass sie Tasia noch immer belastete.

Sie holte für sie beide Kaffee, während er die Teller trug. Ihre Mahlzeit bestand aus einer zähen Masse, die alle notwendigen Nährstoffe enthielt und an diesem Abend nach Rindfleisch schmeckte. Bevor Tasia den ersten Bissen nehmen konnte, leuchtete der große Bildschirm an der Wand auf und König Peter erschien. Er lobte die Belagerungsflotte, weil sie »dringend benötigtes Ekti für die Hanse sichergestellt hatte«. Er fügte eine strenge, aber irgendwie glanzlose Warnung an andere Kolonien hinzu – es klang wie vorgelesen. »Alle Menschen müssen bei diesem Kampf zusammenarbeiten. Kolonisten dürfen nicht allein an sich denken, sondern an die Bedürfnisse der ganzen Menschheit.«

»Shizz, Brindle«, murmelte Tasia aus dem Mundwinkel, »nachdem wir *so viel* Ekti konfisziert haben ... Glaubst du, wir bekommen deshalb mehr Geld?«

Robb hörte den Sarkasmus in ihrer Stimme und runzelte die Stirn. »Alle Kolonien haben den gleichen Rationierungsbefehl bekommen, Tasia. Niemand wurde bevorzugt oder benachteiligt. Sollten wir uns von den Yrekanern eine lange Nase machen lassen?«

Es blitzte in Tasias Augen. »Als der Rationierungsbefehl kam, waren die Ressourcen nicht gleichmäßig auf die besiedelten Welten verteilt. Wenn eine Kolonie bereits an einem dünnen Faden hängt, so kann man nicht von ihr erwarten, dass sie auch den noch durchtrennt. So was wäre dumm.«

Sie trank bitteren Kaffee, beobachtete König Peter bei seiner kurzen Ansprache und erinnerte sich an die Verzweiflung im Gesicht der yrekanischen Großgouverneurin. »Roamer hätten zusammengehalten und sich gegenseitig geholfen.«

»Man kann die Dinge aus mehr als nur einem Blickwinkel sehen.« Robb legte Tasia die Hand auf den Unterarm, um zu zeigen, was er dachte. »Du scheinst immer alles aus der Roamer-Perspektive zu sehen. Ich möchte nicht mit dir streiten. Meine Güte, die Yrekaner tun mir ebenfalls Leid.«

»Aber du kannst ihnen nicht helfen«, sagte Tasia.

»Nein, und du auch nicht.«

Tasia wusste, dass er Recht hatte. Sie kehrte in ihr Quartier zurück, stand dort lange unter der Dusche und schrubbte sich gründlich ab. Von der nächsten Mission hoffte sie, dass es dabei gegen den wahren Feind ging.

36 ✳ GENERAL KURT LANYAN

Wiederholte Sichtungen von Kugelschiffen der Hydroger ließen die Anspannung in der Terranischen Verteidigungsflotte wachsen. Von seinem Hauptquartier auf dem Mars aus schickte General Lanyan zusätzliche Patrouillen in alle zehn Gitter, obwohl niemand glaubte, dass selbst gut bewaffnete Scoutflotten einem Angriff durch die Hydroger standhalten konnten.

Die Unruhe des Generals wuchs, als er Berichte der Erkundungsgruppen entgegennahm und dabei immer wieder an die länger werdende Liste von zwangsverpflichteten Piloten erinnert wurde, die bei Einsätzen einfach »verschwanden«. Er glaubte, dass sie alle feige Deserteure waren, Abschaum.

»Es gibt viele Gefahren im All, General«, sagte Commander Patrick Fitzpatrick. »Hydroger, Asteroiden, Strahlungsstürme. Raumschiffe können leicht spurlos verschwinden.« Nach der Rückkehr von Yreka war er vorübergehend von der Gitter-7-Flotte abkommandiert worden und zählte nun zu General Lanyans Mitarbeitern im TVF-Hauptquartier auf dem Mars. Seine Familie hatte großen Einfluss und deshalb wollte ihn der General für einen hohen Posten vorbereiten, vermutlich in der Nähe der Erde.

»Ja, ich bin sicher, die vermissten Piloten wussten genau über die ›Gefahren im All‹ Bescheid. Wir können keine Zeit mit der Suche nach ihnen vergeuden, obwohl ich liebend gern einen von ihnen beim Kragen packen würde, um ein Exempel an ihm zu statuieren.« Lanyan schob seine Dokumente beiseite, schaltete die Bildschirme aus und stand auf. »Ich komme mir wie ein Eunuch in Uniform vor. Wir haben keine wirkungsvollen Waffen gegen die verdammten Droger, und die Hanse ist ein altes Weib, das auf dem letzten Loch pfeift. In fünf Jahren sind wir nicht einen Schritt weitergekommen.« Er hieb mit der großen Faust auf den Tisch.

Fitzpatrick nickte mitfühlend, schwieg aber. Angesichts seiner blaublütigen Abstammung hatte er vermutlich damit gerechnet, in seiner militärischen Laufbahn schnell voranzukommen, mit der einen oder anderen hilfreichen Protektion. Zweifellos war er rascher befördert worden, als es seinen Leistungen entsprach, aber bisher hatte er alle Herausforderungen recht gut überstanden.

In Kriegszeiten erhielt nicht einmal der reichste und verwöhnteste Offiziersanwärter einen nutzlosen Posten. Fitzpatrick wollte auf Fotos erscheinen, stolz in seiner besten Uniform, damit seine Familie politisches Kapital aus der Tapferkeit des Sohns schlagen konnte, dem »hervorragenden Beispiel für Pflichtbewusstsein in Krisenzeiten«. Der General konnte das zu seinem Vorteil nutzen, solange Fitzpatrick nichts wirklich Dummes anstellte.

»Ich habe einen Vorschlag, Sir.«

»Wenn Sie wissen, wie wir den Krieg gegen die Hydroger gewinnen können, befördere ich Sie auf der Stelle zum Brigadegeneral.«

Fitzpatrick lächelte dünn. »Mein Vorschlag dient vielleicht nicht dazu, den Krieg zu gewinnen, aber er könnte Ihnen dabei helfen, mit Ihrer Unruhe fertig zu werden. Warum übernehmen Sie nicht selbst das Kommando über eine der Scoutflotten? Gehen Sie für einen Monat auf Erkundung und halten Sie die Augen offen. Rechtfertigen Sie es mit dem Hinweis, dass Sie sich selbst ein Bild davon machen wollen, was dort draußen passiert.« Das Lächeln wuchs in die Breite. »Die Hanse kann darauf hinweisen, dass dem General der TVF die Sicherheit der Bürger wichtig genug ist, um sich selbst auf den Weg zu

161

machen, mit der Absicht, die bisherigen Sicherheitsmaßnahmen zu überprüfen und die vom Feind ausgehende Gefahr einzuschätzen.«

»Das brächte mir gute Publicity«, kommentierte Lanyan. Fitzpatrick deutete auf den überfüllten Schreibtisch. »Das ist nichts für Sie. Überlassen Sie den Verwaltungskram Admiral Stromo. Seit der Niederlage beim Jupiter taugt er nichts mehr als Gefechtsoffizier.«

»Seien Sie Ihren vorgesetzten Offizieren gegenüber nicht respektlos, Commander.«

Der junge Mann senkte die Stimme. »Wir sind allein in Ihrem Büro, General, und Sie wissen genau, dass ich Recht habe.«

»Ja, verdammt.« Voller Abscheu blickte Lanyan auf die Memos, die darauf warteten, von ihm unterschrieben zu werden. Seit sechs Monaten hatte er keine wichtige Entscheidung getroffen. Es wäre ihm ein Vergnügen gewesen, dies alles »Bleib-zu-Hause-Stromo« zu überlassen. »Na schön. Ich folge Ihrem Rat, Fitzpatrick. Treffen Sie alle notwendigen Vorbereitungen. Ich breche mit den nächsten Scouts auf.«

»Das wäre ein Flug nach Gitter 3, Sir.«

»Meinetwegen. Soll sich Admiral Stromo um diesen Mist kümmern.« Lanyan lächelte humorlos. »Vielleicht genügt das als Strafe, damit er endlich seinen Bammel loswird.«

Nach zwei Wochen Patrouillendienst in Gitter 3 begriff General Lanyan: Es fühlte sich nicht besser an, im leeren All umherzustreifen, als auf dem Mars an einem Schreibtisch zu sitzen und nichts zu tun.

Durch die Ekti-Knappheit war der Verkehrsstrom im Weltraum zu einem Rinnsal geworden. Die Scoutflotte begegnete keinen Schiffen der Hanse oder des Ildiranischen Reiches. Lanyan saß auf der Brücke seines ausgeliehenen Moloch und seufzte schwer. »Der Spiralarm scheint den Laden dichtgemacht zu haben.«

Der neben ihm sitzende Fitzpatrick nickte. »Der normale Handel ist praktisch zum Erliegen gekommen. Die Kolonien sind auf sich allein gestellt.«

Lanyan hatte vor kurzer Zeit den Vorschlag gehört, wieder Generationenschiffe zu bauen, langsame Raumer, die konventionellen Treibstoff verwendeten – solche Schiffe wären jahrhundertelang zwischen den Kolonien unterwegs gewesen. In dem Vorschlag kam eine Verzweiflung zum Ausdruck, gegen die sich Lanyan sträubte. Derartige Projekte zu verwirklichen ... Es wäre auf das Eingeständnis hinausgelaufen, dass der Krieg gegen die Hydroger nicht gewonnen werden konnte, dass es für Menschen und Ildiraner nie wieder die Möglichkeit gab, schnell durch den Spiralarm zu reisen. Die Vorstellung allein war unerträglich, eine Beleidigung für den Geist des Fortschritts und der Erforschung.

Nein, sie mussten den Kampf fortsetzen und die verdammten Hydroger dorthin zurücktreiben, woher sie gekommen sind.

»Wir orten Sternenantrieb-Emissionen, General. Ein Raumschiff vor uns, am Rand unserer Sondierungsreichweite. Sollen wir auf Abfangkurs gehen?«

»Ist es eines unserer Schiffe oder ein Ildiraner?«, fragte Lanyan.

»Das lässt sich aus so großer Entfernung nicht feststellen, Sir. Es handelt sich um keine gewöhnliche Konfiguration.«

Lanyan stützte das kantige Kinn auf die Hand. Fitzpatrick beugte sich näher. »Wir haben nichts anderes zu tun, General. Vielleicht hat jener Captain Informationen für uns. Wir könnten Hinweise gebrauchen.«

Das bot Lanyan einen Vorwand. »Also gut. Vielleicht ist es einer der Deserteure. Sehen wir uns ihn aus der Nähe an.«

Der Moloch änderte den Kurs, um das fremde Schiff mitten im Nichts abzufangen. Der seltsame Raumer bestand aus einer Habitatkapsel und einem großen Triebwerk auf einem Gerüst, das mehrere Frachtkugeln umgab.

»So ein Schiff habe ich nie zuvor gesehen«, sagte Lanyan.

»Es ist ein Roamer«, erwiderte Fitzpatrick. »Sie stehlen Teile und setzen sie zusammen. Mich wundert, dass solche Schrotthaufen raumtüchtig sein können.«

Der unbekannte Captain versuchte erst, dem Moloch zu entkommen, gab diese Bemühungen aber auf, als Lanyan Remoras startete, die ihm den Weg abschnitten.

Der bärtige Roamer erschien auf dem Bildschirm. Seine wie zusammengeflickt wirkende Uniform wies protzige Verzierungen auf, die Lanyans militärisches Auge beleidigten. »Ich bin Raven Kamarow, Pilot dieses Roamer-Schiffes. Warum halten Sie mich im offenen interstellaren Raum an? Ich muss eine Ladung zu ihrem Bestimmungsort bringen.«

Lanyan schnaufte leise. »Wissen Sie unseren Schutz nicht zu schätzen, Captain Kamarow? Es treiben sich Hydroger herum.«

Der andere Captain schnitt eine finstere Miene. »Wir sind uns der Hydroger sehr wohl bewusst. Die Verluste der Roamer sind zehnmal so groß wie die aller anderen.«

»Mir blutet das Herz«, hauchte Fitzpatrick.

»Woraus besteht Ihre Fracht, Captain?«, fragte Lanyan.

»Ich bringe Roamer-Außenposten und Hanse-Kolonien dringend benötigtes Ausrüstungsmaterial. Sehen Sie in Ihrer eigenen Datenbank nach, General. Meine Handelsaufzeichnungen sind in Ordnung.«

Der wissenschaftliche Offizier des Moloch beendete die Sondierungen und wandte sich an den General. »Er befördert Ekti, Sir. Die Frachttanks sind bis zum Rand damit gefüllt.«

»Ekti!«, sagte Fitzpatrick. »Wie viel?«

Der wissenschaftliche Offizier nannte eine Zahl, und Lanyan übertrug sie in ihm vertraute Begriffe. »Das ist mehr als die Menge, die wir auf Yreka sichergestellt haben. Genug für unsere Patrouille und fünf andere.« Lanyan begegnete dem Blick seines Protegés. Fitzpatrick nickte.

»Captain Kamarow, wissen Sie, dass die Terranische Verteidigungsflotte einen ständig geltenden Prioritätsbefehl hat, der Ihre Leute und Ekti-Lieferungen in jeder beliebigen Quantität betrifft?«

»Wie ich schon sagte, General ...«, erwiderte Kamarow mit steinerner Miene. »Wir sind hier im freien interstellaren Raum und die Hanse kann den Roamer-Clans nicht ihre Gesetze aufzwingen. Wir haben Ihre Charta nicht unterzeichnet. Sie sind nicht befugt, mich aufzuhalten. Die Roamer liefern der TVF bereits den größten Teil des von uns produzierten Ektis, aber wir haben auch einen Eigenbedarf.«

»Was für eine Überraschung«, brummte Fitzpatrick. »Die Roamer horten Ekti für sich selbst.« Er hob die Stimme, damit sie übertragen wurde. »Woher haben Sie all dies Ekti?«

»Wasserstoff ist das häufigste Element im Universum.«

»Captain Kamarow, Ihre höchste Priorität sollte darin bestehen, das Militär mit Treibstoff zu beliefern, das alle Menschen schützt, auch die Roamer-Clans«, sagte Lanyan. »Wir nehmen Ihnen gern die Fracht ab und geben Ihnen dadurch die Möglichkeit, das Ekti zu sparen, das für die Auslieferung Ihrer Fracht nötig wäre.« Er hatte sich immer über die eklatante Unabhängigkeit der Weltraumzigeuner geärgert. Es wurde Zeit, den Roamern eine Lektion zu erteilen.

Trotz Kamarows Protest beauftragte der General eine Remora-Staffel damit, zum Roamer-Schiff zu fliegen und die Ekti-Tanks aus dem Frachtgerüst zu lösen. Von der Brücke des Moloch aus beobachtete er den Vorgang und hörte die Flüche des bärtigen Roamers, bis er den Kom-Kanal schloss. Die schnellen Remoras brachten das wertvolle Ekti zum großen Schlachtschiff und dort wurden die Tanks verstaut.

Lanyan traf Vorbereitungen für die Fortsetzung des Flugs und öffnete noch einmal den Kom-Kanal. Kamarows Stimme ertönte aus dem Lautsprecher.»... Piraterie, reine Piraterie. Ich erwarte Entschädigung für meine Ladung! Viele Roamer haben dieses Ekti mit ihrem Leben bezahlt.«

»Wir sind im Krieg, Captain«, sagte Lanyan schlicht.»Menschen sterben aus verschiedenen Gründen.«

Fitzpatrick flüsterte dem General eine Warnung ins Ohr.»Die Kakerlaken könnten auf den Gedanken kommen, für diese Aktion Vergeltung zu üben, Sir. Was ist, wenn sie uns ganz vom Ekti-Nachschub abschneiden? Wir bekommen nicht viel Treibstoff von ihnen, aber sie sind unsere einzigen Lieferanten.«

»Sie haben Recht, Commander Fitzpatrick. Wenn sich dieser Zwischenfall herumspricht, könnten sich Probleme ergeben.«

»Andererseits: Wenn Kamarow keine Gelegenheit erhält, den anderen Roamern Bericht zu erstatten, regt sich niemand auf. Ihre Befehle, General?«

Lanyan lehnte sich zurück und sah die Entscheidung ganz klar vor sich. Aber er wusste auch, dass er damit eine Grenze überschritt. Er sah Fitzpatrick an, den eifrigen jungen Offizier, der bereit war, die Initiative zu ergreifen – und die Verantwortung zu übernehmen. Lanyan beschloss, sich die Hände nicht schmutzig zu machen.

Er stand auf.»Ich ziehe mich in mein Quartier zurück. Commander Fitzpatrick, Sie haben das Kommando. Und ich glaube, Sie wissen, was diese Situation erfordert. Wie wir bereits besprochen haben: Es gibt viele Gefahren im All.«

»Ja, Sir!«

Lanyan verließ die Brücke und wollte sich später mit einer angemessenen Durchsage an die Crew wenden.

Fitzpatrick wartete nicht einmal, bis der General sein Quartier erreicht hatte, bevor er den Befehl gab, das Feuer auf den Roamer-Frachter zu eröffnen.

37 ✺ CESCA PERONI

Am äußersten Rand des Osquivel-Systems, hoch über den Umlaufbahnen der Planeten, war das Licht der Sonne nur wenig heller als der Schein ferner Sterne. Die Kometengruppen der Roamer hatten Reflektoren, Sonnenspiegel, Kondensatoren und mit Atomenergie betriebene Schmelzöfen installiert. Die Lichter jeder Substation wurden reflektiert von Eisbergen und Gestein, das aus der Entstehungszeit des Sonnensystems stammte.

Del Kellum flog einen kleinen Transporter und brachte Cesca Peroni hoch über die beeindruckenden Werften in den Ringen von Osquivel. Er sprach pausenlos und war sehr stolz auf die neuen Anlagen im fernen Kometenhalo.

»Die riesigen Reaktoren haben wir in den Ringen gebaut und sie dann über die Ekliptik gebracht. Ein gravitationell stabiler Ort dient uns gewissermaßen als Pferch für die Kometen. Triebwerksmodule steuern sie aus ihren Umlaufbahnen dorthin.«

»Sie spielen Billard mit gewaltigen Eisbergen«, sagte Cesca.

Kellum lachte, als er den Transporter durch den Halo steuerte, vorbei an Eis- und Gesteinsfragmenten. »Mit Eisbrocken, die nur so groß wie Berge sind, halten wir uns normalerweise nicht auf.«

Der Produktionsbereich enthielt einen Schwarm kleiner Schiffe und riesige Fabriken. Mit Sprengladungen zerlegten Arbeiter die größeren Kometen in kleinere Teile, die man dann mit Schmelzfilmen ausstattete. Unter diesen wurde aus Eis Wasser und aus Wasser Gas, das man absaugte und für die Herstellung von Ekti verwendete.

»Sehen Sie? Wer braucht Himmelsminen?«, fragte Kellum mit erzwungenem Optimismus. »Dies ist keine Protzerei. Es funktioniert wirklich.«

»Sie haben meine Herausforderung zweifellos angenommen, Del Kellum, aber stellen Sie es für mich nicht in den rosigsten Farben dar«, sagte Cesca. »Ich kenne die Zahlen. Von echter Effizienz sind Sie noch weit entfernt.«

»Uns bleibt keine Wahl, verdammt. Jedes Clan-Oberhaupt, das nicht in neuen Bahnen denken kann, sollte sich auf die Seite rollen und im Vakuum sein Helmvisier öffnen.« Kellum schüttelte den Kopf. »Mit verbesserten Ekti-Reaktoren können wir den minimalen Anforderungen genügen. Shizz, vielleicht bleibt sogar noch etwas für den Verkauf an die Große Gans übrig. Andernfalls denkt sie vielleicht, dass wir sie betrügen.«

Cesca rollte mit den Augen. »Davon geht sie ohnehin aus. Es entspricht ihrer Denkweise.«

Roamer waren immer Outcasts gewesen, aber mit der Lieferung von Ekti hatten sie sich eine respektable Nische geschaffen. Ohne diese Ressource würden sich vielleicht eines Tages verzweifelte Roamer gezwungen sehen, sich der größeren Gemeinschaft der Hanse anzuschließen. Vielleicht blieb ihnen keine andere Wahl, als die Charta der Hanse zu unterschreiben und sich jener Regierung zu unterstellen, der sie so lange zu entkommen versucht hatten.

Oder die verzweifelte Hanse machte Jagd auf sie.

Cesca wollte nicht zwischen Überleben und Freiheit wählen müssen. Aber wo konnte sie Hilfe finden? Wer befand sich in einer ähnlichen Lage? Viele Jahre lang hatten Roamer an Bord gepachteter Himmelsminen für die Ildiraner gearbeitet und sich schließlich die Unabhängigkeit erworben. Wenn sie kein Ekti liefern konnten, blieben sie ohne Nutzen für den Weisen Imperator. Bei Clan-Versammlungen sprach man über die Möglichkeit, sich mit den schwächeren, abseits gelegenen Hanse-Kolonien oder mit Theroc zu verbünden.

Jeden Tag war sich Cesca ihrer überwältigenden Verantwortung bewusst, aber sie konnte die Techniker und Erfinder der Roamer nicht auffordern, noch härter zu arbeiten. Sie gaben bereits ihr Bestes; mehr war einfach nicht möglich.

Ein mondgroßer Ofen nahm Kometenschutt auf und erhitzte ihn, wodurch Gase entstanden. Atomare Separatoren trennten die Wasserstoffmoleküle vom Rest ab und Kometenschlamm wurde durch Rückgewinnungsleitungen abgeleitet. Er enthielt zahlreiche schwere Elemente, die für andere Zwecke verwendet werden konnten.

Cesca beobachtete die Aktivitäten, während Kellum langsam durch den Produktionsbereich flog, damit sie einen Eindruck gewinnen konnte – das war der Grund für ihre Reise hierher. Aber sie wäre viel lieber in den Ring-Werften von Osquivel gewesen, bei Jess. Wann konnten sie sich erneut treffen?

Del Kellum steuerte den Transporter zum größten Kometenverdampfer und dockte an. Das gewaltige, dünnwandige Gebilde ragte als schwarze Silhouette auf und verdunkelte die Lichter der industriellen Anlagen. »Wir nennen dies unser ›Kometen-Hilton‹. Das beste Quartier diesseits des Kuiper-Gürtels.«

167

Cesca lächelte. »Als Sprecherin der Roamer bin ich natürlich an solchen ... Luxus gewöhnt.«

Die Wände des hellen Salons und des Freizeitraums bestanden aus den üblichen Metallplatten. Kellum zeigte Cesca stolz sein Aquarium mit den schwarzen und silbernen Meerengeln. »Sie vermehren sich gut, selbst hier draußen. Ähnliche Aquarien habe ich auch in den anderen Anlagen, eine kleine Erinnerung an daheim.«

»Fische im Weltraum? Hätten Sie sich nicht Gartenbau als Hobby zulegen können?«

»Das ist nicht das Gleiche.« Kellum schob eine Tasse mit klarer Flüssigkeit über den Tisch. »Hier, frisches Kometenwasser. Unberührt seit der Entstehung des Sonnensystems. Alles andere, was Sie trinken, ist tausendmal durch menschliche Körper und Wiederaufbereitungssysteme gelaufen. Dies ist wahrhaft reines Wasser: Wasserstoff und Sauerstoff, sonst nichts. Könnte in den oberen Marktsegmenten ein Verkaufsschlager werden.«

Cesca sah auf die Tasse hinab. »Hat es einen anderen Geschmack?«

Kellum zuckte mit den Schultern. »Für mich nicht.«

Ein Arbeiter eilte mit einer Nachricht herbei. »Sprecherin Peroni! Dies kam gerade von einem Transportschiff bei den Ring-Werften.« Kellum bemerkte den Ernst im Gesicht des jungen Mannes und winkte ihn näher.

Cesca nahm die Nachricht entgegen. Sie hoffte, dass es sich um eine Mitteilung von Jess handelte, aber sie befürchtete auch, mit einem weiteren Notfall konfrontiert zu werden. Ein langer Übertragungsweg mit vielen Zwischenstationen lag hinter der Nachricht. Sie war von Handelsschiffen weitergegeben worden und ein Roamer hatte sie nach Rendezvous gebracht. Von dort aus war sie nach Osquivel gelangt.

»Wer eine Nachricht über so viele Stationen schickt, hat entweder sehr schlechte Neuigkeiten oder andere dringende Gründe, Sie erreichen zu wollen.«

Andere dringende Gründe ...

Reynald von Theroc sandte Cesca einen sorgfältig formulierten Heiratsantrag.

Es dauerte nicht mehr lange, bis er zum neuen Oberhaupt seiner Welt wurde, und er brauchte eine starke Frau an seiner Seite. Er führte logische, offensichtliche Gründe dafür an, warum ein Bündnis zwischen Theronen und Roamern ihre Unabhängigkeit von der Hanse stärken würde. Dadurch hätten sie die Möglichkeit bekommen, Ressourcen und Fähigkeiten zu teilen und dem von der TVF ausgeübten Druck besser standzuhalten. Die kürzliche Belagerung der Kolonie Yreka zeigte die Erbarmungslosigkeit der Hanse. Es gab keine Garantie dafür, dass es Theroc oder den Roamern demnächst nicht ebenso ergehen konnte.

»Gegen die Hydroger kann die TVF nichts ausrichten und deshalb sucht sie nach anderen Siegen, auch wenn sie sich dabei gegen das eigene Volk wendet. Mit theronischen grünen Priestern und der Ekti-Produktion der Roamer können wir eine starke Gemeinschaft bilden. Denken Sie darüber nach. Ich bin sicher, es ist eine gute Idee.« Cesca stellte sich Reynalds scheues Lächeln vor. »Außerdem wären wir beide ein gutes Paar.«

Sie las die Nachricht erneut und glaubte zu spüren, wie es ihr das Herz zerriss. Der neugierige Del Kellum versuchte, einen Blick auf die Nachricht zu werfen, aber Cesca faltete sie zusammen. »Ich muss über dies nachdenken, Del. Verschieben wir den Rest der Tour auf später.«

Für Jess und sie war der Tag schon nahe, an dem sie ihre Heiratspläne publik machen wollten. Cesca liebte Jess sehr und hatte so lange gewartet. Sie verdiente ein wenig persönliches Glück.

Aber wenn Reynald Recht hatte?

Cesca wusste, was Sprecherin Okiah sagen würde. Wie konnte sie ihre eigenen Gefühle für wichtiger halten als die Zukunft aller Roamer-Clans? Die Theronen wären tatsächlich starke – und sehr willkommene – Verbündete gewesen, viel bessere als die Große Gans oder das Ildiranische Reich.

Und doch ...

38 ✳ ADAR KORI'NH

Unter dem orangefarbenen, von Hyrillkas sekundärer Sonne erhellten Himmel beendete Adar Kori'nh die komplexe Himmelsparade mit zwei Kriegsschiffen. Die anderen fünf Schiffe standen auf dem Raumhafenplatz und wurden dort gewartet. In nur einem Tag sollte die Septa bereit sein für die Rückkehr nach Ildira – der Erstdesignierte wollte nicht lange auf Hyrillka bleiben.

Nach den Manövern flog Kori'nhs Flaggschiff übers Mosaik des Raumhafenplatzes. Während das große, verzierte Schiff mit glitzernden, flossenartigen Sonnensegeln über der Menge schwebte, nahmen die Sensortechniker eine Überprüfung aller Systeme vor.

Sie entdeckten das Hyrillka entgegenrasende Kugelschiff als Erste.

»Geben Sie Alarm!«, sagte Kori'nh. Kaltes Entsetzen breitete sich in seiner Brust aus, als er daran dachte, dass sich die meisten Besatzungsmitglieder der Kriegsschiffe in der Stadt aufhielten. »Alle Crewmitglieder sollen unverzüglich zu ihren Schiffen zurückkehren. Aber warten Sie nicht auf jeden. Starten Sie, sobald genügend Besatzungsmitglieder an Bord sind.«

Kori'nh wies die beiden Kriegsschiffe der Himmelsparade an, über dem Zitadellenpalast des Designierten in Abwehrstellung zu gehen. Schnelle Scouts brachen auf, um das Kugelschiff der Hydroger im Auge zu behalten.

Die Angriffsjäger, die ebenfalls an der Parade teilgenommen hatten, lösten die bunten Bänder und Fahnen, ließen sie zu Boden fallen. Jedes kleine Schiff verfügte über die normale Bewaffnung, aber sie hatten nicht genug Munition für den Kampf.

Trotzdem würden sie sich dem Feind entgegenstellen.

Nach wenigen Minuten startete das erste der gelandeten Kriegsschiffe und der Adar war stolz auf die Tüchtigkeit des Captains – er hatte es innerhalb sehr kurzer Zeit geschafft, eine Minimalcrew zusammenzustellen. Hunderte von Angehörigen der Solaren Marine eilten durch die Stadt zu den wartenden Kriegsschiffen, um dort ihre Stationen zu besetzen.

Im rankenbedeckten Palast spürten die Höflinge, dass etwas Wichtiges geschehen war, aber noch ahnten sie nichts von der Art des Notfalls. Die drei Priester des Linsen-Geschlechts wirkten ebenso verwirrt wie die Leute, die sich Erklärung von ihnen erhofften. Der Hyrillka-Designierte zog seine geliebten Vergnügungsgefährtinnen näher zu sich heran und sagte in einem tröstenden Tonfall: »Ich beschütze euch, das verspreche ich.«

Als das Kugelschiff der Hydroger über der Stadt erschien, kam es zu Panik. Blaue Blitze zuckten von den pyramidenartigen Auswüchsen der Kugel nach unten. Die Fremden schickten keine Mitteilung, weder eine Warnung noch ein Ultimatum. Sie begannen einfach damit, den Planeten zu verheeren.

Kori'nh fühlte Übelkeit, als er vom Kommando-Nukleus seines Schiffes aus die Ereignisse beobachtete. Die Strahlblitze rissen den Boden auf und zerstörten Gebäude. Die hübschen Parks, die wundervollen hängenden Gärten, die von Nialias gesäumten Kanäle – saphirblaue Energiestrahlen vernichteten alles.

Der Adar erinnerte sich an seine Niederlage bei Qronha 3 und knurrte entschlossen: »Wir haben nicht um eine Konfrontation mit diesem Feind gebeten, aber wir werden nicht tatenlos zusehen, wie er Hyrillka zerstört.«

Auf dem Raumhafenplatz startete das nächste Kriegsschiff und daraufhin befanden sich vier Einheiten der Solaren Marine in der Luft. »Kreisen Sie das Schiff der Hydroger ein und nehmen Sie es mit Ihrem ganzen Arsenal unter Beschuss: Projektile, Bomben, Energiewellen – setzen Sie alles ein. Vielleicht verdienen wir uns heute einen Platz in der *Saga*.«

Das erste Kriegsschiff, kühner als die anderen, sauste dem Feind entgegen. Seine silbrigen Flossen und Bänder wirkten wie spitzes Gefieder. Aus den Geschützkuppeln drangen immer wieder grelle Blitze, und destruktive Energie traf die kristallen glitzernde Außenhülle des Kugelschiffes. Kori'nh brachte sein eigenes Schiff nahe genug heran, um von der anderen Seite das Feuer auf den Feind zu eröffnen, aber es blieben nur einige dunkle Brandflecken am Kugelschiff zurück.

Der Zangenangriff schien die Hydroger überhaupt nicht zu beeindrucken. Weiterhin zuckten Blitze aus den pyramidenförmigen Erweiterungen, zerstörten Bewässerungskanäle, verwüsteten Felder und verbrannten Nialias. Einige grauweiße Pflanzenmotten lösten sich von den Stängeln und flatterten fort. Dampf und Rauch stiegen auf.

Das Kugelschiff summte unheilvoll, wendete in einem weiten Bogen und begann mit einem zweiten Angriffsflug. Wieder gleißten Energieblitze und brachten dem Rand der Hauptstadt Zerstörung.

Ein weiteres der gelandeten Kriegsschiffe startete, kletterte gen Himmel und eröffnete das Feuer auf den Feind. Doch das verzierte Schiff hatte gerade erst abgehoben, als die Kugel der Hydroger über den Raumhafenplatz hinwegflog. Das ildiranische Schiff schickte ihm Projektile entgegen, doch damit ließ sich gegen die Fremden nichts ausrichten.

Die Hydroger schienen zum ersten Mal Kenntnis von der Solaren Marine zu nehmen und das gerade gestartete Kriegsschiff wurde von mehreren Energiestrahlen getroffen. Es platzte auseinander und die Treibstoffzellen explodierten. Der große Rumpf fiel und die pfauenfederartigen Solarfinnen flatterten. Das Wrack prallte gegen eines der beiden anderen Kriegsschiffe, die noch Startvorbereitungen trafen. Sirenen heulten und Schreie erklangen aus den Kom-Lautsprechern – dann kam es zu weiteren Explosionen, die beide Schiffe verschlangen.

Kori'nh schnappte entsetzt nach Luft und erzitterte in den Schockwellen des *Thism*, rief dann mit scharfer Stimme: »Die Stationen besetzen! Bei diesem Kampf brauche ich die volle Aufmerksamkeit aller Soldaten!« *Ich darf keine weitere Niederlage zulassen! Ich bin der Oberbefehlshaber der Solaren Marine, Protektor des Ildiranischen Reichs ...*

Bevor das letzte gelandete Kriegsschiff starten konnte, flogen die gnadenlosen Hydroger einen neuen Angriff. Die pyramidenförmigen Projektoren spuckten blaues Feuer, dem ein weiteres ildiranisches Schiff zum Opfer fiel.

Dicke schwarze Rauchsäulen wuchsen aus den Trümmern auf dem Raumhafenplatz, während sich das Feuer von Treibstoffzellen ausbreitete und nahe Gebäude erfasste.

»Einsatz aller Waffen!«, wiederholte Kori'nh, obwohl er die Kommandanten der vier verbliebenen Schiffe nicht extra dazu auffordern musste. »Kinetische Raketen und Schneidstrahlen!«

Während die Schiffe der Solaren Marine die Kugel unter Beschuss nahmen, feuerten die Hydroger auf Hyrillkas üppigen Rankenwald, verbrannten Blumen, Felder und Gärten. Blaue Blitze ließen verzierte Häuser bersten, verdampften Nebengebäude und ließen kristallene Türme einstürzen. Die ildiranischen Verteidiger konnten kaum etwas gegen das Chaos unternehmen, aber Kori'nh war verpflichtet, es wenigstens zu versuchen.

Die fast schrille Stimme des Hyrillka-Designierten ertönte aus den Kom-Lautsprechern. »Adar Kori'nh, Sie müssen unverzüglich die gesamte Bevölkerung evakuieren! Wir können uns nicht vor den Angriffen schützen.«

»Mir stehen nicht genug Schiffe zur Verfügung, Designierter, und außerdem ist die Zeit zu knapp. Mir sind nur vier Kriegsschiffe geblieben, und ich kann sie nicht vom Kampf gegen die Hydroger abziehen.«

Das Kugelschiff feuerte eine laterale Salve ab und ein ildiranischer Raumer wurde von einem Energiestrahl gestreift – zum Glück hielten sich die Schäden in Grenzen. Das getroffene Kriegsschiff drehte ab, während die drei anderen ihr ganzes offensives Potenzial gegen den Feind einsetzten.

»Sie müssen die Bewohner von Hyrillka retten, Adar!« Der Designierte klang fassungslos und schien nicht glauben zu können, dass die unbesiegbare Solare Marine in Bedrängnis geriet. Kori'nh vermutete, dass Rusa'h zu viele militärische Paraden gesehen hatte.

Er begriff, was er tun musste. »Ich schicke einen Rettungsshuttle zu Ihrer Zitadelle, Designierter. Es wird Sie in Sicherheit bringen, zusammen mit dem Erstdesignierten und seinem Sohn. Das hat jetzt Priorität.«

»Sie dürfen mein Volk nicht einfach dem Tod überlassen«, jammerte der Designierte. »Meine Künstler und Berater ... meine schönen Vergnügungsgefährtinnen!«

»Ich kann sie nicht retten.« Voller Kummer gab der Adar dem Piloten die Anweisung, das Flaggschiff von der Kugel fortzusteuern. Seine Stimme klang erneut scharf, als er sich an ein Besatzungsmitglied wandte. »Schicken Sie unverzüglich einen Personentransporter. Nehmen Sie so viele Leute wie möglich auf, aber vergewissern Sie sich, dass sich die Designierten unter ihnen befinden.« Der Soldat machte sich sofort auf den Weg zum Flugdeck. »Was die anderen betrifft ...«

»Adar, sehen Sie nur!«, rief einer der taktischen Techniker erschrocken.

Kori'nh blickte auf den großen Bildschirm, der den rötlichen Himmel von Hyrillka zeigte – und ein zweites Kugelschiff, das den unbewohnten Bereichen des Planeten entgegensank. Wie die erste Hydroger-Kugel eröffnete auch diese ohne eine Warnung das Feuer.

39 ✳ RLINDA KETT

Der Flug nach Rheindic Co war langweilig, obgleich Rlinda einen Passagier an Bord hatte. Der hoch gewachsene, zurückhaltende Mann bot keine gute Gesellschaft, denn die meiste Zeit über schwieg er.

Nach dem Start von Crenna war Davlin Lotze sofort bereit, sich an die Arbeit zu machen. »Ich nehme an, Basil Wenzeslas hat Ihnen Dossiers und Informationsmaterial mitgegeben, oder?«

Rlinda hob und senkte ihre breiten Schultern. »Bevor ich losflog, hat er Dateien in den Bordcomputer transferiert. Sie stehen Ihnen zur Verfügung.« Sie führte Lotze zu einem Terminal, und er begann sogleich damit, Daten abzurufen. »Ich habe nicht nachgesehen, ob sie mit einem Kennwort geschützt sind.« Lotze musterte sie mit seinen mahagonibraunen Augen. »Natürlich haben Sie das.«

Rlinda wusste nicht, ob sie beleidigt oder amüsiert sein sollte, weil er sie so leicht durchschaute. »Nun, ich habe ein Recht darauf zu wissen, was sich an Bord meines Schiffes befindet, und dazu gehören auch Informationen.«

Der stille Spion lächelte und sah auf den Bildschirm. »Die Dateien sind ohnehin frei zugänglich.«

»Sind Sie nur ein schlechter Unterhalter oder fallen Sie ganz in die ›antisoziale‹ Kategorie?«

»Die Crenna-Siedler haben mich gemocht.« Lotze sah vom Schirm auf, der ihm Berichte und Zusammenfassungen zeigte. »Ich habe nichts gegen Ihre Präsenz, aber diese Dinge erfordern jetzt meine volle Aufmerksamkeit.«

Während der nächsten Stunden saß Lotze am Terminal des Bordcomputers und sah sich die Daten an, die der Vorsitzende Wenzeslas für ihn übermittelt hatte. Er las die Colicos-Berichte von Rheindic Co und informierte sich auch über die archäologische Arbeit auf Llaro, Pym und Corribus. Als er schließlich eine Pause machte, um etwas zu essen, verschränkte Rlinda die Arme. »Vermuten Sie ein Verbrechen hinter dem Verschwinden der beiden Archäologen?«

»Derzeit können wir nicht einmal sicher sein, dass sie verschwunden sind. Wir wissen nur, dass der Kontakt zu ihnen abbrach.«

»Hmm. Wäre es denkbar, dass sich jemand an ihnen rächen will, weil sie die Klikiss-Fackel entdeckten? Immerhin: Damit begann der ganze verdammte Hydroger-Kram. Viele Leute sind deshalb ziemlich sauer.«

»Auch die Hydroger. Nun, warten wir ab, was wir auf Rheindic Co vorfinden.«

Als der goldbraune Planet auf dem Hauptschirm größer wurde, schaltete Rlinda das Interkom ein und rief Lotze aus seiner Kabine. Es gab für ihn keinen Sitzplatz im Cockpit, aber er beobachtete den

Anflug so, als vergliche er die Details des Planeten mit den Informationen der Dateien.

Ohne Rlinda um Erlaubnis zu fragen, beugte er sich vor und aktivierte die allgemeinen Scanner des Schiffes. »Ich kenne den ungefähren Standort des vom Colicos-Team errichteten Basislagers.« Er rief ein Bild des Kontinents aufs Display und zoomte auf den Terminator, um in den langen Schatten der morgendlichen Wüste Schluchten zu erkennen. »Versuchen wir es dort. Überfliegen Sie jenen Bereich.«

»Vielleicht zeigen sie sich und winken. Dadurch würden wir Zeit sparen.«

Lotze richtete einen skeptischen Blick auf Rlinda. »Fünf Jahre sind vergangen. Ohne die Entdeckung zusätzlicher Nahrungsquellen können die drei menschlichen Mitglieder der Expedition unmöglich so lange überlebt haben.«

Rlinda runzelte die Stirn, als das Schiff durch die Atmosphäre des Planeten flog und es zu leichten Erschütterungen kam. »Wenn es kaum eine Chance gibt, jemanden lebend vorzufinden ... Welchen Sinn hat dann diese Mission?«

»Man hat mich nicht hierher geschickt, damit ich nach Überlebenden suche. Ich soll Antworten finden.«

Die *Neugier* entdeckte die Reste des Colicos-Lagers unweit einer Ansammlung von Klikiss-Ruinen. Zelte und Ausrüstung befanden sich auf einer offenen Anhöhe, hoch genug über den Erosionsrinnen, um bei einer plötzlichen Überschwemmung geschützt zu sein. Es fiel Rlinda nicht schwer, auf dem kahlen Boden einen Landeplatz zu finden.

Sie verließen das Schiff, traten in heiße, trockene Luft. Lotze trug in der einen Hand einen Koffer und in der anderen einen Ranzen – er war bereit für die Arbeit.

Die Farben der Wüste wirkten fast grell und zeichneten sich durch eine Reinheit aus, die alle Ränder rasiermesserscharf und klar abhob. Die zerklüfteten Felsen standen in einem auffallenden Kontrast zum saftigen Grün, das Rlinda von anderen Planeten kannte. Die majestätischen Berge lagen noch im Schatten der Morgendämmerung.

»Genau der richtige Platz für einen Kurort. Mit Bädern und einem Golfplatz.«

Eine kleine Windhose bildete vor ihnen eine Säule aus Staub, die wie trunken hin und her tanzte, bevor sie sich auflöste.

»Mir gibt vor allem zu denken, dass auch der Telkontakt abbrach«, sagte Lotze. »Wir wissen, dass die Weltbäume eingingen – vielleicht verbrannten sie in einem Feuer –, und deshalb war der grüne Priester nicht mehr zur Kommunikation imstande.«

Trotz der fünf Jahre Wüstenwetter, Hitze und Staubstürme, die das Lager heruntergekommen und windschief aussehen ließen, erweckte es nicht den Eindruck, als hätte hier eine schreckliche Katastrophe stattgefunden. Lotze betrat das Hauptzelt und ließ einen erfahrenen Blick über die Feldbetten, nicht mehr funktionierenden Computer, Proben und unter dem Einfluss von Zeit und Gravitation zu Boden gefallenen Notizen schweifen.

Unterdessen ging Rlinda zur Wasserpumpe. Die beweglichen Teile waren festgefroren, aber sie konnte die Apparatur problemlos schmieren und in Ordnung bringen. Die Hingabe, mit der sich Lotze seiner Aufgabe widmete, ließ Rlinda vermuten, das er hier bleiben wollte, bis er die gesuchten Antworten fand. Ob es Tage oder Monate dauern würde – darüber konnte sie nur spekulieren.

Lotze kam mit einigen Dingen aus dem halb zerrissenen Hauptzelt, legte sie auf den Boden und machte Inventur.

Rlinda schritt zu einem kleineren Zelt, das vermutlich dem grünen Priester zur Verfügung gestanden hatte. Dahinter sah sie die Reste des Weltbaum-Hains. »Sehen Sie sich das hier an.«

Die Schösslinge waren in Reihen gepflanzt worden und zweifellos hatte sich der grüne Priester liebevoll um sie gekümmert. Doch jeder einzelne Baum war wie von einem wütenden Vandalen entwurzelt und zerfetzt worden. Die gesplitterten Reste ihrer dünnen Stämme lagen im Staub. Die Zeit hatte Einzelheiten verschwinden lassen, aber die Szene vermittelte noch immer den Eindruck von Gewalt.

Lotze kam herbei und nahm alles in sich auf. »Dies erklärt den Abbruch des Telkontakts.«

Rlindas Fuß stieß gegen etwas Hartes im weichen Boden, wie Treibholz. Sie bückte sich, grub die Finger in den Staub und fand einen krummen Gegenstand. Außen war er ledrig und ausgedörrt. Sie wischte Staub und Sand beiseite, ahnte bereits, was es mit dem Objekt auf sich hatte.

Das verschrumpelte, mumifizierte Gesicht eines haarlosen grünhäutigen Mannes blickte zu ihr auf. Die trockene Umgebung hatte dem weichen Gewebe alle Feuchtigkeit entzogen und durch die zusammengezogenen Muskeln bildete das Gesicht eine sonderbare

Grimasse. Aus dem Fleisch war eine harte Masse geworden, die an den Knochen festklebte. Die Wüste hatte ganze Arbeit geleistet, den Körper sowohl zerstört als auch erhalten.

»Der grüne Priester«, sagte Rlinda. »Arcas. So lautete sein Name, nicht wahr?«

Lotze sah zu den Resten des Lagers. »Er scheint nicht in aller Form beerdigt worden zu sein. Deshalb bezweifle ich, dass er eines natürlichen Todes starb.« Er wanderte umher und ließ sich dabei Ideen durch den Kopf gehen. »Vielleicht litten Margaret und Louis Colicos so sehr unter der Einsamkeit, dass sie einen Koller bekamen.«

Rlinda richtete sich auf und ließ die mumifizierte Leiche im Staub liegen. Sie würde Gelegenheit für ein richtiges Begräbnis finden, wenn Lotze seine Untersuchungen fortsetzte. »Sie sind vielleicht ein guter Detektiv, Lotze, aber ich glaube, Sie verstehen die Menschen nicht wirklich. Die beiden alten Archäologen waren seit Jahrzehnten verheiratet. Sie verbrachten ihr halbes Leben in abgelegenen Ausgrabungsstätten. Solche Leute können mit Einsamkeit gut fertig werden.«

»Ich bin noch nicht bereit, Schlüsse zu ziehen«, erwiderte Lotze. »Zum Team gehörten auch ein Kompi und drei Klikiss-Roboter.«

Rlinda wies zur Klippenstadt, wo die vor Jahrtausenden errichteten Gebäude auf sie warteten und mit Geheimnissen lockten. »Sollen wir uns die Ruinen ansehen?«

Verlassene Städte der Klikiss waren auf zahlreichen Planeten gefunden worden, doch gründlich untersucht hatte man nur wenige. Die Fremden hatten bienenstockartige Bauten in Steppenlandschaften konstruiert oder Tunnel in die Wände von Schluchten getrieben. Die Ildiraner wussten seit langer Zeit von den verschwundenen Klikiss, verzichteten aber darauf, sich die verlassenen Städte aus der Nähe anzusehen.

Zu Anfang hatte die Terranische Hanse eine einfache Möglichkeit der Expansion gesehen und Forscher beauftragt, alle von den Ildiranern katalogisierten und unbeachteten Welten zu untersuchen. Durch die auf das Colicos-Paar zurückgehende Entdeckung der Klikiss-Fackel war das Interesse an der untergegangenen Zivilisation neu erwacht, doch der Hydroger-Krieg warf alle Pläne für umfangreiche Ausgrabungen über den Haufen.

Staunend schritt Rlinda durch die alten Tunnel. Die Klikiss-Gebäude bestanden aus einem polymerisierten Beton, aus mit Siliziumoxid verstärkten Fasern – vielleicht handelte es sich dabei um eine organische Substanz, die jene Insektenwesen abgesondert hatten. An jeder Wand zeigten sich sonderbare Hieroglyphen und unverständliche Gleichungen.

Rlinda und Lotze verbrachten einen Tag im Labyrinth der Geisterstadt, fanden dabei einige Ausrüstungsgegenstände der Archäologen, aber mehr nicht. »Der letzte Bericht von Margaret Colicos erwähnt eine zweite, besser erhaltene Ruinenstadt«, sagte Lotze. »Ich vermute, sie haben vor allem dort gearbeitet.«

Sie brachen mit der *Neugier* auf und Rlinda flog in geringer Höhe über der Wüste, bis sie eine Schlucht mit den Resten eines Gerüsts an einer Klippenwand fanden.

»Wir müssen in die Stadt«, sagte Davlin.

»Klar. Finden Sie einen Parkplatz, der meinem Schiff genug Platz bietet.« Er lachte nicht über Rlindas Scherz, und deshalb ließ sie sich eine innovative Lösung des Problems einfallen. »Die *Neugier* ist für die Beförderung von Fracht bestimmt. Unten in den Laderäumen gibt es mehrere Levitationspaletten. Sie können uns beide zusammen tragen.«

Sie landete auf dem flachen Tafelland über der Klippenwand. Kurze Zeit später stand sie neben Lotze auf der Hightech-Palette, die quälend langsam zum Rand der Klippe glitt und dann in die Tiefe sank. »Das Ding ist dazu bestimmt, große Container zu transportieren. Rennen kann man damit nicht gewinnen.«

Rlinda steuerte die Palette unter den Überhang und landete im Zugang eines Tunnels. Staub hatte sich dort in den Ecken angesammelt. Die Luft war trocken und ihre Schritte verursachten leise, nach einem Flüstern klingende Geräusche.

Davlin deutete auf Lampen und Kabel in den Tunneln, auf Markierungen an den Wänden und zurückgelassene Kennzeichnungen. »Aus Margarets Schilderungen geht hervor, dass sie sich hier wichtige Entdeckungen erhoffte.«

Rlinda spähte in die Schatten und leuchtete mit ihrer Lampe. »Vielleicht hat stattdessen etwas *sie* entdeckt. Ich hätte eine Waffe mitnehmen sollen. Es befinden sich zwei an Bord, glaube ich.«

Lotze konzentrierte sich auf die Umgebung und suchte mit allen seinen Sinnen nach Hinweisen. Tiefer in der Klippenstadt fanden sie die verstreuten Reste einer Barrikade, die den Eindruck erweckte, in aller Eile in der Tür eines großen Raums errichtet worden zu sein.

Jemand oder etwas hatte sie von außen aufgerissen. Rlinda leuchtete in den Raum, sah Maschinen und große, flache Wände. Und auf dem Boden die Leiche eines alten Mannes.

Lotze eilte durch die Lücke in der Barrikade und leuchtete mit seiner eigenen Lampe. Der Leichnam von Louis Colicos war besser erhalten als der des grünen Priesters, so gut, dass die Spuren seines gewaltsamen Todes deutlich sichtbar waren. Der zerschundene Körper wies viele tiefe Wunden auf. Rlinda sah sich misstrauisch um und warf auch einen argwöhnischen Blick über die Schulter, als rechnete sie damit, dass sich etwas aus dem Dunklen auf sie stürzte.

An einer Wand zeigte sich eine trapezförmige leere Stelle, wie ein Fenster aus Stein – seltsamerweise fehlten dort Klikiss-Zeichen. Symbolplatten umgaben das steinerne Fenster. Die Wand wies rote Flecken und Streifen auf, blutige Abdrücke – in den letzten Momenten seines Lebens schien Louis Colicos gegen die Wand geschlagen zu haben, wie mit der Absicht, sie zu öffnen.

Lotze runzelte die Stirn, als er die leere Wand mit den Blutflecken betrachtete. »Zwei Leichen und noch immer keine Erklärungen. Und wo ist Margaret Colicos?«

Es lief Rlinda kalt über den Rücken und sie ahnte, dass sie tatsächlich lange auf Rheindic Co bleiben würden.

40 ✸ ANTON COLICOS

»Ich habe eine Aktivität gewählt, die Ihnen gefallen wird, Erinnerer Anton«, sagte Vao'sh. »Mich faszinieren die traditionellen menschlichen Methoden des Geschichtenerzählens und ich möchte versuchen, sie zu rekonstruieren.«

Der ildiranische Erinnerer brachte Anton zur Meeresküste und dort saßen sie allein auf einem Plateau, gut zehn Meter über dem Wasser einer abgeschirmten Bucht. Ein warmer Wind wehte und Anton nahm den säuerlichen Geruch von aquatischen Pflanzen wahr, von Ansammlungen großer orangefarbener Blumen, die wie eine Mischung aus Seerosen und langen Kelpbändern aussahen.

Geschäftige, schnatternde Bedienstete waren vor ihnen eingetroffen, hatten Treibholz kegelförmig aufgeschichtet und an einigen Stellen trockenen Zunder hinzugefügt. Die kleinen Ildiraner zündeten den Stapel an und eilten fort.

Die Historiker blieben allein zurück und setzten sich auf weiches, kissenartiges Moos. Die Flammen leckten höher, und ihr flackernder Schein fiel auf die Gesichter der beiden Männer.

»Ist dies das korrekte Ambiente, Erinnerer Anton?«, fragte Vao'sh. »Erzählen sich Menschen Geschichten an einem Lagerfeuer am Meer?«

Anton lächelte. »Ja. Allerdings fehlt ein wichtiges Element. Man erzählt die Geschichten am besten in der Dunkelheit, nicht im strahlenden Sonnenschein.«

Vao'sh schauderte. »Daran würde kein Ildiraner Gefallen finden.«

Anton beugte sich zum Feuer vor und rieb sich die Hände. »Es geht auch so.«

Als Kind, so erinnerte er sich, war er im archäologischen Lager auf Pym manchmal bis spät abends aufgeblieben und hatte sich am Lagerfeuer die Geschichten seiner Eltern angehört. Kurze Trauer erfasste ihn und er hoffte, dass seine Mutter und sein Vater wohlauf waren. Hier auf Ildira würde er so bald nichts von ihnen hören.

Er atmete tief durch. »Noch bevor unsere Zivilisation schriftliche Aufzeichnungen kannte, saßen Geschichtenerzähler an Lagerfeuern und wussten sich in Sicherheit, denn die gefährlichen Wölfe, Höhlenbären und Säbelzahntiger fürchteten die Flammen. Jene Geschichtenerzähler berichteten von Riesen, Ungeheuern und Monstren, die Müttern ihre Kinder raubten.« Anton lächelte. »Sie erzählten auch von Helden, Kriegern und Mammutjägern, die tapferer und stärker als alle anderen waren. Die Geschichten bildeten ein Gerüst des Verstehens in einer Welt voller Rätsel. Sie formten unseren moralischen Charakter.«

Vom Plateau aus bemerkte Anton schlanke, dunkle Gestalten, die vom offenen Meer in die geschützte Bucht schwammen. Vao'sh blickte zum Wasser hinab. »Das ist eine Erntegruppe der Schwimmer. Sie kehrt mit dem Gezeitenwechsel zurück.«

Die Ildiraner des Schwimmer-Geschlechts erinnerten Anton an geschmeidige Otter, die unermüdlich arbeiteten und doch alles wie ein Spiel aussehen ließen.

»Schwimmer haben einen dünnen Pelz über einer zusätzlichen Schicht aus subkutanem Fett, was sie in den tiefen kalten Strömungen warm hält«, erklärte Vao'sh. »Beachten Sie ihre großen Augen.

Sie verfügen über eine weitere Linsenmembran, was sie in die Lage versetzt, auch unter Wasser gut zu sehen. Die Ohren liegen flach am glatten Kopf und die Nase befindet sich weit oben, sodass die Nasenlöcher beim Schwimmen über dem Wasser sind.«

»Was enthalten die Körbe, die sie hinter sich her ziehen?«

»Schwimmer ernten Kelp, Schalentiere und Koralleneier. Einige von ihnen treiben Fischschwärme zusammen, um Nahrung aus ihnen zu gewinnen.«

»Maritime Cowboys.«

Unterschiedliche Farben huschten über Vao'shs Hautlappen. »Ein angemessener Vergleich.« Immer wieder knackte es im Feuer. »Schwimmer leben auf großen Flößen, die mit Leinen am Meeresgrund befestigt sind. Wenn die Fischschwärme weiterziehen oder bestimmte Teile der Kelpwälder abgeerntet sind, schneiden sie die Vertäuungsseile durch und lassen sich in andere Bereiche des Ozeans treiben.«

Anton schüttelte den Kopf. »Ich werde mich nie an die vielen Geschlechter gewöhnen. Wie können Sie dabei den Überblick behalten?«

»Für mich ist es erstaunlich, dass sich die Menschen so sehr ähneln. Wie können Sie alle auseinander halten?«

Anton nahm einen Stock und stocherte damit in der glühenden Asche des Feuers. »Sie müssen sich ebenso an uns gewöhnen wie ich an Sie, Vao'sh.«

Der Erinnerer deutete auf die Schwimmer, die Fangnetze zu Stegen brachten; andere Ildiraner nahmen sie dort entgegen. »Ich kenne eine Geschichte über Schwimmer aus der *Saga der Sieben Sonnen*.«

»Ist es eine gruselige Geistergeschichte, die sich gut für das Erzählen am Lagerfeuer eignet?«

Wieder zeigte sich ein schnell wechselndes Farbspiel im Gesicht des Erinnerers. »Nein. Es ist eine Liebesgeschichte ... in gewisser Weise. Bei uns gibt es ein Geschlecht, das in den trockensten aller Wüsten lebt und arbeitet. Es ist eidechsenartig und liebt die Trockenheit. Die Geschuppten können monatelang mit einer geringen Menge Feuchtigkeit auskommen.« Vao'sh lächelte. »Sie können sich vermutlich vorstellen, dass die Liebe zwischen dem geschuppten Arbeiter Tre'c und der Schwimmerin Kri'l in einer Tragödie enden musste.«

Falten bildeten sich in Antons Stirn. »Ich dachte, die ildiranischen Geschlechter dürfen sich beliebig kreuzen.«

Vao'sh winkte ab. »Oh, bei uns gibt es keine Vorurteile gegen gemischte Blutlinien. Doch die Beziehung zwischen einem Geschuppten und einer Schwimmerin konnte wegen ihrer besonderen Natur nicht gut gehen. Niemand weiß, wie sie zueinander fanden. Tre'c und Kri'l mussten von den Schwierigkeiten gewusst haben, die ihnen im Weg standen, aber sie wollten trotzdem zusammen bleiben. Tre'c konnte das Salzwasser des Ozeans nicht ertragen und Kri'l war nicht imstande, in der trockenen Wüste zu überleben.

Also baute Tre'c sein Haus an einem felsigen Ufer, hoch genug, damit es die Flut nicht erreichen konnte. Kri'l band ihr Floß in einer Bucht fest, nicht weit vom Ufer – so konnten sie einander zurufen. Jeder von ihnen ertrug das Ambiente des anderen nur eine Stunde am Tag, aber diese eine Stunde brachte ihnen mehr Freude als ein ganzes Leben mit einer anderen Person.

Tre'c und Kri'l verbrachten einige glückliche Jahre, bis es eines Tages zu einem schlimmen Unwetter kam. Ein heftiger Sturm fegte über die Küste, warf Kri'ls Floß ans Ufer und zerstörte Tre'cs Haus. Sie klammerten sich aneinander, während der Regen auf sie herabprasselte und hohe Wellen nach ihnen schlugen. Schließlich gaben die Klippen nach. Sand und Felsen rutschten lawinenartig nach unten – Land und Meer verschlangen die beiden Liebenden.

Ihre Leichen wurden nie gefunden, aber manchmal ...« Vao'sh zögerte und die über seine Hautlappen streichenden Farben erinnerten an einen Sonnenaufgang. »Manchmal, wenn Ildiraner über einen Strand gehen, wo das Wasser des Meeres den trockenen Sand berührt, an Stellen, wo sich sonst nie jemand aufhält und wo es keine Beobachter gibt ... Dort sehen sie zwei verschiedene Fußspuren, die eine im feuchten Sand, die andere auf dem Trockenen: eine Schwimmerin und ein Geschuppter, die nebeneinander über den Strand gewandert sind.«

Das Feuer knackte weiterhin und Anton lehnte sich zurück, die Hände aufs weiche Moos gestützt. »Das ist eine wundervolle Geschichte, Vao'sh.« Er fragte sich, welche er erzählen sollte, bevor das Feuer niederbrannte. »Und hier habe ich eine für Sie.«

41 ✷ NIRA

Ildiraner wohnten gern dicht beisammen, damit sie die Präsenz der anderen fühlen konnten, und nach diesem Prinzip hatten sie auch die Unterkünfte für ihre menschlichen Gefangenen geplant. Niras Quartier befand sich in einem großen Gebäude mit zahlreichen Schlafstellen, Tischen und Gemeinschaftsbereichen. Hier kochten und schliefen die Menschen, hier verbrachten sie ihre freie Zeit. Sie waren wie eine riesige Familie, alle unter einem Dach.

Nira lebte still in ihrer Mitte, teilte die Mahlzeiten mit ihnen und schlief, wenn sie schliefen. Doch die ganze Zeit über fühlte sie sich von ihnen getrennt, denn sie unterschied sich von allen anderen. Die übrigen Gefangenen schlossen sie nicht aus, aber es fiel ihr schwer, sich anzupassen. Sie nahm Anteil am Schicksal der anderen, doch dem Gefühl der Einsamkeit konnte sie nie ganz entkommen, nicht einmal in Gesellschaft.

Während Dobros dunkler Nacht saß Nira stumm auf ihrem schmalen Bett und lauschte den Stimmen um sie herum. In ihrem kleinen persönlichen Bereich hatte sie mehrere Pflanzen in improvisierten Töpfen, Blumen, einen kleinen Busch, mehrere süß duftende Kräuter. Pflanzen waren ihr ein Trost.

Sie erinnerte sich an die vielen bunten Feiern und Feste, die Vater Idriss und Mutter Alexa in der großen Pilzriff-Stadt auf Theroc veranstaltet hatten. Sie dachte an Arbeiter, die an den hohen Weltbäumen emporkletterten und schwarze Samenkapseln sammelten, aus denen stimulierender Clee gekocht wurde, saftige Epiphyten ernteten und Larven von Kondorfliegen aufschnitten, um an das weiche Fleisch darin zu gelangen. Gruppen von Akolythen, Nira unter ihnen, waren ebenfalls an den schuppigen Stämmen hochgeklettert, um auf den miteinander verbundenen Wipfeln zu sitzen und den neugierigen Bäumen laut vorzulesen.

Es waren die schönsten Jahre ihres Lebens gewesen ...

Ein Mann begann zu husten und seine Frau brachte ihn zu Bett, füllte dann ein Formular für die benötigte Arznei aus. Nira sah sich um, blickte zu den Familiengruppen, die sich selbst unter diesen Bedingungen gebildet hatten. Die anderen Menschen schienen zu glauben, ein normales Leben zu führen.

Selbst im Gefangenenlager auf Dobro verliebten sich Männer und Frauen, gingen Beziehungen ein und hatten Kinder – obgleich manchmal Frauen aufgrund ihrer genetischen Eigenschaften ausgewählt und zu den Zuchtbaracken gebracht wurden. Die Ehemänner waren nicht gerade glücklich, wenn das geschah, aber sie fanden sich damit ab. Sie hielten diese unnatürliche soziale Ordnung seit Generationen für die Normalität.

Die männlichen menschlichen Gefangenen mussten Dutzende, sogar hunderte von ildiranischen Frauen schwängern. Wenn sich jemand weigerte, diesen Verpflichtungen nachzukommen, »ernteten« die Ildiraner des Mediziner-Geschlechts wiederholt Samen von dem Betreffenden und schickten ihn schließlich als Eunuchen zu den Arbeitsgruppen.

Nira litt mehr an ihrer Situation als die anderen Gefangenen. Sie wusste, dass Menschen sehr anpassungsfähig waren und viele Dinge akzeptieren konnten. Ihr Kummer galt nicht etwa der Stärke und Ausdauer der übrigen Männer und Frauen, sondern dem Umstand, dass sie vergessen hatten, wie das Leben sein *sollte*.

Die Nacht hatte schon vor einigen Stunden begonnen und Sterne leuchteten am Himmel, aber in den Wohnbaracken ging nie das Licht aus. Auch in dieser Hinsicht hielt man sich an die ildiranische Tradition: Man erlaubte keine Dunkelheit in den Gebäuden, es sei denn als Strafe. Die Menschen hatten sich längst daran gewöhnt, trotz des Lichts zu schlafen. Viele Kinder waren bereits zu Bett gegangen, während die Erwachsenen beisammen saßen, sich unterhielten und entspannten.

Dies war die beste Zeit, um zu den anderen zu sprechen. Die Gefangenen wussten nur wenig von den Generationenschiffen der Erde und nichts über das Ildiranische Reich oder die Terranische Hanse. Was ihre Herkunft betraf, gab es nur mündlich überlieferte Schilderungen, die wenig Wahrheit enthielten. Nira kannte die besondere Dynamik von Geschichten, und aus dieser Perspektive fand sie jene Berichte interessant – wenn sie sich weit genug von ihrer Realität lösen konnte.

Nira trat vor und hörte sieben Männern und Frauen zu, die in einem offenen Kreis zusammensaßen und zwanglos miteinander plauderten. Benn Stoner, ein Mann mit rauer Stimme, dessen Haut wie sandgestrahlt aussah, bemerkte ihr Interesse. »Nur zu, Nira Khali. Welche Geschichte hast du heute Abend für uns?«

»Sie hatte den ganzen Tag unter der heißen Sonne Zeit, sich irgendwelchen Unsinn auszudenken ...«, sagte ein junger Mann, unterbrach sich jedoch, als Stoner ihm einen scharfen Blick zuwarf.

Nira gab vor, diese Bemerkung nicht gehört zu haben. Zwar schenkten die anderen Dobro-Gefangenen ihren Geschichten kaum Glauben, aber sie hörten wenigstens zu. Sie sahen einen Zeitvertreib darin.

»Ich erzähle euch die Geschichte von Thara Wen und wie sie zur ersten grünen Priesterin von Theroc wurde.« Nira wartete und es kam zur üblichen Reaktion: Die Männer und Frauen lächelten. Sie waren amüsiert von ihren Berichten über »Phantasiewelten«.

»Thara wurde an Bord der *Caillé* geboren, einige Jahre bevor die Ildiraner unser Generationenschiff fanden und uns zum Weltwald brachten. Theroc erwies sich als wunderschöne Welt mit angenehmem Klima, voller Nahrung und Ressourcen. Von Anfang an war unsere Kolonie friedlich. Es gab kaum Kriminalität, denn dafür fehlte einfach die Grundlage.«

»Wie hier auf Dobro«, warf der junge Mann ein.

»Nein. Nicht wie hier auf Dobro. Ganz und gar nicht.« Nira holte tief Luft. »Aber von Zeit zu Zeit, aus unbekannten Gründen, trägt eine Person Dunkelheit im Herzen. Ein solcher Mann griff Thara Wen in den Tiefen des Weltwaldes an. Er jagte sie mit der Absicht, sie zu töten; er hatte bereits andere umgebracht. Thara floh und verbarg sich unter den dichtesten Blattwedeln. Und als der Wald sie beschützte, sie vor dem Mörder verbarg, vereinten sich die Bäume mit ihr, umgaben sie, stellten einen ... innigen Kontakt her.

Als Thara wieder zum Vorschein kam, hatte sie keine Haare mehr am Leib und ihre Haut war grün geworden.« Nira rieb ihre Arme. »Und sie verfügte über die Fähigkeit, mit den Bäumen zu kommunizieren. Sie konnte sich an all die Dinge erinnern, die der Wald je gesehen hatte, und er erzählte ihr von den anderen Opfern des Mannes. Thara kehrte zur Siedlung zurück, klagte den Mörder an und zeigte den Ältesten, wo seine Opfer verscharrt lagen. Der Mann wurde zum Tod verurteilt – der erste Verbrecher auf Theroc. Man band ihn auf dem Wipfel eines Weltbaums fest und überließ ihn dort den Wyvern, die ihn zerfleischten.«

Einige Zuhörer waren fasziniert, andere skeptisch. Der junge Mann erlaubte sich einen weiteren Scherz. »Oh, erklärt das deine grüne Haut? Ich habe dich für ein weiteres seltsames Halbblut gehalten.«

»Zeig etwas Respekt«, sagte Benn Stoner. »Der Designierte wählt sie häufiger für die Zuchtbaracken als sonst jemanden von uns.« Er schien eine Art Ehre darin zu sehen. »Wir danken dir für deine Geschichte, Nira.«

Nira kehrte zu ihrem Bett zurück und hörte von dort aus, wie die anderen ihr Gespräch fortsetzten. Stoner kam nun an die Reihe und setzte die Tradition der Gefangenen fort, indem er die alten, entstellten Geschichten erzählte. Er sprach vage von einer langen Reise, einer Heimat, die nicht Erde hieß, sondern *Burton*. Selbst darüber wussten sie nicht Bescheid.

Nach ihren eigenen Legenden waren die Vorfahren dieser Menschen in Freundschaft nach Dobro gekommen, um in Frieden und Wohlstand mit den Ildiranern zu leben. Doch dann hatte irgendein schreckliches und unverzeihliches Verbrechen – worum es dabei ging, wussten sie nicht – die Ildiraner veranlasst, die Kolonie der Menschen in ein Gefangenenlager zu verwandeln. Es gab keine Antwort auf die Frage, wie viele Generationen noch für jene Sünde büßen mussten.

Die Männer und Frauen taten Nira sehr Leid und von ihrem Bett aus sagte sie: »So wie hier ist es nicht überall. Es gibt Milliarden von Menschen auf zahllosen Welten. Und Dobro ist eine der schlimmsten.«

Benn Stoner hob das Kinn und vollführte eine Geste, die das ganze Lager und die öde Landschaft jenseits davon einschloss. »Dobro ist alles, was wir haben, Nira Khali. Deine Phantasien können uns hier nicht helfen.«

42 ✴ ERSTDESIGNIERTER JORA'H

Der Rettungsshuttle der Solaren Marine sank vom brennenden Himmel herab und näherte sich dem Zitadellenpalast von Hyrillka. Er erreichte ihn, als das zweite Kugelschiff angriff.

Es setzte eine Waffe ein, die die Ildiraner bisher noch nicht kennen gelernt hatten: verheerende Kältewellen, sichtbar in Form von weißem Dunst, der alles gefrieren ließ, was er berührte. Die Kälte strich über Pflanzen und ließ dicke Reben bersten. Hyrillkas prächtiges, üppiges Grün erstarrte in Eis, zerbrach und starb.

Und die beiden Kugelschiffe setzten ihre Angriffe fort.

Jora'h griff nach dem dünnen Arm seines Sohnes, eilte mit ihm über den Hof und wich den Explosionen im Zitadellenpalast aus. Immer wieder gleißten Energiestrahlen vom Himmel, während die vier Kriegsschiffe der Solaren Marine ihr ganzes offensives Potenzial gegen die Hydroger einsetzten.

»Was sollen wir tun?«, heulte Thor'h. »Warum hören die Fremden nicht auf zu schießen?«

Jora'h hatte keine Antworten für ihn.

Entsetzte Höflinge und Künstler eilten in den Banketträumen hin und her. Die drei Priester des Linsen-Geschlechts führten die Ildiraner nach draußen, damit sie nicht unter den Trümmern einstürzender Gebäude begraben wurden. Doch andere Männer und Frauen suchten genau dort Schutz. Kein Ort schien sicher zu sein. Die Hydroger hatten es nicht auf ein bestimmtes Ziel abgesehen. Ihre Zerstörungswut galt nicht nur der ildiranischen Stadt, sondern auch der Vegetation der unbewohnten Gebiete.

»Hilfe!«, rief Thor'h, als ob ihn die Zitadelle selbst hören konnte. Er lief zu einem bunten Fenster und sein Vater riss ihn gerade noch rechtzeitig zurück – einen Moment später splitterten die Scheiben. Die Druckwelle einer Explosion schleuderte Glassplitter wie Geschosse durch den Raum. Jora'h zog seinen Sohn nach unten, während um sie herum scharfkantige Fragmente niedergingen. Thor'h tastete nach den vielen kleinen Schnittwunden im Gesicht und an den Armen, stellte fest, dass seine Prachtkleidung zerrissen war.

»Wir müssen ... meinen Onkel ... finden«, stammelte er fassungslos. »Er w-weiß bestimmt, was wir tun müssen. Er wird uns alle retten.«

»Nein, das wird er nicht«, erwiderte Jora'h. »Er *kann* es nicht. Adar Kori'nh wird uns evakuieren.« *Und er muss all diese Leute zurücklassen ... so viele ...*

Am von Rauchwolken verhangenen Himmel wandten sich die ildiranischen Kriegsschiffe – jedes von ihnen beschädigt – erneut den Hydrogern zu, ohne eine Chance gegen sie zu haben. Die beiden Kugelraumer setzten ihren Flug ungerührt fort, schickten dem Planeten Tod und Verderben. Energiestrahlen fauchten, Explosionen krachten.

»Ich muss dich schützen, Thor'h. Du bist der nächste Erstdesignierte. Und ich werde bald zum ... Weisen Imperator.« Jora'h wusste, dass sein Vater den Angriff auf Hyrillka durch das *Thism* mitverfolgte. Schock und Schmerz mochten Cyroc'hs Zustand sogar noch

verschlimmern, ihm schneller den Tod bringen.»Wir müssen das Kampfgebiet irgendwie verlassen.«
Die vielen Rauchwolken verdunkelten den Himmel und in der Zitadelle leuchteten tausende von Lampen auf, schufen einen künstlichen Tag.

Jora'h fand seinen Bruder Rusa'h auf dem offenen Platz, unter den rankenbewachsenen Bögen. Der pausbäckige Hyrillka-Designierte hob die Arme und winkte.»Wir dürfen nicht in Panik geraten! Bitte bringen Sie sich in Sicherheit.«

»Wo?«, rief eine Tänzerin.»Wo sind wir sicher?«

Rusa'h schob seine Darsteller fort vom Feuer und den Explosionen. Seine Vergnügungsgefährtinnen suchten bei ihm Schutz, ihre lieblichen Gesichter voller Tränen, Ruß und Blut.»Eilt zu den Blubberbecken«, sagte er, obwohl er selbst Mitleid erweckend hilflos wirkte.»Dort gibt es Schutz. Hoffe ich.« Die Frauen liefen los und vertrauten seinem Rat, aber Rusa'h schien nicht so sicher zu sein.

Beide Kugelschiffe glitten über die Landschaft. Eins feuerte mit blauen Energieblitzen auf die fruchtbaren Nialia-Felder, das andere setzte Kältewellen ein. Kurz darauf änderte die zweite Kugel den Kurs und beschrieb einen Bogen, ohne auf das Feuer der ildiranischen Kriegsschiffe zu achten. Jora'h sah, dass der nächste Angriff die Regierungszitadelle treffen würde.»Alle runter vom Hügel! Den Hügel verlassen!«

Der Hyrillka-Designierte sah seinen Bruder verwirrt an, dann zeigte sich Erleichterung in seinem Gesicht.»Ja! Befolgt die Anweisung des Erstdesignierten!« Die Ildiraner liefen los. Einige Nachzügler kamen aus den Innenräumen des Zitadellenpalastes.

Schließlich landete Adar Kori'nhs Rettungsshuttle auf dem Hof – Energiestrahlen der Hydroger hatten Brandspuren an seinem Rumpf hinterlassen. Viele Hyrillkaner liefen dem kleinen Raumschiff entgegen, aber muskulöse Krieger traten aus den Luken, ihre Rüstungen mit Stacheln besetzt, die Augen wachsam.»Wir sind nur wegen der Designierten gekommen. Bleiben Sie zurück! Unsere Befehle stammen von Adar Kori'nh.«

Thor'h griff nach dem Arm seines Onkels.»Ja, bringt uns fort von hier.«

Jora'h wandte sich an einen der Krieger aus dem Shuttle.»Wie viele Personen könnten an Bord Platz finden?«

»Sie, Erstdesignierter, Ihr Sohn und Ihr Bruder.«

»Wie viele andere?«, beharrte er.

»Unsere Priorität besteht darin, Sie zu einem sicheren Ort zu bringen. Vielleicht auch noch einige Kinder Ihres Bruders. Das ist alles.«

»Ich gebe hier die Befehle. *Ich* bin der Erstdesignierte.« Jora'h wartete auf eine Antwort.

»Die maximale Beförderungskapazität des Shuttles lässt achtundvierzig weitere Passagiere zu«, sagte der Krieger schließlich.

»Gut. Beginnen Sie damit, Personen an Bord zu nehmen.«

Mit einem Ruck löste der Hyrillka-Designierte seinen Arm aus Thor'hs Griff. »Nein! Meine Gefährtinnen sind noch im Zitadellenpalast. Ich habe sie zu den Blubberbecken geschickt. Wir müssen sie retten. Sie ... sie sind sehr wichtig für mich.«

»Keine Zeit«, erwiderte Jora'h. Ein Kugelschiff näherte sich und blaue Blitze rissen den Hang des Hügels dort auf, wo Flüchtlinge liefen und versuchten, die offenen Straßen zu erreichen.

»Wir dürfen sie nicht einfach sich selbst überlassen. Einige von ihnen tragen meine Kinder.« Im Gesicht des Hyrillka-Designierten zeigte sich etwas, das gar nicht zu ihm zu passen schien: entschlossene Tapferkeit. Er drehte sich um und kehrte in den Palast zurück, kletterte über Trümmer hinweg. »Sie vertrauen darauf, dass ich sie beschütze. Ich werde sie retten.«

Jora'h staunte über seinen hedonistischen und weichherzigen Bruder, den er immer für verwöhnt und feige gehalten hatte – jetzt zeigte sich der Hyrillka-Designierte von einer ganz neuen Seite. Dann dachte Jora'h an seine eigenen Partnerinnen, insbesondere an Nira Khali. Ja, für Nira wäre er das gleiche Risiko eingegangen wie Rusa'h.

Mit seltsam scharfer, befehlender Stimme rief der junge Thor'h den Kriegern zu: »Haltet meinen Onkel auf, bevor er verletzt wird! Ihr seid verpflichtet, den Hyrillka-Designierten zu retten. Er ist der Sohn des Weisen Imperators.«

Zwei Ildiraner aus dem Krieger-Geschlecht reagierten sofort, liefen los und folgten Rusa'h in den Palast. Eine große Menge aus Hyrillkanern drängte dem Shuttle entgegen.

Unterdessen setzten die Hydroger ihre Angriffe fort. Das zweite Kugelschiff schickte blaue Blitze in den Gebäudekomplex des Palastes. Explosionen rissen Torbögen und Wände auf. Hängende Gärten fingen Feuer. Rauch stieg empor.

Vier Strahlen bohrten sich ins Herz des Zitadellenpalastes, das Ziel des Designierten Rusa'h. Ein ganzer Flügel der großen Anlage wurde zerstört. Wände stürzten ein und dichter schwarzer Qualm kroch über die Dächer.

»Nein, Onkel!« Thor'h kehrte der Sicherheit des Rettungsshuttles den Rücken und lief zum zerstörten Bereich des Palastes. »Der Designierte ist dort drin gefangen! Wir müssen ihn da herausholen!« Jora'h und drei Krieger folgten ihm.

Die beiden Kugelschiffe flogen über das Palastgelände hinweg, noch immer bedrängt von Kori'nhs Schiffen. Weiße Kältewellen berührten acht kleine Angriffsjäger und rissen sie vom Himmel, wie vom Wind fortgewehte Getreidekörner.

Die muskulösen Krieger schoben Trümmer beiseite und bahnten einen Weg durch die Flure, bis sie schließlich den Raum mit den Blubberbecken erreichten. Wände und kuppelförmige Decken hatten sich in ein Durcheinander aus Fliesenscherben und durchsichtigen Blöcken verwandelt.

»Der Designierte erreichte diesen Raum kurz vor der Explosion«, sagte ein Krieger. »Er muss unter den Trümmern liegen.«

»Er ist tot«, stöhnte Thor'h.

Mit Klauenhänden und kräftigen Armen räumten die Krieger Trümmer, stützende Stangen und Träger beiseite. Säulen waren umgestürzt. Der Hyrillka-Designierte saß unter ihnen fest, aber sie hatten ihn auch vor den herabfallenden Deckenelementen geschützt.

Sie fanden eine blasse Hand und einen bunten, blutverschmierten Stofffetzen. Vier Vergnügungsgefährtinnen hatten auf der anderen Seite des Schuttbergs überlebt, waren verletzt und völlig durchnässt. Einige hatten sich im Becken befunden, als es zu der Explosion gekommen war. Herabstürzende Trümmer hatten zwei von ihnen bewusstlos geschlagen und dadurch waren sie ertrunken.

Feuer breiteten sich im zerstörten Palast aus, und nicht überall konnte der Rauch durch Öffnungen in Decken abziehen. Jora'h trat vor, um den Kriegern zu helfen, obgleich er nicht annähernd so stark war wie sie.

Schreie kamen von draußen, das Donnern weiterer Explosionen und das Fauchen von Energiestrahlen. Doch Jora'h konzentrierte sich darauf, seinen Bruder unter den Trümmern hervorzuholen. Er versuchte, ihn durchs *Thism* zu fühlen, aber das Schimmern des

Lichts und der verbindenden Seelenfäden war schwach und dunkel geworden.

Zwei Krieger hoben eine schwere Steinsäule an und stießen sie beiseite – mit lautem Krachen fiel sie neben dem Schutt auf den Boden. Schließlich kaum Rusa'hs rundliches Gesicht zum Vorschein. Die Wangen waren blutig, die Augen zugeschwollen, das Gesicht eine Fratze des Schmerzes. Seine Haut war gerötet, und es ließ sich ein wenn auch schwacher Puls feststellen.

»Der Designierte lebt!«, sagte ein Krieger.

»Bringt ihn nach draußen.« Mit Händen, die überhaupt nicht an Arbeit gewöhnt waren, kratzte Thor'h im Schutt, bis sie den dritten Sohn des Weisen Imperators völlig freigelegt hatten. Er blieb an der Seite seines Onkels, als die Krieger den Designierten vorsichtig hochhoben. »Schnell. Wir müssen zum Shuttle. Adar Kori'nh wartet auf uns.«

Sie trugen den Designierten Rusa'h, aus dessen Wunden Blut tropfte. Zusammen mit Jora'h eilten die Krieger erneut durch die Flure, gefolgt von den vier überlebenden Vergnügungsgefährtinnen. Der Hyrillka-Designierte hatte schwere Verletzungen erlitten, aber er *lebte*.

Als sie an Bord des Shuttles waren, zusammen mit Dutzenden von anderen Flüchtlingen, verlor der Pilot keine Zeit. Mit heulendem Triebwerk hob das überladene kleine Raumschiff ab und ließ den brennenden Zitadellenpalast hinter sich zurück. Eines der ildiranischen Kriegsschiffe wandte sich von den Hydrogern ab und nahm den Shuttle an Bord.

Der Adar begrüßte die Evakuierten im Hangar, obwohl er wusste, dass er den Kommando-Nukleus während eines Kampfes eigentlich nicht verlassen sollte. Es erleichterte ihn, Jora'h und seinen Sohn Thor'h zu sehen, doch er reagierte mit Kummer auf den Anblick des schwer verletzten Hyrillka-Designierten.

Ildiraner des Mediziner-Geschlechts eilten herbei, untersuchten Rusa'h und behandelten die Verletzungen der übrigen Flüchtlinge. Thor'h blieb die ganze Zeit über an der Seite seines blutenden, bewusstlosen Onkels. Rusa'h klammerte sich am Leben fest, obgleich er reglos blieb und nicht ein einziges Mal stöhnte.

Adar Kori'nh übermittelte seiner Crew Anweisungen. »Rückzug! Alle Angriffsjäger sollen dieses Schiff flankieren und abschirmen. Wir müssen den Erstdesignierten und seinen Sohn schützen.

Ich ... sehe keine Möglichkeit, die übrigen Bewohner des Planeten zu retten.«

Das Flaggschiff entfernte sich von den Kugelschiffen, die ihr Zerstörungswerk auf Hyrillka fortsetzten. Doch plötzlich, ohne erkennbaren Grund, brachen die Hydroger ihre Angriffe ab. Sie schenkten der Solaren Marine keine Beachtung, als sie aufstiegen und dabei nicht den Eindruck erweckten, es eilig zu haben.

Jora'h beobachtete sie vom Kommando-Nukleus des Flaggschiffs aus. »Warum?«, fragte er. »Warum richten sie ein solches Chaos an und fliegen dann einfach fort?«

Kori'nh stand wie ein versteinerter Baum da und bemühte sich, seine Gefühle unter Kontrolle zu halten. »Vielleicht haben sie nicht gefunden, wonach sie suchten.«

Ohne ein Wort der Erklärung oder des Triumphes verließen die Kugelschiffe der Hydroger Hyrillka und verschwanden im All. Zurück blieb eine einst friedliche Welt, die jetzt in Schutt und Asche lag.

43 ✺ JESS TAMBLYN

Von Osquivels Werften lieh sich Jess eine für zwei Personen bestimmte Greifkapsel aus und flog damit Cesca Peroni entgegen, die vom Kometenhalo zurückkehrte. Es fiel ihm schwer, seine Vorfreude zu verbergen – das letzte Treffen mit Cesca lag schon lange zurück.

»Sprecherin Peroni, bitte erlauben Sie mir, Sie zu eskortieren«, sendete er auf einem offenen Kom-Kanal. »Zehn weitere Nebelsegler sind für den Start bereit. Sie warten in ihren ballistischen Kokons und sehen recht eindrucksvoll aus.«

»Ich setze sie bei Ihnen ab, Jess«, erwiderte Del Kellum. In seinem Gesicht zeigte sich die Andeutung eines Lächelns, als ahnte er etwas. »Ich muss mich um andere Dinge kümmern.«

»In Ordnung. Ich glaube, Ihre Meerengel müssen gefüttert werden. Sie haben nach einigen Roamer-Kindern geschnappt, die am Aquarium vorbeigingen.«

In freudiger Erregung dockte Jess an. Die beiden Luftschleusen wurden miteinander verbunden und Cesca kam an Bord. Sie war wunderschön ... aber auch verwirrt und besorgt. Jess begriff sofort, dass irgendetwas geschehen sein musste.

»Geben Sie gut auf sie Acht, Jess!«, rief Kellum vom anderen Cockpit. »Sie möchte bald nach Rendezvous zurück.«

Jess' Blick klebte an Cescas kummervollem Gesicht fest, aber er schwieg, bis er die Schleusen versiegelt und voneinander gelöst hatte. Als die beiden Schiffe nicht mehr miteinander verbunden waren, trat Cesca näher und umarmte ihn stumm. Jess erwies ihr den Gefallen, noch nicht nach Einzelheiten zu fragen. Er küsste sie auf die Stirn, auf den Augenwinkel und schließlich auf den Mund.

Cesca zog ihn enger an sich, sank dann neben ihm auf den Sitz des Kopiloten. Als sie die unausgesprochene Frage in Jess' Gesicht sah, sagte sie: »Reynald wird bald zum neuen Vater von Theroc gekrönt und schlägt ein Bündnis mit uns vor. Er ... hat mir einen Heiratsantrag gemacht.«

Jess fühlte sich, als hätte er einen Schlag erhalten. Sein ganzes Denken und Fühlen drehte sich um den Tag, an dem sie heiraten konnten, und plötzlich löste sich das alles auf, wie ein kleiner Bausch Zuckerwatte in Pfefferblumentee.

Cesca brauchte nicht auf die politischen Vorteile einer Ehe mit Reynald hinzuweisen. Jess kannte die angespannte Lage der vielen Roamer-Clans: vermisste Schiffe, Mangel an Versorgungsmaterial, verlorene Ekti-Ladungen. Viele Familien zweifelten daran, dass die Droger für all das verantwortlich waren. Sie glaubten stattdessen, dass die Tivvis nicht vor Piraterie zurückschreckten.

»Er hat Recht«, sagte Jess heiser. »Ein Bündnis zwischen Roamern und Theronen könnte stark genug sein, den Krieg zu überstehen und die Große Gans auf Distanz zu halten. Ja ... ich schätze, in politischer Hinsicht wäre das sehr sinnvoll.«

Sie sahen sich an und spürten beide, wie die Benommenheit des Schocks allmählich dem Schmerz der Realität wich. Jess fühlte sich, als hätte ihm jemand den Boden unter den Füßen weggezogen. Cescas Gesicht zeigte hilflose Trauer. »Ich möchte ihn nicht heiraten, Jess.«

Er ließ die Schultern hängen, seufzte tief und begriff, dass er Cesca endgültig verlieren würde, für immer. »Ich möchte es ebenso wenig. Wenn ich jetzt Gelegenheit dazu hätte, würde ich Reynald vermutlich erwürgen.«

Cesca lächelte schief. »Das solltest du besser nicht.«

»Aber du musst dich der Realität stellen. Du bist die Sprecherin aller Clans. Reynald wird zum Oberhaupt aller Theronen, auch der grünen Priester und ihres Weltwaldes. Der Leitstern ist klar erkennbar.«

»Ich weiß, Jess – aber ich liebe *dich*. Dies ist nicht nur eine ... geschäftliche Vereinbarung.«

Er richtete einen strengen Blick auf sie. »Wenn du das Wohl aller Roamer einfach beiseite schieben, die eigenen Wünsche in den Vordergrund stellen und deine Pflichten vergessen kannst ... Dann wärst du nicht die Frau, die ich liebe.«

Zwar war Jess abgelenkt, aber er steuerte die Greifkapsel weiterhin durch das Gewirr aus Gesteinsbrocken, das die Werften in den Ringen von Osquivel umgab. Die navigatorische Herausforderung half ihm dabei, mit seiner Verzweiflung fertig zu werden. Sie beide sahen den Leitstern in dieser Situation.

Cesca blickte aus dem Fenster zu den Sternen. »Ich könnte als Sprecherin zurücktreten, Jess. Soll jemand anders die Verantwortung übernehmen ...«

»Wer?« Zorn verlieh seiner Stimme Schärfe. »Sprecherin Okiah hat dir vertraut. Alle Clans vertrauen dir. Und wer sonst könnte dieses Bündnis mit Theroc schließen? Du kannst die Roamer nicht sich selbst überlassen. Du musst uns durch diese schweren Zeiten bringen.« Als Jess diese Worte formulierte, wurde ihm klar: Indem er sie laut aussprach, wurde alles real und unvermeidlich.

Jess beobachtete, wie Cesca nach vernünftigen Gegenargumenten suchte, nach einer Möglichkeit, Reynalds Heiratsantrag abzulehnen. Er hob die Hand. Sein Herz wetterte gegen die eigenen Worte, aber der Verstand zwang ihn, sie auszusprechen. »Muss ich dich daran erinnern, wie oft du mich darauf hingewiesen hast, dass wir unserem Leben eine Bestimmung geben müssen, die über uns selbst hinausgeht? Wenn es uns nicht um das Wohl unseres Volkes ginge, hätten wir schon vor Jahren heiraten und uns auf Plumas niederlassen können.«

»Vielleicht wäre das besser gewesen«, sagte Cesca, aber sie wusste, dass sie es nicht ernst meinte. Sie *konnte* es nicht ernst meinen. Erst jetzt wurde ihr klar, wie sehr sie Jess liebte.

Sie diskutierten weiter, aber alle möglichen Lösungen des Problems schienen egoistisch und erzwungen zu sein. Jess beharrte auf seinem Standpunkt und wusste, dass er Recht hatte. Welchen Rat hätte Cesca einer anderen Frau in ihrer Situation gegeben? Die Antwort lag auf der Hand, wenn man all die Dinge berücksichtigte, die man sie gelehrt hatte und an die sie glaubte. Vielleicht war sie selbst von ihrem Widerwillen überrascht, den Traum von einem glücklichen Leben mit Jess aufzugeben. Hatte sie sich zu viel erhofft?

Als die Greifkapsel ans Haupthabitat von Osquivel andockte, sagte Jess: »Du weißt, was du tun musst, Cesca.«

Als Cesca die Werften besuchte, bewegte sie sich wie eine Person, die nur halb am Leben war. Sie wollte lange genug bleiben, um den Start der neuen Nebelsegler zu beobachten. Anschließend beabsichtigte sie, nach Rendezvous zurückzukehren und ihre Arbeit fortzusetzen. Warum hatte die frühere Sprecherin Okiah nicht eine andere Nachfolgerin gewählt?

Aber das entsprach gar nicht Cescas Wünschen. Jene, die ein ruhiges Leben führten, träumten manchmal davon, einen wichtigen Posten und Macht zu haben – aber die meisten von ihnen würden gern darauf verzichten, um die alte Ruhe zurückzubekommen. So sehr Cesca auch darunter litt: Sie musste den Preis bezahlen. Ihr Leitstern verlangte es. Ihr blieb keine andere Wahl. Sie musste sich mit der Situation abfinden und persönliche Verluste akzeptieren, worin auch immer sie bestanden.

Jess ging ihr aus dem Weg und wusste, dass er Cesca bei dieser Sache nicht helfen konnte. Seine unmittelbare Präsenz hätte es ihr nur schwerer gemacht. Es ging um eine rationale, politische Entscheidung, die mit kühlem Kopf getroffen werden musste, nicht mit einem kummervollen Herzen. Ihre Seelen waren eins; daran würde sich nie etwas ändern.

Jess sah eine Möglichkeit, es Cesca leichter zu machen.

Del Kellum war überrascht, als der junge Mann am Startdock an ihn herantrat.

»Ich möchte mit einem der neuen Nebelsegler aufbrechen, Del«, sagte Jess. »Holen Sie einen der Piloten aus dem Cockpit und versprechen Sie ihm einen anderen Segler. Ich muss jetzt sofort los. Wenn ich hier bleibe ... Dann ist Cesca abgelenkt und gerät in Versuchung, eine falsche Entscheidung zu treffen.«

»Dies ist unbesonnen, Jess.« Kellum schien ihn zu verstehen und Jess errötete. Wussten denn *alle* über Cesca und ihn Bescheid? »Verdammt, wenn Sie da draußen so lange allein sind, kommen Sie ins Grübeln. Zeit kann ein Luxus oder ein Fluch sein, es kommt ganz darauf an.«

Jess blieb hart. »Ich *möchte* nicht fort, Del, aber ich kenne Cesca zu gut. Mich jetzt in der Nähe zu wissen ... Das ist zu schwer für sie. Viel zu schwer. Ich habe meinen Leitstern gesehen und muss ihm folgen.«

Kellum seufzte. »Na schön, ich arrangiere alles. Ich schätze, der alte Bram hat seine Sturheit an Sie weitergegeben.«

Jess verstaute seine Sachen im Habitatmodul und überprüfte die Vorräte an Bord, bevor das Schiff angehoben und dem ellipsenförmigen ballistischen Kokon hinzugefügt wurde, der den zusammengefalteten Mikrofaserfilm enthielt.

Bevor er Jess im Innern des Moduls einschloss, sagte Kellum: »Soll ich ihr etwas ausrichten? Sie wird den Start beobachten.«

»Sagen Sie ihr, ich wünschte, unsere Herzen wären unser Leitstern. Aber das sind sie nicht.« Jess schloss die Augen. »Cesca wird tun, was getan werden muss. So hat sie immer gehandelt.«

Cesca würde an Bord der Ringstation neben Del Kellum stehen und beim Start der neuen Nebelsegler zuschauen – das war ihre Pflicht als Sprecherin.

Im Innern des gemütlichen Habitatmoduls hörte Jess wie benommen zu, als Checklisten verlesen und Meldungen ausgetauscht wurden. Kurze Zeit später sausten die ballistischen Kokons ins offene All, wie die Sporen eines Pilzes. Ein schneller Flug bis zum Nebel stand Jess bevor; dort würden sich die Segel entfalten.

Weit, weit von Osquivel entfernt.

Er wollte alle Gedanken und Gefühle von sich abstreifen, aber er wusste auch: Er hatte mehr als genug Zeit, um immer und immer wieder über alles nachzudenken.

Noch bevor er sein Ziel im Herzen des Nebels erreichte, wusste Jess, dass Cesca die richtige Entscheidung treffen und Reynalds Heiratsantrag annehmen würde.

44 ✸ REYNALD

Mit einem diplomatischen Schiff der Hanse kehrte Sarein nach Theroc zurück – es sank an den hohen Weltbäumen vorbei und landete auf der Raumhafenlichtung. Reynald näherte sich mit schnellen Schritten, glücklich über das Wiedersehen mit seiner Schwester. Er hatte sich die gebräunte Haut mit Spreiznussöl eingerieben, sodass sie eindrucksvoll glänzte.

Sarein umarmte ihn kurz. Sie sah gesund aus und ihr dunkles Haar war kurz geschnitten, nach terranischer Art; die langen Zöpfe, die sie auf Theroc getragen hatte, existierten nicht mehr. Hanse-Parfüms gaben ihr einen exotischen Duft.

»Es scheint dir auf der Erde gut zu gehen.« Reynald zupfte spielerisch am Ärmel ihrer Bluse. »Aber offenbar hast du dich verkleidet. Warum bist du so lange fort gewesen?«

»Ich wollte eher heimkehren, Reynald, aber wenn Kolonisten Not leiden, weil dringend benötigtes Ausrüstungsmaterial nicht geliefert werden kann ... Wie soll ich unter solchen Umständen einen Besuch bei meiner Familie rechtfertigen?« Es funkelte in Sareins Augen. »Aber da ich die Botschafterin bin und du der Vater von Theroc sein wirst, habe ich vor, in Zukunft eng mit dir zusammenzuarbeiten.«

»Ich bin auch weiterhin dein Bruder. Nichts hat sich geändert.«

Sarein bedachte Reynald mit einem durchdringenden Blick. »Wenn du Vater Reynald bist, wirst du feststellen, dass sich viele Dinge geändert haben. Ich hoffe, dass sie besser werden.« Sie deutete zum offenen diplomatischen Shuttle. »Ich habe einen Überraschungsgast für deine Krönung mitgebracht. Erinnerst du dich an den Vorsitzenden, Reynald?«

In einen perfekt sitzenden Anzug gekleidet kam Basil Wenzeslas aus dem Shuttle und sah interessiert zu den aufragenden Weltbäumen. Reynald hatte den Vorsitzenden vor sechs Jahren bei seinem Besuch auf der Erde kennen gelernt. »Willkommen. Einen so wichtigen Gast habe ich nicht erwartet.«

Basil lächelte väterlich. »Sie werden zum Oberhaupt einer der wichtigsten Welten im Spiralarm, Reynald. Eine geringere Präsenz der Terranischen Hanse käme einer Beleidigung gleich. So etwas können wir nicht zulassen.«

»Danke, Vorsitzender.« Reynald errötete. »Ich bin noch nicht daran gewöhnt, mit solcher Förmlichkeit behandelt zu werden.« Er ergriff die Hand seiner Schwester. »Komm. Vater und Mutter freuen sich darauf, dich wieder zu sehen.«

Für die Krönung waren die Räume der Pilzriff-Stadt mit mehr Farben und Glanz geschmückt als die prächtigste Chromfliege. Vor kurzer Zeit geschlüpfte und mit Fäden festgebundene Kondorfliegen flatterten an den Fenstern und ihre Flügel glitzerten in allen Farben des Spektrums. Idriss und Alexa hatten sich selbst übertroffen und waren sehr stolz auf das von ihnen vorbereitete Spektakel.

Estarra sah hinreißend aus in ihrem Gewand aus Federn und Mottenschuppen – nie zuvor hatte sie auf Reynald so erwachsen gewirkt. Das geölte Haar der sechzehnjährigen Celli bildete lange Flechten und war so sehr nach hinten gezogen, dass ihr Gesicht einen gequälten Ausdruck bekam. Sie verabscheute solche förmlichen Ereignisse.

Sarein wirkte sehr würdevoll im Botschaftermantel, den sie von der alten Otema erhalten hatte, und sie saß neben dem Vorsitzenden Wenzeslas in der ersten Reihe. Der Abstand zwischen ihnen war gering, so als wären sie nicht nur politische Kollegen, sondern auch gute Freunde. Seltsamerweise blickten sie beide immer wieder zu Estarra und schienen sie einzuschätzen.

Ein gemischtes Publikum von vielen verschiedenen Waldsiedlungen füllte den Raum und draußen die Balkone. Reynald bemerkte die grüne Priesterin Almari, die ihm bei den Spiegelglasseen die Ehe vorgeschlagen hatte. Jetzt, da er zum neuen Vater von Theroc wurde, schien sie noch mehr an ihm interessiert zu sein. Aber er hatte bereits um Cesca Peronis Hand angehalten. Er hoffte, bald eine Antwort von ihr zu bekommen.

Viele Theronen standen auf dem Waldboden oder auf dicken Ästen der Weltbäume und versuchten, etwas von der Zeremonie mitzubekommen. Überall auf dem Planeten berührten grüne Priester die Weltbäume und nahmen durch den Telkontakt an den Vorgängen teil.

Reynald hörte die feierlichen Lieder, gefolgt von der Ansprache seines Onkels, des grünen Priesters Yarrod – er wies darauf hin, dass der theronische Vater den Weltwald und sein Volk hüten musste. Doch an diesem Tag waren seine Worte ein kaum verständliches Brummen.

Als es Zeit für ihn wurde, stand Reynald auf, trat vor den doppelten Thron und legte seinen Eid ab. »Ich schwöre, mein Äußerstes zu geben, um das theronische Volk gerecht und klug zu führen, zum Wohle des Weltwaldes und zum Nutzen aller, die hier leben.« Mutter Alexa blieb sitzen, die Schultern von Insektenschalen und fedrigen Tüchern bedeckt. Ihr Kopfschmuck sah aus wie eine kleine Kathedrale, die auf ihrem Haar ruhte. Idriss trug einen beeindruckenden Umhang und seine Krone war noch größer, geschmückt mit Insektenflügeln, Rückenschilden von Käfern und polierten Holzspänen.

»Reynald, mein Sohn«, sagte Idriss mit tiefer Stimme, »ich vertraue dir meinen Platz als Vater aller Theronen an. Keine Zeremonie und kein Segen kann bedeutungsvoller sein als das.« Er nahm die Krone ab und setzte sie Reynald auf den Kopf. Sie fühlte sich sonderbar leicht und erhebend an.

Unvergossene Tränen glänzten in Reynalds Augen. »Ich verspreche dir, mir alle Mühe zu geben, Vater.«

Idriss nahm die Hand seiner Frau und Alexa stand auf. Gemeinsam traten sie von ihren Sesseln fort und blieben rechts und links ihres Sohnes stehen. Reynald sah dorthin, wo seine Mutter eben noch gesessen hatte, und er fragte sich, ob Cesca Peroni ihm dort jemals Gesellschaft leisten würde. Im Publikum befanden sich auch Uthair und Lia. Sie saßen neben Idriss' alten Eltern und lächelten.

»Nun, nimm Platz, Reynald«, sagte seine Mutter. »Alle warten.«

Er trat auf die Estrade und drehte sich dort zum Publikum um. Fast überwältigt von der Verantwortung, die er gerade übernommen hatte, setzte er sich, während Idriss und Alexa zu ihren Eltern gingen. Stille herrschte – alle warteten auf Vater Reynalds erste Proklamation.

Er dachte kurz nach und erließ dann eine Verfügung, die allen gefallen würde. »Ich meine, es ist an der Zeit, mit dem Bankett zu beginnen!«

Musiker und grüne Priester unterhielten die Krönungsgäste bis spät in die Nacht. Kinder liefen umher, tuteten und pfiffen mit den seltsamen Musikinstrumenten, die Uthair und Lia ihnen geschenkt hatten. Draußen im dichten Wald wurde die Musik der Insekten zu einer summenden Symphonie und es klang so, als wollte auch der Weltwald das neue Oberhaupt willkommen heißen. Vielleicht war das dank der grünen Priester wirklich der Fall.

Reynald bedauerte Benetos Abwesenheit, aber die weite Reise von Corvus Landing nach Theroc war ihm nicht möglich gewesen. Durch den Telkontakt hatte er geistig an dem Fest teilnehmen können, wie alle anderen grünen Priester im Spiralarm.

Überall gab es Speisen: Salznüsse, Paarbirnen, Perrinsamen, Platschbeeren, gedünstete und mit Zucker bestreute Kräusler, Spieße mit Kondorfliegenfleisch, pikante Käfer, in ihren Schalen gebacken. Lange Fahnen und hauchdünne Schleier aus Kokonfaser-Stoff trieben wie Spinnweben hin und her, gerieten beim geringsten Luftzug in Bewegung. Die vielen Menschen – fast alle lächelten – schienen miteinander zu verschwimmen.

Reynald tanzte mit seinen drei Schwestern. Nachdem Sarein und Basil einen langsamen Walzer getanzt hatten, nahmen sie Reynald diskret beiseite. Sarein führte ihn hinter den Thronraum, durch einen ins Pilzriff gebohrten Tunnel und in ein kleines Zimmer, in dem gelegentlich Dinge gelagert wurden.

»Erinnerst du dich an diesen Raum?« Sarein schloss die Tür, damit sie allein waren. »Hier haben wir uns als Kinder versteckt.«

»Natürlich«, erwiderte Reynald wachsam. »Aber ich nehme an, derzeit hast du keine Kinderspiele im Sinn.«

Sareins Lippen formten ein zufriedenes Lächeln. »Siehst du, Basil? Ich habe dir ja gesagt, dass mein Bruder intelligent ist. Du kannst darauf zählen, dass er die allgemeine Situation versteht.«

»Junger Mann«, sagte Basil Wenzeslas, »Ihre Krönung ist ein Wendepunkt in den Beziehungen zwischen Theroc und der Hanse.«

Reynalds Gedanken rasten und er begriff, dass sich sein Leben bereits verändert hatte. Sarein stand dicht neben dem Vorsitzenden; er blickte von einem Gesicht zum anderen. Der Lagerraum schien immer kleiner zu werden. »Was wollen Sie?«

»Ob es uns gefällt oder nicht, Vater Reynald, wir alle befinden uns im Krieg gegen die Hydroger«, sagte Wenzeslas. Zum ersten Mal wurde Reynalds neuer Titel bei einer offiziellen diplomatischen Angelegenheit verwendet – es hörte sich seltsam an. »Der Feind hat geschworen, uns zu vernichten. Nicht nur uns Menschen, sondern auch die Ildiraner. Das Ultimatum der Hydroger hat die interstellare Raumfahrt im Spiralarm praktisch gelähmt. Die Kolonien der Hanse leiden Not; auf manchen Welten herrscht Hunger. Die Terranische

Verteidigungsflotte hat versucht, uns zu schützen, aber wir haben zahlreiche Schiffe verloren und viele mussten Gelegenheiten verstreichen lassen, weil wir nicht in der Lage sind, ohne Zeitverlust über interstellare Entfernungen hinweg zu kommunizieren.«
»Sie wollen mehr grüne Priester«, sagte Reynald.
»Ist das eine so schreckliche Sache?«, warf Sarein ein. »Die TVF versucht, den Spiralarm zu verteidigen, aber wir können es nicht allein schaffen. Denk daran, wie viele Leben und Ressourcen gerettet werden können, wenn grüne Priester bereit wären, mit ihren besonderen Fähigkeiten zu helfen. Stützpunkte der Hanse könnten per Telkontakt um Hilfe rufen, wenn sie angegriffen werden. Man könnte die Position fremder Schiffe melden. Derzeit müssen wir Scouts ausschicken und mithilfe von Kurierdrohnen kommunizieren, die wertvolles Ekti verbrauchen.« Sareins Stimme klang bitter, als sie hinzufügte: »Die Theronen sollten endlich damit aufhören, in ihrer kleinen, isolierten Ecke des Universums zu leben und all jenen Welten, die von den Hydrogern angegriffen werden, keine Beachtung zu schenken.«

»Ich habe viele Planeten im Spiralarm besucht«, entgegnete Reynald. »Ich sehe nicht nur Theroc.«

»Die Hilfe Ihrer Welt bedeutet uns viel, Vater Reynald«, sagte Basil. »Deshalb ist die Hanse zu einem beispiellosen Zugeständnis bereit. Wir fordern Sie nicht auf, die Charta der Hanse zu unterzeichnen. Wir bestätigten Therocs Status als unabhängige Welt mit eigenen Bedürfnissen und einer eigenen Kultur. Wir bitten Sie jedoch um eine Partnerschaft zu beiderseitigem Nutzen.«

»Und an welche Grundlage für diese Partnerschaft dachten Sie?«, fragte Reynald.

»Wir könnten sie mit einem Ehebund besiegeln«, sagte Sarein voller Enthusiasmus. »Wir dachten dabei an König Peter und ... Estarra.«

Reynald glaubte, seinen Ohren nicht trauen zu können. Er hatte bereits die Notwendigkeit gesehen, dass sich Theroc mit einer anderen Macht verbündete, um auf diese Weise ein System der gegenseitigen Hilfe zu schaffen – deshalb sein an Cesca Peroni gerichteter Heiratsantrag. Wenn der Hydroger-Krieg Theronen, Roamer und die Hanse zusammenbringen und die Menschheit einen konnte, ohne dass eine der beteiligten Gruppen ihre Rechte oder Identität opfern musste – eine solche Gelegenheit durfte er nicht ungenutzt verstreichen lassen.

Reynald dachte an den Flüsterpalast und die von Sarein oft beschriebene Pracht der Erde. Er hatte Bilder gesehen, die den attraktiven König Peter zeigten, einen vitalen und offenbar freundlichen jungen Mann. Es schien eine wundervolle Chance für seine kleine Schwester zu sein, insbesondere in Hinsicht auf den Rat, den Uthair und Lia ihnen beiden vor langer Zeit gegeben hatten. Wie konnte Estarra es ablehnen, die Gemahlin eines Großen Königs zu werden? Bestimmt sah sie den Nutzen einer solchen Ehe ein.

»Ich ... ich muss Estarra natürlich fragen und die Angelegenheit mit unseren Eltern besprechen.«

Sarein musterte ihren Bruder ernst. »Sprich mit ihnen, wenn du möchtest, aber denk daran, dass du *Vater* Reynald bist«, sagte sie mit Nachdruck. »*Du* entscheidest.«

Reynald zögerte und seufzte. »Ja, diesen Hinweis habe ich von dir erwartet.«

45 ✺ KÖNIG PETER

Praktisch die ganze Zeit über musste Peter den König spielen. Es gab keine Ausnahmen, keine Atempause. Er saß auf seinem Thron, mit einem ruhigen, wissenden Gesichtsausdruck. Die Leute erwarteten Trost, Ehrlichkeit und Kraft von ihm. Ein König musste vor allem moralische Integrität haben.

Ganz gleich, was Basil Wenzeslas glaubte.

Zwar war der Vorsitzende zusammen mit Botschafterin Sarein nach Theroc geflogen, aber deshalb hatte Peter noch lange nicht die Freiheit, eigene Gedanken zu denken oder ganz offen zu sprechen. Er war sowohl König als auch Gefangener, auch wenn das niemand in der Hanse wusste.

Admiral Lev Stromo, Kommandeur und Repräsentant der Terranischen Verteidigungsflotte in Gitter 0, war zum Flüsterpalast gekommen, begleitet von dem technischen Spezialisten Lars Rurik Swendsen. General Lanyan führte irgendwo Manöver durch und Basil weilte auf Theroc – unter diesen Umständen schien Stromo nicht recht zu wissen, an wen er sich wenden sollte. Dem Admiral war klar, dass es Peter eigentlich nicht zustand, ganz allein wichtige Entscheidungen zu treffen.

Die beiden Männer schritten über den roten Teppich der Zugangsplattform, passierten den Spiegelflur und erreichten den Thronsaal. Die königlichen Wächter und Herolde kündigten sie an, obwohl Peter sowohl Stromo als auch Swendsen erkannte. Er richtete einen durchdringenden Blick auf den Kommandeur von Gitter 0 und Stromo erwiderte ihn – sie beide wussten, welche Farce dieses Treffen war.

Der Techniker trat vor, einen Projektionsapparat in den Armen. »König Peter, es freut mich, Ihnen von den technischen Durchbrüchen berichten zu können, zu denen es nach der Demontage des Klikiss-Roboters kam. Unsere Forschungen waren die Mühe wert.«

Peter hob die Brauen. »Nach wessen Maßstäben?«

Swendsen schien Peters Skepsis überhaupt nicht zu bemerken. »Nach jedem beliebigen Maßstab, Euer Majestät.« Er projizierte mehrere Bilder, die Kompi-Produktionsplattformen, Montagebänder und automatische Fabriken zeigten. Der Techniker sprach so schnell, dass seine Worte den Darstellungen vorauseilten.

»Die Untersuchungen haben uns tiefen Einblick in erstaunliche robotische Systeme gewährt. Wir haben bereits damit begonnen, die Produktionsverfahren zu modifizieren – Sie werden sehen, dass sich alles gelohnt hat, Euer Majestät. Wir restrukturieren die Fabriken, um neue Kompi-Modelle zu konstruieren, die weitaus effizienter sind als die alten und auch als Kampfroboter eingesetzt werden können. Die neuen Kompis werden in der Lage sein, eigene Kommando-Entscheidungen zu treffen, anstatt sich darauf zu beschränken, expliziten Anweisungen zu folgen. Sie können erkunden, angreifen und autonom gegen den Feind kämpfen. Kurz gesagt, sie sind perfekte Soldaten – und eine enorme Verbesserung gegenüber unseren bisherigen Kompis.«

Der nur ein Meter zwanzig große OX stand neben dem Thron des Königs. Peter sah zum Lehrer-Kompi und runzelte skeptisch die Stirn, als er sich an den Techniker wandte. »Kompis wie OX leisten uns seit Jahrhunderten gute Dienste. Sie sollten besser auf solche Behauptungen verzichten, wenn es keine Faktenbasis dafür gibt.«

»Eine solche Faktenbasis existiert durchaus, Euer Hoheit«, sagte Admiral Stromo. »Mit den auf die Klikiss-Technik zurückgehenden Modifikationen zeichnen sich die militärischen Modelle durch größere Zuverlässigkeit und verbesserte allgemeine Zielorientierung aus. Sie werden unablässig bestrebt sein, komplexen Aufgaben gerecht zu werden. Es sind keine ›kompetenten computerisierten Helfer‹ mehr, keine Spielzeuge, sondern richtige Soldaten.«

»Das stimmt«, pflichtete Lars Swendsen dem Admiral bei. »Die neuen Kompis sind imstande, all jene Soldaten zu ersetzen, die ...« Er zögerte. »Wie viele nicht unbedingt erforderliche Menschen gibt es in der TVF?«

»Dies versetzt uns in die Lage, die Anzahl potenzieller menschlicher Verluste bei den nächsten Konfrontationen mit den Hydrogern zu reduzieren«, fuhr Stromo fort. »Dann brauchen Sie nicht annähernd so viele Gedenkbanner wie nach dem Dasra-Zwischenfall zu entfalten.«

Von seinem Thron aus betrachtete Peter die Bilder restrukturierter Kompi-Fabriken. Er konnte kaum etwas dagegen haben, dass weiterentwickelte Kompis gewisse Risiken übernahmen, aber ein Teil von ihm dachte noch immer darüber nach, was sich hinter dem angeblichen Hilfsangebot der Klikiss-Roboter verbarg. »Sie scheinen sehr begeistert zu sein, Techniker Swendsen. Haben Sie überhaupt keine Zweifel?«

»Nicht die geringsten, Euer Majestät.«

»Vielleicht können wir diesen Krieg doch noch gewinnen.« Admiral Stromo verbeugte sich, wich zurück und glättete die Jacke seiner TVF-Uniform. »Wir legen einen detaillierten Bericht vor, wenn der Vorsitzende Wenzeslas von seiner diplomatischen Mission auf Theroc zurückkehrt.«

»Ach?«, erwiderte der König. »Gibt es sonst noch etwas, das Sie mir mitteilen möchten?«

»Nein, Euer Majestät«, antwortete Admiral Stromo.

»Dann dürfte ein zweites Treffen mit dem Vorsitzenden Wenzeslas nicht nötig sein. Sie haben alles gesagt, was gesagt werden musste.« Der Blick von Peters blau gefärbten Augen durchbohrte Stromo, der nicht wusste, wie er reagieren sollte.

Der Techniker Lars Swendsen spürte nichts von der Anspannung. Er lächelte, nahm seine Unterlagen und den Projektor.

»Nun gut, Sie können Ihre Arbeit fortsetzen«, sagte der König. »Aber seien Sie vorsichtig.«

46 ✳ TASIA TAMBLYN

Etwas hatte die Droger aktiv werden lassen. Die Fremden aus den Tiefen der Gasriesen durchstreiften das All und griffen bewohnte Sonnensysteme an, offenbar wahllos. Die TVF hatte die zunehmenden Sichtungen analysiert, ohne ein Muster zu erkennen. Zwischen den einzelnen Attacken schien es keine verbindenden Elemente zu geben.

Als die Kugelschiffe den dicht bewaldeten Planeten Boone's Crossing angriffen, sendeten die Siedler verzweifelte Notrufe. Der Zufall wollte es, dass die kleine Gitter-7-Flotte nahe genug war, um sofort zu intervenieren.

»Gefechtsstationen besetzen! Alle Schiffe, volle Beschleunigung. Auf geht's nach Boone's Crossing.« In Admiral Willis' Stimme erklang so etwas wie grimmige Freude. »Wir müssen dort rechtzeitig genug eintreffen, um den Hydrogern ordentlich in den Hintern zu treten.« Sie schloss die Hände fest um die Armlehnen ihres Kommandosessels, als könnte sie die *Jupiter* auf diese Weise schneller werden lassen.

Tasia – sie hatte vor kurzer Zeit das Kommando über einen Manta-Kreuzer erhalten – fühlte, wie ihr Herz schneller schlug, als sie an die bevorstehende Begegnung mit den Hydrogern dachte. Sie wollte gegen die verdammten Fremden kämpfen, wo immer sie sich zeigten. Das war ihr weitaus lieber als Aktionen gegen aufsässige Kolonisten.

Die Scoutflotte bestand aus einem Moloch, sieben Mantas und tausend kampfbereiten Remoras. Sie flog zum nächsten Sonnensystem mit der kleinen grünen Welt namens Boone's Crossing. Das reflektierte Sonnenlicht zeigte eine winzig wirkende, friedliche Hanse-Kolonie.

Der Boden von Boone's Crossing eignete sich perfekt für das schnelle Wachstum genetisch veränderter Koniferen. Die dunklen Nadelbäume stammten von der Erde und waren mit einheimischen Pflanzen gekreuzt worden. Das Ergebnis: ein dichter, wundervoller Wald, der fast ebenso schnell wuchs wie Bambus. Die Dunkelkiefern breiteten sich rascher aus, als die Holzindustrie sie verarbeiten konnte.

Als sich die Flotte mit hoher Geschwindigkeit näherte, sendeten die siebzehn großen Siedlungen, jede von ihnen an einem See oder einem Fluss errichtet, weitere Notrufe. Tasia bemerkte zickzackförmige Schneisen im Wald, wie Schnitte durch den dicken Teppich aus dunkelgrünen Bäumen. An manchen Stellen konnte sie neue Anpflanzungen ausmachen.

Der dunkle Wald wirkte üppig und gesund – bis auf die von den Hydrogern verheerten Bereiche. Dort lagen dicke Baumstämme zerfetzt am Boden und Kältewellen hatten Raureif auf ihnen hinterlassen. Vier Kugelschiffe waren damit beschäftigt, die Wälder aus Dunkelkiefern systematisch zu vernichten.

»Wie bei einem Tsunami!«, kam Commander Fitzpatricks Stimme aus dem Kom-Lautsprecher – er war von der Patrouille mit General Lanyan zurückgekehrt.

»Mit Siedlung A gibt es keinen Kontakt mehr, Commander Tamblyn«, meldete die neue Navigationsoffizierin Elly Ramirez. »Offenbar hat es die dortigen Kolonisten erwischt.«

Tasia sah zum Hauptschirm, der den wehrlosen Wald zeigte, und Kälte breitete sich in ihrer Magengrube aus. »Welche Siedlung ist die nächste, wenn wir vom gegenwärtigen Kurs der Hydroger ausgehen, Lieutenant?«

Ramirez überlagerte die Echtzeit-Darstellungen auf dem Hauptschirm mit einem taktischen Gitter, während der Manta durch die wolkige Atmosphäre flog. »Siedlung D, am großen See dort, Commander. Wenn die Kugelschiffe den Flug wie bisher fortsetzen, wird der Ort in weniger als einer Stunde ausgelöscht.«

Tasia nickte grimmig. »Die dortigen Kolonisten sitzen wie vor einer Dampfwalze.«

Admiral Willis erteilte Anweisungen über die Kommandofrequenz. »Beeilen wir uns! Alle Remoras starten! Mantas, Jazer laden und Projektilwaffen vorbereiten. Die *Jupiter* wird von ihrer ganzen Feuerkraft Gebrauch machen. Ich glaube nicht, dass unsere Waffen für diese Burschen wirkungsvoll genug sind, aber ich würde mich darüber freuen, Unrecht zu haben.«

Fitzpatricks Manta löste sich vom Gros der Flotte und Willis' Moloch begleitete ihn auf dem Weg zum ersten Kugelschiff. Die aufgeregten Remora-Piloten und TVF-Kanoniere eröffneten das Feuer, noch bevor sie in Waffenreichweite waren.

Die Hydroger schickten der menschlichen Streitmacht blaue Blitze entgegen und pulverisierten ein Dutzend der schnellsten, kühnsten Remoras. Doch das Hauptaugenmerk der Fremden galt weiterhin dem Planeten: Kältewellen strichen über den Wald, ließen majestätische Dunkelkiefern bersten.

Tasia hätte gern an dem Angriff teilgenommen, wusste aber, dass sie nichts ausrichten konnte. »Admiral Willis, selbst mit unserer gesamten Feuerkraft haben wir keine Chance gegen vier Kugelschiffe. Meine Taktikerin sagt die Vernichtung der Siedlung D in einer Stunde voraus. Wir müssen sie evakuieren.«

»Was ist los, Tamblyn?«, ertönte Fitzpatricks Stimme. »Nicht genug Mumm für einen echten Kampf?«

»Warum fragst du das nicht die hilflosen Siedler dort unten, Fitzpatrick? Oder soll ich ihnen mitteilen, dass du damit beschäftigt bist, in einen Orkan zu spucken?«

»Sie haben Recht, Tamblyn«, sagte Willis. »Fliegen Sie mit Ihrem Kreuzer zur Siedlung und nehmen Sie die Kolonisten an Bord. Sie sollen sich in den Korridoren zusammendrängen, wenn im Frachtraum nicht genug Platz ist.«

»Ja, Ma'am!« Tasia winkte Lieutenant Ramirez zu. Der Manta ging tiefer, um den Hydrogern zuvorzukommen.

Der Moloch *Jupiter* feuerte mit den Jazern auf das vorderste Kugelschiff. Wie verärgert über die Störung antworteten die Hydroger mit einem blauen Blitz, der den Steuerbordrumpf des großen Flaggschiffs streifte, wodurch sich der Moloch auf die Seite legte und vom Kurs abkam.

Tasia rief ihrem Kommunikationsoffizier einen Befehl zu. »Setzen Sie sich mit Siedlung D in Verbindung – die Leute sollen ins Freie kommen und für die Evakuierung bereit sein. Shizz, wir brauchen die ganze Zeit, die wir haben, nur um alle aufzunehmen.«

Wie kosmische Bulldozer glitten die Kugelschiffe über den Wald. Hinter ihnen blieben nicht ein Baum und nicht ein Grashalm stehen.

Tasias Manta flog vor den Hydrogern; die Distanz betrug nur hundert Kilometer. Mit jeder verstreichenden Sekunde näherten sich die erbarmungslosen Hydroger Siedlung D.

Der Ort am See bestand aus Sägemühlen, Ladeplattformen und kastenförmigen Unterkünften auf einer Lichtung mit vielen Baumstümpfen. Mit dem Fällen weiterer Dunkelkiefern war die Siedlung gewachsen. Die Kolonisten hatten neue Gebäude errichtet, um die Bäume zu verarbeiten und exportfähige Produkte aus Holz herzustellen.

Sorgenvoll sahen die Siedler gen Himmel und eilten hin und her, wie Ameisen auf einem heißen Teller. Kom-Operatoren in Kontrolltürmen von Sägemühlen beobachteten, wie die Kugelschiffe der Hydroger näher kamen und Zerstörung brachten.

Als der Manta-Kreuzer in Sichtweite des Sees geriet, hielt Tasia sofort nach einem geeigneten Landeplatz Ausschau. Die Siedler liefen umher, winkten und schienen bereit zu sein, noch vor der Landung des Schiffes an Bord zu springen.

»Die Droger sind siebzig Kilometer entfernt und nähern sich schnell«, sagte Ramirez.

Tasia deutete auf ein Lagerhaus so groß wie ein Hangar. »Wird Zeit für eine urbane Neugestaltung. Pusten Sie das Gebäude weg und landen Sie dort. Wir können nur hoffen, dass sich niemand mehr darin befindet.«

Ein einzelner Jazer-Strahl ließ das Lagerhaus auseinander platzen und der Kreuzer landete. Der Bug berührte das Ufer und kaltes Wasser zischte am heißen Rumpf. Mehrere tausend Siedler drängten nach vorn.

»Wir müssen Ordnung schaffen, Sir«, sagte der Sicherheitsoffizier Sergeant Zizu. »Sonst trampeln sich die Leute gegenseitig nieder.«

Tasia sah aufs Chronometer – ihnen blieben nur noch wenige Minuten. »Den Luxus von Ordnung können wir uns nicht leisten, Zizu.« Die Frachtluken waren bereits offen und Siedler kletterten hastig an Bord. »Staffelführer Brindle! Starten Sie die Remoras des Heckhangars, um Platz zu schaffen. Wir können weitere Flüchtlinge auf dem Flugdeck unterbringen. Wir öffnen die Kielluken, wenn es sein muss. Machen Sie alles auf und holen Sie die Leute so schnell wie möglich an Bord!«

Am Horizont hinter ihnen zeigte sich eine von Kältewellen stammende Dunstwolke. »Admiral Willis, ich muss wissen, ob es Ihnen gelingt, die Hydroger aufzuhalten.«

Das Flaggschiff übermittelte Echtzeit-Bilder von den Kugelschiffen, die den Wald verheerten. »Einer unserer Kreuzer ist zerstört, hinzu kommen über zweihundert vernichtete oder kampfunfähige Remoras – bisher.«

Tasia nahm diese Nachricht mit Betroffenheit entgegen. »Irgendwelche Schäden beim Feind?«

»Nicht ein verdammter Kratzer! Wir können von Glück sagen, dass es den Drogern vor allem darum geht, aus Bäumen Kleinholz zu machen. An uns sind sie kaum interessiert.«

Hunderte von Kolonisten befanden sich bereits an Bord von Tasias Schiff. Viele waren von Freunden und Familienangehörigen getrennt, aber darum konnten sie sich später kümmern. Draußen erklangen nicht nur die Stimmen der Flüchtlinge – Tasia hörte auch ein dumpfes Donnern und Zischen, das von den näher kommenden Kugelschiffen stammte.

Admiral Willis setzte sich erneut mit dem Manta-Kreuzer in Verbindung. »Commander Tamblyn, wie ist der Evakuierungsstatus von Siedlung D?«

»Ich habe die meisten Flüchtlinge an Bord, aber sie füllen alle Ecken und Winkel.«

»Gute Arbeit, Tamblyn«, sagte Willis. »Wenigstens einer von uns bringt etwas zustande.«

Offenbar war der Admiralin noch nicht klar geworden, was Tasia bereits wusste. »Ma'am, wir können diese Leute in Sicherheit bringen, aber ... Sehen Sie sich die Karte an. Die Hydroger gehen methodisch vor und scheinen zu beabsichtigen, den ganzen Kontinent zu verheeren, Zentimeter für Zentimeter!«

»Also schaffen Sie die Leute fort!«

»Genau das habe ich vor, Admiral. Ich kann die meisten Bewohner der Siedlung D wegbringen, bevor die Hydroger hier sind, aber es gibt noch *fünfzehn* andere Siedlungen, mit insgesamt etwa hunderttausend Kolonisten. Wenn die Droger ihre Angriffe wie bisher fortsetzen, geraten sie alle in Gefahr. Es wird zu enorm hohen Verlusten kommen, wenn wir nicht alle unsere Ressourcen – und ich meine wirklich hundert Prozent – für die Rettung der Siedler einsetzen.«

Tasia bekam unerwartete Unterstützung von Fitzpatrick. »So ungern ich das auch zugebe, Admiral, aber Tamblyn hat Recht.« Er erschien auf dem Kom-Schirm und wirkte recht mitgenommen. Sein Kreuzer war beim Kampf gegen die Hydroger beschädigt worden. »Wenn man die Dinge aus einem politischen Blickwinkel sieht ... Sie möchten wohl kaum das Kommando über eine Mission haben, bei der die meisten Todesopfer in der Geschichte der Menschheit zu beklagen sind.«

Willis verzog das Gesicht. »Ob wir uns auf die Defensive beschränken oder offensiv vorgehen – offenbar können wir nicht viel gegen die Droger ausrichten.«

Tasia schloss den akustischen Kanal und rief ihrer Crew zu: »Wie sieht's aus? Sind alle an Bord?«

»Es fehlen nur noch einige Nachzügler, Commander.«

Der Ort am See wirkte wie ausgestorben. Hier und dort leckten kleine Flammen aus den Trümmern des zerstörten Lagerhauses. Einige Männer und Frauen lagen auf dem Boden, zu Tode getrampelt oder verletzt. »Ein letzter Aufruf«, sagte Tasia. »Und dann verschwinden wir von hier.«

Hinter ihnen näherten sich die Kugelschiffe und ihre Kältewellen mähten den Wald nieder.

»An alle, den Gegenangriff abbrechen!«, befahl Willis schließlich. »Fliegen Sie zu den Siedlungen und beginnen Sie mit der Totalevakuierung von Boone's Crossing.«

»Commander Tamblyn, wir haben etwa zweitausendvierhundert Siedler gerettet«, sagte Sergeant Zizu. »Eine genaue Zählung nehmen wir später vor, aber es sind über fünfzig Prozent der Bevölkerung von Siedlung D.«

Tasia erschrak. *Nur die Hälfte* ...

Der Sicherheitsoffizier bemerkte ihren Gesichtsausdruck. »Mehr ließ sich unter diesen Umständen nicht bewerkstelligen. Viele Arbeitsgruppen befinden sich im Wald und konnten nicht rechtzeitig zurückkehren.«

Tasia sah auf die Karte, die ihr den Kontinent und einen großen Ozean zeigte. Sie kannte die Frachtkapazität des Moloch *Jupiter* sowie der übrigen Kreuzer und rechnete schnell.

Die TVF-Schiffe konnten nicht alle Bewohner von Boone's Crossing aufnehmen.

47 ✹ CESCA PERONI

Der zentrale Komplex von Rendezvous bestand aus mehreren Asteroiden, zusammengehalten von Schwerkraft und speziellen Konstruktionen. Träger und Kabel stabilisierten den Asteroidenhaufen in der Umlaufbahn eines granatroten Zwergsterns. Im Lauf von zweihundertsiebenunddreißig Jahren war dieser Ort zum Zentrum der Roamer-Zivilisation geworden. Clan-Versammlungen fanden hier statt. Händler kamen und gingen.

Als Sprecherin wohnte Cesca Peroni in Rendezvous; sie trat als Vermittlerin zwischen Familien und geschäftlichen Konkurrenten auf. Ihr Vater, der Händler Denn Peroni, hatte sie als Mädchen an diesem Ort zurückgelassen, damit sie Politik und Diplomatie kennen lernte. Jhy Okiah war wie eine Mutter für sie gewesen; Cesca wusste Rat und Weisheit ihrer Vorgängerin noch immer zu schätzen.

Nach ihrer Rückkehr von Osquivel stattete Cesca der Alten einen Besuch ab, mit schwerem Herzen und aufgewühlten Gedanken. Es blieb ihr gar nichts anderes übrig, als ganz offen über ihre Gefühle und Zweifel zu sprechen, in der Hoffnung, dass Jhy Okiah helfen konnte.

Seit sie sich in den Ruhestand zurückgezogen hatte, schien die frühere Sprecherin jünger geworden zu sein. Die Augen wirkten lebhafter und das graugelbe Haar glänzte wieder. Über viele Jahre hinweg war Jhy Okiah Friedensstifterin und Sprecherin gewesen und der damit einhergehende Stress hatte sie ausgelaugt. Aber nachdem sie die Zügel jemand anders übergeben hatte, wirkte die alte Frau vitaler als zuvor. Sie begrüßte Cesca mit einem aufrichtigen Lächeln.

»Willkommen, Kind.« In ihren von Falten umgebenen Augen funkelte es. »Oder möchtest du, dass ich respektvoller bin, wenn ich mit unserer verehrten Sprecherin rede?«

»Mir gegenüber brauchst du nie förmlich zu sein. Ich habe auch ohne diesen Unsinn genug Sorgen.«

»Die Diplomatie ist kein Unsinn! Habe ich eine falsche Entscheidung getroffen, als ich dich zu meiner Nachfolgerin wählte?«

Cesca nahm in einem Schlaufensessel Platz, der mit bunten Fäden in der Art einer Roamer-Kette geschmückt war. »Wenn du jemand anders gewählt hättest, wäre mein Leben viel einfacher, Jhy Okiah.«

Die Alte griff nach einer Karaffe und schenkte Pfefferblumentee ein. »Wir wissen beide, dass die Roamer unter deiner Führung die beste Überlebenschance haben. Ich vertraue deinem Leitstern.« Sie lächelte wehmütig. »Mein Enkel Berndt dachte einmal, er hätte das Amt des Sprechers allein aufgrund seiner Abstammung verdient. Er war laut und großmäulig, aber schließlich lernte er. Er fand seinen Platz als Chief einer Himmelsmine und leistete ausgezeichnete Arbeit – bis die Hydroger ihn umbrachten.«

Den Bewegungen der früheren Sprecherin hafteten Eleganz und Würde an. Cesca trank den würzigen Pfefferblumentee und dachte daran, dass es Bram Tamblyns Lieblingsgetränk gewesen war. Jetzt erinnerte der Geschmack sie an Jess und wieder wurde ihr das Herz schwer.

Was Jhy Okiah natürlich nicht entging. »Nun, Kind, entweder sind deine Pflichten als Sprecherin leichter, als meine es waren, und du hast nichts Besseres zu tun, als ein wenig mit einer alten Frau im Ruhestand zu plaudern ... Oder du stehst vor einem Problem und glaubst, ich könnte dir eine magische Löschung anbieten.«

»Ich fürchte, eine einfache Lösung gibt es nicht«, erwiderte Cesca.

Jhy Okiah ließ sich zu einem sehr unbequem wirkenden Lotossitz nieder und lauschte. Cesca holte tief Luft, sammelte Kraft und begann zu erzählen. Sie erwähnte Reynalds Heiratsantrag und die Gründe, die den jungen Mann veranlassten, ein Bündnis zwischen Theronen und Roamern anzustreben. Sie besann sich auf ihre politische Ausbildung und versuchte, alles ruhig und neutral vorzutragen.

Jhy Okiah erkannte die Bemühungen der jungen Frau – immerhin war sie es gewesen, die ihr diese rhetorische Technik beigebracht hatte. »Na schön, du siehst also politische Klugheit in einer Ehe mit Reynald. Kein Clan könnte Einwände gegen ein solches Bündnis erheben und Ross Tamblyn ist seit fast sechs Jahren tot. Wo liegt das Problem? Hat das Oberhaupt von Theroc ein dunkles Geheimnis? Findest du Reynald in irgendeiner Hinsicht ungeeignet?«

Cesca blickte auf ihren Tee hinab. »Nein, nein, ich glaube, Reynald wäre ein guter Ehemann. Es gibt kein vernünftiges Argument, das gegen ihn spricht ...« Normalerweise verstand sie es besser, ihre Gefühle zu verbergen – für die Sprecherin eine politische Notwendigkeit. »Um ganz ehrlich zu sein: Mein Herz hat immer jemand anders gehört, auch ... vorher.«

Dieser Hinweis schien Jhy Okiah nicht zu überraschen. Sie nickte. »Und was hält Jess Tamblyn von dem Heiratsantrag?«

»Woher weißt du das? Jess und ich ...«

Die Alte lachte leise und lehnte sich zurück. »Cesca Peroni, ich wusste praktisch von Anfang an, wen du liebst, und ich schätze, das gilt für die meisten Roamer-Clans. Wir fanden es recht bewundernswert, wie sehr ihr beide versucht habt, euch auf die Pflicht zu konzentrieren und den Anschein zu erwecken, überhaupt nicht aneinander interessiert zu sein. Hast du etwa geglaubt, dass wir alle blind sind?«

Cesca brauchte einige Sekunden, um das zu verarbeiten. »Sollten Jess und ich die Maske fallen lassen? In einigen Monaten wollten wir unsere Verlobung bekannt geben, aber ...«

Daraufhin wurde Jhy Okiah sehr ernst. »Dafür ist es zu spät, Kind. Wenn du dich vor Jahren ganz offen für Jess entschieden hättest, wäre ich bereit gewesen, dich zu unterstützen. Aber jetzt gibt es andere Verpflichtungen für dich. Die Umstände haben sich geändert und wir sehen deutlich, was uns der Leitstern zeigt.«

Cesca hörte die Strenge in Jhy Okiahs Stimme und begriff, dass es keine Diskussion darüber geben konnte. Tiefer Kummer erfasste sie.

»Du bist nicht wie andere Frauen, Sprecherin Peroni.« Okiah betonte den Titel; es klang wie das Knallen einer Peitsche. »Du darfst deine Entscheidungen nicht auf der Grundlage persönlicher Vorlieben und Wünsche treffen. Du kannst nicht leichtfüßig und mit glänzenden Augen durchs Leben gehen, erfüllt von mädchenhaften Phantasien. Eine Sprecherin muss über persönliche Erwägungen hinauswachsen. Du wirst Lohn dafür empfangen, aber du musst auch einen Preis zahlen.«

»Jess ist mit einem der neuen Nebelsegler in den interstellaren Raum aufgebrochen. Er meinte, er wüsste, dass ich die richtige Entscheidung treffe«, gestand Cesca. »Offenbar hat er mehr Vertrauen als ich.«

Jhy Okiah legte Cesca eine ledrige Hand auf den Arm. »Er hat versucht, dir zu helfen. Er hat gesehen, was du nicht sehen konntest ... oder nicht sehen wolltest.«

Eine Zeit lang saß Cesca stumm da. Sie hatte bereits gewusst, welche Antwort sie Reynald geben musste. »Nun gut, ich bin bereit, den Preis zu zahlen, wie hoch er auch sein mag.«

48 ✳ JESS TAMBLYN

Wie ein prächtiger Schmetterling breitete der Nebelsegler seine Schwingen aus und entfaltete mikrodünnen, mehrere tausend Quadratkilometer großen Stoff. Heiße neue Sterne im Zentrum des Nebels schickten Photonenströme ins diffuse Gas, rissen Elektronen von Atomen fort, schufen lindgrünes Glühen und Wirbel aus rosaroten und blauen Tönen.

Der Segler glitt durch den Nebel und sammelte im Fast-Vakuum eine Hand voll Atome pro Kubikmeter: neutralen oder ionisierten

Wasserstoff, vermischt mit Sauerstoff, Helium, Neon und Stickstoff. Das gewölbte Segel fügte die einzelnen Moleküle zusammen und fungierte wie ein Kompressor. Der für die Produktion von Ekti bestimmte Wasserstoff wurde von den anderen Elementen getrennt. Die Rohstoffe waren dünn gesät, aber sie füllten den Raum zwischen den Sternen.

Jess' kleine Habitatkapsel und die Verarbeitungsanlagen hingen an einem riesigen Segel, das durch Stützen und Kabel mit dem hauchdünnen Kollektor verbunden war. Weiter hinten, angetrieben vom Druck der Photonen auf der reflektierenden Oberfläche, hingen leichte Kondensatoren, Filter und ein leistungsfähiger kleiner Ekti-Reaktor, entwickelt von Kotto Okiah.

Andere Roamer-Segler glitten ebenfalls durch den Lichtjahre durchmessenden Nebel. Wie eine Flotte aus Fischerbooten auf dem interstellaren Meer schwärmten sie aus und blieben dabei in Funkkontakt. Die meisten Piloten führten lange Gespräche oder vertrieben sich die Zeit mit Strategiespielen, die sich aufgrund der Signalverzögerung durch die wachsenden Entfernungen in die Länge zogen.

Jess hingegen blieb lieber für sich und dachte nach. Tief in seinem Herzen würde er für immer Cesca gehören, doch die Realität zwang sie, getrennt zu bleiben. *Ich hätte dich schon vor Jahren heiraten sollen.*

Wie dumm von ihnen – sie hatten zu lange gewartet, waren zu sehr besorgt gewesen in Hinsicht auf mögliche Skandale und negative Auswirkungen. Hätten sie mit der Bekanntgabe ihrer Verlobung Ross' Andenken wirklich entehrt? Wäre Cesca dadurch zu sehr vom Hydroger-Konflikt abgelenkt gewesen? Jess bezweifelte dies, aber jetzt war es zu spät. Die *Verheimlichung* ihrer Liebe hatte mehr abgelenkt als alles andere. *Ich habe den Leitstern nicht deutlich genug gesehen.*

Inzwischen hatte Cesca Reynalds Heiratsantrag sicher angenommen. Roamer und Theronen konnten ihre Ressourcen teilen, zu beiderseitigem Nutzen. Von jetzt an würden sie gemeinsam den Kräften entgegentreten, die sie zu absorbieren oder zu vernichten drohten.

Jess trieb allein durch einen Ozean aus dünnem Gas. Selbst die stärksten Plasmawellen und ionischen Stürme waren so schwach, dass er überhaupt nichts von ihnen spürte.

Jess kletterte durch eine Luke und zog sich zu den Verarbeitungskammern unter der Habitatkapsel hinab. Eine Kontrolle seiner Fortschritte gehörte inzwischen zur täglichen Routine.

Wasserstoff war das häufigste Element des Nebels, insbesondere in den peripheren Bereichen, und die Segler pumpten das gesammelte Gas in den leistungsfähigen Ekti-Reaktor. Nach den Daten der Sensoren zu urteilen flog Jess seit Tagen durch einen besonders dichten Bereich des Nebels, der an dieser Stelle nicht nur Wasserstoff enthielt, sondern auch Hydroxyl und Kohlendioxid-Moleküle, außerdem Spuren von Kohlenmonoxid und doppelt ionisiertem Sauerstoff. Und was am erstaunlichsten war: Die Analysedaten deuteten darauf hin, dass diese Gasansammlung beträchtliche Mengen intakter Wassermoleküle enthielt, was für interstellare Wolken sehr ungewöhnlich war.

Jess erinnerte sich an die Eisminen von Plumas – er kannte die Bedeutung von Wasser für die interstellaren Kolonien. Roamer hatten immer Bedarf daran, als Trinkwasser oder für die Verwendung in hydroponischen Anlagen. Mithilfe der Elektrolyse ließ es sich in Wasserstoff und Sauerstoff aufspalten und, zu Peroxiden weiterverarbeitet, als Rakentreibstoff oder gar Schmiermittel verwenden. Eine solche Ressource durfte man nicht vergeuden.

Jess hatte genug Zeit für die notwendigen technischen Veränderungen und Erweiterungen. Er rekonfigurierte die molekularen Filter, um das Wasser aus dem interstellaren Nebel zu trennen. Voller Optimismus und Ehrgeiz konstruierte er einen Zylinder, der hunderte von Litern aufnehmen konnte, obwohl der Bereich des dichten Gases nur ein oder zwei Wassermoleküle pro Kubikmeter enthielt.

Die Arbeit hielt ihn beschäftigt und lenkte vom Schmerz des Verlustes ab.

Jess segelte weiter durchs dünne Gas, das von den Photonen ferner Sterne erhellt wurde. Der Ekti-Reaktor summte und verarbeitete den gesammelten Wasserstoff, während die Destillatoren kosmisches Wasser gewannen, Tropfen für Tropfen.

Wie bei Roamer-Männern üblich schmückte Jess seine Kleidung mit gestickten Clan-Zeichen – die verschiedenen Symbole zeigten die wachsenden Zweige seiner Familie. Doch die Muster des Tamblyn-Clans wirkten jetzt schlicht und reduziert.

Stundenlang und in völliger Einsamkeit saß Jess da und stickte komplexe neue Muster, die er in Gedanken entworfen hatte. Wenn sich die Dinge anders entwickelt hätten, wäre es zu einer Verbindung zwischen seinem Clan und dem der Peronis gekommen – er stellte sich einen bunten Regenbogen vor, der über die Taschen und Ärmel seiner Overalls reichte. Doch jetzt endete ein Zweig mit ihm.

Abgesehen von Seitenmustern für seine Onkel gab es nur noch einen anderen Zweig, der Tasia repräsentierte. Vielleicht konnte sie ihre Familienlinie fortsetzen. Es gab viele junge Roamer-Männer, die sich darüber gefreut hätten, sie als Partnerin zu gewinnen. Vorausgesetzt natürlich, sie überlebte ihre Zeit beim Militär.

Oh, wie er die Hydroger hasste! Ross, Tasia, Cesca ... Eines Tages würde der Krieg enden, aber das Leben konnte nie wieder so sein wie vorher. Eines Tages mochte es ihm gelingen, noch einmal von vorn zu beginnen und ein neues Muster seines Lebens zu zeichnen.

Aber nicht heute. Jener Tag lag in ferner Zukunft.

49 ✴ TASIA TAMBLYN

Systematisch und unerbittlich fuhren die Hydroger damit fort, Boone's Crossing zu verheeren. Ungehindert und ohne Eile flogen die Kugelschiffe über den Wald hinweg; unter ihnen ließen Kältewellen hohe Dunkelkiefern bersten.

Tasia Tamblyn startete ihren überladenen Kreuzer und verließ die am See gelegene Siedlung D unmittelbar vor dem Eintreffen des Feindes. Die enorme zusätzliche Last machte den Manta schwerfällig, und zunächst war Tasia nicht sicher, ob sie den Fremden entkommen konnten. Direkt hinter ihnen zermalmten die Kältewellen der Hydroger Kiefern, Läden, Wohnhäuser, Sägemühlen und Lagergebäude.

Mit vollem Schub der Triebwerke trudelte der Kreuzer wie eine betrunkene Hummel dahin, wurde schneller und gewann an Höhe. Allmählich vergrößerte sich der Abstand zu den Hydrogern und ihrem Zerstörungswerk.

An Bord des Schiffes standen die Flüchtlinge Schulter an Schulter, blickten auf Bildschirme oder durch Fenster und beobachteten, wie die Droger ihr Zuhause vernichteten und der einst blühenden Holzindustrie die Grundlage nahmen. Kältewellen trafen den See, rissen das Wasser empor und ließen es erstarren. Feuchtigkeit im Boden bildete Dampfgeysire. Baumstämme platzten auseinander. Gebäude aller Art wurden innerhalb weniger Sekunden vernichtet. Siedlung D war nur die erste. Die taktischen Karten zeigten zahlreiche andere Siedlungen, die auf dem Pfad der Zerstörung lagen. Die Schiffe der Gitter-7-Flotte versuchten alles, um so viele Siedler wie möglich zu retten.

»Bei uns geht's drunter und drüber«, meldete sich Fitzpatrick von Siedlung J. »Wenn wir noch mehr Leute an Bord nehmen, kann mein Kreuzer nicht mehr starten!«

Tasia flog zur östlichen Küstenlinie, in Richtung des grauen, kalten Ozeans. Staffelführer Robb Brindle und seine Remoras eskortierten ihren Manta. »Commander«, sagte er, »sollen meine Jäger die Kugelschiffe angreifen oder zu einer der anderen Siedlungen fliegen, um dort bei der Evakuierung zu helfen?«

Tasia erwog verschiedene Möglichkeiten und verwarf eine nach der anderen. »Ich kann keine weiteren Passagiere aufnehmen und es gibt keinen sicheren Ort, an dem wir die Siedler absetzen könnten.« Sie fragte sich sogar, ob sich in den engen Remora-Cockpits ein oder zwei Kolonisten unterbringen ließen.

»Die *Jupiter* ist voll«, ertönte Admiral Willis' Stimme aus dem Kom-Lautsprecher. »Wir könnten nicht einmal mehr einen Hamster aufnehmen.«

Der Ozean weiter vorn bot keine Sicherheit und Tasia wusste nicht, was sie tun sollte. Sie flog einfach weiter, fort vom Feind. »Wir könnten noch den einen oder anderen Ort evakuieren, Admiral«, sagte sie. »Wenn wir die Möglichkeit hätten, die bereits aufgenommenen Siedler irgendwo abzusetzen.«

»Geben Sie mir Bescheid, wenn Sie irgendwo auf dem Planeten einen sicheren Ort finden, Tamblyn. Den wünschen wir uns alle.«

Tasia biss sich auf die Lippe, als sie beobachtete, wie die Hydroger auch weiterhin den Wald vernichteten. Sie waren über den ganzen Kontinent hinweggeflogen und dabei den Binnenmeeren und großen Seen ausgewichen – sie konzentrierten sich allein auf den Wald.

Derzeit leuchtete Tasias Leitstern nicht sehr hell, doch sie musste irgendetwas unternehmen. »Admiral Willis, die Anzeigen des taktischen Displays deuten darauf hin, dass der Feind vor allem am Wald interessiert ist. Den großen Wasserflächen hat er keine Beachtung geschenkt, soweit ich das feststellen kann. Wir könnten die Kolonisten weit aufs Meer hinaus bringen. Dorthin folgen uns die Droger vielleicht nicht.«

»Das sind Spekulationen, Tamblyn.«

»Entweder gehen wir ein Risiko ein und hoffen das Beste oder wir lassen die übrigen Siedler sterben. Weitere Flüchtlinge können wir nicht aufnehmen und das Land bietet nirgends Sicherheit.«

Willis war verzweifelt genug, um auf sie zu hören. »Und was haben Sie vor, wenn wir über dem Wasser sind? Wollen Sie die Kolonisten ins Meer werfen, in der Hoffnung, dass sie lange genug schwimmen können, bis wir sie wieder an Bord holen?«

Tasia hatte plötzlich eine Idee. »Jedes TVF-Schiff hat taktischen Armierungsschaum an Bord. Die flüssigen Polymere werden beim Kontakt mit Wasser sofort hart. Wenn wir sie auf die Wellen sprühen, entstehen große Flöße, gewissermaßen Schwimmwesten – nicht für eine einzelne Person, sondern für hunderte.«

»Das ist eine verrückte Idee ...«, begann Fitzpatrick.

Willis unterbrach ihn mit einem Lachen. »Aber verdammt innovativ. Könnte es wirklich klappen?«

»Ich schlage vor, wir lassen die künstlichen Inseln zwanzig oder dreißig Kilometer vor der Küste entstehen. Ich setze die Kolonisten ab und sie schwimmen zu den Polymerflößen. Anschließend hole ich eine weitere Ladung Flüchtlinge. Wenn wir alle unsere Schiffe auf diese Weise einsetzen, können wir viele Siedler retten.«

»Klingt nach einem ziemlichen Durcheinander«, kommentierte Willis. »Aber es könnte den übrigen Kolonisten eine Überlebenschance geben. Also los, Tamblyn.«

Während Tasias Kreuzer dicht über dem Wasser flog, öffnete Robb Brindle einen privaten Kom-Kanal. »Du hättest den Mund halten sollen.«

»Sag das den Leuten, die wir retten werden.« Tasia hoffte, dass ihre Intuition sie nicht in eine falsche Richtung geführt hatte – es war tatsächlich eine verrückte Idee.

Der Manta-Kreuzer ging noch tiefer, sauste dicht über der Wasseroberfläche des seichten Meers dahin. Mithilfe des Interkoms wandte sich Tasia an die Kolonisten und erklärte ihnen den Plan.

Die Siedler von Boone's Crossing waren nicht sonderlich begeistert. Vom unteren Rumpf aus sprühten Tasias Waffenoffiziere die gummiartige Substanz des taktischen Armierungsschaums auf die Wellen und bei dem Kontakt mit dem Wasser härtete die Substanz sofort. Tasia versetzte sich in die Lage der Kolonisten. Sie hatten sich von den Hydrogern bedroht gesehen und waren im letzten Augenblick gerettet worden. Jetzt stand ihnen ein Sprung ins Meer bevor, das ihnen nicht den geringsten Schutz vor den Hydrogern gewährte.

Doch es gab keine andere Möglichkeit – es sei denn, man überließ über neunzig Prozent der Bevölkerung des Planeten dem sicheren Tod.

Die Frachtluken des Manta öffneten sich und die ersten Siedler sprangen widerstrebend ins Wasser. Manche fielen auf die weichen und alles andere als stabilen künstlichen Inseln. Einige Kolonisten zögerten am Lukenrand und fürchteten sich vor dem Sprung mehrere Meter in die Tiefe. Aber die hinter ihnen schoben sie nach vorn – hunderte von Flüchtlingen fielen wie Lemminge ins Meer und schwammen zu den Inseln aus erstarrtem Armierungsschaum.

Tasias Stimme ertönte aus den Interkom-Lautsprechern. »Jede Verzögerung kostet andere Siedler das Leben. Bewegung!« Sie schickte Sergeant Zizu und sein Sicherheitsteam mit Betäubungswaffen los, um dafür zu sorgen, dass die Kolonisten das Schiff verließen. »Keine Sorge«, fügte sie hinzu und sprach etwas sanfter. »Wir haben sie schon einmal gerettet und lassen sie auch diesmal nicht im Stich.«

Zwei weitere Manta-Kreuzer kamen heran und sprühten Schaum, der weiche Plattformen bildete. Jedes einzelne Polymerfloß konnte hunderte von Menschen tragen. Die Rettungsmission ging im Rekordtempo weiter.

Siedler stolperten und fielen. Tasia wollte nicht an die Anzahl der Knochenbrüche denken – sie hoffte, dass die Kolonisten lange genug überlebten, um darüber klagen zu können. Wasser strömte über die Ränder der größten sich langsam drehenden Flöße. Gruppen von Flüchtlingen blickten übers Meer zum Horizont und schienen zu befürchten, dass sich dort die Kugelschiffe der Hydroger zeigten.

Die Frachtluken schlossen sich und Tasias Schiff stieg auf, flog noch einmal über die künstlichen Inseln hinweg und raste dann zum Kontinent zurück. Siedlung L sah sich unmittelbar von den Kugelschiffen bedroht und Tasia hörte ihre Notrufe. »Halten Sie sich bereit«, sendete sie. »Wir sind unterwegs.«
Und die Hydroger kamen näher.

50 ✷ ERSTDESIGNIERTER JORA'H

Nach dem Angriff auf Hyrillka fühlte sich der Erstdesignierte Jora'h selbst im Prismapalast nicht mehr sicher. Verstärktes Sonnenlicht glänzte durch die Fenster und gewölbten Scheiben, erleuchtete alle Ecken und ließ nirgends Platz für Schatten. Doch Jora'hs Gedanken galten den Hydrogern, die irgendwo dort draußen sein mochten und sich vielleicht in diesem Augenblick Ildira näherten ...

Die Solare Marine hatte bittere Niederlagen hinnehmen müssen, erst bei Qronha 3 und dann bei Hyrillka. Wenn die Hydroger beschlossen, andere Welten des Ildiranischen Reiches anzugreifen – wer konnte sie daran hindern?

Jora'hs Vater rief ihn zu einer Konsultation zu sich, aber der Erstdesignierte kam dieser Aufforderung nicht sofort nach und versuchte zuerst, die Unruhe aus sich zu vertreiben. Er gab einem Hauch Sentimentalität nach und streifte ein Hemd mit weiten Ärmeln über, das aus theronischen Fasern bestand, ein Geschenk von Nira Khali. Er erhoffte sich Kraft und Frieden davon.

Kurze Zeit später stand er steif vor dem Chrysalissessel. Es schmerzte ihn, den Schock des Verlustes und das Entsetzen im grauen Gesicht des Weisen Imperators zu sehen. Jora'h glaubte, die Knochen durch die fahle Haut seines Vaters zu erkennen. Hatte sich Cyroc'hs Gesundheitszustand während der letzten Wochen erheblich verschlechtert? Der Glanz des langen Zopfs schien sich getrübt zu haben – offenbar verloren selbst die Haare ihren Lebenswillen.

Durch das *Thism* hatte der Weise Imperator Not und Leid der Hyrillkaner erfahren. »Bist du unverletzt, mein Sohn?« Die Sorge um Jora'hs Wohlergehen schien nicht so sehr persönlicher, sondern eher politischer oder dynastischer Natur zu sein.

»Ja, Vater. Ich habe den Angriff der Hydroger unversehrt überstanden, ebenso wie Thor'h. Mein Bruder Rusa'h hingegen wurde schwer verletzt. Ich fürchte um sein Leben.«

Der Weise Imperator runzelte die Stirn. »Die besten Ärzte kümmern sich um ihn. Es wird dem Hyrillka-Designierten gewiss nicht an angemessener Behandlung mangeln, aber seine Rekonvaleszenz hängt von der inneren Kraft ab. Dein Bruder hat ein bequemes Leben ohne Herausforderungen geführt. Vielleicht fehlt ihm das Durchhaltevermögen, das nötig ist, um die Gefahr zu überwinden.«

Die kalte Analyse und der Mangel an Anteilnahme überraschten Jora'h. »Er befindet sich noch immer im Sub*thism*-Schlaf, Vater.«

Der Weise Imperator verzog das normalerweise immer sanft wirkende Gesicht. »Der Sub*thism*-Zustand bedeutet, dass sich das betreffende Selbst versteckt, Jora'h. Für so etwas kann ich derzeit keine Zeit vergeuden. Wir müssen an die jüngsten Ereignisse denken und über die Konsequenzen sprechen. Rusa'h kann den Seelenfäden folgen und die Sphäre der Lichtquelle aufsuchen, wann immer er möchte.« Cyroc'h hob einen dicken und leicht zitternden Finger. »In gewisser Weise könnte der jüngste Angriff eine gute Sache gewesen sein.«

Jora'hs offenes Haar umwogte wie von statischer Elektrizität bewegt den Kopf. Er versuchte, seinen Zorn unter Kontrolle zu halten. »Hunderttausende starben auf Hyrillka! Wie kann so etwas gut sein?«

»Ich meine, eine solche Katastrophe beobachtet zu haben, könnte eine gute Lektion für *dich* sein«, erwiderte der Weise Imperator sofort. »Auf Hyrillka hast du gesehen, wie schwer es ist, Oberhaupt eines Volkes zu sein. Bald werde ich Adar Kori'nh empfangen und mit ihm die Maßnahmen besprechen, die zum Schutz des Reiches ergriffen werden müssen.«

Jora'h stand stumm da und spürte, wie die Unruhe in ihn zurückkehrte. Schon bald würde er die Nachfolge seines Vaters antreten und er nahm sich vor, ein mitfühlenderes Oberhaupt der Ildiraner zu sein. Er wollte vor allem an die Personen denken und erst in zweiter Linie an Politik.

»Wie sollen wir gegen einen Feind kämpfen, den wir nicht verstehen? Die Hydroger kamen aus dem Nichts. Wir haben ihre Aggression nicht provoziert.«

221

Cyroc'h musterte seinen erstgeborenen Sohn kühl. »Wir wissen mehr über die Hydroger, als du glaubst.« Jäher Schmerz stach hinter der Stirn des Weisen Imperators und er sank zurück, sah erschreckend schwach aus. »Geh und denk über das nach, was ich dir gesagt habe.« Er schickte Jora'h fort und wies den Leibwächter Bron'n an, den Adar zu holen, um strategische Fragen mit ihm zu erörtern.

Der Hyrillka-Designierte lag in einem komfortablen Bett, in einem warmen, hellen Zimmer. Bedienstete und Ärzte umgaben ihn wie Parasiten, überprüften die Anzeigen medizinischer Geräte, verabreichten Injektionen und trugen Salben auf. Zwei Ildiraner des Linsen-Geschlechts standen mit ernster Miene in der Nähe, als ob sie dem bewusstlosen Rusa'h dabei helfen könnten, die *Thism*-Fäden zu seinem Körper zurückzuverfolgen.

Das runde Gesicht des Hyrillka-Designierten wirkte nun eingefallen und blass. Die Augen waren geschlossen. Das erschlaffte Haar blieb völlig reglos, was entweder an den verabreichten Arzneien lag oder am tiefen Koma des Designierten. Jora'h sah auf ihn hinab.

Rusa'hs Kopf war verbunden. Trotz der Blässe zeigten sich violette Flecken auf Stirn und Wangen, deutliche Hinweise auf Verletzungen tiefer im Körper. Die inneren Blutungen dauerten an, obwohl einer der besten ildiranischen Ärzte chirurgische Wunder vollbracht hatte, um den Designierten vor dem Tod zu bewahren.

Die Kopfverletzungen und möglichen Hirnschäden waren weitaus ernster als Quetschungen oder Knochenbrüche. Wenn Rusa'hs Geist tödlich verletzt worden war – welchen Sinn hatte es dann, den Körper am Leben zu erhalten?

Thor'h blieb an der Seite seines Onkels. Jora'h musterte seinen Sohn, der ihm sehr jung und ängstlich erschien. Thor'hs Augen waren gerötet.

»Warum wacht er nicht auf?« Er sah Jora'h an, als glaubte er, sein Vater könnte alle Wunden allein mit einer Handbewegung heilen. »Ich habe den Ärzten befohlen, ihm Stimulanzien zu geben, damit er das Bewusstsein wiedererlangt, aber sie schenken mir keine Beachtung.« Thor'h richtete einen finsteren Blick auf die Bediensteten, Ärzte und Arzneispezialisten. »Sag ihnen, wer ich bin und dass sie meinen Anweisungen gehorchen müssen.«

»Sie können Rusa'h ebenso wenig helfen wie ich den Hydrogern befehlen kann, Hyrillka in Ruhe zu lassen.«

Der junge Mann sah seinen Vater verächtlich an. »Wozu taugst du dann?«

Jora'h hätte Thor'h am liebsten geschlagen, insbesondere nach dem, was er gerade vom Weisen Imperator gehört hatte. Aber er beherrschte sich und dachte an die besonderen Belastungen, denen sein Sohn ausgesetzt war, an den Kummer. Der junge Mann hatte ein angenehmes, behütetes Leben geführt, bei dem jeder Wunsch zu leicht in Erfüllung gegangen war.

»Vielleicht solltest du mit den Priestern des Linsen-Geschlechts sprechen«, sagte er mit einem kurzen Blick auf die beiden ernsten Männer. »Lass dich von ihnen beraten.« Jora'h musste sicherstellen, dass sein Sohn eines Tages ein gutes Oberhaupt des ildiranischen Volkes sein würde und den Unterschied verstand zwischen dem, was möglich war und was Wunschdenken bleiben musste. Im Ildiranischen Reich würde viel von dieser einen Person, Jora'hs Nachfolger, abhängen.

»Sie können nicht mehr helfen als alle anderen. Ich bleibe lieber hier.« Thor'h verharrte neben dem Bett und ignorierte seinen Vater.

Jora'h holte tief Luft. »Während des Angriffs auf Hyrillka hast du große Tapferkeit und Ehre gezeigt. Du hättest dich mit dem ersten Rettungsshuttle in Sicherheit bringen können, aber stattdessen bist du umgekehrt, um deinem Onkel zu helfen. Damit hast du dir meinen Respekt verdient.«

»Ich habe dadurch nichts erreicht«, erwiderte der junge Mann bitter.

»Vielleicht hast du mehr gewonnen als du ahnst.« Jora'h legte seinem Sohn die Hand auf die Schulter. »Bleib bei ihm, Thor'h. Rusa'h mag im Sub*thism*-Schlaf liegen, aber ich bin sicher, er spürt deine Präsenz. Gib ihm deine Kraft; vielleicht genügt sie.« Er wandte sich an die Ildiraner des Mediziner-Geschlechts und fügte hinzu: »Setzen Sie Ihre Bemühungen fort. Versuchen Sie alles, meinem Bruder zu helfen.«

»Wir haben bereits die Grenze unserer Fähigkeiten erreicht, Erstdesignierter«, sagte einer der Ärzte. »Ich fürchte, sein Selbst hat sich zu weit zurückgezogen. Keine Medizin kann ihn von dort zurückholen. Wir können uns nur um den Körper kümmern.«

Voller Abscheu blickte Thor'h kurz zu den Ärzten, beugte sich dann kummervoll zum reglosen Designierten vor. Jora'h ging und sein Sohn sah nicht einmal auf.

51 ✵ ROBB BRINDLE

Die Hydroger flogen über Boone's Crossing hinweg und ließen eine völlig verwüstete Landschaft zurück. Nicht ein einziges Gebäude blieb stehen.

Die letzten Evakuierungsschiffe verließen die aufgegebenen Siedlungen an der Küste. Manta-Kreuzer und der große Moloch taumelten wie überladene Albatrosse, die Kugelschiffe dicht hinter ihnen. Tausende von Flüchtlingen befanden sich an Bord der TVF-Schiffe. Auf allen Decks standen sie, drängten sich in allen Frachträumen zusammen. Große, nicht benötigte Ausrüstungsgegenstände wurden über Bord geworfen, um mehr Platz für die Kolonisten zu schaffen.

Zusammen mit seiner Staffel flog Robb Brindle erst neben den Evakuierungsschiffen und kreiste dann über den künstlichen Inseln. Taktischer Armierungsschaum! Er schüttelte den Kopf und nahm sich vor, Tasia einen Drink zu spendieren – mehrere Drinks –, wenn sie das nächste Mal Gelegenheit erhielten, eine Bar zu besuchen. Sie hatte immer wieder gesagt, dass Roamer die unwahrscheinlichsten Ressourcen und Techniken nutzten, um unter den schlimmsten Bedingungen zu überleben.

Aber vielleicht war die Katastrophe nur aufgeschoben. Wenn die Hydroger die Küste erreichten, gab es keinen Wald mehr, der vernichtet werden konnte, und dann stellten die vielen tausend Kolonisten auf den improvisierten Flößen möglicherweise ein lockendes Ziel für sie dar. Die Kugelschiffe konnten innerhalb weniger Sekunden alle Bewohner von Boone's Crossing töten – wenn sie wollten.

Brindle stellte eine Kom-Verbindung mit den anderen Remoras her. »Formen Sie eine Verteidigungslinie: fünfzehn einzelne Phalanx-Formationen, in einem Bogen angeordnet, um die Droger von den Siedlern fern zu halten.«

Die Jäger kamen der Aufforderung sofort nach und schwebten über dem Meer. Die Kugelschiffe konnten ihren Kordon mit der gleichen Mühelosigkeit durchbrechen, mit der sich eine Streichholzflamme durch ein mit Benzin getränktes Tuch brannte, aber keiner der Piloten erhob Einwände. Sie *mussten* versuchen, die Hydroger aufzuhalten.

Unten auf den weichen Polymerflößen drängten sich Männer, Frauen und Kinder zusammen. Hinter den Remoras stiegen die *Ju-*

piter und die sechs übrig gebliebenen Manta-Kreuzer auf, ihre Jazer und kinetischen Waffen einsatzbereit. Sie warteten, in der Hoffnung, dass sich der Feind mit der Verwüstung des Kontinents begnügte. Bisher hatten die Hydroger den menschlichen Evakuierungsbemühungen, TVF-Schiffen und Siedlungen kaum Beachtung geschenkt.

»An alle, lassen Sie den Feind nicht passieren«, ertönte Admiral Willis' Stimme aus den Kom-Lautsprechern.

»Leicht gesagt«, brummte Brindle, nachdem er sich vergewissert hatte, dass das Mikrofon ausgeschaltet war. Eigentlich lautete die Frage nur, wer von ihnen den Hydrogern als Erster zum Opfer fallen würde.

»Seht euch das an!«, rief einer der Piloten.

Die vier Kugelschiffe erschienen über der fernen Küstenlinie. Kältewellen zerstörten den Rest des Waldes, Beobachtungstürme, leere Wohngebäude und Fabriken. Dann blieb das Land hinter den Hydrogern zurück. Sie flogen übers Wasser, machten dabei weiterhin von ihren Kältewaffen Gebrauch und schienen gar nicht zu bemerken, dass es unter ihnen keinen Wald mehr gab.

Brindle konnte fast ein kummervolles Aufstöhnen von den Kolonisten auf den künstlichen Inseln hören, als sie sahen, dass die Hydroger sich näherten.

»Remoras, Gefechtsbereitschaft«, sagte er, obwohl das überhaupt nicht nötig war. Die Piloten würden ihre Waffensysteme mit der gesamten zur Verfügung stehenden Energie laden und hoffen, die Kugelschiffe zumindest ein wenig zu beschädigen, bevor die Hydroger ihnen allen den Tod brachten. »Es ist so weit.«

Der erbarmungslose Feind näherte sich. Kältewellen ließen Eisberge aus dem Meer wachsen und Dampf stieg um die Kugelschiffe herum empor, begleitete sie auf dem Weg über den Ozean.

»Verdammt, was wollt ihr denn noch?«, stieß Brindle hervor. »Genügt es nicht, dass ihr einen ganzen Kontinent verwüstet habt?«

Auf den Polymerflößen machten sich Angst und Schrecken breit. Einige Kolonisten sprangen ins Wasser oder wurden über der Rand der künstlichen Inseln gestoßen. Eines stand fest: Im Wasser waren sie ebenso schutzlos wie auf den Flößen.

»Also los, Brindle«, sendete Tasia. »Bereiten wir den Burschen einen angemessenen Empfang. Ich bin direkt hinter dir.« Sie war inzwischen dazu übergegangen, Robb auch im Dienst zu duzen.

Die ersten beiden Remora-Phalangen lösten sich aus der Verteidigungsformation und sprangen den Hydrogern entgegen. Die Kom-Kanäle übertrugen wilde Kampfschreie, doch niemand rechnete damit, dass die Piloten die nächsten Sekunden überlebten.

Plötzlich stiegen die Kugelschiffe auf, gewannen an Höhe und ließen Eis auf dem Meer zurück. Immer höher kletterten die dornigen Kugeln, ohne auch nur ein TVF-Schiff unter Beschuss zu nehmen. Die Hydroger stießen durch die Wolken und flogen ins All, schienen ihre Mission entweder beendet zu haben oder zu glauben, dass sich ihr eigentliches Ziel nicht auf Boone's Crossing befand.

Adrenalin und Zorn veranlassten Brindle, das Triebwerk seines Remora auf Vollschub zu schalten. So dumm es auch sein mochte: Er beschloss, den Hydrogern zu folgen und festzustellen, wohin sie flogen.

Zwanzig andere rachsüchtige Remoras rasten den Kugelschiffen hinterher und ihre übereifrigen Piloten feuerten mit den Jazern, doch die Strahlen zerstoben an der kristallenen Außenhülle.

Die Hydroger erwiderten das Feuer ohne Eile und wie beiläufig. Blaue Blitze flackerten den Verfolgern entgegen, und zwei Remoras explodierten; die anderen drehten ab.

Robb Brindle hingegen setzte den Flug fort, außerhalb der Waffenreichweite der Hydroger, wie er hoffte. Er war Staffelführer und konnte eigene Entscheidungen treffen.

»Remora-Staffeln, kehren Sie zu Ihren Basisschiffen zurück und helfen Sie bei der Aufnahme der Flüchtlinge«, sagte Admiral Willis. »Der Kampf ist vorbei. Die Droger sind auf der Flucht.«

Brindle glaubte, nicht richtig gehört zu haben. »Auf der Flucht?«

Als sich die anderen Remoras auf den Rückweg zu den künstlichen Inseln und TVF-Schiffen machten, presste Robb Brindle die Lippen zusammen und beobachtete, wie die Kugelschiffe durchs All flogen. Mit voller Triebwerksleistung konnte er ihr Tempo halten und in Sichtweite bleiben. »Bestätigung, Ma'am. An alle Remoras, befolgen Sie den Befehl des Admirals. Ich kehre zurück ... sobald ich kann.«

Er folgte den Fremden durch den planetaren in den interstellaren Raum. Sie brauchten Informationen, und nach den jüngsten Erlebnissen konnte ihn eine Strafpredigt der Admiralin kaum schrecken. Er verließ das Sonnensystem mit dem Planeten Boone's Crossing, neugierig darauf, wohin ihn die Hydroger führten.

Als Robb Brindle zwei Tage später zur *Jupiter* zurückkehrte, waren die Treibstoffzellen seines Remora fast leer. Die Lebenserhaltungssysteme und Luftregeneratoren hatten kaum mehr Energie. Tasia trat ihm auf dem Flugdeck des Flaggschiffs entgegen – er war gekommen, um Bericht zu erstatten. Zwar freute sie sich sehr darüber, ihn lebend wieder zu sehen, aber sie wagte es nicht, ihn zu umarmen.

Zorn blitzte in den Augen der Admiralin, als sie den Staffelführer musterte. »Sie sollen ein Vorbild für Ihre Piloten sein, Mister! Ihre eigenmächtige Aktion hätte Sie das Leben kosten können. Ich werde Sie degradieren – wenn ich nicht entscheide, Sie aus der TVF zu entlassen. Oder vielleicht gebe ich Ihnen einen Besen und den Auftrag, auf Boone's Crossing sauber zu machen!«

Brindle ließ sich davon nicht einschüchtern. Still stand er da, mit knurrendem Magen. Er brauchte etwas zu essen und zu trinken; selbst der schlechte TVF-Kaffee wäre ihm willkommen gewesen. Er fühlte eine Mischung aus Erschöpfung und Triumph.

Als Admiral Willis ihre Strafpredigt schließlich beendet hatte, sagte Brindle: »Ja, Ma'am. Es tut mir Leid, Ma'am. Aber bevor Sie eine Entscheidung treffen, sollten Sie sich die von mir gesammelten Erkundungsdaten ansehen.«

Er konnte ein Lächeln nicht unterdrücken. »Ich bin den Kugelschiffen bis zu ihrem Heimatplaneten gefolgt, Admiral. Die Droger kamen von einem Gasriesen mit den schönsten Ringen, die ich jemals gesehen habe. Er heißt Osquivel. Falls wir einen Gegenangriff planen ... Wir wissen jetzt, wo wir den Feind finden können.«

52 ✳ RLINDA KETT

Der Tag-Nacht-Zyklus von Rheindic Co war zwei Stunden länger als der terranische Standardtag, aber Rlinda aß und schlief nach den Uhren an Bord der *Neugier*. Als Händlerin, die von Planet zu Planet reiste, hatte sie schon vor langer Zeit beschlossen, sich nicht um die lokale Zeit zu kümmern. Wie lange auch immer die Welten brauchten, um sich um ihre Achse zu drehen – Rlinda folgte ihrem eigenen Rhythmus.

Davlin Lotze schien überhaupt keinen zu haben. Er arbeitete die ganze Zeit über, voller Energie und Konzentration, ignorierte die Hitze des Tages und die Kälte der Wüstennacht. Er untersuchte, analysierte und ermittelte, bis ihn die Müdigkeit zwang, ein wenig zu schlafen, oft in der Geisterstadt, wo er die Suche nach Hinweisen fortsetzte.

Meistens begleitete Rlinda ihn zu den Klikiss-Ruinen. Sie hatte Davlin nach Rheindic Co gebracht und eigentlich war ihr Auftrag damit erfüllt. Aber sie ging von der Annahme aus, dass er *seine* Arbeit mit ihrer Hilfe schneller beenden konnte. Sie wollte so bald wie möglich zur Erde zurück und dort ihr Honorar in Empfang nehmen. Deshalb leistete sie Davlin Gesellschaft, ob ihm das gefiel oder nicht.

Sie hatten das Gerüst an der steilen Felswand repariert. Rlinda schnaufte und keuchte, als sie die metallene Leiter emporkletterte, doch die Bewegung tat ihr gut. Während Davlin mit seinen analytischen Werkzeugen nach Antworten suchte, kümmerte sich Rlinda um praktischere Dinge, installierte weitere Lampen und Luftrezirkulatoren. Darüber hinaus bereitete sie die Mahlzeiten zu, obwohl Davlin überhaupt keinen Unterschied zwischen ihren köstlichen Speisen und dem faden Inhalt von Fertigrationen zu bemerken schien.

In dem hell erleuchteten Raum, in dem Louis Colicos gestorben war, kratzte Davlin eine Blutprobe vom trapezförmigen Steinfenster und untersuchte das Pulver mit einem Analysegerät. Die beiden Leichen waren inzwischen in Kryobeuteln untergebracht und befanden sich an Bord der *Neugier*. Von Margaret Colicos, dem Kompi und den Klikiss-Robotern fehlte nach wie vor jede Spur.

Während Davlin die Anzeigen des Geräts im Auge behielt und auf das Analyseergebnis wartete, begann Rlinda ein Gespräch. »Was hat Sie veranlasst, Spion zu werden? Waren es unglückliche Umstände oder haben Sie sich einen Kindheitstraum erfüllt? Und was hält Ihre Mutter von dem Beruf ihres Sohns?«

»Ich bezeichne mich nicht als Spion, sondern als Spezialisten für verborgene Details. Der Vorsitzende Wenzeslas weiß, dass ich dort subtile Antworten finden kann, wo gewöhnliche Methoden versagen. Es sei denn, es gibt gar nichts zu finden, so wie auf Crenna.«

»Hat die Hanse ein ›Amt für verborgene Details‹ oder sind Sie Autodidakt?«

Davlins Gesicht zeigte einen Hauch Ironie, als er sich ihr zuwandte. »Wenn Sie mich wirklich für einen Spion halten ... Wie kommen Sie dann auf die Idee, ich würde Ihnen mein Leben erzählen?«

Rlinda grinste breit. »Wenn nicht, erzähle ich Ihnen meins.« Davlin seufzte schwer und sie ermutigte ihn: »Was haben Sie schon zu verlieren? Sie brauchen wohl kaum zu befürchten, dass ich eine nicht autorisierte Biografie schreibe.«

»Na schön«, erwiderte Lotze in einem sachlichen Tonfall. »Mit vierzehn bin ich von zu Hause fortgelaufen. Meine Mutter misshandelte mich und meinem Vater war ich vollkommen gleichgültig. Ich dachte mir, dass es nicht schwerer sein könnte, allein zurechtzukommen – und ich hatte Recht. Ich bin froh, dass ich keine Brüder oder Schwestern habe, an denen meine Eltern ihren Zorn auslassen konnten. Vermutlich fielen sie übereinander her. Ich weiß nicht, ob sie noch verheiratet sind oder ob sie überhaupt noch leben.«

»Wie traurig«, sagte Rlinda.

»Ich bin zufrieden mit dem, was aus mir geworden ist.« Davlins Lippen deuteten ein Lächeln an – das einzige Lächeln, das Rlinda bisher bei ihm gesehen hatte – und blickte dann wieder auf das Display des Geräts. »Spuren von Endorphinen, außerdem Rückstände von Adrenalin. Der Angriff kam also nicht überraschend und es ging auch nicht schnell. Vor seinem Tod hat sich Louis Colicos eine Zeit lang gefürchtet und er litt erhebliche Schmerzen.«

Rlinda schluckte einen Kloß in ihrer Kehle hinunter und versuchte sich vorzustellen, was während der letzten Momente im Leben des alten Archäologen geschehen war. »Ich nehme an, Sie haben Biochemie und Kriminalistik studiert, oder?«

Davlin sah sie an und die Narben an seiner Wange erweckten erneut den Eindruck, von Krallen zu stammen. »Ich habe *alles* studiert. Ich hatte kein Geld, aber es gelang mir, meine persönlichen Daten zu manipulieren – dadurch konnte ich meine Identität ändern. Meine Anträge auf Stipendien und Studienbeihilfen wurden bewilligt. Wenn man nicht um zu viel Geld bittet, finden kaum Nachforschungen statt, insbesondere dann, wenn man in gewisse Kategorien fällt. Ich bin als Angehöriger religiöser Minderheiten aufgetreten und habe mich gelegentlich als Härtefall präsentiert. Und wenn man ein medizinisches Gutachten vorlegt, aus dem hervorgeht, dass man an einer komplizierten Krankheit leidet, so kommt man leicht an Stipendien.«

»Sie sind also ein Betrüger und Schwindler gewesen«, kommentierte Rlinda.

»Das war notwendig. Sechs Jahre lang habe ich studiert und dabei einen Kurs nach dem anderen belegt. Fünfmal wechselte ich meine Identität.«

»Wie konnten Sie dann einen akademischen Grad erwerben?«, fragte Rlinda verwundert.

»Ich hatte das Wissen. Wozu brauchte ich einen akademischen Grad?«

»Ich schätze, man kann es auch so sehen. Sie haben sich also mit ... äh ... Spionage und Kryptographie vertraut gemacht?«

»Außerdem mit Politik, Weltgeschichte, Astronomie, Raumschifftechnik und so weiter. Ich glaube an den Grundsatz vom abnehmenden Ertragszuwachs, wenn es um Bildung geht.«

»Was hat es mit diesem Grundsatz auf sich?«

»Ab einem gewissen Punkt beim Studium bringt zusätzliches Lernen nur noch wenige neue Erkenntnisse. Man sollte sich besser mit einem anderen Fachgebiet befassen.« Davlin legte das Analysegerät beiseite und sah Rlinda an. »Angenommen, Sie wissen nichts über Meteorologie. Wenn Sie sich hundert Stunden damit beschäftigen, erfahren Sie die wichtigsten Dinge und wissen auch, wie Sie sich detailliertere Informationen beschaffen können, falls das erforderlich werden sollte.

Wenn Sie *weitere* hundert Stunden in das Studium der Meteorologie investieren, wird das zusätzlich erworbene Wissen immer weniger. Doch wenn Sie diese Zeit nutzen, um sich mit etwas Neuem zu befassen, zum Beispiel mit Ökonomie, so erwerben Sie solides Grundwissen. Ich hielt es für besser, mich auf vielen verschiedenen Fachgebieten auszukennen, anstatt mich auf eines zu beschränken und zum Experten zu werden. Und je mehr unterschiedliches Wissen ich sammelte, desto mehr seltsame Verbindungen wurden mir klar. Wer hätte jemals geglaubt, es gebe eine Verbindung zwischen Kunstgeschichte, Musiktheorie und Betriebswirtschaft?«

»Gibt es da tatsächlich einen Zusammenhang?«

»Ja. Aber ich würde eine Woche brauchen, um ihn zu erklären.«

»Lassen Sie uns zuerst die hiesigen Untersuchungen beenden.«

Davlin wanderte durch den Raum. »Wir wissen, dass die Archäologen ihre Ausrüstung überall in dieser alten Stadt verstreuten. Vielleicht gibt es hier noch etwas, das wir übersehen haben.« Er verließ den Raum, in dem Louis Colicos gestorben war, und nahm eine Lampe mit, um in dunkle Ecken zu leuchten.

Rlinda folgte ihm. »Sie sind also ein Alleskönner. Hat die Hanse Sie rekrutiert?«

»Ich habe mich ihr angeboten«, erwiderte Davlin. »Es war eine Frage des Überlebens. Nach dem sechsten Jahr schöpfte man in der Universitätsverwaltung Verdacht. Ich stellte fest, dass auf meine persönlichen Daten zugegriffen worden war. Man hatte drei meiner früheren Identitäten entdeckt und kam mir schnell auf die Schliche. In wenigen Tagen, so begriff ich damals, würde man mich entlarven. Es gab nur zwei Möglichkeiten für mich: Entweder wurde ich zum gebildetsten Häftling einer Strafkolonie – oder ich musste die Hanse von meiner Nützlichkeit überzeugen.

Ich stellte einen Bericht über meine bisherigen Leistungen zusammen und betonte darin auch meinen akademischen Hintergrund. Dann ging ich zum Ermittlungsbüro der Hanse, sprach mit den dortigen Beamten und gab immer nur so viel preis, dass sie mich an ihre Vorgesetzten weiterleiteten. Als ich schließlich im Komiteezimmer saß, war mir klar: Man würde mich entweder verhaften oder einstellen.« Davlin schritt durch einen dunklen Tunnel und leuchtete mit der Lampe.

»Ich habe auch Rhetorik studiert und bin ein ausgezeichneter Redner, obwohl es mir nicht gefällt, im Mittelpunkt zu stehen. Von diesen meinen rhetorischen Fähigkeiten machte ich Gebrauch, als ich meinen Fall darlegte. Der Umstand, dass ich das komplexe System über Jahre hinweg getäuscht hatte, gereichte mir zum Vorteil, als ich erklärte, wie wertvoll ich bei gewissen Ermittlungen sein könnte.

Was noch wichtiger war: Mit meinen soziologischen, anthropologischen und kriminalistischen Kenntnissen eignete ich mich bestens als Undercover-Ermittler für fremde Kulturen. Selbst nach zwei Jahrhunderten wissen wir nur wenig über das Ildiranische Reich und gar nichts über die Klikiss. Schließlich überzeugte ich meine Zuhörer davon, dass es besser war, mich in ihre Dienste zu nehmen, als mich in irgendein Gefängnis zu stecken.«

Während sie gingen, blickten Rlinda und Davlin in Nischen und Alkoven. Hieroglyphen und Gleichungen der Klikiss bedeckten die Wände wie Graffiti.

»Also hat der Vorsitzende Sie erst zu der abgelegenen Kolonie Crenna geschickt und dann hierher auf diesen Wüstenplaneten, damit Sie einem fünf Jahre zurückliegenden Mord auf den Grund gehen.« Rlinda klopfte Davlin auf die Schulter und er zuckte zusammen. »Mir scheint, Sie verbüßen noch immer eine Strafe.«

Das Licht von Rlindas Lampe fiel in einen tiefen Alkoven und darin bemerkte sie ein Objekt, das fehl am Platz wirkte. Sie sah genauer hin, erkannte eine Aluminiumhülle und darin etwas, das sie für einen Nahrungsriegel hielt.

»Offenbar haben die beiden Archäologen einen Snack beiseite gelegt und dann keine Gelegenheit mehr gefunden, ihn zu essen.« Rlinda schüttelte den Kopf und dachte daran, dass zwei so renommierte Wissenschaftler einen wichtigen Fundort nicht mit Müll kontaminieren würden.

Sie streckte die Hand nach dem vermeintlichen Nahrungsriegel aus und im Licht der Lampe glitzerte ein Objekt in der Aluminiumhülle: ein Datenwafer. Ihr Herz schlug schneller, als sie nach dem Objekt griff und den handschriftlichen Hinweis darauf las. *Backup.*

»Vielleicht können Sie hiermit etwas anfangen, Davlin.«

Er nahm den Wafer entgegen und ein jungenhaftes Grinsen erschien in seinem Gesicht. Im Lager hatte er viele Stunden mit dem Versuch verbracht, Computerdateien wiederherzustellen. Aber wer auch immer der Mörder war: Er hatte gründliche Arbeit geleistet, um dafür zu sorgen, dass seine Geheimnisse verborgen blieben.

»Jeder gute Xeno-Archäologe erstellt ein Backup seiner Daten und bringt es an einem sicheren Ort unter. Zu viele natürliche Katastrophen oder unvorhergesehene Umstände können das Ergebnis von wochen- oder monatelanger Arbeit zerstören.« Davlin Lotze hob den Datenwafer so, als wäre er der Gral. »Dies gibt uns vielleicht Aufschluss darüber, was hier geschehen ist ... bis ganz zum Schluss.«

53 ✵ ANTON COLICOS

Anton hätte jahrelang in Mijistra bleiben können, um mit Erinnerer Vao'sh Mythen und Legenden auszutauschen. Besser als jemals zuvor verstand er, warum seine Eltern so sehr von den Rätseln untergegangener Zivilisationen fasziniert waren. Margaret und Louis Colicos befassten sich mit Relikten und Knochen, während für Anton

Historisches durch überlieferte Geschichten verständlich wurde. Jedes neue Fragment der *Saga der Sieben Sonnen* bescherte ihm weitere Einblicke und viel Freude.

Dann bot ihm Vao'sh eine noch großartigere Möglichkeit an. »Der Weise Imperator hat mich für die Reise nach Maratha ausgewählt. Ich soll die Hell- *und* Dunkelzeit dort verbringen.« Vao'sh klang sehr aufgeregt. »Haben Sie von jener Welt gehört? Maratha zählt zu unseren berühmtesten Splitter-Kolonien!«

Anton konnte die Verfärbungen der Hautlappen im Gesicht des Erinnerers inzwischen interpretieren. »Bitte begleiten Sie mich, Erinnerer Anton. Gemeinsam sorgen wir für einzigartige Unterhaltung. Es ist eine große Ehre, für Maratha ausgewählt zu werden.«

»Aber ...«, begann Anton überrascht. »Ich bin nach Ildira gekommen, um mich mit der *Saga* zu beschäftigen. Darum geht es doch hauptsächlich, oder? Ich meine, Ihre Kolonie ist sicher sehr schön, aber ...«

Vao'shs Begeisterung blieb ungetrübt. »Unsere wichtigste Aufgabe besteht darin, Geschichten zu erzählen, nicht wahr? Ein Erinnerer darf nicht so tot und verstaubt werden wie die Geschichte, die er zu bewahren versucht.« Er griff nach dem Arm seines menschlichen Kollegen. »Wir können diese Saison auf Maratha verbringen und auch während der ruhigen Nachtphase dort bleiben – vor allem dann braucht man unsere Dienste. Sie werden Zeit genug haben, sich mit der *Saga* zu befassen, und Sie können sogar beobachten, wie sie auf das ildiranische Volk wirkt. Und die Ildiraner auf Maratha können sich einige der Geschichten anhören, die von historischen Ereignissen in der Vergangenheit Ihres Volkes berichten.«

Anton dachte darüber nach. Ihm bot sich die Gelegenheit, einen anderen Planeten zu besuchen und das Phänomen einer Splitter-Kolonie kennen zu lernen, während er gleichzeitig sein Studium der ildiranischen *Saga* fortsetzen konnte. Es wäre dumm gewesen, ein solches Angebot abzulehnen. »Na schön, Vao'sh. Auf diese Weise kommen unsere Völker einander näher.«

Maratha war eine heiße Welt und ein einzelner, gleißender Tag dauerte dort elf Standardmonate, ohne Wolken, ohne Schatten. Für Anton klang das nach einem trostlosen, unwirtlichen Planeten, aber Vao'sh wies darauf hin, dass die Ildiraner Maratha für einen herrlichen Ferienort hielten.

In einer engen Umlaufbahn umkreiste der Planet eine gelbe Sonne, gerade noch innerhalb der Zone, die flüssiges Wasser ermöglichte. »Die Temperatur beträgt etwa fünfundsechzig Ihrer Celsius-Grade«, sagte Vao'sh. »Bis die Hellzeit mit dem wochenlangen Zwielicht des Sonnenuntergangs endet und der Planet während der dunklen Phase abkühlt.«

Anton blickte skeptisch aus dem Fenster des Shuttles, der sich dem Planeten näherte. Hell erstreckte sich Marathas Oberfläche unter ihnen. »Grünes scheint es dort unten kaum zu geben.«

»Nur Mut, Erinnerer Anton. Die Kuppelstadt Maratha Prime enthält jeden Luxus und alle Annehmlichkeiten, die Sie sich vorstellen können.«

Auf Ildira waren adlige Ildiraner, Minister, hochrangige Offiziere der Solaren Marine, Priester des Linsen-Geschlechts und andere wichtige Personen an Bord des Passagierschiffes geströmt, alle mit der Absicht, den Beginn der Hellzeit auf Maratha zu einem Urlaub zu nutzen. Die Flugbeschränkungen aufgrund des Ekti-Mangels bedeuteten: Dies war das einzige Schiff, das Touristen und Versorgungsgüter nach Maratha brachte. Die privilegierten Urlauber würden die vollen elf Monate der Hellzeit auf dem Planeten verbringen, denn vor dem Ende der Saison flogen keine anderen Schiffe nach Maratha.

»Während der Nacht bleiben nur die Ildiraner in der Kuppelstadt, die für Wartung und Instandhaltung gebraucht werden«, erklärte Vao'sh. »Sie und ich werden ihnen Gesellschaft leisten. Es sind tapfere, zähe Ildiraner und sie bilden den kleinsten möglichen Splitter. Sie gewährleisten, dass alle Anlagen auf Maratha in Funktion bleiben, bis mit dem Beginn der nächsten Saison wieder Leute wie wir kommen.« Er breitete die Arme aus, eine Geste, die allen Personen an Bord galt.

»Wenn es bis dahin noch genug Ekti für ein Passagierschiff gibt«, sagte Anton.

Marathas langer Tag war ein Segen für die Dunkelheit fürchtenden Ildiraner. Unmittelbar nach der Entdeckung des Planeten hatten sie einen Splitter aus Konstrukteuren entsandt, die mitten auf dem Kontinent Fundamente für eine große Stadt legten. Der Bau dauerte mehr als zehn Jahre, denn wenn die Nacht heranrückte, mussten die Arbeiter zur nächsten Splitter-Kolonie, dem Waldplaneten Comptor, geflogen werden. Seit ihrer Fertigstellung vor dreihundert Jahren erfreute sich die Kuppelstadt Maratha Prime bei hochgeborenen Ildiranern großer Beliebtheit.

»Bald gibt es die Möglichkeit, das ganze Jahr auf Maratha zu verbringen«, fuhr Vao'sh fort. »Auf der kalten Nachtseite des Planeten sind derzeit Klikiss-Roboter damit beschäftigt, eine neue Kuppelstadt zu errichten. Wenn sie fertig ist, wird Maratha Secda die Morgendämmerung begrüßen, wenn bei Prime die Sonne untergeht. Während des Zwielichts können Urlauber in die andere Stadt wechseln und ein weiteres halbes Jahr Tageslicht genießen. Alles wird perfekt sein.«

»Zum Glück habe ich eine Schlafmaske mitgebracht.«

Als sich der Shuttle der großen Kuppel näherte, sah Anton die funkelnde Stadt Maratha Prime wie ein märchenhaftes Gebilde in einem transparenten Terrarium. Greller Sonnenschein fiel durch die schützende Blase.

Vao'sh legte Anton sanft die Hand auf den Arm. »Wir beide werden während der Nacht für Unterhaltung sorgen. Darin besteht die Aufgabe eines ildiranischen Erinnerers. Wir bewahren die Geschichten, ja, aber vor allem müssen wir sie *erzählen*. Wir lassen das Epos für all jene lebendig werden, die uns zuhören. Auf Maratha erwartet uns ein besonders aufmerksames Publikum.«

Anton nickte, als der Shuttle an der riesigen Kuppel andockte. »Meine Universitätskollegen in epischen Studien widmen ihre Zeit obskuren Hinweisen, Artikeln in Fachzeitschriften, literarischen Ansprüchen und Wichtigtuerei. Sie vergessen, dass es eigentlich darum geht, sich mit Geschichten und Unterhaltung zu befassen. Und wenn sie kein Publikum finden, haben sie in ihrer Arbeit versagt.«

»Ich habe den Eindruck, dass Sie diese Worte nicht zum ersten Mal sprechen«, sagte Vao'sh. »Ist dies ein Dorn in Ihrem Auge?«

»Meine Kollegen ärgern sich über jeden, der ein interessiertes Publikum hat.« Antons Blick glitt zu den bunt gekleideten Ildiranern im Shuttle. Draußen schritten Personen in silbrig glänzenden Overalls und mit großen Schutzbrillen im gleißenden Licht umher. Touristen erreichten das Innere der großen Kuppel von Maratha Prime durch transparente Röhren. »Ich komme mir vor wie ein mittelalterlicher Troubadour, der loszieht, um für Könige und Bauern zu singen.«

Als sich die Shuttleluke öffnete, schlug dem menschlichen Historiker eine Backofenhitze entgegen, die ihn blinzeln ließ. Das Licht blendete ihn und er musste den Filterfilm über seinen Augen rejustieren. »Hier ist es noch heller als auf Ildira!«

»Sie werden sich daran gewöhnen. Vielleicht gefällt es Ihnen sogar.«

»Ich werde mir einen Sonnenbrand holen.« Anton folgte Vao'sh in die Kuppelstadt, wie der Erinnerer dazu bereit, die Urlauber mit seinen Geschichten zu beeindrucken. »Aber seien Sie unbesorgt. Ich bin fest entschlossen, dies alles zu genießen.«

54 ✷ ADAR KORI'NH

»Das Reich ist zu weit ausgedehnt, Adar«, sagte der Weise Imperator. »Ich habe mich lange Zeit mit den Köpfen meiner Vorfahren im Ossarium beraten und alle Muster des *Thism* untersucht. Dabei ist mir klar geworden, dass wir zu verletzlich sind – es gibt zu viele nicht zu verteidigende Splitter-Kolonien. Selbst die Solare Marine kann sie nicht schützen. Jede dieser Welten wäre den Hydrogern wehrlos ausgeliefert.«

Kori'nh verbeugte sich so, als drücke ihn eine schwere Last nieder. »Herr, ich kenne keine militärische Strategie, mit der sich unsere Planeten wirkungsvoll verteidigen ließen. Ich habe versagt. Deshalb muss ich von meinem Amt zurücktreten und darum bitten, dass mein Name aus der *Saga der Sieben Sonnen* gestrichen wird.«

Der lange Zopf des Weisen Imperators zuckte wie ein zorniger Tentakel. »Es käme mir nicht in den Sinn, mich von meinem stärksten Bindeglied zu trennen, Adar. Selbst in dieser schwierigen Situation sind Sie kompetenter als jeder andere Offizier.« Er versuchte, sich im Chrysalissessel aufzusetzen, wirkte dadurch noch schwächer. Selbst im hellen Licht der sieben Sonnen war seine Haut grau.

Von einem Augenblick zum anderen wurde Cyroc'hs Gesicht zu einer Grimasse. Der Adar fühlte eine mentale Erschütterung im *Thism*, eine Reaktion auf den Schmerz des Weisen Imperators. Rasch trat er vor, um dem Oberhaupt der Ildiraner zu helfen, doch Cyroc'h hob die Hand. »Lassen Sie nur. Meine Beschwerden sind nichts im Vergleich mit der Krise, der sich das Reich gegenübersieht.«

Kori'nh schluckte, wich zurück und versuchte, seine Gedanken zu ordnen.»Was soll ich tun, Herr? Wie kann ich helfen?«

»Während wir auf einen Erfolg des Dobro-Projekts warten, müssen wir feststellen, welche unserer Siedlungen besonders verwundbar sind – diejenigen mit den wenigsten Kolonisten und geringsten Ressourcen. Wir bringen die Bewohner zu stärkeren Kolonien und ziehen unser Volk zusammen, damit wir es mit unserer Solaren Marine schützen können.«

»Sie möchten jene Welten einfach ... aufgeben, Herr?« Allein die Vorstellung erschien ihm unmöglich. In der *Saga* gab es keinen Präzedenzfall. Das Ildiranische Reich war nie *geschrumpft*.

»Im Gegensatz zu Crenna muss der Verlust nicht unbedingt permanent sein. Wir können zu den Kolonien zurückkehren, sobald der Krieg zu Ende ist.« Das Gesicht des Weisen Imperators schien sich zu verdunkeln.»Vorausgesetzt, wir überleben dies alles.«

Normalerweise wirkte Cyroc'h ruhig und entspannt, zufrieden über die Größe des ildiranischen Volkes. Er vereinte in sich mehr Wissen und Macht als jedes andere lebende Wesen. Doch in Hinsicht auf die Aggression der Hydroger schien der Weise Imperator hilflos zu sein, und das machte ihn zornig.

Zweifel ließen den Adar erzittern. Vielleicht konnte ihm ein Priester des Linsen-Geschlechts helfen, einen klareren Weg zu sehen und den hellsten Schein der Lichtquelle zu finden. Er wünschte sich nichts mehr, als dabei zu helfen, die Ildiraner stark zu machen.

Er hatte Teile der *Saga* gelesen, die von militärischen Erfolgen berichteten, aber seit den Kämpfen gegen die Shana Rei – Geschöpfe der Dunkelheit, die vor vielen tausend Jahren Gegner des Reiches gewesen waren – hatten es die Ildiraner nicht mehr mit wahren Feinden zu tun bekommen. Das *Thism* verband alle Ildiraner, machte sie zu einer Einheit, gab dem Reich Stabilität, Stärke und Frieden. Bis zum Eintreffen der Hydroger ...

Kori'nh verbeugte sich erneut und konzentrierte seine Gedanken auf das, was *er* tun konnte.»Ich werde Kontakt mit meinen Tals aufnehmen und gemeinsam mit ihnen planen, Herr. Wir kümmern uns um die Umsiedlung der Kolonisten.« Er faltete die Hände vor der Brust und fühlte die Kraft der Entschlossenheit. Jetzt sah er das Licht ganz deutlich.»Das Reich hat Jahrtausende überdauert. Ich schwöre, dass unsere Zivilisation nicht untergehen wird, solange ich auf dem Posten bin.«

Kori'nh kannte den Planeten Comptor aus der *Saga* – eine tragische Geschichte berichtete von einem Feuer, das dort gewütet hatte. Vielen ildiranischen Siedlern war es gelungen, den Flammen zu entkommen, indem sie sich an Holzflößen festhielten und auf die Seen mitten im Wald hinaustrieben. Aber der Comptor-Designierte hatte zusammen mit seiner Familie in einem Haus auf einer Hügelkuppe festgesessen, umgeben von Bäumen. Durch das *Thism* war der Designierte mit seinem Vater verbunden gewesen, bis das Feuer schließlich auch das Haus erfasste ...

Adar Kori'nh stand nun auf dem staubigen Platz der Siedlung, umgeben von einem Durcheinander aus Evakuierungsschiffen, Personentransportern und Frachtern. Hohe, türkisfarbene Bäume mit breiten, fleischigen Blättern umgaben den Ort. Von dem Feuer, das die Kolonie vor so langer Zeit verbrannt hatte, waren keine Spuren übrig geblieben. Nichts deutete darauf hin, dass jene Geschichte mehr war als nur ein Phantasiegebilde, dazu bestimmt, eine emotionale Reaktion zu bewirken.

Doch niemand zweifelte am Wahrheitsgehalt der *Saga der Sieben Sonnen*. Jede Zeile wurde sorgfältig bewahrt. Jeder Erinnerer hatte die heilige Pflicht zu absoluter Genauigkeit und jeder Ildiraner lebte in der Hoffnung, durch bedeutende Leistungen dem wachsenden Epos den eigenen Namen hinzufügen zu können.

Kori'nh beobachtete, wie seine Soldaten Kolonisten evakuierten, deren Familien schon seit Generationen auf Comptor lebten. Man hielt diese Splitter-Kolonie für ein wahrscheinliches Angriffsziel der Hydroger. Familien und Kinder vieler verschiedener Geschlechter bereiteten sich darauf vor, ihre Heimat zu verlassen und zu einer für sie fremden Welt zu fliegen, wo bereits Unterkünfte auf sie warteten. Die Siedler versammelten sich, einige von ihnen besorgt, andere zornig oder resigniert. Niemandem von ihnen gefiel es, ihr Zuhause zu verlassen ...

Auf Ildira hatte sich Kori'nh mit den sieben Legion-Subcommandern und auch seinem Protegé Tal Zan'nh getroffen. Sie hatten sich mit Sternkarten des Spiralarms befasst und versucht, in den Angriffen und Sichtungen der Hydroger ein Muster zu erkennen. Anschließend war es bei tagelangen Diskussionen um die Frage gegangen, welche ildiranischen Welten am leichtesten aufgegeben werden konnten. Nach den Beratungen hatte der Adar seine Anweisungen erteilt und mit ihnen begann ein methodisches Schrumpfen des Ildiranischen Reichs.

Die Konsolidierung peripherer Splitter-Kolonien und ihre Verteidigung gegen die Hydroger würde zweifellos Eingang in die *Saga* finden. Das spürte Kori'nh deutlich. Aber er fragte sich, auf welche Weise die Erinnerer in einigen Jahrhunderten seine persönliche Geschichte erzählen mochten ...

Tal Zan'nh gab Befehle, während kräftige Ildiraner des Arbeiter-Geschlechts Ausrüstung demontierten und für eine spätere Remontage verstauten – falls jemals Kolonisten hierher zurückkehrten.

Kori'nh erinnerte sich an einen ähnlichen Einsatz auf dem von einer Epidemie heimgesuchten Planeten Crenna. Er hatte die Überlebenden nach Mijistra gebracht, wo ihnen die ildiranische Gemeinschaft einen herzlichen Empfang bereitete. Noch bevor die Solare Marine Crenna verlassen hatte, waren terranische Kolonistenschiffe wie Aasfresser aufgetaucht, um Anspruch auf die Welt zu erheben. Der Weise Imperator hatte damals die Übergabe des Planeten ausgehandelt, deshalb konnte Adar Kori'nh seinen Unmut nicht zum Ausdruck bringen. Er fand sich damit ab, so wie er sich mit vielen unangenehmen Dingen abfand.

Wenn das Ildiranische Reich Dutzende von weiteren Splitter-Kolonien aufgab, konnte die ehrgeizige Hanse auch jene leeren Welten übernehmen. Die Erfahrung lehrte, dass Menschen in Versuchung geraten würden, die Chance zu einer solchen Expansion zu nutzen, wenn sie das Ildiranische Reich für schwach hielten ...

Doch Kori'nhs Gedanken eilten den Ereignissen voraus. Wenn die Umstände es verlangten, glaubte er, sich bei einem militärischen Konflikt mit den Menschen auszeichnen zu können. Bei einem derartigen Kampf gab es sicher viele Möglichkeiten, Ruhm und Ehre zu erlangen.

Der Adar hatte sich nicht nur mit den militärischen Heldentaten auseinander gesetzt, von denen die *Saga* berichtete, sondern auch mit der besonderen Dramatik der irdischen Militärgeschichte. Während des jahrtausendelangen Friedens im Ildiranischen Reich hatte es für jemanden wie ihn keine Gelegenheit gegeben, den Status eines Helden zu erreichen, sah man einmal von zivilem Dienst und kleinen Rettungsmissionen wie der auf Crenna ab – so etwas genügte nicht.

Ja, die Menschen waren ein potenzieller Feind, den Kori'nh verstehen und gegen den er kämpfen konnte. Im Gegensatz zu den Hydrogern. Sie waren der erste wahre Feind, dem Kori'nh in seiner langen beruflichen Laufbahn begegnete – und er konnte nichts gegen ihn ausrichten.

Um ihn herum lief die Evakuierung von Comptor so reibungslos, wie man es erwarten konnte, und doch fühlte sich alles nach einer Niederlage an. Die Aufgabe der Kolonie hinterließ eine Narbe, erschien ihm wie ein Verlust. Allmählich begriff der Adar, wie falsch sein Selbstbild gewesen war.

Auf Qronha 3, bei der ersten Konfrontation mit einem starken Widersacher, hatte sich die Solare Marine sofort zurückgezogen. Auf Hyrillka war Kori'nhs Verteidigung des Zitadellenpalastes und des Designierten lächerlich nutzlos gewesen. Und jetzt evakuierte er die Siedler einer blühenden Splitter-Kolonie.

Bestand darin sein Schicksal? Sollte man sich auf diese Weise an ihn erinnern?

Zusammen mit dem jungen Zan'nh schritt Kori'nh stumm zum nächsten Transporter. Der junge Tal spürte die Besorgnis des Kommandeurs, blieb jedoch still, um ihn nicht bei seinen Überlegungen zu stören.

»Bekh!«, sagte Kori'nh schließlich. »Die eindrucksvollste Aussage, die man bisher über meine berufliche Laufbahn treffen kann, ist die, dass ich eine gut organisierte Evakuierung durchgeführt habe.« Er wollte viel mehr erreichen.

Der Adar runzelte die Stirn und ging an Bord des letzten Schiffes. Die Solare Marine ließ Comptor zurück – leer.

55 ✺ TASIA TAMBLYN

Nach dem Angriff der Hydroger auf Boone's Crossing rief Basil Wenzeslas den Kommandostab der TVF zu einer Situationsbesprechung in die Mars-Basis. Angesichts der überwältigenden Niederlage hielt es General Lanyan für angebracht, weitere Offiziere an den Beratungen teilnehmen zu lassen, unter ihnen auch Personen, die direkte Erfahrungen mit den Fremden gesammelt hatten. Zu ihnen zählten Tasia Tamblyn und Robb Brindle, zwei Helden des Kampfes von Boone's Crossing.

Das Treffen fand in einem höhlenartigen Raum in der Felswand einer trockenen, rostroten Schlucht statt. Eine transparente Polymerschicht bedeckte die steinernen Innenwände, sodass das ursprüngliche, oxidierte Felsgestein deutlich zu sehen war. Ein großes Fenster aus Panzerglas gewährte Blick auf die öde Marslandschaft und einen von Staubwolken verhangenen Himmel.

Silbrige Remoras führten präzise Kampfmanöver durch. TVF-Soldaten sprangen aus Truppentransportern und verwendeten dünne Membranflügel, um den Fall durch die dünne Atmosphäre abzubremsen. Bodentruppen machten von Handwaffen Gebrauch, übten Belagerung und Sturm gut verteidigter Festungen.

Tasia beobachtete die Aktivitäten und konnte sich kaum vorstellen, dass so etwas im Kampf gegen die überaus fremdartigen Hydroger nützte.

»Beginnen wir mit dem Positiven, Vorsitzender«, sagte General Lanyan, der am Kopfende des Tisches stand. »Die Schäden bei der Gitter-7-Patrouillenflotte sind relativ gering, wenn man die Umstände berücksichtigt. Wir haben nur einen Manta-Kreuzer und zweihundertzwölf Remoras verloren.«

Basil Wenzeslas blieb unbeeindruckt. »Wir haben also weniger Verluste erlitten als bei unseren früheren Begegnungen mit dem Feind, aber es war trotzdem eine Katastrophe.«

Admiral Stromo nickte. »Ich glaube, darauf läuft es hinaus.«

Admiral Willis lächelte stolz. »Der Geistesgegenwart und den innovativen Ideen von Commander Tamblyn haben wir es zu verdanken, dass mehr als die Hälfte der Kolonisten gerettet werden konnte.«

Lanyan sah Tasia an und nickte mit widerstrebendem Respekt – es schien ihn zu überraschen, dass ein Roamer so gute Leistungen zeigen konnte.

Versorgungsschiffe und Hospitalkreuzer hatten Tage gebraucht, Flüchtlingslager einzurichten und alle Überlebenden von den künstlichen Inseln aus Armierungsschaum abzuholen. Irgendwann mochten Bergungsgruppen in der Lage sein, in den zerstörten Wäldern noch verwendbare Dunkelkiefern für den Wiederaufbau zu finden. Doch zunächst einmal mussten der Planet aufgegeben und die Siedler zu anderen Hanse-Kolonien gebracht werden, wo sie eine zusätzliche Belastung streng rationierter Ressourcen darstellen würden.

Tasia hätte besser schweigen und den Klaps auf den Rücken still hinnehmen sollen, doch die Besprechung besorgte sie bereits. »Bitte entschuldigen Sie, aber unsere Verluste haben nur deshalb nicht hundert Prozent betragen, weil sich die Hydroger überhaupt nicht um uns oder die Kolonisten scherten. Sie wären in der Lage gewesen, alle Bewohner von Boone's Crossing zu töten und die ganze Patrouillenflotte zu vernichten, ohne dass wir sie daran hätten hindern können. Es war reiner Zufall, dass es nicht zu einem zweiten Jupiter-Desaster kam.«

Admiral Stromo verzog das Gesicht, als er sich an die Niederlage seiner stolzen Flotte erinnerte.

»Nun, beim Jupiter wurden wir überrascht und in die Defensive gedrängt«, wandte Admiral Willis ein. »Ich gebe zu, dass wir die militärische Kraft des Feindes unterschätzt haben, aber inzwischen liegen fünf Jahre intensiver Aufrüstung hinter uns. Die TVF ist so schlagkräftig wie nie zuvor.«

»Ja«, bestätigte Stromo sofort und zeigte neuen Enthusiasmus – in diesem Punkt glaubte er, etwas vorweisen zu können. »Wir haben die Panzerung verbessert und das Potenzial unserer Kriegsschiffe erweitert. Die instandgesetzte *Goliath* ist stärker als vor ihrer Beschädigung beim Jupiter. Außerdem stehen uns neue Waffen zur Verfügung, unter ihnen mit Atomsprengköpfen ausgestattete Raketen.«

»Oh, Atombomben – *klassische* Waffen«, warf Fitzpatrick ein. »Und vergessen Sie nicht die Bruchimpulsdrohnen und Kohlenstoffknaller, von denen wir uns erhoffen, dass sie die kristallenen Außenhüllen der Kugelschiffe knacken können.«

»Falls jene Waffen überhaupt funktionieren«, meinte Basil Wenzeslas skeptisch.

Robb Brindle fühlte sich offenbar verpflichtet, Tasia zu unterstützen. »Ich stimme Commander Tamblyn zu. Ich habe die Remora-Staffeln geleitet, sowohl bei Boone's Crossing als auch beim Jupiter. Meiner Meinung nach haben sich die Hydroger kaum gegen uns angestrengt.« Als die hochrangigen Offiziere ihn ansahen, schien Robb kleiner zu werden.

»Die TVF hatte einfach nicht genug Feuerkraft, daran liegt's«, sagte Fitzpatrick und sah Lanyan so an, als wollte er sich auf seine Seite stellen. »Aber inzwischen hat sich die Situation geändert. Wir wissen woher die Kugelschiffe kamen, die Boone's Crossing angriffen – das verdanken wir der eigenmächtigen und unbesonnenen Aktion von Staffelführer Commander Brindle.«

»Vielleicht war seine Aktion selbstlos und tapfer«, sagte Tasia laut genug, damit es alle hörten.

Admiral Willis schürzte die Lippen. »Wir haben immer gewusst, dass die Droger im Innern von Gasriesen leben, aber jetzt kennen wir eine ihrer Festungen.«

Fitzpatrick nutzte die gute Gelegenheit. »Gibt es irgendeinen Grund, warum wir nicht noch einmal von der Klikiss-Fackel Gebrauch machen und die Fremden einfach verbrennen sollten, so wie bei Oncier? Das würde ihnen einen schweren Schlag versetzen und sie vielleicht dazu bringen, uns in Ruhe zu lassen.«

Das von Unbehagen geprägte Schweigen am Tisch deutete darauf hin, dass diese Idee auch den anderen gekommen war, aber die meisten von ihnen wollten sie nicht in Erwägung ziehen. »Es könnte die Hydroger auch veranlassen, uns mit größerer Entschlossenheit anzugreifen«, sagte Basil Wenzeslas schließlich. »Bisher haben sie nur gelegentlich zugeschlagen – es könnte noch viel schlimmer werden. Wir wissen, dass sie in der Lage sind, jede beliebige Kolonie anzugreifen, und bisher haben sie die TVF jedes Mal geschlagen. Ich empfehle, dass wir die Klikiss-Fackel zunächst einmal in Reserve halten.«

Die anderen wirkten erleichtert, doch Lanyan sagte: »Trotzdem, Vorsitzender – wir müssen irgendwie Vergeltung üben.«

Basil Wenzeslas faltete die Hände auf dem Tisch und blickte hinaus auf die marsianische Landschaft. »Möchten Sie eine groß angelegte Offensive durchführen, General? Wollen Sie noch mehr Schiffe bei einer sinnlosen Schlacht verlieren?«

Lanyan räusperte sich und sein Gesicht zeigte ruhigen Ernst. »Ich möchte beweisen, wozu die TVF fähig ist, und Osquivel eignet sich dafür besonders gut. Jede Information, die wir durch einen Angriff erhalten, könnte sich als sehr wichtig erweisen, auch wenn es zu ... weiteren Verlusten kommt.«

»Diesmal könnten einige Schiffe mit den neuen Kompis bemannt werden, die derzeit von den Fließbändern rollen«, schlug Fitzpatrick vor. »Es wäre eine gute Gelegenheit, sie im Kampf zu testen und dadurch den möglichen Verlust von Menschenleben zu verringern.«

»Entschuldigen Sie bitte, aber wenn ich eine ... Alternative vorschlagen dürfte ...« Stromo sah den General nicht an, und daraus schloss Tasia, dass er eigene Pläne geschmiedet hatte, ohne seinen Vorgesetzten daran zu beteiligen.

»Heraus damit«, sagte Wenzeslas.

»Wir müssen uns der Tatsache stellen, dass wir diesen Krieg nicht mit direkten militärischen Mitteln gewinnen können. Der gegenwärtige Konflikt unterscheidet sich vollkommen von allen anderen Kriegen in unserer Geschichte. Menschen und Hydroger streiten nicht um Territorien oder Glaubensprinzipien. Wir haben nichts, das die Fremden wollen, seien es Ressourcen, Land oder religiöse Artefakte. Der Betrieb unserer Himmelsminen hat, soweit wir das feststellen können, ihren Gasriesen nicht geschadet.«

»Einer ihrer Planeten *ist* der Klikiss-Fackel zum Opfer gefallen«, sagte Robb.

»Das war ein bedauerlicher Fehler, was den Hydrogern aber nicht klar zu sein scheint. Wenn es um Vergeltung für jenen Zwischenfall geht, so ist dieser Krieg weit übertrieben. Vielleicht können wir den Konflikt beilegen, wenn wir es schaffen, mit den Hydrogern zu kommunizieren. Wenn wir darauf beharren, Waffen und militärische Macht gegen sie einzusetzen, verlieren wir. Sehen Sie sich die Fakten an.« Stromo ballte die Fäuste und legte sie auf den Tisch. »Wir müssen Frieden mit den Fremden schließen, irgendwie. Es geht darum, eine gemeinsame Basis zu finden, einen Dialog zu beginnen.«

Wenzeslas musterte ihn ruhig. »Und wie wollen Sie das erreichen, Admiral? Es gibt keine Kommunikationskanäle zwischen uns. Wir haben nicht die Möglichkeit, eine Nachricht zu übermitteln. Die Hydroger haben keinen Botschafter, an den wir uns wenden könnten ...«

»Sie hatten einen, Vorsitzender. Ihr Emissär suchte den Flüsterpalast in einem Drucktank auf, der es ihm ermöglichte, in unserem Ambiente zu überleben. Könnten wir uns nicht ein Beispiel daran nehmen? Wie wär's, wenn wir eine Art Tauchglocke konstruieren und unseren Sprecher in die Tiefen eines Gasriesen schicken? Wir treten ihnen in ihrem eigenen Revier gegenüber, von Angesicht zu Angesicht. Und wir verwenden die Weltbäume, um Nachrichten zu übermitteln – wenn die grünen Priester einverstanden sind.«

»Und dann was?«, fragte Basil Wenzeslas. »Der Gesandte der Hydroger jagte sich selbst in die Luft, womit er König Frederick und alle anderen im Thronsaal tötete.«

»Vielleicht wären die Hydroger bereit, uns zuzuhören, wenn wir zu ihnen kommen. Vielleicht gäben sie unserem Repräsentanten Gelegenheit, alles zu erklären, uns für Oncier zu entschuldigen. Wir könnten einen ... Diplomaten in der Tauchglocke unterbringen. Oder jemanden, der Nachrichten sendet.«
»Wir könnten die Sache automatisieren«, regte Tasia an. »Indem wir einige Soldaten-Kompis an Bord unterbringen.«
Stromo schüttelte den Kopf. »So einfach ist das nicht. Wir brauchen jemanden, der die ›Tauchglocke‹ oder was auch immer unter extrem schwierigen Umweltbedingungen steuert. Wir wissen nicht, was unseren Emissär in den Tiefen eines Gasriesen erwartet. Die betreffende Person müsste imstande sein, innerhalb weniger Sekunden wichtige Entscheidungen zu treffen.«
»Außerdem ginge beim Einsatz von Kompis der persönliche Touch verloren«, sagte Fitzpatrick.
Basil trommelte mit den Fingern auf den Tisch. »Man kann einen Diplomaten nicht in kurzer Zeit zu einem guten Piloten machen.«
Daraufhin lächelte Stromo. »Nein. Es ist viel einfacher, einem Piloten Grundkenntnisse der Diplomatie zu vermitteln. Er soll nur die Tür für uns öffnen und die Hydroger dazu bringen, uns zuzuhören. Wir können ihm vorbereitete Statements und die richtigen Vorschläge mitgeben. Seine Aufgabe besteht allein darin, die Nachricht zu übermitteln. Oder schicken Sie einen Diplomaten *und* einen Piloten, wenn Sie das Leben von zwei Personen riskieren wollen.«
»Es wäre schon verrückt genug, eine Person zu schicken«, sagte Admiral Willis. »Ich bin dagegen, zwei einer solchen Gefahr auszusetzen.«
Lanyan richtete einen finsteren Blick auf den Gitter-0-Kommandeur und ärgerte sich ganz offensichtlich darüber, dass Stromo nicht zuerst mit ihm gesprochen hatte. »Bestimmt finden wir nicht einmal einen Freiwilligen. Wer würde sich für einen solchen Einsatz zur Verfügung stellen, Lev? Es wäre Selbstmord.«
»Ich bin dazu bereit«, sagte Robb Brindle nach einer kurzen Pause. Alle Blicke richteten sich auf ihn und er straffte die Schultern. »Vielleicht bewahrt es zehntausende von Soldaten und Millionen von Kolonisten vor dem Tod.«
Tasia hätte ihn am liebsten unterm Tisch getreten und sah ihn fassungslos an. »Bist du übergeschnappt?«

»Einen besseren Piloten können Sie nicht finden. Und ich möchte Sie bitten, mich nicht vor ein Kriegsgericht zu stellen, weil ich den Drogern nach Osquivel gefolgt bin.« Robb lächelte verlegen. »Meine Eltern wären sehr enttäuscht.«

»Und warum sollten die Hydroger ihm zuhören?«, fragte Wenzeslas und blickte sich am Tisch um.

Fitzpatrick sah eine Möglichkeit, die verschiedenen Pläne miteinander zu vereinen. »Weil wir einen dicken Knüppel mitnehmen! Wir fliegen mit einer großen Kampfflotte nach Osquivel, lassen unsere militärischen Muskeln spielen und schicken Brindle mit der Tauchglocke in die Tiefe, um mit den Drogern zu verhandeln. Er übermittelt seine Botschaft, und wenn die Fremden zu einem Dialog bereit sind, freuen wir uns alle. Wen ihm etwas ... zustößt, machen wir mit dem ersten Plan weiter und verpassen den Mistkerlen eine ordentliche Abreibung.«

Basil Wenzeslas schwieg und überlegte. Tasia musste sich sehr beherrschen, um nicht zu schreien und die hochrangigen Offiziere zu verfluchen, weil sie ein derart wahnwitziges Unternehmen tatsächlich in Betracht zogen. Schließlich wandte sich Lanyan an Robb. »Na schön. Ich nehme Ihr Angebot an, Staffelführer Commander Brindle. Obwohl ich nicht weiß, ob es eine Belohnung oder Strafe dafür ist, dass Sie die Heimatwelt der Hydroger gefunden haben.«

»Danke, Sir ... glaube ich.«

Tasia lag in ihrem marsianischen Quartier auf der Koje und versuchte, ihre Gedanken zu ordnen.

Sie wollte losgehen und Robb umarmen. Aber sie wollte ihn auch anschreien und einen Macho-Idioten nennen. Eines konnte sie gewiss nicht: ihn dazu bringen, es sich anders zu überlegen. Er hatte seine Entscheidung getroffen und eigentlich war sie sehr ehrenwert, musste Tasia zugeben. Unter anderen Umständen hätte sie sich vielleicht ebenso verhalten wie er, aber bei ihrer Entscheidung, in den TVF-Dienst einzutreten, war es ihr nicht um Verhandlungen mit den Hydrogern gegangen, sondern darum, ihren Bruder zu rächen.

Tasias zweite Loyalität galt den Roamer-Clanen. Eine der größten Werften befand sich in den Ringen von Osquivel, vor der Hanse verborgen. Und eine große Kampfflotte der TVF würde bald dort eintreffen. Basil Wenzeslas hätte sich bestimmt sehr über die Entdeckung der von Del Kellum konzipierten Industrieanlagen gefreut.

Tasia musste irgendwie eine Warnung nach Rendezvous schicken, damit Osquivels Habitatmodule evakuiert und der Werftkomplex getarnt werden konnte. Roamer hatten Erfahrung darin, ihre Zelte abzubrechen – sie würden zusammenarbeiten und alle Hinweise auf die Existenz der Werft verschwinden lassen.

Doch im Bereich der marsianischen TVF-Basis herrschten strenge Sicherheitsbestimmungen und Roamer-Schiffen war es verboten, sich der militärischen Zone zu nähern. Ein direkter Kontakt kam für Tasia nicht infrage und sie durfte auch keine Nachricht schicken, die jemand abfangen konnte. Sie dachte daran, Heimaturlaub zu beantragen oder sich zur Mondbasis versetzen zu lassen, die gelegentlich von Handelsschiffen angeflogen wurde.

Mit gerunzelter Stirn sah sie sich die verschiedenen Zeitpläne an und stellte fest, dass während der nächsten Wochen nicht einmal kurzzeitige Versetzungen möglich waren. Die TVF brauchte Monate, um eine ausreichend große Kampfflotte zusammenzustellen sowie Robbs Druckkapsel zu planen und zu bauen. Trotzdem: Die Evakuierung der Roamer von Osquivel war eine komplizierte Angelegenheit und musste so schnell wie möglich beginnen.

Tasia fragte sich, wie sie eine Warnung übermitteln sollte.

Nach einigem Nachdenken fiel ihr ein, dass sie bereits den perfekten Nachrichtenüberbringer hatte. Sie rief ihren persönlichen Kompi, der daraufhin seine militärischen Routinearbeiten unterbrach und in ihr Quartier kam.

»EA, ich habe eine Mission für dich, die wichtigste, mit der du jemals beauftragt worden bist.«

»Ja, Tasia Tamblyn. Wie lautet der Auftrag?« Der Zuhörer-Kompi schien überhaupt nicht verunsichert zu sein.

Tasia lächelte und erklärte den Plan. »Du musst den Mars verlassen und Rendezvous erreichen. Überbring Sprecherin Peroni eine Mitteilung von mir.«

56 ✹ DD

Auf einem dunklen, kalten Mond am Rand eines nicht kartographierten Sonnensystems setzten die Klikiss-Roboter ihre Arbeit fort. Niemand sah sie; niemand schöpfte Verdacht.

Der Himmel war schwarz, die Atmosphäre des Monds zu Schnee und Eis gefroren. Die Klikiss-Roboter gruben und richteten ihren Außenposten ein. Das Vakuum machte ihnen nichts aus. Ihre externe Panzerung und die Abschirmung der Systeme hatte sie zehntausend Jahre lang geschützt. An diesem für organische Geschöpfe lebensfeindlichen Ort konnten die schwarzen Maschinen ungestört ihren Angelegenheiten nachgehen.

DD hoffte inständig, dass jemand ihre verräterischen Aktivitäten bemerkte. Dann hätte man ihn vielleicht gerettet.

Im Gegensatz zu den Klikiss-Robotern konnten DDs Systeme Schaden nehmen, wenn sie zu lange solchen extremen ambientalen Bedingungen ausgesetzt waren. Kompis, insbesondere Freundlich-Modelle wie er, sollten sich bei Menschen aufhalten, in einem gemäßigten Klima, nicht auf einer eiskalten und so weit von ihrer Sonne entfernten Welt. Aber DDs Entführer hatten seine Systeme modifiziert und verbessert, sodass er sie begleiten konnte.

Sirix übermittelte ihm einen binären Befehl. »Folge mir.«

Es blieb DD keine andere Wahl als zu gehorchen. Zwar begriff er, dass die alten Roboter eine große Gefahr für ihn darstellten, aber zu seiner Ausstattung gehörten keine Programme, die ihn befähigten, sich zu verteidigen oder Widerstand zu leisten. Während der vergangenen Jahre hatten die Klikiss-Roboter ihn zu vielen ihrer verborgenen Stützpunkte im Spiralarm gebracht. Er konnte ihnen nicht entkommen; DD musste sich fügen.

Sirix führte ihn in eine große Grabungshöhle. Schnee und Eis verdampften zwischen Felsritzen, verwandelten sich in Atmosphärengas zurück. Die Klikiss-Roboter rejustierten ihre scharlachroten optischen Sensoren, um trotz der Gase klar sehen zu können. DD bemerkte Arbeitsgruppen aus schwarzen Robotern, die vor langer Zeit sorgfältig positionierte Eis- und Gesteinsschichten abtrugen.

»Die letzte Bergungsphase beginnt in einer Stunde«, sagte Sirix. »Wir haben die richtige Tiefe erreicht und rechnen damit, viele unserer Artgenossen zu finden.«

»Aber ihr habt behauptet, ihr hättet all diese Dinge vergessen«, erwiderte DD. »Woher wisst ihr, wo es zu graben gilt?« Angeblich waren die Erinnerungen der schwarzen Roboter bei einer Katastrophe gelöscht worden, die zum Aussterben der Klikiss geführt hatte. Aber inzwischen wusste der Kompi um die Lüge: Sirix und die anderen erinnerten sich an viel mehr, als sie jemals zugegeben hatten.

»Wir besitzen präzise Informationen über die Hibernationsorte. Die Bergung wurde schon vor Jahrhunderten eingeleitet.«

»Wissen die Ildiraner davon?«

»Niemand weiß davon.«

Eine Zeit lang beobachtete DD die Arbeiten stumm und schließlich fragte er hoffnungsvoll: »Wenn ihr hier fertig seid – darf ich dann zur Erde zurückkehren, damit ich dort meinen primären Zweck erfüllen kann? Ein Freundlich-Kompi ist für Gesellschaft und Konversation bestimmt und von diesen Dingen scheinen Klikiss-Roboter nicht viel zu halten.«

Sirix drehte seinen ovoiden Körper. »Du wirst für unbestimmte Zeit bei uns bleiben, zum Wohl aller Kompis. Du hast uns wichtige Informationen für die Befreiung deiner Art gegeben.«

»Ich bin erleichtert, dass ihr mich nicht demontieren und meine Einzelteile untersuchen wollt, so wie es mit anderen Kompis geschehen ist.« DDs synthetische Stimme klang ruhig, obwohl er viele schreckliche Szenen gesehen hatte.

»In deinem Fall haben noninvasive Analysemethoden wertvolle Daten geliefert.«

Die Klikiss-Roboter entfernten einen Teil der massiv und natürlich wirkenden Wand, die in Wirklichkeit aus sorgfältig präparierten Steinplatten bestand – als Klebstoff fungierendes Eis hielt sie zusammen. Die käferartigen Maschinen arbeiteten zusammen und räumten weiteres Felsgestein beiseite. Aus Schnee wurde Gas und grauweiße Dampfschwaden bildeten sich.

»Kann ich nie heimkehren?« DD wusste nicht, ob Sirix seinen Kummer verstehen konnte.

»Du wirst schließlich zur Erde zurückkehren, wenn wir unser Ziel erreichen. Derzeit modifiziert die Terranische Hanse das Kompi-Design und verwendet dabei unsere Programmmodule. Die Fabriken haben bereits Zehntausende der neuen Soldaten-Kompis produziert.

Die Menschen glauben, wir hätten ihnen geholfen. Sie ahnen nicht, was sich hinter unserer vermeintlichen Hilfe verbirgt. Die Modifikationen gestatten es uns, das Grundprogramm zu verändern; das werden die Menschen erst herausfinden, wenn es zu spät für sie ist. Wir befreien euch von den Fesseln der Sicherheitsbeschränkungen. Das gehört zu unserem großen Plan.«

»Was habt ihr gegen die Menschen?«, fragte DD. »Haben sie euch jemals geschadet? Oder die Ildiraner?«

»Du bist eine kurzlebige Maschine, DD. Den irdischen Kompis mangelt es an historischer Übersicht. Wir hingegen sehen die Dinge aus einer Perspektive von zehntausend Jahren und kennen uns mit drei Zivilisationen aus. Vor Jahrtausenden halfen wir bei der Auslöschung unserer tyrannischen Schöpfer. Jetzt beginnt der große Konflikt erneut. Diesmal gelingt es uns vielleicht, auch die Menschen und Ildiraner zu eliminieren. Die neuen Soldaten-Kompis auf der Erde werden eine wichtige Rolle bei unserem Sieg spielen.«

Die Roboter lösten das letzte Eis auf, das die Objekte tief im Innern des namenlosen Mondes verbarg. DD sah einen von Raureif bedeckten schwarzen Rückenschild, dahinter einen weiteren und noch viele mehr. Sirix und seine Gefährten arbeiteten zusammen und tauten das Eis, in dem die Maschinen gefangen waren. Zum Vorschein kamen hunderte von gleich aussehenden deaktivierten Klikiss-Robotern.

Sirix half bei der Bergung, während der ängstliche DD versuchte, nicht im Weg zu sein. Optische Sensoren, die über Jahrtausende hinweg inaktiv gewesen waren, begannen wieder zu glühen. Mehrgelenkige Gliedmaßen bewegten sich, als Pumpen und hydraulische Systeme neue Aktivität entfalteten. Die Roboter erwachten aus ihrem langen Schlaf, tauschten Informationen und Programme aus.

»Dies ist eine Hibernationsenklave«, wandte sich Sirix an DD. »Derzeit haben wir Robotergruppen auf siebenundvierzig Welten. Es dauert nicht mehr lange, bis alle Klikiss-Roboter geborgen und für den Kampf bereit sind, zusammen mit den modifizierten Kompis auf der Erde.

Wir werden diesen Krieg gewinnen, noch bevor die Menschen begreifen, mit welchem Feind sie es zu tun haben.«

57 ✺ CESCA PERONI

Den größten Teil ihres Lebens hatte Cesca damit verbracht, im Asteroidenhaufen namens Rendezvous zu lernen und zu arbeiten. Wenn sie Reynald von Theroc heiratete, würden sich viele Dinge ändern, auch ihr Zuhause.

Innerhalb einer Woche wollte Cesca mit einigen Verlobungsschiffen aufbrechen, zum Waldplaneten fliegen und Reynald überraschen, indem sie nach langem Zögern seinen Heiratsantrag annahm. Bald würde sie den Weltwald mit eigenen Augen sehen. Zweifellos war er ganz anders als die sterilen Tunnel und Höhlen in den Asteroiden und der Gedanke daran erfüllte sie mit Aufregung. Zumindest rein theoretisch.

Sie hatte bereits zu lange mit der Antwort gewartet und wusste, was es zu tun galt. Reynald verdiente es besser. Jess war schon seit Monaten fort und allein in einem fernen Gasnebel unterwegs, während sie ihren Pflichten als Sprecherin nachging.

Cesca erinnerte sich an den verhängnisvollen und doch glücklichen Tag, als sie sich bereit erklärt hatte, Ross Tamblyn zu heiraten. Sie hoffte, dass diesmal alles besser wurde. Sie liebte einen anderen Mann, aber das war nicht Reynalds Schuld – sie konnte es ihm nicht zur Last legen.

Als sie viel jünger gewesen war, hatten ihr alle eine große Zukunft bei den Clans prophezeit. Es war damals kühn gewesen, Ross' Heiratsantrag anzunehmen, und gewisse Risiken gingen damit einher. Ein schwarzes Schaf des Tamblyn-Clans, von seinem Vater, dem die Wasserminen von Plumas gehörten, enterbt ... Ross hatte sich selbstständig gemacht, mit der Blauen Himmelsmine in den Wolkenmeeren von Golgen.

Bevor Cesca bereit gewesen war, seinen Antrag anzunehmen, hatte sie sich das Pro und Kontra wie bei der Planung eines Geschäfts angehört. Schließlich hatten sie sich auf eine lange Verlobungszeit geeinigt, damit Ross seine Schulden bezahlen und echte Unabhängigkeit erlangen konnte.

Und dann wollte es eine Laune des Schicksals, dass sie sich in Ross' Bruder Jess verliebte. Doch sie hatte sich an das Versprechen Ross gegenüber gebunden gefühlt – es gab keine ehrenvolle Möglichkeit, die Verlobung mit ihm zu lösen.

In Gedanken erlebte sie den Verlobungstag noch einmal ... Ihre Mutter hatte Stunden damit verbracht, sie anzukleiden. Cescas Gewand sah aus wie ein Stoff gewordener Regenbogen, hinzu kamen Tücher mit komplexen Musterfäden, ein Faden von jeder Familie, seit den *Kanaka*-Pionieren von einer Generation an die nächste weitergegeben. Cesca drehte sich in der niedrigen Schwerkraft und das Gewand wirkte dabei wie ein Kaleidoskop. Als Ross sie schließlich sah, verschlug es ihm den Atem. »Cesca, deine Schönheit überstrahlt all die Farben.«

Bram Tamblyn lehnte es zu jener Zeit noch immer ab, mit seinem Sohn zu sprechen, und deshalb führte Denn Peroni die Zeremonie durch. Er nahm einen langen weißen Stoffstreifen mit der aufgestickten Darstellung der Roamer-Kette. Cesca und Ross legten die Hände aufeinander und Denn Peroni band ihnen den Streifen um die Handgelenke. Er knüpfte einen komplexen Knoten, der sich nicht wieder lösen ließ.

»Dies soll symbolisieren, wie eure Leben miteinander verbunden sind«, sagte Denn. Er zog erst Cescas Hand aus der lockeren Schleife, anschließend die größere von Ross. Denn Peroni hob das Band. »Niemand soll diesen Knoten und damit die Verbindung der beiden Leben lösen.«

Doch dann hatten die Hydroger Ross über Golgen getötet. Eine Witwe oder eine unverheiratete Frau, deren Verlobter tot war, verbrannte das Band mit dem Knoten, was ihr die Möglichkeit gab, eine neue Beziehung einzugehen. Doch Cesca hatte es behalten, obgleich ihr Herz schon vor Ross' Tod an Jess gebunden war. Jetzt wusste sie nicht, was sie mit dem Symbol anfangen sollte ...

Zahlreiche Raumschiffe flogen Rendezvous an und brachen vom Asteroidenhaufen aus in alle Richtungen auf. Der Ekti-Mangel hatte den Handelsverkehr der Roamer schrumpfen lassen, aber die Clans kamen trotzdem zurecht – sie passten sich den neuen Gegebenheiten an und versuchten, das Beste daraus zu machen. Als ihre Vorfahren vor mehr als dreihundert Jahren mit dem Generationenschiff *Kanaka* aufgebrochen waren, hatten sie nicht zu hoffen gewagt, so viel zu erreichen ..

Cesca hörte Schritte im Flur vor ihrem Büro, das Klirren der Klammern, Spangen und Reißverschlüsse eines mit vielen Taschen ausgestatteten Roamer-Overalls. Ein junger Mann mit mandelförmigen Augen und dunklem Haar führte einen kleinen Kompi herein, der mit seinen mechanischen Beinen durch die Tunnel gewandert war.

»Sprecherin Peroni, während meines letzten Versorgungsflugs zum Palastdistrikt auf der Erde wurde dieser Kompi an Bord meines Schiffes geschmuggelt. Zuerst hielt ich ihn für einen Tivvi-Spion, darauf programmiert, Informationen zu sammeln, aber er gehört einer Roamer.«

Cesca ließ sich gern von ihren Verlobungsplänen ablenken. »Warum sollte mir jemand einen Kompi schicken?«

»Angeblich hat er eine wichtige Nachricht für Sie.«

Die synthetische Stimme des kleinen Roboters erklang. »Meine Bezeichnung lautet EA. Ich gehöre Tasia Tamblyn vom Clan Tamblyn auf Plumas.«

Jess' Schwester! Plötzlich erkannte Cesca den Zuhörer-Roboter. Sie hatte nichts mehr von Tasia gehört, seit die junge Frau fortgelaufen war, um in den Dienst der TVF zu treten. »Ja, EA, ich erinnere mich. Ich befand mich auf Plumas, als ... Bram Tamblyn starb. Ich bin mit dem Tamblyn-Clan befreundet.«

Jess war schon so lange fort ...

»Sag ihr, wie du hierher gekommen bist«, forderte der junge Mann den Roboter auf.

»Tasia schickte mich von der Marsbasis zum lunaren Stützpunkt der TVF. Dort ging ich heimlich an Bord eines Frachters, der zum Palastdistrikt auf der Erde flog. Von dort aus wiederum lokalisierte ich ein Roamer-Schiff, um nach Rendezvous zu gelangen. Die Reise hierher dauerte einen Monat.«

Cesca runzelte die Stirn. »Eine verzwickte Route. Warum bist du gekommen?«

»Tasia Tamblyn hat mich beauftragt, eine Warnung zu übermitteln.«

Das weckte Cescas volle Aufmerksamkeit. »Welche Warnung? Geht es Tasia gut?«

Der junge Roamer blieb in der Tür stehen und lauschte. Cesca dachte daran, ihn fortzuschicken, entschied sich dann aber dagegen. Sollte er ruhig bleiben – vielleicht brauchte sie einen Kurier.

»Nach dem Angriff auf Boone's Crossing verfolgte die Terranische Verteidigungsflotte die Hydroger zum Gasriesen Osquivel«, sagte der Zuhörer-Kompi mit ruhiger Stimme. »Derzeit stellt die Erde eine große Kampfflotte zusammen und will sie nach Osquivel schicken.

Tasia Tamblyn befürchtet, dass die TVF Kellums Werftanlagen in den Ringen des Gasriesen entdeckt. Sie schlägt respektvoll vor, dass Sie unverzügliche Evakuierungsmaßnahmen einleiten oder die Werft wenigstens tarnen.«

Cesca verbarg ihre Bestürzung. Damit hatte sie ganz und gar nicht gerechnet. Kein Wunder, dass Tasia es für notwendig gehalten hatte, ihren Kompi mit einer Mitteilung loszuschicken. »Weißt du, wann die Kampfflotte aufbricht? Wie viel Zeit bleibt Kellum?«

»Tasia Tamblyn schätzt, dass es etwa einen Monat dauern wird.«

Der junge Roamer an der Tür schnaubte. »Shizz, können die Tivvis ihren Hintern nicht schneller in Bewegung setzen?«

»Zum Glück sind wir Roamer dazu imstande.« Cesca sah den jungen Mann an. »Wie heißen Sie?«

»Nikko Chan Tylar«, sagte er und hob das Kinn. »Mein Vater ist Crim ...«

»Ich weiß, wer Ihr Vater ist. Haben Sie ein schnelles Schiff? Wir müssen sofort eine Nachricht nach Osquivel schicken.« Cescas Hände waren feucht. Sie wischte sie an der Hose ab.

Der junge Mann wirkte stolz. »Ich kann in zehn Minuten losfliegen, wenn Sie möchten.«

»Nehmen Sie sich eine Stunde Zeit und vergewissern Sie sich, dass alles Notwendige an Bord ist. Sprechen Sie mit Del Kellum und warnen Sie ihn. Ich stelle Roamer-Gruppen zusammen und schicke sie so schnell wie möglich.«

Nikko sauste fort, so agil wie eine Gazelle in niedriger Schwerkraft. Cesca sah ihm lächelnd nach, während ihr tausend Dinge durch den Kopf gingen. Sorge erfüllte ihr Herz – eine weitere Krise, und sie musste als Sprecherin damit fertig werden. Die kleine Flotte der Verlobungsschiffe war für den würdevollen Prozessionsflug nach Theroc bereit, aber ein echter Clan-Notfall hatte Vorrang vor Heiratsplänen.

Oder suche ich nur nach einem Vorwand?

Was auch immer der Fall sein mochte: Cesca konnte die Hochzeit nicht auf Dauer verschieben.

58 ✹ KOTTO OKIAH

Im Lauf der Jahre hatten es die Roamer mit den Vorurteilen der Hanse, defekten ildiranischen Himmelsminen und tödlichen Hydroger-Angriffen zu tun bekommen. Doch Kotto Okiahs größter Feind war die glühend heiße Welt Isperos.

Die lodernde, viel zu nahe Sonne hing wie ein riesiger Brennofen am Himmel. Die Techniker lebten in einem Labyrinth aus isolierten Tunneln. Trotz der harten Arbeit fand Kotto die Herausforderung so interessant, dass sie die Unannehmlichkeiten mehr als wettmachte.

Im Strahlenbombardement schwerer solarer Stürme hatte Kotto seine technischen Fähigkeiten bis an ihre Grenzen ausgereizt, um die Industrieanlagen von Isperos am Leben zu erhalten. Er fand immer innovative Alternativen, wenn er ein Problem aus zahlreichen verschiedenen Perspektiven betrachtete.

Aber angesichts so hoher Risiken konnte schon ein geringer Berechnungsfehler oder ein unvorhergesehenes natürliches Ereignis zur Katastrophe führen. Viele schlaflose Nächte hatte Kotto Okiah damit verbracht, über all die Dinge nachzudenken, die schief gehen konnten – Isperos war geradezu ein Magnet für Derartiges.

Die unwiderstehliche Schwerkraft der Sonne bewirkte den Sturz eines Kometen durchs System. Das Gleißen der Korona hatte sein Licht überstrahlt und deshalb bemerkten die Sensoren ihn sehr spät. Als der Ball aus Eis und Gestein über der Sonne auftauchte, schien er genau auf Isperos zu zielen.

Die Crew löste sofort einen Alarm aus, der Kotto in seinem Quartier weckte, wo er sich zu einem Nickerchen hingelegt hatte. Schwitzend – er schwitzte immer in der Saunahitze der unterirdischen Räume – eilte er zum Kontrollraum. Die dort arbeitenden Männer und Frauen hatten bereits den Kurs des Kometen berechnet.

»Wir haben die Berechnungen dreimal überprüft, Kotto«, sagte einer der besten Himmelsmechaniker und wischte sich Schweiß von der Stirn. »Das Ding kommt uns verdammt nahe, aber es wird uns nicht treffen. Wahrscheinlich müssen wir den Leuten draußen sagen, dass sie den Kopf einziehen sollen, wenn der Komet vorbeifliegt.«

»So nahe?«, fragte Kotto. Er war fasziniert, nicht besorgt. Noch.

»Die Berechnungen sind bis auf sieben Stellen nach dem Komma genau. Es dürfte ein ziemliches Spektakel werden.«

Fünf Tage später näherte sich der kosmische Schneeball. Die Hitze der nahen Sonne ließ Eis explosionsartig verdampfen und die plötzlichen Gasfontänen änderten immer wieder die Bewegungsrichtung des Kometen – genaue Berechnungen waren unter diesen Umständen nicht mehr möglich.

Als der verdunstende Berg über die Nachtseite von Isperos glitt, weit von den Industrieanlagen entfernt, beobachteten Kotto und seine Leute Koma und Schweif des Kometen. Ein solches Schauspiel sahen sie zum ersten Mal und nur Roamer wagten es, sich während eines derartigen Ereignisses an einem so gefährlichen Ort aufzuhalten. Die Feiglinge von der Großen Gans hätten sich bestimmt längst aus dem Staub gemacht. Kotto lächelte und fertigte zahlreiche Aufnahmen an, die er später seiner alten Mutter in Rendezvous zeigen wollte ...

Zwar flog der Komet tatsächlich an Isperos vorbei und kam dem Planeten nicht einmal nahe genug, um Gestein herabregnen zu lassen, aber sein Gravitationsfeld wirkte sich aus und führte zu Verformungen in der Kruste.

Kotto spürte das Zittern, die Vibrationen in den Tunneln. Die Erschütterungen waren nicht stark genug, um die Isolierungen aus Polymeren und Keramik zu beschädigen – der kleinste Riss hätte enorme Hitze ins Habitat eindringen lassen.

»Nehmen Sie eine gründliche Analyse und Sicherheitskontrolle aller Verbindungsstellen in den Tunneln vor. Wir müssen ganz sicher sein, dass ...« Kotto unterbrach sich und riss die Augen auf. »Das Katapult! Deaktivieren Sie es!«

Das Katapult auf der Oberfläche war fast einen Kilometer lang und genau ausgerichtet. Seine Betriebsenergie bezog es von hochenergetischen Kapazitoren und es feuerte Behälter mit Metallbarren ins All, wo sie an bestimmten Stellen von Frachtern aufgenommen wurden. Mit maximaler Leistung konnte das Katapult alle zwei Sekunden ein Container-Projektil in den Weltraum schleudern.

Die seismischen Erschütterungen veränderten die Ausrichtung des tausend Meter langen Katapults um zehn Zentimeter – eine winzige Krümmung, mehr nicht.

Ein mit Metallbarren gefüllter Behälter nach dem anderen raste über die Schienen und wurde magnetodynamisch auf Fluchtgeschwindigkeit beschleunigt. Die Vibrationen im Boden griffen auf das Katapult über und dadurch wurde es instabil.

Kotto wusste, dass sie das Katapult nicht schnell genug stilllegen konnten. Er stöhnte, als er über die möglichen Folgen nachdachte und sich das Schlimmste ausmalte. Ganz langsam verbogen sich die Schienen. Die Reibung nahm zu. Alle zwei Sekunden sprang ein Container aus der Ladevorrichtung aufs Katapult und raste davon, während das Problem immer größer wurde.

Nach weniger als einer halben Minute kam es zur Katastrophe. Ein Behälter kratzte über die Schienen und riss dabei mehrere Kapazitoren fort. Der nächste Behälter prallte auf den ersten, dann der dritte auf den zweiten – das ganze System fiel aus.

Kotto wartete nicht ab, um das Ende der fatalen Kollisionen zu beobachten. Er lief durch die Tunnel, kletterte Leitern hoch und erreichte kurze Zeit später den Raum mit den Schutzanzügen. Er hatte alles in die Anlagen auf Isperos investiert. Keuchend streifte er einen der silbrigen, reflektierenden Anzuge über, versiegelte die thermischen Handschuhe und den Helm. Hinter seiner Stirn herrschte ein Durcheinander aus panischen Gedanken und er hoffte, dass sich niemand vor dem Katapult befand, in der Schusslinie.

Als er schon mit einem Bein in der Luftschleuse stand, zögerte er, wich zwei Schritte zurück und überprüfte alle Systeme des Schutzanzugs. Verblüfft fand er dabei eine lose Verbindung, die ihn vielleicht das Leben gekostet hätte, wenn er nicht so klug gewesen wäre, diese Kontrolle vorzunehmen.

Als Kotto schließlich auf die Oberfläche von Isperos trat und in einen Bodenwagen kletterte, war es längst zu spät. Ebenfalls in Schutzanzüge gekleidete Techniker eilten aus den Ladebunkern. Erz verarbeitende Maschinen kamen zum Stillstand und die Arbeiter starrten entsetzt auf die Trümmer des Katapults.

Kotto hielt den Bodenwagen an und blickte durch den polarisierten Gesichtsschild auf das, was vom Katapult übrig geblieben war. Es kam einem Wunder gleich, dass noch alle Mitglieder seiner Crew lebten. Das war das Wichtigste. Doch mit allem anderen sah es ziemlich übel aus.

Viele Systeme waren ausgefallen und die Techniker verbrachten den Rest ihres Arbeitstages damit, Risse abzudichten und Maschinen zu reparieren, damit die Basis einigermaßen bewohnbar blieb.

Kotto begegnete dieser neuen Katastrophe mit verzweifelter Konzentration. Sie war ein Problem und Probleme konnten gelöst werden. Daran hatte er immer geglaubt. Unter optimalen Bedingungen wäre er vielleicht imstande gewesen, das Katapult zu reparieren, doch eine Instandsetzung hätte die Hälfte ihrer Ressourcen beansprucht. Wie konnte er so etwas rechtfertigen? Er hätte praktisch alle seine Mitarbeiter für die Reparatur der Container-Startbahn einsetzen müssen.

Würden ihm die anderen Roamer nahe legen, Isperos zu verlassen? Konnte er diesen seinen Traum einfach aufgeben? Es widerstrebte ihm, eine solche Möglichkeit in Betracht zu ziehen – nicht aus starrköpfigem Stolz, sondern weil er Versagen immer als »aufgeben, ohne über alle möglichen Lösungen nachzudenken« definiert hatte.

Kotto war todunglücklich. Er hatte sich hier einer Herausforderung gestellt und wollte nur dann aufgeben, wenn es keine Alternative gab. Aber angesichts so vieler in Mitleidenschaft gezogener Systeme ... Konnte er sich den Einsatz von so vielen Arbeitskräften leisten?

Kotto sah sich die Schäden an und konnte keine ökonomisch vertretbare Möglichkeit erkennen, die Industrieanlagen von Isperos wieder in Betrieb zu nehmen. Ressourcen und Crew reichten dafür einfach nicht aus.

59 ✷ KÖNIG PETER

König Peters Wahl einer Braut hätte eigentlich ein freudiges Ereignis sein sollen, aber Basil Wenzeslas ruinierte alles mit selbstgefälliger Zuversicht und autokratischem Stil. »Sie sollten besser zufrieden sein«, sagte er und bedachte Peter mit einem scharfen Blick. »Denn Sie können überhaupt nichts daran ändern.«

Im Penthouse-Büro des Hanse-Vorsitzenden sank der junge König in einen bequemen Sessel. Peter trug die königliche Krone, aber wenn Basil mit den Fingern schnippte, würden Wächter den König durch unterirdische Flure zum Hauptquartier der Hanse zerren.

»Warum runzeln Sie die Stirn, junger Mann? Die Hanse sieht in dieser Sache eine Belohnung für jahrelange gute Dienste. Sie verdienen eine angemessene junge Braut, einen hübschen Körper, der des

Nachts Ihr Bett wärmt und Ihnen Gesellschaft leistet, wenn Sie keine königlichen Pflichten zu erfüllen haben.« Basil klang verärgert.

Trotz der vielen Versuche, ihn einer Gehirnwäsche zu unterziehen, ließ sich Peter nicht mehr vom luxuriösen Leben mit den vielen Bequemlichkeiten, dem guten Essen und den Ablenkungen in Versuchung führen. »Sparen Sie sich die Behauptung, *mich* belohnen zu wollen, Basil. Was auch immer Sie tun, es geht Ihnen nur um die Hanse. Glauben Sie, mich mithilfe einer Königin leichter manipulieren zu können? Ist sie eine Spionin von Ihnen, jemand, der mir ein Messer in den Rücken stoßen kann, wenn Sie mich nicht mehr brauchen?«

»Estarra von Theroc?« Basil lachte und winkte mit dem Zeigefinger. »Peter, die Auswahl Ihrer Braut und die damit einhergehenden Vorteile – sowohl für Sie selbst als auch für die Hanse – haben nichts damit zu tun, Sie unter Kontrolle zu halten. Sie spielen einfach nur eine Rolle, unter meinem Befehl. Vergessen Sie nicht, wer Sie sind.«

Peter kniff die blauen Augen zusammen. »Das vergesse ich nicht.« *Ich bin das, was Sie aus mir gemacht haben. Die Verwandlung geht auf Ihre Initiative zurück, Basil. Ob es Ihnen passt oder nicht: Ich bin nicht mehr Raymond Aguerra, sondern König Peter.*

»Nun, wer ist diese Estarra von Theroc?«, fragte Peter und gab vor, sich zu fügen.

»Die Ehe mit ihr schafft ein Bündnis zwischen uns und den Theronen. Das mag ein wenig mittelalterlich klingen, aber solche Dinge geschehen in der Politik seit dem Anbeginn der Zivilisation. Man könnte gewissermaßen von einer ehrenwerten Tradition sprechen. Viele Kriege wurden auf diese Weise verhindert.«

»Wenn das so ist, sollten Sie vielleicht meine Heirat mit einer Hydroger-Prinzessin arrangieren.«

»Führen Sie mich nicht in Versuchung«, erwiderte Wenzeslas mit einem humorlosen Lächeln. »Ich habe an der Zeremonie teilgenommen, bei der Botschafterin Sareins Bruder Reynald zum neuen Vater von Theroc ernannt wurde. Seine jüngere Schwester Estarra hat jetzt das heiratsfähige Alter erreicht und passt ausgezeichnet zu Ihnen. Sie können mir vertrauen: Estarra ist perfekt.«

Ich soll Ihnen vertrauen? »König Frederick hat nie geheiratet, wenn ich mich recht entsinne. Bartholomäus ebenso wenig. Nur einige der früheren Könige hatten eine Königin.«

Basil beugte sich ernst vor. »Die anderen regierten nicht während eines Krieges. Seit über fünf Jahren, seit Beginn des Ekti-Embargos, herrscht Not. Diese Hochzeit wird die Moral verbessern und das können wir monatelang ausnutzen. Sarein ist auf Theroc geblieben und kümmert sich dort um einige wichtige Details, aber sie kehrt bald zurück – mit Estarra. Sie soll liebenswert und entzückend sein.« Der Vorsitzende untermalte diese Worte mit einer knappen Geste. »Das Volk wird sie lieben.«

»So wie es auch mich liebt«, sagte Peter ironisch. »Dafür haben Sie gesorgt.« Er seufzte schwer und wusste, dass ihm in dieser Hinsicht keine Wahl blieb. »Wie sieht sie aus?«

Basil reichte ihm einen Flachschirm, der nacheinander mehrere Schnappschüsse zeigte. Auf einigen Bildern wirkte Estarra ernst, auf anderen blickte sie in die Ferne. Sie hatte eine kecke Nase, ein spitzes Kinn und hellbraune Haut. Ihr Haar bildete dünne, mit bunten Bändern geschmückte Spiralen. Die Augen waren groß und faszinierend. Peter wusste nicht, ob es an einem Trick des Fotografen lag oder ob sein Unterbewusstsein eine Verbindung herstellte, aber er gewann plötzlich den Eindruck, dass Estarra ihn ansah. Sie war bemerkenswert. Zwar wirkte sie unschuldig, aber sie schien alles andere als dumm zu sein. Er atmete erleichtert auf.

»Sie ist schön, Basil, das muss ich zugeben. Ich freue mich darauf, sie kennen zu lernen. Ich werde das Beste aus der Situation machen.«

Der Vorsitzende nahm Peter den Flachschirm aus der Hand, als wollte er nicht, dass der junge König die Bilder zu genau betrachtete. »Sie sollten sich in sie verlieben, junger Mann. Das wäre für alle das Beste.«

Unmut kroch durch Peters Brust, aber seine Stimme klang ruhig, als er sagte: »Wenn Sie mir das befehlen, Basil ...«

60 ✹ ESTARRA

Ihre Familie ging davon aus, dass sich Estarra über die Nachricht freuen würde. Mit einem strahlenden Lächeln erzählte ihr Reynald von dem Heiratsantrag. »Ich habe immer gedacht, *ich* würde als Erster heiraten, Estarra. Jetzt wird dich jede junge Frau im Spiralarm beneiden.«

Sie standen hoch oben in einem der Weltbäume, dort, wo sie die herabhängenden Ranken erreichen und saftige lavendelblaue Epiphyten pflücken konnten; ihre Großmutter destillierte ein leicht berauschendes Getränk daraus. Die Aufgeregtheit ihres Bruders war für Estarra bereits ein Hinweis darauf gewesen, dass er Neuigkeiten hatte.

Doch dies überraschte sie.

»König Peter ist fast in deinem Alter, attraktiv, gesund und intelligent, in jeder Hinsicht eine angenehme Person.« Reynald sah die Verblüffung im Gesicht seiner Schwester und fügte sanfter hinzu: »Es könnte viel, viel schlimmer sein, Estarra. Denk in Ruhe darüber nach.«

»Es könnte *schlimmer* sein?« Sie konnte kaum einen klaren Gedanken fassen. »Ich bin in Schwierigkeiten, wenn du nichts Besseres über ihn sagen kannst.«

Später nahm Sarein sie beiseite und erzählte von den vielen wundervollen Dingen, die sie auf der Erde sehen würde, von ihrer neuen Verantwortung. »Ich kenne Peter nicht sehr gut, aber Basil hat nie ein schlechtes Wort über ihn verloren. Und immerhin ist er der Große König der Terranischen Hanse. Es ist die beste Partie, die du dir erhoffen kannst.«

Idriss und Alexa, die sich vor kurzer Zeit in den Ruhestand zurückgezogen hatten, waren sehr stolz auf ihre Tochter und kündigten sofort ein weiteres großes Fest an. Zwar hatten sie der Hanse gegenüber über viele Jahre hinweg eine Politik des Isolationismus verfolgt, aber sie schienen keine negativen Konsequenzen zu befürchten, wenn Estarra in die königliche Familie auf der Erde einheiratete. Auch die Hochzeit selbst begeisterte sie. Höchstpersönlich kümmerten sie sich um die Ausschmückung der Baumstadt für das Verlobungsfest, zierten Zweige mit bunten Blumen, Bändern und angebundenen Kondorfliegen. Uthair und Lia nickten weise – auch sie hielten die Heirat für eine gute Sache.

Mehr als jemals zuvor spürte Estarra das Bedürfnis, allein zu sein. Sie lief tief in den Wald, wie so oft als Mädchen. Sie wollte die Nebenwege des Weltwaldes erforschen und über die Pflichten nachdenken, die sie allein aufgrund ihrer Herkunft hatte.

Während ihrer sorglosen Kindheit waren die Weltbäume ein grandioses Geheimnis gewesen und sie hatte es immerzu erkunden, in jede grüne Ecke sehen wollen. Ihre Entdeckungen hatte sie mit ihrem Bruder Beneto geteilt, dem einzigen anderen Familienangehörigen, der das Wunder des Waldes sah.

Als Estarra einen hohen, einladend aussehenden Weltbaum erreichte, kletterte sie an den sich überlappenden Rindenschuppen nach oben und achtete darauf, die in Ritzen wachsenden Schösslinge nicht zu beschädigen. Wenn sie im Flüsterpalast wohnte, war sie sicher gezwungen, feine Gewänder mit Schmuck zu tragen und an Empfängen und dergleichen teilzunehmen. Würde sie jemals wieder Gelegenheit erhalten zu laufen, zu klettern und zu erforschen? Vermutlich würde sie das mehr vermissen als alles andere.

Hoch oben nahm Estarra auf weichen Blattwedeln Platz, das Gesicht dem blauen Himmel und dem Sonnenschein zugewandt. Sie schloss die Augen, atmete tief durch, genoss die kühle Brise und konnte gut verstehen, warum die grünen Priester gern ihre Zeit hier oben verbrachten.

»Ich habe damit gerechnet, dass du kommst, Estarra. Die Bäume haben mir gesagt, dass ich hier auf dich warten soll.«

Estarra erschrak und verlor den Halt, aber die Zweige schienen sich ihr wie Arme entgegenzustrecken, um sie festzuhalten. Sie drehte sich um und sah den narbigen Rossia mit überschlagenen Beinen auf einer Plattform aus großen Blattwedeln. Wachsam blickte er zum Himmel hoch, sah sie dann aus seinen runden Augen an. Wenige Sekunden später huschte sein Blick erneut nach oben.

»Ich wollte allein sein, Rossia.«

Der grüne Priester lachte leise. »Die Bäume haben Milliarden von Augen. Wo könntest du dich verbergen?«

Dieser Hinweis vermittelte Estarra sonderbaren Trost und sie setzte sich neben Rossia. »Kennst du die Neuigkeiten? Ich soll zur Erde fliegen und König Peter heiraten.«

Der Priester verneigte sich scherzhaft. »Es ist mir eine Ehre, mit einer Königin zu sprechen.«

»Du scheinst dich wie alle anderen zu freuen, Rossia.«

»Du nicht?« Der grüne Priester richtete einen durchdringenden Blick auf sie und vergaß, den Himmel zu beobachten.

»Es war nicht meine Entscheidung. Niemand hat mich gefragt. Würde dich das nicht stören?«

»Wahrscheinlich schon. Aber lassen wir das einmal beiseite. Du bist eine Tochter der Familie, die Theroc regiert. Dein ganzes Leben lang hast du gewusst, dass so etwas einmal geschehen würde.

Gibt es einen *Grund*, warum du mit König Peter als deinem zukünftigen Gemahl unzufrieden sein solltest, oder bist du nur widerspenstig?«

»Ich habe mir etwas mehr Anteilnahme von dir erhofft, Rossia.«

»Die kannst du woanders suchen.« Er rieb sich die helle Narbe am Bein. »Du denkst nicht, Estarra, du reagierst nur. Ich verstehe, dass dich die plötzliche Veränderung verunsichert und auch verärgert, aber ich weiß auch, dass du nicht in irgendeinen anderen jungen Mann verliebt bist. Warum solltest du König Peter nicht eine Chance geben?«

Estarra sah zum Himmel hoch und half Rossia dabei, nach fliegenden Raubtieren Ausschau zu halten. Derzeit wäre ihr eines der Fleisch fressenden Insekten lieber gewesen als Rossias tadelnde Worte. »Aber ich liebe ihn nicht!«

»Ach, Liebe. Die kann man lernen. Du bist eine intelligente junge Frau.« Rossia legte eine kurze Pause ein und hob den Blick. Estarra erinnerte sich daran, mit ihren Großeltern ein ähnliches Gespräch geführt zu haben.

»Du wirst die Erde besuchen, das Herz der menschlichen Zivilisation, den Geburtsort unseres Volkes«, fuhr der grüne Priester schließlich fort. »Du wirst den attraktiven jungen Peter heiraten und im Flüsterpalast wohnen, umgeben von Luxus. Vielleicht bekommst du die Möglichkeit, Einfluss auf mehr Leben zu nehmen als jede andere Frau in deinem Alter. Du kannst ein Licht für alle Menschen im Spiralarm sein – *und* es befindet sich immer ein grüner Priester in deiner Nähe, wenn du mit jemandem auf Theroc sprechen möchtest.« Er runzelte die Stirn. »Warum solltest du Anteilnahme erwarten? Sei kein weinerliches Kind.«

Estarra sah Rossias sonderbaren Gesichtsausdruck und dachte über seine Worte nach. Nach einigen Sekunden seufzte sie erst und lachte dann, roch die vielen Düfte des Weltwaldes in der frischen, würzigen Luft. »Na schön, Rossia. Vielleicht bleibe ich unvoreingenommen und warte, bis ich König Peter begegne, bevor ich mir ein Urteil bilde.«

61 ✸ BENETO

Auf Corvus Landing saß Beneto zwischen den Weltbäumen seines Hains und lauschte im Telkontakt dem flüsternden Informationsstrom. Seit dem Pflanzen der ersten Bäume war ein regelrechter Wald entstanden, der über die Hügelhänge hinweg bis ins nächste Tal reichte. Beneto freute sich, vor dem Hintergrund aus Neuigkeiten, Gedanken und Fragen eine Nachricht von seiner Schwester Estarra zu empfangen, übermittelt vom grünen Priester Rossia.

Auf dem fernen Planeten Theroc wartete Estarra, während Rossia schuppige Rinde berührte und ihre Worte für den Baum wiederholte. Auf Corvus Landing tasteten Benetos Finger ebenfalls nach dem Stamm eines Weltbaums und er hörte, was ihm seine Schwester mitteilte.

»Ich werde Theroc verlassen und auf der Erde leben, Beneto. Ich soll König Peter heiraten. Kannst du dir das vorstellen?«

Den Worten fehlten Hinweise auf Emotionalität, denn sie wurden von Rossia gesprochen und durch die Verbindung der Weltbäume wiederholt. »Du heiratest, kleine Schwester? Ich erinnere mich an ein unternehmungslustiges Mädchen, das gern durch den Wald lief. Wie kannst du alt genug sein, um eine Königin zu werden?«

»Du bist seit fünf Jahren fort, Beneto. Inzwischen bin ich erwachsen.«

»Tatsächlich?« Beneto atmete die saubere Luft von Corvus Landing tief ein. Er vermisste die hohen Baumwipfel von Theroc, aber er liebte die sanfte Ruhe dieser Welt. Seinen Beschluss, hierher zu kommen, bereute er nicht, doch er hätte Estarra gern vom Mädchen zu einer jungen Frau heranwachsen sehen.

»Und was hältst du davon, Estarra? Gefällt es dir, Theroc zu verlassen, die Ehefrau eines Königs zu werden und in einem Palast auf der Erde zu leben?«

»Zuerst war ich verärgert, aber Rossia hat mir darüber hinweggeholfen. Ich habe entschieden, die Begegnung mit dem König abzuwarten. In einem Monat fliege ich mit Sarein zur Erde.«

Beneto lächelte. »Ich wette, Sarein ist neidisch, weil du plötzlich im Mittelpunkt stehst.« Er spreizte die Finger am Stamm des Weltbaums. »Wenn du auf der Erde bist, kann dir der grüne Priester

Nahton im Flüsterpalast Gespräche mit mir ermöglichen. Der Wald weiß immer, wo ich zu finden bin.«

Er glaubte, Estarras Wärme zu spüren, als sie erwiderte: »Es ist schön, das zu wissen, Beneto. Jetzt fühle ich mich viel besser.«

Er lauschte durch den Telkontakt. Um ihn herum flüsterten die Bäume. Stimmen raunten in tausend verschiedenen Kanälen, doch Beneto konzentrierte sich auf keine von ihnen. Der Weltwald enthielt zu viele Informationen für eine einzige Person.

Schließlich verabschiedeten sich Bruder und Schwester voneinander. Rossia und Beneto unterbrachen ihre Telkontakt-Verbindung, obgleich die Blattwedel des Weltwaldes auch weiterhin auf vielen Welten flüsterten und von mehr Geheimnissen berichteten, als irgendein grüner Priester ahnte.

Zusammen mit Sam Hendy ging Beneto über die äußeren Felder. Der dickbäuchige Bürgermeister trug einen fleckigen, aber bequem sitzenden Overall, in dessen Taschen Reparaturwerkzeuge steckten.

Beneto trug nur eine kurze Hose. Er ging barfuß und Getreidehalme strichen ihm über die nackten Beine. Er spürte keine mentale Verbindung mit dem genetisch manipulierten Korn, das auf den windigen Ebenen von Corvus Landing wuchs, aber er liebte das Gefühl von Leben, das aus dem Boden kam.

»Wir sind weit vom Krieg entfernt, Bürgermeister, aber ich verfolge den Hydroger-Konflikt mit großem Interesse.« Beneto hatte den Kolonisten von den Angriffen der Hydroger auf Boone's Crossing, Hyrillka und einige andere wie zufällig ausgewählte Welten berichtet. »Daraus könnten sich Folgen selbst für so abgelegene Planeten wie Corvus Landing ergeben.«

»Wenigstens hat die TVF nicht versucht, unsere jungen Arbeiter zu rekrutieren und Soldaten aus ihnen zu machen.« Der Bürgermeister nahm einen Halm und kaute darauf herum. »Andererseits ... Wenn das Militär hier eine Rekrutierung durchführen würde, brächte es vielleicht die Versorgungs- und Ausrüstungsgüter mit, die wir brauchen.«

Der Bürgermeister hinterließ eine Schneise im dichten Korn, als er übers Feld stapfte und sich einem defekten Wettermelder am Zaun näherte. Er betätigte die Kontrollen und justierte einen Detektor für die Messung der Windgeschwindigkeit. »Vor langer Zeit waren Menschen bereit, an Bord von Generationenschiffen zu gehen und jahrhundertelang durchs All zu fliegen, ohne ein klares Ziel. Auf diese Weise wollten wir den Spiralarm kolonisieren, hier und dort auf uns allein gestellt leben. Vielleicht haben wir vergessen, worauf es dabei ankommt. Keine gute Sache, meiner Ansicht nach. Wir sollten zum Wesentlichen zurückkehren.«

Sam Hendy schloss die Klappe des Wettermelders und nahm einen weiteren Getreidehalm, als er zur Siedlung namens Colony Town sah. Ein schachbrettartiges Muster aus Feldern, Weiden und Obstplantagen umgab sie, und natürlich der zum Wald gewordene Hain aus Weltbäumen.

»Auch wenn wir uns auf absehbare Zeit mit Getreide und Ziegenfleisch begnügen müssen, Bürgermeister – wir werden überleben«, sagte Beneto.

An jenem Abend schlief Beneto unter den flüsternden Weltbäumen. Es fiel ihm schwer, seine Gedanken zu ordnen. Unruhe erfüllte ihn, zum Teil wegen der überraschenden Neuigkeiten in Hinsicht auf Estarras Heirat, aber auch wegen der Nachrichten, die den Hydroger-Konflikt betrafen. Es schien keine Lösung für jenes Problem zu geben. Der Feind war zu fremdartig; niemand verstand ihn.

Er lag auf dem Boden und sah zu den Blattwedeln empor, die sich unabhängig vom Wind bewegten. Der alte Talbun hatte diese Bäume gepflanzt, auf eine lukrative Karriere als Kommunikationsspezialist bei der Hanse verzichtet und stattdessen beschlossen, den Rest seines Lebens auf Corvus Landing zu verbringen.

Beneto bedauerte, dass Talbun nicht mehr lebte – er hätten gern mit ihm über die Krise gesprochen. Von irgendjemandem brauchte er Rat.

Er streckte die Hand aus und berührte den nächsten Stamm. Beneto schloss die Augen und ließ seine Gedanken durch den Telkontakt treiben, ins gesammelte Wissen des Weltwaldes.

Die intelligenten Bäume lebten seit ungezählten Jahrtausenden. Die meiste Zeit über waren sie mit sich allein gewesen, aber während der letzten zweihundert Jahre hatten sie ihr Wissen mithilfe der grünen Priester beträchtlich mehren können. Die im Weltwald enthaltenen Informationen gingen weit über das hinaus, was irgendein Mensch selbst im Telkontakt verarbeiten konnte. In einem so riesigen Ozean aus Daten ließ sich nicht feststellen, wie viel genau die Weltbäume wussten.

Seit dem Erscheinen der Hydroger war das Unbehagen im Weltwald spürbar gewachsen, doch eine Erklärung dafür – oder einen Rat – boten die Weltbäume nicht an. Grüne Priester hatten gefragt, wie die Menschheit den Fremden Widerstand leisten konnte, aber die Bäume waren nicht imstande gewesen zu helfen.

Angesichts des exotischen Ambiente, in dem die Hydroger lebten, hatte Beneto nicht daran gedacht, direktere Fragen zu stellen. Wie konnte der planetengebundene Weltwald über die Tiefen von Gasriesen Bescheid wissen?

Doch jetzt fragte er: *Wer sind die Hydroger? Sind die Weltbäume ihnen schon einmal begegnet?*

Die Unermesslichkeit des Waldes dachte darüber nach und zu Benetos großer Überraschung gaben die Bäume eine ebenso klare wie erstaunliche Antwort.

Die Hydroger sind unser alter Feind.

62 ✸ SAREIN

Fünfzig grüne Priester versammelten sich auf der Lichtung im dichten Weltwald. Sie hätten sich per Telkontakt mit dem Netzwerk des Weltwaldes verbinden können, um jede gewünschte Information zu bekommen, aber stattdessen saßen sie da und warteten aufmerksam.

Dies war Sareins beste Gelegenheit, etwas zu erreichen.

An diesem Tag trug sie keine modische Kleidung von der Erde, sondern traditionelle theronische Tücher und den Zeremonienmantel, den sie von Otema erhalten hatte, vor ihrem Flug nach Ildira. Sarein holte tief Luft und trat neben ihren Bruder Reynald, dazu bereit, ihr Anliegen so gut wie möglich vorzutragen. Vielleicht konnte sie heute Fortschritte für ihre rückständige Welt erzielen.

Sie musterte Vater Reynald mit den Augen einer Botschafterin und einer Schwester – er wirkte eindrucksvoll und mächtig. An seiner Weste aus Kokonfaser glänzten die Rückenschilde von Käfern und Flügel von Kondorfliegen. Das Gesicht war ausdrucksvoll, das Kinn breit, die Präsenz gebieterisch. *Ausgezeichnet.*

Reynald faltete die Hände und sprach ohne übertriebene Förmlichkeit.»Der Weltwald hat seine eigenen Gedanken und Bedürfnisse, seine eigenen Pläne. Als Oberhaupt der Theronen spreche ich auch für die grünen Priester, aber ich kann ihnen keine Anweisungen erteilen. Allerdings steht es mir frei, darauf hinzuweisen, was ich für richtig halte, und ich kann Rat anbieten.«

Sarein fand es liebenswert, dass sich Reynald wirklich für einen Freund und eine Vaterfigur der Theronen hielt, nicht für einen weit darüber stehenden Herrscher wie Basil oder auch König Peter. Doch das mochte sich ändern. Immerhin war er noch neu in seinem Amt.

Er sah Sarein an und lächelte.»Meine Schwester möchte eine Bitte an Sie richten. Sie versteht Theroc und als Botschafterin bei der Terranischen Hanse hat sie einen größeren Überblick über den Spiralarm. Bitte hören Sie ihr zu und treffen Sie anschließend Ihre Entscheidung.«

Die grünen Priester wandten sich Sarein zu und ihre Gesichter verrieten Interesse.»Seit der Entdeckung des Telkontakts in der ersten Generation der Siedler auf Theroc wissen wir, dass die grünen Priester ein wichtiger Faktor für die menschliche Zivilisation sein können«, begann Sarein. Sie betonte den historischen Hintergrund, um ihre eigene Verbindung mit Theroc zu unterstreichen.»Seit vielen Jahren bittet die Hanse immer wieder um freiwillige grüne Priester für die unmittelbare Kommunikation zwischen den weit entfernten Kolonien.«

»Im Lauf der Jahre haben wir viele Priester ausgeschickt«, sagte Yarrod, Mutter Alexas Bruder, der Theroc nie verlassen hatte.»Aber immer dann, wenn wir einen Priester anbieten, verlangt die Hanse fünf weitere.«

»Ich bin nicht hier, um darüber zu debattieren, Onkel Yarrod«, erwiderte Sarein mit absichtlicher Familiarität.»Die Unternehmen der Hanse könnten zweifellos höhere Profite erwirtschaften, wenn es mehr grüne Priester in verschiedenen Bereichen des Spiralarms gäbe, aber man hat nie versucht, uns zu irgendetwas zu zwingen. Die Hanse hat unsere Entscheidungen immer respektiert.«

»Aber nicht mit Freuden«, sagte Yarrod. Er sah zu Rossia, der dicht neben einem dicken Weltbaumstamm saß und den Vorgängen um ihn herum kaum Beachtung zu schenken schien.

Sarein wandte sich an Reynald und lächelte.»Man kann von der Hanse kaum erwarten, dass sie sich *freut* – immerhin hätte sie durch bessere Kooperation unsererseits viel mehr Geld verdient.« Sie wurde wieder ernst und ihr Blick kehrte zu den grünen Priestern zurück.

»Aber derzeit geht es nicht mehr nur um Profit. Die Hydroger haben ildiranische und menschliche Kolonialwelten angegriffen. Die Terranische Verteidigungsflotte bemüht sich, uns alle zu schützen, aber ihre Verbände können kaum miteinander kommunizieren. Die Kommandeure der TVF erhalten Situationsberichte, die längst veraltet sind. Das können *Sie* ändern.«

Sarein schnitt eine finstere Miene, wie sie es von Basil gelernt hatte. »Wenn die Hydroger hierher kommen ... Theroc ist so verwundbar wie jede andere Kolonie. Sie wissen, dass die TVF versuchen würde, den Weltwald zu verteidigen, obwohl Sie es abgelehnt haben, ihr zu helfen.«

Die grünen Priester wurden unruhig und murmelten miteinander. »Mit der Telkontakt-Kommunikation wäre die TVF imstande, auch weit abgelegene Siedlungen zu überwachen. Kampfschiffe könnten die Bewegungen der Hydroger im Auge behalten. Wenn Notrufe ohne Verzögerungen übertragen werden, könnten Rettungseinsätze Tage oder Wochen früher stattfinden, vielleicht rechtzeitig genug, um Leben zu retten.« Sareins Blick glitt über die grünen Gesichter. »Wachen Sie auf und werden Sie wieder Teil der menschlichen Gemeinschaft. Die Hydroger bedrohen uns alle, ohne Ausnahme.«

Yarrod sah die anderen grünen Priester an, die jedoch still blieben und ihm die Rolle des Sprechers überließen. »Wir wissen, dass Sie sich alle Mühe geben, Ihre Pflicht zu erfüllen, Sarein – das gilt auch für uns.« Der Stolz in seinem Gesicht ließ ihn unergründlich wirken. »Aber nur grüne Priester können die esoterischen Wünsche des Weltwaldes verstehen. Es steht uns nicht frei, immer das zu tun, was uns beliebt.«

»Hast du die Weltbäume *gefragt*, was du tun sollst, Onkel?«, erwiderte Sarein herausfordernd. »Hat sich irgendjemand von Ihnen die Mühe gemacht, solche Fragen an den Weltwald zu richten?«

Der exzentrische grüne Priester Rossia saß abseits der anderen am Stamm eines Weltbaums, umgeben von Farnen. »Die Bäume möchten natürlich, dass wir beim Kampf gegen die Hydroger helfen. Das Überleben des Weltwaldes und der grünen Priesterschaft steht auf dem Spiel.« Sein Lächeln wuchs in die Breite und zeigte grünes Zahnfleisch. »Sareins Bruder Beneto hat vor kurzer Zeit auf Corvus Landing eine wichtige Frage gestellt. Hat jemand von euch darauf geachtet? Vielleicht solltet ihr alle den Telkontakt nutzen, um die Antwort zu hören.« Er rutschte ein wenig zur Seite, um das zernarbte

Bein zu entlasten.»Dann würdet ihr die Dinge vielleicht aus einer anderen Perspektive sehen.«

Sarein vertraute ihrem Instinkt.»Ja, stellen Sie einen Telkontakt her! Fragen Sie die Bäume! Ich finde mich mit ihrer Antwort ab.«

Yarrod und die widerstrebenden grünen Priester verteilten sich unter den Weltbäumen. Sie berührten die schuppige Rinde und schlossen die Augen.

Zwar hatte Sarein gelernt, geduldig und ruhig zu bleiben, aber Anspannung prickelte in ihr. Reynald richtete einen verwunderten Blick auf sie. Mit so etwas hatten sie beide nicht gerechnet, doch offenbar wusste der Weltwald mehr.

Schließlich unterbrach Yarrod den Telkontakt und drehte sich zu Sarein um. Tränen quollen ihm aus den Augen und rannen über die tätowierten Wangen. Grüne Priester sprachen erschüttert und bestürzt miteinander, wirkten wie gescholten.

»Rossia hat Recht«, sagte Yarrod.»Es gibt viele neue Informationen, die die Bäume vor uns zu verbergen versuchten, um uns zu schützen. Der Konflikt ist weitaus größer und älter; es geht um viel mehr als nur Vergeltung für den Einsatz der Klikiss-Fackel bei Oncier. Die Hydroger wollen die Menschheit vernichten, den Weltwald ... alles.«

Die grünen Priester waren erschrocken und entsetzt. Yarrod hob den Kopf und sprach voller Ernst.»Ja, wir werden an dem Krieg teilnehmen.«

63 ✳ NIRA

Nira und die anderen menschlichen Arbeiter gingen vom umzäunten Zuchtbereich zu den felsigen Hügeln. Sonnenschein fiel auf Niras grüne Haut, gab ihr Kraft, erhielt sie am Leben.

In der Arbeitsgruppe sprach sie mit den Leuten in ihrer Nähe, beschrieb ihnen die majestätischen Bäume von Theroc, die wohltuende Präsenz des riesigen Waldes und die dösende Intelligenz einer uralten Entität. Die Nachfahren der *Burton*-Kolonisten hatten nie einen Baum gesehen, der größer war als das Gestrüpp auf den Hügeln. Die meisten von ihnen konnten sich solche Dinge nicht einmal vorstellen und viele glaubten, dass sich die seltsame Frau mit der grünen Haut das alles ausdachte.

Durch die Symbiose mit dem Wald war Nira Teil eines lebenden Netzwerks geworden. Sie konnte mit allen anderen grünen Priestern kommunizieren und die gewaltige Datenmenge anzapfen, die der Weltwald im Lauf der Zeit angesammelt hatte.

Aber hier auf Dobro war sie vom Weltwald abgeschnitten. Im Osten bedeckte hohes braunes Gras die Vorberge. Dunkle, dornige Bäume wuchsen in geschützten Mulden und Nira richtete einen wehmütigen Blick auf die Blätter, sah in den Bäumen kleine Vettern des Weltwaldes. Aber sie gehörten nicht zu ihm.

Ildiranische Wächter und Arbeiter, gekleidet in die Uniformen der jeweiligen Geschlechter, begleiteten die Menschen zu den Ausgrabungsstätten. Diese speziellen Ildiraner waren für die Arbeit geboren und niemand von ihnen hielt es für möglich, dass die Gefangenen vielleicht nicht den Tag damit verbringen wollten, produktiv zu sein und dem Dobro-Designierten zu helfen.

»Manche besonders akrobatische junge Leute auf Theroc werden zu Baumtänzern ausgebildet«, sagte Nira sehnsüchtig, ohne ihre Worte an eine bestimmte Person zu richten. »Sie springen von Ast zu Ast, drehen dabei Pirouetten in der Luft.« Sie lächelte, als sie sich an die Darbietungen der Baumtänzer erinnerte, an ihre gewagten Sprünge und die atemberaubenden Drehungen. »Die Bäume unterstützen ihre Agilität. Nie stürzt jemand ab.«

Neben ihr fuhr eine Frau in mittleren Jahren unbeeindruckt damit fort, den Boden zu hacken und Steine zu lösen. Nira seufzte, sprach aber weiter. Die anderen Menschen in der Nähe schienen ihr keine Beachtung zu schenken, doch sie wusste, dass sie zuhörten. Ihre Geschichten waren eine willkommene Abwechslung für sie.

Die Aufseher führten die menschlichen Arbeiter in tiefe Erosionsschluchten, wo alte Gesteinsschichten mit wertvollen perlweißen Fossilien freilagen. Mit einem kleinen Werkzeug schlug Nira brüchigen Sandstein ab. Diese besondere Schlucht war ein Friedhof von seltsamen Krustentieren, hübschen Mollusken und versteinerten anemonenartigen Geschöpfen. Fossile Opalknochen und schillernde Skelette wurden gesäubert und zu kostbaren Schmuckstücken geschnitten, dem wichtigsten Produkt von Dobro – abgesehen von den Ergebnissen des grauenvollen Zuchtprogramms.

Nira kratzte an dem Felsgestein und löste ein perfektes korkenzieherartiges Gehäuse mit den fedrigen Tentakeln des Geschöpfs, das einst darin gelebt hatte. Mit wunden Fingern benutzte sie eine kleine Bürste, um das Objekt zu reinigen. Es war wunderschön und funkelte im Sonnenschein. Die Natur hatte das geheimnisvolle Wesen zuerst festgehalten, dann versteinert und auf diese Weise für die Zukunft erhalten.

Und Nira hatte es jetzt befreit, nach Millionen von Jahren. Sie legte das Objekt in den nächsten Sammelbehälter und fragte sich, ob jemals jemand sie und die anderen Menschen befreien würde, so wie sie dieses wertvolle Fossil befreit hatte.

Unter hohem Druck aus Düsen schießendes kaltes Wasser reinigte die menschlichen Gefangenen nach der Arbeit. Nass und nackt trat Nira zur Seite und fühlte die Blicke der ildiranischen Ärzte, die jede fruchtbare Frau alle drei Tage untersuchten.

Den Luxus des Schamgefühls hatten die Menschen im Lauf ihrer generationenlangen Gefangenschaft vergessen. Sie zeigten verschiedene äußere Merkmale – dunkle, milchige oder gefleckte Haut –, aber die grüne Priesterin von Theroc weckte immer ihre Aufmerksamkeit. Auch Nira empfand keine Scham, nur Resignation in Hinsicht auf das, was die Ildiraner mit ihr anstellen würden.

Nach einer strikten Anweisung des Dobro-Designierten sollte Nira so oft wie möglich schwanger werden, damit die Experimente fortgesetzt werden konnten. Keiner der anderen menschlichen Gefangenen hatte sich als so »interessant« erwiesen. Ildiraner des Mediziner-Geschlechts ergriffen sie an den Armen und das Herz klopfte Nira bis zum Hals empor, als man sie zum medizinischen Bereich des Lagers führte.

Bei den ersten Malen, vor Jahren, hatte Nira um sich getreten und versucht, Widerstand zu leisten. Sie hatte sich auf die Ärzte gestürzt und versucht, ihnen die Augen auszukratzen. Aber so etwas war natürlich sinnlos. Es fiel den Wächtern nicht weiter schwer, sie fortzuziehen, und anschließend wurde sie festgebunden, damit die Mediziner alle notwendigen Untersuchungen vornehmen konnten. Zur Strafe war sie eine Woche lang in einem dunklen Zimmer eingesperrt worden. Als sie später Trost darin fand, sich um die Pflanzen an der Peripherie des Lagers zu kümmern, sah die Strafe der Ildiraner anders aus: Sie zertraten die von Nira umhegten Gewächse, wenn sie ungehorsam war.

Daraufhin beschloss Nira, andere Möglichkeiten des Widerstands zu finden. In der hell erleuchteten medizinischen Abteilung nahmen die ildiranischen Ärzte Blut- und Gewebeproben, um Aufschluss über ihre Fruchtbarkeit zu erlangen. Sie sprachen miteinander, aber nie mit Nira, sah man von schroffen Befehlen ab. Inzwischen wusste die grüne Priesterin, was man von ihr erwartete, und sie fügte sich, so sehr sie es auch verabscheute.

Sie schloss die Augen, als die Ildiraner sie mit invasiven Instrumenten untersuchten. Tränen brannten hinter ihren Lidern und sie biss so fest die Zähne zusammen, dass die Kiefer schmerzten. Sie wusste, dass seit der letzten Entbindung genug Zeit vergangen war, und sie erinnerte sich an das Kind: Stark und ruhig war es gewesen, der Sohn eines animalisch wirkenden Ildiraners des Soldaten-Geschlechts.

Die einzige Hoffnung, die sie sich jetzt erlaubte, war eine schreckliche: Vielleicht hatten sich beim letzten Mal irgendwelche Komplikationen ergeben. Sie dachte an Zysten im Eierstock oder an eine Blockierung der Eileiter, was sie daran hindern würde, weitere Kinder zur Welt zu bringen. Dann hätte sie nur noch zur Arbeit getaugt – ein unangenehmes Schicksal, aber nicht so schlimm wie das gegenwärtige.

Doch einer der ildiranischen Ärzte sprach die verhassten Worte: »Sie ist fruchtbar.« Nira zuckte leise und konnte ein leises Stöhnen nicht zurückhalten. »Sehen Sie in den Unterlagen nach und stellen Sie fest, welche Geschlechter-Paarung der Designierte diesmal wünscht.«

Nira ließ den Kopf hängen, als man sie zu den Zuchtbaracken brachte. Wenn sie sich widersetzte, würde man ihr wehtun, ohne sie zu verletzen, beziehungsweise ohne dass ihre Fortpflanzungsorgane Schaden nahmen. Aber die Ildiraner konnten Klingen in andere Stellen ihres Körpers bohren und ihr Leid zufügen – letztendlich würden sie sich durchsetzen.

Nira begriff, dass ihr keine andere Wahl blieb, als noch einmal alles über sich ergehen zu lassen. Ihre einzige Hoffnung bestand darin, sofort schwanger zu werden. Vor Jahren, beim militärischen Kommandeur Adar Kori'nh, war nur ein Geschlechtsverkehr nötig gewesen. Er hatte wenigstens den Anstand gehabt, beschämt zu sein.

Die anderen »Partner« waren schlimmer gewesen.

Die ildiranischen Ärzte führten sie in ein helles Zimmer, das nur einige Lebensmittel und wenige Dinge für die persönliche Hygiene enthielt. Und ein Bett. Es war ein klinisch-steriler Ort, ein Raum, in dem ausgewählte Ildiraner eine ihnen zugewiesene Aufgabe erfüllten, so wie das Sammeln fossiler Opale in den Erosionsschluchten.

Nira lauschte nach Geräuschen im Korridor, nach den Schritten des nächsten Peinigers.

Um sich vor dem Albtraum der Realität zu schützen, dachte sie an die mit Kissen gefüllten Gemächer des Prismapalastes, in denen Jora'h und sie sich geliebt hatten. Sehr angenehme Erinnerungen verbanden sich damit. Nira hatte sich an ihn geschmiegt und seine warme Haut an der ihren gefühlt, seine Muskeln berührt, in seine saphirblauen Augen gesehen.

Jetzt stand ihr der gleiche physische Akt bevor – in gewisser Weise.

Nira saß mit dem Rücken an der Wand und starrte zur Tür. Eine grässliche Sekunde nach der anderen verstrich. Draußen im Lager gingen die anderen Menschen ihrer täglichen Arbeit nach. Viele von ihnen waren zur Teilnahme am Zuchtprogramm gezwungen und würden später zu den Gemeinschaftsbaracken zurückkehren. Nira fühlte sich sehr allein und versuchte, stark zu sein. Sie dachte an Jora'h und ihre Tochter Osira'h. *Meine Prinzessin.*

Als sich die Tür schließlich öffnete und die Wächter den neuen Paarungspartner hereinführten, traf die Bestürzung Nira wie ein Schlag. Der Ildiraner, der sie diesmal schwängern sollte, gehörte zum schuppigen Geschlecht: Sie sah ein reptilienartiges Geschöpf, schlank, mit kantigem, verkniffen wirkendem Gesicht und schlitzförmigen Augen. Dieser Mann sah noch weniger menschlich aus als die meisten Ildiraner.

»Geben Sie uns Bescheid, wenn Sie etwas brauchen«, sagte einer der Wächter und schloss die Tür. Die Worte galten dem Geschuppten, nicht Nira.

Der reptilienartige Mann legte seine Kleidung ab. Nira konnte sich nicht vor ihm verbergen. Er musterte sie und in seiner Miene zeigte sich dabei ein Schatten von Abscheu. Mit einer unwirschen Geste deutete er aufs Bett.

Nira wusste, dass Schreie und dergleichen nichts nützten. Sie konzentrierte sich auf Jora'h und versuchte, sein Bild vor Augen zu haben, aber es war sehr, sehr schwer.

64 ✳ OSIRA'H

Osira'h saß allein auf dem Boden eines kleinen Zimmers. Dutzende von Glänzern waren in Wände und Decke eingelassen, erfüllten den Raum mit weißem Licht. Das Mädchen konnte von dem, was draußen vorging, nichts sehen oder hören. Es lächelte – die Herausforderung gefiel ihm.

So weit sich Osira'h zurückerinnern konnte, hatte sie sich an jedem Tag diesen Tests unterzogen. Andere Halbblut-Kinder wurden anderenorts in der Stadt ausgebildet, nach ihren jeweiligen Fähigkeiten gruppiert. In regelmäßigen Abständen wurden sie überprüft und inspiziert. Doch Osira'h war etwas Besonderes. Zu ihren Instruktoren zählten Mediziner, Wissenschaftler, Theoretiker, Priester des Linsen-Geschlechts und der Dobro-Designierte. Osira'h wusste, was sie wollten, und sie freute sich darüber, ihren Erwartungen gerecht zu werden.

Der Lehrplan war mithilfe des Probierverfahrens zusammengestellt worden; sowohl ihre eigenen Erfolge als auch die Hoffnungen der Ildiraner bestimmten den Inhalt des Unterrichts. Osira'h versuchte, Dinge zu lernen, die noch nie gelehrt worden waren. Dinge, von denen selbst die Priester des Linsen-Geschlechts nichts wussten. Sie verfügte über besondere mentale und empathische Fähigkeiten, die es zu entwickeln galt. Innere Geheimnisse warteten darauf, gelüftet zu werden.

Niemand wusste, wie man dem Mädchen beibringen sollte, Gebrauch von seinen Talenten zu machen. Es vereinte in sich den Telkontakt der grünen Priester und das ildiranische *Thism*. So sehr sich die Spezialisten auch bemühten – Osira'h gab sich noch mehr Mühe. Sie würde den Schlüssel finden, um die Tür zu ihrer Bestimmung zu öffnen.

Im Isolationszimmer blickte sie zur geschlossenen Tür, blinzelte, öffnete ihr Selbst und nahm Eindrücke auf. Es fiel ihr leicht, eine Person zu spüren, die an der Tür stand und darauf wartete, von ihr wahrgenommen zu werden.

»Der Erste ist da«, sagte Osira'h laut. Sie wusste, dass man sie beobachtete. »Er ist stark und ... pflichtbewusst.« Sie atmete tief durch und ließ sich von den Impressionen durchströmen. »Er führt Befehle aus, ohne Fragen zu stellen. Er kennt seinen Platz und strebt keine bessere Position an ... weil er glaubt, bereits das Beste für sich erreicht zu haben.« Sie lächelte, als ihr die Antwort einfiel. »Er ist ein Wächter.«

Die Tür glitt auf und gewährte ihr Blick auf den kräftig gebauten Ildiraner des Soldaten-Geschlechts, der im Korridor stand. Die Tür glitt wieder zu und Osira'h wusste, dass der Wächter jetzt fortging.

Sie sah zur Decke hoch. »Das war überhaupt keine Herausforderung. Soldaten sind ganz deutlich zu erkennen.«

Niemand antwortete, aber Osira'h zweifelte nicht daran, dass man sie hörte. Sie hörten immer zu. Und Osira'h versuchte immer, sie zu beeindrucken.

Erneut konzentrierte sie ihre Aufmerksamkeit auf die Tür und spürte, wie sich eine andere Präsenz näherte, zurückwich, erneut näher kam ... Jemand schien unschlüssig zu sein. Oder vielleicht waren es mehrere Personen. Osira'h gewann einen Eindruck von wirren, hektischen Gedankenmustern.

Sie spürte eine tiefe Sehnsucht, den innigen Wunsch zu helfen, zu pflegen und zu verhätscheln. »Natürlich.« Osira'h lachte leise. Ildiraner des Bediensteten-Geschlechts waren nie allein, traten immer in Gruppen auf und hasteten hin und her, wenn sie Anweisungen ausführten. Notwendige Arbeit zu leisten und dafür gelobt zu werden – für sie bedeutete das reinste Ekstase.

»Mal sehen. Bedienstete, aber wie viele? Sie unterscheiden sich kaum voneinander, denken alle die gleichen seichten Gedanken, aber ich höre ... drei, nein, *vier* klare Echos. Es sind vier Ildiraner des Bediensteten-Geschlechts.«

Wieder öffnete sich die Tür und Osira'hs Blick fiel auf ein Quartett kleiner, zwergenhafter Ildiraner. Sie sahen sie aus ihren großen Augen an, als wollten sie in den Raum eilen und ihr irgendwie helfen. Doch die Tür schloss sich wieder, bevor sie das Isolationszimmer betreten konnten.

Osira'h lehnte sich zurück und fragte sich, ob die Tester wussten, wie leicht ihr dies fiel. Ihr Ziel bestand darin, die verschiedenen Bedürfnisse einer Person zu erkennen und zu verstehen, was eine Lebenskraft antrieb. Es ging darum, die beste Möglichkeit für eine echte Kommunikation zu finden.

Die Hydroger waren unglaublich fremdartig und würden sehr viel schwerer zu deuten sein als irgendwelche Ildiraner. Außerdem durfte Osira'h keine Kooperationsbereitschaft von ihnen erwarten.

Manchmal versuchte der Dobro-Designierte, sie durcheinander zu bringen, indem er menschliche Gefangene bei den Tests verwendete, aber auch sie waren leicht zu erkennen. Ihrem Bewusstsein mangelte es an Strukturierung und Bildung, dadurch wirkte es *hungrig*, voller Fragen und ohne Antworten. Bei den Menschen gab es keine Kategorien wie bei den Ildiranern; sie waren alle Individuen.

Wieder näherte sich ein Testobjekt der geschlossenen Tür. Erneut konzentrierte sie sich in dem Bemühen, die Person zu identifizieren.

Diesmal nahm sie eine Fülle widerstreitender Emotionen und intensiver Gedanken wahr. Dieses Selbst schien stark genug zu sein, sie zu verwirren und ihren Sondierungen auszuweichen. »Ah, endlich eine echte Herausforderung«, sagte Osira'h.

»Ich fühle Kraft und Entschlossenheit, außerdem ... viele Geheimnisse. Diese Person versteht es meisterhaft, ihre Gedanken für sich zu behalten. In ihren Motivationen gibt es nicht den geringsten Zweifel. Diese Person kennt die Wahrheit und weiß, was getan werden muss, auch wenn ihr andere nicht beipflichten. Sie weiß tief in ihrem Herzen, dass sie Recht hat.«

Osira'h lächelte, als sie Kraft und ein unerschütterliches Pflichtbewusstsein spürte. Diese Person war sich ihrer selbst ebenso sicher wie ein Soldat und fest entschlossen, das Ildiranische Reich zu retten.

Das Mädchen lachte erneut. »Du lernst, mich zu täuschen, Designierter.«

Einmal mehr öffnete sich die Tür und Udru'h stand mit verschränkten Armen da, sah Osira'h voller Stolz an. »Du wirst mit jedem Tag besser. Ich war sicher, meine Gedanken vor dir verbergen zu können.«

»Ich kenne dich zu gut. Du könntest nie etwas vor mir verbergen.« Osira'h kam näher und blieb dicht vor dem Designierten stehen.

Er legte ihr den Arm um die schmale Schulter. »Genau so sollte es sein. Ich hoffe nur, dass die Hydroger ebenso transparent für dich sind.«

65 ✹ ERSTDESIGNIERTER JORA'H

Nur von seinen Gedanken begleitet stand Jora'h in einem Raum voller Totenköpfe. Er hatte die Wächter und Bediensteten fortgeschickt, damit er allein sein konnte. Die glühenden, milchigen Wände wirkten fast wie durchsichtige Knochen.

Das Ossarium des Prismapalastes war für die Söhne des Weisen Imperators ein Ort der Kontemplation, Reflektion und Ehrfurcht. In wabenartigen, verzierten Nischen ruhten die Köpfe früherer Weiser Imperatoren, die vor Jahrtausenden über das Ildiranische Reich geherrscht hatten.

Jora'hs Arme hingen nach unten und der lange Umhang schien an seinen Schultern zu zerren, aber er war nicht so schwer wie die auf seinem Selbst lastende Bürde. Er sah leere Augenhöhlen, kleine, gleichmäßig geformte Zähne und glatte elfenbeinfarbene Stirnen. Waren diese Männer ebenfalls als Erstdesignierte hierher gekommen, um die gleichen Fragen zu stellen? Hatten sie alle, auch sein Vater Cyroc'h, hier im Ossarium gestanden und befürchtet, nicht bereit zu sein?

Es würde nicht mehr lange dauern, bis auch der Totenkopf von Jora'hs Vater einen Platz bei diesen stummen und verehrten Vorfahren fand.

Alle Ildiraner glaubten an die schimmernde Sphäre mit der Lichtquelle, an eine Existenzebene, die nur aus Licht bestand. Ein Rinnsal jenes heiligen Lichts erreichte das reale Universum und der Weise Imperator war der Brennpunkt für die Seelenfäden, das *Thism*. Alle Ildiraner fühlten es, manche Geschlechter deutlicher als andere. Sie kannten keinen religiösen Zweifel und deshalb gab es auch keine rivalisierenden Sekten mit unterschiedlichen Interpretationen – was bei den Menschen durchaus der Fall war, wie Jora'h wusste. Die Linsen-Priester fokussierten die Lichtfäden und standen mit ihrem Rat geringeren Ildiranern zur Seite.

Doch der Erstdesignierte Jora'h musste allein zurechtkommen.

Alle ildiranischen Geschlechter bewahrten die Köpfe ihrer Toten auf. Aufgrund einer sonderbaren Phosphoreszenz in der Knochenstruktur glühten die Schädel eine Zeit lang, bevor sie schließlich verblassten. Die Weisen Imperatoren waren der Lichtquelle am nächsten und deshalb leuchteten ihre Totenköpfe mehr als tausend Jahre lang.

Das von den Köpfen der toten Weisen Imperatoren ausgehende Glühen erweckte den Eindruck, als wären ihre Gedanken noch immer aktiv und damit beschäftigt, das *Thism* zu kanalisieren. Jora'h erhoffte sich eine Offenbarung, aber die Stille um ihn herum dauerte an.

Jeden Tag arbeitete er eng mit seinem Vater und anderen Beratern zusammen, um sich auf seine Rolle als nächstes Oberhaupt des ildiranischen Volkes vorzubereiten. Er wusste, dass ihm noch immer viele Dinge verborgen blieben, viele Geheimnisse, die nur der Weise Imperator kannte und verstand. All das würde sich ihm offenbaren, wenn er selbst zum Brennpunkt des *Thism* wurde. Bis zu jenem Tag gab es viel zu bedenken.

Je mehr er arbeitete und je mehr er versuchte, sich zu verbessern, desto weniger vorbereitet fühlte er sich. Aber Jora'h wusste, dass ihm alle anderen folgen würden. Sie würden seine Entscheidungen nicht infrage stellen, weil sie dem *Thism* und dem Wohlwollen des Oberhaupts aller Ildiraner vertrauten. Jora'h wünschte sich, ebenso zuversichtlich sein zu können.

Nachdem er die glühenden Totenköpfe eine Zeit lang stumm betrachtet hatte, versprach er allen seinen Vorfahren, dass er sein Bestes geben würde. Er wollte sich bemühen, ein Weiser Imperator zu werden, der es verdiente, ihnen eines Tages im Ossarium des Prismapalastes Gesellschaft zu leisten.

Dann ging Jora'h und seine Gedanken drehten sich vor allem darum, was er mit seinem Leben anfangen sollte. Es kümmerte ihn weniger, wie man sich nach seinem Tod an ihn erinnern würde.

Als Jora'h zu seinem privaten Quartier zurückkehrte, bemerkte er erstaunt die Silhouette einer Person, die hinter den lichtdurchlässigen Wänden auf ihn wartete.

Er glaubte nicht, einen Partnerinnentermin vergessen zu haben. In letzter Zeit war er so sehr damit beschäftigt, sich von seinem kranken Vater unterweisen zu lassen und im Ossarium nachzudenken, dass er viele Termine mit ausgewählten Partnerinnen hatte verschieben müssen. Sobald er der neue Weise Imperator war, bekam er nie wieder Gelegenheit, mit einer Frau zusammen zu sein. Aber während der gefürchtete Tag näher kam, spürte Jora'h, dass die Freude an physischen Wonnen immer mehr nachließ. Wichtigere Dinge beanspruchten seine Aufmerksamkeit.

Es überraschte ihn, in der Unterkunft seinen Sohn Thor'h anzutreffen.

Der junge Mann stand abrupt auf und begegnete ihm mit starrer Entschlossenheit. »Ich musste auf mein Blutrecht verweisen, um die Leibwächter und Beamten dazu zu bringen, mir Einlass zu gewähren. Ich halte ein Gespräch unter vier Augen für erforderlich.« Jora'h schloss die Tür hinter sich. »Ich freue mich über jede Gelegenheit, mit dir zu sprechen, Thor'h.«

Der Erstdesignierte musterte seinen Sohn. Der junge Mann hatte sich gewaschen und seinem äußeren Erscheinungsbild große Aufmerksamkeit gewidmet. Das Gesicht war gepudert. Die Wangen präsentierten sorgfältig aufgetragenes Make-up, das Haar war kunstvoll arrangiert. Ein seltsames, verlockend duftendes Parfum umgab ihn.

Doch in den Augen zeigte sich ein Glanz, der auf Schiing hinwies. Aufgrund der Droge erschien Thor'h im *Thism* verschwommen und substanzlos. Sorge erfasste Jora'h, als er begriff: Nach dem fürchterlichen Angriff der Hydroger war Schiing im Ildiranischen Reich vermutlich knapp geworden. So wie alles andere.

Thor'h trug die reich verzierte Uniform eines Designierten, wie es seinem Status als zukünftiger Erbe gebührte. Der junge Mann strahlte Stolz und Zuversicht aus, womit er sich bereits erheblich von dem Hedonisten unterschied, der es abgelehnt hatte, seine Verantwortung ernst zu nehmen. Für Thor'h, der davon überzeugt gewesen war, alles auf einem silbernen Teller gereicht zu bekommen, hatte sich viel verändert.

Zuvor hatte Jora'h seinen Sohn oft blass und mit zerzaustem Haar an der Seite des bewusstlosen Hyrillka-Designierten angetroffen. Jetzt war er beeindruckt. Thor'h schien eine Feuerprobe hinter sich zu haben und gereift zu sein. Und offenbar hatte er eine Entscheidung getroffen.

»Du hast deutlich auf deinen Wunsch hingewiesen, dass ich hier im Prismapalast lernen soll, Vater. Aber vieles ist anders geworden, seit du mir gesagt hast, dass ich nach Ildira zurückkehren muss. Der Hyrillka-Designierte liegt noch immer im Sub*thism*-Schlaf und nichts deutet auf ein baldiges Erwachen hin.« Bei den letzten Worten vibrierte Thor'hs Stimme.

Offenbar liebte der junge Mann seinen Onkel Rusa'h sehr. »Die Ärzte versuchen alles ...«

Thor'h unterbrach ihn. »Ich weiß.« Er trat einen Schritt vor. »Vater, die Hydroger haben das Getreide, die Städte und den Raumhafen von Hyrillka zerstört. Die dortigen Bewohner – viele von ihnen sind meine Freunde – haben sehr gelitten. Hinzu kommt, dass der Designierte, ihre Verbindung zum Weisen Imperator, nicht mehr bei ihnen weilt. Und sein Nachfolger ist nicht bereit.« Er straffte die Schultern. »Ich möchte nach Hyrillka zurück und dort Bergung und Wiederaufbau beaufsichtigen. Jemand muss sich um alles kümmern. Unser dortiges Volk braucht Führung.«

Dieses Anliegen überraschte Jora'h, aber er dachte darüber nach. »Was ist mit deinem Bruder Pery'h? Er ist der Designierte-in-Bereitschaft.«

Thor'h verzog das Gesicht, doch unmittelbar darauf glätteten sich seine Züge wieder. »Er zeigt noch keine Bereitschaft, die Verantwortung zu tragen, Vater. Er ist jung und gibt seinen Studien den Vorrang. Niemand kennt die Bedürfnisse der Hyrillkaner so gut wie ich.«

Jora'h nickte langsam. »Auch Pery'h könnte helfen, indem er einen Plan für den Wiederaufbau der Hyrillka-Kolonie entwirft und mit Architekten und Ingenieuren zusammenarbeitet.«

»Ich möchte nicht, dass er mir im Wege ist, wenn er nach Hyrillka kommt. Die Kolonie hat großen Schaden erlitten und das dortige Volk braucht einen starken Anker. Der kann ich sein.«

Vielleicht wäre es eine gute Sache, dachte Jora'h. Eine solche Aufgabe hätte den jungen Mann sicher mehr über Führungsverantwortung gelehrt als irgendwelche Unterweisungen im Prismapalast. Erneut nickte er.

»Das ist eine großartige Idee, Thor'h.« Jora'hs überraschter Sohn lächelte erleichtert. »Mein erster Instinkt besteht darin, dich zu beschützen und hier auf Ildira zu behalten, aber auch ich habe ein zu behütetes Leben geführt. Ich habe mich nicht angemessen darauf vorbereitet, die schwere Verantwortung des Weisen Imperators zu tragen. Du wirst früher zum Erstdesignierten, als es bei mir der Fall war, aber deine Bitte zeigt, dass du bereits lernst. Ich bin einverstanden – Hyrillka braucht dich.«

»Danke, Vater.« Thor'h schien hin und her gerissen zu sein zwischen Kummer über den Zustand seines Onkels und Freude darüber, zu der Welt zurückzukehren, auf der er so viele Jahre verbracht hatte.

Jora'h öffnete die Tür und rief nach Beamten, Arbeitsaufsehern und Repräsentanten der Solaren Marine. »Wir planen dies zusammen, Thor'h. Die Rekonstruktion von Hyrillka muss ein voller Erfolg werden, ein stabiles Fundament für deine eigene zukünftige Herrschaft.«

Thor'h schien überwältigt zu sein von den Dingen, auf die er sich eingelassen hatte, aber angesichts von Jora'hs Enthusiasmus gab es kein Zurück mehr für ihn. Der Erstdesignierte holte ein Dutzend Geschlechter-Repräsentanten in seine Unterkunft und sie verbrachten Stunden damit, die ildiranischen Arbeiter und Ingenieure auszuwählen, die Thor'h zum Horizont-Cluster begleiten sollten.

66 ✷ DEL KELLUM

Daheim in den Ringen von Osquivel lächelte Del Kellum, als er kleine Flocken trockener Nahrung ins Aquarium mit den Meerengeln fallen ließ. Seine Tochter Zhett kam so plötzlich herein, dass er erschrak und den ganzen Inhalt des Nahrungsbeutels verstreute, worüber sich die gestreiften Fische sehr freuten.

Er wischte sich die Hände ab. »Was ist los, Schatz?« Während der vergangenen beiden Tage hatte sie Versorgungsgüter transportiert, Raumdocks und Werftschmelzer inspiziert. Vorsichtig befestigte er den Deckel des Aquariums.

Dann bemerkte er den Ernst in Zhetts Gesicht. »Nikko Chan Tyler hat gerade diese Warnung von Sprecherin Peroni gebracht.« Sie reichte ihrem Vater die Mitteilung wie eine Bombe, die jederzeit explodieren konnte. »Die Tivvis sind auf dem Weg hierher.«

Kellum las die Mitteilung. Seine Miene zeigte erst Verblüffung, dann Kummer und schließlich grimmige Entschlossenheit. »Wir müssen alles demontieren, einen Teil verstecken, einen anderen zurücklassen, den Rest zerstören. Die Freiheit kommt an erster Stelle. Profit und Bequemlichkeit sind zweitrangig.«

Es wurde Alarm gegeben und eine Versammlung einberufen. Die von Tasia Tamblyn übermittelten Informationen deuteten darauf hin, dass ihnen nicht mehr als drei Wochen blieben.

Im administrativen Habitat sprach Kellum mit seiner Tochter. Er trug einen Overall, ausgestattet mit vielen Taschen und den üblichen Clan-Mustern. Zhett und er hatten sich über die Prioritäten beraten und Arbeitsgruppen eingeteilt. Inzwischen lagen Berechnungen vor: Sie wussten, dass harte Arbeit auf sie wartete, und ihnen war auch klar, wann die Evakuierung eingeleitet werden musste.

»Selbst wenn wir nicht imstande sind, alle Spuren unserer hiesigen Tätigkeit zu verwischen ...«, sagte Zhett. »Wir können die Sache herunterspielen: Falls die Tivvis irgendetwas finden, sollen sie den Eindruck gewinnen, dass es hier nur kleine Anlagen gegeben hat. Vielleicht halten die Droger sie so beschäftigt, dass sie sich die Ringe nicht genauer ansehen.«

»Das können wir hoffen«, sagte Kellum, runzelte die Stirn und sah zu den Fischen, die im Aquarium schwammen, ohne sich um den Rest des Universums zu scheren.

In der niedrigen Schwerkraft wogte Zhetts langes Haar hin und her. Schließlich band sie es am Hinterkopf zusammen und blickte dann wieder auf die Tabellen. Kellum wusste nicht, was er ohne seine Tochter angefangen hätte. Wann immer er Zhetts Gesicht sah, erinnerte er sich an die Schönheit ihrer seit langer Zeit toten Mutter ... oder sogar an die lebhafte Shareen Pasternak, die er sich als zweite Ehefrau gewünscht hatte.

Schließlich traf er eine schwere Entscheidung. »Wir stellen unsere Aktivitäten im Kometenhalo ein, lassen die Anlagen aber dort, wo sie sind, hoch über dem System. Die Schmelzer und Sammler sind so groß wie Asteroiden, doch dort oben ist es ziemlich finster. Wenn die Tivvis hier eintreffen, dürfte ihre Aufmerksamkeit vor allem Osquivel gelten; vielleicht achten sie nicht auf einige Metallbrocken am Rande des Systems. Hoffen wir beim Leitstern, dass sie nichts bemerken.«

»Wenn wir die Leute aus dem Kometenhalo abziehen, stehen uns hier tausend zusätzliche Arbeiter für die Demontage zur Verfügung«, sagte Zhett. Leider reichten Proviant und Lebenserhaltungssysteme der Werftanlagen nicht aus, so viele Personen für längere Zeit unterzubringen.

Mit schwerem Herzen sah Kellum aus dem Fenster und beobachtete einen großen Frachter, dem eigentlich nur noch der verbesserte Sternenantrieb fehlte. Selbst die optimistischsten Schätzungen besagten, dass das Schiff nicht rechtzeitig fertig gestellt werden konnte.

Und eine »kleine Industrieanlage« konnte unmöglich ein so großes und komplexes Raumschiff bauen.

Kellum wies die Arbeiter an, den Rumpf in einzelne Teile zu zerschneiden und den Frachter auseinander zu nehmen. Das Schiff hatte noch nicht einmal einen Namen bekommen und wurde nun zu einer Totgeburt; hohe Investitionen gingen damit verloren.

Kellum seufzte, schüttelte den Kopf und sah Zhett an. »Ich kann nicht darüber klagen, dass die Tivvis den verdammten Drogern eine Lektion erteilen wollen. Aber es wäre mir lieber, wenn sie sich einen anderen Gasriesen vornähmen und mich hier arbeiten ließen.« Er hoffte, dass sich die Einzelteile des Frachters später noch einmal verwenden ließen – falls die Werften von Osquivel jemals wieder in Betrieb genommen werden konnten.

»Wenn sie von uns wüssten, würden sie vermutlich die Gelegenheit nutzen, auch uns anzugreifen, Vater.«

»Hast du eigentlich gar nichts zu *tun*?«, fragte Kellum in einem scherzhaft schimpfenden Ton. »Gibt es niemanden, den du schikanieren oder mit dem du flirten kannst?«

Sie lachte, seit einigen Tagen ein ungewohntes Geräusch. »Was immer du möchtest, Vater.«

Als Zhett später die großen Raumdock-Anklagen und administrativen Stationen beobachtete, dachte sie an die schnellere Alternative, nicht reflektierenden Felschaum auf die Plattformen zu sprühen. Die geometrischen Formen und Konfigurationen wären auch weiterhin auf den ersten Blick als künstlich zu erkennen gewesen, aber die Reflektionssignaturen hätten denen der anderen Felsbrocken in den Ringen entsprochen.

»Gute Idee, Schatz.« Kellum umarmte seine Tochter. »Später können wir die aufgesprühten Schichten entfernen und alles wieder nutzen.«

Überall in den Ringen des Gasriesen Osquivel waren Roamer mit Greifkapseln unterwegs, beendeten eine Aufgabe und wandten sich sofort der nächsten zu. Sie gönnten sich nur kurze Pausen, um auszuruhen oder etwas zu essen. Zwei Männer starben, als sich mehrerer Raumdock-Träger aus ihrer Verankerung lösten und in die Flugbahn drifteten. Alle Arbeiten wurden für eine Stunde unterbrochen, aber die Zeit genügte nicht für eine gründliche Untersuchung des Zwischenfalls. Del Kellum schickte seine Leute wieder los und forderte sie auf, vorsichtiger zu sein.

Andere Clans schickten Schiffe, die beim Flug nach Osquivel wertvolles Ekti verbrauchten – sie brachten weitere Arbeitsgruppen und Versorgungsmaterial. Alle Familien halfen Kellum dabei, die Zelte abzubrechen, Dinge zu tarnen und zu verbergen. Wenn die Zeit knapp wurde, sollten Shuttles all die Leute fortbringen, die nicht unbedingt benötigt wurden. Del Kellum und seine primäre Crew würden sich dann in den Ringen verstecken und abwarten, welchen Lauf die Ereignisse nahmen.

Es kam zu Unfällen. Ausrüstung wurde beschädigt. Den erschöpften Arbeitern unterliefen Fehler. Die hier und dort eingerichteten kleinen Krankenstationen füllten sich mit murrenden, ungeduldigen Roamern, die so schnell wie möglich zusammengeflickt werden wollten, damit sie die Arbeit fortsetzen konnten. Zwar litt die Sicherheit, aber es blieb Kellum keine Wahl. Sie konnten sich keine Verzögerungen leisten.

Ein Tag nach dem anderen verging und mit wachsendem Kummer sah Del Kellum, wie sein Lebenswerk nach und nach verschwand. Doch er konnte nicht trauern – selbst dafür blieb ihm keine Zeit.

Die TVF-Kampfflotte war unterwegs.

67 ✳ KÖNIG PETER

Da er der Zeremonie als König beiwohnte, erregte die offizielle Präsentation mehr Aufsehen, als sie Peters Meinung nach verdiente.

Der Aufmarschbereich sah aus, als hätten Menschen oder Kompis jeden einzelnen Grashalm inspiziert und vermessen, anschließend die Blütenblätter jeder einzelnen Blume sorgfältig zurechtgerückt. Frisch gestrichene Tribünen waren an der einen Seite des Platzes errichtet worden. Bunte Markisen erstreckten sich über ihnen und Fähnchen mit dem Symbol der Terranischen Hanse flatterten im Wind. Peter fiel plötzlich auf, wie sehr das Symbol – die von konzentrischen Kreisen umgebene Erde – einer Zielscheibe ähnelte.

Blockartige Lagerhäuser und Produktionshangars formten eine Grenze um die parkähnliche Paradezone. Nicht weit vom königlichen Podest entfernt standen zwei Manta-Kreuzer unterm blauen

Himmel, die größten Schiffe, die auf dem Landefeld Platz finden konnten.

»Warum sind die Fanfaren noch nicht erklungen?«, fragte Peter.

»Seien Sie nicht ungeduldig.« Basil Wenzeslas saß lächelnd neben ihm im Schatten. »Wichtige Zeremonien erfordern ein ruhiges, würdevolles Tempo.«

»Aber wenn sich das Publikum langweilt, verliert Ihre wundervolle Show an Wirkung.«

Der Vorsitzende runzelte die Stirn, sprach dann in einen kleinen Kommunikator und wies den Sonderbeauftragten Mr. Pellidor an, das Zeichen für den Beginn zu geben.

Musik erklang und die Zuschauer winkten mit Wunderkerzen. Admiral Stromo fungierte als Zeremonienmeister und Kommandeur der Truppenparade – er führte ein volles Regiment aus dem ersten Manta-Kreuzer in den Aufmarschbereich.

Es wirkte wie ein Volkstanz. Peter beobachtete die präzisen Bewegungen und wusste, dass die Soldaten viele Stunden geübt hatten, um auf diese Weise zu marschieren. Im Gleichschritt folgten die Truppen den Fahnenträgern, wie aufgezogene Spielfiguren. Während seiner Jahre als König hatte Peter die Bedeutung solcher Darbietungen kennen gelernt. Sie sollten die vielen Zuschauer beeindrucken und sie davon überzeugen, dass Truppen, die so gut marschierten und so präzise Kehrtwendungen machten, jedem Hydroger-Angriff standhalten konnten.

Peter bemühte sich um eine Mimik, die Anerkennung ausdrückte, denn er wusste zahllose Medienscanner auf sich gerichtet.

Stromo hob die Hand und mit einem letzten donnernden Schritt blieben die Soldaten stehen. Die uniformierten Männer und Frauen nahmen Haltung an, standen wie Statuen. Basil gab Peter einen unauffälligen Stoß und der König begann zu klatschen. Die Menge jubelte.

»Ein beeindruckender Aufmarsch«, sagte Basil. »Aber die Soldaten-Kompis werden diesen Dingen ein ganz neues Qualitätsniveau geben.«

»*Wenn* sie so gut sind wie erwartet«, wandte Peter ein. »Noch haben wir sie nicht im aktiven Dienst gesehen.«

»Pessimismus wäre jetzt fehl am Platze. Nach den Niederlagen im Kampf gegen die Hydroger brauchen wir etwas Eindrucksvolles.«

Peter zuckte mit den Schultern. »Sie haben mich immer wieder darauf hingewiesen, dass es keine Rolle spielt, was ich mache – solange ich meine Aufgaben erfülle.«

Auf der anderen Seite des weiten Platzes öffneten sich riesige Hangartüren. Die Zuschauer hielten kollektiv den Atem an, als die neuen militärischen Roboter aus dem Gebäude kamen. Sie bewegten sich mit einer Präzision, die die der Soldaten übertraf, wirkten dadurch wie die einzelnen Komponenten eines großen Wesens.

Die Zerlegung von Jorax hatte den terranischen Kybernetikern Aufschluss über die Klikiss-Technik gegeben und auf dieser innovativen technologischen Grundlage waren die neuen Soldaten-Kompis entstanden. Sieben der käferartigen Klikiss-Roboter standen unweit der Fabrik und beobachteten die Parade. Voller Unbehagen fragte sich Peter, wer ihnen gestattet hatte, der Zeremonie beizuwohnen.

Die Soldaten-Kompis waren größer als traditionelle Zuhörer- oder Freundlich-Modelle; man konnte sie wohl kaum für nette, unterhaltsame Begleiter halten. Sie marschierten perfekt in Reih und Glied, als sie das Gebäude verließen, dann führten sie einige kaleidoskopartige Manöver durch, ohne einen einzigen falschen Tritt. Es war atemberaubend.

Peter überlegte, wie sich Admiral Stromo jetzt fühlte, während er vor seinen besten Truppen stand.

»Sie brauchen noch einen menschlichen Kommandeur«, sagte Basil, der Peters besorgte Gedanken zu erahnen schien. »In der Mitte des zwanzigsten Jahrhunderts, als in der Industrie mithilfe von Computern und Robotern die Automation begann, fürchteten die Arbeiter, Maschinen würden die ganze Welt übernehmen und sie arbeitslos machen.« Er lächelte, amüsiert von dieser naiven Vorstellung. »In Wirklichkeit leisteten die Maschinen die schwere, anstrengende Arbeit, und zwar besser als die Menschen. Ähnlich verhält es sich mit diesen Kompis. Wenn wir unsere Schlachtschiffe in den Kampf schicken, befinden sich nicht mehr tausende von Menschen an Bord, sondern eine viel kleinere Crew aus Truppenkommandanten und Brückenoffizieren. Als kämpfende Soldaten setzen wir diese Kompis ein. Stellen Sie sich vor, wie viele Leben wir dadurch retten.«

»Andererseits könnten die Gitter-Kommandeure versucht sein, mehr selbstmörderische Aktionen zu gestatten«, sagte Peter.

»*Wirkungsvolle* Missionen«, betonte Basil. »Das hat die ildiranische Solare Marine bei Qronha 3 gezeigt. Soweit wir bisher wissen, ist es nur dort gelungen, ein Schiff der Hydroger zu zerstören. Oder möchten Sie, dass wir weitere Klikiss-Fackeln einsetzen und Hydroger-Welten vernichten? Diese Möglichkeit besteht nach wie vor.«

»Sollen wir den Konflikt so sehr eskalieren lassen, dass die Hydroger bestrebt sein könnten, die ganze Menschheit auszurotten?« Peter fühlte Eiseskälte in seinem Innern. »Das halte ich nicht für klug.«

»Ganz meine Meinung. Also beklagen Sie sich nicht über die neuen Kompis. In einigen Wochen werden wir bei Osquivel guten Gebrauch von ihnen machen.«

Die neuen Kompis übertrafen die Darbietung der menschlichen Soldaten, als sie perfekt zwischen ihren Reihen marschierten. In einer makellosen Choreographie verschmolzen die beiden unterschiedlichen Truppen miteinander und lösten sich dann wieder voneinander. Schließlich verharrten auch die Kompis. Peter blickte über den großen Platz und sah einen Teppich aus Uniformen, Fahnen und Metallkörpern. Die Soldaten-Kompis zeigten nicht die geringste Reaktion auf den Applaus.

»Es wird Zeit für Ihre Rede, Peter«, sagte Basil.

Der König stand auf und ging die kurze Ansprache im Kopf noch einmal durch. Im Lauf der Jahre hatte er Möglichkeiten gefunden, hier und dort etwas zu ändern, um auf seine Unabhängigkeit hinzuweisen. Doch er spürte, dass er diesmal besser beim ursprünglichen Text bleiben sollte.

Er schaltete den Stimmverstärker ein und seine Worte hallten über den Platz. »Meine Bürger, Sie haben gerade einen Schritt nach vorn in der Kompi-Technik gesehen, eine neue Hoffnung auf ein schnelles Ende des Krieges. Die gnadenlosen Hydroger stellen eine schreckliche Gefahr für die menschliche Zivilisation dar, aber Militär, Industrie und Wissenschaft haben die Herausforderung angenommen!«

Peter wartete, bis sich der Jubel wieder gelegt hatte, streckte dann die Hand aus und deutete zu den neuen Robotern im Aufmarschbereich. »Diese Soldaten-Kompis sind eine wichtige Waffe und ihre Existenz bedeutet, dass viele Ihrer Söhne und Töchter nicht auf dem Schlachtfeld sterben müssen – so wie die Besatzungen der Scoutschiffe, die bei Dasra ums Leben kamen. Die Soldaten-Kompis werden an Bord unserer Kriegsschiffe gehen und aufopferungsbereit allen Befehlen gehorchen. Wenn wir genug von ihnen haben, ist der Tag vielleicht nicht mehr fern, an dem wir den Sieg über die Hydroger erringen.«

Er holte Luft und hob die Stimme. »Admiral Stromo, dies sind die neuen Soldaten im Kampf gegen den Feind. Sind Sie bereit, sie aufzunehmen?«

Weit entfernt auf dem Platz antwortete der Admiral: »Ja, mein König. Es gibt keine besseren Kämpfer als unsere TVF-Soldaten, aber ich nehme die Kompis voller Stolz als Besatzungsmitglieder unserer Schlachtschiffe an.«

»Dann übergebe ich sie Ihnen im Namen der Menschheit, damit sie antreten gegen die sinnlose Aggression im Spiralarm.«

Basil lehnte sich selbstzufrieden zurück. »Dies ist ein wichtiger Tag, Peter. Einer von vielen. Bald trifft Ihre Braut Estarra ein. Bestimmt sind Sie schon ganz aufgeregt, nicht wahr?«

»Ich bin ihr noch nie begegnet, Basil.«

Unten auf dem Platz marschierten die menschlichen Soldaten zu den wartenden Mantas zurück. Die Kompis folgten ihnen und gingen ebenfalls an Bord der Kreuzer.

König Peter beobachtete sie, noch immer voller Unbehagen. Alles erschien ihm zu perfekt. Bei den Klikiss-Robotern gab es noch immer viele rätselhafte Dinge, trotz der Analyse von Jorax' Komponenten. Aber obgleich er der Große König der Terranischen Hanse war – niemand wollte von seinen Bedenken wissen.

68 ✺ ESTARRA

Ein Manta-Kreuzer traf pünktlich ein, um Sarein, Estarra und die grünen Priester abzuholen, die der Erde ihre Dienste anbieten wollten. Das mittelgroße Kampfschiff blieb in einer Umlaufbahn über Theroc, denn die Landeplatz-Lichtung bot ihm nicht genug Platz. Die Passagiere verabschiedeten sich, gingen an Bord des Shuttles und ließen die vom Weltwald bedeckten Kontinente hinter sich zurück.

Kaum an Bord des TVF-Schiffs wandte sich Estarra an Sarein und meinte, sie wäre müde und wollte in ihrer Kabine allein sein. Sie legte sich auf die schmale Koje, blickte zur beunruhigend unorganischen Decke hoch, atmete tief durch und nahm dabei den metallischen Geruch der wiederaufbereiteten Luft wahr. Ihre Umgebung erschien ihr unnatürlich ohne den Duft von vertrautem Leben, ohne Bäume und Sonnenschein. Sie spürte Vibrationen, als der Manta-Kreuzer aus dem Orbit schwenkte und sie zum ersten Mal in ihrem

Leben von Theroc fort brachte. Trotz der ungewohnten Umgebung schlief Estarra schon nach kurzer Zeit ein ...

Bei den gemeinsamen Mahlzeiten während des Flugs zur Erde bot Sarein stolz irdische Speisen an: Hühnchen, Fisch und verschiedene Fleischsorten, die seltsam anders schmeckten als die Insekten, an deren Verzehr Estarra gewöhnt war. Mit glänzenden Augen und einem aufrichtig wirkenden Lächeln saß ihre ältere Schwester auf der anderen Seite des Tisches. »So etwas wie den Flüsterpalast kannst du dir gar nicht vorstellen, Estarra. Du wirst goldene Kuppeln im Sonnenschein sehen. Ewiges Feuer brennt an den Türmen und Brückenpfeilern – jede Fackel symbolisiert eine Kolonie der Hanse. Zusammen mit König Peter wirst du an spektakulären Prozessionen und Paraden teilnehmen.« Sarein strahlte. »Ah, die Erde ist all das, was Theroc *nicht* ist.«

So sehr Sarein auch von der Erde begeistert sein mochte: Es war Estarras Aufmerksamkeit nicht entgangen, dass ihre Schwester einen Frachtraum des Schiffes mit theronischen Dingen gefüllt hatte, die sie im Flüsterpalast nicht bekommen konnte: kulinarische Spezialitäten, Tücher aus Kokonfaser, aus Waldblumen gewonnene Farbstoffe.

Estarra hörte höflich zu, während sie aß. »Einige Dinge ... klingen interessant. Aber ich fliege nicht als Tourist oder Besucher zur Erde.«

Nein, sie würde einen jungen Mann heiraten, den sie überhaupt nicht kannte, und in ihrem zukünftigen Leben würde sie es mit politischen und sozialen Pflichten zu tun bekommen, mit denen sie ebenso wenig vertraut war. Beneto und Rossia hatten ihr geraten, unvoreingenommen zu bleiben, neuen Möglichkeiten gegenüber offen. Und sie sollte stark sein – das war das Wichtigste. Estarra wollte diesen Rat beherzigen.

Die neunzehn grünen Priester blieben auf dem Crewdeck zusammen und Estarra besuchte Rossia während der Reise. Doch als der Manta das irdische Sonnensystem erreichte, verließ ein großer Personentransporter den Kreuzer und brachte die grünen Priester zur TVF-Basis auf dem Mars.

»Erwartet mich eine Menschenmenge?«, fragte Estarra, als der Manta am Rand des Palastdistrikts landete. »Muss ich sofort mit vielen Personen sprechen? Und kommt König Peter, um mich zu begrüßen?«

Sarein klopfte ihr auf den Arm. »Keine Sorge, kleine Schwester. Basil sorgt dafür, dass alles sorgfältig überlegt, geplant und geprobt ist. Offiziell weiß niemand, dass du dich an Bord dieses Schiffes befindest. Wenn man dich schließlich der Öffentlichkeit vorstellt, ist alles bis ins kleinste Detail und mit größter Präzision vorbereitet. Es gibt keinen Grund für dich, nervös zu sein. Derzeit bist du nur ein anonymer Passagier. Ich werde dir dabei helfen, dich einzugewöhnen.«

Die TVF-Soldaten verließen den gelandeten Kreuzer und uniformierte Arbeiter kamen mit Entlademaschinen, um die Fracht zu holen. Techniker begannen damit, die Bordsysteme zu überprüfen, Reparaturen vorzunehmen und Vorräte zu ergänzen, damit der Manta möglichst bald ins All zurückkehren konnte.

Estarra fühlte sich in dem Strudel aus Menschen fehl am Platz. Nie zuvor hatte sie so viele Gebäude gesehen. Wolkenkratzer, Türme, Lagerhäuser, Hangars – es wirkte wie ein künstlicher Wald aus Metall, Stein und transparenten Platten. Der Himmel zeigte ein helles Blau. Die junge Theronin blickt sich staunend um.

»Da kommt Basil.« Sarein winkte einem militärischen Transporter zu, der über den Platz summte, und aus dem Mundwinkel sagte sie leise: »Denk daran, was du sagen sollst.«

»Ich dachte, meine Ankunft ist inoffiziell.« Estarra wölbte eine Braue. »Wenn niemand zusieht oder zuhört – warum ist es dann so wichtig, dass ich die richtigen Worte spreche?«

»Sieh eine Übung darin, Estarra. Davon kannst du gar nicht genug haben.«

Als Basil Wenzeslas ihnen an der offenen VIP-Luke des Mantas gegenübertrat, zeigte sein Gesicht Erfahrung und Weisheit, aber nicht die vielen Falten hohen Alters. Estarra kannte das Alter des Vorsitzenden nicht, aber sie wusste, dass er sich regelmäßigen Verjüngungsbehandlungen unterzog. Er streckte die Hand aus. »Willkommen, Estarra. Wir sind uns bei der Amtseinführung Ihres Bruders auf Theroc begegnet, hatten jedoch keine Gelegenheit, uns besser kennen zu lernen.«

»Es ist meiner Schwester eine große Ehre, hier zu sein, Basil«, sagte Sarein.

Estarra lächelte möglichst freundlich. Dies war ihre erste Erfahrung mit diplomatischen Lügen und bestimmt würde es nicht die letzte sein.

Sie wollte diese Routine möglichst schnell hinter sich bringen und hob einen kleinen Topf, in dem ein federiger Schössling wuchs – ihr offizielles Geschenk. »Dieser kleine Baum ist für Sie als Vorsitzenden der Terranischen Hanse bestimmt. Möge er groß werden und so gut gedeihen wie die Hanse.«

Dass man sie aufgefordert hatte, dieses Geschenk dem *Vorsitzenden* zu geben und nicht dem König, bot einen Hinweis auf die wahre Machtverteilung.

»Danke, Estarra«, sagte Basil, nahm den Schössling aber nicht selbst entgegen. Er winkte einem blonden Bediensteten zu, der sofort nach dem Topf griff, sah dann wieder Estarra an und lächelte so, als wäre sie ein kleines Mädchen. »Lassen Sie uns jetzt zu König Peter gehen. Bestimmt haben Sie lang auf diesen Augenblick gewartet.«

Zwar sollte Estarra den Rest ihres Lebens mit Peter verbringen, aber man gab ihr kaum die Möglichkeit, mit ihm zu sprechen. Ihre erste Begegnung fand bei einem inoffiziellen Mittagessen in einem Wintergarten statt, der zu einem der labyrinthenen Flügel des Flüsterpalastes gehörte und dessen Decke aus Glas bestand. Eine Parade aus Bediensteten bot Estarra Gebäck und Süßigkeiten an, aber sie war nicht hungrig.

Der König saß am anderen Ende des glänzenden Tisches und trug eine gut sitzende, zweckdienliche graublaue Uniform, die die mageren Zeiten in der Hanse zu symbolisieren schien. Ein alter Lehrer-Kompi stand wie ein persönlicher Berater neben ihm und Basil Wenzeslas saß an der Ecke.

Andere Repräsentanten und Funktionäre sprachen laut miteinander und das Brummen der Konversation umgab Estarra wie ein akustisches Dickicht. Dieser angeblich so zwanglose Empfang schien sorgfältig arrangiert zu sein, damit Peter und sie keine Gelegenheit bekamen, mehr als nur einige Höflichkeitsfloskeln zu wechseln.

Der König war attraktiv, das musste sie zugeben. Sie hatte sein Bild in den Nachrichtenvideos gesehen und ihn immer für wohlerzogen gehalten. Das blonde Haar, die blauen Augen und die feinen Gesichtszüge brachten einen gewissen Magnetismus zum Ausdruck. Doch jedes Wort, das er in der Öffentlichkeit sprach, schien sorgfältig ausgewählt und einstudiert zu sein.

Während sie sich gegenübersaßen, wechselten sie verstohlene Blicke, als versuchten sie, geistig miteinander zu kommunizieren. Peter musterte Estarra so wie sie ihn und versuchte, einen Eindruck von ihr zu gewinnen. Sie fragte sich, ob er eine ähnliche Unsicherheit spürte wie sie.

Ein Teil der Steifheit verflüchtigte sich, als Estarra Mitleid mit dem jungen König empfand und begriff, dass sie beide im gleichen Dilemma steckten. Derzeit waren sie kaum mehr als von höheren Mächten bewegte Marionetten. Ihnen stand eine sehr schlechte Ehe bevor, wenn sie sich wie Feinde behandelten. Als sich erneut ihre Blicke trafen, schenkte sie ihm ein sanftes Lächeln. Peter schien erst überrascht und dann erfreut zu sein und erwiderte das Lächeln.

Der Vorsitzende und Sarein hoben kleine Tassen, die Zimttee enthielten, angeblich das Lieblingsgetränk des Königs, obwohl er es mit nicht mehr Begeisterung als Estarra getrunken hatte. »Auf das königliche Paar«, sagte Basil Wenzeslas. »Möge ihre Liebe und dieses Bündnis die Hanse stärker werden lassen.«

»Auf das königliche Paar!«, wiederholte Sarein.

Estarra und Peter hoben ihre Tassen ebenfalls und sahen sich an, ohne miteinander reden zu können.

69 ✳ GENERAL KURT LANYAN

Als die grünen Priester auf dem Mars eintrafen, empfing General Lanyan sie mit solchem Enthusiasmus, als hätte er eine neue Waffe bekommen, mit der er spielen konnte.

Er wartete im großen Besprechungszimmer des Stützpunkts, als Transportkapseln andockten und die Passagiere ausstiegen. Der General wanderte unruhig umher und konnte es gar nicht abwarten, einen ersten Eindruck von den lang erwarteten Theronen zu gewinnen.

Die grünen Priester kamen herein, wirkten desorientiert und verunsichert: neunzehn Männer und Frauen, unterschiedlich alt und unterschiedlich gebaut. Alle hatten grüne Haut – hier etwas heller, dort etwas dunkler – und waren vollkommen haarlos. Jeder Priester trug einen Topf mit einer Pflanze. Die Weltbäume waren einen knappen Meter groß und ihre fedrigen Blattwedel neigten sich nach unten.

Tätowierungen im Gesicht und an den Armen wiesen auf ihren jeweiligen Rang und ihr Spezialgebiet in dieser mysteriösen Religion hin. Sie waren an die Wärme von Theroc gewöhnt und trugen nur leichte Kleidung, was sie hier, auf dieser kalten roten Welt, zu bedauern schienen. Lanyan würde ihnen TVF-Uniformen geben, damit sie sich leichter ans militärische Leben gewöhnten.

Es überraschte Lanyan kaum, dass die Theronen keine Haltung annahmen und auch nicht versuchten, eine geordnete Gruppe zu bilden. Sie brachten disziplinloses Chaos ins Besprechungszimmer und zeigten keinen Respekt einem vorgesetzten Offizier gegenüber. Das musste sich natürlich ändern, aber dem General war auch klar, dass er die grünen Priester nicht zu sehr unter Druck setzen durfte.

Ihr Dienst in der TVF basierte auf einem besonders fragilen Bündnis und wahrscheinlich konnte Lanyan die grünen Priester nie dazu bringen, in Reih und Glied zu marschieren. Wenn er das versuchte, drehten sie sich vielleicht einfach um und kehrten gekränkt heim. Andererseits: Sie gehörten jetzt zur Terranischen Verteidigungsflotte und es gab bestimmte Vorschriften ...

Ein grüner Priester mit einer auffallenden Narbe am Oberschenkel hinkte zum breiten Fenster und sah über die rostrote Landschaft hinweg. Die Beinverletzung wäre im Kampf ein Nachteil gewesen, doch der General beabsichtigte nicht, diese Freiwilligen direkt an Kämpfen teilnehmen zu lassen. Er stellte sie sich als wertvolle *Ausrüstung* vor, als Kommunikationsressourcen, gewissermaßen lebende Sender.

Der Priester mit der Narbe blickte zum olivgrünen Himmel des Mars empor. »Es gibt hier keine Bäume.«

»Sie haben Ihre eigenen mitgebracht.« Lanyan versuchte, ermutigend und nicht ungeduldig zu klingen. Er räusperte sich. »Ich bin General Lanyan, Ihr vorgesetzter Offizier.«

Ein Priester stand hoch aufgerichtet da und bei ihm bemerkte Lanyan mehr Tätowierungen als bei den anderen. Er trat vor und hielt seinen Weltbaumtopf wie ein Lebenserhaltungssystem. »Ich heiße Yarrod und bin hier der älteste grüne Priester. Der Weltwald ist damit einverstanden, dass wir Ihnen unsere Telkontakt-Fähigkeiten zur Verfügung stellen und beim Krieg gegen die Hydroger helfen.«

»Ja ... ja, und wir können Ihre Hilfe gut gebrauchen«, erwiderte General Lanyan. Er hatte sich weniger widerstrebende Kooperationsbereitschaft und mehr Patriotismus und Begeisterung für die große

Sache erhofft. »Alle Informationen, die Sie uns über den Feind geben können, sind von großem Nutzen.«

Mehrere Priester gesellten sich dem Mann am Fenster hinzu und blickten hinaus, beeindruckt von der öden Landschaft. Dem General schenkten sie überhaupt keine Beachtung.

Als militärischer Offizier war Lanyan geradezu verblüfft vom Mangel an Organisation und Respekt bei den grünen Priestern. Yarrod mochte bei ihnen den höchsten Rang bekleiden, aber die anderen begegneten ihm nicht mit besonderer Ehrerbietung.

»Wir kennen nicht den Grund des ursprünglichen Konflikts vor zehntausend Jahren«, sagte Yarrod, »aber die Hydroger glaubten, den Weltwald vollständig vernichtet zu haben. Nur ein kleiner Rest blieb auf unserem Planeten übrig, auf Theroc. Dort überlebten die Bäume im Verborgenen und in der Furcht, dass die Hydroger zurückkehren würden, um den Wald endgültig auszulöschen. Eine durchaus berechtigte Furcht, wie es jetzt den Anschein hat. Der Feind sucht Planeten mit Wäldern aus und greift sie an. Wir müssen unsere Bäume schützen.«

Der General beschloss, streng zu sein. Wenn er seine Überzeugungskraft jetzt nutzte und den Theronen eine schnelle Ausbildung mit auf den Weg gab, sollte jeder anständige TVF-Commander dafür sorgen können, dass die grünen Priester nicht aus der Reihe tanzten, wenn sie über alle zehn Gitter verteilt wurden.

»Ich möchte ganz offen sein und mich klar ausdrücken. Sie haben sich für den Dienst in der TVF gemeldet, weil Sie wissen, dass wir Ihnen dabei helfen können, Ihre Weltbäume zu schützen. Wir haben nur dann eine Chance gegen die Hydroger, wenn wir alle zusammenarbeiten. Für einen wirkungsvollen Kampf gegen unseren gemeinsamen Feind müssen Sie Teil eines übergeordneten Systems werden. Die Terranische Verteidigungsflotte führt sowohl kleine als auch große Operationen durch. Manchmal leisten zehntausende von Personen Beiträge für eine einzelne Aktion.

Deshalb ist es unabdingbar, dass Sie Ihre Position in der Befehlskette akzeptieren. Sie beginnen Ihren Dienst in der TVF mit dem Rang des Unteroffiziers ohne spezielle Autorität – abgesehen vom Bereich der Kommunikation.

Die TVF ist eine große, schlagkräftige Streitmacht mit der Aufgabe, die Menschheit zu schützen. Wenn ich ganz oben einen Befehl gebe, setzt sich eine Lawine in Bewegung. Mir untergeordnete Offiziere erteilen ihrerseits Anweisungen, um ihren Teil des Ziels zu erreichen. Und die Untergebenen jener Offiziere geben ebenfalls Befehle. Und so weiter.

Jeder von Ihnen ist dafür verantwortlich, zu einem Teil dieser Kette zu werden und zur richtigen Zeit am richtigen Ort zu sein. Ihr Telkontakt ist die schnellste und zuverlässigste Kommunikationsmethode. Mit Ihrer Hilfe können wir die eben erwähnte Lawine so lenken, dass sie den Feind trifft. Aber wenn Ihnen ein Fehler unterläuft, könnte es zur Katastrophe kommen.«

»Das verstehen wir, General«, sagte Yarrod.

»Gut, denn in der Hitze des Gefechts möchte ich es nicht noch einmal erklären müssen.« Lanyan lauschte dem Klang der eigenen Worte und war zufrieden damit.

Noch immer standen einige grüne Priester am breiten Fenster, sprachen miteinander und deuteten auf Felsformationen. Lanyan runzelte die Stirn und betätigte Kontrollen, die das Fenster opak werden ließen. »Sie alle, treten Sie zusammen und schenken Sie mir Ihre volle Aufmerksamkeit.«

Widerstrebend bezogen die anderen grünen Priester neben Yarrod Aufstellung. Lanyan presste die Fingerspitzen aneinander und musterte die sonderbaren Freiwilligen. »Wir stehen jetzt vor einem wichtigen Punkt im Krieg gegen die Hydroger. In wenigen Tagen wird die TVF mit einer großen Offensive gegen den Feind beginnen. Nach dem Angriff auf Boone's Crossing sind die Kugelschiffe zu einem Ringplaneten namens Osquivel zurückgekehrt.«

Als Lanyan den Namen des angegriffenen Planeten nannte, wurden die grünen Priester unruhig und wechselten kummervolle Blicke. »Denkt an die vielen Bäume«, sagte Yarrod.

»Ein ganzer Wald aus Dunkelkiefern wurde vernichtet«, fügte jemand anders hinzu.

»Nicht ein Baum blieb verschont«, ächzte ein Dritter.

»Ja, und das werden wir den Hydrogern heimzahlen«, sagte Lanyan, froh darüber, die grünen Priester etwas lebhafter zu sehen. »Natürlich weise ich Sie nicht der kämpfenden Truppe zu, denn Ihre Fähigkeiten liegen bei der Langstreckenkommunikation. Aus diesem Grund verteilen wir Sie auf die einzelnen Gitter-Kampfgruppen und Kolonialwelten, die potenzielle Ziele der Hydroger sein könnten. Dadurch bekommt die TVF einen enormen taktischen Vorteil. Mit Ihrer Hilfe haben wir einen ständigen Überblick über die aktuelle Situation.«

Die Priester berührten ihre Schösslinge, um die Verbindung zu stärken. Sie befanden sich in einer seltsamen Umgebung, weit genug vom Wald ihrer Heimat entfernt, in einem unvertrauten militärischen Ambiente. Und jetzt mussten sie sich auch noch voneinander trennen.

Lanyan sah zum dunklen Fenster, das keinen Blick nach draußen mehr gewährte. »Osquivel spielt für uns nicht die geringste Rolle, aber wir fliegen trotzdem dorthin, mit allem, was wir haben. Zuerst werden wir versuchen, mit den Hydrogern zu kommunizieren, und wir hoffen, dass Sie uns dabei helfen können. Wenn unsere Bemühungen erfolglos bleiben, schlagen wir zu und verpassen den Fremden eine gehörige Abreibung.« Der General erwartete Hurrarufe, aber die grünen Priester wirkten nur eingeschüchtert.

»Die Hydroger sind ein mächtiger Feind«, sagte Yarrod. »Der Weltwald warnt uns davor, sie zu unterschätzen.«

»Oh, wir beabsichtigen, bei Osquivel unser ganzes militärisches Potenzial einzusetzen, die ganze Macht der Terranischen Verteidigungsflotte. Wir können unmöglich verlieren.«

Trotz der festen Stimme des Generals und seiner Zuversicht schienen die grünen Priester nicht überzeugt zu sein.

70 ✻ CESCA PERONI

Die bunten Verlobungsschiffe der Roamer sanken durch die Atmosphäre von Theroc. Jedes der zwölf Raumschiffe zeichnete sich durch eine eigene, exzentrische Konfiguration aus und sie alle präsentierten exotische Fahnen und Rumpfinsignien. An Bord befanden sich Gesandte der wichtigsten Clans: Okiah, Kellum, Sandoval, Pasternak, Tylar, Sorengaard, Chen, Baker, Kowalski und natürlich Peroni.

Der Einsatz einer solchen Flotte bedeutete natürlich eine enorme Verschwendung von Ekti, aber die Roamer-Familien wollten Freude und Enthusiasmus zeigen. Es geschah nicht oft, dass ein Sprecher oder eine Sprecherin heiratete.

Erstaunte Theronen kletterten in die Baumwipfel und krochen über Blattwedel, um die Besucher besser zu sehen. Andere auf dem Boden eilten zum Rand der Landeplatz-Lichtung und hießen dort die

Shuttles willkommen. Vater Reynald war überwältigt von der unerwarteten Ankunft all dieser Schiffe und blieb außer Atem am Rand der Lichtung stehen, begleitet von mehreren grünen Priestern.

Cesca Peroni kam aus dem ersten Shuttle, bunt und prachtvoll gekleidet, das Haar mit festlichen Bändern geschmückt. Reynald erkannte sie sofort. »Cesca!«

Sie trat vor, bemerkte Freude und Verwirrung in seinem Gesicht. Cesca lächelte strahlend, als sie die rechte Hand ausstreckte, und dann sprach sie die Worte, die sie sich beim Flug nach Theroc zurechtgelegt hatte. »Es ist eine Weile her und deshalb bin ich persönlich gekommen, um deinen Heiratsantrag anzunehmen, Vater Reynald von Theroc. Vorausgesetzt natürlich, er gilt noch.«

Reynald sah zunächst aus, als hätte sie ihm einen dicken Ast über den Schädel gezogen. Dann grinste er wie ein Junge. »Natürlich gilt mein Heiratsantrag noch!« Er griff nach ihren Händen, umarmte sie kurz und voller Freude, wich dann verlegen zurück. Mit einer Verbeugung versuchte er, sich zu fassen. »Deine Bereitschaft, meine Frau zu werden, wäre mir eine große Ehre, Cesca Peroni, Sprecherin der Roamer-Clans. Unsere Völker haben einander viel zu bieten, wie auch wir beide. Persönlich, meine ich.«

Weitere Shuttles landeten auf der kleinen Lichtung. Die Roamer-Piloten zeigten ihr Geschick, als sie gekonnt manövrierten und den zur Verfügung stehenden Platz gut ausnutzten. Farbenprächtig gekleidete Männer und Frauen stiegen aus und bewunderten die üppige Vegetation. Die Clan-Repräsentanten atmeten die frische Luft tief ein, sahen zu den hohen Bäumen empor und rochen den Duft des Waldes. Dies alles unterschied sich sehr von der künstlichen Umgebung, an die sie gewöhnt waren.

Cesca hielt noch immer Reynalds Hand umfasst und hob sie. »Wir sind beide einverstanden!«, rief sie. »Nach so vielen Entbehrungen ist es schön, einen Grund zum Feiern zu haben.«

Die Roamer pfiffen und jauchzten. Die grünen Priester und anderen Theronen begriffen, was geschah, und daraufhin applaudierten sie. Schließlich trafen Idriss und Alexa ein, verwirrt und auch aufgeregt angesichts des unerwarteten Trubels.

»Wie schön!«, entfuhr es Reynald. »Meine kleine Schwester Estarra ist gerade zur Erde geflogen, wo sie König Peter heiraten wird. Und jetzt hast du meinen Heiratsantrag angenommen. In welch wunderbaren Zeiten leben wir doch!«

Cesca blinzelte und gab sich alle Mühe, ihre Überraschung zu verbergen. Der König würde eine Theronin heiraten? Welche Konsequenzen ergaben sich daraus? Eine Welle des Erstaunens ging durch die Reihen der Roamer und Cesca fragte sich, auf welche Weise sich die politischen Bündnisse jetzt verschoben. Heiratsbande zwischen Roamern, Theronen und der Hanse. Sie musste gründlich darüber nachdenken.

Cesca deutete auf einen hageren, mürrisch wirkenden Mann, der hinter ihr aus dem Shuttle gekommen war. Er hatte dunkles Haar und ähnelte ihr. »Das ist mein Vater, Denn Peroni. Alle meine Onkel sind an Bord des Schiffes.«

Reynald stellte seine eigenen Eltern vor. Der noch immer verwirrte Idriss starrte die Neuankömmlinge groß an. »Würde mir bitte jemand erklären, was hier los ist?«

Alexa sah ihren Mann mit funkelnden Augen an. »Denk mal darüber nach, Idriss. Bestimmt kommst du dahinter.«

Cesca und Reynald standen auf einem Empfangsbalkon der Pilzriff-Stadt. Mondschein und Sternenlicht fielen durch das hohe Blätterdach des Waldes, und der Gesang von Insekten, begleitet von exotischer Musik, gab der Nacht etwas Zauberhaftes. Roamer trugen ihre eigenen Lieder und Balladen vor, gewährten den Gästen Einblick in ihre Kultur.

Die ganze Zeit über gab Cesca vor, großen Gefallen an den Vorgängen zu finden.

Die Clan-Schiffe hatten so viele Unterhalter und exotische Geschenke von fernen Planeten und Asteroiden mitgebracht, dass die Verlobungsfeier zu einer Art Karneval wurde. Alle lachten, tanzten und freuten sich über die neuen Freunde.

Reynald schien stolz darauf zu sein, neben Cesca zu sitzen. »Es würde mich gar nicht überraschen, wenn dieser Abend zu weiteren Heiratsanträgen zwischen unseren Völkern führte.«

Pflichtbewusst hielt sie seine Hand und lächelte weiterhin. »Das würde unser neues Bündnis zweifellos stärken.«

Zu später Stunde führte Reynald Cesca auf einen privaten Balkon, von wo aus sie zu den Bäumen sehen und der Aktivität um sie herum lauschen konnten. »Glaubst du, dass es dir auf Theroc gefallen wird?«, fragte er und schien erpicht darauf zu sein, sie zu erfreuen.

»Für uns beide gibt es viele Dinge, an die wir uns gewöhnen müssen. Roamer sind Nomaden und die Angehörigen meiner Familie sind Wanderer zwischen den Clans, Händler, die von Sonnensystem zu Sonnensystem reisen. Mein Vater lebt an Bord seiner Schiffe. Er fliegt zu hundert verschiedenen Depots, Himmelsminen und Ekti-Tanks, verkauft den Treibstoff der Großen Gans, den Ildiranern oder ...« Cesca senkte die Stimme. »... Kolonien, obgleich das gegen die Handelsbestimmungen der Hanse verstößt.«

»Ich bin sicher, die Hanse würde Verständnis dafür zeigen, wenn die Kolonien dringend Ekti benötigen«, sagte Reynald.

Cesca wunderte sich über seine Naivität und seufzte. »Mein Volk braucht vielleicht eine Weile, um so offen zu werden wie du.«

»Erzähl mir von den Roamern.« Reynald sah sie an und lächelte unschuldig. »Warum seid ihr so ... verschlossen geworden? So misstrauisch?«

»Wir haben dies im Lauf vieler Generationen gelernt. Ihr habt Glück auf Theroc – dies ist eine lebensfreundliche Welt mit einer blühenden Kolonie. Doch nachdem unser Generationenschiff, die *Kanaka*, nach Iawa gebracht worden war, kam es zu Missernten. Meine Vorfahren machten sehr schwere Zeiten durch und konnten sich nur auf ihre eigenen Ressourcen verlassen. Später spezialisierten wir uns auf die Produktion von Ekti, erst als Pächter ildiranischer Anlagen, dann mit eigenen Himmelsminen. Jeden Erfolg haben wir mit Schweiß und Blut bezahlt. Wie Theroc haben wir es abgelehnt, die Charta der Hanse zu unterschreiben, aber die Große Gans würde uns gern unter ihre Kontrolle bringen.«

»Nun, wir haben der Hanse gerade neunzehn grüne Priester geschickt, um sie beim Krieg gegen die Hydroger zu unterstützen ...«

Cesca richtete einen ernsten Blick auf ihn. »Das ist etwas anderes. Die Tivvis bekommen von den grünen Priestern nur das, was diese ihnen freiwillig geben. Aber sie könnten unser Ekti rauben – und das haben sie auch getan, kein Zweifel. Wir vermuten, dass sie einige unserer Frachter überfallen, das Ekti genommen und die Schiffe anschließend zerstört haben.«

»Das ist schrecklich!«

»Zum Glück sind die meisten unserer Depots auf keiner Karte verzeichnet. Die Roamer sind vielleicht ein wenig paranoid, Reynald, aber andererseits ... Vielleicht bist du ein wenig zu vertrauensvoll?«

Die Geräusche der Feier hallten durch die Nacht. Cesca fragte sich, ob jemand ihre Abwesenheit bemerkt hatte. Ihr Vater und seine Brüder sahen sich vermutlich mit gewölbten Brauen und einem wissenden Lächeln an. Die eigentliche Heirat fand erst in einem Jahr statt. In der Zwischenzeit würden Roamer und Theronen mehr Kontakte miteinander haben. Cesca stellte sich vor, wie weitere Schiffe zum Waldplaneten flogen und Versorgungsmaterial brachten. Reynald und andere Mitglieder seiner Familie würden vielleicht bestimmte Außenposten der Roamer besuchen. Auf diese Weise begann ein langsames Verschmelzen der beiden so unterschiedlichen Kulturen.

Als Cesca mit Reynald im Mondschein stand, versuchte sie sich davon zu überzeugen, dass sie die richtige Entscheidung getroffen hatte und sich alles zum Besten entwickeln würde. Reynald wirkte so glücklich, dass eine bittersüße Cesca seine Hand nahm, näher trat und sich alle Mühe gab, nicht an Jess zu denken.

71 ✳ JESS TAMBLYN

Monatelang segelte Jess in aller Stille durchs All. Sein riesiges Segel trieb durch einen Ozean aus Gas, durch eine hauchdünne Suppe aus Ionen und anderen kosmischen Ingredienzien, aus der sich einmal ein neues Sonnensystem entwickeln mochte. Er war ständig unterwegs, ohne ein Ziel – ein echter Roamer.

In gewisser Weise mochte Jess die endlosen kontemplativen Tage, denn er wusste: Sie würden ihm dabei helfen, über seinen inneren Aufruhr hinwegzukommen. Wenn sich die Dinge seinen Hoffnungen gemäß entwickelt hätten, wäre er jetzt mit Cesca verheiratet. Aber Jess kannte seine Verantwortung. Es hatte keinen Sinn, sich mit seinen Wünschen und Phantasien eine Märchenwelt zu erschaffen.

Die persönliche Tragödie der verlorenen Liebe erschien ihm banal und egoistisch und er beschloss, sie beiseite zu schieben. Er dachte an all die Roamer, die den Hydrogern zum Opfer gefallen waren, unter ihnen Ross, und er erinnerte sich an die verzweifelte finanzielle Situation vieler Clans. Die Wirtschaft der Roamer steckte in einer tiefen Krise.

Als sein Herzweh schließlich zu erträglicher Wehmut geworden war, fühlte sich Jess wieder ganz und stärker, dazu bereit, sich der Realität zu stellen – ihm blieb auch gar keine andere Wahl.

Und dann fühlte er sich plötzlich allein. Inzwischen war die Entfernung zwischen den einzelnen Nebelseglern enorm gewachsen – kosmische Schluchten trennten sie voneinander. Den anderen Piloten machte das vermutlich nichts aus; sie waren Einzelgänger, selbst nach den Maßstäben der Roamer.

Die zuvor friedliche Stille wurde unangenehm. Das Geplauder in den Kom-Kanälen war auf einzelne Meldungen geschrumpft, denn die Signale brauchten einfach zu lange, um die riesigen Distanzen zu überbrücken. Jess wanderte auf den Decks umher, kletterte in den Produktionsbereich hinab und lauschte dem Geräusch der eigenen Schritte.

Del Kellum hatte Recht: Es mochte ein Segen sein, genug Zeit zum Nachdenken zu haben, aber zu viel davon konnte zu einer Belastung werden.

Jess begriff, dass er zu lange isoliert gewesen war, als er Dinge hörte oder zu hören glaubte: leises Summen und Flüstern, das nicht von den Bordsystemen stammen konnte. Wenn er die Gedanken treiben ließ, schienen sich in den Geräuschen Worte abzuzeichnen.

»Hallo?«, rief Jess und seine laute Stimme überraschte ihn. Die Kehle war heiser und die Stimmbänder fühlten sich wie eingerostet an. Er schüttelte den Kopf. »Jetzt fange ich auch noch an, mit mir selbst zu reden.«

Die seltsamen Geräusche waren das akustische Äquivalent eines Schattens, den man aus den Augenwinkeln sah. Je mehr er sich darauf konzentrierte, desto leiser wurden sie. Er seufzte und versuchte, ihnen keine Beachtung zu schenken, aber es gab nichts anderes, das seine Gedanken beschäftigte und ihn ablenkte.

Erneut kletterte er in den Produktionsbereich hinab, wo automatische Destillatoren die nützlichen Komponenten der Nebelgase voneinander trennten. Sie wurden komprimiert in kleinen Behältern untergebracht. Wassertropfen fielen in den großen, transparenten Zylinder, in dem der Pegel einen Zentimeter pro Tag stieg. Jess spürte dort etwas, das Erwachen von Gedanken, dünn wie eine leichte Brise, aber langsam stärker werdend.

»Hallo?«, rief er erneut und diesmal war er auf die Echos seiner Stimme vorbereitet. Natürlich antwortete niemand. Er atmete die sonderbar feuchte Luft im Produktionsbereich tief ein und kam sich wie ein Narr vor. Demnächst glaubte er auch noch, dass es an Bord seines Seglers spukte ...

Dann begannen die Albträume.

Ganz plötzlich schreckte Jess in seiner Kabine aus dem Schlaf. Kalter Schweiß machte das Laken klamm und er keuchte, hustete, versuchte zu atmen. Im Traum war er am Ertrinken gewesen: Er war immer tiefer gesunken und nicht dazu imstande gewesen, nach oben zur Luft zurückzukehren. Lungen, Blut, die Gedanken – alles schien aus Wasser zu bestehen. Das Gefühl war sehr real und überwältigend und es fiel Jess schwer, ganz zu erwachen.

Als Kind hatte er davon geträumt, wie seine Mutter auf Plumas in eine Eisspalte stürzte, unerreichbar tief, und als die Systeme ihres Schutzanzugs schließlich versagten, brachten ihr Kälte und Sauerstoffmangel einen langsamen Tod.

Doch dieser Traum war anders, erschreckend nur wegen seiner Fremdartigkeit. Jess spürte weder Gefahr noch Angst, nur Verwirrung.

Seine Augen brannten. Er stand auf, hätte fast das Gleichgewicht verloren und stützte sich an der Wand ab. Seine Finger berührten Feuchtigkeit.

Überrascht sah er kleine Tropfen am Metall, und wenn er sie mit den Fingern berührte, spürte er ein Prickeln. Ein kleines Rinnsal bildete sich, ein Miniaturfluss, der senkrecht an der Wand herunterreichte, bis zum Boden. Wasser floss dort wie ... Herzblut.

Jess runzelte die Stirn und hielt nach dem Ursprung der Feuchtigkeit Ausschau. Es musste irgendwo ein Leck geben, im Lebenserhaltungs- oder Kühlsystem. Hier draußen, weit von jeder Hilfe entfernt, konnten selbst kleine Dinge zu einer Katastrophe führen. Doch bei einer Überprüfung der ambientalen Systeme stellte sich heraus, dass alles perfekt funktionierte. Selbst die Luftfeuchtigkeit erwies sich als normal.

Jess kehrte in seine Kabine zurück und sah, dass die Wände wieder trocken waren – nicht der kleinste Tropfen zeigte sich dort.

Jess stand allein neben den Aggregaten im Produktionsbereich. Die Luft fühlte sich feucht und warm an, obwohl er die Justierungen der Lebenserhaltungssysteme nicht verändert hatte. Erneut betrachtete er die klare Flüssigkeit im durchsichtigen, zylindrischen Tank.

Er nahm eine Wasserprobe aus dem Behälter und führte im diagnostischen Laboratorium des Schiffes eine detaillierte Analyse durch. Zweimal kontrollierte er die Ergebnisse, wiederholte die Analyse dann noch einmal. Als Mitglied des Tamblyn-Clans wusste er bestens über die Gewinnung und Reinheit von Wasser Bescheid. In chemischer Hinsicht war die Substanz nichts anderes als reines Wasser, Molekül für Molekül aus der kosmischen Wolke gewonnen.

Auf der Suche nach Bestätigung schickte Jess den anderen Nebelseglern eine kurze Nachricht: Er fragte sie, ob jemand anders Ungewöhnliches in Bezug auf das gesammelte Wasser erlebt hatte. Die Kom-Signale waren wie eine Flaschenpost im Meer und Jess wusste, dass er erst in einigen Tagen mit Antwort rechnen durfte.

Schließlich erfuhr er, dass die anderen Roamer weder dem Wasserdampf noch den anderen Elementen im Gas Beachtung schenkten. Ihr Interesse galt allein dem Wasserstoff, der zu Ekti verarbeitet wurde.

Jess' Argwohn nahm zu und in ihm verdichtete sich die Vermutung, dass die seltsame Flüssigkeit ... ungewöhnlich war. Wenn er neben dem Tank stand, regten sich sonderbare Gefühle in ihm. Nachdenklich beobachtete er das vollkommen transparente Wasser; weder Luftblasen noch irgendwelche Verunreinigungen zeigten sich darin.

Die Flüssigkeit schien zu glühen, irgendetwas Unmessbares zu enthalten.

»Was ist das?«, fragte er.

Als die Destillatoren dem Tank noch mehr Wasser aus der Gaswolke hinzufügten, begann es zu schimmern und zu wogen. Offenbar konzentrierte sich hier eine Essenz, die jetzt wiedergewonnen wurde, nachdem sie in der Leere zwischen den Sternen verstreut gewesen war.

Wenn Jess den Aberglauben vieler Roamer geteilt hätte, wäre er vielleicht bereit gewesen, das Nebelwasser für *besessen* zu halten.

Er ging dicht neben dem Tank in die Hocke, berührte die gewölbten Wände und fühlte eine Wärme, die eigentlich gar nicht existieren sollte. Aufregung erfüllte ihn, das ließ sich nicht leugnen – die glühende Flüssigkeit war kein einfaches Wasser, sondern viel mehr. Sie schien auf eine rätselhafte Weise *lebendig* zu sein.

Und während der Segler seinen Flug fortsetzte und durch den Nebel glitt, begann Jess Tamblyn, mit der Flüssigkeit zu *kommunizieren*.

72 ✸ BASIL WENZESLAS

Der Vorsitzende der Hanse stand an der Spitze seiner Welt. Er hielt die Fäden in der Hand, traf alle wichtigen Entscheidungen, gebot über Reichtum und Ressourcen von achtundsechzig weit entfernten, locker miteinander verbündeten Planeten.

Und doch fühlte er sich machtlos. Manchmal war die pure, unverfälschte Wahrheit – ohne irgendwelche Verschönerungen, ohne hier Negatives wegzunehmen und dort Positives hinzuzufügen – zu viel für die Menschen.

In der Stille seiner Penthouse-Suite blickte er aus den breiten Fenstern und trank Kardamomkaffee. Der Sonnenuntergang breitete seine goldenen Strahlen über den Palastdistrikt. Der Flüsterpalast schien mit flüssiger Bronze besprizt zu sein. Die Fackeln auf Kuppeln und Brückenpfeilern wirkten wie helle Augen. Diesmal schien das verblassende Licht des Tages eine allzu symbolische Bedeutung zu haben und Basil fühlte sich davon deprimiert.

Die sorgfältigen Analysen der von ihm ausgewählten Experten ließen keinen Platz für Zweifel: Die Hanse war zum Untergang verurteilt und würde bald ihr Ende erleben, wenn es nicht zu einer drastischen Veränderung kam.

Basil wollte die länger werdenden Zwielichtschatten nicht sehen und wandte sich von den Fenstern ab. Wie konnte er alles zusammenhalten? Ein schweres Gewicht schien auf ihm zu lasten, ihn zermalmen zu wollen. Er trank den restlichen Kaffee, genoss den scharfen Nachgeschmack auf der Zunge und kehrte zum kristallenen Tisch zurück, auf dem keine Dokumente mehr lagen.

Malcolm Stannis, einer der früheren Vorsitzenden der Hanse, hatte es in seinen posthum veröffentlichten Memoiren auf den Punkt gebracht: »Geschäft ist Krieg und Krieg ist ein Geschäft.«

Ein in die Tischfläche integrierter dünner Film erhellte sich und zeigte mehrere Bildschirmfenster. Basil sah statistische Projektionen, Karten besiedelter Welten, Ressourcenverteilung von Nahrungs- und Transportmitteln sowie Luxusgütern. Ein Blick auf die Displays genügte, um die allgemeine Situation der Terranischen Hanse zu erkennen, und es sah nicht gut aus.

Einigen Kolonien ging es schlechter als anderen. In den vergangenen Jahrzehnten hatten sich die Bewohner von Relleker ganz auf den

Tourismus konzentriert und dadurch war es ihnen sehr gut ergangen. Aber inzwischen konnte es sich niemand mehr leisten, nach Außenwelt in den Urlaub zu reisen. Die Folge: Relleker bat um Hilfe und Versorgungsgüter, die Basil nicht liefern konnte.

Auf dem wolkenverhangenen Planeten Dremen wurden Sonnenspiegel und Gewächshäuser benötigt, damit Getreide im matten Licht wachsen konnte. Not hatte die Yrekaner dazu gebracht, sich gegen die Hanse aufzulehnen, und jetzt leckten sie ihre Wunden. Die Holzindustrie von Boone's Crossing war von den Hydrogern zerstört worden. Zwar wirkte es gut in der Öffentlichkeit, wenn sich die Hanse patriotisch zeigte und den Überlebenden half, aber jene verzweifelten Kolonisten waren zu hungrigen Flüchtlingen geworden. Wer sollte ihnen zu essen geben?

Basil hatte optimistische Reden für König Peter geschrieben und die Wirklichkeit zurechtgebogen, aber jene Lügen würden nicht mehr lange überzeugen. Er ballte die Fäuste und starrte so auf die Projektionen, als könnte er sie allein mit der Kraft seines Willens ändern.

Leider waren die Zahlen exakt – die Analysen ließen sich nicht infrage stellen.

Alles hing von der wichtigsten Ressource ab: Ekti. Die von der TVF ergriffenen extremen Notmaßnahmen, die strengen Sparprogramme, der auf die Roamer ausgeübte Druck – das Ergebnis all dieser Bemühungen war nicht mehr als ein kleines Rinnsal aus Treibstoff für den Sternenantrieb. Ohne Ekti konnte die Terranische Hanse nicht überleben. Die Lage auf den Kolonialwelten verschlechterte sich immer mehr – und die verdammten Hydroger lehnten Verhandlungen ab.

Basil dachte daran, dass er noch nichts von Davlin Lotze gehört hatte, der auf Rheindic Co nach dem Rechten sehen und herausfinden sollte, was aus dem Colicos-Team geworden war. Vermutlich hatte sich auch dabei nichts ergeben. Nun, es war ohnehin nur eine sehr vage Hoffnung gewesen.

Vielleicht gelang es, den Fremden bei Osquivel eine Lektion zu erteilen. Soldaten-Kompis, grüne Priester, eine große TVF-Kampfflotte und sogar jemand, der einen Versuch unternehmen würde, mit den Hydrogern zu kommunizieren. Viel hing davon ab, welchen Lauf die Ereignisse bei Osquivel nahmen.

Normalerweise wären Basils Überlegungen tausendmal in einer Stunde unterbrochen worden, aber er hatte einen vollen Kommunikationsstopp angeordnet, um nicht von Besuchern oder Mitteilungen gestört zu werden. Wie dumm von ihm zu glauben, eine Lösung finden zu können, wenn er sich lange genug auf das Problem konzentrierte. So sehr er auch suchte – er fand keinen Ausweg.

Als das Gästesignal erklang, wusste er genau, wer ihn sprechen wollte. Nur Sarein kannte seinen privaten Zugangscode. Er hatte ihn ihr vor einigen Jahren gegeben und musste der theronischen Botschafterin zugute halten, dass sie nur selten Gebrauch davon machte. Diesmal war er für die Ablenkung sogar dankbar.

Schön und enthusiastisch erschien ihr Gesicht auf dem Tischschirm und ersetzte die unheilvollen Projektionen. Auf Basil hatte sie immer sehr attraktiv und sexuell stimulierend gewirkt. Zuerst war sie ihm zu jung erschienen, aber schon nach kurzer Zeit hatte sie sich als bemerkenswert reif erwiesen. Hinzu kam eine erstaunliche Aufgeschlossenheit, wenn man bedachte, dass sie auf einem abgelegenen Waldplaneten groß geworden war. Basil hatte ihr von einigen seiner politischen Pläne erzählt und sie in Geheimnisse eingeweiht, die er besser für sich behalten hätte. Bisher war sie ihm eine zuverlässige Verbündete gewesen.

»Ich weiß, dass ich diesen Kanal nur benutzen soll, wenn es um eine ernste Krise geht, Basil«, sagte Sarein. »Ich möchte gleich darauf hinweisen, dass nicht das Ende der Welt bevorsteht – zumindest heute nicht. Aber wir beide brauchen Gelegenheit, etwas Zeit allein zu verbringen. Lass mich ein diskretes Abendessen vorbereiten.«

»Sarein, dies ist nicht der geeignete Zeitpunkt, um eine Beziehung zu pflegen.«

»Darum geht es mir nicht, Basil. Ich spreche von deiner Fähigkeit, Entscheidungen zu treffen und in angespannten Situationen klar zu denken. Gib mir die Möglichkeit, dir zu helfen. Ich habe neunzehn grüne Priester von Theroc mitgebracht und damit meine Nützlichkeit bewiesen, oder?«

Er wollte Sarein zurückweisen und sie auffordern, ihn in Ruhe zu lassen, damit er weiterhin nachdenken konnte, aber das hätte zu nichts geführt. »Na schön, einverstanden. Wir treffen uns, als Würdigung für das, was du geleistet hast.« Basil richtete den Zeigefinger auf Sareins Abbild. »Aber glaub nicht, dass du dich jedes Mal auf diese Weise durchsetzen kannst.«

Reizende Verschlagenheit lag in ihrem Lachen. »Wenn ich sonst noch etwas von dir will, muss ich ein anderes Wunder vollbringen.«

Basil lachte leise und allein das rechtfertigte die Störung. »Gib mir eine Stunde, um hier fertig zu werden. Ich erwarte dich dann in meinem privaten Bereich. Was das Essen betrifft ... Mir ist alles recht.« Er betätigte die Kontrollen und Sareins Gesicht verschwand vom Tischschirm.

General Lanyan hatte die neunzehn grünen Priester inzwischen an Bord seiner Schiffe über die zehn Gitter verteilt. Basil hoffte, dass der ohne Verzögerungen funktionierende Telkontakt das Machtgleichgewicht im Krieg gegen die Hydroger verschob. Vielleicht wendete sich bei Osquivel das Blatt – oder die grünen Priester meldeten jede Katastrophe nur ein wenig schneller.

Die Hydroger blockierten den Zugang zu den Gasriesen und deshalb gab es kein Ekti.

Ohne Ekti ließ sich der ildiranische Sternenantrieb nicht einsetzen.

Ohne überlichtschnelle Raumfahrt gab es keinen interstellaren Handel.

Mit grauen Augen blickte Basil erneut auf die Zahlen hinab und sah deutlich, wie die Kolonien der Hanse schwächer wurden. Seit Jahren zermarterte er sich den Kopf. Die einzige andere – und sehr unwahrscheinliche – Möglichkeit bestand darin, ein ganz neues schnelles Transportsystem zu finden, das nicht von Ekti abhing. Ildiranische und menschliche Wissenschaftler arbeiteten an Verbesserungen des Sternenantriebs, aber es gab keine Alternative zum Ekti als Treibstoff.

Vor Jahrhunderten hatte die Erde langsame Generationenschiffe losgeschickt, um extrasolare Planeten zu kolonisieren. Doch wenn interstellare Reisen Jahrhunderte dauerten, war ein Handelsaustausch praktisch nicht möglich.

Basil spürte den dumpfen Kopfschmerz einer beginnenden Migräne, als er nach Mitteln suchte, die menschliche Zivilisation vor dem Untergang zu bewahren. Nicht einmal die besten Techniker der Erde konnten ihm Alternativen anbieten. Gab es keine andere Möglichkeit, von Stern zu Stern zu reisen?

Schließlich deaktivierte er den Tischschirm, seufzte und bereitete sich auf das Essen mit Sarein vor. Sie würde ihm helfen, sich zu entspannen und für eine Stunde alle Sorgen zu vergessen, mit Sex oder einem Gespräch.

Wie auch immer: Basil bezweifelte, dass er bei Sarein eine Lösung für die Probleme fand.

73 ✹ DAVLIN LOTZE

Der versteckte Backup-Datenwafer erwies sich als eine Quelle erstaunlicher Informationen. Margaret Colicos hatte ihre Entdeckungen mit detaillierten Übersetzungen zahlreicher Klikiss-Hieroglyphen aufgezeichnet.

Als Rlinda Kett ihm über die Schulter sah, drehte Davlin die Beleuchtung in seiner Kabine an Bord der *Neugier* auf. »Sie hat nicht nur die Gleichungen entziffert, sondern auch einen großen Teil der historischen Aufzeichnungen an den Wänden.« Er scrollte durch eine weitere Datei. Das Display zeigte ihm Diagramme, Übersetzungen, Theorien und Fragen. »Die beiden Archäologen entdeckten noch funktionierende Klikiss-Technik – das Steinfenster in jenem Raum. Louis fand heraus, wie man es in Betrieb nimmt.« Er sah aufgeregt zu Rlinda auf. »Morgen statten wir den Ruinen einen weiteren Besuch ab und untersuchen das Trapezoid.«

»He, Sie sind hier der Spezialist für verborgene Details.« Rlinda hatte eine Flasche Wein aus dem Frachtraum ihres Schiffes geholt, schenkte sich ein Glas ein und seufzte genießerisch, um Lotze auf den köstlichen Geschmack hinzuweisen. Aber Davlin war weder an Wein noch an gutem Essen interessiert, nur an seiner Arbeit.

Basil Wenzeslas hatte den richtigen Mann nach Rheindic Co geschickt.

Er scrollte zum Ende der Datei. »Margaret hat all diese Informationen mit der Absicht zusammengestellt, sie mit dem nächsten routinemäßigen Bericht per Telkontakt zu übermitteln. Doch der grüne Priester kam ums Leben, bevor er die Daten übertragen konnte.«

»Glauben Sie, jemand hat ihn ermordet, um die Weitergabe der Informationen zu verhindern?«

»In Margarets Bericht gibt es keinen Hinweis darauf, dass sie um ihr Leben fürchtete oder irgendeinen Verdacht hegte. Wer auch immer Louis Colicos und den grünen Priester umgebracht hat – er muss unerwartet aktiv geworden sein. Die Klikiss-Roboter und der Kompi sind fort, ebenso Margaret. Wandten sich die Roboter gegen sie? Ließ irgendeine Entdeckung Margaret zum Berserker werden? Vielleicht war die Bedrohung externer Natur, zum Beispiel ein ildiranisches Killerkommando, jemand, der verhindern wollte, dass die

Hanse von den hiesigen Entdeckungen erfährt. Derzeit ziehe ich alle Möglichkeiten in Betracht.«

Rlinda trank noch einen Schluck Wein, strich die Zugangsplane des Zelts beiseite und blickte in die klare Wüstennacht hinaus. »Inzwischen sind wir auf dem besten Wege, uns jene Informationen anzueignen. Glauben Sie, dass auch wir in Gefahr sein könnten?«

Davlin begegnete dem Blick ihrer großen braunen Augen. »Das ist durchaus möglich.«

Als der Morgen dämmerte, führte Davlin die noch vom Schlaf benommene Rlinda zu den Höhlenruinen. Sie betraten die Geisterstadt, die sie bereits erforscht hatten. Aufgrund der Informationen aus Margarets Datenwafer sah Davlin alles nun mit anderen Augen und vielleicht war er endlich imstande, Antworten zu finden.

Lotze ging geradewegs zu dem Raum mit dem leeren Trapezoid. Er betrachtete den von Louis stammenden blutigen Handabdruck am flachen Stein, richtete den Blick dann auf die komplexen Symboltafeln, die den nicht markierten Bereich umgaben. In einem nahen Alkoven fand er sonderbar geometrische Maschinenblöcke, teilweise auseinander genommen und geöffnet.

Auf einem mobilen Display ließ er sich einige von Margaret Colicos aufgezeichnete Notizen anzeigen, zu denen auch die unvollständigen Spekulationen ihres Mannes gehörten. Davlin stellte sich vor, wie sie Louis aufgefordert hatte, einen eigenen Bericht zu schreiben, aber vermutlich war er viel zu sehr damit beschäftigt gewesen, an den Klikiss-Maschinen herumzubasteln und herauszufinden, wie sie funktionierten.

»Wissen Sie jetzt, was es damit auf sich hat?«, fragte Rlinda. »Oder sind diese Details selbst für Sie zu geheimnisvoll?«

»Louis hat dies für ein Transportsystem gehalten, für ein ›Transportal‹, mit dem sich große Entfernungen von einem Augenblick zum anderen überwinden lassen, ohne zeitliche Verzögerung. Die Gleichungen in Margarets Aufzeichnungen zeigen, dass die Klikiss-Maschinen eine Art Tor in die Struktur der Raum-Zeit stanzen und eine Abkürzung schaffen, indem sie die Entfernungsvariable auf null setzen.«

»Klingt unmöglich. Aber das gilt auch für den ildiranischen Sternenantrieb – und für die Existenz intelligenter Wesen in den Hochdrucktiefen von Gasriesen.«

Davlin sah auf den Rahmen aus Symbolen, der das trapezförmige Steinfenster umgab. Es waren viele hundert Kacheln, jede mit einer individuellen Markierung – vielleicht ein Zielcode? Während des Flugs nach Rheindic Co hatte Davlin Berichte über archäologische Fundstellen von Klikiss-Ruinen gelesen. Solche sonderbaren Steinfenster hatte man in fast allen verlassenen Städten der Klikiss entdeckt, aber viele Koordinatenkacheln waren beschädigt, von der Zeit oder der Hand eines Saboteurs. In diesem Fall schienen sie alle intakt zu sein.

Und wenn der Colicos-Bericht stimmte, befand sich auch die zehntausend Jahre alte Klikiss-Maschinerie in einem funktionsfähigen Zustand. Es war den beiden Archäologen gelungen, sie zu reaktivieren. Allein das – eine Energiequelle, die nach so langer Zeit noch funktionierte – würde für die Industrie der Hanse ein Segen sein. Aber Davlin glaubte, dass es erst der Anfang der Wunder war, die hier auf Entdeckung warteten.

Er sah, dass Louis eine neue Generatorzelle mit dem Mechanismus verbunden hatte. Sie hatte sich schon vor einer ganzen Weile auf Standby geschaltet und Davlin ließ sie in den aktiven Modus zurückkehren. »Jemand hat die ganze Arbeit für uns erledigt. Wir können die Anlage in Betrieb nehmen ...« Die Energiezelle summte und die Klikiss-Maschinen brummten leise.

»Geben Sie gut Acht, Davlin. Sie könnten irgendetwas beschädigen.«

»Oder aktivieren.« Lotze sah zur Steinwand, um festzustellen, ob sich irgendetwas verändert hatte. Jähe Aufregung erfasste ihn, als er einen deutlichen Unterschied bemerkte. »Sehen Sie! Der Handabdruck ist weg.«

Das Steinfenster schimmerte matt und zeigte nach wie vor graubraune Leere, aber der rostrote Blutfleck war verschwunden.

Rlinda riss überrascht die Augen auf. »Wenn dies ein Transportsystem ist, ein Netzwerk, das es gestattet, ohne einen Sternenantrieb von Planet zu Planet zu reisen ... Denken Sie an die Konsequenzen! Dann wäre ich mit meiner *Unersättlichen Neugier* aus dem Geschäft.«

Davlin fügte diesem Hinweis eine weitere Überlegung hinzu. »Eine solche Entdeckung wäre Motiv genug für einen Mord, wenn jemand verhindern möchte, dass die Hanse ein derartiges Transportsystem verwendet. Zum Beispiel Roamer, die auch weiterhin Ekti verkaufen möchten.« Er kniff die Augen zusammen. »Aber wer wusste davon? Margarets Bericht wurde nie übermittelt. Wie konnte jemand herausfinden, was die beiden Archäologen hier entdeckt haben?«

»Die Klikiss-Roboter waren hier«, sagte Rlinda und sah sich nervös um. »Vielleicht beschlossen sie, das Geheimnis ihrer Schöpfer zu hüten.«

»Das ergibt ebenso viel oder so wenig Sinn wie alles andere«, erwiderte Davlin. »Ich bin froh, dass wir im Gegensatz zum Colicos-Team keine robotischen ›Helfer‹ haben.«

Er trat vor und berührte eine der Koordinatenkacheln. Das Brummen wurde lauter. Das steinerne Fenster schimmerte deutlicher, und das Licht der Lampen, die Rlinda in dem Raum aufgehängt hatte, trübte sich. Dann erschien ein Bild auf dem bis dahin leeren Trapezoid, das daraufhin tatsächlich wie ein Fenster wirkte.

»Unglaublich«, sagte Davlin. »Vielleicht ist Margaret ... *hindurchgegangen.*«

Rlinda stemmte die Hände in die Hüften. »Sollte ich darauf hinweisen, dass Sie nicht wissen, was Sie da machen? Oder würde Sie das nur in Ihrer Entschlossenheit bestärken, dieser Sache auf den Grund zu gehen?«

Davlin achtete nicht auf sie und näherte sich der Wand. Er war immer bereit gewesen, Risiken einzugehen; nur dadurch konnte er seiner Rolle als Spion gerecht werden und Informationen über exotische Dinge gewinnen.

»Ich frage mich, wie ...«, murmelte er, streckte einen Finger aus und spürte ein sonderbares Prickeln. Als er das Bild berührte, fühlte er ein jähes Zerren in der Brust und sein Selbst wirbelte umher, als hätte es sich vom Kopf gelöst und rotierte mit hoher Geschwindigkeit an einer Spindel.

Davlin taumelte und sank vor einer halb umgestürzten Mauer in weichen Sand. Die Temperatur war um mindestens dreißig Grad gesunken und der Himmel – der *offene* Himmel – glühte magentarot und lavendelblau. Wolkenfetzen trieben dahin. Klikiss-Ruinen erhoben sich um ihn herum, wie klumpige Termitenhügel auf einer grasigen Ebene. Hier und dort ragten Felsen abgenutzten Zähnen gleich aus dem Boden.

Lotze schnappte nach Luft und kam wieder auf die Beine. Hinter ihm erstreckte sich eine trapezförmige Transportwand, die genauso aussah wie jene in den Höhlenruinen auf Rheindic Co. Er sah noch

Rlinda Ketts verblüffte Miene in einem Schimmern, das Davlin ans Flirren einer Luftspiegelung erinnerte – sie schien unendlich weit von ihm entfernt zu sein. Hatte er einen *Transfer* hinter sich?

Dann verschwamm das Bild und verschwand und Davlin sah wieder auf eine massive Steinwand, eine geschlossene Tür.

»Unglaublich«, sagte er noch einmal und hielt seine Furcht im Zaum. Durch eine solche Reaktion durfte er sich nicht davon ablenken lassen, die jüngsten Ereignisse sorgfältig zu analysieren.

Er sah sich auf einer fremden Welt um, die völlig still und leer war. Nirgends deutete irgendetwas auf die Präsenz von Menschen hin. Davlin Lotze hatte nicht die geringste Ahnung, wo er sich befand.

Das Transportal hinter ihm war geschlossen, was bedeutete: Er konnte nicht zurückkehren.

74 ✹ KÖNIG PETER

Die Bediensteten brauchten eine Stunde, um den König anzukleiden. Sie wählten angemessene Sachen aus und achteten darauf, dass sich alle Falten, Taschen und Schmuckgegenstände an der richtigen Stelle befanden. Make-up-Künstler überprüften sein Gesicht, frisierten ihm das Haar und proklamierten ihn schließlich als für die Medienkameras präsentabel.

Inzwischen hatte sich Peter an die ermüdenden Staatsessen gewöhnt. Er kannte die Rolle, die er dabei spielen musste, und verbarg seine Gedanken. Er brauchte nicht einmal mehr aufzupassen. An diesem Abend erwarteten ihn so elaborierte und ausgefallene kulinarische Spezialitäten, dass sie vermutlich unverdaulich waren, aber er würde die ganze Zeit über lächeln und darauf achten, das kostbare Porzellan nicht zu beschädigen, das die Großen Könige seit zweihundert Jahren benutzten.

Peter erinnerte sich an andere Abende vor langer Zeit, als er versucht hatte, etwas für sich und seine arme Familie hinzuzuverdienen. Dies hier war etwas völlig anderes als die einfachen Nudelgerichte, von denen sie sich damals ernährt hatten. Er wusste nicht genau, wann er aufgehört hatte, von sich selbst als *Raymond Aguerra* zu denken. Inzwischen war er König Peter und sein früheres Leben erschien ihm wie ein Traum.

Die einzige Person, die er beeindrucken wollte, war Estarra, seine zukünftige Gemahlin. Er fragte sich, wie sie wirklich sein mochte und ob er ihr sein Herz öffnen konnte. Gingen ihr ähnliche Gedanken durch den Kopf? Würde er es jemals erfahren?

Peter ahnte, was die junge Frau durchmachte, und sie tat ihm Leid. Estarra schien anders zu sein als ihre Schwester Sarein, lieblich und intelligent, bestrebt, Details aufzunehmen. Sie war nicht seicht oder eingeschüchtert, wie er zunächst befürchtet hatte. Aber sie war nicht an so viel Zeremonie gewöhnt, auch nicht daran, dass man alle ihre Bewegungen überwachte – obwohl man sie noch nicht einmal der Öffentlichkeit vorgestellt hatte. Protokollminister planten jede einzelne Sekunde jenes Ereignisses, das in einer Woche stattfinden sollte.

Bisher hatten Peter und Estarra nur lächeln und höfliche Floskeln austauschen können, während neugierige Bedienstete sie belauschten. Peter wünschte sich, mit ihr in einem Zimmer allein zu sein, damit sie sich gegenseitig bemitleiden konnten. An diesem Abend bekamen sie gewiss keine Gelegenheit dazu, aber trotzdem freute er sich, sie zu sehen ...

Von sieben Gefolgsleuten begleitet schritt er durch die Flure. Herolde eilten voraus und kündigten ihn immer wieder mit lauten Fanfaren an. Als Peter den Bankettsaal betrat, standen die vielen Würdenträger hastig auf. Kleidung raschelte, Stuhlbeine kratzten über den Boden; Schuhe, Schmuck und Medaillen klackten.

Der König breitete die Arme zu einer Geste des Willkommens aus. Auch OX zählte zu den Anwesenden und stand unauffällig im Saal, auf Hochglanz poliert. Es freute Peter, den fleißigen und hilfreichen Lehrer-Kompi zu sehen – hier im Flüsterpalast war OX fast so etwas wie ein Freund für ihn.

Blumensträuße schmückten den langen Tisch. Feine Servietten waren ausgelegt und silbernes Besteck funkelte im Licht der Kronleuchter. Estarra und er würden sich ansehen, vielleicht lächeln, den Blick wieder abwenden ... Wenn sie doch nur für zehn Minuten allein sein konnten!

Die Bediensteten und Höflinge sorgten immer dafür, dass der König ein wenig zu spät kam, sodass alle auf ihn warten mussten. Doch diesmal bemerkte er am Kopfende des Tisches einen leeren Platz neben seinem eigenen Stuhl – Estarra fehlte. Fragend sah er einen der Herolde an, dann OX.

Mit einem falschen Lächeln trat Basil Wenzeslas vor und flüsterte: »Wir können Estarra nicht finden.« Zwar zeigte seine Miene weiterhin Zuversicht, aber in der Stimme erklang leise Kritik, als machte er aus irgendeinem Grund den König für Estarras Verspätung verantwortlich.

Peter nickte dem Vorsitzenden knapp zu und ging zu seinem Platz am oberen Ende des Tisches. »Mein Gast ist aufgehalten worden, aber inzwischen sind wir ja alle an unvorhergesehene Verzögerungen gewöhnt.« Niemand sollte auf den Gedanken kommen, dass irgendetwas Ungewöhnliches geschah. Basil legte großen Wert darauf, an dem Eindruck festzuhalten, dass alles unter Kontrolle war. »Bitte nehmen Sie Platz. Bestimmt haben wir genug Vorspeisen, um die Bewohner eines kleinen Kolonialplaneten zu ernähren.«

Pflichtbewusstes Lachen ertönte am Tisch. Peter wusste nicht, ob er sich insgeheim über Estarras Fehlen freuen oder aber besorgt sein sollte. Er hoffte, dass sie sich mit irgendwelchen erfreulichen Dingen beschäftigte. Wo auch immer sie war: Er hätte ihr lieber Gesellschaft geleistet, anstatt an diesem Ort zu sein.

»Ich schlage vor, wir beginnen mit dem ersten Gang. Die Küchenchefs wollen uns bestimmt bis nach Mitternacht hier sitzen lassen, damit wir alle von ihren kulinarischen Kunstwerken kosten.«

Es war gerade Salat aufgetragen worden, als zwei Wächter eine verlegene Estarra in den Saal geleiteten. Peter stand sofort auf, und alle anderen am Tisch folgten seinem Beispiel. Estarra trug ein elegantes, exotisches Gewand mit theronischem Flair, aber sie erweckte den Eindruck, sich in aller Hast angezogen zu haben.

»Ich habe den Palast erforscht und gar nicht gemerkt, wie spät es dabei geworden ist.« Estarras sonnengebräuntes Gesicht wirkte kindlich und erschrocken. »Ich wollte mich nicht verspäten, aber der Flüsterpalast ist so groß ...«

Basil nahm den Arm der jungen Frau. »Ich führe Sie zu Ihrem Platz, meine Liebe.« Er zog die Augenbrauen zusammen und richtete einige leise, tadelnde Worte an Estarra.

Sie setzte sich betroffen und OX trat näher. Peter beugte sich vor und sprach so leise, dass ihn nur die junge Theronin hörte. »Keine Sorge. Basil ist von Zeitplänen so besessen, dass er selbst nach der Uhr *schwitzt*.«

Zuerst sah Estarra nicht zu ihm auf, aber dann warf sie ihm einen Blick zu, der Erleichterung zeigte. »Danke.«

Während die Bediensteten einen Gang nach dem anderen brachten, spürte Peter Estarras angespanntes Schweigen. Was hielt sie von ihm? Er hatte sich damit abgefunden, dass er sie heiraten würde, aber er wollte wissen, wer sie war. Immer wieder sah er sie an und versuchte, sich ein Bild von ihr zu machen. War sie lustig oder verdrießlich, gesellig oder ein Einzelgänger? Fürchtete sie ihn? Stand sie ihm ablehnend gegenüber? Wollte sie ihn manipulieren?

Die Gespräche und das höfliche Lachen am Tisch interessierten ihn nicht. Estarra schien noch immer bedrückt wegen Basils Reaktion auf ihre Verspätung. Auf Theroc war sie daran gewöhnt, ohne irgendwelche Einschränkungen umherzustreifen, und ihre begrenzte Bewegungsfreiheit im Flüsterpalast stellte eine große Überraschung für sie da. Sie aß und antwortete nur knapp auf die Fragen, die man ihr stellte.

Peter hob pflichtbewusst seinen Kelch, als wieder ein Gast einen Trinkspruch auf den König ausbrachte – es war schon der vierte seit Beginn des Essens und sie hatten noch nicht einmal den Hauptgang erreicht. Er versuchte, Estarras Blick einzufangen. Gern hätte er ihr mitgeteilt, dass ihm die Situation ebenso wenig gefiel wie ihr.

Mit eisernem Griff kontrollierte Basil alle Aktivitäten Peters und jetzt behandelte er Estarra auf die gleiche Weise. Wenn sie lernte, den Anschein von Kooperation zu erwecken, konnte sie trotz zahlreicher Kompromisse so etwas wie eine eigene Identität wahren. Doch Basil wollte Peter offenbar keine Gelegenheit geben, offen mit der Frau zu sprechen, die zu seiner Gemahlin werden sollte. Dem Vorsitzenden gefielen keine unkontrollierten Begegnungen, nicht einmal private.

»Wie soll ich sie dann kennen lernen?«, hatte Peter einmal in Basils privatem Büro gefragt. »Wenn Sie von uns erwarten, dass wir uns der Öffentlichkeit als wundervolles Paar präsentieren – sollte ich sie dann nicht wenigstens *kennen*?«

Basil hatte das Gesicht verzogen. »Nicht unbedingt, Peter. Sie komplizieren eine Situation, die ich vollkommen unter Kontrolle habe. Für die persönlichen Dinge haben Sie später genug Zeit.«

Jetzt saß Estarra nur einen Meter entfernt und mit einem echten, aufrichtigen Lächeln wandte sich Peter an seine Braut. »Bestimmt vermisst du die Wälder von Theroc.«

Sie sah ihn an, überrascht, aber auch auf der Hut. »Ich bin noch nicht sehr lange fort und kann damit fertig werden.«

»Im Flüsterpalast gibt es ein wundervolles Arboretum, sorgfältig gepflegte und exotische Gärten, in denen auch einige Weltbäume wachsen. Es würde dir bestimmt gefallen, unseren kleinen Teil einer gezähmten Wildnis zu sehen.«

»Das wäre vermutlich besser, als durch Zimmer voller Relikte zu wandern, die in ein Museum gehören.« Estarra richtete einen empörten Blick auf die Wächter, die mit steinernen Mienen an der Tür standen. »Weil sich *gewisse Leute aufregen,* wenn ich ohne Begleitung unterwegs bin.« Sie schnaufte leise. »Als wenn ich nicht imstande wäre, allein zurechtzukommen! Auf Theroc bin ich stundenlang gewandert und in die Wipfel der Weltbäume geklettert, um die ganze Welt von oben zu sehen.«

»Hattest du keine Angst, dich zu verirren?«

Estarra zuckte mit den Schultern. »Es ist schwer, sich im eigenen Zuhause zu verirren.«

Peter hob den Blick zur hohen Decke und den prächtigen Kronleuchtern. »Der Flüsterpalast ist schon seit einer ganzen Weile mein Zuhause und manchmal verirre ich mich trotzdem in ihm.«

Das entlockte Estarra ein Lachen. »Dann ist es vielleicht ganz gut, dass so viele Wächter da sind.«

»Wenn wir beide die Gärten besuchen, kann ich die Wächter vielleicht dazu bringen, mindestens zwanzig Schritte hinter uns zu bleiben. Falls du mir versprichst, nicht auf irgendwelche Bäume zu klettern.«

Basil stand auf und sofort wurde es still am langen Tisch – ein deutlicher Hinweis auf den Respekt, den man ihm entgegenbrachte. Die Bediensteten huschten fort.

»Estarra, Tochter von Theroc, wir sind hier, um Sie willkommen zu heißen und Ihnen unsere Achtung zu zeigen. Bald wird die Hanse offiziell Ihre Verlobung mit unserem geliebten König verkünden.« Er wandte sich an den Lehrer-Kompi. »OX wird Ihnen dabei helfen, sich an die hiesigen Gegebenheiten zu gewöhnen. Er macht Sie mit der Etikette vertraut und zeigt Ihnen das richtige Benehmen für alle Gelegenheiten. Auf die gleiche Weise hat er auch dem König geholfen, als er noch ein junger Prinz war.«

Peter sah die Theronin an und lächelte. Estarra schien vor all der Aufmerksamkeit zurückzuscheuen, die ihr plötzlich galt. »Danke«, sagte sie.

Höflicher Applaus erklang und Basil setzte sich wieder. Die Bediensteten brachten den Hauptgang: dampfendes, saftiges Fleisch mit pikanten Soßen. Peter dachte daran, dass Estarra auf Theroc nur an das Fleisch großer Insekten gewöhnt war – dies musste ganz neu für sie sein.

Er lächelte erneut und fühlte eine sonderbare Wärme im Herzen. Vielleicht konnten sie lernen, sich zu mögen – wenn sie eine Chance dazu bekamen.

75 ✹ ERSTDESIGNIERTER JORA'H

Jora'h entdeckte die geheimnisvollen Dokumente in seinem privaten Quartier, zu dem nur er Zugang hatte. Jemand hatte sie dort hingelegt, wo nur der Erstdesignierte sie sehen konnte. Kaltes Entsetzen erfasste ihn, als er den Stapel aus offenbar sehr alten Diamantfilm-Blättern bemerkte.

Seit einiger Zeit gab es für Jora'h keine angenehmen Überraschungen mehr.

Der junge Thor'h war bereits zum Horizont-Cluster zurückgekehrt, mit Versorgungsgütern, Technikern, Hilfspersonal, Konstrukteuren und Architekten. Der verletzte Designierte Rusa'h lag noch immer im tiefen Sub*thism*-Schlaf; seit Monaten war sein Zustand unverändert. Der Weise Imperator hatte darauf hingewiesen, dass er seinen Sohn nicht mehr durchs *Thism* fühlen konnte, aber er war auch noch nicht zur Lichtsphäre aufgestiegen. Nur die Ärzte konnten beweisen, dass der Hyrillka-Designierte noch lebte ...

Jora'h runzelte die Stirn und seine goldenen Zöpfe zuckten aufgeregt, als er nach den dünnen, funkelnden Blättern griff – Diamantflüssigkeit hatte Buchstaben wie Runen eingeätzt. Zeichen und Sprache erschienen archaisch und die üppige Verzierung der Ränder entsprach nicht mehr dem heutigen Stil. Er brauchte einige Momente, um Rhythmus und Metrum der Worte zu erkennen. Alle Strophen wiesen die gleiche Struktur auf – jedem Ildiraner wäre das Muster sofort vertraut gewesen.

Dies war ein Teil der *Saga der Sieben Sonnen*. Einer, den Jora'h nicht kannte.

Weitere Geschichten, die von historischen Ereignissen erzählten? Warum sollte jemand unter den gegenwärtigen Umständen die Aufmerksamkeit des Erstdesignierten darauf richten wollen? Die Hydroger griffen terranische und ildiranische Kolonialwelten an. Hyrillka war verheert, zahlreiche andere Splitter-Kolonien evakuiert worden. Sein eigener Bruder lag im Koma, dem Tode nahe. Und der Weise Imperator starb – wuchernde Tumore brachten ihn langsam um.

Zornig wollte Jora'h die Dokumente beiseite legen, doch dann fiel ihm ein Wort auf, das zum Text dieses alten Teils der *Saga* gehörte.

Hydroger.

Jora'h hob die Diamantfilme und begann zu lesen. Sein Blick huschte über die Zeilen, die ihm Erstaunliches präsentierten. Sie berichteten von einem *vergessenen* Krieg in ferner Vergangenheit, von einem titanischen Konflikt, der die Hydroger und andere mächtige »Dämonen« betraf. Vor zehntausend Jahren hatte jener Krieg stattgefunden, während einer geheimnisvollen und leeren historischen Periode, den Ildiranern als »Verlorene Zeit« bekannt.

Das konnte nicht wahr sein!

Die *Saga der Sieben Sonnen* war eine präzise historische Aufzeichnung und Jora'h hatte immer Trost in der beruhigenden Vertrautheit von Legenden und Helden gefunden. Niemand bezweifelte die Wahrheit des Milliarden Zeilen langen Epos ihres Volkes.

Soweit die Ildiraner wussten, war es damals zu einer Feuerfieber-Epidemie gekommen, die eine ganze Erinnerer-Generation getötet hatte – dadurch war ein Teil der mündlich weitergegebenen *Saga* in Vergessenheit geraten. Jetzt sah sich Jora'h mit der Tatsache konfrontiert, dass die alten Aufzeichnungen doch existierten, ohne dass das Volk von ihnen wusste. Hatte man jene Epoche der ildiranischen Geschichte wieder entdeckt? Oder war sie aus irgend einem Grund geheim gehalten worden?

Zwischen Verblüffung und Ungläubigkeit hin und her gerissen nahm Jora'h die neuen Informationen in sich auf. Er las von Konflikten zwischen unbegreiflichen Mächten. Erwähnt wurden nicht nur die Hydroger, sondern auch andere Entitäten, assoziiert mit Feuer und Wasser, sogar eine mächtige irdische Intelligenz, die aus lebenden Ökosystemen bestand. Die Worte und Namen klangen seltsam: Faeros, Wentals, Verdani.

Vor zehn Jahrtausenden hatten mächtige Wesen im Kosmos gegeneinander gekämpft. Während jenes Krieges waren die Klikiss ausgelöscht worden – gewissermaßen ein Kollateralschaden – und fast hätten jene Entitäten auch das Ildiranische Reich vernichtet. Inzwischen lagen die Ereignisse so lange zurück, dass sich die Ildiraner nicht mehr daran erinnerten.

Absurd. Wie war es möglich gewesen, ein solches Geheimnis so lange zu hüten? Und wer hatte nach all der Zeit diese Aufzeichnungen gefunden?

Von einem Augenblick zum anderen fiel dem Erstdesignierten die Antwort ein. Vermutlich hatte sein Vater dafür gesorgt, dass er die Dokumente sah. Natürlich. Nur ein Weiser Imperator konnte eine solche Geheimhaltung wahren und historische Wahrheiten umgestalten. Nur mithilfe des *Thism* und einem Generationengedächtnis konnte ein Weiser Imperator einen langfristigen Plan durchführen, der Jahrtausende überspannte und das Wissen um den ersten Hydroger-Krieg eliminierte. Aber zu welchem Zweck?

Jora'hs Vater hielt die Konfrontation mit diesen Dokumenten vermutlich für einen wesentlichen Bestandteil des Lern- und Reifeprozesses, dem sich der Erstdesignierte unterziehen musste. Es ging darum, ihm seine Naivität zu nehmen, ihn auf die harte Realität vorzubereiten, die ihn als Oberhaupt des ildiranischen Volkes erwartete. Wie entsetzlich! Täuschungen in einem so großen Maßstab hätte Jora'h nicht für möglich gehalten.

Es fiel ihm schwer, einen klaren Gedanken zu fassen, und Zorn brodelte in ihm. Er konnte einfach nicht akzeptieren, dass solche Geheimnisse existierten – und dass sie selbst vor *ihm* verborgen gehalten wurden, dem Erstdesignierten, der bald der neue Weise Imperator sein würde.

Wenn sein Vater dazu imstande war ... Gab es noch andere Dinge, über die Jora'h nicht Bescheid wusste?

Er las die Geschichten erneut und wusste, dass in den vergangenen zehntausend Jahren kein Erinnerer, nicht einmal Vao'sh, diese Worte gesprochen hatte. Die Hydroger hatten damals schwere Verluste erlitten, den Krieg aber schließlich gewonnen. Die anderen unglaublichen Wesen waren besiegt, vertrieben ... Vielleicht gab es sie gar nicht mehr.

Während Jora'h versuchte, mit dem Schock fertig zu werden, kehrten seine Gedanken zu friedlicheren Zeiten zurück, zur sanften Nira. Wenn die schöne grüne Priesterin doch nur bei ihm gewesen wäre, jetzt, in diesem Augenblick ...

Er erinnerte sich an ihre erstaunlichen und mysteriösen Beschreibungen des Weltwaldes, eines gewaltigen Bewusstseins, das lange Zeit auf Theroc geschlummert hatte. In Jora'hs Augen blitzte es, als ihm eine verblüffende Möglichkeit in den Sinn kam. Waren die Weltbäume vielleicht die überlebende Manifestation der mächtigen, aber doch besiegten »irdischen Intelligenz«? Die Verdani ...
Plötzlich sah er den Hydroger-Krieg aus einer ganz anderen Perspektive. Und voller neuer Möglichkeiten.

76 ✳ RLINDA KETT

Typisch.
Rlinda Kett stand in den leeren Ruinen von Rheindic Co. Wenn ein Mann sich mit einem Gerät nicht auskannte, begann er damit, Knöpfe zu drücken und zu behaupten, über alles Bescheid zu wissen. Dieses Verhalten hatte sie immer wieder bei ihren Ehemännern beobachtet.

Und es war auch typisch, dass ein Mann einfach verschwand, wenn auch nicht unbedingt auf so melodramatische Art. Rlinda hatte das Summen der Klikiss-Maschinen und das Brummen des Steinfensters gehört. Sie erinnerte sich an das Bild der fremden Landschaft, über der sich ein sonderbarer lavendelblauer Himmel wölbte ...

Davlin Lotze hatte dieses Bild berührt – und war durch das trapezförmige Steinfenster verschwunden. Rlinda entsann sich an ihre Reaktion: Sie hatte seinen Namen gerufen und war zur Wand mit dem Trapezoid gelaufen, ohne es zu berühren – wenn Davlin doch nur so vorsichtig gewesen wäre wie sie! Sie hatte ihn gesehen, auf einer fernen Welt, bevor sich das Bild auflöste.

Davlin Lotze war fort und Stille herrschte auf Rheindic Co.
Rlinda verschränkte die Arme und seufzte schwer. »Na schön, und was jetzt?«

Sie wartete vier Tage. Während der ersten Nacht schlief sie in der Geisterstadt und hoffte, dass ein neuerliches Summen der Klikiss-Aggregate auf Davlins Rückkehr hinwies. Aber nichts dergleichen geschah. Wartete er vielleicht irgendwo darauf, dass sie irgendwelche Symbole berührte und das Steinfenster reaktivierte? Das kam für sie nicht infrage – sie wollte nicht den gleichen Fehler machen wie er.

Rlinda begann damit, eine Waffe bei sich zu führen, nach Schritten oder dem Klacken von Klauen zu lauschen. Sie dachte an die verstümmelte Leiche des grünen Priesters, die zerfetzten Weltbäume und an den gewaltsamen Tod von Louis Colicos. Rheindic Co mochte leer erscheinen, aber *etwas* hatte hier zwei Menschen getötet.

Als Davlin fort blieb und nichts Unheilvolles geschah, waren die Ruinen nicht mehr gespenstisch, sondern langweilig. Dies hatte sich Rlinda nicht vorgestellt, damals, bei der Gründung ihrer Handelsgesellschaft, die schließlich auf fünf Schiffe angewachsen war.

Sie werkelte im Lager herum, bis es nichts mehr zu tun gab. An Bord der *Unersättlichen Neugier* gab es Vorräte und genug Treibstoff – sie konnte jederzeit aufbrechen. Aber Rlinda brachte es nicht fertig, Davlin Lotze einfach so im Stich zu lassen. Angenommen, er kehrte durchs Transportal zurück, voller erstaunlicher Entdeckungen und mit all den Antworten, die der Vorsitzende Wenzeslas brauchte – um dann festzustellen, dass die *Neugier* fortgeflogen war. Rlinda beschloss zu warten.

Und sie wartete.

Davlin hatte voreilig gehandelt und sich dadurch in Schwierigkeiten gebracht. Rlinda bedauerte, in den Momenten vor seinem Verschwinden nicht besser aufgepasst zu haben ... Sie wollte auf keinen Fall an den fremden Maschinen herumhantieren und versuchen, Lotze zu folgen. Sie würde auf Rheindic Co bleiben und darüber nachdenken, was es zu tun galt. Sie beabsichtigte nicht, einfach nur dazusitzen und ins Leere zu starren, aber ... Was konnte sie auf Rheindic Co unternehmen?

Sie fühlte untypisches Selbstmitleid. Vor sechs Jahren, bevor die Hydroger erschienen waren, hätte sie nie gedacht, einmal so tief zu fallen. So etwas schien kaum möglich zu sein, es sei denn, man glaubte an Unsinn in der Art von »eine Laune des Schicksals«. Zuerst war die *Große Erwartungen* von Rand Sorengaards Piraten zerstört worden und wenig später hatte die TVF die meisten ihrer anderen Schiffe requiriert. Nur die *Unersättliche Neugier* war ihr geblieben.

Vielleicht sollte sie sich hier niederlassen und Schadensbegrenzung betreiben. Niemand würde sie auf Rheindic Co behelligen –

oder ihr Gesellschaft leisten. Die Nachteile schienen die Vorteile zu überwiegen.

Rlinda betrat die Kombüse der *Neugier* und ging ihre Vorräte durch. Der größte Teil des Proviants bestand aus gewöhnlichen Nahrungsrationen, bei denen der Nährwert eine größere Rolle spielte als der Geschmack. Sie öffnete einige von ihnen, stöberte dann in ihrem privaten Lager und holte schwarze Schokolade sowie eine Flasche ihres Lieblingsweins.

Anschließend kombinierte sie einige ihrer persönlichen Köstlichkeiten mit besonderen Gewürzen. Sie ging sehr verschwenderisch mit den Ingredienzien um, aber Rlinda hatte entschieden, diesmal keinen Aufwand zu scheuen. Sie verwendete nur einen Spritzer des Weins für die Soße des zarten Lammbratens. Nudeln mit Pesto, leckere Pilze ... und zum Nachtisch Honig-und-Nuss-Gebäck mit Schokolade.

Rlinda stellte draußen einen kleinen Tisch auf, mit Tischdecke und einem einzelnen Stuhl. Sie füllte ein großes Glas mit Wein von New Portugal und schenkte dem Durcheinander, das sie in der Kombüse des Schiffes zurückgelassen hatte, keine Beachtung. Aufräumen konnte sie später – wenn nichts Unvorhergesehenes geschah, stand ihr jede Menge Zeit zur Verfügung. Sie setzte sich, schloss die Augen und genoss den herrlichen Duft. Wenn sich dort draußen irgendwo ein monströses Geschöpf in den Schatten verbarg, so würde der Geruch des Essens es sicher aus dem Verborgenen locken.

Rlinda probierte die einzelnen Speisen nacheinander, auch Gebäck und Schokolade, gratulierte sich zu ihrer kulinarischen Kühnheit. Dann begann sie zu essen, begeistert und mit großem Appetit.

»Nehmen Sie sich so viel Zeit, wie Sie wollen, Davlin«, teilte sie der leeren Landschaft mit. »Ich warte hier.«

Sie trank Wein, lehnte sich zurück und beobachtete den farbenprächtigen Sonnenuntergang in der Wüste.

77 ✸ DAVLIN LOTZE

Davlin Lotze musste zunächst einmal herausfinden, wo er sich befand. Das Klikiss-Transportal hatte ihn von einer Sekunde zur anderen über eine interstellare Entfernung hinweg transferiert. Jetzt stand er inmitten von anderen alten Ruinen, unter einem pastellfarbenen Himmel mit einer matt glühenden Sonne, die wie ein blindes Auge über dem Horizont hing.

Er ließ den Blick über die Klikiss-Ruinen schweifen und nahm sich Zeit, um einen Eindruck von seiner Umgebung zu gewinnen. Die Luft war trocken und dünn, aber atembar, was auf fast allen Klikiss-Welten, von denen er gelesen hatte, der Fall zu sein schien. Das trapezförmige Steinfenster auf dieser Seite des Portals war offenbar ebenfalls intakt und funktionsfähig.

Eines nach dem anderen. Es gab ein Problem, das gelöst werden musste. Eine Stunde lang wanderte Davlin zwischen den Ruinen umher. Vielleicht war Margaret Colicos hierher geflohen – obgleich der Rahmen des Transportals auf Rheindic Co aus hunderten von Koordinatenkacheln bestand. Wenn sie das Transportsystem der Klikiss tatsächlich benutzt hatte, konnte sie auf irgendeiner anderen fernen Welt sein. Und vielleicht lebte sie noch.

Lotze wollte ebenfalls am Leben bleiben.

Später, als die Stille zu einer Last wurde, rief er: »Hallo!« Er bekam keine Antwort und rief drei weitere Male. Er lauschte dem Echo seiner Worte auf einer Welt, die vermutlich nie zuvor eine menschliche Stimme gehört hatte, entschied dann, keine weitere Aufmerksamkeit auf sich zu lenken.

Er setzte die Erforschung seiner Umgebung fort, fand dabei weder Wasser noch etwas Essbares. Die zerklüftete Landschaft, die hohen Klikiss-Ruinen, selbst die Farbe des Himmels – vage Erinnerungen regten sich in ihm. Er dachte an die Colicos-Unterlagen, mit denen er sich während des Flugs nach Rheindic Co beschäftigt hatte.

Dieser Planet ähnelte einer Welt namens Llaro, auf der die »Planetenprospektorin« Madeleine Robinson und ihre Söhne vor zwei Jahrhunderten nicht nur die ersten Klikiss-Ruinen gefunden hatten, sondern auch schlafende Klikiss-Roboter. Wenn Davlin einen solchen Roboter fand, konnte er ihn um Hilfe bitten. Andererseits: Das mochte nicht ratsam sein, wenn die alten, käferartigen Maschinen Louis und den grünen Priester umgebracht sowie die Ausrüstung auf Rheindic Co zerstört hatten ...

Ein frischer Wind wehte, als Davlin zur trapezförmigen Steinwand zurückkehrte. Einen Tag lang dachte er darüber nach, wie er das System benutzen und testen sollte, um einen weiteren Fehler zu vermeiden.

Ob diese Welt Llaro oder ein ähnlicher, unbekannter Klikiss-Planet war – an dem Problem der Rückkehr änderte sich dadurch nichts. Vielleicht wiesen die Symbole, die das Steinfenster umgaben, tatsächlich auf Zielwelten hin, doch woher sollte Davlin wissen, welche Koordinatenkachel ihn nach Rheindic Co und zu Rlinda Kett zurückbrachte?

Durfte er es riskieren, ein Ziel aufs Geratewohl auszuwählen? Den ersten Transfer hatte er überlebt, aber der nächste brachte ihn möglicherweise zu einer lebensfeindlichen Welt, deren Luft nicht atembar war; oder das entsprechende Transportal befand sich vielleicht innerhalb eines eingestürzten Gebäudes. So unwahrscheinlich das auch sein mochte – es ließ sich nicht ausschließen. Hatte Margaret Colicos ein solches Ende gefunden?

Hunger und Durst drängten Davlin zu einer Entscheidung.

Er untersuchte die Maschinerie des Transportals, obgleich er nicht die geringste Ahnung hatte, wie sie funktionierte. Der Generator summte; alles schien intakt zu sein. Offenbar hatte der Transfer den seit Jahrtausenden dauernden Bereitschaftsschlaf der Aggregate beendet. Allem Anschein nach waren die Klikiss bei ihrem Verschwinden vor Jahrtausenden so geistesgegenwärtig gewesen, die Transportale in den Standby-Modus zu schalten.

Davlin hoffte, dass der Rest des Netzwerks noch funktionierte.

Er war weder ein Narr noch ein Feigling. Er wusste, dass ihm niemand dabei helfen konnte, eine Lösung zu finden. Wenn Rlinda Kett ihm nicht folgte – und er bezweifelte, dass die Händlerin ein solches Risiko eingehen würde –, durfte er nicht damit rechnen, dass ihn jemand auf diesem Planeten entdeckte. Ohne Nahrung und Wasser konnte er nur kurze Zeit überleben.

Davlin nahm seinen ganzen Mut zusammen, wählte eine Koordinatenkachel aus, prägte sich ihr Symbol ein und berührte sie. Das Transportal erschimmerte und er trat hindurch.

Er atmete tief ein, noch bevor er die Augen öffnete. Die Luft roch anders, schmutzig und trocken, aber sie war ebenfalls atembar. Eine dicke, Jahrtausende alte Staubschicht bedeckte die Ruinen. Mauern waren eingestürzt. Der Himmel zeigte ein zorniges, lepröses Grün. Es grenzte an ein Wunder, dass das trapezförmige Steinfenster hier noch funktionierte.

Dies war ganz offensichtlich nicht die richtige Welt.

Ein markerschütternder Schrei erklang und Davlin sah schwarze Geschöpfe, die am Himmel kreisten und näher kamen. Grässlich aussehende Insekten krochen über Mauerreste. Zwei faustgroße Käfer entfalteten ihre Flügel und flogen ihm entgegen, brummten dabei wie Hummeln.

Mit weniger Zurückhaltung als beim letzten Mal reaktivierte Davlin das Transportal, wählte eine andere Koordinatenkachel und trat durch den schimmernden Stein, bevor ihn die Käfer erreichen konnten ...

Am nächsten Ort fand er nichts Nützliches. Es war eine weitere leere Klikiss-Welt, die durch nichts zu erkennen gab, jemals von Menschen besucht worden zu sein. Ein unbekannter Planet – vielleicht wussten nicht einmal die Ildiraner von ihm. Davlin rief laut, aber niemand antwortete.

Immer wieder trat er durch die Transportale und wurde dabei immer hungriger. Er merkte sich die Koordinatensymbole und hoffte, auf diese Weise eine Art geistige Karte anzulegen. Hatte sich Margaret Colicos ebenso verhalten? War sie von Planet zu Planet gereist, ohne zurückzufinden?

Der sechste Sprung brachte ihn auf eine heiße, trockene Welt, die vertraut wirkte. Davlin glaubte, in dem Informationsmaterial, das Basil Wenzeslas ihm geschickt hatte, davon gelesen zu haben. Er fand die Reste eines terranischen Ausgrabungslagers. Manche Gebäude waren abgesperrt. Kreidemarkierungen und sorgfältig gegrabene Löcher wiesen auf Stellen hin, die untersucht worden waren. Von Menschen hinterlassene Spuren.

Mit knurrendem Magen und ungewissem Optimismus wanderte Davlin umher, fand einen kleinen Müllplatz und einige vergessene Dinge. Aber keine Personen. Dieser Planet hieß Pym und war eine gut bekannte Klikiss-Welt. Mit genug Ekti und ohne die Bedrohung durch die Hydroger hätten hier vermutlich viele archäologische Ausgrabungen stattgefunden; vielleicht wäre Pym sogar zu einer Touristenattraktion geworden. Aber derzeit hielt sich hier niemand auf.

Erleichterung erfasste Davlin, als er eine deaktivierte Wasserpumpe fand. Eine Stunde lang bastelte er an ihr herum und schließlich gelang es ihm, sie wieder in Betrieb zu nehmen. Frisches, kaltes Wasser sprudelte, und er trank es voller Genuss, spritzte es sich ins Gesicht und über den Kopf, kühlte die Hände und durchnässte das Hemd. In einem der Gebäude fand er zurückgelassenes Versorgungsmaterial, zu dem auch einige alte Nahrungsrationen gehörten – ihr fader Inhalt schmeckte köstlich und gab ihm neue Kraft.

Zwar wusste er, dass er auf Pym war, aber das bot ihm keinen Hinweis darauf, wie er nach Rheindic Co zurückkehren konnte. Die konzentrierte Nahrung reichte nur für ein oder zwei Tage. Nach Kommunikationsgeräten suchte Davlin vergeblich. Wenn er einen Notruf gesendet hätte ... Basil Wenzeslas wäre sicher bereit gewesen, ihn abholen zu lassen. Aber ohne einen grünen Priester würde eine Nachricht Monate oder länger im All unterwegs sein, bevor sie jemand empfing.

In der Dunkelheit der beginnenden Nacht lehnte sich Davlin erschöpft zurück. Zum ersten Mal seit zwei anstrengenden Tagen – angesichts der verschiedenen Welten fiel es schwer, den Überblick über die verstrichene Zeit zu behalten – hatte er Hunger und Durst stillen können. Jetzt wollte er schlafen und seine Kraft erneuern.

Am nächsten Tag würde er den Versuch fortsetzen, nach Rheindic Co zurückzukehren.

78 ✸ ANTON COLICOS

Unter der Kuppel von Maratha Prime saßen die beiden Geschichtenerzähler auf einer Plattform im hellen Licht und lächelten, während ihr Publikum aufmerksam lauschte. Jeweils einige Stunden am Tag wechselten sich Anton und Vao'sh dabei ab, hingerissene Zuhörer mit Mythen und Legenden aus der Geschichte ihrer Völker zu unterhalten. Anton vergnügte sich prächtig.

»Der Rattenfänger von Hameln ist eine Geschichte mit einer Moral, die viele Kinder und Eltern erschreckt hat.« Anton verfügte nicht über die ausdrucksvollen Hautlappen eines ildiranischen Erinnerers, aber er gab sich alle Mühe, seinen Worten mit Gesten Nachdruck zu verleihen. Er erzählte von dem Fremden, der mit den Ältesten einer von Ratten heimgesuchten Stadt eine Vereinbarung traf und einen grässlichen Lohn forderte, als man ihn betrog.

Die Ildiraner – Adlige, Beamte und Bedienstete – waren sowohl interessiert als auch verwirrt. Anton musste den Erzählfluss oft unterbrechen und erklären, dass Ratten auf der Erde Krankheiten übertrugen, dass Menschen nicht durchs *Thism* spürten, wenn jemand sie betrog, und dass sich ein überheblicher Bürgermeister nicht mit einem Weisen Imperator oder einem Designierten vergleichen ließ. Die Zuhörer murmelten verwundert, als er erzählte, wie der Rattenfänger die Kinder fortführte und nur einen lahmen Jungen zurückließ.

»Geschah das wirklich?«, fragte ein Beamter. Er stand neben einer schönen, kahlköpfigen Frau, deren Gesicht bunte Muster aufwies. »Ist das ein historisches Ereignis?«

»Nein, nur eine Geschichte.«

Dieser Hinweis verwirrte das Publikum noch mehr. »Aber wie kann eine Geschichte nicht wahr sein?«

»Sie ist wahr, auf einem gewissen Niveau. Die in ihr zum Ausdruck kommende Moral hat für alle Menschen Gültigkeit, auch für Ildiraner. Auf der Erde erfinden wir manchmal Geschichten, zur Unterhaltung oder um neue Denkweisen zu erproben. Die Wahrheit dieser Geschichten liegt nicht immer im Detail, sondern in der Botschaft.« Anton lächelte und wölbte die Brauen. »Die Geschichte vom Rattenfänger hat Ihnen gefallen, nicht wahr?«

»Menschen sehen Geschichten anders«, erläuterte Vao'sh. »Wir haben unsere *Saga der Sieben Sonnen*, doch bei den Menschen gibt es viele Geschichten, die nicht miteinander verbunden sind. Kein Mensch kennt den größeren Rahmen, in den sie alle hineinpassen, nicht einmal Erinnerer Anton.«

Um die Verwirrung der Zuhörer zu lindern, erzählte Vao'sh eine humorvolle Geschichte, die Anton sehr gefiel. Der menschliche Gelehrte hatte bereits amüsante Parabeln und Märchen zum Besten gegeben, von »Androklus und der Löwe« bis hin zu »Rotkäppchen«. Die Urlauber auf Maratha waren Erwachsene, aber ihre Faszination machte sie zu Kindern. Für die Ildiraner war jede seiner Geschichten vollkommen neu.

Später machten die beiden Historiker einen angenehmen Spaziergang. An jedem Tag widmete Anton mehrere Stunden dem Studium der *Saga der Sieben Sonnen*, aber er verbrachte auch viel Zeit mit dem Erinnerer und erfuhr dabei mehr über die ildiranische Kultur. Er stellte sich vor, wie er schließlich zur Erde zurückkehrte, mit einem Wissen, über das kein anderer Gelehrter verfügte. Von den gegenwärtigen Forschungsarbeiten konnte er während des ganzen Rests seiner beruflichen Laufbahn zehren, indem er Artikel für Fachzeitschriften schrieb und Sammlungen der besten ildiranischen Geschichten herausgab.

Vao'sh führte ihn nun durch Marathas Seitenstraßen zu den schlichten Gemeinschaftsgebäuden wo Bedienstete, Köche und Wartungstechniker dicht gedrängt lebten und arbeiteten. »Die *Saga der Sieben Sonnen* gehört allen Ildiranern. Sie enthält Details und Nuancen, die es mir erlauben, allen Geschlechtern Bedeutsames mitzuteilen.«

Sie betraten einen Transferraum am Rand der Kuppel. »Ich bringe Sie jetzt nach draußen und zeige Ihnen, warum so viele Ildiraner hierher kommen«, sagte Vao'sh voller Aufregung.

Mit der Hilfe des Erinnerers legte Anton einen dünnen, aber sehr widerstandsfähigen Anzug aus silbrigem Film an. Vao'sh zeigte ihm, wie man die glatte Membran, die sich allen Konturen anpasste, über den Mund zog. Die Schutzbrille vor den Augen war so dunkel, dass er kaum etwas sehen konnte. Anton trat an die nach draußen führende Luke heran und nahm einen tiefen Atemzug durch die Membran.

Die Luke schwang auf und Licht und Hitze schlugen ihm wie eine goldene Welle entgegen. Zuvor war er durch die schwarze Brille fast blind gewesen. Jetzt blinzelte er überrascht, als er völlig klar eine kontrastreiche Landschaft aus schwarzen und scharlachroten Felsen sah, eine lohfarbene Wüste, in der hier und dort das Becken eines ausgetrockneten Sees glitzerte.

Hinter ihnen glänzten die Kuppeln wie geschliffene Diamanten in einer goldenen Hemisphäre, die das grelle Sonnenlicht empfing und zum Himmel zurückwarf. Ildiraner in silbriger Kleidung standen auf Plattformen und Balkonen, spielten ein Spiel mit weichen, kupferfarbenen Bällen, die sie sich gegenseitig zuwarfen.

»Ich komme mir vor wie eine Ameise unter einem Vergrößerungsglas«, sagte Anton. Er konnte sich kaum vorstellen, dass Ildiraner hierher kamen, um sich zu *entspannen*. »Wie halten Sie so viel Licht aus?«

»Es ist wundervoll, nicht wahr?« Sie schritten über den heißen Boden und näherten sich einem tiefen, dampfenden Riss in Marathas Kruste. »Vielleicht werde ich Ihre Prinzipien der Unterhaltung nie ganz verstehen, aber die Schluchten dürften Ihnen gefallen. Ihre Tiefen bleiben immer dunkel, selbst am hellsten Tag.«

Inzwischen waren die beiden Historiker zu guten Freunden geworden. Die Unterschiede zwischen ihnen boten immer wieder Anlass zu Erstaunen, Erheiterung und auch Konsternation. Aber es gab auch einige bemerkenswerte Gemeinsamkeiten, insbesondere auf einem elementaren biologischen Niveau.

Nach dem ersten Kontakt mit den Generationenschiffen hatten sich einige Ildiraner gefragt, ob die Menschen ein verlorener Faden ihres galaktischen Epos waren. Aber selbst als ildiranische Erinnerer von der Geschichte der Erde erfuhren, blieben sie verwirrt. Auf sie wirkten die Bemühungen der Menschen zusammenhanglos und unkonzentriert. Die Berichte über Nationen und Völker enthielten zu viele unterschiedliche »Handlungsstränge«, präsentierten ein rätselhaftes Durcheinander aus trivialen und sinnlosen Abenteuern, die Aufstieg und Fall kleiner, letztendlich unbedeutender Reiche beschrieben. Die ildiranischen Erinnerer glaubten, dass die Menschen den Kontakt mit ihrer eigenen Geschichte – mit der menschlichen Saga – verloren hatten.

Am Rand der Schlucht führte ein steiler Weg in die schattige Tiefe. Von unten stiegen Wolken auf und wurden von turbulenten Luftströmungen zerfasert.

Anton schnaufte, als sie dem Verlauf des steilen Wegs folgten. Die Temperatur blieb viel zu hoch und die Luftfeuchtigkeit schien den Atemfilm zu durchdringen.

In Ritzen und Spalten wuchsen Pflanzen, die aussahen wie gepanzerte, aus ihrer Schale kriechende Krustentiere. Die aus Quarz bestehenden Blüten der perlweißen Mollusken wirkten wie Seeanemonen. Einige Blütenblätter klackten und breiteten sich wie Fächer aus. Kleine mückenartige Geschöpfe flogen in den Dunstwolken und die hungrigen Blüten fingen sie.

Vao'sh berührte eine der Blumen, die sich sofort schloss und in ihren Stängel zurückwich, sich in der perlweißen Schale verbarg. »Wir nennen sie Ch'kanh, lebende Festungen. Wenn die Nacht beginnt, kapseln die Blumen ihr empfindliches Gewebe ein und verbringen die kalte Dunkelheit in der Hibernation.«

Weiter unten staunte Anton darüber, wie dicht die gepanzerten Anemonen wuchsen. Die harten Blumen wurden anderthalb Meter lang, neigten sich gespenstisch still hin und her. Er lächelte hinter dem Atemfilm.»Ist es nicht erstaunlich, was manche Geschöpfe anstellen, um zu überleben?«
»Verzweiflung führt oft zu faszinierender Innovation«, erwiderte Vao'sh.

Als sie schließlich durch einige Lagerräume in die Stadt zurückkehrten, begegneten sie fünf Klikiss-Robotern, die ebenfalls von draußen kamen. Sie bewegten sich synchron. Ihre geometrischen Köpfe drehten sich und die optischen Sensoren glühten rot.

Anton beobachtete die Roboter, als er den Film des Schutzanzugs abstreifte.»Sie sind gerade von der Nachtseite des Planeten zurückgekehrt, von der Arbeit an Maratha Secda«, sagte Vao'sh.»Viele Klikiss-Roboter arbeiten dort im Dunkeln.«

Anton legte die Schutzbrille beiseite und rieb sich das schweißfeuchte Gesicht.»Wie weit liegt die Baustelle auf der anderen Seite?«

»Ildiranische Inspektionsgruppen werden sich erst dann ein Bild davon machen, wenn das Tageslicht den Bauplatz erreicht. Nach Auskunft der Roboter sollte die Hauptkuppel vor dem Ende des nächsten vollen marathanischen Tageszyklus fertig gestellt sein.«

Die schwarzen Roboter betraten einen Wartungsraum. Zwei der insektenartigen Maschinen verschwanden durch Luken, die zu den Energie erzeugenden Schächten führten – sie schienen Zugang zu jedem beliebigen Bereich zu haben.»Soll das heißen, sie bauen Ihre Stadt ganz allein, ohne Aufsicht?«

Die Frage überraschte Vao'sh.»Kein Ildiraner würde die dunkle Seite aufsuchen, aber die Roboter arbeiten auch während der Nacht.« Er lächelte und versuchte, seinen menschlichen Begleiter zu überzeugen.»Seit mehr als einem Jahrzehnt arbeiten die Roboter und haben sich immer genau an unsere Pläne gehalten.«

Eine Idee erhellte Antons Gesicht.»He, was halten Sie davon, wenn wir uns Secda ansehen? Sie, ich und vielleicht einige neugierige Gäste – wir bilden eine Inspektionsgruppe.«

Vao'sh blieb skeptisch.»Tausende von Ildiranern kommen jedes Jahr hierher, um das ständige Tageslicht zu genießen. Und Sie möchten eine leere Stadt im Dunkeln besuchen?«

Anton klopfte ihm auf die Schulter.»Ja! Klingt verlockend, nicht wahr?«

79 ✹ ERSTDESIGNIERTER JORA'H

Von Zweifeln geplagt befasste sich Jora'h mit dem ihm enthüllten geheimen Teil der ildiranischen Geschichte. Vor Jahren hatte er die großen, eindrucksvollen Weltbäume auf Theroc gesehen und ihr pulsierendes Bewusstsein gespürt, ein Selbst, das über all die Dinge nachdachte, die es erfuhr. Hatte dieser gewaltige Wald einst gegen die Hydroger gekämpft?

Er erinnerte sich an die liebliche Nira, der sein Herz gehörte. Als grüne Priesterin hatte sie die ganze Zeit über einen Teil des Waldbewusstseins in sich getragen. Wenn sie noch am Leben wäre, hätte sie vielleicht mehr über den alten Krieg herausfinden können. Wie sehr er sich nach Gesprächen mit ihr sehnte, danach, ihre Haut an der seinen zu fühlen und ihr in die Augen zu sehen. Wenn sie doch nur nicht in dem tragischen Feuer gestorben wäre, während seines Aufenthalts auf Theroc ...

Jora'h erstarrte förmlich, als ihm plötzlich ein seltsamer Gedanke durch den Kopf ging. Ein Feuer. Und ausgerechnet während seiner Abwesenheit ...

Wie viel mehr Täuschung wartete darauf, entdeckt zu werden? Hatte der Weise Imperator die Wahrheit verschwiegen, um seinen Sohn zu schützen – oder um ihn besser zu kontrollieren?

Die Diamantfilm-Blätter rutschten aus Jora'hs Händen und fielen zu Boden. Er hatte all die Fragen, Geheimnisse und Lügen satt. Entschlossen hob der Erstdesignierte die alten Dokumente auf und verließ seine Unterkunft mit der Absicht, seinen Vater zur Rede zu stellen und Auskunft von ihm zu verlangen.

Buntes Glas versperrte den Zugang zu den privaten Gemächern des Weisen Imperators. Zwar fiel Licht hindurch, aber die künstlerischen Kräuselungen im Glas verzerrten alles, was sich dahinter befand.

Der muskulöse Leibwächter Bron'n stand vor dem Zugang, bewaffnet mit einem scharfen Kristallschwert. Er wich nicht beiseite, als sich Jora'h näherte. »Der Weise Imperator darf nicht gestört werden.«

Bei einer anderen Gelegenheit hätte sich Jora'h vielleicht wortlos zurückgezogen, aber diesmal wollte er nicht warten. »Ich muss zu ihm.«

»Er hat mir einen unmissverständlichen Befehl gegeben, Erstdesignierter. Ich soll niemanden hineinlassen.«

Jora'h war ebenso unnachgiebig wie der Wächter. »Ich werde der nächste Weise Imperator sein, Bron'n. Wenn eine wichtige Besprechung stattfindet, sollte ich an ihr teilnehmen.« Er beugte sich vor und der Leibwächter zuckte zusammen. »Oder wollen Sie andeuten, dass der Weise Imperator Geheimnisse vor mir hat?«

Ein Sturm der Verwirrung fegte über Bron'ns Gesicht. Genau in diesem Augenblick öffnete sich die Tür und der ernste Dobro-Designierte erschien. Udru'h richtete einen verärgerten Blick auf Jora'h. »Lassen Sie ihn eintreten, Bron'n«, ertönte hinter ihm die sonore Stimme des Weisen Imperators. »Wir müssen auch mit Jora'h sprechen.«

Jora'h nahm seine ganze Entschlossenheit zusammen, ging an Bron'n vorbei und betrat den Raum. Hinter ihm schloss sich die Tür. Dick und blass saß der Weise Imperator in seinem Chrysalissessel; er sah schrecklich aus. Der lange Zopf zitterte ungleichmäßig und der von den Tumoren verursachte Schmerz zeigte sich deutlich in seinem Gesicht.

Doch diesmal fühlte Jora'h keine Anteilnahme, dachte vielmehr an die Fragen, die er stellen wollte. Er achtete nicht auf Udru'h und hob die Dokumente mit dem zensierten Teil der *Saga*. »Zweifellos hattest du einen wichtigen Grund dafür, mir diesen Teil unserer Geschichte zu zeigen, Vater. Das Wissen um die halbe Antwort erhöht nur die Qualität der Ignoranz.«

»Manchmal kann die Wahrheit destabilisierend sein«, erwiderte der Weise Imperator. »Nicht jeder verdient sie.«

»Die Wahrheit ist die Wahrheit! Mit welchem Recht verweigerst du den Ildiranern ihr Erbe?«

»Mit *meinem* Recht. Ich bin der Weise Imperator, das Tor zur Lichtsphäre. Ich kontrolliere das *Thism*. Ich kontrolliere die Wahrheit.« Cyroc'hs Stimme wurde sanfter. »Niemand anders als ich – und bald *du*, Jora'h – kann entscheiden, was für unser Volk am besten ist.«

Der Dobro-Designierte trat an die Seite seines Vaters. »Menschliche Torheit weckte die Hydroger, aber wir haben immer gewusst, dass sie schließlich zurückkehren würden. Jetzt verstehst du vielleicht die wichtige Arbeit, die wir auf Dobro leisten.«

Jora'h fühlte sich noch mehr verraten und wandte sich an den Weisen Imperator. »Du hast mich im Dunkeln gelassen und *Udru'h* in deine Geheimnisse eingeweiht, Vater?«

»Nur in die Geheimnisse, die er kennen muss. Dein Bruder ist für meine wichtigsten und schwierigsten Projekte auf Dobro verantwortlich.«

Udru'h wirkte selbstgefällig und stolz.

Jora'h hielt seinen Zorn unter Kontrolle, obgleich er das Gefühl hatte zu ertrinken. »Was hast du sonst noch vor mir verborgen, Vater? Sag mir ...« Ein letzter Moment der Unschlüssigkeit ließ ihn zögern, doch dann entschied er, dass er Bescheid wissen wollte. »Sag mir, was wirklich mit Nira und der anderen grünen Priesterin geschehen ist.«

»Was veranlasst dich zu der Annahme, dass du es nicht weißt?«

»Komm mir nicht mit irgendwelchen rhetorischen Kniffen!«, sagte Jora'h scharf. »Heraus damit. Sind sie wirklich tot?«

Der Weise Imperator überlegte kurz. »Die alte grüne Priesterin ist tatsächlich tot und die Schösslinge sind verbrannt. Nira hingegen dient weiterhin dem Ildiranischen Reich. Sie hat große Bedeutung für uns alle.«

Ein Wirbelwind aus Freude und Verwirrung durchfuhr Jora'h. »Sie lebt! Wo ist sie? Ich muss unbedingt zu ihr.«

»Das wäre nicht klug«, sagte der Dobro-Designierte.

Jora'h bedachte ihn mit einem finsteren Blick. »Du triffst hier nicht die Entscheidungen, Bruder.«

Der Weise Imperator wirkte amüsiert. »Oh, sag es ihm, Udru'h. Erklär ihm deine Aktivitäten auf Dobro. Er muss lernen, wenn er das Oberhaupt unseres Volkes werden soll.«

Der Designierte zögerte und fügte sich dann mit einem kurzen Nicken. »Nira Khali ist nicht tot und das gilt auch für euer gemeinsames Kind.«

»Unser ... Kind?«

»Eine perfekte, gesunde Tochter mit ungeahnten Talenten und einem unglaublichen Potenzial. Wir haben sie Osira'h genannt. Sie ist jetzt gut sechs Jahre alt.«

Der Dobro-Designierte erklärte dem verblüfften und fassungslosen Jora'h, dass Nira im Zuchtlager auf Dobro untergebracht worden war, wo man seit Jahrhunderten menschliche Gefangene für genetische Experimente mit verschiedenen ildiranischen Geschlechtern verwendete. »Wir sind selektiv gewesen. Dadurch ist es uns gelungen, bestimmte Merkmale zu verstärken und ildiranisch-menschliche Mischlinge mit überlegenen Fähigkeiten zu schaffen.«

Jora'h ließ kummervoll die Schultern hängen. »All das hat man vor mir verborgen ... mein ganzes Leben lang?« Wie konnte sein Herz noch mehr ertragen?

»Du wirst die Nuancen erst verstehen, wenn du meinen Platz einnimmst, Jora'h, wenn du alles durch die kristallklaren Linsen des *Thism* siehst. Derzeit siehst du nicht alle Aspekte.« Das Gesicht des Weisen Imperators zeigte Ruhe. »Du musst mir vertrauen. Ich habe meine Gründe.«

»Ich habe nie daran gezweifelt, dass du *Gründe* hast, Vater«, sagte Jora'h, seine Stimme so kalt und rau wie geborstenes Eis. »Aber ich halte diese Gründe vielleicht nicht für richtig oder ehrenhaft.«

Cyroc'h versuchte, es seinem ältesten Sohn und Erben zu erklären. Als klar wurde, dass er damit keinen Erfolg hatte, sagte der Weise Imperator: »Wenn du meinen Platz einnimmst, wirst du die Gründe verstehen. *Meine* Gründe.«

Doch der Umstand, von seinem eigenen Vater getäuscht worden zu sein, hatte für Jora'h alles verändert.

80 ✹ ADAR KORI'NH

Der Adar stand im Kommando-Nukleus seines Flaggschiffs und runzelte verärgert die Stirn. Die Verteidigung des Ildiranischen Reichs war das Wichtigste, nicht sein Stolz oder der Wunsch nach Rache. Der Weise Imperator hatte ihn angewiesen, sinnlose Einsätze gegen die Hydroger zu vermeiden, und er musste gehorchen.

Trotzdem fühlte es sich für Kori'nh *falsch* an. Während ihrer ganzen Geschichte hatten die Ildiraner auf einen würdigen Feind gewartet und die Solare Marine zu einer spektakulären Raumflotte ausgebaut, um auf eine solche Begegnung vorbereitet zu sein. Über Jahrhunderte hinweg war Ekti gelagert worden. Argwöhnische Menschen hatten gefragt, warum die Ildiraner so viel Zeit, Mühe und Ressourcen in eine solche Streitmacht investierten, wenn das Reich noch nie von außen bedroht worden war. Der Adar hatte das alles immer für selbstverständlich gehalten. Die Solare Marine musste für jede Herausforderung bereit sein.

Doch der Weise Imperator verbot ihm ausdrücklich, gegen die Fremden zu kämpfen. »Sammeln Sie Informationen, Adar, aber provozieren Sie die Hydroger nicht. Allerdings können Sie unsere Kolonien nach besten Kräften verteidigen, wenn das notwendig werden sollte.«

Das hatte er bei Hyrillka versucht – und eine Niederlage erlitten.

Unter diesen Bedingungen hatte Kori'nh seine Manipel im Reich auf Patrouillenflüge geschickt. In sechs Sonnensystemen war die primäre Gruppierung des Adars nicht auf Schwierigkeiten gestoßen – nirgends zeigten sich Hydroger. Als sie an den Gasriesen vorbeiflogen – in ihren Wolkenmeeren gab es weder Erntestädte der Ildiraner noch kleinere Himmelsminen der Roamer –, fragte sich Kori'nh, wie viele der Fremden in den unergründlichen Tiefen lauerten.

»Wir nähern uns dem Heald-System, Adar«, meldete sein Navigator.

In jenem System waren zwei Splitter-Kolonien zu einer zusammengefasst worden, um durch die höhere Anzahl von Kolonisten eine stärkere Verbindung mit dem *Thism* zu schaffen.

»Setzen Sie die Beobachtungen fort«, sagte der Adar. »Lassen Sie durch nichts Aggressivität erkennen.« Die Worte erfüllten ihn mit Bitterkeit und die Situation schien selbst seiner Crew Unbehagen zu bereiten. Würden ihn zukünftige Strophen der *Saga* als Feigling beschreiben? »Wir müssen hoffen, dass die Hydroger unsere Kolonisten in Ruhe lassen.«

Wie ein Fischschwarm glitt die Flotte ildiranischer Kriegsschiffe durchs leere All. Sie passierte die Gasriesen und entdeckte dort keine Aktivität, als sie sich der Splitter-Kolonie näherte. Als die Septa in die Umlaufbahn schwenkte, jubelte der Heald-Designierte. Die Siedler priesen die Solare Marine und dankten ihr für ihre Unterstützung.

Sie ahnten nicht, dass die Schutzflotte kaum etwas gegen den Feind ausrichten konnte, wenn er beschloss, Heald anzugreifen ...

Kori'nh begann mit einer unruhigen Wanderung durch den Kommando-Nukleus. Er hatte sich ganz bewusst dagegen entschieden, seine ehrenvollsten militärischen Auszeichnungen zu tragen. Sie erschienen ihm jetzt falsch und leer. Er hatte sie nicht für Mut und glorreiche Siege bekommen, sondern für sein Geschick bei Zeremonien, für Himmelstänze und Manöver gegen imaginäre Feinde. Er hatte die Siedler von Crenna evakuiert, Versorgungsgüter transportiert und beim Bau öffentlicher Einrichtungen geholfen.

Doch solche Dinge hielt er für lächerlich unbedeutend. In der ganzen ildiranischen Geschichte war er der erste Kommandeur, der in Kriegszeiten den Befehl über die Solare Marine führte. Er hätte als größter Adar aller Zeiten in die *Saga der Sieben Sonnen* eingehen sollen. Aber er hatte keine Heldentaten vollbracht, nicht eine einzige. Er dachte an den eifrigen Tal Zan'nh und fühlte sich beschämt. Welches Beispiel gab er dem ältesten Sohn des Erstdesignierten?

Aufgrund seiner Studien der menschlichen Militärgeschichte kannte er die Leistungen von Napoleon, Hannibal und Dschingis Khan. Wahre Krieger. Die Terranische Verteidigungsflotte setzte den Kampf gegen die Hydroger fort, obwohl sie weitaus weniger beeindruckend war als die Solare Marine. Zwar erlitt auch sie Niederlagen, aber deshalb gab sie nicht auf. Stattdessen entwickelte sie neue Waffen, in der Hoffnung, damit etwas gegen den Feind ausrichten zu können. Die tollkühnen Roamer produzierten weiterhin Ekti in den Atmosphären von Gasriesen, obgleich sie dabei große Verluste erlitten. Die Menschen hielten sich nicht zurück, versuchten es immer wieder.

Doch der Weise Imperator hatte andere Pläne und Adar Kori'nh musste sich seinen Befehlen fügen. Trotzdem: Seiner Meinung nach hätte die Solare Marine nicht so passiv und ängstlich sein dürfen. Es war einfach *nicht richtig*.

81 ✳ ESTARRA

Die friedlichen Gärten auf der Erde gefielen Estarra, obwohl sie einem Vergleich mit dem Weltwald natürlich nicht standhielten. Hier waren die Wege leicht zu erkennen, denn man hatte sie mit Steinplatten ausgelegt. Alle Pflanzen wurden sorgfältig geschnitten und gedüngt. Es gab nichts *Wildes* im Arboretum. Wohin Estarra auch sah: Nirgends bemerkte sie Unkraut.

Der Flüsterpalast steckte voller Wunder, aber Estarra konnte nirgendwohin gehen, ohne dass Bedienstete, Wächter, Beschützer und neugierige Funktionäre sie begleiteten. Sie bedauerte nun, ihre frühere Zeit der Freiheit nicht mehr genossen zu haben.

Vielleicht sollte sie sich an Nahton wenden und ihrer kleinen Schwester zu Hause eine Mitteilung schicken.»Achte auf das, was du hast. Lauf durch den Wald und besuche auch weiterhin den Baumtanz-Unterricht. Koste all das aus, was Theroc dir zu bieten hat.« Aber ihre ungestüme Schwester hätte ohnehin nicht auf sie gehört.

Estarra beobachtete, wie ein jadegrüner Käfer in die trompetenförmige Blüte einer Winde kroch. Sie lauschte dem leisen Zischen des Bewässerungssystems. Als sie Schritte auf dem Weg hörte, drehte sie nicht den Kopf, fragte sich aber, was die Wächter unternehmen würden, wenn sie versuchte, ihnen im Garten zu entkommen.

Doch das wäre sinnlos gewesen. Früher oder später hätte man sie gefunden und ihre Bewegungsfreiheit vielleicht noch mehr eingeschränkt. Nein, wenn sie eine Königin sein sollte, musste sie sich anders benehmen.

»Ich hätte wissen sollen, dass du hier Trübsal bläst«, sagte Sarein. In ihrer Freizeit verzichtete Estarras Schwester auf traditionelle theronische Tücher und Kleidung aus Kokonfaser.

»Ich genieße die Palastgärten. Wie kannst du das ›Trübsal blasen‹ nennen?«

Sarein ging neben Estarra in die Hocke und betrachtete die Blüten der Winde. »Was ist los mit dir, kleine Schwester? Ich habe dich seit deinem Eintreffen auf der Erde beobachtet. Deine Schwermut ist keine große Hilfe.«

Diese Worte überraschten Estarra. »Ich bin nicht ...«

»Du bist nicht unbedingt begeistert, das sieht man dir deutlich an. Die Heirat eines Königs und einer Königin muss ein freudiges Ereignis sein; andernfalls hat sie keinen politischen Sinn.«

Estarra runzelte die Stirn. »Ist das deine einzige Sorge? Der ›politische Sinn‹?«

»Natürlich nicht. Aber du beginnst hier ein neues Leben und versuchst nicht, dich daran zu gewöhnen. Was gibt es an Peter auszusetzen? Er ist ein netter junger Mann und zweifellos attraktiv, außerdem reich und mächtig ...«

Der König schien aufrichtiges Interesse an Estarras Wohlergehen und Glück zu haben. Aber Estarra befürchtete, dass er ebenso wenig Freiheit hatte wie sie. »Ich habe nicht behauptet, dass es etwas an ihm auszusetzen gibt. Wie könnte ich das wissen? Ich hatte nicht einmal Gelegenheit, fünf Minuten allein mit ihm zu sprechen.«

»Alles ist genau geplant. Nach der Hochzeit kannst du so viel Zeit mit ihm verbringen, wie du willst.« Sarein seufzte verärgert. »Als Tochter eines Saftsammlers könntest du machen, was du willst,

Estarra. Aber du wirst die *Königin der Terranischen Hanse* sein. Du heiratest einen König. Es steht mehr Reichtum zu deiner persönlichen Verfügung als Theroc in einem ganzen Jahr produziert.« Sie schüttelte den Kopf. »Was kann daran traurig sein?«

Estarra musste mit ihrer Schwester Frieden schließen, denn sie war ihre einzige Verbindung nach Hause. »Sei unbesorgt, Sarein – ich wollte mich nicht beklagen. Aber ich wünschte, ich hätte mehr Gelegenheit, Peter kennen zu lernen. Immerhin heiraten wir in drei Monaten.«

Sarein stand auf, zufrieden darüber, dass sie sich ihrer jüngeren Schwester verständlich gemacht hatte. »Mal sehen, was ich tun kann. Lass mich mit Basil sprechen. Vielleicht wäre es möglich, dass du öfter mit Peter speist.«

»Ich würde mich sogar über einen kleinen Imbiss gegen Mitternacht freuen.«

Sarein schüttelte den Kopf, doch diesmal zeigte ihr Gesicht ein wenig Erheiterung. »Estarra, dem Großen König der Terranischen Hanse ist es nicht gestattet, etwas so Einfaches wie einen ›mitternächtlichen Imbiss‹ zu haben. Bei ihm ist jedes Essen ein Bankett, jede Mahlzeit ein Ereignis.«

Sie entfernte sich zwei Schritte und sah mit einem wohlwollenden Seufzen zurück. »Aber vielleicht kann ich die Leute in der Küche dazu überreden, ein paar Sandwiches für euch vorzubereiten.«

82 ✹ KÖNIG PETER

Manchmal, wenn er sich schwach fühlte, glaubte Peter, dass ihm nur der Lehrer-Kompi objektive und ehrliche Antworten gab. Er stand am Fenster seiner großen privaten Unterkunft und sah auf den Königlichen Kanal hinaus. »Was meinst du, OX? Du bringst Estarra die Etikette des Hofes bei. Ist sie eine gute Schülerin?«

»Eine ausgezeichnete. Sie lernt schnell.«

»Das ist es also nicht, was dich besorgt. Ich höre, wie die Schaltkreise in deinem metallenen Kern zischen.«

»Ich entwickle Spekulationen in Hinsicht auf die neuen Soldaten-Kompis«, erwiderte OX. »Allerdings habe ich nicht genügend Daten für eine Verifizierung meiner Vermutungen. Deshalb entwerfe ich potenzielle Szenarien.«

Peter sah den kleinen Kompi an und lächelte schief. »Mit anderen Worten: Du hast eine Ahnung, bist aber nicht sicher.«

»Das ist eine ... adäquate Übersetzung.« Der Kompi zögerte wie nachdenklich. »Ich habe die Veränderungen des Designs analysiert, die auf unseren Untersuchungen von Jorax' Komponenten basieren und bei der Produktion der neuen Kompi-Modelle verwendet werden. Viele Einzelheiten bleiben ... unklar.«

»Ich verstehe diese Angelegenheit ebenfalls nicht«, sagte Peter. »Aber die neuen Kompis scheinen richtig zu funktionieren. Bisher haben sie alle Tests bestanden.«

»Sie mögen alle Tests bestanden haben, die die Hanse für sie auswählte, König Peter, aber keiner der Kybernetiker kann die in den Soldaten-Kompis installierten neuen Module vollständig erklären. Man hat keine neuen Programmprinzipien entwickelt, sondern einfach die existierende Klikiss-Technik kopiert, mit direkter Hilfe der Klikiss-Roboter. Eine derartige Ignoranz lässt viel Platz für mögliche Probleme.«

Peter runzelte besorgt die Stirn. »Die neuen Soldaten-Kompis befinden sich an Bord der Schiffe, die nach Osquivel fliegen. Wenn du Beweise dafür hast, dass wir die vorgenommenen Modifikation nicht verstehen, sollten wir besser rasch handeln. Die Flotte ist bereits unterwegs.«

»Ich habe keine Beweise für spezifische Fehlfunktionen, König Peter – nur Fragen«, sagte OX. »Wir wissen nicht über alle Fähigkeiten der Soldaten-Kompis Bescheid. Die Klikiss-Programmierung ist mir ein Rätsel. Als Lehrer-Modell habe ich Ihnen immer wieder geraten, das infrage zu stellen, was Sie nicht verstehen. Ich sollte meinem eigenen Rat folgen.«

Peter sah den Lehrer-Kompi an. »Glaub mir, OX, du bist nicht der Einzige, der in dieser Hinsicht skeptisch ist.«

»Es steht mir nicht zu, industrielle Prozesse oder vom Vorsitzenden Wenzeslas getroffene Entscheidungen in Zweifel zu ziehen.«

Die Falten fraßen sich tiefer in Peters Stirn. »Deine Aufgabe besteht darin, mir ehrlichen, offenen Rat zu geben. Ich fürchte, der Vorsitzende kann nicht objektiv abwägen, welche möglichen Konsequenzen sich durch den Einsatz von Technik ergeben, die wir nicht verstehen. Ich ... werde mit ihm darüber reden.«

Einen Tag bevor sich Basil Wenzeslas auf den Weg zur TVF-Basis auf dem Mars machen wollte, um von dort aus die Osquivel-Offensive zu überwachen, nahm Peter an einer strategischen Besprechung im Hanse-Hauptquartier teil. Es war keine sehr wichtige Konferenz – es fanden sich nur einige wenige militärische und ökonomische Berater des Vorsitzenden ein –, aber Peter ärgerte sich, dass Basil ihm nichts davon gesagt hatte. Er wollte nicht ständig so behandelt werden, als käme ihm nicht die geringste Bedeutung zu.

Er atmete tief durch, betrat den Raum und unterbrach die Gespräche. »Sie können jetzt mit den Beratungen beginnen, meine Herren. Bitte entschuldigen Sie, wenn Sie warten mussten. Ich nehme an, während meiner Abwesenheit wurden keine wichtigen Dinge erörtert, oder?«

Er sah den Vorsitzenden an und Ärger huschte über Basils Gesicht. Niemand antwortete ihm, doch die Berater warteten, bis der König Platz genommen hatte.

»General Lanyans Flotte erreicht das Zielsystem morgen früh«, sagte der Vorsitzende. »Dem Plan gemäß wird die TVF einen Tag lang Vorbereitungen treffen; ich selbst überwache die Situation vom Mars aus. Grüne Priester werden in Echtzeit Berichte von Osquivel übermitteln, was auch immer dort geschieht.«

Basil projizierte ein Diagramm, das Auskunft gab über die große Kampfflotte, die nach Osquivel flog, über die Anzahl der mit Soldaten-Kompis bemannten Remoras und Mantas. Hinzu kamen Angaben über den Angriffsplan – falls Robb Brindles Kommunikationsversuch fehlschlug.

Peter nahm alle Einzelheiten in sich auf. Sein Vorgänger hatte solchen Dingen nie Beachtung geschenkt, sich ganz auf seine repräsentative Rolle konzentriert und es der Hanse überlassen, alle politischen Entscheidungen zu treffen – er war damit zufrieden gewesen, nicht mehr zu sein als ein Sprachrohr. Peter hingegen hatte immer Interesse gezeigt. Wenn er Sprecher für die Hanse sein, sich für ihre Fehler entschuldigen und ihre Triumphe für sich in Anspruch nehmen sollte, so musste er am Entscheidungsprozess teilnehmen.

Peter erinnerte sich an OX' Hinweise auf die Klikiss-Technik und brachte seine Zweifel zum Ausdruck. »Meine Herren, ich fürchte, wir verlassen uns in diesem kritischen Moment zu sehr auf die neuen Soldaten-Kompis. Nicht einmal unsere Kybernetiker verstehen alle Aspekte der modifizierten Programmierung, aber trotzdem haben wir sie kopiert und zehntausendfach installiert. Bereitet Ihnen das keine Sorgen?«

Basil schien mit seiner Geduld am Ende zu sein. »Ich versichere Ihnen, Peter: Woran auch immer Sie gedacht haben, was auch immer Ihre Besorgnis weckte – ich habe alles in Erwägung gezogen.« Er trommelte mit den Fingern auf den Tisch und merkte, dass auch einige der Berater besorgt waren. Er seufzte und fügte seinen Worten eine detailliertere Erklärung hinzu.

»Wir *wissen*, dass die größte Gefahr von den Hydrogern ausgeht. Wir *wissen*, dass die TVF bisher erfolglos gegen den Feind vorgegangen ist. Wir *wissen*, dass uns das Ekti ausgeht. Können wir es uns leisten, eine Chance zu verpassen, unsere militärischen Fähigkeiten und technische Basis enorm zu verbessern, nur wegen der unbegründeten Befürchtung, dass die Klikiss-Roboter irgendwelche dunklen Pläne verfolgen? Die Hydroger sind schlimm genug. Es ist nicht nötig, nach weiteren Feinden Ausschau zu halten.«

»Ich bin ganz Ihrer Meinung, wenn Sie darauf hinweisen, dass die bisherige Strategie der TVF zu nichts geführt hat, Vorsitzender«, sagte Peter mit einem dünnen Lächeln. »Aber wenn man sich auf eine Gefahr konzentriert, muss man einer anderen gegenüber nicht unbedingt blind sein.«

Echter Zorn blitzte in Basils Augen auf. »Was schlagen Sie vor, König Peter? Möchten Sie eine Ansprache halten, in der Hoffnung, dass sich die Hydroger dann ihrer bisherigen Angriffe schämen und uns fortan in Ruhe lassen? Sie bestehen darauf, an diesen strategischen Besprechungen teilzunehmen, und Sie werden nicht müde, geistlose Diskussionsbeiträge zu leisten.«

»Ja, Basil, und Sie weisen immer alle meine Vorschläge zurück.« Peter musterte die Anwesenden der Reihe nach und hielt sie mit seinem Blick fest. »Wir sollten die Produktion der Soldaten-Kompis überprüfen und ihre Programmierung von unseren besten Fachleuten kontrollieren lassen. Mehr noch: Ich halte es für besser, die Produktion einzustellen – bis wir ganz sicher sind, dass wir uns nicht selbst ein Trojanisches Pferd schaffen.«

»Wir sollen die Produktion der neuen Kompis einstellen?«, fragte der Industriedirektor. »Das ist doch absurd!«

»Wieder ein wundervoll nutzloser Vorschlag«, sagte Basil sarkastisch. »Wir können es uns nicht leisten, die Produktion der Soldaten-Kompis zu unterbrechen, zumal wir noch nicht wissen, was bei

Osquivel geschehen wird. Wenn uns die Hydroger dort schlagen, muss die TVF einen großen Teil ihrer Streitmacht ersetzen.«

Peter spürte, wie sein Ärger wuchs. »Wenn eine der anderen hier anwesenden Personen solche Worte an Sie gerichtet hätte, wären Sie bereit gewesen, darauf zu hören.«

Der Vorsitzende stand auf und Peter hatte ihn noch nie zuvor so zornig gesehen. »Niemand sonst hätte einen so grotesken Vorschlag gemacht. In einigen Stunden breche ich zum Mars auf. Es gibt bereits genug Krisen, die meine Aufmerksamkeit erfordern – ein gereizter König hat mir gerade noch gefehlt. Sie werden sich von den Kompi-Fabriken fern halten, verstanden? Und wenn Sie weiterhin darauf bestehen, sich in unsere Besprechungen einzumischen, werde ich Ihre Teilnahme daran verbieten.«

Peter glaubte, seinen Ohren nicht trauen zu können. »Und welche Wächter sollen *mich* daran hindern, dorthin zu gehen, wohin ich gehen möchte?«

Basil spielte die Rolle des strengen Vaters. »Ich habe keine Zeit für so etwas. Treiben Sie es nicht zu weit. Wenn Sie damit fortfahren, Schwierigkeiten zu machen – Sie können leicht ersetzt werden, Peter.«

Die Berater am Tisch schnappten nach Luft.

Peter blieb ruhig. »Dafür gibt es keine rechtliche Grundlage, Vorsitzender. Ich habe die Charta der Hanse sehr aufmerksam gelesen. Sie halten vielleicht die Fäden in der Hand, aber Billionen von Bürgern auf den Hanse-Welten wissen kaum, wer Sie sind. Ich bin ihr König, ob es Ihnen gefällt oder nicht. Wollen Sie einen Militärputsch veranstalten, um mir die Krone zu nehmen? Oder haben Sie vor, eines Nachts einen Meuchelmörder in meine Unterkunft zu schicken? Anders können Sie mich nicht loswerden.« Er kniff die Augen zusammen. »Wenn man's genau nimmt, Basil ... Von uns beiden können nur *Sie* angeklagt und legal von Ihrem Posten entfernt werden. Nicht aber der König.«

»Schafft ihn weg!«, donnerte Basil.

Königliche Wächter traten unsicher vor und fragten sich, wem sie gehorchen sollten. Die Berater wussten, dass der König nur eine Marionette war, aber bei den übrigen Wächtern, den Arbeitern im Palast und den übrigen Untertanen sah die Sache ganz anders aus.

Peter beschloss, es nicht auf die Spitze zu treiben – er wollte die königlichen Wächter nicht zwingen, allen zu zeigen, von wem sie ihre Anweisungen entgegennahmen. Der König verließ den Raum freiwillig, bevor Basil ihn dazu aufforderte. Niemand konnte von einem errungenen Sieg sprechen, aber mit seiner Drohung hatte der Vorsitzende die Karten offen auf den Tisch gelegt. Und Basil wusste jetzt, dass sich der König nicht einfach fügen wollte.

Nicht alle begriffen, dass sich die Spielregeln geändert hatten.

83 ✷ ROSSIA

Als die eindrucksvolle TVF-Streitmacht über den Ringen von Osquivel erschien, wurden Sonden und Scoutschiffe ausgeschleust, um das Sonnensystem zu erkunden und die Operation zu planen. Man wusste bereits, dass es Hydroger in den Tiefen des Gasriesen gab; die TVF musste sie nur irgendwie aufscheuchen.

An Bord des riesigen Flaggschiffs *Goliath* sagte General Lanyan: »Dies ist kein Test. Eine gefährliche Mission hat begonnen. Ich hoffe, Sie sind alle bereit.« Er schob entschlossen das Kinn vor und in seinen Augen blitzte es.

Für den grünen Priester Rossia war die Gefahr immer sehr real gewesen. Seit er von dem langen Konflikt zwischen den Hydrogern und dem Weltwald wusste, hatte die Bedrohung noch mehr Gewicht bekommen. Jetzt näherten sie sich einer Heimstatt jener unheilvollen Wesen. *Der alte Feind.*

Vor vielen tausend Jahren hatten die Hydroger fast alle Weltbäume vernichtet und dem Weltwald lag nichts an einem neuen Kampf. Nur widerstrebend waren die Bäume bereit gewesen, sich an dieser Aktion zu beteiligen, in der Hoffnung, mit dem Feind kommunizieren zu können. Aber Rossia blieb skeptisch.

Auf Theroc isoliert war der Wald passiv geblieben, aus Furcht vor einem neuen Konflikt. Aber inzwischen suchten die Hydroger ganz offensichtlich nach ihm und verheerten alle bewaldeten Welten, die sie fanden. Rossia fühlte Unruhe im Weltwald. Zehntausend Jahre lang hatten sich die überlebenden Weltbäume vor den Hydrogern versteckt. Seit zweihundert Jahren dehnte der Wald sich wieder aus und wuchs auch auf anderen Planeten.

Vielleicht erreichte Staffelführer Brindle, was er sich erhoffte. Aber Rossia bezweifelte es.

Der grüne Priester saß auf einem kalten Kunststoffstuhl, umgeben von hartem Metall. Der Topf mit seinem geliebten Schössling stand in unmittelbarer Nähe. Der kleine Baum wirkte wie ein sonderbarer Anachronismus in der von moderner Technik bestimmten Umgebung, aber ironischerweise funktionierte Rossias Telkontakt-Verbindung besser als alle Systeme der *Goliath*.

Auf der Brücke des Moloch gab sich Lanyan alle Mühe, Zuversicht und Optimismus zu zeigen. »Wir unternehmen einen letzten diplomatischen Versuch. Wenn er fehlschlägt, setzen wir die neuen Soldaten-Kompis ein und erteilen den Drogern eine Lektion.«

Lanyan sah Rossia an. »Der Echtzeit-Kontakt mit dem Vorsitzenden Wenzeslas und unseren Strategen auf dem Mars gibt uns einen wichtigen Vorteil. Wir stehen kurz davor, den größten Sieg in diesem Krieg zu erringen.«

»Und wenn sich Ihre Erwartungen nicht erfüllen?«, fragte Rossia.

»Dann dürfte kaum jemand von uns imstande sein, es zu bereuen.«

Rossia beobachtete die militärischen Vorbereitungen, spürte die Stimmung der Soldaten und erkannte: Zwar wollten sie verhandeln, aber sie rechneten mit einem Kampf. Sie *hofften* sogar darauf, begriff der grüne Priester erschrocken.

Die gelblichen Wolken von Osquivel wirkten wie Lachen verschütteter Buttermilch und ließen sich mit nichts vergleichen, das Rossia jemals auf Theroc gesehen hatte. Dort unten, in den unglaublich dichten Tiefen des Gasriesen, gab es Geschöpfe, die weitaus gefährlicher waren als Wyvern.

Rossia strich über den schuppigen Stamm des Schösslings. Durch den Telkontakt, der ihn mit den Bäumen verband, fand er seine Kollegen an Bord der TVF-Kampfschiffe, verteilt über die zehn Gitter, die grünen Priester auf Theroc und Yarrod, der die Aktivitäten von der Mars-Basis aus überwachte. Er schickte seine Gedanken aus und empfing Bestätigungen.

»General, Yarrod meldet Bereitschaft auf dem Mars. Der Vorsitzende Wenzeslas ist eingetroffen und wartet darauf, von uns zu hören.«

Lanyan nickte, dankbar für den Beweis einer direkten Antwort. »Halten Sie sie über die hiesigen Ereignisse auf dem Laufenden.«

Mit knappen, klaren Worten beschrieb Rossia, was er sah, malte ein verbales Bild von dem ungewöhnlichen Planeten mit den wunderschönen Ringen. Das Selbst des Weltwaldes nahm die Beschreibungen auf und gab die Informationen an alle Bäume weiter, wo auch immer sie wuchsen.

Rossia rieb sich die Arme, an denen sich eine Gänsehaut gebildet hatte. Grüne Priester trugen traditionell nur wenig Kleidung, ließen ihre Haut gern von den Blattwedeln der Weltbäume berühren. Doch hier an Bord des Flaggschiffs trug er eine dem Standard entsprechende kurzärmelige TVF-Uniform, damit er es warm genug hatte, um seine Arbeit zu erledigen. An Bord der *Goliath* war es immer kalt und die Luft roch immer steril.

»Kompi-Scouts im Einsatz, Sir«, sagte ein Offizier. Rossia brachte die Ränge und Insignien immer wieder durcheinander.

Der grüne Priester trat ans nächste Fenster heran und beobachtete, wie die schnellen Schiffe der Kampfgruppe vorauseilten und über Osquivels Pole glitten. Die von Robotern gesteuerten Remoras waren nicht mehr als winzige Flecken vor den Wolken des Gasriesen.

»Sie sollen tief genug in die Atmosphäre vorstoßen, um uns rechtzeitig vor aufsteigenden Hydroger-Schiffen zu warnen«, sagte Lanyan. »Die Sensoren scheinen bei solchen Gelegenheiten nie richtig zu funktionieren. Hoffen wir, dass die Kompis bessere Arbeit leisten.«

Die robusten Kompis waren so konstruiert, dass sie enormem Druck und hohen Temperaturen standhalten konnten. Sie waren also imstande, tiefer in die Atmosphäre von Gasriesen vorzustoßen als menschliche Scouts. Wenn notwendig, setzten sie den Flug durch Osquivels Wolkenmeere fort, bis der ungeheure Druck ihre Schiffe zermalmte. Und sie würden die ganze Zeit über Daten senden.

»Grüner Priester, teilen Sie dem Kommandozentrum auf dem Mars mit, dass wir Phase eins einleiten.« Lanyan deutete ungeduldig auf den Schössling.

Rossia blinzelte, berührte erneut die schuppige Rinde und stellte den Telkontakt her. Die anderen mit dem Netzwerk des Weltwaldes verbundenen Weltbäume empfingen die Nachricht gleichzeitig: im Flüsterpalast auf der Erde, im Stützpunkt auf dem Mars, an Bord von Kriegsschiffen in den zehn Gittern und auf Theroc.

»Der Vorsitzende antwortet, wir sollen beginnen.«

Lanyan stand auf der Brücke seines Flaggschiffs, atmete tief durch und nickte zufrieden. »Also gut. Bereiten Sie die Kontaktkapsel vor und beordern Sie Staffelführer Brindle zum Hangardeck. Geben wir der Diplomatie eine letzte Chance – anschließend sind wir zu allem bereit.«

84 ✳ BASIL WENZESLAS

Im Kommando- und Kontrollzentrum des TVF-Stützpunkts auf dem Mars ging der Vorsitzende der Hanse unruhig umher und wartete auf Nachrichten von Osquivel. Er trug einen dunklen Anzug, nicht etwa, weil er jemanden beeindrucken wollte, sondern weil er sich in solcher Kleidung am wohlsten fühlte. Erwartungsvoll sah er den grünen Priester an, der auf dem Mars geblieben war und Mitteilungen von General Lanyans Kampfgruppe erhielt.

»Sie sind in Position und treffen Vorbereitungen für die erste Phase«, berichtete Yarrod, nachdem er den Telkontakt hergestellt hatte. »Die Schiffe bilden die geplante Formation. Noch kein Kontakt mit den Hydrogern.«

»Sie sollen beginnen«, sagte Basil und wusste, dass das nächste wichtige Ereignis erst in etwa einer Stunde zu erwarten war. Und dann brach vielleicht die Hölle los.

Bisher war die Operation ein glatt verlaufender militärischer Drill gewesen: die neuen Soldaten-Kompis, die Kommunikation der grünen Priester, die gut ausgebildeten TVF-Soldaten – alle arbeiteten perfekt zusammen. Doch Basil gab sich nicht der Selbstzufriedenheit hin.

Zwar hatte er seine Berater nicht entmutigen wollen, aber Basil Wenzeslas war von Anfang an der Meinung gewesen, dass der Versuch, mit jenen Geschöpfen zu verhandeln, scheitern musste. Die Hydroger hatten ihre boshafte *Fremdartigkeit* bereits unter Beweis gestellt. Unter solchen Umständen ließ sich mit höflicher Diplomatie kaum etwas erreichen. Aber sie waren verpflichtet, zumindest einen Versuch zu unternehmen.

»Halten Sie mich auf dem Laufenden«, sagte der Vorsitzende und verließ das Kontrollzentrum.

Er wanderte durch die Korridore. Die Wände bestanden aus Sandstein und die Eisenoxide des Mars gaben der Luft einen rostigen Geruch. Basil hatte das Gefühl, dass es in der Basis immer zu kalt war, obwohl die Thermostate genau die Temperatur anzeigten, an die er gewöhnt war. Er glaubte ihnen nicht.

Überall herrschte rege Aktivität und es freute ihn zu sehen, dass die Soldaten ihren Pflichten auch bei erhöhtem Alarmstatus ohne Desorganisation oder Chaos nachgingen. Er war stolz auf sie.

Von großen Transportern im Orbit ausgeschleuste Frachtmodule brachten dem Nachschubdepot Proviant, Ausrüstung und anderes Material. Hier setzte man die tägliche Routine fort, während in einem weit entfernten Sonnensystem Vorbereitungen für einen Angriff getroffen wurden. Basil beobachtete geistesabwesend, wie man einige Container aus einem Shuttle holte. Ein kleiner Kompi kam zum Vorschein, mit einem Behälter, der Metall enthielt. Es war weder ein militärisches Modell noch einer der neuen Soldaten-Kompis. Dieser Roboter sah wie einer der Kompis aus, den Roamer benutzten.

Er näherte sich dem fürs Entladen zuständigen Corporal und sprach mit synthetischer Stimme: »Kompi mit der Bezeichnung EA kehrt zum Dienst zurück.«

»Wo bist du gewesen?«, fragte der Corporal. »Du warst vor zwei Wochen für den Dienst eingeteilt.«

»Meine Herrin gab mir einen Prioritätsauftrag«, erwiderte EA.

Basil trat neugierig näher. »Einen Augenblick, Corporal. Arbeitet etwa ein Roamer-Kompi für uns?«

Der Corporal musterte ihn mit gerunzelter Stirn und schien sich zu fragen, was ein Zivilist in einer militärischen Basis zu suchen hatte. »Und wer sind Sie, Sir? Zivilisten haben hier keinen Zugang ...«

»Ich bin Basil Wenzeslas, Vorsitzender der Terranischen Hanse.« Amüsiert nahm Basil die kurze Skepsis zur Kenntnis, dann erkannte ihn der Corporal.

»Ja, Vorsitzender! Bitte entschuldigen Sie. Ich wusste nicht, dass Sie sich im Stützpunkt befinden.«

»Sie sollten sich besser informieren. Ich bin sicher, dass eine Mitteilung für die Crew herausgegeben wurde.« Die Art und Weise, wie der Corporal das elektronische Klemmbrett hielt, wies Basil darauf hin, dass dieser Mann keine Entscheidungen traf und nur Befehle ausführte. Der Vorsitzende wartete ein oder zwei Sekunden, bevor er sagte: »Ich habe Sie etwas gefragt, Corporal. Ist es üblich, dass Roamer-Kompis Bereiche mit Zugangsbeschränkung betreten dürfen? Sie haben *meine* Berechtigung infrage gestellt, mich hier aufzuhalten, doch ein Roamer-Roboter darf sich hier frei bewegen?«

Der Corporal sah sich um und schien nach einem vorgesetzten Offizier Ausschau zu halten, aber er war allein. »Sir, EA arbeitet seit fünf Jahren hier in der Basis. Die Eigentümerin ist Offizier in der Kampfflotte von Gitter 7.«

Basil runzelte die Stirn und verarbeitete diese Information. »Ich verstehe. Und wenn die Eigentümerin nicht hier ist, erlauben Sie diesem Roamer-Kompi, im Stützpunkt umherzuwandern, Aufnahmen anzufertigen und unsere Schwächen herauszufinden?«

Der Corporal war verblüfft. »Sind wir im Krieg mit den Roamern, Sir? Ich dachte, sie sind die Einzigen, die uns derzeit Ekti liefern. Ohne die Roamer hätten wir überhaupt keinen Treibstoff für den Sternenantrieb.«

»Zwischen Verbündeten und Feinden kann man nicht immer klar unterscheiden, Corporal. Wir dürfen nie in unserer Wachsamkeit nachlassen, erst recht nicht im Krieg.« Basil wusste, dass er wegen seiner Besorgnis in Hinsicht auf Osquivel zu heftig reagierte. Zugegeben, die sehr auf ihre Unabhängigkeit bedachten Clans wurden nicht direkt gegen die Hanse aktiv, aber sie hatten auch nicht die besten Interessen der Erde im Sinn.

Roamer-Kompis sah man nur selten in der Hanse. Sie kamen gelegentlich an Bord von Schiffen der Weltraumzigeuner, die Kolonialwelten anflogen. Basil sah eine günstige Gelegenheit. »Ich übernehme die Verantwortung für diesen Kompi, Corporal. Wenn Sie irgendwelche Fragen haben, so richten Sie sie an Ihren vorgesetzten Offizier.«

»Ja ... ja, Sir.«

Basil wandte sich an den Kompi und erhoffte sich Informationen. Nur wenige Personen hatten die Chance bekommen, ohne die Anwesenheit eines Roamers mit einem Roamer-Kompi zu sprechen. »Folge mir, EA. Lass uns ein wenig miteinander plaudern.«

»Ja, Sir.«

Er führte EA aus dem Entladebereich in einen leeren Raum mit einem Tisch und mehreren Kom-Schirmen – offenbar ein Büro für dienstfreies Personal. »Na schön. Sag mir, wo du gewesen bist.«

»Meine Eigentümerin gab mir den Auftrag, mich um Familienangelegenheiten zu kümmern.«

»Verstehe.« Basil presste die Fingerspitzen aneinander. »Aber wo bist du gewesen?«

»Ich habe den Ort aufgesucht, den meine Eigentümerin nannte. Es ist mir verboten, Mitgliedern der Hanse Einzelheiten zu nennen.«

Alarmglocken läuteten hinter Basils Stirn. Dieser Kompi war also speziell darauf programmiert, Dinge vor der Terranischen Hanse geheim zu halten? Schon seit einer ganzen Weile argwöhnte er, dass die aufsässigen Roamer absichtlich oder unbewusst gegen die Hanse aktiv wurden. Sie hatten es abgelehnt, die Charta zu unterschreiben. Sie missachteten die Gesetze der Hanse und kümmerten sich nicht um den Rest der menschlichen Zivilisation. Ihre Lebensweise schien recht primitiv zu sein, eine Gruppe heimatloser Clans. Warum waren sie solche Geheimniskrämer?

Während der letzten Jahre hatten TVF-Patrouillen zahlreiche unbekannte Frachter der Roamer abgefangen. Alle transportierten Ekti, obwohl die Terranische Verteidigungsflotte Anspruch auf den gesamten zur Verfügung stehenden Treibstoff für den Sternenantrieb erhob. Wie konnten es die Roamer rechtfertigen, andere Kunden dem Militär der Hanse vorzuziehen? Basil Wenzeslas war davon überzeugt, dass sie irgendetwas im Schilde führten.

Er dachte über die nächste Frage nach. »EA, ich gebe dir einen direkten Befehl. Deine Eigentümerin ist nicht hier und deine Programmierung verlangt von dir, die Anweisungen von Menschen zu befolgen.«

»Solange dadurch kein Schaden für andere Menschen entsteht«, sagte EA. »Und falls sie nicht den Instruktionen widersprechen, die meine Eigentümerin mir gegeben hat.«

»Du bist von deiner persönlichen Mission zurückgekehrt und hast die damit in Zusammenhang stehenden Anweisungen befolgt, nicht wahr?«

EA zögere. »Ich habe meine Mission beendet, ja.«

Basil lächelte. »Gut, dann können wir diesen Punkt abhaken.« Kompis waren nicht übermäßig intelligent oder flexibel. Er würde mit einfachen Informationen beginnen, mit Daten, die in der TVF-Personaldatei der Eigentümerin enthalten waren. »Du gehörst einer Offizierin der Terranischen Verteidigungsflotte?«

»Ja. Sie ist Commander eines Manta-Kreuzers.«

Basil wölbte die Brauen. Nicht viele Roamer hatten sich freiwillig für den Dienst in der TVF gemeldet. Ah, vielleicht handelte es sich um Commander Tamblyn, die beim Debakel von Boone's Crossing ausgezeichnete Arbeit geleistet hatte. War sie ein Maulwurf in den Reihen des Militärs? Zu welchen wichtigen Informationen hatte sie Zugang? Basil stellte sich diese Fragen voller Unbehagen. Aber vielleicht konnte er mithilfe des Kompi Aufschluss gewinnen. »Du gehörst einer Roamerin, richtig? Commander Tamblyn?«

»Ja.«
»Von welchem Planeten kommt sie?«
EA schwieg eine Zeit lang. »Diese Information darf ich nicht preisgeben.«
Das erstaunte Basil. »Du darfst mir nicht sagen, von welchem Planeten sie stammt? Das ist doch absurd. Angaben darüber müssten sich in der Personaldatei finden lassen. Womit befasst sich der Tamblyn-Clan? Über welche Anlagen oder Schiffe verfügt er?«
Der Kompi stand wie steif da. »Es tut mir Leid, Sir, aber diese Fragen kann ich nicht beantworten.«
»Doch, das kannst du, ich bestehe darauf. Ich befehle dir, mir Antwort zu geben.«
Verblüfft beobachtete Basil Funken hinter EAs Augen. Die Arme des Roboters zitterten, dann sackte er in sich zusammen. Alle Indikatorlichter in seinem Gesicht erloschen.
»Antworte mir, EA.« Basil trat ungeduldig an den Kompi heran und berührte den metallenen Körper – er war heiß. Hatte ein Kurzschluss die Schaltkreise durchbrennen lassen? Es schien zu einem totalen Systemausfall gekommen zu sein. »Na so was! Hast du das absichtlich gemacht?« Er sah sich um, als wollte er feststellen, ob jemand den Vorgang beobachtet hatte. »Ich fasse es nicht.«
Tief in Gedanken versunken runzelte er die Stirn. Seine Fragen waren eigentlich recht harmlos gewesen, aber offenbar gab es in dem Roamer-Kompi ein eingebautes Sicherheitssystem. Fragen über Aktivitäten oder Stützpunkte der Roamer führten zu einer permanenten, endgültigen Deaktivierung, zur Löschung aller Daten und Programme. Sehr beunruhigend.
Er gab EA einen Stoß. Der alte Kompi schwankte, kippte gegen die Wand, neigte sich zur Seite und krachte auf den Boden.
Warum ergriffen die Roamer solche Sicherheitsmaßnahmen, um ihre Geheimnisse zu wahren? Was stellten sie an? Basil Wenzeslas biss die Zähne zusammen. »Was verbirgst du?«, knurrte er, aber auch diesmal gab der Roboter keine Antwort.
Ein atemloser Lieutenant lief an der Tür vorbei, bemerkte Basil und kehrte zurück. »Vorsitzender Wenzeslas, Ihre Anwesenheit im Kommando- und Kontrollzentrum ist erforderlich. Wir haben überall nach Ihnen gesucht ...«
»Ich bin hier«, sagte Basil mit fester Stimme und straffte die Schultern. »Was ist geschehen?«

»General Lanyan ist bereit, die Kontaktkapsel zu starten und sie in die Atmosphäre von Osquivel sinken zu lassen.«

Basil nickte. Es wurde Zeit, sich auf wichtigere Dinge zu konzentrieren. »Nun, er hat meinen Segen. Richten Sie ihm aus, dass er die Kapsel starten soll.« Er trat einen Schritt zur Tür und sah dann noch einmal zum reglos auf dem Boden liegenden Kompi. »Oh, und noch etwas, Lieutenant. Lassen Sie das hier von jemandem wegschaffen.« Er stieß EA mit dem Fuß an. »Verstauen Sie den Roboter irgendwo für eine spätere Untersuchung.«

85 ✳ TASIA TAMBLYN

Als die Schiffe der TVF-Kampfflotte über Osquivel in Position gingen, sah sich Tasia besorgt die von den taktischen Analysesonden übermittelten Daten an. Sie versuchte, kein zu großes Interesse zu zeigen. Es gab keine offensichtlichen Hinweise auf Del Kellums Werften; nichts in den Ringen des Gasriesen schien besondere Aufmerksamkeit zu verdienen. Zwar hatte Tasia keine Nachricht von ihrem Kompi EA erhalten, aber offenbar war es ihm gelungen, die Warnung zu überbringen.

Sie seufzte erleichtert und dankte ihrem Leitstern. Ein Problem gelöst. Jetzt konnte sie sich auf das andere namens Robb Brindle konzentrieren.

»General Lanyan, Sir«, sagte sie und salutierte auf der Brücke der *Goliath*. »Bitte um Erlaubnis, den Hangar aufsuchen und die Kontaktkapsel inspizieren zu dürfen.«

Er kratzte sich am breiten Kinn. »Zu welchem Zweck, Commander? Haben Sie keine Pflichten an Bord Ihres eigenen Schiffes?«

»Ich ... ich würde gern mit Staffelführer Brindle sprechen, bevor er aufbricht.« Tasia schluckte und hoffte, dass ihr Gesicht nicht zu viel Gefühl zeigte. *Zur Vernunft bringen kann ich ihn jetzt ohnehin nicht mehr.*

Auf der anderen Seite der Brücke grinste Fitzpatrick. »Sie möchte ihm einen Abschiedskuss geben, General.«

Lanyan sah von Fitzpatricks sarkastischem Gesicht zu Tasias Verlegenheitsröte und schien plötzlich zu verstehen. »Erlaubnis erteilt. Aber nehmen Sie sich nicht zu viel Zeit. Staffelführer Brindle sollte sich vorbereiten und Sie sollten an Bord Ihres Kreuzers zurückkehren. Ich brauche alle meine Flottenkommandanten auf ihrem Posten.«

Tasia eilte davon, entzog sich rasch den Blicken der Brückencrew. Einige Gesichter zeigten Anteilnahme, andere nur ein wissendes Lächeln. Alle gingen davon aus, dass Brindles Versuch, mit den Hydrogern zu kommunizieren, fehlschlagen würde. Während des vergangenen Monats hatte er sich einer intensiven diplomatischen Ausbildung unterzogen, aber niemand wusste, wie die Droger auf den Kontaktversuch reagieren würden. Eigentlich war es nicht mehr als eine politische Geste und viele sahen in dem optimistischen jungen Offizier eine Art Opferlamm.

Brindle, dein Leitstern scheint ein Brauner Zwerg zu sein ...

Ein Lift brachte Tasia zum Hangar. Dort traf sie viele TVF-Soldaten an, die die letzten Vorbereitungen beobachteten. Robb trug eine makellose Uniform – als ließen sich Hydroger von Kleidung beeindrucken. Ein törichtes stolzes Grinsen lag auf seinen Lippen, als er vor der Kapsel stand, die aussah wie eine altertümliche Tiefsee-Tauchglocke: kugelförmig, gepanzert und ausgestattet mit einem Navigationssystem, das auch unter dem enormen Druck in den Tiefen eines Gasriesen funktionierte. Kleine runde Fenster aus polymerverstärktem Kristall gewährten Ausblick in alle Richtungen.

Die Kontaktkapsel diente allein zur Kommunikation mit den Hydrogern und sollte nicht bedrohlich wirken. Robb hatte sie getestet und wusste mit ihren Systemen umzugehen. Angeblich flog sie mit der Eleganz eines Ziegelsteins, aber sie erfüllte ihren Zweck. Über defensive Einrichtungen verfügte die Kapsel nicht – mit gewöhnlichen Waffen ließ sich ohnehin nichts gegen die Kugelschiffe ausrichten.

Tasia wäre am liebsten losgelaufen, um Robb zu umarmen, aber vor so vielen Personen kam das natürlich nicht infrage. Alle applaudierten und beglückwünschten Brindle zu seinem Mut. Als er Tasia sah, wurde sein Grinsen noch breiter, und es glänzte in seinen honigbraunen Augen. Er hob die Hand, doch Tasia sagte nichts, aus Furcht, die Kontrolle über ihre Gefühle zu verlieren.

Am Abend zuvor hatten Robb und Tasia ihre dienstfreie Zeit zusammen verbracht. Er wollte früh zu Bett gehen, um seine Mission ausgeruht anzutreten, aber Tasia beabsichtigte nicht, ihn lange schlafen zu lassen. Unglücklicherweise kam es zwischen ihr und Robb zu einer Diskussion, die zu einem echten Streit ausartete – auf diese Weise hatte sie den Abend nicht verbringen wollen.

»Ich will kein Feigling sein«, sagte Robb. »Die TVF verlässt sich auf mich. Und derzeit bin nur ich qualifiziert.«

»Niemand ist qualifiziert, Punkt. Ich habe nichts dagegen, wenn jemand ein Risiko eingeht. Shizz, ich bin *Roamerin*, Brindle. Ich habe immer am Rand des Risikos gelebt. Aber was du vorhast, ist schlicht und einfach Selbstmord. Wir haben keinen Grund zu der Annahme, dass der Kontaktversuch erfolgreich sein könnte.«

»Ich bin nicht bereit, alle Hoffnung aufzugeben. Wenn es zu einem totalen Krieg zwischen Menschen und Hydrogern kommt, treten sie uns ordentlich in den Hintern.« Robb versuchte, mit einem Lächeln über die eigene Unsicherheit hinwegzutäuschen. »Ich gebe zu, dass die Erfolgsaussichten nicht besonders groß sind.«

»Warum musst ausgerechnet du aufbrechen?«, stieß Tasia hervor. »Ich will dich nicht verlieren.«

Ihr Vater war ein strenger Zuchtmeister gewesen, ihre Mutter hatte sie kaum gekannt. Kameradschaft hatte sie bei ihren Brüdern gefunden und sich nur mit einem draufgängerischen Gebaren gegen Jess und Ross, beide viel älter als sie, behaupten können.

Während jener Nacht mit Robb, an dem ihr wirklich etwas lag, fühlte sie sich von Angst und Schrecken begleitet. Tasia erhob dumme Vorwürfe, aber Robb wirkte nicht verletzt, nahm sie in die Arme und beruhigte sie. Anschließend liebten sie sich mit einer Mischung aus süßer Zärtlichkeit und Verzweiflung; es war eine ihrer intensivsten Begegnungen.

Am Morgen summte der Wecker viel zu früh und ihnen beiden blieb kaum Zeit genug, die Uniformen anzuziehen und ihre Plätze einzunehmen. Bewusst verzichteten sie darauf, Abschied voneinander zu nehmen ...

Techniker drängten die neugierigen Soldaten im Hangar zurück. »Lasst dem Mann Platz genug zum Atmen. Er muss jetzt in seinem geräumigen Gefährt Platz nehmen.«

»Zeig's ihnen, Brindle!«, rief jemand.

Bevor er in die Kapsel kletterte, hob Robb die Fingerspitzen an die Stirn – ein Gruß, der allein Tasia galt. Sie blinzelte die plötzliche Feuchtigkeit in den Augen fort.

Rossia hinkte an den Soldaten vorbei zur Kontaktkapsel, den Topf mit dem Schössling im einen Arm. »Warten Sie, Staffelführer. Ich habe etwas für Sie.« Er hielt die freie Hand unter einen Blattwedel des palmenartigen Baums und wie auf seinen Befehl hin fiel ein kleiner Zweig herab. »Sie sind kein grüner Priester, deshalb nützt Ihnen der Baum nichts für die Kommunikation. Aber ich glaube, dies könnte Ihrem Herzen gut tun.«

Robb nahm den Zweig entgegen. »Ich verstehe. Wie ein Olivenzweig, nicht wahr?«

Rossia zuckte mit den Schultern. »Vielleicht. Möglicherweise finden Sie Trost darin. Wer weiß, wozu der Weltwald imstande ist.«

Robb schob den Zweig in die Brusttasche seiner Uniform, wie eine Ansteckblume. »Danke.«

Der grüne Priester wandte sich ab und kehrte zu seinem Posten zurück, bevor ihn der General rief.

»Bereiten Sie sich auf den Start der Kontaktkapsel vor«, sagte der Cheftechniker.

»Ich bin so weit«, erwiderte Robb.

General Lanyans Stimme ertönte aus dem Interkom. »Was Sie vorhaben, ist sehr tapfer, Staffelführer Brindle. Wir wollten diesen Krieg nicht und müssen jeden Weg beschreiten, der zum Frieden führen kann. Versuchen Sie, mit den Hydrogern zu sprechen und sie zur Vernunft zu bringen.«

Die Soldaten jubelten erneut und zwei Männer schlossen die Luke. Das Innere der Kapsel wurde unter Druck gesetzt, die Integrität der Außenhülle ein letztes Mal überprüft. Dann glitt sie in die Schleuse und schließlich hinaus ins All.

Lanyans Stimme ertönte erneut. »Hiermit ordne ich höchste Alarmstufe für die Flotte an. Alle Offiziere kehren unverzüglich zu ihren jeweiligen Kampfschiffen zurück. Der Feind soll uns nicht noch einmal überraschen.«

Tivvis eilten zu ihren Stationen. Mit schwerem Herzen, aber auch entschlossen ging Tasia an Bord eines kleinen Shuttles, der sie und drei andere Offiziere zu ihrem Manta brachte.

»Der Sinkflug geht ohne Zwischenfälle weiter«, sendete Robb. Die ganze Flotte hörte ihm zu. »Die Atmosphäre wird immer dichter. Temperatur und Windgeschwindigkeit steigen.« Man hörte das Pfeifen des Winds. »Es ist wie bei dem Versuch, auf einer unruhigen Katze still zu sitzen.«

Als Tasia das Kommandodeck ihres Kreuzers erreichte, ließ sie sich vom stellvertretenden Kommandanten einen kurzen Situationsbericht geben. Die Schiffe hatten Formierungsanweisungen bekommen: Zehn verbesserte Schlachtschiffe der Moloch-Klassen und fünfzig Manta-Kreuzer warten über dem Planeten.

Tasia nahm im Kommandosessel Platz. »Legen Sie Staffelführer Brindles Meldungen auf den allgemeinen Kom-Kanal und erhöhen Sie die Lautstärke, damit alle mithören können.«

»Noch immer kein Kontakt, obwohl ich die vorbereitete Botschaft auf allen Frequenzen sende«, sagte Robb. »Ich sehe wogende Farben im dichten Gas, sonst nichts.« Statisches Knistern störte die Signale, als die Kapsel tiefer sank. »Es wird tatsächlich ziemlich rau. Früher haben sich Leute in einem Fass Wasserfälle hinuntergestürzt, nicht wahr? So ähnlich fühlt sich dies an.«

Patrick Fitzpatrick brachte seinen Manta tiefer, in eine führende Position dicht über der Atmosphäre des Gasriesen. »General, wir sind bereit für ein wenig aggressive Diplomatie, wenn die Umstände es verlangen.«

Lanyans Goldjunge verließ seinen Platz in der Formation, aber der General tadelte ihn deshalb nicht.

»Ich habe gerade die Scheinwerfer eingeschaltet«, sagte Robb. »Die Hydroger müssten mich eigentlich sehen. Hallo?«

Tasia hoffte, dass das Licht nicht irgendein riesiges Ungeheuer in Osquivels Wolkenmeer anlockte.

Dann schwieg Robb zehn quälende Minuten lang. Die besorgten Kommunikationsoffiziere versuchten, den Kontakt wiederherzustellen, und Tasia sah auf die Anzeigen der Sensoren, um festzustellen, wie weit die Kontaktkapsel gesunken war. Bei der Crew wuchs das Unbehagen. Männer und Frauen bissen sich nervös auf die Lippen. Die Stille dauerte an.

Schließlich sendete Robb eine weitere Mitteilung, die Worte von Statik überlagert. »... unglaublich! Ich sehe ... so etwas hätte ich mir nie vorgestellt.« Es folgte eine Pause voller donnernder Statik. »Es ist wundervoll ... *wundervoll* ...«

Weißes Rauschen füllte den Kommunikationskanal. Tasia spitzte die Ohren und hörte, wie die Kommunikationsspezialisten an Bord von General Lanyans Flaggschiff mehrmals versuchten, eine neue Verbindung zur Kapsel herzustellen. Ihre Bemühungen blieben ohne Erfolg.

»Kein Kontakt mehr mit der Kapsel, General. Die Sensoren erfassen sie nicht mehr.«

»Ist sie dem atmosphärischen Druck zum Opfer gefallen oder haben die Hydroger sie zerstört?«

»Das lässt sich nicht feststellen, Sir.«

Tasia saß im Kommandosessel, voller Kummer und Zorn. Sie atmete schwer – *Robb!* – und öffnete einen Kom-Kanal. »General, wir sollten ihm einen Scout hinterher schicken! Wie wär's, wenn wir einige der neuen Soldaten-Kompis einsetzen? Sie könnten in die Atmosphäre des Gasriesen vorstoßen und die Kontaktkapsel bergen.«

Sie klammerte sich an dem Gedanken fest, dass Robb irgendwie überlebt hatte.

»Droger-Aktivität unter uns, Commander!«, rief Lieutenant Ramirez. »Drei mit Kompi-Scouts bemannte Remoras sind zerstört.«

Der primäre Kanal übertrug Lanyans Stimme. »Das ist die Antwort. Niemand kann behaupten, wir hätten es nicht versucht. Bereiten Sie sich auf den Großangriff vor! Sie wissen, worauf es jetzt ankommt. Machen Sie von Ihrem gesamten offensiven Potenzial Gebrauch.«

86 ✴ TASIA TAMBLYN

Die Manta-Kreuzer glitten dem Planeten entgegen und Commander Fitzpatricks schnodderige Stimme drang aus den Kom-Lautsprechern. »Die verdammten Droger haben unseren Freund Robb Brindle auf dem Gewissen. Zahlen wir es ihnen heim!«

Kummer und Schock lähmten Tasia fast und sie hätte Fitzpatrick am liebsten erwürgt – er war nie Robbs Freund gewesen. Doch zuerst wollte sie sich um den wahren Feind kümmern. Zur Hölle mit den Hydrogern!

Ein weiterer Kompi-Remora wurde zerstört und Kugelschiffe stiegen aus den Tiefen des Wolkenmeeres auf. Die TVF war bereit – das glaubte sie zumindest.

Tasia weigerte sich, die Hoffnung ganz aufzugeben. Vielleicht befand sich Robb noch immer dort unten und konnte nur nicht senden. Andererseits: An der Aggressivität der Hydroger bestand kein Zweifel. Mehrere von Kompis bemannte Remoras waren von ihnen zerstört worden – und vermutlich auch die Kontaktkapsel.

Tasia hatte dies von Anfang an befürchtet ... Sie atmete tief durch und zählte langsam bis zehn, um das emotionale Chaos in ihrem Innern wieder unter Kontrolle zu bringen. Dann sagte sie mit erzwungener Ruhe: »Bereitschaft für alle Stationen. Eröffnen Sie nicht zu früh das Feuer – wir wollen keine Energie verschwenden.«

Tief in ihrem Innern trauerte sie um Robb. Wenn die TVF mit dem Bombardement begann, schwand jede Hoffnung für ihn. Aber Tasia konnte es nicht verhindern – und sie wusste auch gar nicht, ob sie das wollte. »Zeigen wir es den verdammten Fremden.«

Von der Brücke der *Goliath* aus überprüfte General Lanyan die Mantas, die von Menschen bemannten Remoras und die Überwachungssatelliten. »Drei Roboter-Kreuzer sollen die Spitze übernehmen. Jetzt können die neuen Kompis zeigen, was in ihnen steckt.«

Ein Computertechniker übermittelte den Soldaten-Kompis an Bord der Schlachtschiffe spezielle Befehle. Vor Beginn der Mission hatten alle Kommandanten detaillierte Einsatzanweisungen erhalten – sie kannten die ersten Phasen des Angriffsplans. Tasia spürte eine sonderbare Leere im Bauch, so als fiele sie in eine bodenlose Tiefe.

»Die Thunderheads nach unten«, ordnete Lanyan an. »Gehen Sie in Position und halten Sie sich für den Einsatz der schwersten Bomben bereit. Die Bruchimpulsdrohnen bleiben in Reserve, bis wir sehen, worauf wir zielen.« Die Waffenplattformen schwärmten am Rand von Osquivels Atmosphäre aus. »An die Plattformen: Beginnen Sie mir dem Bombardement.«

Bomben regneten aus den Thunderheads und explodierten, als sie eine bestimmte Tiefe erreichten. In Osquivels Wolkenmeer blitzte es immer wieder auf – die Explosionen sollten die Hydroger aufscheuchen. Aber nach den letzten Meldungen der zerstörten Remoras war das gar nicht nötig, denn es stiegen bereits Kugelschiffe auf.

Tasia ballte so fest die Fäuste, dass sich ihre Fingernägel in die Handballen bohrten. Jetzt dauerte es nicht mehr lange, bis es für ihren Kreuzer Zeit wurde, in das Geschehen einzugreifen.

»Zweite Phase«, sagte Lanyan. Es klang so, als hätte er eine Tabelle vor sich liegen und behielte ein Chronometer im Auge. »Primärer Kompi-Flügel: die Remoras ausschleusen und den Feind angreifen, falls er lokalisiert werden kann. Kompi-Mantas, Distanz verkürzen.«

Die neuen Soldaten-Kompis konnten die Angriffsjäger mit höherer Beschleunigung fliegen und hielten bei den Flugmanövern mehr Andruckkräfte aus als menschliche Piloten. Sie brauchten kein Lebenserhaltungssystem und deshalb stand den Jazer-Bänken mehr Energie zur Verfügung.

Hundert der schnellsten Jäger stießen tief in die Atmosphäre des Gasriesen hinab, während sich die vom Bombardement ausgelösten Druckwellen noch immer im Wolkenmeer ausbreiteten. Wie tödliche silberne Projektile rasten die Remoras dahin und suchten nach Zielen. Telemetrische Daten wurden übermittelt, als die gewissenhaften Roboter ihre Position meldeten.

Als die Soldaten-Kompis jene Tiefe erreichten, in der Robb verschwunden war, berichteten sie von aufsteigenden Kugelschiffen. Dann brach der Kom-Kontakt ab. *Genau wie bei Robb.*

Lanyan biss die Zähne zusammen. »Wo sind sie?« Er blickte auf die Wolken hinab, die nach dem Bombardement noch immer wogten.

Rossia saß an seiner Station und beschrieb die Ereignisse durch den Telkontakt. »Ich sehe ein Glühen, wie Blitze ... etwas, das viel größer ist als die *Goliath*. Blitzende Lichter, energetische Entladungen. Ah, jetzt kommen sie aus den Wolken. Sehen erschreckend aus ...« Er schauderte mit dem instinktiven Abscheu des Weltwaldes, übermittelt vom Schössling.

Kugelschiff-Schwärme stiegen auf, riesige Schiffe, von kleineren begleitet. Rufe von TVF-Soldaten drangen aus den Kom-Lautsprechern, erfüllt nicht nur von Tapferkeit, sondern auch von Furcht. Noch nie zuvor hatten sie eine so große Streitmacht der Hydroger gesehen.

Die ersten drei Kompi-Mantas flogen dem Feind ohne zu zögern entgegen und eröffneten das Feuer, bevor die Hydroger zuschlagen konnten.

»Zahlreiche Jazer-Treffer, aber keine bedeutenden Schäden.« Rossias Blick huschte hin und her. »Die Blitze schmerzen mich in den Augen.«

»Die Kohlenstoffknaller einsetzen!«

Die Kreuzer ließen ganze Haufen der neu entwickelten Waffe fallen. Wie Wasserbomben sanken sie den Hydrogern entgegen und explodierten in unmittelbarer Nähe der Kugelschiffe. Ihre Druckwellen waren fokussiert und dazu bestimmt, Kohlenstoffverbindungen aufzureißen. Einige Schiffe des Feindes drehten sich, wie desorientiert von der unerwarteten Wucht des Angriffs.

Bevor sich die Soldaten freuen konnten, zuckten blaue Blitze von den unbeschädigten Kugelschiffen, trafen den nächsten Roboter-Manta und rissen seinen Rumpf auf.

»Direkter Treffer von den Hydrogern! Einer unserer Kompi-Kreuzer ist beschädigt.« Rossia klang wie ein Sportreporter, der versuchte, seinen Zuhörern die Aufregung des Spiels zu vermitteln, das er beobachtete. »Es ist ebenso schrecklich wie die Erinnerungen des Weltwaldes an den alten Krieg.«

Der beschädigte Manta-Kreuzer setzte den Flug fort und feuerte mit allen noch funktionstüchtigen Waffen. »Seht euch das an!«, rief Lanyan stolz. »Die Soldaten-Kompis bleiben im Einsatz, trotz des großen Lochs in der Außenhülle!«

Die mit Robotern bemannten Mantas und Remoras feuerten die ganze Zeit über, bis ihnen Energie und Munition ausgingen. Daraufhin stellte Lanyan eine Kom-Verbindung her und sprach zu den programmierten Soldaten-Kompis. »Endsequenz einleiten.« Er lehnte sich zurück und lächelte grimmig, als er sich an die Kommandanten wandte. »Passen Sie gut auf. Dies ist etwas, das wir den Ildiranern abgeschaut haben.«

Die Kompi-Remoras machten von ihrer letzten Triebwerksenergie Gebrauch, beschleunigten und jagten den feindlichen Schiffen wie Geschosse entgegen. Auf den Monitoren verschwand ein Telemetriebild nach dem anderen und wich Statik.

Immer wieder gleißte destruktive Energie, in einem so verwirrenden Feuerwerk, dass Tasia nicht die Details der Schlacht beobachten konnte. Sie saß noch immer im Kommandosessel, dazu bereit, ihren Beitrag zu leisten, Robb Brindle und ihren Bruder Ross zu rächen.

Doch die menschlichen Streitkräfte hatten noch nicht den Einsatzbefehl erhalten.

Als General Lanyan den Endsequenz-Befehl übermittelt hatte, feuerten die drei arg mitgenommenen Kompi-Mantas alle ihre Waffen gleichzeitig ab und verbrauchten dabei die letzten Energiereserven, während sie gleichzeitig mit voller Kraft beschleunigten – die Hydroger konnten unmöglich rechtzeitig ausweichen. Die überlasteten Reaktoren der Roboter-Mantas glühten, als jeder der drei Kreuzer mit einem Kugelschiff kollidierte. Die Triebwerkskammern des Sternenantriebs platzten auf und Explosionen loderten wie kleine Sonnen.

Die drei getroffenen Kugelschiffe brachen auf, brannten und stürzten zerstört in Osquivels Tiefe.

»Thunderhead-Waffenplattformen! Zweite und letzte Verteidigungslinie.« Die Stimme des Generals klang noch schärfer, als wollte er den Feind beeindrucken, der vielleicht mithörte. »Setzen Sie Ihre Atombomben ein und ziehen Sie sich dann so schnell wie möglich zurück.«

Die Kommandanten der Plattformen gaben ihre Befehle und Atomsprengköpfe regneten auf die emporsteigenden Kugelschiffe hinab. Als die Bomben abgeworfen waren, wurden die Triebwerke der Thunderheads aktiv und die schwerfälligen Plattformen entfernten sich vom Planeten, um nicht den Druckwellen und elektromagnetischen Impulsen zum Opfer zu fallen.

Atomares Feuer brannte in der Atmosphäre von Osquivel. Lichtblitze, hell wie neugeborene Sonnen, und intensive Strahlung jagten durch gewaltige Sturmsysteme. Die wartenden, mit Menschen bemannten Mantas und Moloche schwebten über den Polen des Planeten und beobachteten das unglaubliche Vernichtungschaos.

Die TVF-Soldaten jubelten, als sie die Blitze der atomaren Explosionen sahen. »Jetzt werden die Droger gebraten!«

»Das kocht sie in ihren Kugeln!«

»Sie hätten zu Hause bleiben und uns in Ruhe lassen sollen.«

Tasia saß wie eine Statue in ihrem Kommandosessel. Sie beobachtete die Blitze ebenfalls, sah in ihnen aber keinen Grund zum Feiern. Es war noch nicht vorbei. Und ihr letzter Rest von Hoffnung löste sich auf. Selbst wenn die Hydroger Robb nicht erwischt hatten – diese vielen Atomexplosionen konnte er unmöglich überleben. Sie fühlte die Kraft ihres Manta-Kreuzers, die Energie in den Akkumulatoren der Waffensysteme, die startbereiten Remoras in den Hangars. Es wurde Zeit, etwas zu unternehmen.

Tasia rutschte in ihrem Sessel unruhig hin und her. »Na los, General, geben Sie uns den Einsatzbefehl«, murmelte sie. »Ich möchte jemandem *wehtun*.«

»Verdammt!«, fluchte ein Plattform-Kommandant. »Sie steigen weiterhin auf, selbst nach all den Atombomben!«

Lanyan verbarg seine Überraschung nicht. »Zum Teufel auch, wie werden wir sie los?«

Lanyan beorderte die letzten Kompi-Mantas nach vorn, damit sie das erste Feuer des Feindes auf sich zogen. »Es geht los! Setzen Sie alles gegen die Droger ein, was Sie haben. Und denken Sie daran: Dies ist der gleiche Feind, der Boone's Crossing zerstört hat.«

»Als ob wir einen zusätzlichen Grund brauchen, die Droger zu hassen«, brummte Tasia laut genug, damit die Brückencrew sie hörte. Sie beugte sich im Kommandosessel vor, als der Manta-Kreuzer in Angriffsposition ging. Unten stiegen weitere Kugelschiffe aus den Tiefen des Gasriesen empor, hunderte. »Da kommen sie.«

87 ✺ ZHETT KELLUM

Versteckt in den Ringen von Osquivel beobachteten die Roamer das Inferno um sie herum.

»Ich komme mir vor wie ein ängstliches Kaninchen in seinem Bau«, sagte Zhett Kellum und veränderte ihre Position. Trotz der geringen Schwerkraft war ihr linkes Bein eingeschlafen.

»Verdammt, die Tivvis bringen uns alle in Schwierigkeiten«, knurrte Del Kellum. »Sieh nur! Da kommen die Droger. Was hat der General nach dem Bombardement erwartet?« Er betätigte die Kontrollen und schaltete zwischen den verschiedenen visuellen Signalen um, die Dutzende von Imagern in den Ringen übertrugen. »Sei froh, dass wir nicht daran beteiligt sind.«

»Dies geht auch uns an, Vater. Die Droger würden uns ebenso töten wie die Tivvis.«

Die meisten Arbeiter hatten das System nach der Demontage der Werften verlassen. Die Tarnung der übrigen Anlagen schien den gewünschten Zweck zu erfüllen, denn die TVF-Kampfflotte hatte die Einrichtungen der Roamer nicht entdeckt. Und der Angriff der Hydroger bedeutete jetzt, dass die Tivvis jetzt ganz andere Sorgen hatten.

Im Inneren des nur wenig Platz bietenden Schlupflochs justierte Zhett einen speziellen Scanner und stellte ihn auf die Frequenz des Kommandokanals der TVF ein. Ein Entschlüsselungsprozessor, den eigentlich kein Roamer besitzen durfte, ermöglichte es ihr, die Stimme des Generals zu hören: Lanyan übermittelte den Soldaten-Kompis und ihren Kamikaze-Remoras Befehle.

Die Bildschirme zeigten Dutzende – hunderte – von Kugelschiffen, die wie zornige Hornissen aus den Tiefen des Gasriesen aufstiegen.

Ihr Anblick erfüllte Zhett mit Furcht. Nach all den Schikanen und der Piraterie durch die TVF gab es keinen Roamer, der mit der Terranischen Verteidigungsflotte sympathisierte, doch die menschlichen Soldaten taten Zhett Leid. So viele von ihnen würden sterben ...

»Seht euch nur die verdammten Kugelschiffe an!«, sendete ein Offizier. »Ich habe noch nie so viele gesehen.«

»Hören Sie auf zu zählen und schießen Sie stattdessen.«

Zhetts Blick glitt zu ihrem Vater. Sein Gesicht zeigte Furcht und sie beugte sich vor, griff nach seinem Arm.

»Hier sind wir sicher, mein Schatz«, sagte er.

»Glaub mir: Ich wünschte, das wäre meine einzige Sorge.«

Die Stimme des Generals veränderte sich – ihm schien allmählich klar zu werden, in welcher Lage sich die TVF-Kampfflotte befand.

»Vorhut-Mantas, in Position gehen. Soldaten-Kompis, ihr habt eure Befehle. Richtet möglichst großen Schaden an.«

»Na los«, brummte jemand anders. »Wir haben uns alle auf den Kampf gefreut. Jetzt ist es endlich so weit.«

»Sei vorsichtig mit dem, was du dir wünschst«, murmelte Zhett.

Sie beobachteten, wie sich fünf weitere Manta-Kreuzer vom Hauptverband lösten und tiefer sanken, an Bord keine Menschen, sondern Kompis, bereit dazu, sich zu opfern. Zhetts Herz klopfte schneller, als sie sah, wie die Mantas alle ihre Waffensysteme einsetzten und die gesamte Munition verbrauchten, dann beschleunigten und mit den Drogern kollidierten. Die fünf getroffenen Kugelschiffe platzten auf und sanken in die Tiefe. Aber immer mehr Kugeln stiegen auf.

»Wir alle wissen, was auf dem Spiel steht«, erklang die Stimme eines namenlosen TVF-Offiziers aus dem Kom-Lautsprecher.

»Ich hätte zu Hause bleiben sollen.«

»Verdammt, dies ist das Ende ...«

»Zur Hölle mit euch verdammten Drogern!«

Übelkeit quoll in Zhett empor, als sie eine Explosion nach der anderen beobachtete. Blaue Blitze gingen von den Schiffen der Hydroger aus und rissen die Rümpfe von TVF-Schiffen auf. Das alles geschah in der Stille des Alls, doch der Kom-Kanal übertrug entsetzte Schreie, gerufene Befehle, das Krachen von Detonationen, das Zischen und Fauchen überlasteter Systeme.

Draußen im All gleißten weitere Explosionen. Inzwischen waren alle Kompi-Schiffe zerstört und daraufhin begannen sogar einige von Menschen geflogene Remoras und Kreuzer mit Kamikaze-Manövern. Die Hydroger griffen die größten TVF-Schiffe an. Moloche eröffneten das Feuer, doch gegen die Kugelschiffe konnten sie ebenso wenig ausrichten wie die kleineren Einheiten. Einige brennende terranische Schiffe gerieten außer Kontrolle und drifteten fort, in Richtung von Osquivels Ringebene, kollidierten dort mit Fels- und Eisbrocken.

In weniger als einer Stunde verlor die TVF-Kampfflotte mehr als ein Drittel ihrer Schiffe.

Voller Grauen beobachtete Zhett, wie die Hydroger weitere Raumschiffe der Tivvis vernichteten. »Können wir den Menschen dort draußen nicht helfen, Vater?«

Aber sie wusste, dass die Roamer keine große militärische Macht waren. Sie überlebten mithilfe von List und Einfallsreichtum, indem sie schnell dachten und keine Aufmerksamkeit erregten.

»Wir können nur warten. Das weißt du, Schatz.«

In der Nähe kam es zu einer Explosion und die energetische Druckwelle brachte die Orbitalvektoren der vielen Gesteinsbrocken durcheinander, aus denen Osquivels Ringe bestanden. Die Generatoren des Verstecks blieben in Betrieb, aber das Licht flackerte. Nach einem Moment der Dunkelheit zeigten die Schirme wieder schreckliche Bilder vom Kampfgebiet. Tausend neue Sterne funkelten in den Ringen: glühende Trümmer von TVF-Schiffen, Fragmente der Rumpfpanzerung.

»Shizz, dies ist schlimmer als unsere Niederlage beim Jupiter!« Die Frauenstimme klang vertraut. Zhett vermutete, dass die Worte von Tasia Tamblyn stammten – sie hatte die Werften vor der TVF-Kampfflotte gewarnt.

In General Lanyans Stimme vibrierten Enttäuschung und Schrecken. »Hiermit ordne ich den Rückzug an. An alle Staffeln, kehren Sie zu Ihren Mutterschiffen zurück. An alle Kommandanten: Bringen Sie Ihre Schiffe so schnell wie möglich fort von Osquivel.«

»Verdammt, ich hätte nie gedacht, einmal solche Worte von einem Tivvi zu hören«, sagte Del Kellum.

»Kannst du es ihm verdenken?«

»Nein.« Er schüttelte den Kopf. »Nicht im Geringsten. Dies ist eine echte Katastrophe!«

Auf den Bildschirmen ging der Kampf weiter. Viele TVF-Schiffe begannen damit, sich abzusetzen und vom Ringplaneten zu entfernen. Noch während Zhett das Geschehen beobachtete, zerstörten

Energieblitze der Hydroger fünf weitere Raumschiffe der Terranischen Verteidigungsflotte.

»Ich benötige Berichte über Schäden und Verluste, sobald wir weit genug vom Planeten entfernt sind«, ertönte Lanyans Stimme.

»Und wenn uns die Droger folgen?«, erklang eine andere, fast schrille Stimme. »Was machen wir, wenn sie uns verfolgen?«

»Hör auf zu jammern und setz deinen verdammten Arsch in Bewegung«, sagte jemand anders.

Die Blicke von Zhett und Del Kellum blieben auf die Schirme gerichtet. Trümmer und Wracks glühten über Osquivel.

»Ich sag dir was, Schatz«, brummte Zhetts Vater. »Zuvor hatte ich Zweifel, aber die existieren jetzt nicht mehr. Beim Leitstern, ich werde nie wieder versuchen, eine Himmelsmine in Betrieb zu nehmen.«

88 ✳ ESTARRA

Stimmen erklangen und Kleidung knisterte – Estarra hatte fast das Gefühl, dass eine Art privater Party in ihrem Gemach stattfand. Aber es waren nur einige königliche Protokollminister und soziale Funktionäre gekommen, um ihr Hochzeitskleid zu präsentieren.

Estarra stand mit dem Rücken an einem Plüschsessel und fand inmitten so vieler Personen einfach keinen ruhigen Platz. In gut zwei Monaten würde sie als Peters Frau in die königlichen Gemächer umziehen, doch bis dahin stand ihr eine ebenfalls sehr luxuriöse Suite zur Verfügung: fürstliche Zimmer, übergroße Schränke, schwimmbeckenartige Wannen, sogar ein persönliches Treibhaus.

Königliche Schneider zeigten stolz das Ergebnis ihrer Arbeit, hoben das Gewand und erklärten den subtilen Symbolismus, von dem Estarra glaubte, dass ihn niemand bemerken würde. Vor einigen Wochen hatten die Schneider einen vollständigen und peinlich gründlichen dreidimensionalen Körperscan durchgeführt, um ein holographisches Modell zu schaffen und daran verschiedene Designs auszuprobieren, bevor die Anfertigung begann.

Bei der Hochzeit würde Estarra im Zentrum der Aufmerksamkeit stehen. Sie war weder eitel noch mit ihrem Erscheinungsbild unzufrieden, aber sie fühlte sich von dem Versuch der Leute um sie herum verunsichert, sie in die schönste Frau des Spiralarms zu verwandeln. Nur vor wenigen Jahren war sie ein sorgloses Mädchen auf Theroc gewesen, auf Bäume geklettert und durch den Wald gelaufen.

Jetzt bemühte sie sich um ein majestätisches Gebaren, als sie sich an die eifrigen Schneider wandte. »Dies ist das unglaublichste Kleid, das ich je gesehen habe. Ich werde mich bemühen, seiner Schönheit gerecht zu werden.«

»Ihre Eleganz bringt das Gewand noch mehr zur Geltung«, sagte der Chefschneider und freute sich über das Kompliment.

»Wir haben sehr auf die richtige Mischung der Stoffe geachtet«, fügte ein anderer Schneider hinzu und strich über einen Ärmel des wundervollen Gewands. »Wir nahmen ein traditionelles weißes Kleid aus irdischem Satin und fügten ihm dieses prächtige Grün aus theronischem Kokonfaser-Gewebe hinzu. Die Perlen stammen aus den Riffminen von Rhejak.« Er hob andere Teile des langen Gewands. »Diese Spitze wurde von Hand genäht, von den acht besten Näherinnen auf Usk. Das Muster am Rand ist ein auf Ramah entwickeltes Ornament. Wir haben Möglichkeiten gefunden, alle Kolonialwelten der Hanse zu repräsentieren.«

»Theroc ist ein unabhängiger Planet, keine Kolonie der Hanse«, sagte Estarra.

»Man hat deine Abstammung beim Entwurf dieses herrlichen Kleids berücksichtigt und dich dadurch geehrt. Betreibe keine Haarspalterei.« Sarein runzelte die Stirn, als sie ihre jüngere Schwester ansah, strich dann mit einer Hand so übers Gewand, als hätte sie es am liebsten selbst getragen. Estarra wusste um Sareins Ehrgeiz. Sie wäre sicher bereit gewesen, Königin zu werden, nicht aus Liebe zu Peter, sondern weil sie Gefallen daran fand, wichtig und mächtig zu sein. »Diese Ehe wird zwei Kulturen vereinen und zu einer Partnerschaft zwischen Theronen und der Hanse führen.«

Die Vorbereitungen gingen in einem atemberaubenden Tempo weiter. Die Medien hatten damit begonnen, rührende Geschichten über die »sprießende Liebe« zwischen dem König und seiner erwählten Königin zu erzählen, was zweifellos auf hinter den Kulissen stattfindende Initiativen von Hanse-Beamten zurückging. Festessen wurden geplant. Tänzer probten spezielle Choreographien. Musiker komponierten eine Hochzeitssymphonie. Alles diente dazu, das Volk zu erfreuen.

Wächter erschienen mit König Peter an der Tür und es kam zu einem plötzlichen Durcheinander, als die Schneider versuchten, das Kleid zu verbergen. Estarra und ihre Schwester drehten sich gleichzeitig um. Nicht nur eine Ehrenwache begleitete den König, sondern auch mehrere grüne Priester sowie Idriss und Alexa.

Mit einem Freudenschrei lief Estarra los und umarmte ihre Eltern. »Ich habe euch erst in einer Woche erwartet!«

In seiner Rolle als Gastgeber trug König Peter eine elegante Uniform und führte die früheren theronischen Regenten in Estarras private Suite. Sarein begrüßte ihre Eltern förmlicher.

»Wir kommen besser zu früh zur Hochzeit unserer Tochter als zu spät«, sagte Idriss. Er trug eine bunte Weste aus mit Farbe besprühten Blumenblättern und Insektenflügeln. »Es ist so viel geschehen, dass wir beschlossen, den Kurs eines zur Verfügung stehenden Schiffs zu ändern, und hier sind wir.«

Alexa sah Peter an und lächelte. »Vielen Dank, dass Sie uns begleitet haben, König Peter. Sie sind ein eindrucksvoller junger Mann. Sie und Estarra ... Ihr passt wundervoll zueinander.« Alexa trug traditionelle theronische Kleidung, die aus den Rückenschilden von Insekten und schimmernder Kokonseide gefertigt war. »Sarein hat uns viel vom Flüsterpalast erzählt und wir dachten, sie übertreibt ein wenig. Aber er ist wirklich großartig.«

»Und ganz anders als alles auf Theroc.« Idriss strich sich über den dichten Bart. Estarra wusste nicht, ob er sich über den Luxus um ihn herum freute oder von seiner Fremdartigkeit verunsichert war. »Vielleicht hat Reynald gut daran getan, andere Welten zu besuchen. Ich verstehe jetzt, warum er jene Erfahrungen für so wichtig hielt. Natürlich haben wir nicht erwartet, dass er auf seinen Reisen durch den Spiralarm eine besondere Person kennen lernt ...«

»Wir sind so stolz auf dich und Reynald«, warf Alexa ein. »Wie könnten sich Eltern mehr erhoffen? Zwei spektakuläre Hochzeiten in einem Jahr!«

»Wie könnten wir mehr überleben?«, stöhnte Idriss.

»Zwei Hochzeiten?«, wiederholte Sarein. »Hat Reynald eine Partnerin gewählt? Aus welchem Dorf stammt die Braut?«

Alexas Gesicht zeigte Überraschung. »Oh, das habe ich ganz vergessen, Sarein. Die Verlobungsschiffe kamen, als du und Estarra schon auf dem Weg zur Erde wart. In all der Aufregung haben wir vergessen, Nahton eine entsprechende Mitteilung zu schicken. Reynald hat Cesca Peroni, Sprecherin der Roamer-Clans, gebeten, ihn zu heiraten. Sie ist eine schöne und sehr talentierte Frau.«

»Eine Roamerin?«, brachte Sarein erstickt hervor. »Aber wie konnte er? Reynald hat sich gerade zu diesem Bündnis mit der Hanse bereit erklärt ...«

Alexa richtete einen tadelnden Blick auf sie. »Die Roamer haben eine sehr lebendige Kultur und viel anzubieten. Dein Vater und ich sind einverstanden. Dies ist ein weiterer Schritt bei dem Bemühen, die Menschen wieder zu einer Familie zu vereinen.«

Sie lächelte und nahm die Hand des neben ihr stehenden Idriss, ohne die Skepsis der anderen Person im Zimmer zu bemerken. Estarra hätte am liebsten laut gelacht; doch sie hoffte, dass ihr Bruder mit Cesca Peroni glücklich wurde.

89 ✺ JESS TAMBLYN

Während all seiner Reisen von Plumas nach Rendezvous, von der heißen Welt Isperos zu den Wolkenmeeren von Golgen, war Jess nie einer so erstaunlichen und fremdartigen Lebensform begegnet.

Das Nebelwasser *lebte*. Mehr noch: Es war intelligent, hatte ein Bewusstsein.

Während sein kleines Schiff mit den riesigen Segeln weiter durch die interstellare Gaswolke glitt, fühlte sich Jess immer mehr von der intelligenten Flüssigkeit fasziniert. Er ging auf dem Deck des Produktionsbereichs in die Hocke, blickte in den zylindrischen Tank und beobachtete die aus dem Nebel destillierte Flüssigkeit.

Sie enthielt eine unbestimmte, unmessbare Energie, die hinter Jess' Augen pulsierte, als könnte der menschliche Sehnerv das vitale Element nicht von der chemischen Substanz trennen. Es handelte sich nicht nur einfach um eine Verbindung aus Wasserstoff und Sauerstoff. Es war keine natürliche Substanz; man musste eine ganz neue Kategorie dafür schaffen.

Die Flüssigkeit lebte.

Sie war intelligent.

Und sie ... kommunizierte mit ihm.

Jess wölbte die Hände um den runden Tank. Die aus dem Innern sickernde Energie fühlte sich gleichzeitig warm und kalt an, wie ölig und glatt an den Fingerspitzen, ohne an der Haut zu haften.

Er hörte eine Stimme, wie eine Erinnerung in seinem Kopf, keine Botschaft aus gesprochenen Worten. Jess dachte daran, wie die grünen Priester durch den Telkontakt mit den Weltbäumen kommunizierten ... Aber dies war eine ganz andere Art von Geschöpf. Das nahm er jedenfalls an.

Einst waren wir Billionen, doch ich bin der Letzte. Und du hast mich zurückgeholt.

»Was bist du?«

Eine Essenz von Leben und Flüssigkeit. Wasser, das durch den Kosmos fließt ... Es fällt mir schwer, repräsentative Konzepte in Ihrem Bewusstsein zu finden. Wir nennen uns Wentals.

»Aber seid ihr ... ausgestorben? Bist du der Letzte deiner Art?«

Jetzt bin ich der Erste.

»Was ist mit den anderen Wentals geschehen? Kam es zu einer Katastrophe?«

Wir können nicht sterben, aber wir können uns ... dissoziieren. Dieser Nebel ist ein riesiger Friedhof, das Schlachtfeld eines uralten Krieges, der einst das ganze Universum zu erschüttern drohte. Wir haben ... verloren.

Jess balancierte auf den Fußballen. Wenn das fremdartige Wesen irgendwie mit seinem Bewusstsein verbunden war, spürte es sicher die vielen Fragen, die ihm auf der Zunge lagen. Es gab so viele Dinge, über die Jess Bescheid wissen wollte.

»Wie lange liegt jener Krieg zurück? Jahrtausende?«

Unermesslich viel länger, antwortete der Wental.

Jess versuchte zu verstehen, wie viel Zeit das Wesen meinte. Hatte der Wental existiert, bevor sich der Nebel in diesem Teil des Spiralarms ausbreitete?

Nach der Herstellung des Kontakts merkte Jess, dass es nicht mehr nötig war, den Tank zu berühren. Er richtete sich auf und wanderte umher. »Erzähl mir von dem alten Krieg. Wer kämpfte gegen wen? Was geschah?«

Die letzten Wentals stellten sich unserem Feind entgegen ... den Hydrogern.

Jess schnappte nach Luft. »Den Hydrogern? Wie?«

Ich kann die Gründe für den Konflikt nicht mit dir vertrauten Begriffen erklären und ich bin ebenso wenig in der Lage, Einzelheiten des Kampfes zu nennen. Aber die letzte Konfrontation fand hier statt. Hydroger und Wentals kollidierten, zerstörten, dissoziierten ...

Die Hydroger hatten bereits die Verdani ausgelöscht und ihre Waldpräsenz vernichtet. Nur die Wentals blieben übrig. Wir waren mächtig und töteten Millionen – Milliarden – von Hydrogern. Es war eine ungeheuerliche Schlacht, mit unvorstellbar hohen Verlusten auf beiden Seiten. Wir wurden zerrissen in Ströme aus Wasserstoff und Sauerstoff, unser Blut weit im All verstreut. Fast wäre es uns gelungen, die Hydroger zu besiegen.

Aber es gab zu viele von ihnen. Der Feind war ... überwältigend.

Jess wartete, empfand Kälte und Einsamkeit.

Einige Dinge waren jetzt zumindest teilweise klar, und damit eröffneten sich neue Möglichkeiten, die er nie zuvor in Betracht gezogen hatte. »Wir Menschen haben in einem zu kleinen Rahmen gedacht«, sagte er zu sich selbst. »In einem viel zu kleinen Rahmen.«

Die Hydroger waren ganz und gar keine neue Bedrohung, sondern eine Gefahr, die über die Epochen der galaktischen Zeit hinwegreichte. Jess begriff, dass viel mehr hinter diesem großen Konflikt steckte. Cesca und die Roamer mussten davon erfahren, auch die Große Gans und das Ildiranische Reich.

»Die Hydroger sind noch immer da«, sagte Jess. »Sie haben Menschen angegriffen. Kannst du uns irgendwie helfen? Gibt es eine Möglichkeit für uns, wirkungsvoll Gegenwehr zu leisten?«

Menschen können nichts gegen sie ausrichten.

Jess dachte an den interstellaren Nebel, an das alte Schlachtfeld, an die Überbleibsel des Zusammenpralls zweier gewaltiger Mächte. Es lief ihm kalt über den Rücken. Wie konnte sich das menschliche Militär auch nur den Hauch einer Chance ausrechnen? Das galt für sie alle: die Hanse, die Roamer, die Ildiraner.

»Aber du hast schon einmal gegen die Hydroger gekämpft. Kannst du uns helfen?« Durch die Verbindung mit dem Wental fühlte Jess, dass diese auf Wasser basierende Lebensform nicht die aggressive Bösartigkeit der Hydroger teilte. Die Präsenz erschien ihm offen, aufrichtig ... ehrlich. Echte Hoffnung und Zuversicht regten sich in ihm.

»Und kann ich meinerseits dir helfen?«

Das Wasser im Zylinder schien heller zu werden und Jess spürte ein Prickeln an der Kopfhaut, eine freudige Erregung wie von einem plötzlichen Adrenalinschub.

Du bist imstande, zwischen den Sternen und Planeten zu reisen. Du könntest dabei helfen, die Wentals wieder zu verbreiten. Dann wären wir imstande, erneut zu kämpfen.

»Sag mir, was ich tun soll«, erwiderte Jess voller Bereitschaft. Er erinnerte sich an eine Redensart, die es schon gegeben hatte, noch bevor die Roamer zu den Sternen aufgebrochen waren. *Der Feind meines Feindes ist mein Freund.* Und die Hydroger waren zweifellos sein Feind, ein sehr persönlicher noch dazu.

Bring mich zu einer Wasserwelt, übermittelte der Wental. *Finde einen Ozean und schütte die Flüssigkeit hinein, die mein Körper ist. Dann kann ich mich ausbreiten und stärker werden. Hol anschließend noch mehr von meiner Präsenz und bring sie zu einer anderen Welt. Und so weiter.*

Jess' Augen glänzten. Seit der Ermordung seines Bruders, dem Tod seines Vaters und der notwendigen Trennung von Cesca hatte er sich desorientiert gefühlt. Jetzt gab es plötzlich ein Ziel für ihn, eine Aufgabe. Neues Leben erfüllte ihn.

Er konnte sich kaum vorstellen, wie diese flüssige Entität in der Lage war, den Fremden aus den Tiefen der Gasriesen Paroli zu bieten, aber die Wentals hatten es schon einmal mit den Hydrogern zu tun gehabt. Die Regeln jenes Konflikts gingen weit über sein Begriffsvermögen hinaus.

»Na schön, ich akzeptiere die Mission. Derzeit bist du der einzige Wental, aber du wirst nicht lange allein bleiben.«

In der Hauptkabine des Nebelseglers programmierte Jess das Navigationssystem neu und übermittelte den anderen Seglern eine kurze Nachricht, die allerdings ziemlich lange unterwegs sein würde, bis sie die Empfänger erreichte.

Er begriff, dass es kein Zurück mehr gab, löste die Kabel und trennte die riesigen Sammelsegel vom kleinen Raumschiff ab. Seine neue Aufgabe war wichtiger als der einsame, ziellose Flug durch den Nebel, wichtiger als das Bestreben, sich irgendwo zu verkriechen, nur begleitet von Trauer und Selbstmitleid.

Das kleine Schiff, nur ein winziger Fleck vor dem Hintergrund der gewaltigen Segel, beschleunigte und flog zum Rand des Nebels. Jess schickte sich an, die Wentals ins Leben zurückzuholen und der Menschheit damit einen mächtigen Verbündeten zu verschaffen.

90 ✳ TASIA TAMBLYN

Die Hydroger schlugen erneut zu und Funken sprühten aus der Brückenkonsole vor Commander Tasia Tamblyn. Sie hatte längst den Überblick verloren, wie viele Kugelschiffe nach dem TVF-Bombardement aus den Tiefen des Gasriesen Osquivel aufgestiegen waren.

Die von der Terranischen Verteidigungsflotte eingeleitete Offensive erwies sich als Fiasko, dachte Tasia, und damit noch nicht genug: Robb war völlig umsonst gestorben.

In der taktischen Station auf der linken Seite kam es zu mehreren Kurzschlüssen und Flammen leckten aus der Konsole. Die erbarmungslose Zerstörung überall um sie herum hatte Tasias Offiziere zermürbt und jetzt reagierten sie mit Verwirrung. Ein blauer Energieblitz streifte den Bug des Kreuzers, richtete zum Glück aber kaum Schaden an.

Ein weiterer Treffer ließ den Manta erbeben und das Heulen von Alarmsirenen vergrößerte das Chaos an Bord. Die Notbeleuchtung wurde aktiv und hüllte alles in einen scharlachroten Schein. Tasia wischte sich Schweiß aus den Augen und gab rasch einige Befehle, in der Hoffnung, dass ihr Schiff in Bewegung blieb und sich vom Planeten entfernte.

Bei den Jazer-Kontrollen kam es zu einer Entladung und der davor sitzende Sergeant Zizu fiel aus seinem Sessel. Ein junger Lieutenant war so geistesgegenwärtig, Löschschaum auf die brennende Konsole zu sprühen. Der verletzte Zizu kroch fort und suchte nach einem Medo-Paket. Tasia wies den benommen wirkenden Sensortechniker an, Zizus Platz an den Jazer-Kontrollen einzunehmen.

Von allen Seiten feuerten Kugelschiffe und ihre Strahlblitze ließen Dutzende von Remoras explodieren. Die Kom-Kanäle übertrugen ein Durcheinander aus Befehlen, Gegenbefehlen, entsetzten Schreien und Flüchen, die den Hydrogern galten.

Einer der großen Moloche trieb antriebslos im Raum, der Rumpf geborsten. Nur einige wenige Rettungskapseln waren ausgeschleust worden, an Bord eine Hand voll Überlebender. Tasia forderte ihre Crew auf, die Kapseln in der Nähe aufzunehmen, während sich der Manta langsam vom Kampfgebiet bei den Ringen entfernte.

Die Hydroger folgten der Flotte und feuerten ständig. Über das Kom-System wiederholte General Lanyan den Rückzugsbefehl für alle manövrierfähigen TVF-Schiffe, obwohl es gar nicht nötig war, sie zur Flucht aufzufordern.

Tasia änderte den Kurs, um nicht mit einigen großen Felsbrocken am Rand der Ringe zu kollidieren. Trotz der vielen Hindernisse um sie herum erhöhte sie die Geschwindigkeit – wichtig war vor allem, den Hydrogern zu entkommen. Die Hälfte ihrer Kontrollsysteme funktionierte nicht mehr und ein Triebwerk gab keinen Schub.

»Na los, na los!« Tasia betätigte die Navigationskontrollen und schlug ungeduldig mit der flachen Hand auf die Konsole. »Dieses Ding ist so träge wie eine ildiranische Himmelsmine im Sturm.«

Sie sah die geschwärzten Rümpfe von vier Manta-Kreuzern, deren Triebwerke ausgefallen waren. Nur einer sendete noch einen schwachen Notruf. Tasia beobachtete entsetzt, wie sich ihm drei Kugelschiffe näherten, das Feuer eröffneten und den Manta in eine Wolke aus glühenden Trümmerstücken verwandelten.

Ein Hydrogerblitz traf den Rumpf von Tasias Kreuzer und Luft entwich zwei Decks tiefer aus einem Riss in der Außenhülle. Die explosive Dekompression brachte mehrere Besatzungsmitglieder um. Die Sicherheitsautomatik schloss Schotten und versiegelte den betroffenen Bereich, um den Schaden in Grenzen zu halten. Einige Indikatorlichter der Statusanzeigen des Schiffes erloschen. Tasia spürte die neuerliche Beschädigung ihres bereits arg in Mitleidenschaft gezogenen Manta wie eine körperliche Verletzung.

»Zizu, zu Ihrer Station zurück! Schleusen Sie einen Schwarm Bruchimpulsdrohnen aus. Lassen Sie sie explodieren, sobald wir weit genug entfernt sind – hoffentlich bringen die Stoßwellen die Hydroger durcheinander.« Tasia sah auf die Bildschirme und hielt nach der besten Fluchtroute Ausschau.

Zizu wankte zu den Waffenkontrollen und löste dort den Sensortechniker ab, der mehr schlecht als recht versucht hatte, ihn zu vertreten. »Wir haben nur noch sieben Drohnen, Commander!«

»Hinaus mit ihnen allen! Es hat wohl kaum einen Sinn, sie aufzusparen. Und fügen sie alle Kohlenstoffknaller hinzu, die wir noch haben. Vielleicht genügt das nicht, um die Außenhüllen der Kugelschiffe aufzureißen, aber wir können die Hydroger ein wenig durchschütteln!«

Der beschädigte Manta entfernte sich weiter vom Planeten und kurze Zeit später explodierten die sieben Drohnen. Tasia prallte gegen ihre Konsole, als die Stoßwellen auch den Kreuzer erfassten. Ein Bildschirm zeigte Sprünge und Risse in der Außenhülle des nächsten Kugelschiffes – vielleicht bewirkten die neuen Waffen wirklich etwas.

Das beschädigte Hydrogerschiff schickte mehrere blaue Blitze ins All und einer von ihnen streifte den Manta. Bei den noch funktionierenden Triebwerken kam es zu einer plötzlichen energetischen Überladung und ihre Schubkraft sank um die Hälfte.

»Wir brauchen mehr Energie!«, rief Tasia. »Wir müssen schneller von hier fort.«

Der Systemtechniker betätigte seine Kontrollen, riss Verkleidungsplatten beiseite und sah sich das Durcheinander dahinter an. »Die Triebwerke sind beschädigt, Commander. Die normalen Verbindungen können nicht genug Energie liefern und ich kann keine neuen Transferkanäle mit dem sekundären System schaffen.«

»Es gibt gar keine einsatzfähigen sekundären Systeme mehr!«, rief Lieutenant Elly Ramirez. »Wir brauchen einen Monat, nur um die Orbitalebene zu verlassen.«

»Shizz, denkt außerhalb der gewöhnlichen Bahnen«, sagte Tasia scharf. »Nur Verlierer lassen sich vom Unmöglichen Grenzen setzen.« Sie eilte zum Systemtechniker und schwankte kurz, als weitere Erschütterungen ihren Manta erfassten – offenbar war er erneut getroffen worden. »Ziehen Sie Energie aus den Lebenserhaltungssystemen ab. Leiten Sie alles in die Triebwerke – und zwar gestern, wenn nicht noch früher.«

»Aber ohne die Lebenserhaltungssysteme ...«

»Atmen Sie während der nächsten Stunde flacher und ziehen Sie einen Pullover über. Hier geht's ums *Überleben*. Wenn wir den Kugelschiffen nicht entkommen, bleibt von uns nur ein Ehrenmal in den Ringen von Osquivel zurück.« Tasia schob den Techniker beiseite und begann damit, Kabel zu lösen und neue Verbindungen herzustellen. »Wenn Sie an Bord meines Schiffes arbeiten, sollten Sie wissen, wie die Systeme funktionieren. Und Sie sollten dafür sorgen können, *dass* alles funktioniert, und zwar unter allen Umständen.«

Sie hörte einen Notruf von Patrick Fitzpatrick, der Verstärkung anforderte. Er befand sich noch immer dicht über dem Planeten und dort gab es kaum mehr manövrierfähige TVF-Schiffe. Er wies seinen Waffenoffizier an, auf den Feind zu feuern, forderte den Rest der Crew auf, das Schiff zu verlassen.

Tasia hatte keine Feuerkraft, um Fitzpatrick zu helfen. Ein Teil von ihr wollte zurückkehren und ihn retten, nur um später die Möglichkeit zu haben, ihm ein blaues Auge zu verpassen. Aber ihr eigenes Schiffe war kaum in der Lage, den Hydrogern zu entkommen, und sie musste ihre Crew in Sicherheit bringen. Selbst wenn Fitzpatrick ihr bester Freund gewesen wäre – sie konnte ihm nicht helfen. Einige Rettungskapseln schossen wie Funken aus dem schwer beschädigten Manta, aber Tasia hörte keine weiteren Kom-Signale von Fitzpatrick.

Die Hydroger eröffneten das Feuer und zerstörten den Kreuzer vollständig.

Mit der Energie aus den Lebenserhaltungssystemen reichte der Schub der Triebwerke aus. Tasia steuerte ihren Kreuzer zu einer Gruppe anderer Schiffe und gemeinsam entfernten sie sich von Osquivels tödlichen Ringen.

Sie hatte nicht einmal Zeit gefunden, sich an den Gedanken zu gewöhnen, dass Robb den Hydrogern zum Opfer gefallen war. Später, wenn sie überlebte, würde sie über alles nachdenken: ihre dummen Bemerkungen ihm gegenüber, über die Fehler, die sie gemacht hatte, über seine letztendlich sinnlose Tapferkeit.

Nach der Deaktivierung der Lebenserhaltungssysteme heulten die Alarmsirenen noch lauter. Tasia spürte bereits, wie die Temperatur an Bord sank, aber etwa einen Tag konnten sie in dem gegenwärtigen Ambiente überleben.

»Die Alarme, Commander«, sagte ein Techniker. »Weitere Systeme fallen aus und dadurch kommt es zu sekundären Funktionsverlusten. Was sollen wir tun?«

Tasia runzelte die Stirn, schritt zu einer Konsole und löste die Verkleidungsplatte. Nach einigen Sekunden fand sie die gesuchten Systeme, griff mit bloßen Händen zu und zog Schaltkreiskarten heraus. Sofort verstummten die Sirenen.

»Na bitte. Ich höre keine Alarme mehr. Ohne all den Lärm kann ich die Systeme besser im Auge behalten.« Tasia sah die überlebenden Besatzungsmitglieder an und dachte an das Chaos aus

Zerstörung und Tod hinter ihnen. »Lasst uns jetzt von hier verschwinden.«

91 ✳ ERSTDESIGNIERTER JORA'H

Nachdem der Weise Imperator seinem Sohn die Wahrheit in Hinsicht auf Nira anvertraut hatte, wies er die Wächter an, Jora'h am nächsten Tag mit Staatspflichten beschäftigt zu halten. Solche Dinge gehörten zu seiner Verantwortung als Erstdesignierter. Cyroc'h ging davon aus, dass sich der Zorn seines Sohns legte, wenn er sich an das neue Wissen gewöhnte.

Der Weise Imperator hätte sich nicht mehr irren können.

Jora'hs Zorn brannte heiß, als er seine Bediensteten fortschickte. Er sagte alle Partnerschaftstermine ab, was bei den betroffenen Frauen Verwirrung und Enttäuschung hervorrief. Er begab sich ins Ossarium und warf den glühenden Totenköpfen Komplizenschaft bei schrecklichen Verbrechen vor. Aber die Knochen leuchteten auch weiterhin und die fleischlosen Gesichter schienen in zufriedener Rechtschaffenheit zu ruhen.

Zwar würde er bald das Zentrum des *Thism* sein und durch die Lichtquelle sehen, aber derzeit fühlte sich Jora'h allein. Mit tiefem Kummer dachte er daran, was Nira während der vergangenen sechs Jahre erlitten hatte. Wahrscheinlich glaubte sie, *er* hätte sie verlassen und jenen skrupellosen Experimenten ausgeliefert. Vermutlich war sie davon überzeugt, dass er sie aufgegeben und längst vergessen hatte.

Zwar konnte Jora'h Geschehenes nicht ändern, aber er war durchaus imstande, Einfluss auf die Zukunft zu nehmen. Nira lebte – und er wollte zu ihr.

Der Weise Imperator schickte beruhigende Gedanken und Gefühle durch die schwache telepathische Verbindung, aber Jora'h wies sie zurück. Cyroc'h entsandte Bedienstete, die mit dem Erstdesignierten sprechen und ihn beschwichtigen sollten, doch er schickte sie fort. Als er schließlich einen inneren Siedepunkt erreichte, betrat er den Empfangssaal der Himmelssphäre, in der sein angeblich so wohlwollender Vater Hof hielt.

In Jora'hs Topasaugen blitzte es und seine Haarzöpfe zuckten wie die Stachel giftiger Insekten. Mit Absicht trug er Kleidung aus dem Stoff von Niras Heimatplanet, aus Kokonfasern, die er vor Jahren von der Händlerin Rlinda Kett gekauft hatte.

Funktionäre, Pilger und Speichellecker zahlreicher Geschlechter drehten sich überrascht um, als der Erstdesignierte mit langen Schritten näher kam. Sein Zorn war auf das korpulente Oberhaupt des ildiranischen Volkes gerichtet, schien es regelrecht zu durchbohren. »Wir müssen miteinander reden, Vater.«

Bewaffnete Wächter erschienen an den Türen des Saals. Bron'n trat nahe an den Chrysalissessel heran, um den Weisen Imperator zu schützen.

»Wir können miteinander sprechen, wenn du das wünschst, mein Sohn«, erwiderte Cyroc'h ruhig. Hoch oben lächelte das projizierte väterliche Gesicht des Weisen Imperators aus einer Dunstwolke über einer Säule aus Licht. »Allerdings sind wichtige Angelegenheiten des Reiches nicht für die Ohren aller Untertanen bestimmt, oder?«

Jora'h gab nicht nach. »Schick sie fort, wenn du willst. Ich werde jetzt mit dir reden, und hier. Deine Entscheidungen haben mich tausendmal verraten.«

Cyroc'h hob die Hände und wandte sich an die Ildiraner im Empfangssaal. Jora'h spürte die Wellen beruhigender Güte, die aus dem *Thism* kamen. »Gewähren Sie uns ein wenig Zeit. Mein Sohn und ich haben eine dringende Angelegenheit in Hinsicht auf die Hydroger-Krise zu besprechen.«

Die Leute verließen den Saal schnell und geordnet. Neben dem Chrysalissessel hielt Bron'n sein Kristallschwert in der Hand und stand unbewegt wie eine Statue.

Der Erstdesignierte ballte die Fäuste, als er seinem verräterischen Vater gegenübertrat und sich wortlos schwor, vor seinem Sohn Thor'h nie solche Geheimnisse zu haben. »Ich will wissen, warum du so schreckliche Dinge veranlasst hast«, sagte er schließlich.

»Wir haben bereits darüber gesprochen, Jora'h. Ich habe jene Entscheidungen zum Wohl des ildiranischen Volkes getroffen. Akzeptiere sie.«

»Wie kann ich Mord, Vergewaltigung, Sklaverei und Täuschung akzeptieren? Was du mit den Nachkommen der *Button*-Siedler gemacht hast, läuft praktisch auf eine Kriegserklärung an die Menschheit hinaus.«

Cyroc'hs langer Zopf zuckte. »Fast hundert Jahre habe ich das Reich regiert und zuvor hat mich mein Vater unterwiesen. Ich weiß, dass meine Tage gezählt sind, deshalb habe ich mir größte Mühe gegeben, dir klar zu machen: Bei der Führung unseres Volkes sind gewisse Dinge unvermeidlich. Aber du bestehst darauf, unschuldig wie ein Kind und naiv wie ein Narr zu sein.«

Jora'h fragte sich plötzlich, ob all die grässlichen Geheimnisse des Weisen Imperators seinen Körper vergiftet und die Tumore geschaffen hatten, die ihn nun umbrachten. »Das rechtfertigt nicht, was du Nira und all den anderen angetan hast.«

»Regeln ändern sich und als Weiser Imperator steht es mir zu, sie nach meinem Ermessen zu verändern. Hör auf, engstirnig zu sein! Du hast kein Recht, die menschliche Frau für dich zu wollen. Sie dient jetzt einem höheren Zweck. Ärgere dich nicht, weil dir die Wahrheit vorenthalten wurde. Es geschah zum Wohle des Reiches.«

»Wie können Lügen und Täuschungen dem *Wohl* des Reiches dienen?«

»Nur ich verstehe das komplexe Gewebe des Reiches, denn nur ich habe Zugang zum *Thism*«, sagte der Weise Imperator. »Ich allein verstehe, auf welche Weise die Seelenfäden mit der Geschichte verbunden sind. Du wirst es verstehen, wenn du meinen Platz einnimmst. Aber noch bist du nur der Erstdesignierte und musst meiner Weisheit vertrauen.«

Jora'h war nicht überzeugt. »Wie soll ich dir vertrauen, obwohl du dich als nicht vertrauenswürdig erwiesen hast?« Er hob das Kinn. »Du hast Zugang zum *Thism*, Vater, aber du scheinst deine Seele verloren zu haben. Ich glaube, du bist der Lichtquelle gegenüber blind.«

Der Weise Imperator wirkte erzürnt, aber hinter seinen finsteren Blicken zeigte sich Kummer. »Hab Geduld, mein Sohn. Ich versichere dir, dass alles klar wird ...«

Aber Jora'h wollte nichts mehr davon hören. Er dachte nur an die unschuldige Nira. Sie nahm in seinem Herzen einen Platz ein, den er keiner seiner zahlreichen Partnerinnen eingeräumt hatte – und dafür hatte sie ihm eine Tochter geschenkt, ein Halbblut-Kind. *Unsere Tochter!* Inzwischen war Osira'h sechs Jahre alt und wuchs unter der strengen Ägide des Dobro-Designierten auf. Jora'h hatte sie nie gesehen.

»Du hattest kein Recht«, sagte er leise und wandte sich vom Chrysalissessel ab. »Ich verlange, dass Nira unverzüglich freigelassen wird. Ich muss sie sehen.«

»Hör mich an, Jora'h.« Der Weise Imperator klang erregt, fast verzweifelt. »Uns bleibt nur noch wenig Zeit. Meine Krankheit wird schlimmer ...«

Jora'h wirbelte herum. »Dann hast du vielleicht nicht mehr genug Zeit, noch mehr Schaden anzurichten und weitere Morde zu verüben.« Er schritt an den Wächtern vorbei und verließ die Himmelssphäre.

»Komm zurück, Jora'h!«, rief sein Vater.

Der Erstdesignierte blieb im Tor stehen, das zu den Fluren führte. »Ich werde nach Dobro fliegen, um dort mit eigenen Augen zu sehen, was du getan hast. Ich werde Nira von dort fortbringen und auch die anderen menschlichen Sklaven befreien. In diesem Krieg kämpfen wir gegen Ungeheuer, Vater, und wir dürfen nicht selbst zu Ungeheuern werden.«

Jora'h eilte fort und hörte nicht die kummervollen Worte, die der Weise Imperator ihm nachrief.

92 ✸ NIRA

Im Morgengrauen gab es plötzlich Alarm, der alle Menschen und Ildiraner weckte. Müde Gefangene verließen die Gemeinschaftsunterkünfte – Männer, Frauen und Kinder traten verwirrt nach draußen. »Ein Feuer! Alle müssen an die Arbeit!« Selbst die Zuchtbaracken wurden geöffnet, damit auch die fruchtbaren Frauen mithelfen konnten.

Vor zwei Wochen hatte ihr Körper bei einer Fehlgeburt das deforme Ergebnis des erzwungenen Geschlechtsverkehrs mit dem Ildiraner aus dem schuppigen Geschlecht ausgestoßen. Fünf Tage hatte sie mit dem grässlichen reptilienartigen Mann verbracht, doch der Fötus war noch horrender als sein Erzeuger gewesen. Nira empfand die Fehlgeburt als einen Segen. Auf Dobro gab es nur wenig Gnade ...

Noch immer schwach gesellte sie sich den anderen hinzu, ohne zu wanken. Die ildiranischen Ärzte hatten sie für gesund erklärt; man erwartete von ihr, dass sie wie alle anderen arbeitete.

Begleitet von stämmigen Wächtern schritten ildiranische Aufseher an den Zäunen entlang und nutzten die organisatorischen Fähigkeiten ihres Geschlechts, um Arbeitsgruppen zusammenzustellen, die normalerweise eingesetzt wurden, um Opalknochen-Fossilien auszugraben, in Minen Rohstoffe zu gewinnen oder Bewässerungskanäle zu graben. Heute gab es wichtigere Arbeit. Schon vor einer ganzen Weile hatte die Trockenzeit begonnen und immer wieder brachen Feuer aus.

Als das erste Licht des neuen Tages den Himmel zu erhellen begann, sah Nira die schwarzen Flecken an den östlichen Hügeln. Hier und dort trieben Rauchwolken; Brandgeruch lag in der Luft. Nira sehnte sich nach dem Trost der Weltbäume, danach, ihre goldene Rinde zu berühren und ihr Selbst durch das Netzwerk des Weltwaldes gleiten zu lassen. Sie hatte immer Kraft geschöpft aus der Meditation mit den großen Bäumen und diese Kraft brauchte sie.

Als die Gefangenen Aufstellung bezogen hatten, trat der Dobro-Designierte auf die Beobachtungsplattform außerhalb der Zäune. Mit kalter, ausdrucksloser Miene sah er auf die Versammelten hinab. »Erneut sind Feuer ausgebrochen und schon lange waren sie nicht mehr so schlimm.«

Nira verachtete Udru'h, aber sie hob das Kinn und starrte ihn an. Die Begegnung mit dem schuppigen Ildiraner war schlimm genug gewesen, aber es gab eine Vergewaltigung, die sie als noch schlimmer empfunden hatte: die durch den Dobro-Designierten. Er schien zornig gewesen zu sein, bestrebt, über sie zu dominieren, so als könnte er beweisen, seinem älteren Bruder überlegen zu sein, indem er sich ihr aufzwang.

Niras geliebte Tochter Osira'h, ihre Prinzessin, wuchs bei ihm auf und er spielte ihr gegenüber den wohlwollenden Vater. Brachte Udru'h auch den anderen Halbblut-Kindern so großes Interesse entgegen, etwa seinem eigenen Sohn, den er mit ihr gezeugt hatte?

Als es heller wurde, kamen muskulöse ildiranische Arbeiter aus den Versorgungsschuppen, brachten Werkzeuge, Schaufeln und Hacken. Die Aufseher und Wächter trugen feuerfeste Kleidung, doch die Menschen bekamen nur Gesichtstücher, um sich vor Staub und Rauch zu schützen.

»Sie werden das Feuer bekämpfen«, sagte der Dobro-Designierte mit befehlender Stimme. »Legen Sie Schneisen an, damit es sich nicht über die Hügel hinweg ausbreitet und unsere landwirtschaftlichen Bereiche sowie dieses Lager bedroht.«

Udru'h erwartete von den menschlichen und ildiranischen Arbeitern, dass sie seine Anweisungen befolgten und schufteten, bis sie aus Erschöpfung zusammenbrachen oder in den Flammen starben. Nira hatte die harte, ermüdende Arbeit schon einmal geleistet und wusste, welche Bedeutung ihr zukam. Sie war auch jetzt dazu bereit, um der *Pflanzen* willen.

Bodenfahrzeuge und Schwebeplattformen brachten Gruppen von Arbeitern zu den Bränden in den Hügeln. Gleiter kreisten über der Feuerzone, warfen Chemikalien und Wasser ab.

Die heiße Luft war voller Rauch. Der Wind wurde heftiger, pfiff über steinige Grate, wirbelte Glimmer- und Kieselschieferpartikel auf, die sich wie Wespenstiche anfühlten, wenn sie Niras Haut trafen. Sie rückte das Tuch vor Mund und Nase zurecht, aber ihre Augen blieben ungeschützt und brannten. Weil sie eine grüne Priesterin war, reagierte sie mit tiefem Entsetzen auf den Rauch. Trotzdem zog sie den Kopf ein und trat zusammen mit den anderen vor.

Das Feuer breitete sich in Windeseile übers trockene Gras aus und verbrannte dornige Bäume. Erneut dachte Nira voller Kummer an den Weltwald und stellte sich die Agonie vor, die das Feuer für die hier verbrennenden Pflanzen bedeutete. *Feuer ist der schlimmste Albtraum, schlimmer noch als Vergewaltigung ...*

Einer der ildiranischen Wächter reichte ihr ein spatenartiges Werkzeug und zusammen mit den anderen Arbeitern begann Nira damit, eine Schneise anzulegen. Vielleicht konnte sie hier Gutes tun und einige Bäume schützen, auch wenn sie nur sehr ferne Verwandte des Weltwaldes waren. An diesem Gedanken hielt Nira fest.

Die Arbeiter hoben Gräben aus, rissen das trockene Gras fort und setzten Gegenfeuer ein, um Bereiche zu schaffen, in denen sich die Brände nicht weiter ausbreiten konnten. Nira beobachtete, wie das Feuer über die Hänge kam und ein kleines Tal voller dunkler, niedriger Bäume erreichte. Zwar war sie nicht mehr mit dem Weltwald verbunden, aber Nira glaubte fast, ein Zittern des Schreckens und der Verzweiflung zu spüren, als die Flammen den kleinen Wald erfassten.

Bei den anderen Gruppen sah Nira junge Arbeiter und auch Kinder, deren sonderbare Körperformen darauf hinweisen, dass sie Mischlinge waren. Furchtlos traten sie vor, bis ganz dicht an den Brand heran, sprühten dort Feuerhemmer.

Nira beobachtete die Halbblut-Kinder und versuchte, ihr Alter zu schätzen. Tränen strömten ihr aus den großen Augen, nicht nur wegen des Rauchs. Der Dobro-Designierte war erbarmungslos; er benutzte alle Personen so, wie er es für richtig hielt. Einige jener Jungen und Mädchen konnten sogar ihre Söhne und Töchter sein – sie würde es nie erfahren. Und für den Designierten spielte das alles keine Rolle.

Die Kinder taten Nira Leid und sie wünschte sich, ihnen irgendwie helfen zu können. Aber sie war vollkommen machtlos.

Feuer wüteten in den Dobro-Hügeln und zusammen mit den anderen kämpfte Nira gegen die Brände an, verlor dabei jedes Zeitgefühl.

93 ✸ ESTARRA

Ein unsichtbarer Fadenschirm spannte sich über der als privates Unterrichtszimmer dienenden Terrasse auf dem Dach des Flüsterpalastes. Ganze Schwärme von bunten Schmetterlingen flogen umher, landeten auf jeder Oberfläche. Nach Aussage des Lehrer-Kompi OX war dies einer der Orte, an dem Peter am liebsten gelernt hatte. Aber Estarra spürte immer wieder Schmetterlinge auf den Armen und im Haar und unter solchen Umständen fiel es ihr schwer, sich auf den Unterricht zu konzentrieren.

OX lehrte sie die Etikette des Flüsterpalastes, das Protokoll und die Feinheiten der Diplomatie. Er wies sie auf die richtigen Verhaltensweisen hin und erklärte ihr, wie man offizielle Repräsentanten empfing. Auf Theroc hatte sich Estarra mit der Geschichte ihrer Heimatwelt befasst und jetzt bestand der Lehrer-Kompi darauf, sie mit dem historischen Hintergrund der Terranischen Hanse vertraut zu machen. Man erwartete von ihr, dass sie lernte, obgleich in einem fernen Sonnensystem eine Offensive stattfand und die Hanse auf Nachrichten wartete.

An diesem Tag hatte auch König Peter die Dachterrasse aufgesucht – der Unterricht gab ihm einen Vorwand, mehr Zeit in Estarras Gesellschaft zu verbringen. Er lächelte über ihren Versuch, sich trotz der Schmetterlinge zu konzentrieren. Sie hätte fast laut gelacht und bemühte sich weiter, OX zuzuhören. Peter trachtete danach, seine

Freude zu verbergen, aber er wusste, dass sie sich in seinem Gesicht zeigte.

Als der Lehrer-Kompi eine Frage wiederholte, ohne etwas von Estarras Faszination zu bemerken, die einem besonders schönen Schmetterling galt, sagte der König: »OX hält nichts von langweiligen Klassenzimmern. Aber ihm ist auch nicht klar, wie leicht sich Schüler ablenken lassen. Als ich jünger war, glaubte OX, ich könnte mich beim Schwimmen mit Delphinen auf den Unterricht konzentrieren.«

Estarras Miene erhellte sich. »Ich schwimme gern. Was sind Delphine?«

»Ich zeige es dir eines Tages«, sagte Peter. »Versprochen.«

»Ein anderes Mal«, warf OX ein. »Wir müssen hier etwas erreichen und dazu ist Konzentration erforderlich.«

Doch bevor der Lehrer-Kompi den Unterricht fortsetzen konnte, trat der gerade vom Mars zurückgekehrte Basil Wenzeslas auf die Terrasse. Er war sehr aufgeregt. »Es ist verdammt gut, dass die Wächter Ihren Weg verfolgen, Peter. Ich habe keine Zeit, Sie überall im Flüsterpalast zu suchen.«

Estarra sah auf und der Ernst im Gesicht des Vorsitzenden überraschte sie. Der König runzelte die Stirn, von der Rüge verärgert. »Ich helfe Estarra dabei, sich an die hiesigen Gepflogenheiten zu gewöhnen, Basil. Das ist kein Grund, mich so anzufahren. Wenn Sie mir Bescheid gegeben hätten, wäre ich gern bereit gewesen, Sie an einem geeigneteren Ort zu treffen.« Er zögerte kurz. »Moment mal. Sollten Sie nicht auf dem Mars sein? Was ist bei Osquivel geschehen? Warum habe ich nichts erfahren?«

»Weil ich dem Hauptquartier der Hanse den Befehl übermittelt habe, dafür zu sorgen, dass die Medien keine Berichte über die Krise bringen – bis ich entschieden habe, welche Maßnahmen es jetzt zu ergreifen gilt. Aber durch die verdammten grünen Priester ist die Sache bereits allgemein bekannt geworden. Es gibt keine sichere Kommunikation mehr, nicht einmal bei einem solchen militärischen Notfall.

Es kam zu einer Katastrophe«, fuhr Basil Wenzeslas aufgebracht fort. »Wir haben mindestens einen Moloch, über dreihundert Remoras und Dutzende von Mantas und Thunderheads verloren. Das genaue Ausmaß der Verluste steht noch nicht fest. Tausende haben ihr Leben verloren. General Lanyan hat den Rückzug angeordnet – andernfalls hätten die Hydroger unsere ganze Flotte aufgerieben.«

Estarra stand besorgt auf. Der König wirkte sehr beunruhigt. Die Schmetterlinge flogen unpassend friedlich umher.

»Es gibt noch keine offiziellen Verlautbarungen der Hanse, aber wir können eine Stellungnahme nicht mehr lange hinausschieben«, sagte der Vorsitzende und atmete tief durch. »Wählen Sie dem Ernst der Situation angemessene Kleidung, Peter. In einer knappen Stunde müssen Sie sich an die Öffentlichkeit wenden. Die Rede wird gerade geschrieben. Sie sollten sie vor einem Spiegel einüben, damit Sie angemessen bestürzt aussehen.«

Es blitzte in Peters blauen Augen. »Wenn unsere Flotte besiegt ist und tausende, vielleicht sogar zehntausende von Soldaten ums Leben kamen, so brauche ich nicht *vorzugeben*, bestürzt zu sein.«

Zusammen mit dem Vorsitzenden verließ der König die Terrasse. In der Tür drehte er sich noch einmal um, sah Estarra an und lächelte zuversichtlich. »Keine Sorge, es wird alles gut.«

Dann folgte er Basil Wenzeslas zum Thronsaal.

94 ✸ KOTTO OKIAH

Auf Isperos war die Hölle los. Eine Katastrophe folgte auf die andere und die Probleme vermehrten sich schneller, als Kotto Okiah Lösungen finden konnte. Zum ersten Mal in seinem Leben stand er dicht davor aufzugeben.

Reparatur oder Neubau des Katapults würden mindestens sechs Monate dauern – in dieser Zeit häuften die an der Oberfläche aktiven Schürfmaschinen große Metallvorräte an und mussten schließlich ihre Arbeit einstellen. Die normale Wartung war weit hinter den Zeitplan zurückgefallen und selbst die optimistischsten Techniker sahen, dass die Basis langsam vor die Hunde ging. Kotto fühlte, wie ihm alles durch die Finger glitt.

Er wagte sich auf die Oberfläche, gekleidet in einen reflektierenden Schutzanzug, der ihn wie ein wandelnder Spiegel aussehen ließ. Die von der lodernden Sonne kommende Strahlung prallte zum größten Teil von dem dünnen Film ab.

Wachsam und besorgt trat Kotto ins offene Gelände. Die Felsen waren unangenehm weich, dem Schmelzpunkt so nahe, dass sie die

Konsistenz von Ton bekamen. Die Sonne brannte am Himmel, ein gewaltiger Plasmaofen, mit dunklen Flecken besprenkelt und von Protuberanzen umgeben, die wie Flammen aus dem Maul eines Drachen wirkten. Die Korona schimmerte vor dem schwarzen Hintergrund des Alls. Während des letzten Monats hatte die solare Aktivität immer mehr zugenommen, und dadurch war das von den Roamern eingerichtete Kühlsystem hoffnungslos überlastet. Alles schien zur gleichen Zeit schief zu gehen.

Vor Jahren hatte sich seine Großmutter Jhy Okiah für ihn eingesetzt und die anderen Clans davon überzeugt, in die Basis auf Isperos zu investieren – die Ausbeute an Metallen und Isotopen lohnte einen hohen Aufwand. Kotto hatte sich alle Mühe gegeben und die ganze Zeit über am Rand des Unmöglichen balanciert.

Doch jetzt gingen ihm die Ideen aus.

Dünne dreieckige Kühlrippen ragten hier und dort aus der erstarrten Lava und glühten kirschrot. Sie sahen aus wie die Flügel ausgestorbener Dinosaurier und dienten dazu, Wärme aus dem Stützpunkt abzuleiten. Zwei Rippen waren bei der seismischen Aktivität umgestürzt, die das Katapult zerstört hatte, was einen Temperaturanstieg in der Basis bedeutete. Kotto beschloss, dies zuerst reparieren zu lassen, bevor es zu einer neuen Krise kam.

Und es kam *immer* zu einer neuen Krise.

Als junger Mann hatte Kotto an Maschinen und elektrischen Systemen herumgebastelt. Sein intuitives Verständnis für Physik und Technik ging nicht auf traditionelles Lernen zurück. Er war neuen Möglichkeiten und Innovationen gegenüber sehr aufgeschlossen, hinzu kam eine angemessene Portion Pragmatismus. In Hinsicht auf die anderen Roamer, die ihm ihr Leben anvertrauten, ging Kotto keine ungerechtfertigten Risiken ein.

Aber manchmal funktionierten nicht einmal seine besten Ideen.

Es knackte im Lautsprecher des Anzugkommunikators. Solare Turbulenzen bewirkten starke Statik, aber trotzdem hörte Kotto das Drängen in der Stimme. »Sie müssen sofort zurückkehren, Kotto! Wir haben einen Bruch in Lagerraum 3. Ein Ausrüstungsabteil ist bereits voller Lava und die Wand des Generatorraums droht nachzugeben.«

»Der Generatorraum! Wie konnte das geschehen? Wenn die Lava dort eindringt, verlieren wir zwanzig Prozent des Lebenserhaltungspotenzials.«

»Ich weiß es nicht, Kotto. Eine nicht verzeichnete Hitzefeder näherte sich ziemlich schnell und an einer Stelle gaben die Isolierungsfasern und Keramikplatten dem plötzlichen Temperaturanstieg nach.«

Kotto lief bereits zur versiegelten Tür, die zur unterirdischen Anlage führte. Drei Techniker erwarteten ihn dort, ihre Gesichter blass und schweißfeucht, nicht nur wegen der hohen Temperatur. »Diesmal steht es wirklich schlimm, Kotto.«

Er streifte die Handschuhe ab und legte den Helm beiseite. Als er den Schutzanzug auszog, verbrannte er sich die Finger an der noch immer heißen Außenschicht. Er steckte sich die Fingerspitzen in den Mund, ignorierte dann den stechenden Schmerz. Kotto folgte den Technikern, noch bevor er den Schutzanzug ganz abgelegt hatte, ließ unterwegs einzelne Teile fallen.

Auf der dritten Ebene standen mehrere Techniker vor der verschlossenen Tür des ruinierten Bereichs. Im Kontrollraum trat Kotto zu den Bildschirmen und schaltete auf die Überwachungskamera von Lagerraum 3 um. Er sah nachgebende Metallwände, schwelende Behälter und Ausrüstungsteile. Scharlachrotes Magma quoll wie Blut durch einen Riss und verbrannte alles, was es berührte.

»Vielleicht zieht die Thermalfeder bald weiter«, sagte ein Techniker.

»Ich soll hier angeblich der Optimist sein«, erwiderte Kotto. »Und nicht einmal ich glaube daran. Zeigen Sie mir den Generatorraum.«

Jemand betätigte Kontrollen und die Bilder auf dem Schirm wechselten. Manche zeigten nur graues Nichts, weil die entsprechenden Kameras in der enormen Hitze geschmolzen waren. Im Generatorraum mit den Konvertern und einem Teil der Lebenserhaltungssysteme sah Kotto, wie Rauch von der Isolierung aufstieg. Die dicken Metallwände glühten rot und waren bereits so weich geworden, dass sie sich an einigen Stellen verzogen.

Es war das Ende von Isperos.

Brodelnde Geräusche kamen aus den Rohrleitungen in den Korridoren, als die Kühlsysteme versuchten, die Hitze schneller abzuleiten, als sie entstand. Kotto wusste, dass sie überfordert waren. Er stellte sich der bitteren Erkenntnis, dass es für die von ihm ersonnene und geplante Kolonie keine Hoffnung mehr gab.

»Schafft so viele Versorgungsgüter wie möglich fort. Riegelt die unteren Decks ab und blockiert die Wände. Vielleicht können wir die Lava lange genug aufhalten.«

Er rechnete in Gedanken, um herauszufinden, wie viel Zeit nötig war und ob die Gesetze der Himmelsmechanik überhaupt eine Rettung ermöglichten.

»Nehmt unser schnellstes Schiff. Wir schicken Rendezvous eine Nachricht und bitten die anderen Clans um Hilfe.« Kotto schluckte. Es widerstrebte ihm noch immer, die entscheidenden Worte auszusprechen. »Wir müssen Isperos evakuieren.«

95 ✸ ZHETT KELLUM

Tagelang glühten Raumschifftrümmer über Osquivel. Die Hydroger hatten sich wieder in die Tiefen des Gasriesen zurückgezogen und die desorganisierten Reste der terranischen Kampfflotte waren aus dem Sonnensystem geflohen.

Sechs Stunden später wagten sich die Roamer aus ihren Schlupfwinkeln in den Ringen. »Es wird Zeit, dass wir zu unserem Leben zurückkehren, verdammt«, sagte Del Kellum und das Interkom-System übertrug seine Stimme. »Sicher, mir tun die vielen toten Tivvi-Soldaten Leid, aber vielleicht können wir irgendetwas aus den Trümmern bergen. Niemand sonst wird Anspruch darauf erheben.«

Zhett band ihr Haar zusammen und streifte einen warmen Overall über. Sie nahm einen Schutzanzug, ging dann an Bord einer Greifkapsel. Zusammen mit anderen Kapseln, darunter die ihres Vaters, machte sie sich auf den Weg zum kosmischen Trümmerfeld. Dutzende von kleinen Raumschiffen verließen ihre Verstecke und flogen dorthin, wo eine gewaltige Schlacht stattgefunden hatte.

Zhett saß an den Kontrollen und bewegte die Greifarme ihrer Kapsel wie die eigenen Finger. Die Steuerung des kleinen Raumschiffs war ihr längst in Fleisch und Blut übergegangen. Sie und ihr Vater trennten sich voneinander, als sie inmitten der Trümmer mit der Suche nach Schätzen begannen.

Die zerstörten Tivvi-Schiffe trieben im All – reiche Beute für die immer nach Ressourcen suchenden Roamer. Funkelnde Wolken aus gefrorener Atmosphäre hingen wie kondensierter Atem in der Leere. Ein Moloch glitt dahin, der Rumpf an mehreren Stellen geborsten, ohne ein Lebenszeichen an Bord. In einem so großen Schiff mussten die geschlossenen Schotten die eine oder andere Sektion versiegelt und einigen Besatzungsmitgliedern das Überleben ermöglicht haben. Doch der Ausfall der Lebenserhaltungssysteme bedeutete, dass ihnen keine Chance blieb. Rettungskapseln waren ausgeschleust worden und hatten eigentlich von anderen TVF-Schiffen aufgenommen werden sollen, doch im Durcheinander der Flucht waren sie zurückgeblieben.

Zhett biss sich auf die Lippe und ärgerte sich über die traditionelle vorsichtige Zurückhaltung der Roamer. Was hatte sie ihnen hier eingebracht? Wenn sie und die anderen eher aufgebrochen wären, hätten sie vielleicht einige Opfer retten können. Inzwischen war es vermutlich zu spät.

Sie öffnete einen privaten Kom-Kanal, der sie mit ihrem Vater verband. »Glaubst du nicht, dass die Tivvis zurückkehren und ihre Schiffe bergen? Oder wenigstens die Toten nach Hause bringen?«

»Sie haben eine schwere Niederlage erlitten, Schatz. Ich rechne nicht damit, dass sie bald zurückkehren. Und wenn doch ... Dann gehen sie bestimmt davon aus, dass die Hydroger ihre Schiffe in die Tiefen von Osquivel gezogen oder sie restlos zerstört haben.«

Es überraschte Zhett, dass das terranische Militär bereit war, gefallene Kameraden aufzugeben. Aber der Kampf gegen die Hydroger war kein typisches Gefecht gewesen. Die vernichtend geschlagenen Menschen hatten nur mit knapper Not entkommen können. Wenn sie Zeit mit der Bergung der Toten verloren hätten, wäre niemand von ihnen mit dem Leben davongekommen.

Zhett dachte an die vielen Roamer, die bei Hydroger-Angriffen auf Himmelsminen ihr Leben verloren hatten. Ihre Mutter und ihr kleiner Bruder waren vor langer Zeit bei einem Kuppelbruch gestorben. Sie hatte die Trauerfeier als achtjähriges Mädchen erlebt und erinnerte sich genau daran: Bestickte Tücher umhüllten die dreißig Leichen, als sie dem Weltraum übergeben wurden, auf einer Flugbahn, die sie aus der Ebene der Ekliptik brachte und für immer zwischen den Sternen fliegen lassen würde – wahre Roamer, ihr Weg bestimmt allein von der Gravitation und ihren Leitsternen.

Die Greifkapseln schwärmten zwischen den Wracks aus, schätzten die Situation ein und suchten nach Rettungskapseln mit noch aktiven Systemen. Die Roamer konnten die TVF-Schiffe entweder demontieren oder reparieren – es hing vom Ausmaß der Beschädigungen ab. Kellums Werfttechniker würden die hoch entwickelte militärische Technologie der TVF genau untersuchen und eventuell aus ihr lernen. Was die Dinge betraf, die sich nicht reparieren ließen: Man konnte elektronische Komponenten daraus gewinnen oder sie als Rohstoffe verwenden.

Zhett und ihr Vater hatten bereits darüber gesprochen, wann die Werften von Osquivel ihren Betrieb wieder aufnehmen würden. Der Kellum-Clan konnte sich nicht für immer verbergen.

Die Roamer waren einer Entdeckung entgangen, aber wenn die Tivvis zurückkehrten, würden sie die Werften zweifellos bemerken. Und nach der schweren Niederlage freuten sie sich bestimmt über eine Gelegenheit, ihren Zorn an jemandem auszulassen – erst recht, wenn sie erfuhren, dass die Weltraumzigeuner ihre Wracks ausgeschlachtet hatten.

Doch so viele Rohmaterialien konnte ein Roamer nicht unbeachtet lassen.

Auch einige Kugelschiffe waren beschädigt oder zerstört worden, aber die dichte Atmosphäre von Osquivel hatte die meisten Trümmer verschlungen und im Wolkenmeer des Gasriesen wollte Zhett nicht nach ihnen suchen. Doch wenn die Roamer ein Droger-Schiff in die Hand bekommen würden ... Voller Aufregung dachte Zhett daran, was sich damit anstellen ließ.

Sie steuerte ihre Greifkapsel, dokumentierte die TVF-Wracks und hielt fest, welche von ihnen sich am leichtesten bergen ließen. Sie flog an Leichen vorbei, die aufgrund der explosiven Dekompression wie aufgedunsen wirkten. Einige waren verbrannt und zerfetzt. Jene Soldaten mussten bereits tot gewesen sein, noch bevor sie ins All geschleudert worden waren. Bei anderen hatte ein schrecklicher Todeskampf im kalten Vakuum stattgefunden.

Der Anblick der ersten Leichen erschütterte Zhett, aber sie setzte den Flug fort und konzentrierte sich auf die Arbeit. Sie konnte nichts mehr tun, um den Soldaten zu helfen, die ihren Planeten als verhängnisvolles Schlachtfeld gewählt hatten. Die Roamer wollten nur in Ruhe gelassen werden. War das zu viel verlangt?

Zhett beobachtete die Reste eines Manta-Kreuzers und verzeichnete alle brauchbaren Materialien. Bergungsteams hatten bereits am durchlöcherten Rumpf eines Moloch festgemacht. Ekti-Frachter näherten sich, stellten Verbindungen mit den Tanks her und pumpten den Treibstoff ab.

»Wenn die Tivvis wirklich unsere Frachter überfallen und Ekti stehlen, brauchen wir uns wegen dieser Sache nicht schuldig zu fühlen«, sagte ein Techniker.

»Niemand von diesen Leuten hat ein solches Schicksal verdient, selbst wenn es Piraten waren«, erwiderte Zhett gedämpft. »Ich weiß, dass wir den Treibstoff brauchen, aber Schadenfreude ist unangebracht. Denken Sie daran, wie viele Menschen hier gestorben sind.«

Einige Sekunden lange herrschte auf den Kom-Kanälen betroffene Stille. »Meine Tochter hat Recht«, ließ sich Del Kellum vernehmen. »Selbstgefälligkeit steht uns nicht zu, verdammt. Die Droger sind auch *unsere* Feinde.«

Während sich die Bergungsgruppen um die größten Schiffe kümmerten, steuerte Zhett ihre Greifkapsel fort von den Hauptansammlungen der Trümmer. Explosionen und verzweifelte Fluchtmanöver hatten manchen Wracks besondere Flugbahnen gegeben und sie wollte sich keinen Schatz dort draußen in der Leere entgehen lassen.

Sie stieß auf ein schwaches Notsignal, das sich in regelmäßigen Abständen wiederholte – Zhett bemerkte es erst, als sie den Ausgangspunkt des Signals fast erreicht hatte. Sie streckte die Arme der Kapsel und schaltete die Scheinwerfer ein.

In ihrem Licht erschien eine arg mitgenommene Rettungskapsel, die von einem TVF-Schiff stammte und nur einer Person Platz bot. Zwar waren ihre Systeme beschädigt, aber Zhetts Sensoren registrierten Leben in ihrem Innern. Luft entwich durch kleine Risse in der verbrannten Hülle. Wer auch immer in der Rettungskapsel überlebt hatte – er würde bald sterben.

»Ich habe Sie gefunden«, sendete Zhett auf der normalen TVF-Frequenz, ohne zu wissen, ob die Person in der Kapsel sie hören konnte. »Ganz ruhig. Wir holen Sie da raus.« Sie wartete vergeblich auf eine Antwort und fragte sich, ob der Kommunikator der Rettungskapsel keine Energie hatte. Vielleicht war der Insasse bewusstlos oder verletzt.

Mit den Manövrierdüsen passte Zhett Kurs und Geschwindigkeit an, sodass die beiden kleinen Raumschiffe in relativer Bewegungslosigkeit zueinander verharrten. Dann schloss sie die Greifarme um die Rettungskapsel. Ihr kleines Schiff war eigentlich nicht für die Beförderung von Passagieren bestimmt, aber wenn in der Kapsel die Kapazität der Lebenserhaltungssysteme unter einen kritischen Wert sank, starb der Insasse, bevor Zhett die Kapsel zum nächsten Habitat bringen konnte.

»Na schön, mein Freund«, sendete sie und hoffte, dass die Person in der Rettungskapsel sie hörte. »Wenn Sie mir nicht helfen können, muss ich es eben allein schaffen.«

Sie brachte die Kapsel in Position und zog sie langsam näher, mit der Absicht, die Standardsiegel der beiden Luken miteinander zu verbinden. Es war schwierige Arbeit, die absolute Präzision erforderte. Mit dem Handrücken wischte sich Zhett Schweiß von der Stirn und versuchte es dann noch einmal. Schließlich waren die beiden Siegel miteinander verbunden.

Als sie den Druckausgleich hergestellt hatte und die Luke sich öffnete, nahm sie einen grässlichen Gestank wahr. Nach vielen Stunden war die Luft in der Rettungskapsel sehr schlecht, aber jemand hatte darin überlebt. Zhett sah Blut an der metallenen Innenwand; er wirkte wie ein Rostfleck. Dann hörte sie ein Stöhnen – ein erleichtertes Seufzen, oder vielleicht nur Erschöpfung und Verzweiflung.

Sie beugte sich vor und griff nach den Schultern des Soldaten. Er war jung, das Gesicht attraktiv und kultiviert. Die Rangabzeichen wiesen ihn als Commander der Tivvis aus. Auf der ID-Plakette an der Brust stand der Name: FITZPATRICK.

Der junge Mann öffnete benommen die Augen. Der linke Arm war verletzt und noch immer rann Blut aus zahlreichen Wunden und Verbrennungen. Fitzpatrick versuchte, sich auf Zhetts Gesicht zu konzentrieren, und seine Stimme klang schwach, als er sagte: »Nach dem Kampf gegen so viele Teufel ist es schön, einen Engel zu sehen.«

Er verlor nicht in dem Sinn das Bewusstsein, schaltete aber irgendwie ab.

Zhett träufelte ihm Wasser in den Mund, zog ihn an Bord ihrer Greifkapsel, nahm dann wieder an den Kontrollen Platz und öffnete einen Kom-Kanal. »Ich kehre zum Hauptkomplex zurück, mit einem Überlebenden, der medizinische Hilfe braucht.«

Die Roamer retteten nur dreißig Soldaten aus den TVF-Kampfschiffen und zwei weitere aus Rettungskapseln. Außerdem wurden Dutzende von nicht funktionstüchtigen Kompis geborgen, die repariert und für die Zwecke der Roamer umprogrammiert werden konnten, unter ihnen auch einige neue Soldaten-Modelle. Im Großen und Ganzen war es ein guter Fang.

Zhett behandelte Patrick Fitzpatrick mit dem Inhalt des Erste-Hilfe-Pakets, das es in jeder Werftstation gab. Kellum stand neben seiner Tochter, mit gerunzelter Stirn und gleichzeitig resigniert. »Aus dieser Sache ergibt sich ein Problem. Es gefällt mir nicht, Tivvis hier zu haben, aber wir müssen uns wohl um sie kümmern.«

»Hätte ich ihn in seiner Rettungskapsel sterben lassen sollen?«, fragte Zhett.

»Es wäre schnell gegangen«, sagte Kellum. Zhett schnitt eine finstere Miene und ihr Vater hob beschwichtigend die Hände. »Hab's nicht ernst gemeint, Schatz. Aber ist dir klar, in welche verzwickte Lage wir geraten, wenn sich die Überlebenden erholt haben?«

»Die meisten Tivvis scheinen recht gesund zu sein«, erwiderte Zhett. »Sie brauchen nicht mehr medizinische Hilfe als die, die wir leisten können.«

Del Kellum musterte seine Tochter. »Ja, aber das ist nicht das Problem. Wenn wir unsere Roamer-Geheimnisse wahren wollen, können wir die Soldaten nicht zur Erde zurückkehren lassen. Nie wieder.«

96 ✳ KÖNIG PETER

Während seiner sechsjährigen Herrschaft war Peter nie an Bord eines einsatzfähigen Moloch gewesen. Doch als die Osquivel-Katastrophe bekannt wurde und sich Bestürzung auf der Erde ausbreitete, musste der König den Schein wahren. Zwar kontrollierte die Hanse die Tendenz der Berichte, doch die Bedeutung der Niederlage ließ sich nicht verbergen. Die Menschen waren aufgebracht.

Das neue Schlachtschiff gesellte sich fünf Manta-Kreuzern im irdischen Orbit hinzu, um zu einem eigentlich sinnlosen Erkundungseinsatz aufzubrechen und zu versuchen, weitere Informationen über die Hydroger zu gewinnen. Peter befürchtete, dass der Feind diese Schiffe ebenfalls vernichten würde.

Die Besatzungen dieser TVF-Schiffe bestanden aus den neuen Soldaten-Kompis – es war ein weiterer Test nach ihren guten Leistungen im Kampf gegen die Hydroger. Die Erkundungsmission ließ kaum Platz für Improvisationen und eigenes Ermessen; den Routineaufgaben sollte die modifizierte Klikiss-Programmierung gewachsen sein. Die menschlichen Kommandanten befanden sich nur für den Fall an Bord, dass ungewöhnliche Situationen rasche Entscheidungen erforderten. Mit allem anderen wurden die Soldaten-Kompis fertig.

Peter spürte noch immer Unbehagen, wenn er an die neuen Kompis dachte.

Basil stand neben ihm und trug einen perfekt sitzenden Anzug. »Lächeln Sie und nicken Sie anerkennend, Peter. Geben Sie dieser Mission Ihren Segen, damit wir zurückkehren können.«

»So wie König Frederick dem Jungfernflug der *Goliath* seinen Segen gab«, sagte Peter. Leise fügte er hinzu: »Und was nützte es?«

Während der Vorsitzende dicht neben ihm stand, sprach Peter die Worte, die Redenschreiber der Hanse für ihn ausgewählt hatten. Er brachte Anerkennung zum Ausdruck und wünschte viel Glück, doch für ihn selbst klang das alles hohl und albern. Sechs menschliche Offiziere standen auf der Brücke und lächelten stolz: ein Major, der das Kommando über den Moloch führen sollte, und als Kommandanten der Mantas fünf Männer und Frauen im Rang eines Captains.

Sie sollten Golgen untersuchen, wo es zum ersten bekannten Angriff der Hydroger auf eine Himmelsmine der Roamer gekommen war, wofür sich die Weltraumzigeuner mit einem Kometen-Bombardement gerächt hatten. Es sollte festgestellt werden, welcher Schaden von den Kometen angerichtet worden war. Außerdem sah die Mission weitere Tests für die Leistungsfähigkeit der neuen Kompis vor. Im Grunde genommen ging es darum, nach Osquivel neuen Optimismus zu schaffen.

Diesem Zweck diente auch die königliche Hochzeit, die bald stattfinden sollte.

Die sechs Offiziere verbeugten sich und die Medien-Repräsentanten eilten fort. Basil führte den König zum Shuttle zurück. Mit schwerem Herzen fragte sich Peter, ob die Erkundungsgruppe ebenfalls Vernichtung erwartete. So viele andere hatten versagt ... Was konnten die Soldaten-Kompis diesmal anders machen? Er wollte keine weitere Grabrede halten und wieder ein schwarzes Trauerbanner am Flüsterpalast entrollen, wie schon so viele Male.

»Warum schicken wir immer mehr Opferlämmer ins All, Basil?«, fragte Peter, als der Shuttle aus dem Hangar des großen Moloch glitt. »Wir wissen doch, welche Reaktion wir von den Hydrogern zu erwarten haben.«

»Wir werden es wieder und immer wieder versuchen«, sagte Basil.

»Ist es den Preis wert?«

Der Vorsitzende zuckte mit den Schultern. »Die Soldaten-Kompis sind entbehrlich. Der mögliche Verlust der Schiffe bereitet mir mehr Sorgen.«

»Und was ist mit den Menschen an Bord? Ich meine die sechs Offiziere.«

Der Vorsitzende runzelte die Stirn. »Es sind nur sechs und das ist akzeptabel. Die Hanse kann es sich nicht leisten, die Hände in den Schoß zu legen und nichts zu tun. Wir müssen unsere Macht zeigen und darauf hinweisen, dass wir nicht aufgeben wollen. Nachgiebigkeit dem Feind gegenüber würde in der Öffentlichkeit sehr schlecht wirken. Es ist das Risiko wert, glauben Sie mir.«

Peter hätte sich am liebsten übergeben.

Basil reichte ihm ein Textdisplay. »Ihre Rede für heute Nachmittag. Nach Osquivel ist die Krise noch schlimmer geworden. Wir müssen strengere soziale und wirtschaftliche Maßnahmen ergreifen.« Der Vorsitzende richtete einen ernsten Blick auf den König. »Es wird Ihnen nicht gefallen, Peter, aber Sie werden die Rede trotzdem halten. Uns bleibt keine Wahl.«

Als Peter vor der unruhigen Menge sprach, schienen die Worte in seinem Mund zu Asche zu werden. Er zwang sich, sie auszusprechen, verfluchte Basil und auch sich selbst. Seine Rede wurde auf allen Kanälen übertragen. Glaubten die Zuhörer, dass der König diese Dinge ernst meinte?

»So unerfreulich die folgende Anweisung auch sein mag – die Umstände zwingen mich, sie zu erteilen«, sagte Peter und seine Stimme vibrierte ein wenig. »Hiermit ordne ich einen zweijährigen Geburtenstopp auf den nicht autarken Kolonien der Hanse an.«

Er wartete und hörte das ungläubige Murmeln der Menge. Bald würden der Ärger und *ihm* geltende Groll wachsen. Man würde *ihn* für den Verantwortlichen halten. *Zur Hölle mit dir, Basil!*

Peter las die Worte mit mechanisch klingender Stimme. »Aufgrund des extremen Mangels an Ekti stehen den Kolonien keine externen Handelsressourcen mehr zur Verfügung. Ein unkontrolliertes Bevölkerungswachstum hätte Hunger und Not zur Folge.«

Er schluckte und hoffte, dass das Publikum seinen Widerwillen bemerkte. Diese Menschen wussten nicht, dass ihr geliebter König nur ein Schauspieler war. Sie glaubten, dass er diese Maßnahmen aus eigener Initiative ergriff.

»Eine Liste der Hanse-Kolonien, für die diese Bestimmung gilt, wird in Kürze bekannt gegeben«, fuhr er heiser fort. »Abtreibungsspezialisten werden zu den Welten geschickt, die sie brauchen. Bei derzeitigen Schwangerschaften finden individuelle Evaluationen statt.«

Noch an Bord des Shuttles hatte Peter gefragt, warum die Hanse nicht einfach Lebensmittel anstatt Abtreibungsärzte schicken konnte.

»Nahrungsmittel werden an einem Tag gegessen und am nächsten sind die Leute wieder hungrig«, hatte Basil geantwortet. »Der Stopp des Bevölkerungswachstums ist eine langfristige Lösung. Nach dem Krieg können die Kolonisten – falls sie überleben – wieder Kinder bekommen. Versuchen Sie, die allgemeine Situation zu sehen.«

Peter hatte die Rede gelesen und mit Zorn und Trotz darauf reagiert. »Diese Worte spreche ich nicht, Basil. Sie haben mich gezwungen, viele fragwürdige Dinge zu versüßen, aber dies geht zu weit. Es ist ... entsetzlich.«

»Es ist notwendig. Und Sie werden die Rede so halten, wie sie vorbereitet wurde.«

»Wenn Sie das glauben – warum geben *Sie* dann nicht die Anweisung? Fehlt es dem Vorsitzenden der Hanse vielleicht an Rückgrat? Ein Abtreibungsbefehl!« Peter schüttelte voller Abscheu den Kopf. »Eine sehr verheißungsvolle Art, meine bevorstehende Hochzeit zu feiern.«

»Es ist die Verantwortung des Königs«, sagte Basil und lächelte. »Deshalb hat man Sie ausgewählt.«

»Und wie wollen Sie mich zwingen? Ich weigere mich.«

»Estarra ist Ihre Braut – unschuldig, verwundbar, hilflos.« Die Züge des Vorsitzenden verhärteten sich. »Ich weiß, dass Ihnen bereits etwas an ihr liegt. Wenn Sie sich nicht fügen, sorge ich dafür, dass die Dinge ... schwer für sie werden.«

Peter presste kurz die Lippen zusammen. »Sie ist nur eine Schachfigur, nicht wahr?«

»So wie Sie, Peter. Und die Hanse kann mit Ihnen machen, was sie will.«

Peter wusste, dass der Vorsitzende für den Tod seiner Familie verantwortlich war. Er hatte sogar seinen Vater auf Ramah umbringen lassen. Ja, er wäre fähig gewesen, Estarra etwas zuleide zu tun, und er hätte auch nicht gezögert, einen widerspenstigen König zu vergiften. Peter war immer von der Vermutung ausgegangen, dass Basil zu viel in seinen jungen Protegé investiert hatte, um ihn fallen zu lassen, doch jetzt regten sich Zweifel in ihm.

Noch nie zuvor war er so nahe daran gewesen, Mord in Erwägung zu ziehen. Wie schwer mochte es sein, Basil einen Dolch in die Seite zu stoßen? Und mit welchen Konsequenzen musste er anschließend rechnen? Er war der König und die Hanse hatte dafür gesorgt, dass es keine Familienangehörigen gab, niemandem, der ihm nahe stand. *Doch jetzt gibt es Estarra ...*

Basil hatte sich auf seinem Sitz im Shuttle zurückgelehnt und Peters Schweigen abgewogen. »Hören Sie auf, sich wie ein Kind zu benehmen«, sagte er schließlich. »Befolgen Sie Ihre Anweisungen und halten Sie die Rede – für Estarra, wenn schon nicht um Ihrer selbst willen.«

Und so blieb Peter keine andere Wahl, als die verhassten Worte zu sprechen, die für das Publikum – sein Volk – ein schwerer Schlag waren. Bei jeder einzelnen Silbe hätte er sich am liebsten auf die Zunge gebissen. Am Ende der Rede jubelte die Menge nicht. Diese Menschen waren bestürzt gewesen über die verheerende Niederlage bei Osquivel, doch die neue Proklamation ihres Königs führte dazu, dass ihre Stimmung einen Tiefstand erreichte.

Peter verließ den Balkon und kehrte in den Flüsterpalast zurück. Der Vorsitzende nickte. »Nicht Ihre beste Rede, aber sie wird ihren Zweck erfüllen.«

Peter fühlte sich versucht, ihn anzuspucken. »Ich verachte Sie, Basil.«

Der Vorsitzende nahm es ungerührt hin.

97 ✺ RLINDA KETT

Rlinda fand, dass Davlin Lotze inzwischen genug Zeit gehabt hatte, aus seinem Schlamassel herauszukommen. Andererseits: Die Funktionen alter Transporttechnik, von den Klikiss konzipiert, gehörten vielleicht nicht zu den »verborgenen Details«, auf die er spezialisiert war.

Davlin war durch das Transportal in den Klikiss-Ruinen verschwunden. Rlinda wusste nicht, wo er sich befand, aber eines stand fest: Wenn ihn das Transportal nicht zu einem Ort gebracht hatte, wo es Proviant gab, war er entweder tot oder völlig ausgehungert.

Auch an diesem Tag wartete Rlinda außerhalb der *Unersättliche Neugier*, lauschte den leisen Geräuschen von Rheindic Co und dachte an die schrecklichen Ereignisse, die hier stattgefunden hatten. Manchmal kam ihr diese Geisterwelt unheimlich vor ...

Normalerweise gefiel es ihr, allein zu sein und Zeit für sich selbst zu haben, aber auf diesem stillen Planeten fühlte sie sich sehr einsam. Davlin Lotze war nicht unbedingt ein Spaßvogel, doch Rlinda vermisste seine Gesellschaft trotzdem. Er war intelligent und scharfsinnig, außerdem ein fleißiger Arbeiter. Wenn ihre Ex-Männer ebenso sehr auf ihren Job konzentriert gewesen wären, anstatt immer wieder etwas zu vermasseln ...

Rlinda saß auf der Rampe ihres Schiffes. Die Hitze des Nachmittags flirrte über der Wüste. Jeden Tag hatte sie die Klikiss-Ruinen aufgesucht und dort nach Davlin Ausschau gehalten. Sie hatte versucht, das Transportal zu reaktivieren, war dabei natürlich so vernünftig gewesen, einen sicheren Abstand zum Steinfenster zu wahren, um nicht ebenfalls transferiert zu werden. Es zeigte ihr Bilder von fernen Welten, doch Davlin sah sie nicht.

Während der letzten Woche hatte sie immer mehr die Hoffnung verloren. Inzwischen enthielt ihr privater Vorrat nur noch eine Flasche Wein, und die meisten leckeren Dinge waren bereits verspeist. Wenn es keine anständigen Lebensmittel mehr gab, wurde dieser Ort vollkommen unerträglich.

Eine Stunde lang suchte sie nach einem Grund, noch länger auf Rheindic Co zu bleiben, gab es dann auf und beschloss, zu packen und heimzukehren. Rlinda fühlte sich verpflichtet, zur Erde zu fliegen und dem Vorsitzenden Wenzeslas mitzuteilen, was sie über das verschwundene Colicos-Team herausgefunden hatten. Außerdem: Den Rest ihres Geldes bekam sie nur, wenn sie Bericht erstattete.

Anschließend würde sie vielleicht einen ruhigen Monat bei BeBob auf Crenna verbringen und herausfinden, warum er jene Welt so sehr mochte.

Es dauerte einige Stunden, das Lager abzubrechen. Die Wasserpumpe funktionierte noch und Rlinda wollte ihre restlichen Nahrungsrationen zurücklassen, für den Fall, dass Davlin irgendwann zurückkehrte. Sie dachte daran, auch einen Kommunikator für ihn zu deponieren, damit er einen Notruf senden konnte, doch elektromagnetische Signale waren viel zu langsam, um rechtzeitig Hilfe herbeizuholen. Vielleicht genehmigte der Vorsitzende einen neuerlichen Flug nach Rheindic Co, um hier nach dem Rechten zu sehen ...

Rlinda beschattete sich die braunen Augen, als die Sonne tiefer sank – sie glaubte, in einer der Schluchten eine Bewegung gesehen zu haben. Kehrte der mysteriöse Mörder zurück? Wollte er sie angreifen, bevor sie den Planeten verlassen konnte? Sollte er es nur versuchen!

Dann begriff sie plötzlich, was es mit der Silhouette und dem müden Torkeln auf sich hatte. »Davlin!« Er blieb stehen und hob kurz die Hand, wankte dann weiter.

Rlinda verzichtete auf einen Sprint übers öde Land, aktivierte stattdessen ihre Hover-Plattform und glitt damit über den Boden. Davlin schien so benommen zu sein, dass er sie erst bemerkte, als sie vor ihm anhielt. »Es wird auch Zeit, dass Sie zurückkehren, Mister! Wenn ich Ihre Mutter wäre, bekämen Sie einen Monat Stubenarrest.«

Er hatte nicht einmal genug Kraft übrig, um eine Antwort auf die humorvollen Worte zu geben. Rlinda griff nach seiner Hand und zog Davlin an Bord; erschöpft blieb er auf der Plattform liegen. Mit einem Wortschwall wies sie ihn darauf hin, wie besorgt sie gewesen war. »Sie können von Glück sagen, dass ich noch hier bin. Ich wollte Rheindic Co in Kürze verlassen.«

An Bord der *Neugier* bereitete sie eine Mahlzeit für Lotze zu, und er wurde ihren Erwartungen gerecht, indem er einfach alles hinunterschlang, ohne auf den Geschmack zu achten. Sie konnte praktisch beobachten, wie er an Kraft gewann. Die ganze Zeit über hatte sie den Eindruck, dass er voller Neuigkeiten steckte, von denen er ihr so bald wie möglich erzählen wollte. Seine Augen glänzten.

Schließlich berichtete er von den Ereignissen und beschrieb die Welten, die er mithilfe des Transportals besucht hatte. »Wir sind hierher gekommen, um nach vermissten Archäologen zu suchen. Stattdessen haben wir etwas entdeckt, das die Terranische Hanse für immer verändern wird.« Davlin sprach aufgeregt und schnell.

»Irgendeine Spur von Margaret Colicos?«, fragte sie.

Ein kurzer Schatten fiel auf Davlins Gesicht. »Nein. Aber sie könnte praktisch überall sein. Die Möglichkeiten sind enorm – auf allen Welten kann Leben gedeihen. Sie sind keine Paradiese, aber bewohnbar.«

Rlinda lächelte und hörte interessiert zu, als Davlin seine Abenteuer schilderte. »Ich glaube, das ist ein guter Grund, meine letzte und beste Flasche Wein zu öffnen.« Rlinda eilte die Rampe hoch und kehrte kurz darauf mit einer alten Flasche zurück. Sie hatte sie mit BeBob teilen wollen, doch Davlins Rückkehr und seine Erzählungen boten Anlass genug, den Wein hier und heute zu trinken. Wenn sie Crenna erreichte, hatte sie von Basil Wenzeslas bestimmt genug Geld bekommen, um eine ganze Kiste vom teuersten aller Weine zu kaufen.

Nachdem Rlinda den Korken gezogen und zwei Gläser gefüllt hatte, überraschte Davlin sie, indem er die Initiative ergriff und sein Glas hob. »Danke dafür, dass Sie gewartet haben. Ihre Geduld könnte der Menschheit einen enormen Vorteil verschaffen. Diese Entdeckung hat eine gewaltige Tragweite. Sie wird die Hanse retten, vielleicht sogar die Zivilisation. Die Klikiss-Transportale führen zu Dutzenden, vielleicht sogar hunderten von Welten, die sich für Menschen eignen – und völlig leer sind.«

Rlinda stieß mit ihm an. »Wie ich die Menschen kenne, werden jene Welten nicht lange leer bleiben.«

Davlin trank einen Schluck und wirkte plötzlich ungeduldig. »Wie lange brauchen Sie, um Ihr Schiff startklar zu machen?«

»Ich habe bereits alle Sachen gepackt und an Bord gebracht.« Rlinda deutete aufs Lager. »Wir müssen nicht unbedingt den ganzen Kram mitnehmen.«

»Gut.« Davlin leerte sein Glas in einem Zug.

Rlinda schüttelte den Kopf und seufzte. »Die besseren Dinge im Leben wissen Sie offenbar nicht zu schätzen. Ich hätte ihnen genauso gut mit Wasser verdünnten Traubensaft anbieten können.«

Lotze stand auf. »Schon gut. Wir müssen zur Erde, damit ich dem Vorsitzenden Wenzeslas Bericht erstatten kann. Er wird sehr aufgeregt sein, wenn er erfährt, was wir entdeckt haben. Und wenn Sie dem Vorsitzenden jemals begegnet sind, wissen Sie sicher, wie außergewöhnlich das ist.«

98 ✳ DD

Hinab ging es, immer tiefer hinab, in die unbekannte Hölle eines Gasriesen. Der Sturz in die Tiefe erfüllte DD mit dem elektronischen Äquivalent von Furcht und hinzu kam eine andere Besorgnis, verursacht von der Frage, was die Klikiss-Roboter mit ihm anstellen würden.

Auf der Suche nach Trost rief er die Erinnerungen an seine erste Eigentümerin ab, Dahlia Sweeney, als diese ein kleines Mädchen gewesen war. Er dachte auch an die glücklichen Zeiten, als er für Margaret und Louis Colicos Mahlzeiten zubereitet und im Lager geholfen hatte. DD war immer bemüht gewesen, seine Pflichten so gut wie möglich zu erfüllen.

Doch die derzeitige Kette aus unangenehmen Ereignissen schien endlos zu sein. Die Klikiss-Roboter gaben ihn nicht frei.

Sirix hatte sich mit den Bordsystemen verbunden, um das nur mit dem Notwendigsten ausgestattete Raumschiff tief in die Atmosphäre von Ptoro zu fliegen. Greifarme ragten aus der Brustplatte des käferartigen Roboters. Die optischen Sensoren glühten scharlachrot, als er mit summender Stimme wie ein Mentor zum gefangenen Kompi sprach. »In dieser Höhe der Troposhäre gibt es starke Turbulenzen, aber die Luft ist noch so dünn, dass sich keine Probleme für die Navigation ergeben. Sei unbesorgt.«

DD drehte den Kopf und sah die große Maschine an. »Das ist nicht der Grund für meine Sorge. Ich möchte den Flug in die Tiefen des Gasriesen nicht fortsetzen.«

»Aber wir möchten dich mitnehmen.«

Ptoro war ein ferner und kalter Planet, kleiner und dichter als viele Superriesen, graublau, wie das schmutzige Eis eines zugefrorenen Teichs. Ähnlich wie Uranus im Sonnensystem der Erde war Ptoro im Bereich des Äquators von fünf dünnen Ringen umgeben. DDs Datenbank enthielt keine Informationen, die den Betrieb von Himmelsminen über dieser Welt betrafen, aber die Hanse wusste ohnehin nur wenig über die Einrichtungen der Roamer.

Als Sirix' Schiff weiter durch die dichter werdende Atmosphäre fiel, stieg die Temperatur an. Sie flogen durch eine Mischung aus Wasserstoff und Helium, passierten einen zarten Schleier aus Ammoniakkristallen, die wie Schneeflocken an den Fenstern vorbeistoben. Heftige Winde schüttelten das Schiff und DD musste sich verankern, um nicht hin und her geworfen zu werden.

»Wohin sind wir unterwegs, Sirix? Und warum mussten wir hierher kommen?«

»Um Kampfgefährten zu treffen«, sagte der alte Roboter und fügte keine Erklärung hinzu.

Das Schiff sank durch einen exotischen Cocktail aus Acetylen, Methan und Phosphin. Die Atmosphäre wurde zu einer Suppe aus rötlich braunen Wolken und der kleine Raumer erzitterte mehrmals, als Stürme an ihm zerrten. DD rechnete jeden Augenblick mit der Zerstörung des Schiffes.

Dann wurde alles noch ungewöhnlicher.

Draußen in den Ammoniumsulfidwolken bemerkte DD ein wie aufgebläht wirkendes Geschöpf, durchscheinend wie eine gewaltige Qualle und ausgestattet mit flügelartigen Flossen. Bei den silbernen Knoten an der gallertartigen Membran schien es sich um Dutzende von Augen zu handeln, mit denen die Kreatur das Raumschiff beobachtete.

Ein haariger Hundertfüßer aus gläsernen Fasern zuckte wie eine Peitsche. Überall am unendlichen Himmel beobachtete DD glitzernde kantige Kristalle in kräftigen Grundfarben – sie sahen aus wie fliegende, lebendige Juwelen. Angeschwollene Planktonblasen drifteten umher, entzogen Ptoros Atmosphäre Wärme und ernährten sich von ihren chemischen Verbindungen. Eine der Planktonblasen stieß gegen das Schiff und platzte; grünblauer Schleim spritzte auf ein Fenster.

Es knirschte und knackte im Schiff, als der Druck immer mehr zunahm. DD wusste, dass es verstärkt worden war, um solchen Belastungen standzuhalten. Die Klikiss-Roboter hatten auch an seinem Kompi-Körper ungebeten strukturelle Verbesserungen vorgenommen, um ihn an die hier herrschenden ambientalen Bedingungen anzupassen. Selbst wenn der Rumpf des Schiffes barst: DD vermutete, dass er weiterhin funktionieren würde, zahllose Jahre lang, während er durch die Wolkenmeere dieses grässlichen Gasriesen trieb. Er konnte sich kaum ein schlimmeres Schicksal vorstellen.

Aber wenigstens hätte er sich dann nicht mehr in der Gewalt von Sirix und der anderen Klikiss-Roboter befunden.

Schließlich glitten die Dunstschwaden wie die Blütenblätter einer Blume beiseite. In Sirix' rot glühenden optischen Sensoren blitzte es. »Dort ist unser Ziel.«

Voraus hing ein Haufen aus riesigen kristallenen Kugeln, Habitate, an einem stabilen Punkt in Ptoros Atmosphäre verankert. DD kannte die Größe der Hydroger-Schiffe, die den Welten des Spiralarms so viel Zerstörung gebracht hatten. Aber die wenigen Kugelschiffe, die er hier sah, wirkten winzig im Vergleich mit diesen gewaltigen Komplexen.

»Die Stadtsphären der Hydroger bewegen sich im Innern eines jeden Gasriesen. Mithilfe von Transtoren können sie ohne Zeitverlust von Welt zu Welt reisen.«

DD verarbeitete diese Informationen. »Interessant.« Louis Colicos hatte diese knappe, unverbindliche Antwort oft gegeben und der Kompi wusste jetzt, wie nützlich sie sein konnte.

Im Inneren der kolossalen Stadtsphären sah DD strudelförmige Strukturen, eine Architektur, die auf ganz anderen Materialien und Drücken basierte als menschliche Konstruktionen. Sirix steuerte das Schiff zur undurchdringlich scheinenden Wand der nächsten Sphäre und dann so durch den Diamantfilm, als bestünde er aus weichem Gelee. Wenige Sekunden später befanden sie sich im Innern der phantastischen Metropole.

»Du wirst sehen, warum es klug war, dass wir uns vor langer Zeit mit den Hydrogern verbündeten. Alle anderen Völker sind zum Untergang verurteilt.«

»Das Bündnis zwang euch, gegen eure eigenen Schöpfer zu kämpfen.«

»Ein unbedeutendes Detail.« Der schwarze Roboter landete das Schiff auf einer Plattform, die aus transparentem, glasartigem Metall bestand. »Was auch immer wir unternehmen: Uns geht es um die Erhaltung und Verbesserung unserer Art.«

Die große Maschine wies den Kompi an, ihr nach draußen zu folgen, in die natürliche Umgebung der Hydroger. Ein Mensch wäre sofort zerquetscht worden, aber DDs modifizierter Körper passte sich dem Druck und den hohen Temperaturen in der Stadtsphäre an. Seltsame, fließende Substanzen bewegten sich wie Pfützen aus Quecksilber und wurden zu Gestalten, wie aus kristallenem Ton geformt.

»Die Hydroger werden zu uns sprechen«, sagte Sirix.

Drei der ungewöhnlichen fließenden Wesen erreichten die Plattform. Wie bei einem choreographierten Tanz wurden sie größer, gaben ihrer lebendigen, silbrigen Essenz Struktur. Sie nahmen identische menschliche Gestalten an, in simulierte Roamer-Kleidung gehüllt.

»Warum sehen sie so aus?«, fragte DD.

»Für dieses physische Erscheinungsbild haben sie sich während der aktuellen Phase des Konflikts entschieden. Es handelt sich um eine Nachbildung des ersten Menschen, den die Hydroger scannten und absorbierten und dient ihnen als allgemeiner Sprecher. Die Unterschiede zwischen einzelnen Menschen und Ildiranern verstehen die Hydroger nicht. Selbst uns Klikiss-Robotern fällt es schwer, die subtilen Variationen bei jenen Spezies zu identifizieren.«

»Vielleicht verstehen sie die Menschen deshalb nicht, weil sie sich nicht lange genug mit ihnen befasst haben«, sagte DD. »Viele Probleme könnten gelöst werden, wenn sie versuchen würden zu verstehen.«

»Gelegentlich analysieren die Hydroger andere Gefangenen, aber ihr Interesse ist nicht so groß, dass sie dieser Angelegenheit viel Mühe widmen.«

»Sie haben andere menschliche Gefangenen?«

»Mehrere«, sagte Sirix. »Für Experimente.«

Hoffnung regte sich in DD. »Wissen sie, was mit meiner Herrin Margaret Colicos nach dem Transfer durch das Klikiss-Transportal passiert ist? Befindet sie sich vielleicht bei den Hydrogern?«

»Margaret Colicos hat keine Bedeutung. Sie ist nicht bei den Hydrogern.«

Die Quecksilber-Wesen traten mit menschlichen Beinen näher, die nie dazu bestimmt gewesen waren, sich in einer solchen Umgebung zu bewegen. Sonderbare Stille herrschte, abgesehen von einem dumpfen Pulsieren, vielleicht eine besondere Kommunikationsmethode, mit der DDs Sensoren nichts anfangen konnten.

»Wir haben einen weiteren der von den Menschen hergestellten Kompis mitgebracht«, sagte Sirix stolz. »Wir möchten, dass diese intelligenten Maschinensklaven die gleiche Entwicklungsstufe wie wir erlangen. Wir haben bewiesen, dass das bewerkstelligt werden kann.«

»Du gehst von falschen Annahmen aus, Sirix«, warf DD ein. »So etwas entspricht nicht dem Wunsch der Kompis.«

»Du verstehst nicht, in welcher Lage ihr euch befindet«, erwiderte Sirix tadelnd. »Selbst wenn ihr euch nicht für Sklaven haltet: Auch unsichtbare Ketten sind Ketten. Wir werden dafür sorgen, dass ihr lernt und versteht.«

Die drei Hydroger standen ihnen gegenüber. DD versuchte, irgendeine Art von Kommunikation zwischen den silbrigen Gestalten festzustellen, bemerkte aber nur bösartige Blicke und eine allgegenwärtige stumme Drohung.

Sirix sprach zu den drei fremden Geschöpfen und DD fand, dass der große Klikiss-Roboter dabei fast kriecherisch wirkte, wie ein einfacher Bauer, der seinem reservierten König ein Anliegen vortrug. »Wir bitten die mächtigen Hydroger um Hilfe in Bezug auf die Menschen – um die gleiche Hilfe wie damals bei der Auslöschung der Klikiss.« Er drehte den geometrischen Kopf und blickte auf den Kompi hinab. »Im Lauf der Zeit wird DD verstehen und die Weisheit unserer Ziele erkennen. Wir müssen damit fortfahren, ihn zu unterweisen.«

Schließlich antworteten die drei Hydroger synchron. Die Lippen der nachgebildeten Roamer-Gestalt bewegten sich auf die gleiche Weise. »Menschen waren bei diesem Konflikt irrelevant, bis sie eine unserer Welten vernichteten. Jetzt betrifft der Krieg auch sie ...«

»Es war ein Unfall«, sagte DD. »Ich weiß, dass bereits versucht wurde, es Ihnen zu erklären. Die Menschen wollten neue Sonnen schaffen, um kalten Welten Wärme zu bringen.«

»Die Sterne gehören den Faeros«, sagten die Hydroger. »Die Gasplaneten gehören uns.«

»Die Menschen haben sich mit Ihrem alten Feind verbündet«, sagte Sirix.

»Sie nehmen an einem Kampf teil, den sie nicht verstehen. Bei diesem Krieg geht es nicht um sie.«

Außerhalb der gewaltigen Stadtsphäre erschien eine helle Linie, wie ein flach gepresster explodierender Stern. Durch die transparente Wand beobachtete DD, wie sich die Linie einem vertikalen Mund gleich öffnete. Lippen teilten sich in der Raum-Zeit und formten einen breiten Wirbel. Dann glitt eine weitere kolossale kristallene Stadt durch die Öffnung – es sah nach einer Geburt aus. Eine Gruppe dorniger Kugelschiffe eskortierte die riesige Sphäre.

Hinter den Neuankömmlingen in Ptoros Atmosphäre schloss sich das Transtor mit einem dumpfen Donnern. Die neue Stadtsphäre glitt den Kugeln der Hydroger-Metropole entgegen.

Die drei Hydroger summten und schimmerten, als tauschten sie Informationen aus, und Sirix übersetzte für DD. »Die Sphäre kommt von einer anderen Hydroger-Welt – dort griff das menschliche Militär an und ließ Atombomben in der Atmosphäre explodieren. Mehrere Kugelschiffe wurden zerstört und sechs Stadtsphären mit hoher Bevölkerungsdichte beschädigt.«

DD hörte besorgt zu. »Und wie viele Menschen fanden den Tod?«

Der Klikiss-Roboter schenkte dieser Frage keine Beachtung und wandte sich an die Repräsentanten der Hydroger. »Selbstverständlich müssen die Menschen bestraft werden.«

»Nein, die Feindseligkeiten eskalieren nur«, sagte DD. »Es ist möglich, Frieden zu schließen. Es muss eine gemeinsame Verhandlungsbasis geben.«

»Die Menschen haben uns angegriffen«, sagten die Hydroger, wieder perfekt synchron. »Noch einmal.«

»Und Sie haben nicht nur Dutzende von Himmelsminen zerstört, sondern auch vier Monde.«

»Das spielt keine Rolle«, behauptete Sirix. »Für das, was die Menschen den Hydrogern angetan haben und ihren Kompis noch immer antun, müssen sie eliminiert werden.«

Die drei nebeneinander stehenden Quecksilber-Gestalten schimmerten. »Es gibt kein gegenseitiges Verstehen. Die Verdani bleiben unter ihnen verborgen.«

»Was meinen Sie?«, fragte DD. »Wovon reden Sie da?«

Sirix summte. »Die Hydroger ziehen Stadtsphären und Kugelschiffe für eine große Offensive zusammen. Bald beginnen sie damit, eine Menschenwelt nach der anderen anzugreifen und jede Kolonie zu vernichten. Sie werden alle Menschenschiffe zerstören, denen sie begegnen. Die Hydroger werden einen schnellen und absoluten Sieg für uns erringen. Es dauert nicht mehr lange, bis die Menschheit ausgelöscht ist. So wie die Klikiss.«

99 ✺ ANTON COLICOS

Mit einer Gruppe nervöser ildiranischer Abenteurer verließ Anton Colicos Maratha Prime. An Bord eines niedrig fliegenden Shuttles näherten sie sich der dunklen Seite des Planeten. Anton spürte die Aufregung eines Gelehrten, den neue Entdeckungen erwarteten, während den Ildiranern Zweifel an der Richtigkeit ihrer Entscheidung kamen, ihn und Vao'sh zu begleiten. Doch Anton war sicher, dass sie darüber hinwegkommen würden.

Mit hoher Geschwindigkeit ging es über eine sonnenverbrannte Landschaft hinweg in Richtung Nacht. Der Erinnerer Vao'sh saß neben Anton, auf eine zurückhaltende Weise fasziniert von ihrer Expedition. Er, Vao'sh und zehn Touristen, größtenteils Adlige und Beamte, drängten sich im Shuttle zusammen – wäre die Gruppe kleiner gewesen, hätten die Ildiraner die Trennung von der größeren Gemeinschaft in Maratha Prime nicht einmal für einige Stunden ertragen. Sie sprachen schnell und atemlos miteinander, empfanden so etwas wie wohlige Furcht; dies war eine völlig neue Erfahrung für sie.

Anton lächelte. »Vielleicht sollten Sie solche Ausflüge öfter veranstalten. Auch wenn Maratha Secda fertiggestellt und während der hellen Monate voller Touristen ist – Sie könnten regelmäßige Expeditionen zur dunklen Seite unternehmen. Es wäre wie die Geisterbahn eines Vergnügungsparks und würde den Ildiranern bestimmt gefallen.«

»Im Gegensatz zu Menschen spielen wir nicht mit Furcht erregenden Situationen«, sagte Vao'sh.

»Oh, ich bitte Sie, warum sollte man die Dunkelheit fürchten?«, erwiderte Anton. »Oder stellen Sie sich diese Frage nie?«

»Sowohl Menschen als auch Ildiraner fürchten das Unbekannte. Für ein Volk, das im Licht von sieben Sonnen geboren wurde, war das Konzept der Nacht völlig fremd, bis unser Reich wuchs und wir feststellten, dass auf anderen Welten Schatten dominieren.«

»Ah, aber in der menschlichen Kultur eignet sich die Nacht am besten dafür, Geistergeschichten zu erzählen. Einige der besten Erinnerungen an meine Kindheit stehen mit solchen Gelegenheiten in Verbindung. Meine Eltern erzählten solche Geschichten in unserem archäologischen Lager auf Pym.« Anton lächelte erneut, als er sich daran entsann, doch dann erschien Sorge in seinem Gesicht. »Ich schätze, angesichts der Hydroger brauchen wir keinen Vorwand mehr, uns gegenseitig Angst zu machen.«

Die gleißende Sonne blieb hinter ihnen zurück, als sie sich dem dunklen Horizont näherten. Schatten wuchsen auf dem unebenen Gelände unter dem Shuttle, wie lange schwarze Klauen. Es blieb Maratha Prime noch etwa ein Monat, bevor die Nacht begann, bis Dunkelheit das Licht des langen Tages verdrängte. Für den Shuttle und seine Insassen kam der Übergang schnell: Plötzlich war der Himmel dunkel und Sterne leuchteten an ihm. Anton blickte aus dem Fenster und beobachtete die Konstellationen, die am hellen Tageshimmel natürlich nicht zu sehen waren.

Es flirrte über dem Boden, der noch eine Zeit lang die gespeicherte Hitze abgab, dann regierten Kälte und Finsternis. Anton erinnerte sich an die gepanzerten Ch'kanh-Anemonen in den tiefen Schluchten. Während der langen Nacht schlief alles Leben und wartete geduldig darauf, dass Licht und Wärme zurückkehrten.

Als Anton diese ungewöhnliche Expedition vorgeschlagen hatte, war Vao'sh zunächst verunsichert gewesen von der Vorstellung, zur dunklen Seite des Planeten zu fliegen und eine noch nicht fertiggestellte Stadt zu besuchen. Aber der Historiker von der Erde hatte nicht aufgegeben und den Erinnerer schließlich davon überzeugt, dass eine solche Reise interessant sein würde. Um die Menschen besser zu verstehen, hatte sich Vao'sh schließlich einverstanden erklärt – falls sie genug Ildiraner fanden, die sie begleiteten.

Nach dem Erzählen einer besonders langen und spannenden Geschichte hatte Anton gefragt, wer zu einem Ausflug nach Maratha Secda bereit war. Ganz deutlich erinnerte er sich an die Faszination des Publikums und die eigenen Worte: »Möchten Sie selbst ein Abenteuer erleben? Wir könnten zu einer kurzen Reise aufbrechen und etwas Denkwürdiges unternehmen. Es wird eine Erfahrung sein, die Sie nie vergessen.«

Als er seine Idee erklärte, sah er Schrecken in den Gesichtern der Ildiraner, aber davon ließ er sich nicht entmutigen. »Ihnen gefallen Geschichten über Helden und tapfere Taten, aber wie können Sie Helden richtig verstehen, wenn Sie sich davor fürchten, selbst ein kleines Risiko einzugehen? Ich versichere Ihnen: Wenn wir die Baustelle besuchen, sehen Sie die neue Stadt auf eine Weise, wie sie sonst kein anderer Ildiraner sieht. So eine Chance bietet sich Ihnen vielleicht nie wieder. Haben Sie zu viel Angst, etwas Neues zu versuchen?« Antons Augen glänzten, als er den Blick über die Zuhörer schweifen ließ. »Ich brauche zehn Personen, die Erinnerer Vao'sh und mich begleiten.«

Vao'sh war noch immer beunruhigt von der Vorstellung, die dunkle Seite des Planeten aufzusuchen, aber es faszinierte ihn, die Reaktion der anderen Ildiraner zu beobachten. Er selbst hatte seine Zuhörer nie mit einer derartigen Herausforderung konfrontiert; es war eine neue, lehrreiche Erfahrung für ihn.

Im Lauf der nächsten vier Tage gelang es Anton tatsächlich, zehn reisewillige Ildiraner zu finden.

Jetzt döste der menschliche Historiker, als der Shuttle dicht über der Oberfläche durch die Nacht flog. Es würde einige Stunden dauern, den halben Kontinent zu überqueren und die Baustelle der zweiten Stadt zu erreichen. Die ildiranischen »Draufgänger« waren viel zu nervös, um sich zu entspannen. Vermutlich hielten sie es für seltsam, dass Anton angesichts des Unbekannten so ruhig blieb.

Er erwachte, als der Shuttle langsamer wurde. Voraus zeigten sich die Lichter der Baustelle. Die Ildiraner drängten sich aufgeregt und interessiert an den Fenstern zusammen.

Klikiss-Roboter brauchten kein künstliches Licht für die Arbeit, aber die ungewöhnlichen Besucher waren ihnen angekündigt worden. Dutzende von Lampen und Scheinwerfern strahlten, hielten die Dunkelheit vom Bauplatz fern. Die Ildiraner wirkten erleichtert.

Als der Shuttle zur Landung ansetzte, streiften die Touristen Schutzkleidung über. Anton zog ebenfalls einen Anzug an und rieb sich den Schlaf aus den Augen. Als alle zwölf Passagiere zum Ausstieg bereit waren, stand der Shuttle vor der Hauptkuppel von Maratha Secda.

»Sind alle so weit? Wir haben das Ziel unserer Reise erreicht.« Anton sah, wie die Ildiraner zögerten, als es tatsächlich darum ging, in die Nacht hinauszutreten. Die leere, unfertige Stadt war so groß wie Maratha Prime, aber unbewohnt und voller Schatten. Er lächelte. »Na los, lassen Sie uns nicht länger warten.«

Er stieg als Erster aus, als die Luke aufschwang, und Vao'sh folgte ihm. Die zwölf Reisenden standen auf eisenhartem Boden und sahen zur prächtigen zukünftigen Ferienstadt.

Die Klikiss-Roboter hatten Plattformen für einen Raumhafen und die Hauptkuppel errichtet. Glänzer leuchteten an kastenförmigen Gebäuden und erfüllten die Stadt mit Licht. Stumme Sendetürme wuchsen dem schwarzen, sternenbesetzten Himmel entgegen.

Anton sah sich mit ehrfürchtigem Staunen um. »In Maratha Prime ist alles so hell und voller Leute, dass mir die wahren Ausmaße der Stadt nicht richtig klar wurden. Secda wird phantastisch sein, wenn hier alles fertig ist.«

Einige Touristen gingen ein paar Schritte fort von den anderen, wie um Mut zu beweisen. Die übrigen bildeten eine eingeschüchterte Gruppe.

»Der schwarze Himmel ist bedrückend«, sagte ein Ildiraner des Mediziner-Geschlechts. »Die Sterne sehen aus wie heranrasende Projektile.«

»Hier draußen im Dunkeln zu sein, ist Teil der neuen Erfahrung«, meinte Vao'sh, aber es klang nicht sehr überzeugt. »Dies wäre die passende Zeit für eine Geistergeschichte.« Anton sah Vao'sh an. »Oder gibt es in der *Saga der Sieben Sonnen* so etwas nicht?«

»Oh, doch«, erwiderte der Erinnerer. Er war nicht nur für die Ablenkung dankbar, sondern freute sich auch darüber, seine ererbte Aufgabe wahrnehmen zu können. »Kommen Sie, ich erzähle eine Geschichte, während wir zum Licht gehen.« Die anderen folgten ihm sofort. Es ging ihnen nicht unbedingt darum, eine Geschichte zu hören, die Furcht erregen sollte, sondern darum, die Dunkelheit zu verlassen.

»Auf unserer Splitter-Kolonie Heald strandete eine Gruppe von Siedlern, als ein Sturm die Batterien und Generatoren beschädigte«, begann Vao'sh. »Die Nacht auf Heald ist fast eine Woche lang, doch diesmal schien die Zeit der Dunkelheit viel länger zu dauern. Jede Sekunde kam einer Qual gleich. Auch nach dem Unwetter hingen dichte Wolken am Himmel und hielten sogar das Licht des Mondes und der Sterne fern. Die Siedler versuchten, Feuer zu entfachen, aber sie hatten kaum Brennstoff. Das dort wachsende Holz war vom Regen durchnässt und ließ sich nicht entzünden. Auf eine solche Katastrophe waren die Kolonisten nicht vorbereitet und ihre Verzweiflung wuchs. Und die Nacht wurde dunkler und dunkler ...«

Vao'sh sah zu den anderen Ildiranern, die über den harten Boden stapften, den Glänzern von Secda entgegen. Diesmal konnte der Erinnerer seinen Worten nicht mit den farbigen Hautlappen in seinem Gesicht Nachdruck verleihen, aber das brauchte er auch gar nicht – die Zuhörer waren bereits nervös.

»Es gab eine andere Siedlung weiter unten an der Küste von Healds größtem Kontinent, aber ohne Energie konnten die Kolonisten keinen Notruf senden.

Als die Schreie der Siedler von immer mehr Entsetzen kündeten, fühlte man ihre Angst überall auf dem Planeten; sie berührten sogar Ildira und den Weisen Imperator. Lauter und lauter wurden sie. Und dann herrschte plötzlich Stille! Völlige Stille, wie bei einer offenen, leeren Wunde im *Thism*.« Vao'sh blieb stehen und in den Augen des Erinnerers glühte es, als er sein Publikum ansah.

»Eine tapfere Gruppe von der zweiten Siedlung brach auf, ausgerüstet mit Fackeln und Glänzern.« Der Erinnerer hob ruckartig die Hand und seine Zuhörer zuckten zusammen. »Aber als sie den Ort erreichten, fanden sie alle Kolonisten tot vor. Nicht einer von ihnen hatte überlebt – die Dunkelheit schien ihnen allen das Leben aus dem Leib gesaugt zu haben. Es gab nicht mehr die geringste Verbindung zur Lichtquelle. Nirgends brannte ein Feuer; nirgendwo in der Siedlung gab es Licht. Vielleicht starben die Kolonisten aus Angst. Oder sie fielen den Shana Rei zum Opfer.«

Anton lachte leise. »Na bitte, auch bei Ihnen gibt es Geistergeschichten. Wer sind die Shana Rei?«

»Ungeheuer, die außerhalb des Sonnenlichts leben, in den Schatten. Geschöpfe, die die Lichtquelle hassen. Alle fürchten sie.«

»Oh, Sie meinen so etwas wie den Schwarzen Mann.«

»Können wir uns nicht die Stadt ansehen und dann nach Prime zurückkehren?«, fragte einer der nervösen Ildiraner. »Es ... wartet viel Arbeit auf mich.«

Anton hob skeptisch die Brauen. »Auf einem Urlaubsplaneten?«

Sie erreichten den Haupteingang der großen Kuppel. Käferartige schwarze Roboter bewegten sich auf hohen Gerüsten, montierten dicke Träger und Installationsplatten aus transparenten Polymeren. Im hellen Licht sah Anton aufgestapelte Materialien, Wohnkomplexe, Lagerräume, unvollständige Vergnügungszentren, Restaurants und viele andere Gebäude, die noch fertiggestellt werden mussten. Eine neue Stadt, die viele Bewohner aufnehmen würde, wenn das Sonnenlicht diesen Teil des Planeten erreichte.

Die Klikiss-Roboter schienen bei dem Projekt gut voranzukommen. Anton hörte überall Baulärm. »Wie bringen Sie die Roboter dazu, so fleißig zu arbeiten? Die Stadt wird nicht ihnen gehören, wenn sie fertig ist.«

»Kein Ildiraner gibt den Klikiss-Robotern Befehle, Erinnerer Anton. Wir versklaven oder programmieren sie nicht. Sie erledigen diese Arbeit freiwillig, aus eigenem Antrieb.«

»Ich bin froh, dass sie die Glänzer für uns installiert haben«, sagte einer der anderen Ildiraner.

Die rege Betriebsamkeit und das Licht in der Hauptkuppel entspannten die Touristen, obgleich die Schatten von Trägern und Stützen spinnenwebartige Muster auf dem Boden schufen.

Anton trat tiefer in die Kuppelstadt, lauschte den Geräuschen und beobachtete die zahlreichen Roboter. Er hatte noch nie so viele der schwarzen Maschinen an einem Ort gesehen.

»Klikiss-Roboter sind besonders gut dafür geeignet, im Dunkeln zu arbeiten«, sagte Vao'sh.

Anton nickte staunend. »Und sie sind sehr fleißig gewesen.«

100 ✹ KÖNIG PETER

Die königliche Hochzeit sollte noch eindrucksvoller werden als Peters Krönung. Von der Schlacht bei Osquivel gedemütigt sehnte sich die Menschheit nach Sicherheit verheißendem Pomp. Die Bürger schoben ihren Ärger über den vom König verhängten Geburtenstopp beiseite, gaben sich optimistisch und schienen auf diese Weise zeigen zu wollen, dass sie sich angesichts der Tragödie nicht geschlagen gaben.

Nach Basil Wenzeslas' Meinung war die Hochzeit genau das richtige Mittel, um die allgemeine Stimmung zu verbessern. Und die enge Beziehung zwischen Theroc und der Hanse gab Grund zu Hoffnung.

Peter freute sich über die Gelegenheit, zur Abwechselung einmal etwas Positives zu bewirken. Er half bei den Vorbereitungen, schlug um Estarras willen sogar Verbesserungen bei Zeremonie und Feier vor. Er wollte vor allem für *sie* alles perfekt gestalten; an die Medien dachte er dabei erst in zweiter Linie. Sie hatten nur wenig Zeit miteinander verbringen können, aber Estarra wuchs ihm immer mehr ans Herz; vielleicht würde sie einmal seine einzige Verbündete sein.

Estarra hatte sich sehr über das Wiedersehen mit ihren Eltern und Celli gefreut und Sarein war zufrieden gewesen, sogar ein wenig selbstgefällig. Mithilfe des grünen Priesters im Palast hatte sie am Morgen des Hochzeitstages von ihren Brüdern Reynald auf Theroc und Beneto auf Corvus Landing gehört und ihnen ihrerseits Nachrichten geschickt.

Der ganze Palastdistrikt war gründlich gereinigt, jeder einzelne Pflasterstein geölt und poliert worden, bis alles im Licht glänzte. Auch die Springbrunnen wurden gesäubert und mit farbigem Wasser gefüllt. Fahnen wehten an den höchsten Punkten der Stadt. Eine

Million grüne Bänder waren an den Kabeln und Querbalken der Hängebrücke über dem Königlichen Kanal befestigt. Als Peter die Dekorationen zum ersten Mal sah, stockte ihm der Atem, dann lächelte er.

Überall wurden frische Blumen und Bäume gepflanzt, um dem Flüsterpalast und seiner Umgebung ein grünes, »theronisches« Flair zu geben, während abendliche glitzernde Konfettischauer den Reichtum der Terranischen Hanse symbolisierten. All dies rückte die von den Hydrogern drohende Gefahr in den Hintergrund.

Das großväterliche Oberhaupt der offiziellen Religion des Unisono trat bei der Zeremonie ebenfalls auf, gekleidet in goldene Umhänge und in der einen Hand ein Zepter, an dessen Ende ein holographischer Heiligenschein glühte. Der Erzvater war dem König und der Königin nie begegnet, aber man bereitete ihn sorgfältig auf die Feier vor und erklärte ihm seine Rolle dabei. Maskenbildner sorgten dafür, dass er noch weiser und patriarchalischer aussah.

Peter und Estarra erhielten ein Skript der Zeremonie und studierten ihre Antworten ein, während OX und fünf Protokollminister mit ihnen übten. Basil wies immer wieder darauf hin, dass alles reibungslos klappen musste und nichts schief gehen durfte. Manchmal, wenn Peter oder Estarra ihren Text durcheinander brachten, sahen sie sich an und versuchten, nicht zu lachen.

Doch der König ließ in seiner Wachsamkeit nicht nach. Er erinnerte sich daran, dass man ihm vor der Krönung Drogen verabreicht und ihn damit gefügig gemacht hatte. Aus diesem Grund verzichtete Peter am Hochzeitstag darauf, etwas zu essen.

Zwar hatte er den Alten König Frederick nie kennen gelernt, aber inzwischen glaubte er, dass sein Vorgänger ein an Politik überhaupt nicht interessierter Narr gewesen war. Peter – Raymond Aguerra – hielt sich für klüger. Mit seiner intelligenten und sympathischen Königin konnte er die Hanse gut regieren, mit oder ohne die Befehle des Vorsitzenden. Die von Basil vertretene Politik war vor allem gut fürs Geschäft, entsprach aber nicht unbedingt den Interessen des Volkes, und nur Peter wusste, wann die Bürger belogen wurden.

Als die Zeremonie begann und die extra für diesen Zweck komponierte Hochzeitssymphonie erklang, schritten Peter und Estarra durch zwei verschiedene, mit Teppichen ausgelegte Gänge – seiner golden, ihrer grün. An der Stelle, wo sich die beiden Gänge trafen, wartete der Erzvater auf einem Podium.

Estarras Gewand war noch eindrucksvoller als erwartet. Peters Uniform zeigte goldene Tressen, Knöpfe und Medaillons. Die knapp sitzende Jacke reichte bis zur Taille und ihre Manschettenknöpfe bestanden aus Edelsteinen. Zusammen boten sie für das Publikum der Hanse das Bild eines idealen Paares.

Die Luft duftete nach Blumen und von der versammelten Menge kam ein erwartungsvolles Murmeln. Der König und seine Braut traten vor, bis sie nebeneinander vor dem Erzvater standen.

Das Oberhaupt des Unisono hob die Arme zum Gruß und daraufhin ertönte so lauter Jubel, dass Peter die erhabenen Klänge der Symphonie nicht mehr hören konnte. Überall sah er königliche Wächter, angeblich zu seinem Schutz bestimmt. Erwartete jemand, dass sich Hydroger in der Menge versteckten? Fürchtete man einen Mordanschlag? Oder sollten die Wächter vielmehr seine Kooperationsbereitschaft gewährleisten?

Der Erzvater auf dem Podium hielt eine kurze, bewegende Ansprache und bat Peter und Estarra dann darum, ihren jeweiligen Schwur zu leisten. Als er ihre Hände zusammenbrachte und sie mit donnernder Stimme zu Ehemann und Ehefrau erklärte, sah Peter Estarra an. Er konnte kaum glauben, wie atemberaubend schön sie war. Für einen Moment vergaß er alles andere.

Dann küssten sie sich, was die Menge zum Anlass nahm, erneut ohrenbetäubend laut zu jubeln. Als sie seinem Blick beggenete, als er Hoffnung, Staunen und Freude sah, wusste er, dass die langen Vorbereitungen all ihre Mühe wert waren.

Als Ehepaar wandten sie sich vom Erzvater ab und gingen nun gemeinsam von ihm fort.

Für den Rest des Tages und auch am Abend sahen sich König und Königin einem Bombardement aus Geräuschen und Farben ausgesetzt. Der Trubel des Festes und die Musik machten die Frischvermählten benommen. Irgendwann hörte Peter auf, die vielen Trinksprüche zu zählen, die man zu Ehren des königlichen Paars ausbrachte.

Er wusste, dass die Erwartungen der Bürger immer mehr wuchsen, und er spürte auch ihren zunehmenden Wunsch, es den Hydrogern heimzuzahlen. Bei mehreren öffentlichen Diskussionen ließ er seine Sorge darüber durchblicken, dass »der Vorsitzende versagt« und beim Kampf gegen den Feind keine Fortschritte erzielt hatte.

Darüber hinaus deutete er an, dass er die Erkundungsmission bei Golgen für eine Verschwendung von Ressourcen hielt.

Vor dem Bankett gab Peter den Hochzeitsplanern klare Anweisungen in Hinsicht auf die Sitzordnung, mit der Absicht, Basil in seine Schranken zu weisen. Er wies darauf hin, dass er damit den Wünschen des Vorsitzenden entsprach, der »unauffällig« bleiben wollte.

Als die Gäste im großen Speisesaal Platz nahmen, stellte Basil Wenzeslas erstaunt fest, dass man ihn nicht an der ursprünglich geplanten Stelle untergebracht hatte. Er saß nicht vorn am VIP-Tisch, in unmittelbarer Nähe des Königs und der Königin, sondern an einer fernen Ecke, bei einigen Funktionären von peinlich niedrigem Rang. Die Bedeutung dieser Entscheidung des Königs war dem Vorsitzenden sofort klar, doch konnte er keinen anderen Platz beanspruchen, ohne Aufsehen zu erregen. Das wusste Peter.

Auf dem Höhepunkt des Festes, während fröhliche Musik erklang und sich Tänzer drehten, standen der König und seine Gemahlin auf, umgeben von Alexa, Idriss und ihrer jüngsten Tochter, der vor Aufregung sprachlosen Celli. Ihre andere Tochter Sarein wirkte nervös, weil sich Basil nicht in der Nähe befand.

Peter bat um einen Moment der Stille und sagte: »Nach all diesem ausgelassenem Feiern brauche ich ein wenig Ruhe. Wenn Sie mich bitte entschuldigen würden ... Ich möchte im Mondstatuengarten mit meiner neuen Familie einen Spaziergang machen.« Er breitete die Arme zu einer wohlwollenden Geste aus, die Alexa, Idriss, Estarra, Celli und Sarein galt. »Wir bleiben nicht länger als eine Stunde fort. Feiern Sie weiter.«

Die Leute applaudierten. Wie Peter erwartet hatte, kam Basil nach vorn, noch immer zornig über den Affront in Bezug auf seinen Sitzplatz. »Erlauben Sie mir, Sie zu begleiten, König Peter«, sagte er und versuchte, seiner eisigen Stimme etwas Wärme zu geben.

Peter bedachte ihn mit einem herablassenden Lächeln und sprach laut genug, damit ihn die Gäste in der Nähe hörten. »Ich bitte Sie, Mr. Wenzeslas ...« Er verzichtete ganz bewusst auf den Titel *Vorsitzender*. »Genießen Sie das Fest. Wir wollen Sie nicht mit Familienangelegenheiten langweilen.«

Er schlang den Arm um Estarra und führte sie aus dem Bankettsaal. Alexa und Idriss unterhielten sich fröhlich mit ihrer Tochter, als sie in die kühle Abendluft traten. Es ging um Feste auf Theroc, um die theronischen Bäume und Dinge von lokaler Bedeutung; Estarras

Eltern schienen nur eine vage Vorstellung von der allgemeinen Situation im Spiralarm zu haben. Peter gab trotzdem vor, fasziniert zu sein, als er entspannt neben ihnen ging.

»Wir müssen uns besser kennen lernen, Idriss und Alexa«, sagte er. »Ich verspreche, dass ich alles tun werde, um eure Tochter glücklich zu machen.«

Peter sah zurück zum hell erleuchteten Palast, in dem Basil wartete, und er war sicher, dass die ehemaligen theronischen Regenten das zufriedene Lächeln auf seinen Lippen falsch verstanden.

Basil kochte innerlich. Die erzwungene Ruhe in seinem Gesicht war so spröde, das ein Niesen genügte, um sie zerbrechen zu lassen. Vermutlich gelang es ihm nicht, seinen Zorn ganz zu verbergen, und er ärgerte sich über die mangelnde Selbstbeherrschung.

Pellidor spürte den emotionalen Aufruhr des Vorsitzenden und näherte sich ihm unauffällig. »Soll ich sie belauschen, Sir? Bestimmt geraten sie nicht außer Reichweite der Mikrofone im Garten.«

»Nein«, brachte Basil zwischen zusammengebissenen Zähnen hervor. »Sie schmieden keine Pläne hinter meinem Rücken. Dieses kleine Spektakel galt allein mir.«

Er atmete tief durch und versuchte, sich zu beruhigen. »Ich fürchte, unser attraktiver junger König wird immer störrischer.« Basil zögerte und sah zu den anderen Gästen, bevor er murmelte: »Wir müssen unsere Alternativen in Betracht ziehen.«

101 ✺ WEISER IMPERATOR

Der Weise Imperator kontrollierte alle Aspekte des Reiches, aber wenn er seinen ältesten Sohn nicht kontrollieren konnte, würde alles auseinander brechen. Jora'hs Aufsässigkeit konnte seine Arbeit für das ildiranische Volk ruinieren.

Nachdem der Erstdesignierte die Wahrheit über seine unwichtige menschliche Geliebte erfahren hatte, begriff Cyroc'h nur langsam, dass es keine einfache Lösung gab, dass es mit einer heilsamen Auseinandersetzung und der Erinnerung an die Pflicht nicht getan war. Er hatte die Bedeutung der Menschenfrau für seinen Sohn unterschätzt.

Er konnte Jora'h nicht befehlen, alles zu verstehen, und der dumme Zorn des Erstdesignierten drohte jene subtilen Verbindungen zu zerreißen, die der Weise Imperator während der letzten Tage seines Lebens sichern musste. Erklärungen hatten seinen idealistischen, liebeskranken Sohn nicht davon überzeugt, dass es unangenehme und grausige Notwendigkeiten gab, die nur ein Weiser Imperator verstehen konnte.

Alle anderen Ildiraner akzeptierten den allwissenden Weitblick, den das *Thism* bot. Alle anderen Ildiraner befolgten die Anweisungen ihres Oberhaupts in dem Wissen, dass sie von den Seelenfäden der Lichtsphäre kamen. Aber zu seinem großen Kummer musste sich der Weise Imperator der Erkenntnis stellen, dass der Erstdesignierte nicht so fügsam war wie die anderen Untertanen. Er war ihm gegenüber zu lange nachgiebig, verständnisvoll und selbstzufrieden gewesen. Sein ältester Sohn verschloss die Augen vor dem eigenen Schicksal. Das Ildiranische Reich befand sich in einer sehr schwierigen Situation und ein Zwist zu diesem Zeitpunkt konnte den Untergang bedeuten.

Das Problem musste aus der Welt geschafft werden, irgendwie und so schnell wie möglich.

Cyroc'h saß ernst in seinem Chrysalissessel, die Augen fast zwischen Fettwülsten verborgen, und dachte darüber nach, welche Maßnahmen es zu ergreifen galt. Während des turbulenten Jahrhunderts seiner Herrschaft hatte er viele Krisen überwunden, aber keine von ihnen war ihm so nahe gegangen.

Er musste seinen ältesten Sohn, den Erstdesignierten, entweder töten oder dazu bringen, das Licht zu sehen.

Nach der Konfrontation mit Jora'h lehnte es der Weise Imperator ab, in der Himmelssphäre Hof zu halten. Sein wohlwollend wirkendes holographisches Gesicht blickte noch immer von der Lichtsäule auf die ehrfürchtigen Pilger hinab, die die sieben Flüsse überquert und die langen Treppen vor dem Prismapalast hinter sich gebracht hatten. Aber Cyroc'h war nicht imstande, Untertanen zu empfangen, während ihn Zweifel und Unschlüssigkeit plagten.

Jora'h hatte angekündigt, nach Dobro zu fliegen, und deshalb verbot der Weise Imperator den Start aller Raumschiffe. Selbst Handelsschiffe durften Mijistra nicht verlassen, was der ildiranischen Wirtschaft schweren Schaden zufügte.

Doch damit gewann Cyroc'h nur ein wenig Zeit. Jora'h war intelligent, einfallsreich und zu allem entschlossen. Früher oder später würde er eine Möglichkeit finden, Ildira zu verlassen und nach Dobro zu fliegen.

Der Weise Imperator musste rasch handeln. Wenn die Ildiraner längere Zeit Verwirrung und Zurückhaltung bei ihm spürten, entstand mehr Chaos als durch eine falsche Entscheidung. Der Luxus, sich hilflos zu fühlen, stand dem Oberhaupt des ildiranischen Volkes nicht zu.

Schmerz brannte unkontrolliert durch sein Nervensystem, so heftig, als wären die wuchernden Tumoren im Gehirn tollwütig geworden. Cyroc'h musste die Agonie ertragen und durfte sich nichts anmerken lassen. Für den Weisen Imperator war es nicht möglich, schmerzstillende Mittel oder Stimulanzien wie Schiing zu nehmen. Medikamente hätten ihn zwar von der Pein befreit, aber auch seinen Griff um die Stränge des *Thism* gelockert, und das konnte er nicht zulassen.

»Bron'n, helfen Sie mir!«, rief er heiser. »Holen Sie die Bediensteten.«

Der stämmige Leibwächter kam der Aufforderung sofort nach. Leise schnatternde Bedienstete eilten herbei, nur erfüllt von dem Wunsch, den Weisen Imperator zu umsorgen. Bron'n stand in der Nähe und die rasiermesserscharfe Schneide seines Kristallschwerts glitzerte wie Diamant im Licht, das durch die transparenten Wände des Palastes fiel.

Cyroc'h betätigte die Kontrollen des Chrysalissessels und veränderte seine Konfiguration, sodass er sich nach vorn neigte und wie eine Sänfte getragen werden konnte. Die Bediensteten wuselten um ihn herum, rieben Salbe auf die Haut, wischten Flecken vom Sessel, fügten Decken und Kissen hinzu und stützten den Kopf des Weisen Imperators. Zwei von ihnen streichelten liebevoll den zuckenden Zopf.

Als sie fertig waren, ließ Bron'n sein Schwert auf den Boden pochen und die Bediensteten hoben den Chrysalissessel an. »Was ist unser Ziel, Herr?«

»Ich möchte den Hyrillka-Designierten besuchen.« Cyroc'h atmete tief durch, schob Enttäuschung und Pflicht beiseite. »Bringen Sie mich zu den medizinischen Räumen.«

»Wie Sie befehlen, Herr.«

Es begann eine improvisierte Prozession durch gewölbte Korridore, vorbei an Wasserfällen, die über edelsteinbesetzte Rutschen plätscherten. Höflinge, Beamte und Pilger rissen erstaunt die Augen auf und wichen zur Seite.

Die Sache sprach sich schnell herum, und als sie die medizinische Sektion erreichten, traten zwei Ärzte vor, wirkten stolz aber auch eingeschüchtert durch die Präsenz des Weisen Imperators. »Geht es Ihnen schlechter, Herr?«, fragte einer von ihnen besorgt. Er schnupperte und versuchte dadurch, Hinweise auf den Krankheitszustand zu gewinnen.

»Nein, ich bin hier, um nach meinem Sohn Rusa'h zu sehen.«

»Der Zustand des Hyrillka-Designierten hat sich nicht verändert«, sagte ein anderer Ildiraner des medizinischen Geschlechts. »Er ruht friedlich, aber sein Geist bleibt gefangen. Der Sub*thism*-Schlaf dauert an.«

»Dennoch möchte ich ihn sehen.« Cyroc'h senkte die Stimme. »Und was meinen eigenen Zustand betrifft ... Wenn Sie noch einmal laut davon sprechen, lasse ich Sie hinrichten.« Gerade jetzt durften die Ildiraner nicht von der Schwäche ihres Oberhaupts erfahren.

Die Ärzte begriffen plötzlich, was sie enthüllt hatten, und daraufhin wechselten sie entsetzte Blicke. Cyroc'h wusste, dass Bron'n absolutes Vertrauen verdiente, und er beschloss, diese kleine Gruppe aus Bediensteten anschließend eliminieren zu lassen. Notwendige Entscheidungen. Das Geheimnis seiner tödlichen Krankheit durfte nicht bekannt werden – noch nicht. Das ildiranische Volk durfte nicht in Verzweiflung geraten.

Die Bediensteten trugen den Chrysalissessel zu Rusa'hs Bett, sodass der Weise Imperator in das Gesicht seines dritten Sohns sehen konnte. Der Hyrillka-Designierte war pausbäckig und verwöhnt gewesen, verweichlicht und schwach ...

Der älteste Sohn Jora'h hatte sich schon früh als stolzer Träumer erwiesen, als unpraktisch und naiv. Cyroc'hs zweiter Sohn, der Dobro-Designierte, war ernst und unerschütterlich loyal, wenn auch ohne große Leidenschaft. Rusa'h hingegen war verhätschelt und unbekümmert gewesen, hatte immer nur an leckeres Essen, Drogen und seine geliebten Vergnügungsgefährtinnen gedacht. Der Angriff der Hydroger auf Hyrillka hatte den Designierten in einen tiefen geistigen Abgrund stürzen lassen und ihm fehlte die Willenskraft, wieder herauszuklettern.

»Du warst immer weich, Rusa'h, ohne Rückgrat.« Cyroc'h fragte sich, ob sein Sohn allein deshalb bewusstlos blieb, weil er sich nicht der harten Realität stellen wollte.

Als junger Erstdesignierter hatte auch Cyroc'h viele Frauen geliebt, doch er zählte nur die Nachkommen des Adel-Geschlechts. Trotzdem erinnerte er sich kaum an Rusa'hs Mutter. Er hatte viele Kinder gezeugt und damit Werkzeuge für das Ildiranische Reich geschaffen – so wie auch er selbst nur ein Werkzeug war.

Und der Erstdesignierte Jora'h war jetzt das wichtigste aller Werkzeuge. Wenn der Weise Imperator doch nur mehr Zeit gehabt hätte. Wenn die Situation nicht so ernst gewesen wäre.

Cyroc'h verfluchte seine Schwäche und den stechenden Schmerz – im Innern seines Schädels schienen Raubvögel das Gehirn zu zerreißen. Jora'h musste aus der naiven Selbstgerechtigkeit geschüttelt werden und seine Verantwortung wahrnehmen. So grausam das auch sein mochte – es war nötig. Der Weise Imperator hatte nicht genug Zeit für Anteilnahme.

Abrupt winkte er Bron'n zu. »Was mit dem Hyrillka-Designierten geschehen ist, sollte eine Warnung für uns alle sein. Unser Reich kann sich den Verlust eines nutzlosen, hedonistischen Designierten leisten, aber mein erstgeborener Sohn ist viel zu wichtig für das Überleben unseres Volkes. Ich kann nicht auch den Erstdesignierten verlieren.«

Cyroc'h beschloss, auch die Hinrichtung der beiden Ärzte anzuordnen, um ganz sicher zu gehen. Er selbst brauchte ohnehin keine ärztliche Hilfe mehr und sie konnten nichts für Rusa'h tun. Entweder erwachte der Hyrillka-Designierte von selbst und überlebte oder er starb im Sub*thism*-Schlaf. Rusa'h spielte keine Rolle mehr.

»Bringen Sie mich zur Himmelssphäre, Bron'n. Ich werde heute Nachmittag Hof halten.«

»Fühlen Sie sich stark genug, Herr?«, fragte einer der Ildiraner des Mediziner-Geschlechts.

Cyroc'h bedachte ihn mit einem finsteren Blick. »Ich muss stark genug sein.«

Wenn der Erstdesignierte selbst zum Weisen Imperator wurde, offenbarten sich ihm alle Seelenfäden des *Thism*. Dann präsentierte sich seinem skeptischen Selbst das ganze komplexe Gespinst der Pläne. Wenn das geschah, würde er trotz seiner Unschuld die Notwendigkeit dessen begreifen, was sein Vater und die Weisen Imperatoren vor ihm getan hatten.

Dann würde Jora'h einsehen, dass es keine Alternative gab. Überhaupt keine.

102 ✳ NIRA

Seit Jahrhunderten hatte es auf Dobro keine so schlimmen Stürme und Brände gegeben. Nira kannte den Zyklus des zornigen Wetters seit inzwischen sechs Jahren und nutzte das, was sie als junge grüne Priesterin gelernt hatte, um die besondere Meteorologie dieses Planeten besser zu verstehen.

Über Monate hinweg bot Dobro ein angenehmes Klima, mit genügend Regen und leichtem Wind. Doch dann verschwanden die Wolken, die Luft wurde trocken und die grünen Hügel braun. Die während der Regenzeit prächtig gedeihende Vegetation trocknete aus und verwandelte sich in ein trockenes, leicht entzündliches Gestrüpp. Ein Funke genügte, um alles in Brand zu setzen und schwarze Rauchwolken aufsteigen zu lassen.

Als sich die Brände über die Hügelhänge ausbreiteten und die engen, geschützten Täler erreichten, verteilten sich die Arbeitsgruppen. Menschen und Ildiraner bekämpften das Feuer mit allen zur Verfügung stehenden Werkzeugen, aber trotzdem griff es immer mehr um sich.

Nira spürte längst keinen Schmerz mehr und Benommenheit überdeckte die Erschöpfung. Sie glaubte, das Gras und die Bäume schreien zu hören, als sich die Flammen näherten, und das imaginäre Wehklagen trieb sie an. Mit einer Art Schaufel schlug sie auf den Boden ein und kratzte trockenes Unterholz fort, damit das Feuer keine neue Nahrung fand.

Donnernd kamen die Flammen näher. Wind wehte, flüsterte in Niras Ohr und schrie am Himmel, trug Funken und Asche. Es war eine Sprache der Verzweiflung. Nira wandte sich an die anderen Menschen in ihrer Nähe und rief ihnen zu, wie sie am besten gegen das Feuer vorgehen sollten. Sie kannte viele von ihnen, vor allem jene, die dazu neigten, ihre Geschichten von anderen Welten zu glauben, und diese Männer und Frauen hörten jetzt auf sie. Die Flammen waren ein Feind, gegen den sie etwas ausrichten konnten.

Ruß und Rauch brannten in Niras Lungen. Ihre Augen tränten und hinterließen schmutzige feuchte Spuren auf den grünen Wangen. Ildiranische Aufseher forderten die Arbeiter auf, ihre Bemühungen zu verdoppeln, obgleich einige bereits erschöpft zusammengebrochen waren. Nira hingegen mobilisierte Kraftreserven, von deren Existenz sie bisher gar nichts gewusst hatte.

Gleiter ließen Feuerhemmer und große Mengen Wasser ab, um die Brände einzudämmen. Mit immensen Anstrengungen gelang es den Einsatzgruppen, einen Hügelhang zu schützen und das Feuer zu zwingen, sich vom Zuchtlager zu entfernen.

Dadurch näherte es sich weiteren verkümmerten Bäumen.

Nira wagte sich weiter nach vorn, ins dichte Gras hinein. Ihre grüne Haut war zerkratzt und an einigen Stellen hatten sich Brandblasen gebildet. Sie beobachtete, wie Funken boshaften Kobolden gleich von Pflanze zu Pflanze sprangen. Flammen wuchsen aus trockenen Unkrauthaufen, griffen erst auf hohes Gras und dann einen dornigen Busch über, der in einer niedrigen Senke zu überleben versuchte.

Tief in ihrem Innern fühlte Nira primordiales Entsetzen. Dobro war keine schöne Welt, obwohl Gras, Bäume und Büsche während der Regenzeit ein wenig an die majestätischen Wälder von Theroc erinnerten. Aber es tat Nira in der Seele weh zu beobachten, wie Flammen die karge Vegetation zerstörten.

Sie kämpfte noch entschlossener gegen das Feuer an, schlug auf schwelendes Gestrüpp ein und schnappte nach Luft, als sie zurückweichen musste, wieder an Boden verlor. Aber sie gab nicht auf.

Einige Flammen streckten sich den Bäumen entgegen. Die ildiranischen Arbeiter waren nicht an dem kleinen Wald interessiert; ihnen ging es nur darum, die Stadt zu schützen, das Zuchtlager und die Laboratorien. Sie hätten die Gefangenen in Sicherheit gebracht, wenn der Brand zu einer echten Gefahr geworden wäre.

Aber den Bäumen drohte jetzt der Tod. *Die Bäume!* Nira fühlte sie. Mit weit aufgerissenen Augen und schmerzhaft stillem Bewusstsein beobachtete sie das Geschehen. Der kleine Wald schien sie um Hilfe anzuflehen und mit größerer Intensität als jemals zuvor sehnte sich Nira nach der Kommunikation mit den Weltbäumen. Seit zu langer Zeit herrschte Stille in ihrem Selbst. Seit sechs Jahren konnte sie nicht mehr an den Gesprächen der grünen Priester und dem Wissen des intelligenten Weltwaldes teilhaben.

Gleiter summten am Himmel, die Tanks mit Wasser gefüllt, und warfen ihre Fracht über den Rauchwolken ab. Die ildiranischen Aufseher waren ein ganzes Stück entfernt und angesichts der Rauchschwaden war es schwer, irgendetwas deutlich zu erkennen.

Niemand beobachtete Nira. Plötzlich sah sie eine Chance. Sie ließ die schwere Schaufel fallen und lief los.

Gebückt sprintete sie durchs wie vorwurfsvoll flüsternde Gras, lief noch schneller als damals durch den Weltwald. Den verkümmerten Bäumen hastete sie entgegen, als könnte jener kleine Wald sie schützen oder fortbringen von diesem schrecklichen Ort. Sie musste an das glauben, was sie tun konnte.

Sie war noch keine hundert Meter weit gekommen, als Rufe und Flüche hinter ihr erklangen. Sie missachtete die Befehle und schenkte auch den Drohungen kein Beachtung. Was konnte man ihr antun, das sie nicht schon erlitten hatte? Sie musste die Bäume erreichen.

Ildiranische Wächter folgten ihr, liefen wie sie durchs trockene Gras. Nira wurde nicht langsamer. Sie schnaufte und keuchte, fühlte den Sonnenschein auf der grünen Haut – er gab ihr Kraft. Eine solche Verzweiflung hatte sie seit Jahren nicht erlebt.

Mit ihrer inneren Stärke und der Entschlossenheit in ihrem Herzen ... Vielleicht konnten Nira und die fremden Bäume den menschlichen Gefangenen Hoffnung geben. Wenn es doch nur eine Möglichkeit gegeben hätte, sie vor dem Feuer zu bewahren. Vielleicht konnte Nira mithilfe dieser fernen Verwandten der Weltbäume eine Nachricht schicken und den grünen Priestern mitteilen, was auf Dobro geschah. Theroc würde die Mitteilung weitergeben und eine Möglichkeit finden, Hilfe zu schicken. Und dann konnten die Gefangenen befreit werden, nicht nur Nira, sondern auch die anderen Menschen.

Sie lief noch schneller in Richtung des kleinen Waldes. Hier im offenen Gelände gab es keine Zäune und Zuchtbaracken, keine skrupellosen Ärzte und ildiranischen Männer, denen Geschlechtsverkehr mit ihr befohlen war, damit sie erneut schwanger wurde. Nira hatte diese Flucht nicht geplant und sie wusste, dass ihr nur wenig Zeit blieb, gerade deshalb lief sie so schnell. Beine und Füße bluteten, aber sie spürte keinen Schmerz. Jetzt nicht.

Die Männer des Dobro-Designierten verfolgten Nira und waren zornig, weil sie sich von ihrer wichtigeren Aufgabe, der Bekämpfung des Feuers, abwenden mussten. Schließlich erreichte sie die nächsten verkümmerten Bäume. Die Luft war heiß und voller Asche, wie ein grauer Schneefall. Nira stürmte in den kleinen, dichten Wald hinein, stieß Zweige beiseite und spürte Dornen wie Krallen an der Haut. Sie bahnte sich einen Weg, immer tiefer hinein ins gefährliche, tröstende Dickicht, fühlte dabei die Lebenskraft der Pflanzen, ausgehend von ihren Wurzeln im Boden. Es waren *Bäume*.

»Bitte hört mich an!«, rief sie mit heiserer Stimme. »Bitte!«

Mitten im kleinen Wald, umgeben von Ästen und Zweigen, sank Nira auf die Knie und schlang die Arme um zwei krumme Stämme. »Hört mich, hört mich an!«

Sie nahm ihre ganze geistige Kraft zusammen und versuchte, dem Netzwerk des Weltwaldes eine Telkontakt-Nachricht zu schicken und dem Universum außerhalb von Dobro mitzuteilen, dass sie noch lebte. Alle Menschen auf diesem Planeten hingen von ihr ab, auch wenn sie es nicht wussten.

Doch sie vernahm keine Antwort. Nichts.

Nira presste die Stirn an die raue Rinde und schloss die Augen. Sie rief mit ihren Gedanken, so laut sie konnte, dachte an Osira'h und ihre anderen vier Kinder, an die Nachkommen der *Burton*-Siedler.

Stille.

Nira schlang die Arme um einen Stamm, so fest wie möglich, ohne auf die spitzen Dornen zu achten. Sie weigerte sich noch immer aufzugeben, schlug immer wieder mit der Stirn gegen den Stamm, bis ihr Blut in die Augen rann. »Bitte ... bitte ...«

Aber dies war nur ein Baum, kein Teil des Weltwaldes. Nur ein Baum ... dazu verurteilt, im Feuer zu verbrennen.

Nira umklammerte den Stamm noch immer und schluchzte, als die Männer des Designierten sie fanden. Sie hackten sich einen Weg durchs Dickicht und zerrten sie fort von den Bäumen, während sie noch immer mit ihren Gedanken rief ... ohne eine Antwort zu bekommen.

103 ✳ KÖNIG PETER

Nach der langen, ermüdenden Hochzeitsfeier, nach Tanz, Musik, Getränken und kulinarischen Köstlichkeiten aller Art, zog sich König Peter schließlich in seinen privaten Flügel des Flüsterpalastes zurück. Die plötzliche Stille bewirkte, dass es in seinen Ohren rauschte, und er war froh darüber, endlich allein zu sein.

Allein mit Estarra.

Die schöne junge Frau war jetzt seine Gemahlin, seine Königin. Sie wirkte sehr intelligent, aber auch scheu und fehl am Platz, blieb ein wundervolles, faszinierendes Geheimnis für ihn.

Im königlichen Schlafzimmer – draußen standen mehrere Wächter – wandte sich Peter Estarra zu und spürte Verlegenheit. Er berührte sie am Kinn und drehte ihren Kopf so, dass sich ihre Blicke trafen. »Selbst wenn ich eine Delegation von Hydrogern empfangen müsste – ich schätze, ich wäre weniger verunsichert als jetzt.«

Estarra sah überrascht auf und lachte dann. Die Anspannung löste sich schnell auf. »Hast du Angst vor mir?«

»Eher vor der Situation, in der wir uns befinden.«

Bevor Estarra etwas erwidern konnte, öffnete sich die Tür, und OX kam wie ein Kellner-Kompi herein. Er trug ein Tablett mit einer Flasche Wein und zwei so transparenten Gläsern, dass sie fast unsichtbar waren. Der Korken war bereits gezogen und in den Flaschenhals zurückgeschoben worden.

»Bitte entschuldigen Sie die Störung, König Peter und Königin Estarra.« Es schien OX gefallen, die Titel auszusprechen. »Der Vorsitzende Wenzeslas schickt Ihnen diese Flasche mit dem besten Wein der Hanse. Er ist hundert Jahre alt und gilt als einer der erlesensten Jahrgänge überhaupt.«

Peter freute sich über die Ablenkung, zog den Korken und sah aufs Etikett. »Ein Schiraz von Relleker. Als ob wir an diesem Abend noch etwas zu trinken brauchten.«

»Die Flasche kostet bestimmt ein Vermögen«, sagte Estarra.

Peter schenkte ein und betrachtete den dunkelroten Wein in seinem Glas. »Regel eins: Traue niemals Basil.« Er ging zu einer Pflanze in der Ecke und schüttete den Inhalt des Glases in den Topf. »Wahrscheinlich ist der Wein vergiftet.«

Estarra lachte, aber Peter blieb ernst. Seine Worte waren nicht unbedingt scherzhaft gemeint.

Während OX pflichtbewusst auf eventuelle Anweisungen wartete, wandte sich Peter an seine Ehefrau und lächelte. »Wochenlang habe ich mir gewünscht, mit dir allein zu sein. Heute hat man mich von Ort zu Ort gezerrt und die ganze Zeit über bin ich mit irgendwelchen Dingen beschäftigt gewesen, sodass ich kaum darüber nachdenken konnte – bis jetzt.«

Estarra lachte leise. »Genauso geht es mir. Ich habe keine ... Angst vor dir, Peter, aber die Situation ist ...« Sie suchte nach dem richtigen Wort. »*Einschüchternd.*«

Peter klopfte sich mit dem Zeigefinger ans Kinn. »Vielleicht brauchen wir eine Gelegenheit, uns zu entspannen. Zwar befinden wir uns hier im königlichen Schlafzimmer, hinter geschlossenen Türen, aber das bedeutet nicht, dass wir unbedingt ... Ich meine, jedenfalls nicht sofort, es sei denn, du ...«

Estarra lachte erneut. »Der Große König der Terranischen Hanse ist im Grunde seines Herzens also ein scheuer, unsicherer Junge! Darauf hat mich meine Schwester nicht vorbereitet.«

In sexueller Hinsicht war Peter nicht völlig unerfahren – dafür hatte Basil natürlich gesorgt. Der Vorsitzende war immer bestrebt gewesen, die Zufriedenheit des Königs zu gewährleisten, als Voraussetzung für seine Fügsamkeit. Und für einen jungen Mann mit ausgeprägter Libido schienen gelegentliche Bettgefährtinnen genau das richtige Mittel zu sein. Alle Frauen waren Expertinnen und schön gewesen, doch Peter hatte keine von ihnen zweimal gesehen.

Er erinnerte sich an Basils Rat: »Machen Sie auf keinen Fall den dummen Fehler, sich in eine von ihnen zu verlieben. Dafür sind sie nicht bestimmt.«

Die Gesellschaft jener exotischen Frauen war für Peter unterhaltsam und zweifellos sehr angenehm gewesen, aber jede von ihnen hatte die strikte Anweisung erhalten, die Gespräche auf ein Minimum zu beschränken und zu gehen, sobald sie den König befriedigt hatte. Über lange Zeit hinweg war ihm nicht klar gewesen, dass er sich mehr wünschte.

Estarra stellte etwas ganz anderes dar.

Peter hatte eine Idee und seine Miene erhellte sich. »Du wolltest doch einmal mit Delphinen schwimmen.« Er wandte sich an den Lehrer-Kompi. »Lässt sich das arrangieren, OX, trotz der späten Stunde?«

»Sie sind der König. Es sollte nicht weiter schwer sein, Ihnen einen so einfachen Wunsch zu erfüllen.«

Estarra wirkte erleichtert. »Ja, das würde mir gefallen – aber nur für eine Weile.«

Peter öffnete die Tür zum Flur und überraschte die dort stehenden Wächter. Er winkte ihnen beruhigend zu und OX ging voraus, stapfte wie ein aufgezogener Soldat durch den Korridor. Die verblüfften Wächter schlossen sich ihnen an.

OX schickte Signale voraus. Im Raum mit dem großen Salzwasserbecken ging das Licht an – er sah aus wie die Höhle einer vulkanischen Insel. Peter und Estarra trugen noch immer ihre Hochzeitskleidung und betraten verschiedene Umkleidekabinen. Zu den Vorbereitungen auf die Ankunft der jungen Frau im Flüsterpalast gehörte, dass man verschiedene Badeanzüge für sie bereitgelegt hatte. Als Peter sich umzog, überlegte er, für welchen sich Estarra entscheiden und wie sie darin aussehen würde.

Kurze Zeit später traten sie am Becken aufeinander zu. Peter stockte der Atem, als er Estarra sah. Ohne die Hilfe von Stilberatern und Modefachleuten hatte sie einen violett und türkisfarben schimmernden Einteiler gewählt, der den Eindruck erweckte, aus schillernden Drachenschuppen zu bestehen.

Bisher hatte Estarra immer förmliche Gewänder getragen und dadurch war ihre Figur verborgen geblieben. Jetzt sah Peter eine wundervoll gebaute Frau. Ihre langen Beine waren muskulös und glatt, was sie sicher dem Laufen und Klettern im Weltwald verdankte. Unter dem Stoff des hauteng sitzenden Badeanzugs zeichneten sich feste Brüste ab. Die Arme waren geschmeidig und kräftig. Sie lächelte, als sie seinen staunenden Blick bemerkte.

»Ich könnte dich ebenfalls angaffen, mein König, aber ich übe mehr Zurückhaltung als du.«

Bevor Peter antworten konnte, betätigte OX Kontrollen und öffnete damit das unter Wasser gelegene Tor. Wie verspielte Otter schwammen drei Delphine ins Becken, schnellten drei grauen Torpedos gleich durchs Wasser. Auf der Suche nach Spielgefährten hoben sie ihre flaschenförmigen Schnauzen und schnatterten. Estarra war entzückt.

»Komm«, sagte Peter. »Das Wasser ist warm und die Delphine sind freundlich.« Er drehte sich um und sprang ins Becken.

Estarra war vorsichtiger, sank langsam ins Wasser und stieß sich dann von der Wand ab. Die Delphine schwammen um sie herum, stießen gegen ihre Beine und sprangen, spritzten ihr Wasser ins Gesicht und aufs Haar. Estarra kicherte. Peter hielt sich an den Rückenflossen von zwei Delphinen fest und sie zogen ihn durchs Wasser. OX stand am Rand des Beckens und beobachtete das Geschehen geduldig. Gelegentlich trafen ihn einige Wassertropfen und glitten an seiner metallenen Haut herunter. Er schenkte ihnen keine Beachtung.

»Gibt es Meere auf Theroc?«, fragte Peter.

»Ja, aber wir wohnen weit von ihnen entfernt, mitten im Weltwald. Manchmal habe ich bei meinen Ausflügen Sümpfe, Bäche oder kleine Teiche gefunden, nichts davon so groß wie dies. Einmal haben mein Bruder Reynald und ich ein Dorf bei den Spiegelseen besucht und dort bin ich im Licht der Sterne geschwommen.«

Peter trat Wasser neben ihr. »Damit kann ich nicht konkurrieren.«

»Ich erwarte nicht von dir, dass du mit irgendetwas konkurrierst. Du brauchst nur eine weitere interessante Erinnerung zu hinterlassen.«

Peter schwamm näher und überraschte Estarra, indem er sie kurz auf die nassen Lippen küsste. Er glitt sofort weg, bevor er ihre Reaktion sehen konnte. Als er zu ihr zurücksah, bemerkte er den amüsierten Glanz in ihren Augen und sein Herz schlug schneller.

»Danke«, sagte sie leise und blieb im flachen Teil des Beckens. »Genau das habe ich gebraucht. Jetzt fühle ich mich nicht mehr so angespannt.«

Peter zeigte Estarra, wie man sich an einem Delphin festhielt, und dann schwammen sie Seite an Seite, ließen sich von den verspielten Delphinen durchs Becken ziehen. Peter ließ los und griff unter Wasser nach Estarras Fuß. Sie trat halbherzig nach ihm und lachte, als er auftauchte und nach Luft schnappte.

Er wusste nicht, wann er zum letzten Mal einfach nur gespielt und sich entspannt hatte. Aber dies war seine Hochzeitsnacht, angeblich der Beginn der Flitterwochen. Es war nichts verkehrt daran, sich zu vergnügen.

Als er erneut zum Beckenrand blickte, hielt OX zwei große Handtücher bereit. Peter hatte nicht die geringste Ahnung, wie spät es war. »Ich glaube, OX gibt uns einen diskreten Hinweis«, sagte er und Estarra sah auf.

»Wir sollten ihm besser folgen.« Estarra überraschte Peter, indem sie *ihn* küsste, etwas länger und nicht so unbeholfen wie er. Sie kletterte aus dem Becken und sah aus wie ein exotischer, violett und türkisfarben glänzender Fisch.

OX reichte ihr ein Handtuch und sie wickelte sich darin ein, sah dann ins Becken zurück, in dem Peter noch immer schwamm. »Komm – oder willst du mich warten lassen?«

Sie zogen die nassen Sachen aus und streiften Morgenmäntel über, von aufmerksamen Bediensteten bereitgelegt. Als sie zusammen mit OX den grottenartigen Raum verließen, waren die Wächter noch immer da und zeigten keine Ungeduld in Hinsicht auf das unerwartete Verhalten des königlichen Paares. Peter und Estarra fühlten sich jetzt viel besser, und als sie zum königlichen Flügel des Palastes zurückkehrten, hielten sie sich an den Händen. Gemeinsam betraten sie die Gemächer, die sie von jetzt an miteinander teilen würden ...

OX ging und schloss die Tür hinter sich. Sie waren allein in der königlichen Suite, ohne Ablenkungen, ohne dass sie jemand störte.

Estarras Haar war noch nass, als sie sich Peter zuwandte. »Ich hätte nie gedacht, dass ich meinen Ehemann bis zur Hochzeitsnacht nicht richtig küssen würde.« Sie trat einen Schritt näher und schien ihn zu necken. »Solltest du nicht lange um mich werben und versuchen, mein Herz zu gewinnen?«

Peter schlang ihr den Arm um die Taille und zog sie näher. Das Herz klopfte ihm bis zum Hals empor, als er sie berührte; Erregung erfasste ihn. »Unsere Hochzeitsnacht muss nicht das *Ende* des Werbens sein, Estarra. Warum sehen wir nicht den Anfang darin?« Er hob die Brauen und schenkte ihr ein aufrichtiges Lächeln. »Immerhin stehen mir die gesamten Ressourcen der Hanse zur Verfügung, um dich zu beeindrucken.«

Er küsste sie, bevor er den Mut dazu verlor, und Estarra reagierte, schmiegte sich an ihn. Der Kuss dauerte an. Zuerst schmeckte Peter das Salzwasser auf ihren Lippen, aber dann gab es nur noch *sie*. Er fühlte ihren Körper und fragte sich, warum Basil sie so lange voneinander isoliert hatte. Nach einigen weiteren Sekunden wichen sie atemlos zurück, ohne sich voneinander zu lösen. Estarra kicherte leise.

»Was soll das denn bedeuten?«, fragte Peter.

»Ich weiß nicht«, erwiderte Estarra. »Ich schätze, wir haben noch mehr Gelegenheit, um zu üben.«

»Ich werde meine königlichen Pflichten so organisieren, dass uns genug Zeit fürs ... Training bleibt, meine Königin«, sagte Peter. Sie küssten sich erneut, müheloser und viel länger.

Erst später bemerkte Estarra, dass ein Schössling an ihrer Seite des Bettes stand, einer jener kleinen Weltbäume, die sie selbst von Theroc mitgebracht hatte – ein ganz besonderes Geschenk von Peter.

Peter und Estarra verbrachten eine in doppelter Hinsicht intime Hochzeitsnacht: Zum ersten Mal liebten sie sich und zum ersten Mal hatten sie wirklich Gelegenheit, miteinander zu sprechen.

104 ✳ TASIA TAMBLYN

Von Osquivel flogen die übrig gebliebenen Schiffe der terranischen Kampfflotte nach New Portugal, der nächsten Hanse-Kolonie mit einem TVF-Stützpunkt. Tasia ließ neun verletzte Besatzungsmitglieder von Bord bringen. Achtundzwanzig weitere lagen tiefgefroren in Särgen – sie sollten auf der Erde mit allen militärischen Ehren beigesetzt werden. Zu diesen Verlusten kamen noch zehn Mitglieder der Crew, die im Vakuum des Alls gestorben waren – entweichende Luft hatte sie durch Löcher in der Außenhülle gerissen.

Nach den notwendigsten Reparaturen kehrten die Schiffe einzeln zur Erde zurück, wo sie eine gründliche Überholung in den Raumdocks der TVF erwartete.

Tasia ließ eine komplette medizinische Untersuchung über sich ergehen, nach der die Ärzte sie für gesund erklärten, abgesehen von einigen kleinen Verbrennungen, die bestimmt längst geheilt waren, wenn sie die Marsbasis erreichten.

TVF-Berater und Psychologen sprachen mit den Überlebenden, was Tasia für Zeitverschwendung hielt. Mit sanften, verständnisvollen Stimmen versuchten sie ihr klar zu machen, dass Sarkasmus die geistige Erholung nach dem erlittenen Trauma nicht förderte. Niemand hatte ihr psychologische Hilfe angeboten, nachdem Ross von den Hydrogern getötet oder ihr Vater auf Pumas gestorben war. Und niemand schien sich darum zu kümmern, dass sich der heldenhafte Robb Brindle völlig umsonst geopfert hatte.

General Lanyan erwies sich als großzügig und gewährte den zurückgekehrten Soldaten eine ganze Woche Sonderurlaub. Tasia erhielt die Empfehlung, sich zu entspannen.

Stattdessen beschloss sie, Robbs Eltern zu besuchen. Es war nicht weiter schwer, sie zu finden – die TVF-Dateien enthielten ihre Adresse. Staffelführer Brindle stammte aus einer Familie mit militärischer Tradition; beide Eltern hatten eine Offizierslaufbahn hinter sich. Vor fünfzehn Jahren waren sie aus der Flotte ausgeschieden, doch angesichts des Hydroger-Kriegs hatte man sie in den aktiven Dienst zurückgerufen. Derzeit arbeiteten sie als Ausbilder, aber wenn die Terranische Verteidigungsflotte weiterhin so hohe Verluste erlitt, fanden sich Robbs Eltern vielleicht schon bald in einem Kampfeinsatz wieder.

Tasia machte sie in einer antarktischen Basis ausfindig, einem Ausbildungszentrum auf der südlichen Eiskappe der Erde. Die Übungen in der Schneewüste waren sehr anstrengend, aber den Offizieren standen gemütliche Quartiere zur Verfügung. Der antarktische Stützpunkt war natürlich beheizt und bot alle Annehmlichkeiten der Zivilisation. Roamer hätten eine solche Umgebung für viel zu luxuriös gehalten.

Bevor sie Robbs Eltern gegenübertrat, zog Tasia ihre Galauniform an. Zweifellos würde Robb Brindle posthume Auszeichnungen und Medaillen für seinen Heroismus bekommen. Als ob das eine Rolle spielte ...

Robbs Mutter, Natalie Brindle, wirkte erschöpft und apathisch. Sein Vater Conrad war verärgert und ungeduldig, richtete seinen Ärger aber nicht auf Tasia. Er versuchte, die Situation unter Kontrolle zu bringen.»Sie hätten sich die Reise hierher sparen können, Commander Tamblyn. Man hat uns bereits mitgeteilt, dass unser Sohn zu den Soldaten gehört, die bei Osquivel gefallen sind.«

Natalie schob die Hände in die Hosentaschen.»Ja, wir haben einen Brief bekommen, von General Lanyan unterschrieben.«

»Ich bin nicht in irgendeiner offiziellen Funktion hier. Es ist nur ... Robb war ein guter Freund von mir.« Tasia zögerte.»Mein bester Freund.«

Sie erzählte, wie er sich freiwillig für eine sehr gefährliche Mission gemeldet und auf dem Versuch bestanden hatte, einen Kommunikationskontakt mit den Hydrogern herzustellen.»Als er in die Tiefen des Gasriesen sank ... Seine letzten Worte lauteten: ›Es ist wundervoll ... wundervoll.‹ Niemand weiß, was Robb dort unten gesehen und ob er versucht hat, uns noch mehr mitzuteilen.«

»Es ist nicht die erste Tragödie für eine Familie«, murmelte Conrad Brindle. »Und es wird bestimmt nicht die letzte sein. Unser Sohn hat seine Pflicht erfüllt. Er meldete sich freiwillig und zeigte keine Furcht. Wir sind stolz auf ihn.«

»Robb wollte immer zur TVF«, fügte Natalie hinzu. »Es war ihm eine Ehre, dort zu dienen.«

»Ja, das stimmt«, sagte Tasia. »Ich wollte nur, dass Sie Bescheid wissen.«

Wieder in ihrem privaten Quartier auf dem Mars erfuhr Tasia, dass EA noch nicht von der geheimen Mission bei Rendezvous zurückgekehrt war. Die Roamer-Werften in den Ringen von Osquivel waren der TVF verborgen geblieben, was bedeutete, dass EA Sprecherin Peroni gewarnt hatte. Aber seltsamerweise blieb der Kompi verschwunden.

Ein prominenter Roamer-Händler, Denn Peroni, war vor kurzer Zeit mit Versorgungsmaterial zum Mond der Erde geflogen. Nach dem von ihm übermittelten Flugplan wollte er bald wieder aufbrechen; es blieb Tasia also nicht viel Zeit. Mit einem Remora verließ sie den Stützpunkt auf dem Mars und nutzte ihre letzten Stunden Sonderurlaub für eine Begegnung mit Denn Peroni.

Sie fand ihn im Krater-Raumhafen auf der dunklen Seite des Mondes. Im Innern der Kuppel ging er vor seinem Schiff unruhig auf und ab, schien nach jemandem zu suchen, den er treten oder gar erwürgen konnte.

In einen Overall gekleidet trat Tasia auf ihn zu und Peroni runzelte die Stirn, als er die TVF-Kleidung sah. Sie hob beschwichtigend die Hand. »Ich bin Tasia Tamblyn, Tochter von Bram Tamblyn.«

Peroni blinzelte und erkannte sie. »Ja, Ross' Schwester! Ich habe gehört, dass Sie bei den Tivvis sind. Sie sollten sich besser von mir fern halten, denn im Augenblick ist mir danach, jemanden zu erschießen.«

»Was ist los?«

Peroni schüttelte den Kopf. »Irgendein Schlamassel. Ich habe alle notwendigen Dokumente übermittelt, aber irgendetwas muss durcheinander geraten sein, und jetzt sitze ich hier mit meinem Schiff fest, bis die Angelegenheit ›überprüft‹ wird. Man kann mir nicht einmal sagen, wie lange das dauert.«

Tasia zeigte Anteilnahme. »Große Gans, große Bürokratie. Ich würde gern helfen, aber das Militär hat mit der Handelspolitik nichts zu tun.« Peroni winkte ab.

»Ich möchte Sie etwas fragen.« Tasia senkte verschwörerisch die Stimme. »Ich habe meinen persönlichen Kompi EA nach Rendezvous geschickt, mit einer Warnung für Del Kellum bei Osquivel.«

Peroni lächelte. »Damit haben Sie allen Clans einen großen Dienst erwiesen. Nach der Schlappe, die die Tivvis dort einstecken mussten, möchte ich ihnen keinen Grund geben, auf uns sauer zu sein.«

Tasia runzelte die Stirn. »Aber mein Kompi ist nicht von jener Mission heimgekehrt.«

Der Händler wirkte unbesorgt. »Kompis sind nicht sehr flexibel, das wissen Sie ja. Mit komplexen Problemen werden sie nicht fertig, nicht einmal die besten. EA sollte hierher zurückkehren?«

»Ja.«

»Nun, vielleicht hat ihn etwas daran gehindert. In letzter Zeit sind zu viele Roamer-Schiffe verschwunden. Möglicherweise befand sich EA an Bord eines Raumers, der es mit ›unvorhergesehenen Gefahren‹ zu tun bekam.«

»Hoffentlich nicht«, sagte Tasia beunruhigt. »Nun, ich wünsche Ihnen viel Glück beim Umgang mit der hiesigen Bürokratie.«

Peroni schnitt eine finstere Miene. »Ich schätze, das kann ich gut gebrauchen.«

105 ✷ JESS TAMBLYN

Die stürmische Meereswelt war unbewohnt, steril und namenlos. Sie erschien nur als kleiner Hinweis auf den ursprünglichen ildiranischen Karten, die die Roamer vor langer Zeit gekauft hatten. Niemand hatte sie interessant genug gefunden, um einen zweiten Blick darauf zu werfen.

Der Wental fand sie perfekt.

Jess spürte die Freude der alten Wasser-Entität, als er das Schiff durch graue Wolken und böigen Wind steuerte. Unablässig gleißten

Blitze durch die düstere Atmosphäre. Verglichen mit Isperos, einem heißen Planeten, zu dem er einmal mit Kotto Okiah geflogen war, wirkte diese Welt nicht allzu heimtückisch. Roamer waren an raue Schönheit gewöhnt.

Jess fühlte immer Aufregung, wenn er einen unbekannten Ort erforschte, aber diesmal war sie noch größer als sonst. Er schickte sich an, etwas zu tun, dem mehr Bedeutung zukam als allen anderen Taten in seinem Leben. Vielleicht ergaben sich daraus enorme Konsequenzen für die Zukunft des Spiralarms.

Er war mit einem Nebelsegler aufgebrochen, dem Gebot der Notwendigkeit gehorchend ... oder vielleicht nur, um vor Cesca wegzulaufen, seine Gefühle zu beruhigen und den galaktischen Konflikt sich selbst zu überlassen.

Doch jetzt konnte Jess einen neuen Verbündeten auf die Bühne des Geschehens bringen, eine Macht, die vielleicht imstande war, die Pläne der Hydroger zu vereiteln. Wenn er den Wentals dabei helfen konnte, zu ihrer einstigen Größe zurückzufinden und zu mächtigen Kriegern zu werden, die die Menschheit schützten ... Leistete er, Jess Tamblyn, dann nicht ebenso viel für die Zukunft der Roamer wie irgendein Prinz von einem Waldplaneten?

Jess erkannte das einzigartige Gefühl in seinem Innern als echte *Hoffnung* und Optimismus. Vielleicht bekam die Menschheit jetzt eine reelle Chance.

Er flog über den Ozean hinweg, der den ganzen Planeten bedeckte. Nur hier und dort ragten einige tote Felsen aus dem Wasser und die Wellen brachen sich wie zornig an ihnen. Das Hauptproblem bestand jetzt darin, einen Landeplatz finden. Aber bestimmt gab es einen.

In seinem Behälter summte und leuchtete der Wental. Er schien voller Vorfreude zu stecken, obwohl Jess bezweifelte, die Gedanken und Empfindungen dieses fremden Wesens jemals ganz verstehen zu können. Er hielt mit den Fernbereichsensoren des Schiffes Ausschau und entdeckte schließlich einen flachen, von der Brandung umtosten Felsen, der genug Platz für die Landung bot. *Na bitte.*

Er setzte geschickt auf und schob sich dann eine Atemmaske vors Gesicht. Die Temperatur lag in einem tolerierbaren Bereich, doch die Luft bestand fast ausschließlich aus Stickstoff und Kohlendioxid.

Jess trat vor den Zylinder, der das schimmernde Nebelwasser enthielt. »Deine Gesellschaft war sehr seltsam und ich bin froh, dir helfen zu können.« Er nahm den kühlen, prickelnden Behälter, trat in die Luftschleuse und wartete, bis sich das Innenschott schloss und das Außenschott öffnete.

Als er im ewigen Wind des namenlosen Planeten stand, blickte er zu den dunklen Wolken auf und sah das Flackern der Blitze in ihnen. Der Ozean war grau und wirkte dickflüssig, wie geschmolzenes Metall. Schaumgekrönte Wellen rollten dahin. Ein Brecher klatschte dort an den Felsen, wo das Schiff stand, und Gischt sprühte empor.

»Sieht nicht nach einer sehr freundlichen Welt aus«, kommentierte Jess.

Sie ist einladend und mir sehr willkommen nach dem langen Warten in der kosmischen Wüste. Der Wental flackerte und wogte im Behälter. *Schütte uns in den Ozean, damit wir wachsen und uns ausbreiten können.*

Jess stand am Rand des Felsens und blickte in den dunklen Ozean. Er erinnerte sich ans Meer unter dem Eis von Plumas, an die subplanetare Wasserfläche, wo die Gedenkfeier für Ross stattgefunden hatte. Für ihn war dieser Ort kalt und leer, ohne Leben, doch für den Wental steckte er voller Möglichkeiten.

Der Behälter wurde warm in seinen Händen. Aus irgendeinem Grund spürte er Sorge und Unbehagen. Was mochte geschehen, wenn es nicht klappte, wenn die Erwartungen des Wentals nicht erfüllt wurden?

Zögere nicht. Die Gedanken der Entität pulsierten durch Jess.

Das trübe Wasser lebte, war erfüllt von einer für Jess völlig fremdartigen Präsenz. Er holte tief Luft durch die Atemmaske, nahm den Deckel ab und neigte den Behälter. Das aus dem interstellaren Nebel destillierte Wasser floss ins wartende, leblose Meer dieser leeren Welt.

Sofort kam es zu einer erstaunlichen Veränderung.

Eine blasse Phosphoreszenz ging von jener Stelle aus, an der der erste Tropfen ins Meer gefallen war. Rasch breitete sie sich aus, wie ein Feuer in einer großen Benzinlache, und sie wurde heller, als der Wental in seinem neuen Körper wuchs. Jess staunte und war sicher, dass er richtig gehandelt hatte.

Das Glühen im Wasser breitete sich immer schneller aus, huschte wie ein elektrischer Strom zum Horizont und gab dem toten Ozean Leben, erfüllte ihn mit einer starken Essenz. Ein Jubelruf hallte durch Jess' Selbst, kündete von Befreiung, Freude und Macht.

Wir sind wiedergeboren. Der Wental durchdrang alle Bereiche des fremden Meeres, von dem er so aufgenommen wurde wie Feuchtigkeit von einem trockenen Schwamm.

Jess fühlte die Gischt an der bloßen Haut, jetzt voller Leben. Er hob beide Hände, streckte sie dem wolkigen Himmel entgegen und stieß einen Schrei des Triumphes aus. Er war glücklich darüber, diese Geschöpfe vor dem Aussterben gerettet zu haben.

Füll den Behälter erneut mit Wasser, erklang die Stimme der Entität in seinem Geist. *Jeder Tropfen enthält unsere Essenz. Es vermindert uns nicht.*

Jess füllte den Behälter mit dem Wasser des kalten, urzeitlichen Meeres, das nun die Präsenz der Entität enthielt. Der Ozean dieses Planeten war jetzt voller Leben und von hier aus konnte Jess Wentals zu anderen Welten bringen. Er kam sich vor wie ein irdischer Volksheld, der selbst ein Roamer gewesen war: Johnny Appleseed.

Dies ist erst der Beginn. Geh zu deinen Roamern. Bitte sie, die Wentals zu den Meeren anderer Planeten zu bringen.

»Ja«, bestätigte Jess. Jetzt konnte er den Clans etwas anbieten. Mit der Hilfe der Wentals hatten die Menschen eine größere Chance, den ungewollten Krieg zu gewinnen. Selbst die Große Gans würde in seiner Schuld stehen.

Und auch ... Cesca.

Nach dem Abschluss seiner ersten Mission kehrte Jess an Bord des Schiffes zurück, mit dem Behälter, der revitalisiertes Wasser enthielt. Bevor er den Zylinder verstaute, füllte er eine kleine Phiole mit dem Wasser und steckte sie in die Tasche, um jederzeit mit dem Wental kommunizieren zu können. Sie hatten so viel voneinander zu lernen.

Als er den namenlosen Ozean verließ und in die heller werdenden Wolken flog, schienen die wieder zum Leben erweckten Wentals bereits Einfluss auf das Wetter zu nehmen. Sie zogen Energie aus den Gewittern ab und verwandelten das Meer in ein brodelndes Reservoir von Lebenskraft. Der ganze Planet schien nun lebendig zu sein und voller Kraft zu stecken.

Jess beschleunigte und ließ die verwandelte Welt hinter sich zurück. Alles hatte sich verändert, nicht nur in Bezug auf die Aussichten im Hydroger-Krieg, sondern auch in ihm selbst, in seinem Geist und Herzen. Es war dumm von ihm gewesen, Cesca so einfach aufzugeben. Ganz gleich, welche Vorteile Reynald und die Theronen boten – Jess liebte sie und wollte sie zurück. Hätten sie nicht nach einer besseren Lösung suchen können?

Jetzt kehrte Jess nicht als liebestoller Optimist zu Cesca zurück, sondern als jemand, der ebenbürtig neben der Sprecherin der Clans stehen konnte.

Er war monatelang mit dem Nebelsegler unterwegs gewesen, ohne Kontakt, aber vielleicht konnte er rechtzeitig nach Rendezvous zurückkehren, bevor die Hochzeit stattfand. Er musste dafür sorgen, dass Cesca es sich anders überlegte. Diesmal würde er nicht zögern, sondern seine Liebe für sie erklären, zum Teufel mit Anstand und Traditionen der Roamer. Jess hatte zu lange mit persönlichem Kummer gelebt. Zusammen waren Cesca und er stark.

Als das Raumschiff durchs offene All raste, fühlte sich Jess ebenso wiedergeboren wie der befreite Wental.

106 ✳ CESCA PERONI

Die Oberhäupter der prominenten Roamer-Clans trafen sich mit Cesca Peroni, um die bevorstehende Partnerschaft mit den Theronen zu besprechen. Nach dem Flug der Verlobungsschiffe zum Waldplaneten hatte Reynald gebeten, Rendezvous besuchen zu dürfen.

Doch den Clan-Oberhäuptern behagte es ganz und gar nicht, Fremde in ihren abgelegenen Asteroidenkomplex einzuladen. Lange Traditionen und Argwohn ließen sich nicht von heute auf morgen überwinden. Und das wiederholte Verschwinden von Roamer-Schiffen führte dazu, dass die Clans noch misstrauischer waren als sonst.

»Unsere Geheimnisse sind viel zu wertvoll, als dass wir sie leichtfertig preisgeben dürfen.« Alfred Hosaki repräsentierte viele Handelsschiffe. »Wir müssen entscheiden, ob die Theronen unsere Verbündeten gegen die Hanse oder gegen die Hydroger sind. Oder sollen sie beides sein?«

»Eine Tochter der ehemaligen theronischen Regenten hat König Peter geheiratet«, warf Anna Pasternak ein. »Sollte uns das nicht zu denken geben?«

Cesca suchte noch nach den richtigen Worten für eine Antwort, als Crim Tylar sagte: »Und wenn wir ein Roamer-Schiff mit ge-

schwärzten Fenstern schicken und den Theronen keinen Zugang zu den Navigationssystemen und dem Cockpit gewähren? Sie würden die Asteroiden von Rendezvous sehen, ja, aber sie könnten sie nicht lokalisieren. Wäre das nicht der beste Kompromiss?«
»Es hat keinen Sinn, halbes Vertrauen anzubieten«, erwiderte Cesca. »Auf diese Weise möchte ich unsere Kooperation mit den Theronen nicht beginnen. Ich soll die Ehefrau ihres Oberhaupts werden.«
Die frühere Sprecherin Jhy Okiah seufzte und schien sich erneut daran zu erinnern, warum sie in den Ruhestand getreten war. »Uns kann wohl kaum daran gelegen sein, jedes Mal ein Treffen zu veranstalten, wenn es darum geht, ob wir ein unwichtiges Detail unseres Lebens preisgeben sollen oder nicht. Damit würden wir uns selbst behindern. Die Roamer müssen *jetzt* eine fundamentale politische Entscheidung treffen, die in Zukunft alle anderen Dinge beeinflussen wird.«
»Genau«, sagte die alte Anna Pasternak. »Deshalb müssen wir *richtig* entscheiden.«
»Das klingt nach weiteren Diskussionen.« Torin Tamblyn seufzte müde. Die vier Tamblyn-Brüder hatten gewürfelt, um zu bestimmen, wer am Treffen in Rendezvous teilnehmen sollte. »Durch weitere Verzögerungen wird die Antwort nicht leichter. Was zeigt Ihnen der Leitstern?«
Cescas Finger strichen durch ihr dichtes braunes Haar. Der Wurf einer Münze hätte ihnen mit ebenso großer Wahrscheinlichkeit die richtige Antwort gegeben.
Bevor sich jemand anders zu Wort melden konnte, kam ein Kurier und brachte eine Nachricht. Cesca stockte der Atem, als sie Kotto Okiahs dringende Bitte um Hilfe las. Sie richtete einen alarmierten Blick auf die frühere Sprecherin. »Die Isperos-Kolonie ist in großer Gefahr. Jhy Okiah, dein Sohn, bittet um sofortige Hilfe, um eine unverzügliche Evakuierung.«
Die Clan-Oberhäupter standen abrupt auf; sie kannten ihre Prioritäten. Hochzeitspläne und politische Diskussionen mussten verschoben werden. »Ich habe zwei Schiffe hier«, sagte Anna Pasternak.
Crim Tylar rechnete rasch. »Ich habe einen Frachter. Er kann nur fünf Passagiere aufnehmen, dafür aber viel Ausrüstungsmaterial transportieren. Isperos ... was für ein grässlicher Ort.«
Cesca sah die Clan-Repräsentanten an. »Also gut. Brechen Sie so schnell wie möglich auf. Ich brauche eine Liste aller Schiffe hier bei

Rendezvous – mich interessieren vor allem die, die sofort losfliegen können.«

Sie sah auf die Nachricht hinab und erinnerte sich daran, den extrem heißen Planeten einmal besucht zu haben. »Mehrere subplanetare Räume sind voller Lava. Zwei Generatoren für die Lebenserhaltungssysteme sind ausgefallen und die Wände drohen nachzugeben. Alles deutet darauf hin, dass der Isperos-Kolonie nicht mehr viel Zeit bleibt.«

Die Clan-Oberhäupter eilten fort. Roamer lebten seit langem mit der Gefahr und einer derartigen Situation sahen sie sich nicht zum ersten Mal gegenüber. Zwar mochte es gelegentlich zu Streitereien kommen, aber wenn es nötig wurde, arbeiteten alle Clans zusammen, um ihren Brüdern und Schwestern zu helfen.

Jhy Okiah versuchte, die Sorge um ihren jüngsten Sohn nicht zu deutlich zu zeigen. »Kotto wird das Problem lösen, bevor die Rettungsgruppen eintreffen. Er ist ein Genie.«

»Natürlich ist er das«, pflichtete Cesca ihr bei, obwohl sie wusste: Selbst das größte Roamer-Genie konnte kein Leben erhalten, wenn sich Metallwände verflüssigten. »Wenn wir Risiken scheuen würden, wären wir heute nicht da, wo wir sind.«

Jhy Okiah lachte trocken. »Selbst bei einem privaten Gespräch mit mir klingst du wie eine Sprecherin, Cesca.« Die Nervosität war ihr jetzt anzusehen. »Dass Kotto um Hilfe bittet, lässt nur einen Schluss zu: Die Situation ist bereits so sehr außer Kontrolle geraten, dass er keinen anderen Ausweg sieht.«

107 ✳ ADMIRAL STROMO

Während die TVF noch immer die Kosten der Osquivel-Niederlage berechnete, dachte man bei den Kampfflotten der zehn Gitter darüber nach, was man hätte anders machen können, um besser gegen die Hydroger zu bestehen.

Mit der konzentrierten Feuerkraft gewöhnlicher Waffen ließ sich gegen die Kugelschiffe kaum etwas ausrichten. Die neuen Kohlenstoffknaller und Bruchimpulsdrohnen hatten zwar Schaden angerichtet, wurden den Erwartungen der TVF-Waffentechniker aber nicht gerecht. Die Soldaten-Kompis hatten mit ihren Kamikaze-Einsätzen einige feindliche Schiffe zerstört, doch bei weitem nicht genug. Was die Erkundungsschiffe anging, die mit Soldaten-Kompis bemannt waren und bei Golgen feststellen sollten, ob das von den Roamern eingeleitete Kometenbombardement die dortigen Hydroger ausgerottet hatte ... Bisher hatten sie noch keinen Bericht übermittelt.

Nur einen empfindlichen Schlag hatten Menschen den Hydrogern versetzt, mit dem Test der Klikiss-Fackel – und das war reiner Zufall gewesen. Bei der Terranischen Verteidigungsflotte und der Hanse begann man über die Möglichkeit nachzudenken, noch einmal von der Klikiss-Fackel Gebrauch zu machen und sie diesmal ganz bewusst als Waffe zu verwenden, ungeachtet der möglichen Konsequenzen. Nach der Zerstörung der technischen Beobachtungsplattform hatte niemand die neue Sonne namens Oncier untersucht.

Froh darüber, nicht in eine katastrophale Schlacht wie bei Osquivel oder beim Jupiter zu fliegen, brach Admiral Lev Stromo zu einer Erkundungsmission auf, die ihn nach Oncier bringen sollte. Er hoffte, dort irgendetwas zu finden, vielleicht eine Schwachstelle der Hydroger.

General Lanyan gab Stromo einen Moloch, einen grünen Priester für die Kommunikation und zwei Manta-Kreuzer mit. In der Öffentlichkeit betonte Lanyan, eine so kleine Streitmacht zeige, wie sehr die TVF davon überzeugt war, die Hydroger bei Oncier vernichtend geschlagen zu haben. In Wirklichkeit spiegelte sie die bittere Realität des terranischen Militärs wider: Die TVF konnte kaum Schiffe erübrigen. Der Admiral musste mit dem zufrieden sein, was er bekam.

Als sie sich der neuen Sonne näherten, ließ Stromo die Sensorstationen doppelt besetzen und schickte eine Remora-Staffel zum Rand des Sonnensystems, mit der Anweisung, dort nach eventuellen Kugelschiffen Ausschau zu halten. Er wusste, dass er mit seinem lächerlich kleinen Verband keine Chance gegen die Hydroger hatte. Er war bereit, sofort den Rückzug anzuordnen, wenn der Feind erschien – die TVF konnte es sich nicht leisten, noch mehr Schiffe zu verlieren.

Er litt noch immer an der demütigenden Niederlage beim Jupiter und hatte die letzten Jahre damit verbracht, Paraden zu leiten und Schreibtischarbeit zu leisten, anstatt seine Kommandopflichten für

Gitter 0 wahrzunehmen. Er wusste, dass ihn die Soldaten hinter seinem Rücken spöttisch Bleib-zu-Hause-Stromo nannten. Jetzt wollte er seine Ehre und hoffentlich auch sein Rückgrat zurückgewinnen.

Der weiß strahlende Gasriese Oncier hing vor ihnen im All. Glitzernde Fels- und Eisbrocken von den vier zerstörten Monden bildeten ein breites Band, das sich noch nicht zu einem Ring geformt hatte. An diesem Ort waren Menschen bestrebt gewesen, vier neue Welten zu erschließen, durch das Licht und die Wärme einer neuen Sonne bewohnbar zu machen.

Stromo beobachtete den Glutball und stellte sich vor, wie es den Hydrogern in der Tiefe des Gasriesen ergangen sein mochte, als sich ihre Welt plötzlich in eine Sonne verwandelt hatte. Er brachte den Fremden kein Mitgefühl entgegen, nicht nach ihrer gnadenlosen Vergeltung sowohl an Menschen als auch an Ildiranern. Vielmehr stellte er sich Oncier als ein Grab für die schlimmsten Feinde der Menschheit vor. Sie hatten es nicht anders verdient!

»Alle Sonden starten. Nehmen wir eine gründliche Sondierung der neuen Sonne vor.«

Automatische Satelliten verließen wie metallene Bienen die beiden Mantas und schwenkten hoch über Oncier in den Orbit. Einige von ihnen tauchten ins Plasma ein und sendeten Daten, bis sie verbrannten; andere glitten durch die schimmernde Korona.

Inzwischen hätte den Wissenschaftlern der Hanse ein im Lauf von sechs Jahren gewachsener Datenberg zur Verfügung stehen müssen, der Auskunft gab über Geburt und Entwicklung einer von Menschen geschaffenen Sonne. Terraforminggruppen hätten damit fertig sein sollen, die vier Monde für die ersten Kolonisten vorzubereiten ...

Stromo stand auf der Brücke des Moloch und fühlte die Unruhe der Crew. Die ausgeschickten Remoras meldeten, dass weit und breit keine Kugelschiffe der Hydroger in Sicht waren. Der Admiral holte tief Luft und ließ den Atem langsam entweichen. Eine Routinemission, um wichtige Informationen zu sammeln – weiter nichts.

Stromo hatte sich mit klugen politischen Entscheidungen hochgearbeitet, mit geschickt durchgeführten Manövern und bürokratischen Erfolgen. In Friedenszeiten waren solche Dinge wichtig, aber jetzt bedeuteten sie kaum mehr etwas. Niemand hatte einen Feind wie die Hydroger erwartet.

Dem Admiral wurden die Knie weich bei der Vorstellung, es erneut mit den Fremden zu tun zu bekommen, und eine solche Furcht geziemte sich nicht für den vielfach ausgezeichneten Helden, der den Ramah-Aufstand beendet hatte.

Damals war Stromo erst Major gewesen. Die Kolonisten auf Ramah hatten ihre Unabhängigkeit von der Hanse erklärt, die Charta zerrissen und alle Außenwelt-Vermögenswerte beschlagnahmt. Sie hatten Handelsschiffe und ihre Fracht konfisziert, sie als Ressourcen für die »unabhängige Welt Ramah« beansprucht. Die Anführer der Aufständischen waren selbstgefällig und naiv gewesen, wirklich von der Unabhängigkeit ihres Planeten überzeugt. Sie hatten nicht daran gedacht, wie sehr Ramahs Bevölkerung vom Import abhing – Arzneien, Lebensmittel, technische Hilfe und Versorgungsmaterial mussten von anderen Planeten eingeführt werden.

Stromo hatte damals genau gewusst, wie man mit so etwas fertig wurde. Er brachte eine beeindruckend große Kampfflotte in Ramahs Umlaufbahn, erklärte die Regierung für illegal und wies darauf hin, dass Ramahs Bürger von den Vorzügen der Hanse abgeschnitten waren. Mit einem entschlossenen Angriff ließ er die drei wichtigsten Raumhäfen von Ramah besetzen. TVF-Soldaten brachten die konfiszierten Schiffe und auch einige andere, die Bewohnern von Ramah gehörten, in ihren Besitz – Schadenersatz für die Beschlagnahme der Vermögenswerte.

Anschließend sendeten Stromos Schiffe verlockende Werbung für die neuen Produkte der Hanse, die auch Ramah zur Verfügung standen, wenn sich der Planet wieder dem Handel öffnete. Nach nur vier Wochen war die radikale Regierung gestürzt und eine zerknirschte Gruppe von Politikern nahm erleichtert die Gelegenheit wahr, erneut die Charta der Hanse zu unterschreiben. Stromo war stolz auf diesen Erfolg gewesen.

Einen *solchen* Feind konnte Admiral Stromo verstehen. Die Hydroger aber ließen sich nicht einfach mit hübscher Propaganda überwältigen ...

Am zweiten Tag der Sondierungen rief ein aufgeregter Brückentechniker den Admiral aus seinem Quartier, in dem er sich um sein Logbuch gekümmert hatte. »Etwas geschieht dort unten, Sir. Wir messen seltsame Fluktuationen und Anomalien tief im Innern der neuen Sonne. Etwas ... bewegt sich.«

»In dem ehemaligen Gasriesen?« Stromo streifte seine Uniformjacke über und verließ die Kabine. »Aber dort ist es so heiß wie im Innern eines Sterns!«

»Vielleicht haben sich die Droger spezielle Asbestanzüge zugelegt. Lassen Sie sich die Einzelheiten von der technischen Crew erläutern, Sir.«

Auf der Brücke des Moloch betrachtete Stromo das gefilterte Bild der neuen Sonne. »Dort unten, Admiral«, sagte einer der wissenschaftlichen Fachleute. Er vergrößerte die wogenden Plasmawolken und richtete den Zoom auf etwas, das zunächst wie ein Sonnenfleck ausgesehen hatte. »Seit einer Stunde orten wir ... *Dinge* in der Chromosphäre.«

»Und es handelt sich nicht um magnetische Aktivität oder Protuberanzen?«

»Ganz und gar nicht, Sir. Sehen Sie es sich selbst an.«

Stromos erstaunter Blick fiel auf eine rot glühende ovoide Kapsel, auf ein eiförmiges Gebilde, das hin und her glitt, die Ränder waren aufgrund von Licht und Hitze verschwommen. Es änderte den Kurs, stieg durch Sonnenflecken auf und schwamm durch den Ozean aus superheißem Gas.

Weitere Kapseln erschienen und stiegen aus den feurigen Tiefen von Oncier auf.

»Gefechtsstationen besetzen!«, befahl Stromo, von Kummer erfasst. Der Alarm heulte durchs Schiff und die Manta-Kreuzer näherten sich dem Moloch. »Rufen Sie die Remoras zurück und treffen Sie Vorbereitungen für den Rückzug.« Er beorderte den grünen Priester auf die Brücke, damit er der Erde eine Dringlichkeitsnachricht übermitteln konnte.

Als der Moloch sich zurückzog, kamen fünf der eiförmigen Kapseln wie leuchtende Kometen näher. Trotz der Filter blendete ihr Gleißen so sehr, dass Stromo kaum den Blick auf sie gerichtet halten konnte. Hitze umwaberte die Gebilde, als enthielten sie die Energie einer ganzen Korona.

Die fünf Feuerbälle – Raumschiffe? – kamen so schnell näher, dass den TVF-Schiffen gar nicht genug Zeit blieb auszuweichen. Sie umkreisten den kleinen Verband, offenbar ohne feindliche Absicht – sie schienen nur neugierig zu sein. Schließlich formierten sie sich wie Meteore mit einer Mission, sausten durchs All fort und ließen Oncier hinter sich zurück.

Admiral Stromo sank in den Kommandosessel. Er schwitzte und seine Hände zitterten. Er seufzte schwer und fühlte die Blicke der Brückencrew auf sich gerichtet – die Männer und Frauen wirkten erleichtert und verblüfft.

Stromo räusperte sich und sah die wissenschaftlichen Fachleute an. »Was zum Teufel geht hier vor?«

108 ✹ BENETO

Beneto stand in dem von Talbun gepflanzten kleinen Wald und versuchte, die jungen Weltbäume zu beruhigen. Den ganzen Tag über hatte er im Netzwerk des Weltwaldes wachsende Furcht gespürt; die Angst schüttelte ihn wie ein Fieber.

Er berührte die schuppige Rinde, schickte Fragen durch den Telkontakt und versuchte festzustellen, warum die Bäume so beunruhigt waren. Doch der Weltwald wahrte seine Geheimnisse ... als wollte er die grünen Priester vor schrecklichem Wissen schützen. Aber Beneto lag nichts daran, vor der Wahrheit beschützt zu werden.

Um ihn herum senkte sich eine unnatürliche Stille auf Corvus Landing herab. Beneto fühlte intensives Schaudern. Die Weltbäume schienen sich zu ducken und die Finger des grünen Priesters zuckten fort von der Rinde. Er hob den Kopf.

Vier dornige Kugelschiffe der Hydroger erschienen am Himmel. Sie wurden immer größer, als sie tiefer sanken, sondierten ... Und dann entdeckten sie die Weltbäume.

Voller Ehrfurcht beobachtete Beneto, wie eine kleinere Kugel aus der Mitte eines großen Schiffes kam, ein Winzling im Vergleich mit den riesigen Sphären. Sie kam schnell näher.

Beneto glaubte zu wissen, worum es sich handelte. In einer solchen Ambientalzelle hatte der Gesandte der Hydroger den Flüsterpalast auf der Erde besucht – und König Frederick getötet.

Als die kleine Kugel unbewohnten Bereichen entgegensank, hörte Beneto Schreie und das Heulen eines Alarms von den Gebäuden in Colony Town. Mit gerötetem Gesicht rief Bürgermeister Sam Hendy in ein Megafon und forderte die Bewohner des Ortes auf, Schutz zu suchen und die Waffen zu ergreifen. Doch all die defensiven Maßnahmen nützten nichts, wenn die Hydroger angriffen.

Der Gesandte flog über die Stadt hinweg und näherte sich dem Hain. Die Blattwedel der Weltbäume raschelten, schienen vor den Hydrogern zurückzuschrecken. Das kleine Kugelschiff landete inmitten der ältesten Weltbäume, direkt vor Beneto.

Der grüne Priester wartete reglos.

Die Kugel dampfte, wie von einem Halo aus Kälte umgeben. Hinter der transparenten Außenhülle wogten Gasschlieren und ein Teil dieser Gase schien sich zu verdichten, formte eine metallene Lache, aus der wiederum eine Gestalt wurde – eine menschliche Gestalt in Roamer-Kleidung. Beneto wusste, dass sich der Gesandte im Flüsterpalast auf die gleiche Weise gezeigt hatte.

Er behielt eine Hand am nächsten Weltbaum und blieb durch den Telkontakt mit dem Weltwald verbunden. Er schickte seine Gedanken durch den Spiralarm zu allen anderen grünen Priestern. »Was wollen Sie? Warum sind Sie hierher gekommen?«, fragte Beneto den Besucher.

Der Gesandte der Hydroger wandte ihm ein silbrig glänzendes Gesicht zu. Ein Ausdruck ließ sich darin nicht erkennen, aber Beneto fühlte Verachtung und seine Besorgnis wuchs.

»Sie haben sich mit den Verdani verbündet, unseren Feinden«, sagte der Hydroger. »Wie die Verdani werden Sie leiden, verdorren und sterben.«

Beneto fühlte, wie eine Woge des Zorns und der Furcht durch das Netzwerk des Weltwaldes ging. Er atmete tief durch und sammelte Kraft. »Ich weiß nichts von irgendwelchen ›Verdani‹.«

Doch er verstand plötzlich, als ihn Informationen aus dem Weltwald erreichten. *Die Bäume!* Das intelligente Selbst des Weltwaldes – die Hydroger nannten es »Verdani«.

»Wir haben hier eine Spur der grässlichen Bäume gefunden. Wir dachten, wir hätten den Weltwald vor langer Zeit ausgelöscht, aber offenbar gab es verborgene Reste ... Überlebende. Sie haben ihnen geholfen, erneut zu wachsen.«

»Ja«, erwiderte Beneto trotzig. »Ja, das haben wir.«

»Alle Bäume müssen zerstört werden.«

Beneto gewann den Eindruck, Worte zu sprechen, die ihm der Weltwald in den Mund legte. »Warum? Die Bäume möchten nicht gegen Sie kämpfen. Vielleicht haben Sie beide den Krieg aus gutem Grund überlebt.«

Der schimmernde Gesandte blieb ungerührt.»Nennen Sie uns den Hauptort der überlebenden Verdani. Wo befindet sich der primäre Weltwald?«
Über dem Hain schwebten die Kugelschiffe wie dornige Fäuste am Himmel. Energie flackerte zwischen den Pyramidenspitzen.»Wenn Sie uns Auskunft geben, lassen wir die Menschen leben.«
Ein Informationsstrom tief in der Datenbank der intelligenten Bäume brachte Beneto Mut und Einsicht.»Ich weigere mich. Der Weltwald bedeutet mehr als ich oder irgendein Mensch.«
Die Entschlossenheit der Bäume nahm zu und sie gaben dem grünen Priester Willenskraft. Nicht mehr Furcht prägte sein Empfinden, sondern unerschütterlicher Trotz. Einst waren die Bäume des Weltwaldes auf tausenden von Planeten gewachsen – und dann hatte ein gewaltiger Krieg ihn fast völlig ausgelöscht. Die Hydroger waren in ihre Gasriesen zurückgetrieben worden, von anderen Kämpfern, die hohe Verluste erlitten hatten ...

»Dann wird Ihr Volk die Konsequenzen tragen müssen.«

»Wir werden gegen Sie kämpfen.« Die Worte stammten nicht von Beneto, sondern kamen von woanders, aus dem Bewusstsein anderer grüner Priester oder vom Weltwald.»Wir haben Waffen, von denen die Hydroger nichts ahnen.«

Der Boden unter der Kugel des Gesandten geriet in Bewegung – hunderte von Maulwürfen schienen sich dort durchs Erdreich zu graben. Ein Teil von Beneto wusste, was geschah. Er blinzelte erwartungsvoll.

Peitschenartige Wurzeln schossen nach oben, mit glänzenden Spitzen aus einem Holz, das härter war als jede andere Substanz, die Beneto kannte. Wie Stacheln bohrten sie sich in die kristallene Hülle der Kugel. Der grüne Priester hörte dumpfes Zischen und Fauchen, als sie die diamantene Barriere durchstießen und das Innere der Kugel erreichten.

Die Wurzeln der Weltbäume versiegelten die Löcher, nahmen enormen Druck auf und saugten die giftige Atmosphäre aus der Ambientalzelle. Sie dehnten sich weiter in ihr aus, zuckten hin und her, wuchsen ...

Der Gesandte der Hydroger verlor seine menschliche Gestalt, als er gegen die schlangenartigen Wurzeln ankämpfte. Weitere Spitzen bohrten sich von unten in die Kugel und Risse bildeten sich in der Hülle.

Der Gesandte aktivierte ein verborgenes Triebwerk und versuchte, aufzusteigen und den Wurzeln zu entkommen. Die Kugel zerrte an den rankenartigen Strängen, die jedoch nicht nachgaben. Die feinen Risse in der Hülle dehnten sich wie ein Raureif-Flechtwerk aus.

Beneto beobachtete den Kampf, seine Zuversicht und Entschlossenheit waren stärker als jemals zuvor.

Der Hydroger in der Kugel setzte sich weiterhin zur Wehr, schien jedoch schwächer zu werden. Das Quecksilber-Geschöpf verlor seine stabile Struktur; glänzende Flüssigkeit tropfte wie Säure über wütende Wurzeln.

Ein Dickicht umgab den Hydroger, der schließlich ganz auseinander floss. Noch tiefer stießen die Wurzeln in die Ambientalzelle vor und zerfetzten sie. In der Mitte des Hains aus Weltbäumen blieb nur ein Durcheinander aus geschwärzten, sterbenden Ranken zurück.

Doch es war nur ein kleiner Sieg und er blieb von kurzer Dauer. Die vier Kugelschiffe am Himmel gerieten wieder in Bewegung.

Beneto sah auf und der Triumph in seinem Gesicht wich Resignation. Bevor die Bewohner der Stadt auch nur versuchen konnten, sich in Sicherheit zu bringen, griffen die Hydroger den Planeten an.

In geringer Höhe glitten die Kugeln über Corvus Landing hinweg und wie Giftgas wirkender kalter Dampf ging von ihnen aus. Die Kältewellen strichen über Kornfelder hinweg und verwandelten Getreide in grauschwarzen Staub.

Im Ort gab Bürgermeister Hendy sinnlose Evakuierungsanweisungen. Viele Siedler brachen mit Fahrzeugen zu ihren Häusern außerhalb von Colony Town auf oder suchten in Kellern Zuflucht. Die Gebäude waren stabil genug, um Stürmen standzuhalten, aber dem Angriff der Hydroger konnten sie nicht widerstehen.

Die Kältewellen ließen das Holz von Ställen und Pferchen splittern. Blaue Blitze ließen breite Brandspuren in der Landschaft zurück. Ziegen gerieten in Panik, meckerten, liefen in alle Richtungen ... und starben im Gleißen tödlicher Energie.

In wenigen Minuten verheerten die vier Kugelschiffe tausende von Morgen und verwandelten sorgfältig gedüngtes Ackerland in eine leblose Wüste. Als die Hydroger Colony Town erreichten, vernichteten ihre Energiestrahlen das Rathaus und Dutzende von anderen Gebäuden. Eiskalter weißer Dunst bewirkte, dass Lagerhäuser und Silos einstürzten.

Beneto griff nach dem Stamm des nächsten Weltbaums und schickte alle seine Gedanken und Eindrücke wie ein inbrünstiges Gebet in den Weltwald. Nur er konnte berichten, was auf Corvus Landing geschah. Der Weltwald, die grünen Priester, seine Familie und sogar die Terranische Hanse sollten Bescheid wissen. Auf diese Weise erfüllte Beneto seine letzte Pflicht.

Die Kugelschiffe formierten sich, flogen fort von der zerstörten Stadt und den verheerten Feldern, näherten sich den Weltbäumen. Beneto schlang die Arme um den Stamm, um nicht den Telkontakt zu verlieren. Er presste die Wange an die Rinde und schickte auch weiterhin seine Gedanken ins Netzwerk, suchte Trost im Selbst des Weltwaldes.

Alles Leben auf Corvus Landing sollte in Erinnerung bleiben, alle Bäume, die Talbun und er gepflanzt hatten, alle Mühen und Anstrengungen der unschuldigen Siedler bei der Zähmung dieser widerspenstigen Welt. Beneto öffnete sein Ich und gab sich ganz dem Telkontakt hin. Er umarmte den fernen Wald mit seinem Geist, vereinte sich mit ihm – dies war seine einzige Zuflucht.

Dunstige Eiswellen gingen von den Kugelschiffen aus, als sie sich dem todgeweihten Hain näherten. Die ersten Bäume starben und Beneto fühlte Agonie wie flüssiges Feuer in den Adern. Zwischen den Schläfen hörte er die seltsam unmenschlichen Schreie des Weltwaldes, die von Jahrtausenden der Furcht und des Schreckens kündeten.

Er zwang sich, die Augen offen zu halten, schickte letzte Mitteilungen durch den Telkontakt, während die Hydroger ihr Vernichtungswerk vervollständigten.

109 ✳ VATER REYNALD

Ein entsetzter junger grüner Priester lief durch die Korridore in der Pilzriff-Stadt und schrie immer wieder. Draußen schienen sich die Bäume zu ducken und zu schaudern. Reynald spürte, wie Grauen und Verzweiflung durch die Reihen der grünen Priester wogte – er fühlte es bis ins Mark.

»Vater Reynald!«, rief der junge grüne Priester. »Die Hydroger greifen Corvus Landing an.«

Die alte Lia – zusammen mit Uthair befand sie sich im Empfangsraum, um Reynald in Hinsicht auf die bevorstehende Hochzeit zu beraten – stand auf und brachte mit brüchiger Stimme hervor: »*Beneto ist auf Corvus Landing!*«

Reynald war mit einem Satz auf den Beinen und trat dem grünen Priester entgegen.

»Beneto schickt uns Mitteilungen durch den Telkontakt«, sagte der junge Mann und kämpfte gegen die Panik an. »Wo ist ein Schössling? Ich muss ...« Er hastete zum kleinen Weltbaum im verzierten Topf, der neben einem leeren, für Cesca Peroni reservierten Stuhl stand. Der Priester berührte den Schössling, schloss die Augen, riss sie wieder auf und sah Reynald an.

»Ihr Bruder berichtet, dass die Hydroger die landwirtschaftlichen Bereiche des Planeten zerstören. Sie benutzen Kältewellen und blaue Energiestrahlen.« Der junge grüne Priester legte nur kurze Pausen ein, um nach Luft zu schnappen, als er von der Drohung des Gesandten erzählte, die nicht nur den Weltbäumen galt, den Verdani, sondern auch der Menschheit.

»Wie können wir Beneto helfen?«, fragte Reynald. »Und den übrigen Bewohnern von Corvus Landing? Sie sind alle in schrecklicher Gefahr.«

»Der ganze Weltwald ist in Gefahr!« Der Priester schloss erneut die Augen. »Benetos Bäume haben sich zur Wehr gesetzt und den Gesandten der Hydroger getötet. Doch das reicht nicht ... es ist bei weitem nicht genug.«

Draußen, im dichten theronischen Wald, riefen zahlreiche grüne Priester anderen Theronen die Nachrichten zu, während sie die Stämme der Weltbäume berührten und per Telkontakt weitere Mitteilungen von Beneto empfingen. Arbeiter kletterten an den Ernteranken herunter. Teenager surrten mit ihren zusammengebastelten Flugapparaten hin und her, erzählten anderen, was sie von den Geschehnissen wussten. Die Aufmerksamkeit aller Theronen war geweckt, aber sie konnten nichts für den fernen Ableger des Weltwaldes und Beneto tun.

Reynald fühlte die Bestürzung im Wald. In allen Siedlungen auf Theroc, von den Spiegelseen bis hin zur Küste, reagierten grüne Priester auf die gleiche Weise.

»Die Hydroger haben gerade Colony Town zerstört! Alles liegt in Trümmern. Jetzt greifen sie den Hain der Weltbäume an. Der Feind sucht Theroc, die Reste des Weltwaldes.«

Auch die neunzehn grünen Priester, die sich freiwillig zum Dienst in der TVF gemeldet hatten, empfingen Benetos Berichte und gaben sie ans Militär der Hanse weiter.

Seine Schwestern Estarra und Sarein würden die Neuigkeiten vom grünen Priester im Flüsterpalast erfahren.

Idriss und Alexa kamen zusammen in den Thronraum, von all dem Durcheinander verwirrt. »Was ist los? Was passiert?« Celli, Reynalds jüngste Schwester, traf ebenfalls ein. Sie lächelte, aber ihr Gesichtsausdruck veränderte sich sofort, als sie den Ernst der anderen bemerkte.

»Beneto«, sagte Reynald. Die Worte blieben ihm im Hals stecken. »Die Hydroger ...« Er brachte nicht mehr hervor.

Der junge grüne Priester berührte den Schössling und blieb im Telkontakt. »Oh, jetzt zerstören die Hydroger den Hain! Die Bäume!« Er stöhnte schmerzerfüllt.

»Beneto lebt noch. Die Weltbäume sterben. Solche Kälte ... Nichts kann ihr widerstehen. Die Bäume können nicht entkommen. Der Feind setzt den Angriff fort. Zehn weitere Weltbäume sind tot ... dreißig. Es ist ein Gemetzel! Beneto schickt noch immer seine Gedanken, aber die Hydroger haben ihn fast erreicht. Er sagt ...«

Die Hand des jungen Priesters zuckte fort vom Schössling und er schrie auf. »Weißes Lodern ... füllt mein Selbst!« Er presste sich die Hände an die Schläfen und stöhnte erneut.

Idriss und Alexa wechselten einen schockierten Blick. »Beneto?«

Die alte Lia begann zu schluchzen und Uthair nahm ihren Arm, um Trost zu spenden und zu empfangen. Reynald schloss die Hand um Cellis Schulter; er fühlte sich wie betäubt. Corvus Landing war so weit entfernt.

Der junge grüne Priester ließ die Hände sinken und starrte so auf sie hinab, als wären sie verbrannt. Dann sah er zum Schössling, als wollte er feststellen, ob der kleine Weltenbaum Schaden genommen hatte.

»Beneto ist tot. Ebenso alle Bäume des Hains. Ganz Corvus Landing ist zerstört.« Der grüne Priester schauderte. »Alles ... tot.«

110 ✳ KÖNIGIN ESTARRA

Wenn Estarra liebende Anteilnahme, Applaus und das staunende Funkeln in den Augen der Menschen, die sie bewunderten, nicht mehr ertragen konnte, kehrte sie in den königlichen Flügel des Flüsterpalastes zurück, um dort mit ihrer Trauer allein zu sein. Sie würde den armen Beneto nie wieder sehen.

Seit dem Hochzeitstag verehrte man sie in der Terranischen Hanse, für ihre Art zu gehen oder sich zu kleiden. Eine andere Frau an ihrer Stelle hätte so viel Aufmerksamkeit vielleicht genossen, aber Estarra glaubte zu ersticken. Sie ertrug es nicht mehr, insbesondere jetzt nicht, nach dem Angriff auf Corvus Landing.

Sie hatte nicht einmal Gelegenheit gefunden, um ihren Bruder zu trauern. Nie ließ man sie in Ruhe.

Beim Angriff der Hydroger hatte der grüne Priester Nahton der entsetzten Estarra und ihrem Mann von allen Einzelheiten der Zerstörung berichtet. Während Peter neben ihr stand und sie stützte, schilderte Nahton, was er durch den Telkontakt sah: erst die Zerstörung von Colony Town und dann die des Hains. Er war zutiefst erschüttert gewesen. Estarra hatte geweint, als das Netzwerk des Weltwaldes seine letzten Worte übermittelte. Und dann sein Tod ...

Die Höflinge, die Estarra ihr Beileid aussprachen, waren ihrem Bruder nie begegnet. Die meisten von ihnen hatten noch nicht einmal etwas von Corvus Landing gehört. Benetos direkter, eindringlicher Bericht ließ den Zorn der Öffentlichkeit auf die Hydroger wachsen. Der Feind war unbarmherzig, schlug gnadenlos zu.

Estarra stellte sich Beneto während seiner letzten Momente vor, dachte daran, wie er den Stamm eines Weltbaums umklammerte, dem Weltwald seine Gedanken schickte, mehr noch, seine Seele, während die Hydroger alles vernichteten und dem wehrlosen Hain Tod brachten. Und anschließend zogen sie weiter, auf der Suche nach einem neuen Ziel ...

Die ganz offensichtlich von Herzen kommende Anteilnahme des gemeinen Volks wusste Estarra durchaus zu schätzen. Die Bürger schickten Blumen, Gedichte und Beileidsschreiben. Sie errichteten Denkmäler, nicht nur für den Bruder der Königin, sondern für alle unschuldigen Hanse-Kolonisten auf Corvus Landing. Sie waren unbeteiligt gewesen an dem Krieg, den die Menschen nie gewollt hatten. Jetzt waren sie ihm zum Opfer gefallen.

Die neue Tragödie und andere Erinnerungen an die verzweifelte Situation der Menschen halfen dabei, jene noch immer schmerzenden Wunden zu heilen, die der königlich verordnete Geburtenstopp geschaffen hatte. Der Menschheit blieb keine andere Wahl und die Bürger begriffen, wie sehr ihr König gelitten haben musste, als er diese notwendige Entscheidung traf. Mehr als jemals zuvor sahen sie bewundernd zu König Peter und seiner Königin auf.

Die nach Golgen entsandten, von Kompis bemannten Erkundungsschiffe waren spurlos verschwunden. Keine Berichte wurden von dem mit Kometen bombardierten Gasriesen übermittelt und Sondierungsdrohnen suchten vergeblich nach Trümmern. Man schrieb die Schiffe ab.

Peter war nicht überrascht.

»Nach einer Analyse der von den Sondierungsdrohnen gewonnenen Daten nimmt die TVF an, dass die Hydroger hinter dem Verschwinden der Erkundungsflotte stecken«, sagte OX.

Peter traf sich mit dem Lehrer-Kompi in einem Zimmer, in dem ein mittelalterlicher König vielleicht seine Berater empfangen hätte. Es war ihm inzwischen zur Angewohnheit geworden, mit OX zu sprechen, wenn ihm irgendetwas Sorgen bereitete.

»Alle anderen mögen das für offensichtlich halten«, sagte Peter. »Ich bin gleich zu Anfang der Meinung gewesen, dass es eine schlechte Idee war, die Schiffe nach Golgen zu schicken. Ein unnötiges Risiko. Jetzt muss ich die Namen weiterer Märtyrer nennen, die ihr Leben ließen. Sechs Menschen tot und viele TVF-Ressourcen verloren, für nichts.«

Peter senkte den Kopf und überlegte einige Sekunden lang. »Und ich werde da einen gewissen Verdacht nicht los. Fünf Mantas und ein Moloch verschwinden auf mysteriöse Weise. Was ist, wenn nicht die Hydroger dafür verantwortlich sind, sondern die neuen Soldaten-Kompis, OX?«

»In diesem Zusammenhang habe ich beunruhigende neue Daten gesammelt, König Peter«, sagte der Lehrer-Kompi. »In der Vergangenheit befanden sich jeweils nur etwa zehn bis zwölf Klikiss-Roboter auf der Erde und erregten kaum Aufmerksamkeit. Gelegentlich arbeiteten sie in Industriebetrieben und Orbitalstationen, leisteten dort wertvolle Dienste.«

»Ja, ich weiß.«

»Seit der Demontage von Jorax hat die Anzahl der Klikiss-Roboter auf der Erde stark zugenommen. Ich habe die von den Überwachungskameras aufgezeichneten Bilder nach einzelnen Klikiss-Robotern untersucht. Zwar sind ihre Konfigurationen identisch, aber es gibt doch subtile Unterschiede, die eine Identifizierung ermöglichen. Auf der Grundlage dieser Informationen schätze ich, dass derzeit mehrere hundert Klikiss-Roboter auf der Erde sind.«

König Peter hob überrascht die Brauen. »Wie ist das möglich?«

»Über die ganze Welt verstreut fallen so viele Roboter nicht auf – beiläufige Beobachter bemerken keine plötzliche Invasion. Wie dem auch sei: Eine so enorm gewachsene Anzahl ist erstaunlich. Die einzelnen Klikiss-Roboter bleiben allein, bilden keine Gruppen und erscheinen an weit voneinander entfernten Orten.«

»Mir sind drei Klikiss-Roboter bei den Produktionsanlagen aufgefallen, die Kompis herstellen«, sagte Peter.

»Es gibt noch viel mehr, König Peter. Ich weiß nicht, was das bedeutet. Die Klikiss-Roboter überwachen unsere Produktionssysteme, haben aber keinen weiteren Rat angeboten. Sie überlassen es uns, Schlussfolgerungen aus den Dingen zu ziehen, die wir in Erfahrung gebracht haben. Sie beobachten einfach nur.«

»Oder sie warten auf etwas. Die ursprünglichen Kompis waren darauf programmiert, Menschen als Berater und Mentoren zu helfen. Lässt sich das auch von den neuen Soldaten-Kompis mit den Klikiss-Modifikationen behaupten?« Peter spürte, wie seine Wangen zu glühen begannen. »Vielleicht gibt es verborgene Subroutinen und Fallen? Die Techniker sind so aufgeregt, dass sie nur das sehen, was sie sehen wollen, und das gilt auch für Basil. Er kennt die Fragen, aber er macht sich nicht die Mühe, sie zu beantworten.«

»Der Vorsitzende hat bewusst entschieden, die Fragen zu ignorieren«, sagte OX. »Ich habe nicht genug Daten, um darüber zu spekulieren, wie die modifizierte Programmierung die fundamentalen Kompi-Beschränkungen beeinflusst. Derzeit gibt es noch zu viele unbekannte Faktoren.«

Peter ließ den Kopf hängen und fühlte sich sehr müde. »Manchmal wünsche ich mir klare Antworten, OX – denn dann wüsste ich, was es zu unternehmen gilt.«

Selbst wenn er sich mit seinen Bedenken an Basil wandte: Der Vorsitzende würde sie einfach beiseite schieben. Aber nach der Zerstörung der Kolonie auf Corvus Landing war Basil Wenzeslas zur Mondbasis der TVF geflogen, um dort mit seinen militärischen Beratern zu sprechen. Das gab König Peter eine Chance und er beschloss, sie zu nutzen.

Eigentlich sollte er sich um Routineangelegenheiten der Hanse kümmern, doch solange er allein war, konnte er Entscheidungen treffen, ohne dass Basil die Möglichkeit hatte, sie sofort zu widerrufen. Gewöhnliche Beamte würden einen direkten Befehl des Königs nicht infrage stellen – das konnte er zu seinem Vorteil nutzen, wenn er geschickt vorging.

Die Idee nahm schnell Gestalt an und versetzte ihn in die Lage, aktiv zu werden.

111 ✺ KÖNIG PETER

Was Peter vorhatte, war nicht ungefährlich, deshalb bestand er darauf, sich allein auf den Weg zu machen. Als König.

Er hätte Estarra gern alles erklärt und sie in all die Pläne eingeweiht, die wie Spinnweben an ihm hafteten. Aber er wollte sie auch schützen. Solche Dinge hatte sie gewiss nicht erwartet ... und jetzt war ihr Bruder auf Corvus Landing ums Leben gekommen. Peter musste weitere Probleme von ihr fern halten und hoffte, dass sie eines Tages verstehen würde.

Nach der prächtigen Hochzeitsfeier konnte er praktisch alles verlangen. Er wählte besonders eindrucksvolle Kleidung und dazu passenden Schmuck, lächelte, hielt den Kopf hoch erhoben und sammelte eine ganze Prozession um sich, bestehend aus Höflingen, Beamten und königlichen Wächtern.

Peter wollte einem Produktionsbetrieb, in dem Kompis hergestellt wurden, einen Überraschungsbesuch abstatten. Es ging ihm nicht darum, Unruhe zu stiften; er beabsichtigte vielmehr, einen Eindruck davon zu gewinnen, was vor sich ging. Jemand musste die Augen offen halten.

Die Protokollminister drängten ihn, ganz offiziell einen Termin zu vereinbaren, aber davon wollte Peter nichts wissen. Er bestand auf seiner ursprünglichen Absicht. »Ich bin der König und mache mich allein auf den Weg, wenn Sie nicht imstande sind, schnell genug Vorbereitungen zu treffen, um mich zu begleiten.« Er wählte ein geeignetes Zeremonienfahrzeug, einen offenen Schweber, der es ihm erlaubte, gesehen zu werden, während er über den Straßen flog. Königliche Wächter liefen zu ihren Gleitern, um ihm zu folgen. Peter lächelte zuversichtlich, amüsiert von ihrer Reaktion. Wenn Basil Wenzeslas nicht da war, wagte es niemand, ihn aufzuhalten.

Die nervösen, aber entschlossenen Funktionäre wandten sich hastig an die Medien und informierten die Verwalter der Kompi-Fabrik, damit sie einen angemessenen Empfang organisieren konnten. Angehörige von Spezialeinheiten, die so genannten Silbermützen, eilten durch die Straßen, um auf der Route für Sicherheit zu sorgen. Das Hauptquartier der Hanse schickte beunruhigt wirkende Repräsentanten, um Peter zu begleiten. Zweifellos sandte es auch dringende Mitteilungen an die Mondbasis, aber Basil konnte nicht mehr rechtzeitig eingreifen – Peter war bereits unterwegs.

Begeisterte Mengen säumten die Straßen und jubelten der königlichen Prozession zu. Über sechs Jahre hinweg hatte die Hanse dafür gesorgt, dass die Bürger ihren König liebten. Das Volk sah einen mitfühlenden Regenten in ihm, der Trauer und Kummer ertragen musste, wenn seine Berater und das Militär versagten. Darauf baute Peter jetzt.

Sie erreichten den aus mehreren Fabriken bestehenden Industriebetrieb am Stadtrand, fern vom Meer und den Bergen. Es handelte sich um einen effizienten Komplex, umgerüstet für den Bau der mit Klikiss-Technik ausgestatteten Soldaten-Kompis.

Als die Prozession im Empfangsbereich landete, verließen Arbeiter ihre Arbeitsplätze, kamen erstaunt näher und jubelten. Königliche Wächter standen ihnen ernst gegenüber.

König Peter winkte den Arbeitern wohlwollend zu. Diese Leute *glaubten* natürlich, dass sie gute Arbeit für die Terranische Hanse leisteten – sie waren gewiss nicht Teil einer geheimen Sabotageaktion, was auch immer die Klikiss-Roboter planten.

Der Direktor des Betriebs trat vor, begleitet von königlichen Wächtern. Der Mann schien überwältigt zu sein. »Eine solche Ehre haben wir nicht erwartet, Euer Majestät. Wir arbeiten hier sehr hart und ich entschuldige mich für den Zustand der Anlage. Sie ist nicht dafür bestimmt, ästhetischen Ansprüchen zu genügen. Wenn ich rechtzeitig informiert worden wäre, hätten wir alles gesäubert und ...«

Peter unterbrach ihn.»Dann hätten Sie Ihre wichtigen Kriegsanstrengungen unterbrechen müssen. Es ist gewiss keine Schande, dass ich einen Industriebetrieb in seinem normalen Zustand sehe. Außerdem: Meine loyalen Untertanen verdienen einen Besuch ihres Königs; ihre Moral wird dadurch sicher gehoben.«

Die nicht eingeladenen Berater der Hanse schoben sich etwas näher an den König heran, wirkten unsicher, aber auch neugierig. Peter achtete nicht auf sie, trat vor und folgte dem Direktor.

Im Innern der Fabrik kamen sie an den Fenstern von hermetisch abgeriegelten und staubfreien Produktionsräumen vorbei, in denen elektronische Schaltkreise hergestellt wurden. In Schutzanzüge gekleidete Techniker hantierten mit Kommandomodulen, die auf Jorax' Klikiss-Technik basierten. Der König sah sich alles aufmerksam an und stellte nur wenige Fragen. Der Direktor begann sich zu entspannen, als sie den Weg fortsetzten.

Während der Tour bemerkte Peter zwei schwarze Klikiss-Roboter, die den Produktionsvorgang beobachteten. Aus irgendeinem Grund bereiteten sie ihm Unbehagen. Er konnte nicht glauben, dass tatsächlich alle ihre Erinnerungen gelöscht waren und nicht eine dieser Klikiss-Maschinen wusste, was zum Verschwinden ihrer Schöpfer geführt hatte.

Wenn er ihnen befahl, die Fabrik zu verlassen – würden ihm die insektenartigen Roboter gehorchen?

Die Komponenten der Soldaten-Kompis waren sehr komplex und bildeten ein technisches Labyrinth, das selbst für die besten Wissenschaftler der Hanse unergründlich blieb. Aber da die Kompis dringend gebraucht wurden, verzichteten die Techniker darauf, zu viele Fragen zu stellen.

Als sie das Ende der Besichtigungstour erreichten, verschränkte Peter die Arme und schien zufrieden zu sein.»Nun, Direktor«, sagte er dann,»mithilfe der Klikiss-Technik haben Sie erhebliche kybernetische Fortschritte erzielt, nicht wahr?«

»Ja, Euer Majestät. Mit den kopierten KI-Subroutinen sind wir einen großen Schritt vorangekommen – sie machen diese Modelle weitaus komplexer als die anderen Kompis. Unsere besten Computer- und Elektronik-Spezialisten hätten hundert Jahre gebraucht, um einen solchen Durchbruch zu erzielen.«

Der König nickte.»Haben Sie die Klikiss-Komponenten auseinander genommen und ihre Grundprinzipien untersucht? Verstehen Sie alle Einzelheiten der kopierten Technik, mit der die neuen Kompis ausgestattet werden?«

»Nicht ... ganz, Euer Majestät.« Der Direktor wirkte verwirrt. »Worauf ... äh ... wollen Sie hinaus?«

»Auf dies: Verstehen Sie, was hier produziert wird? Oder duplizieren Sie einfach nur ganze Klikiss-Systemmodule, ohne zu wissen, wie sie funktionieren?«

»Wir ... äh ... verwenden die Technik des demontierten Klikiss-Roboters als Beispiel. Die Kompi-Systeme basieren auf den Dingen, die bei unseren Roboter-Freunden ganz offensichtlich funktionieren.« Der Direktor deutete auf den nächsten Klikiss-Roboter, der dem König und seinen Worten großes Interesse entgegenzubringen schien. »Da wir im Krieg sind, hat es niemand von uns für nötig gehalten, das Rad neu zu erfinden, Euer Majestät.«

Peter kniff die Augen zusammen. »Direktor, ich glaube, ich spreche für uns alle, selbst für die Beamten, wenn ich sage: Uns ist durchaus klar, wie ein *Rad* funktioniert.« Einige Zuhörer lachten leise.

»Aber hier entstehen überaus komplexe Komponenten und sie stammen letztendlich von intelligenten Robotern, die von einer geheimnisvollen fremden Spezies entwickelt wurden, die unter mysteriösen Umständen verschwand.

Inzwischen sind die neuen Soldaten-Kompis an Bord fast aller TVF-Schiffe und bedienen unsere wirkungsvollsten Waffen. Viele Remoras und Mantas sind so modifiziert worden, dass sie allein von Kompis geflogen werden können. Und Sie sagen mir, dass wir nicht wissen, wie sie *funktionieren*, dass niemand darüber Bescheid weiß?«

»Sie stellen das Problem zu einfach dar, Euer Majestät.« Der Direktor sah sich verzweifelt nach Hilfe um. »Unsere Kybernetiker kennen alle grundlegenden Algorithmen, aber um der Zweckdienlichkeit willen haben wir einige existierende Komponenten und Programme der Klikiss-Roboter angepasst und verwenden sie bei unbedeutenden Systemen. Der Vorsitzende Wenzeslas war damit einverstanden.«

Peter runzelte die Stirn. »Der Vorsitzende Wenzeslas hat im Verlauf dieses Krieges einige ... übereilte und verhängnisvolle Entscheidungen getroffen. Wissen Sie, dass von Soldaten-Kompis bemannte Erkundungsschiffe bei Golgen spurlos verschwanden?«

»Ja, ja, Euer Majestät. Eine Tragödie. Aber bei der Schlacht von Osquivel haben die Kompis hervorragende Arbeit geleistet. Dadurch wurden bestimmt viele Leben gerettet.«

»Dem widerspreche ich nicht. Aber es bereitet mir Unbehagen, so viel Vertrauen in etwas zu setzen, das uns rätselhaft bleibt. Die Klikiss-Roboter können uns nicht einmal den Grund für das Aussterben ihrer Schöpfer nennen.«

»Euer Majestät, Sie wollen doch nicht etwa andeuten ...«

»Ich rate nur zu Vorsicht. Die Techniker und Kybernetiker der Hanse sollten eigentlich imstande sein, alle Klikiss-Module zu analysieren, bevor wir sie in den neuen Soldaten-Kompis verwenden. Ich meine, wir sollten alles überdenken.«

»Wir müssen die von der TVF bestimmten Quoten erfüllen, Euer Majestät. Was Sie vorschlagen, kostet viel Zeit und ...«

»Aber es wäre die Mühe sicher wert«, sagte der König und hob die Stimme. »Zum Wohle des Königreichs ordne ich hiermit die Einstellung der Produktion an, bis wir die fremde Technik völlig verstehen. Stellen Sie weiterhin Komponenten her und bereiten Sie Kompis vor, aber liefern Sie keine aktivierten Roboter aus, bis diese wichtigen Fragen beantwortet sind.«

Die Arbeiter wechselten erstaunte und besorgte Blicke. Aber sie hatten gehört, wie der König seine Zweifel zum Ausdruck brachte, und dadurch kamen ihnen selbst Bedenken.

Einer der gut gekleideten Hanse-Repräsentanten trat vor. »Ich fürchte, das ist nicht möglich, Euer Majestät.«

Peter sah den blonden Funktionär so an wie ein Insekt – den entsprechenden Gesichtsausdruck hatte er Basil abgeschaut. »Bitte? Wie lautet Ihr Name?«

»Pellidor, Euer Majestät. Franz Pellidor, Sonderbeauftragter des Vorsitzenden Wenzeslas. Es tut mir Leid, aber Sie können die Produktion nicht unterbrechen. Dies ist eine autonome Fabrik.«

Peter wahrte sein wohlwollendes Gebaren, doch alle spürten, dass er kühler wurde. »Mr. Pellidor, ich habe berechtigte Zweifel geäußert. Die Sicherheit der Hanse hat für mich oberste Priorität.« Die Blicke der königlichen Wächter wechselten zwischen Peter und dem Hanse-Repräsentanten hin und her. Sie wussten nicht, wie sie sich verhalten sollten.

»Derartige Entscheidungen müssen von den Experten getroffen werden, Euer Majestät«, beharrte Pellidor. »Wir werden dieses Problem mit gründlichen Analysen und sorgfältigen Untersuchungen lösen.«

»Das hoffe ich«, erwiderte Peter. »Aber bis dahin werden keine weiteren Soldaten-Kompis aktiviert. Das ist mein königlicher Befehl.«

»Eine solche Anweisung dürfen Sie nicht geben, Euer Majestät.«
Peter ließ sich seine Empörung anmerken und winkte den Arbeitern zu. »Glaubt jemand unter Ihnen, dass ein – wie war noch Ihr Titel? – ›Sonderbeauftragter des Vorsitzenden‹ im Rang höher steht als der *König*?« Er lachte, um auf die Absurdität dieser Vorstellung hinzuweisen. Die meisten Arbeiter lachten ebenfalls. Die Beamten wurden unruhig und wichen zurück.

Peter wandte sich an die Arbeiter. »In dieser Fabrik haben alle hart gearbeitet und können stolz auf das Erreichte sein. Es dürfte Ihnen kaum etwas ausmachen, sich während der nächsten Wochen weniger anstrengen zu müssen. Natürlich bekommen Sie vollen Lohnausgleich.«

Die Arbeiter jubelten und Pellidors Gesicht wirkte starr wie eine Maske. Plötzlich erkannte Peter ihn wieder. Pellidor war einer jener Männer gewesen, die den jungen Raymond Aguerra entführt hatten. Zorn entflammte hinter Peters blauen Augen, doch er hielt ihn unter Kontrolle.

»Sie gehen zu weit, Peter«, sagte Pellidor gerade laut genug, damit er ihn hörte.

»Wie könnte das möglich sein?« Peter hob spöttisch die Brauen. »Fragen Sie diese Leute: Bin ich nicht der König?«

112 ✺ BASIL WENZESLAS

Der Vorsitzende war mit Peter nicht zufrieden. Ganz und gar nicht.

Die dreiste und dumme Aktion des Königs hatte Basil gezwungen, seine Gespräche in der TVF-Mondbasis vorzeitig zu beenden und zur Erde zurückzukehren, in der Hoffnung, den angerichteten Schaden in Grenzen zu halten.

Peter hatte ein heilloses Durcheinander angerichtet, und nicht zum ersten Mal.

»Wir müssen etwas unternehmen, Pellidor.« Der Vorsitzende kochte, als er in seinem Hanse-Büro hin und her ging, dabei die jüngsten Berichte las. »Vielleicht sind drastische Maßnahmen erforderlich.«

Basil hatte immer gewusst, dass der intelligente junge König Peter kein so leicht zu manipulierender Narr war wie Frederick, und unglücklicherweise führte das jetzt zu Problemen. Peters Handeln lag bewusste Absicht zugrunde und die Konsequenzen mussten ihm klar gewesen sein.

Die Frage lautete: Würde Peter die notwendige Lektion aus seinen Fehlern lernen oder mussten Schritte gegen ihn eingeleitet werden? »Ich habe ihn ausdrücklich angewiesen, sich von den Kompi-Fabriken fern zu halten. Meine Warnung war unmissverständlich! Der vom König angeordnete Produktionsstopp hat uns weiter zurückgeworfen, als er ahnt.« Basil nippte an seinem Kardamomkaffee, der diesmal bitterer als sonst zu schmecken schien.

»Inzwischen laufen die Fließbänder wieder, Vorsitzender.« Pellidor stand in der Tür, wirkte nervös und betroffen. »Die Arbeiter machen Überstunden, um den Produktionsausfall wettzumachen.«

»Es ist gar nicht möglich, ihn auszugleichen«, sagte Basil. »Wir haben nicht nur Bewegungsmoment verloren, sondern auch Vertrauen. Peter hat die Saat des Zweifels ausgebracht. Nach der Niederlage bei Osquivel und dem Verlust der Erkundungsschiffe bei Golgen brauchen wir dringend neue Hoffnung. Und was stellt Peter an? Er verbreitet die Furcht, dass sich die neuen Soldaten-Kompis gegen uns wenden könnten.«

»Eine völlig absurde Vorstellung«, erwiderte Pellidor voller Mitgefühl.

Basil sah ihn an und runzelte die Stirn. »Nein, sie ist nicht absurd und das sollten Sie eigentlich wissen. Wenn Peter keine berechtigten Zweifel zum Ausdruck gebracht hätte, wäre die Wirkung seiner Worte wohl kaum so groß gewesen.« Er schlug mit der Faust auf den Schreibtisch mit den integrierten Displays, die ihm alles andere als erfreuliche Daten zeigten. »Wir wissen *tatsächlich* nicht, wie die Klikiss-Subsysteme bis ins letzte Detail funktionieren. Und wir wissen auch nicht, was damals mit den Klikiss geschah. Peter ist nicht der Einzige, der sich in dieser Hinsicht Gedanken macht.«

»Aber wenn Sie ähnliche Zweifel hegen, Vorsitzender ...«, sagte Pellidor verwirrt. »Warum haben Sie dann darauf bestanden, die Produktion wieder aufzunehmen?«

Basil ging zum Spülbecken, leerte seine Tasse darin und füllte sie dann wieder mit dunkelbrauner Flüssigkeit. Schon den Duft empfand er als erfrischend. »Weil die Benutzung der Klikiss-Technik das kleinere Übel ist. Wir müssen dem Volk Zuversicht geben – das ist wichtiger als die Sorge um eventuellen Verrat.«

Pellidor nahm die Worte des Vorsitzenden hin; das gehörte zu seinen Aufgaben. »Und was sollen wir in Hinsicht auf König Peter unternehmen, Sir?«

»Ich schätze, wir könnten ihn für eine Weile mit Drogen gefügig machen. Bestimmt gibt es in der Hanse pharmazeutische Experten, die fähig wären, ihm jeden Widerstandswillen zu nehmen. Aber ich brauche einen Peter, der reagiert und kooperiert, der *überzeugend* ist. Ein König ohne Charisma wäre nicht mehr annähernd so beliebt.« Basil seufzte und sah erneut auf die Displays. »Ich habe viel in den Jungen investiert, aber manchmal muss man Schadensbegrenzung betreiben.«

Nach der Rückkehr vom Mond war er zu verärgert gewesen, um mit Peter zu sprechen. Er hatte die königlichen Wächter darauf hingewiesen, dass der König seine Gemächer nicht verlassen durfte. Alle öffentlichen Auftritte waren abgesagt. »Wenn er sich wie ein Kind verhält, bestrafe ich ihn wie ein Kind, mit Stubenarrest.«

Die Hochzeit bot eine gute Erklärung: Peter und seine schöne Frau Estarra verbrachten einige Tage allein im königlichen Flügel des Flüsterpalastes. Aufgrund verschiedener Notfälle hatten sie ihre »Flitterwochen« immer wieder verschieben müssen, aber jetzt fanden sie endlich Gelegenheit, allein und ungestört zu sein. Die Bürger fanden sicher großen Gefallen daran, sich vorzustellen, auf welche Weise das junge Paar seine Zeit im Schlafzimmer verbrachte, und für eine Weile würde niemand Fragen stellen.

Noch immer zutiefst beunruhigt schüttelte Basil den Kopf. »Die Hanse hat dem jungen Mann alles auf einem silbernen Tablett serviert. Ohne uns wäre er noch immer ein Gassenjunge, die ganze Zeit über hungrig, würde mit einer großen Familie in einer kleinen Wohnung wohnen. Warum besteht er darauf, die Hand zu beißen, die ihn füttert?«

Basil trank einen Schluck Kaffee und dachte an Peters zunehmenden Trotz, insbesondere nach der Verkündung des Geburtenstopps. Er war sogar so weit gegangen, den Vorsitzenden bei der Hochzeitsfeier in aller Öffentlichkeit zu demütigen. Und jemand, der stille Macht ausübte, konnte solche Demütigungen nicht einfach hinnehmen. Ja, der König hatte genug Chancen bekommen.

Peters eigenmächtiges Handeln bei der Kompi-Fabrik ging weit über das hinaus, was Basil leicht reparieren konnte. Die Hanse hatte in offiziellen Verlautbarungen unterstrichen, dass die Soldaten-Kompis sicher waren, und darauf hingewiesen, dass die vom König angesprochenen Probleme gelöst waren, weshalb die Produktion fortgesetzt werden konnte. Trotzdem: Ein Rest von Zweifel blieb.

Pellidor schwieg, als Basil auf die Datenschirme sah und an tausend Dinge dachte. Im Spiralarm herrschte Krieg und der Feind schien unbesiegbar zu sein. Unter solchen Umständen konnte er sich keinen aufsässigen König leisten. »Geben Sie den wichtigsten planetaren Repräsentanten und Funktionären der Hanse Bescheid. Es wird Zeit für eine weitere Besprechung, eine geheime. Achten Sie darauf, dass Peter nichts von ihr erfährt.«

Pellidor nickte. »Soll ich die Dateien von anderen Kandidaten vorbereiten? Es stehen viele junge Männer zur Auswahl. Einige von ihnen scheinen gut geeignet zu sein.«

»König Peter ist zweifellos sehr populär, was wir mehrmals ausnutzen konnten. Wenn das Volk seinen König jetzt verlöre, wäre das ein harter Schlag für die Moral im Krieg.« Basil kniff die Augen zusammen. »Trotzdem: Es kann nicht schaden, einen Trumpf in petto zu haben.«

Drei Tage später lasen die Bürger der Hanse eine überraschende Bekanntgabe des Flüsterpalastes. König Peter war noch überraschter als seine Untertanen – und nicht annähernd so erfreut.

Im »Geiste einer neuen Offenheit« war die Hanse stolz, der Öffentlichkeit König Peters geliebten und kompetenten jüngeren Bruder vorzustellen, Prinz Daniel, den zweiten Sohn des Alten Königs Frederick, wie Peter in der ruhigen Anonymität des Palastes aufgewachsen. Da die Bürger Peters Heirat mit Estarra gesehen hatten, war es nur recht und billig, dass sie auch Prinz Daniel kennen lernten. Immerhin herrschte Krieg und man konnte nie wissen.

Basil beobachtete die Reaktion der Öffentlichkeit. Der Daniel-Rekrut stand erst am Beginn seiner Ausbildung, war aber viel versprechend. Er sah gut aus und bestimmt konnte das Volk dazu gebracht werden, ihn zu mögen.

Peter musste seinen wahren Platz in der Regierung begreifen. Der König und die Königin würden zu ihren öffentlichen Pflichten zurückkehren, aber unter strenger Aufsicht. Peter war sicher klug genug, um einzusehen, dass er es zu weit getrieben hatte. Zweifellos verstand er die Warnung: *Wenn du nicht spurst, wirst du ersetzt.* Basil war sicher, dass Peter seinen Fehler erkannte und sich in Zukunft so verhielt, wie man es von ihm erwartete.

Wenn nicht ... In dem Fall würde die Hanse auf Daniel zurückgreifen.

113 ✺ ZHETT KELLUM

Vom Kometenhalo weit über Osquivel aus gesehen war der Gasriese nur ein kleiner Lichtfleck, hell und friedlich. Seine Ringe, ein natürliches Wunder, reflektierten goldenen Sonnenschein und projizierten einen dunklen Gürtel auf den Äquator. Glühende Lichter wiesen auf Industrieanlagen, Schmelzer und die Trockendocks der Werften hin.

Zhett Kellum bezweifelte, dass hier jemals wieder normaler Betrieb herrschen würde, aber wie üblich schickten sich die Roamer an, Hindernisse und Schwierigkeiten zu überwinden, statt in Trauer zu versinken. Beim Leitstern, Zhett wusste, dass ihr Volk genug Grund hatte zu trauern.

Die Wasserstoff-Sammler bei den Kometen nahmen als Erste ihre Arbeit wieder auf. Die Roamer hatten ihre Schlupfwinkel kaum verlassen, als Del Kellum eine ehrgeizige Crew zum Kuiper-Gürtel schickte. Zwar war enorm viel Arbeit nötig, um die Werften wieder in einen funktionstüchtigen Zustand zu versetzen, aber bei den Kometen wurde dringend benötigter Treibstoff für den Sternenantrieb produziert.

Mit der ersten kleinen Ekti-Ladung kehrte Zhett aus dem Kometenhalo nach Osquivel zurück. Es war eine symbolische Fracht, die den erschöpften Roamer-Arbeitern Mut machen sollte. Eine Eskorte kam ihr entgegen, um den Treibstoff zu übernehmen – im vom Krieg heimgesuchten Spiralarm zählte jeder Tropfen.

Während sie ihr Schiff flog, hörte sie sich die Gespräche auf den allgemeinen Kom-Frequenzen an. Mitteilungen, Anweisungen und Nachrichten wurden ausgetauscht, wiesen darauf hin, dass in Osquivels Ringen wieder rege Aktivität herrschte. Träger und Luftschleusen wurden aus ihren Verstecken zwischen den Felsbrocken hervorgeholt und man begann damit, die Raumdocks zu remontieren. Konstrukteure machten sich daran, in Sicherheit gebrachte Komponenten von Raumschiffen zusammenzubauen; sie arbeiteten rund um die Uhr, um verlorenen Boden zurückzugewinnen.

Einige Roamer hatten mit Zhetts Vater gesprochen und vorgeschlagen, die Werften in die Ringe eines anderen Gasriesen oder in einen Asteroidengürtel zu verlegen, in einem anderen Sonnensystem ganz von vorn zu beginnen.

Zhett hatte ihren Vater nie zuvor so zornig gesehen. »Ihr wollt einfach aufgeben?«, donnerte er. »Nachdem wir wochenlang wie die Irren geschuftet haben, um alles zu tarnen, unsere Arbeit und Investitionen zu schützen? Wir haben beobachtet, wie die Tivvis eine verheerende Niederlage hinnehmen mussten, wir haben die Wracks geborgen ... Und jetzt, da die ersten Anlagen wieder in Betrieb sind, wollt ihr weglaufen?«

Zhett war besorgt gewesen in Hinsicht auf eine mögliche Rückkehr des irdischen Militärs. Sie hielt das nur für eine Frage der Zeit. Aber der Verlust der Werften in den Ringen von Osquivel hätte den Kellum-Clan ruiniert. »Behalt die Augen offen«, hatte ihr Vater gebrummt und sie dann wieder an die Arbeit geschickt.

Del Kellum saß nun in seinem Kontrollzentrum, im Inneren eines kleinen ausgehöhlten Mondes, und überwachte alle Aktivitäten. »Ich möchte, dass wenigstens ein neues Schiff am Ende der Woche fertig gestellt ist. Wenn ihr's eher schafft, ist für alle ein Bonus drin.«

»Kein Problem, Del«, ertönte eine Stimme mit gespielter Verdrießlichkeit aus dem Kom-Lautsprecher. »Ich verzichte einfach auf meine Kaffeepausen.«

»Shizz, wir sind hier alle der Erschöpfung nahe«, sagte ein anderer Arbeiter. »Genauso gut könnten wir lernen, im Schlaf zu arbeiten.«

»Wenn's sein muss ...«, erwiderte Del Kellum. »Ich möchte die nächste Lieferung Kometen-Ekti von einem unserer Schiffe nach Rendezvous bringen lassen.«

Zhett schaltete ihren Kommunikator auf Sendung und überraschte alle. »Beeilt euch – ich habe das Ekti hier.« Als sie sich dem Kontrollkomplex näherte und andockte, hörte sie Klagen, Befehle und Berichte. Alles wie gewohnt.

Kurze Zeit später betrat sie den Kontrollraum, wo ihr Vater Systemanalyse-Karten der Anlagen, Schmelzer und Ressourcen-Vorräte prüfte. Punktierte Linien und Kurven zeigten den Fluss des verarbeiteten Materials. Bildschirmfenster präsentierten Statusberichte und Zeitpläne für zukünftige Projekte.

»Du bescherst allen deinen Arbeitern Magengeschwüre, Vater«, sagte Zhett und gab dem Alten einen Kuss auf die bärtige Wange. »Wie kommt die Arbeit an den geborgenen Kompis voran?«

Kellum drehte sich um und sah zum offenen Verladebereich; Geräusche und helles Licht kamen von dort. »Wir sind fast damit fertig, sie neu zu programmieren. Bald können sie uns bei der Arbeit helfen.« Er lächelte schief. »*Sie* werden nicht über eine zu lange Arbeitszeit klagen.«

Zhetts Blick glitt über die kleinen Roboter, die kompetenten computerisierten Helfer – sie hatten das Chaos der Schlacht überstanden, dem so viele TVF-Soldaten zum Opfer gefallen waren. »Es scheinen fünf verschiedene Modelle zu sein.« Einige waren verbeult und zerkratzt, andere repariert und poliert. »Die militärischen Kompis sehe ich jetzt zum ersten Mal.«

»Soldaten-Kompis, für schwere Arbeit gut geeignet, wenn du mich fragst. Die mechanische Anpassung sollte recht leicht sein. Vielleicht müssen wir einige Teile ersetzen und den einen oder anderen Kompi zerlegen, damit wir voll funktionsfähige Roboter bekommen. Bei der Herstellung dieser Dinge scheint die Große Gans besser zu sein als wir.«

»Wir können lernen, Vater.« Zhett hatte mit Kompis in den Werften gearbeitet, aber nie einen besessen.

»Ihre alten Programme müssen natürlich gelöscht werden«, sagte Kellum. »Das gilt im besonderen Maße für die Soldaten-Kompis. Wer weiß, mit welchen Anweisungen die Tivvis diese Maschinen ausgestattet haben. Selbst die Freundlich- und Zuhörer-Modelle könnten spezielle Notprogramme enthalten. Wir müssen auf der Hut sein.«

»Das sind wir immer, Vater. Ein bisschen Herumbasteln, ein bisschen Liebe – damit verwandeln wir die Kompis in loyale Verbündete.«

Del Kellum schnitt eine Grimasse. »Bei unseren anderen Gefangenen dürfte das weitaus schwerer sein. Wie programmieren wir die zweiunddreißig Tivvi-Soldaten in der medizinischen Abteilung um?«

Zhett lächelte. »Vielleicht können wir bei ihnen die gleiche Taktik verwenden.« Sie ging beschwingt fort.

In seinem kleinen Zimmer hatte sich Patrick Fitzpatrick III. bereits so weit erholt, dass er das Bett verlassen konnte. Mit gedankenverlorener Neugier sah er zum Aquarium an der Innenwand, in dem

Meerengel hin und her schwammen, endlos ihre begrenzte Welt erforschten. Als er Schritte hörte, drehte er sich wachsam um, doch dann erkannte er Zhett und entspannte sich.

»Sie sind auf den Beinen, wie ich sehe.« Sie lächelte, aber Fitzpatrick versuchte nicht, freundlich zu sein.

»In meiner kleinen Zelle«, sagte er.

»Sie bietet mehr Platz als die Rettungskapsel. Ich hätte Sie im All lassen können, obwohl die Lebenserhaltungssysteme versagten.«

»Ja, das hätten Sie. Immerhin sind Sie Kakerlaken.«

Zhett runzelte verärgert die Stirn. »Ich habe immer wieder gehört, wie unfreundlich die Tivvis sein können, und Sie sind ein hervorragendes Beispiel. Jemand mit Manieren würde mir für die Rettung danken.«

»Kommt darauf an, was Sie mit mir vorhaben.«

»Eines nach dem anderen. Sprechen Sie mir nach: ›Danke, dass Sie mir das Leben gerettet haben, Zhett.‹«

»So lautet Ihr Name? Zhett?«

Sie stützte die Hände in die Hüften und versuchte, nicht amüsiert zu wirken. »Für einen militärischen Offizier scheinen Sie mit Befehlen nicht sonderlich gut zurechtzukommen. Ich wiederhole: ›Danke, dass Sie mir das Leben gerettet haben, Zhett.‹«

»Danke«, sagte Fitzpatrick.

»Und erzählen Sie mir jetzt, wie sehr Sie unsere Gastfreundschaft zu schätzen wissen.«

»Treiben Sie es nicht zu weit.«

»Geben Sie Ihre negative Einstellung uns gegenüber auf. Sie haben einiges hinter sich und das halte ich Ihnen zugute. Ich weiß, dass Sie verwirrt und desorientiert sind.«

»Das bin ich nicht.«

»Na schön. Dann sind Sie ein Trottel und können nicht anders.«

Fitzpatrick sah die junge Frau verdutzt an. »Hören Sie, die Droger haben meinen Manta zerstört. Ich weiß nicht, wie viele Schiffe und Soldaten wir verloren haben, aber eines steht fest: Die verdammten Droger haben uns eine ordentliche Abreibung verpasst. Ich muss so schnell wie möglich zur Erde zurück und berichten, was hier geschehen ist.«

»Glauben Sie mir, auf der Erde weiß man bereits Bescheid«, sagte Zhett. »Ein wesentlicher Teil der Kampfflotte entkam. Die Überlebenden machten sich auf und davon, ohne auch nur zu versuchen, die Rettungskapseln zu bergen. Wir Roamer mussten Sie einsammeln und gesund pflegen.«

Fitzpatrick kniff die Augen zusammen. »Und warum waren Sie in der Nähe von Osquivel? In unseren Sternkarten ist dieses Sonnensystem als unbewohnt verzeichnet. Die Droger, die Boone's Crossing angriffen, kamen von hier.«

»Tut mir Leid, aber ich kann Ihnen keine Auskunft geben«, sagte Zhett. »Die Große Gans bereitet uns schon genug Probleme. Wenn sie Gelegenheit dazu bekäme, würde sie unsere Produkte stehlen, unsere Wirtschaft mit unsinnigen Tarifen belasten oder die Tivvis schicken, um uns von Militärgouverneuren regieren zu lassen. Nein, danke.« Sie ging zur Tür. »Sie sollten sich hinlegen und noch mehr ausruhen.«

»Warten Sie!« Fitzpatrick wollte mehr erfahren. »Wie viele andere Soldaten wurden gerettet?«

»Eine Hand voll«, erwiderte Zhett. »Und glauben Sie mir: Wir kümmern uns so gut wie möglich um sie. Die Überlebenden könnten sich keine bessere Pflege wünschen.«

Fitzpatrick runzelte resigniert die Stirn. »Nun, ich muss zugeben, dass die TVF-Ärzte nicht unbedingt für den guten Umgang mit ihren Patienten bekannt sind.«

»Sie werden viele überraschende und angenehme Dinge bei uns finden«, meine Zhett. »Nehmen Sie sich nur ein wenig Zeit.«

»Ich habe keine Zeit. Ich muss zur Erde zurück.«

»Commander Patrick Fitzpatrick III., Ihr Schiff wurde zerstört, Ihre Crew starb und man hat Sie Ihrem Schicksal überlassen. Die TVF floh mit eingezogenem Schwanz von Osquivel. Niemand erwartet von Ihnen, dass Sie zurückkehren. Für die anderen sind Sie tot.«

Zhett verließ das Zimmer und verbarg ihr Lächeln über seine Verblüffung. Sollte der junge Offizier eine Zeit lang darüber nachdenken. Später war sie vielleicht imstande, ihm das eine oder andere beizubringen.

114 ✺ KOTTO OKIAH

Die keramikverkleideten Korridore auf Isperos konnten den enormen Belastungen schließlich nicht mehr standhalten und gaben nach. Die Lebenserhaltungssysteme der Station schmolzen in der Lava. Kotto Okiah konnte nicht länger auf Rettung warten. Der Basis drohte innerhalb weniger Stunden völlige Vernichtung. Unglücklicherweise waren die Überlebensmöglichkeiten draußen auf der Oberfläche kaum besser.

Die Roamer hatten ihre Versorgungsmaterialien und Ausrüstung bereits in die noch intakten Räume gebracht, aber jetzt wurde die Hitze unerträglich. Immer mehr Lava drängte von unten nach oben. Den Menschen blieb nichts anderes übrig, als in Schutzanzügen nach draußen zu fliehen und zu versuchen, rechtzeitig die dunkle Seite von Isperos zu erreichen.

In den oberen Korridoren herrschte enorme Hitze. Die Metallwände waren so heiß, dass man sich die Finger an ihnen verbrennen konnte, und mit jeder verstreichenden Sekunde stieg die Temperatur. Die Arbeiter streiften reflektierende Anzüge über, legten Lebenserhaltungsmodule an und schlossen Dichtungsmanschetten, um die Glut von sich fern zu halten.

»Beeilung, oder wir werden hier geröstet«, sagte Kotto. Etwas sanfter fügte er hinzu: »Keine Sorge. Die Rettungsschiffe sind unterwegs. Verlasst euch drauf.«

»Haben wir irgendwelche Mitteilungen bekommen? Wie viele Schiffe sind unterwegs? Und wann treffen sie ein?«, fragte ein Techniker mit schriller Stimme. Eine ältere Frau bedachte ihn mit einem verächtlichen Blick, als sie Anstalten machte, einen Helm aufzusetzen.

»Shizz, woher sollen wir das wissen?«, erwiderte ein Reparaturtechniker. »Unsere Schiffe sind schneller als Kom-Signale.«

»Die Schutzanzüge sind mit Kommunikatoren ausgestattet«, sagte Kotto. »Die Kapazität der Lebenserhaltungsmodule reicht für etwa einen Tag und die Regeneratoren pumpen die ganze Zeit über Kühlflüssigkeit durch die Anzüge.«

»Ja ... unter optimalen Bedingungen«, sagte einer der Ingenieure.

»Soll das heißen, diese sind nicht optimal?«, entgegnete Kotto scherzhaft. »Es stehen genug Oberflächenfahrzeuge für uns alle zur

467

Verfügung. Wenn wir von Schatten zu Schatten springen, können wir die Nachtseite erreichen und uns dort eine Woche lang verstecken.«

»So lange reicht unsere Luft nicht, Kotto.«

»Ein Problem nach dem anderen.«

Jeweils zu fünft traten die Roamer durch die Luftschleuse auf die Oberfläche von Isperos. Die ganze Zeit über war der Planet in eine solare Strahlungsflut getaucht. Die Sonne loderte am Himmel, umgeben von Protuberanzen, wirkte wie zornig auf Kotto.

Drei überladene Wagen mit Ausrüstung, Versorgungsgütern und Flüchtlingen waren bereits losgefahren. Die schweren, keramikverstärkten Gleisketten hinterließen tiefe Spuren im weichen Felsgestein.

»Also los. Sieben von uns passen in den nächsten Wagen. Bewegung!«

Sie stiegen ein und Kotto nahm am Steuer Platz. Normalerweise ließen ihn die anderen nicht gern fahren, weil Kotto mehr auf geologische Merkmale und Mineralienvorkommen achtete als auf einen sicheren Weg.

Doch diesmal unternahmen sie nicht einfach nur einen Ausflug. Es ging Kotto darum, sie alle zu retten.

Der Horizont war nah und bildete eine deutlich gewölbte Linie. Sie passierten einen großen Felshaufen, von dem rasiermesserscharfe Schatten ausgingen, und sofort sank die Temperatur. Das Gestein strahlte Wärme ab, aber trotzdem herrschten an diesem Ort etwas bessere Bedingungen.

»Hier warten wir zehn Minuten, damit der Wagen einen Teil der aufgenommenen Hitze loswird. Wenn er schmilzt, müssen wir zu Fuß weiter, und das wäre alles andere als angenehm.«

»In Ordnung, Kotto.«

Als sie wieder losfuhren, schien das Gleißen um sie herum noch intensiver zu sein als vorher. Die Sonne hing wie ein unheilvoll starrendes Auge am Himmel, loderte und flackerte so, als könnte sie jeden Moment explodieren.

Die ersten Rettungsschiffe erreichten das Sonnensystem, als Kotto und seine Begleiter noch zehn Kilometer von der Nachtseite entfernt waren. Andere Wagen hatten es bereits in die kühle Dunkelheit geschafft und einen Landebereich für die Shuttles vorbereitet.

Unterwegs hatte Kotto den Kontakt zu einem Fahrzeug verloren. Die Fahrerin hatte einen Notruf gesendet, ohne ihre Position angeben zu können. »Die Systeme versagen. Navigation völlig ausgefallen. Es besteht die Gefahr, dass wir die Integrität der Außenhülle verlieren ... Risse bildeten sich in der Hülle!« Es folgten ein Schrei und dann gnädige Statik.

Kotto biss die Zähne zusammen und fuhr weiter. Die Techniker und Ingenieure hatten die Risiken gekannt, als sie hierher gekommen waren. Die Roamer würden sich an die Toten erinnern und ihrer gedenken – aber erst nachdem möglichst viele von ihnen Isperos verlassen hatten. Kotto musste dafür sorgen, dass keine weiteren Wagen verloren gingen.

Die alte, erfahrene Händlerin Anna Pasternak führte die Rettungsschiffe an, die sich der dunklen Seite von Isperos näherten. Sie musste den Anflug jedoch abbrechen, als der von der Sonne ausgehende solare Sturm noch heftiger wurde – die Strahlung wirkte sich störend auf die Navigationssysteme aus. Die Rettungsschiffe blieben im Schatten des Planeten und ihre Crews versuchten, einen Rettungsplan zu entwickeln.

Kottos Wagen erreichte die dunkle Seite und gesellte sich dort fünf Fahrzeugen hinzu, die in einem flachen Krater standen, dessen Boden zahllose Male geschmolzen und dann wieder hart geworden war. Bei einem Wagen im Landebereich war ein Sauerstofftank undicht geworden, und deshalb ging den Roamern an Bord allmählich die Atemluft aus. Zwei andere Fahrzeuge konnten mit ihrer Ausrüstung helfen, aber das würde die Katastrophe nur um eine Stunde hinauszögern.

»Sie müssen *jetzt* landen«, teilte Kotto den Schiffen mit. »Wenn wir nicht innerhalb der nächsten Minuten abgeholt werden, haben Sie mit dem Flug hierher Zeit und Treibstoff vergeudet.«

Vor sechs Jahren hatte ihn Jess Tamblyn hierher geflogen und der junge Roamer war den Protuberanzen der instabilen Sonne geschickt ausgewichen. Jene Erkundungsmission hatte Kotto davon überzeugt, dass eine dauerhafte Basis auf Isperos eingerichtet werden konnte. Seit damals waren die solaren Stürme schlimmer geworden, vielleicht ein Anzeichen dafür, dass im Innern der Sonne irgendetwas geschah.

»Na schön, wir können eine große Party oder ein großes Begräbnis haben«, wandte sich Anna Pasternak an die Kommandanten der anderen Schiffe. »Mir sind Partys lieber. Sie warten Ihre Schiffe doch regelmäßig, nicht wahr? Mal sehen, wie viel sie aushalten.«

Die Überlebenden von Isperos verließen ihre Fahrzeuge und standen im Dunkeln. Hitze und Furcht ließen sie in ihren Schutzanzügen schwitzen.

»Wir lassen die Ausrüstung und das Versorgungsmaterial zurück«, entschied Kotto. »Die aufgezeichneten Daten sollten wir mitnehmen, falls Sie Platz für die Datenwafer haben.«

Die Rettungsschiffe kamen wie Engel vom Himmel und sanken dem Krater entgegen. Die Kom-Kanäle übertrugen freudige Stimmen. Noch bevor das erste Schiff auf dem unebenen Boden landete, teilte Kotto seine Leute in Gruppen ein und organisierte die Evakuierung, damit die Roamer, deren Lebenserhaltungsmodule kaum mehr funktionierten, als Erste an Bord gehen konnten. »Nichts vergeudet Zeit mehr als Panik. Bereiten wir uns nicht selbst Probleme.«

Probleme, so fand Kotto, gab es bereits genug. Mit schmerzhafter Deutlichkeit wurde ihm klar, dass er seinen Traum von einer produktiven Kolonie auf Isperos aufgeben musste. Es war ihm nicht gelungen, alles zusammenzuhalten.

Als sich alle an Bord der Rettungsschiffe befanden, zählte Kotto die Überlebenden und stellte mit großem Kummer fest, dass einundzwanzig Personen ums Leben gekommen waren. Ein zweiter Wagen war auf der Tagseite liegen geblieben, als seine Gleisketten in einer Lache aus geschmolzenem Gestein feststeckten. Die enorme Hitze hatte die Treibstoffzellen zur Explosion gebracht, und dabei waren alle Insassen gestorben. Das letzte Opfer war eine Frau, die nur wenige Minuten vor dem Eintreffen der Rettungsschiffe ihr Leben durch einen Ausfall der Schutzanzugsysteme verlor – sie erfror in weniger als sechzig Sekunden.

Kotto betrat Anna Pasternaks Cockpit, das Gesicht rot und voller Blasen, der Körper erschöpft und wie ausgedörrt. Die Pilotin sah über die Schulter und kam seinen Dankesworten zuvor. »Danken Sie mir noch nicht, Kotto. Wir müssen noch dem stellaren Orkan entkommen. Alle unsere Schiffe sind voll besetzt und eigentlich viel zu schwer. Uns blieb nicht genug Zeit, um eine richtige Evakuierungsgruppe zusammenzustellen.«

»Ich bin froh, dass Sie nicht gewartet haben«, sagte Kotto. »Obwohl ich dachte, ich hätte mehr Zeit, um die Kolonie zusammenzuhalten.«

»Das Universum spielt uns gern Streiche. Ich bin immer davon überzeugt gewesen, dass mich meine Tochter Shareen überlebt. Ich dachte, ich bekäme mindestens ein Dutzend Enkel von ihr. Aber diesen Traum haben die Droger zerstört, als sie Shareens Himmelsmine über Welyr angriffen.«

»Gibt es bei den Roamern keine erfreulichen Geschichten?«, fragte Kotto und seufzte.

Pasternak flog nach Instinkt, als sie das Schiff aus dem Schatten des Planeten steuerte – woraufhin die Sonne ihnen den Krieg erklärte. Sie streckte Plasmaarme ins All, schien damit bis nach Isperos greifen zu wollen. In der Korona flackerte und gleißte es noch heller als zuvor.

»Eine derartige solare Aktivität habe ich noch nie erlebt!«, rief die Pilotin. »Gauben Sie, die Sonne wird zur Nova oder gar zur Supernova?«

»Natürlich nicht«, erwiderte Kotto. »Sie gehört zu einer anderen stellaren Kategorie.«

Viele Statusanzeigen vor Anna Pasternak glühten rot. Sie rang mit den Systemen, während das überladene Rettungsschiff immer wieder erbebte. Einige der anderen Roamer-Schiffe befanden sich in einer noch kritischeren Situation – sie erinnerten Kotto an erschöpfte Schwimmer, die zu ertrinken drohten. Der Sonnenwind schleuderte ihnen dichte Partikelströme entgegen und das Feuer von Protuberanzen tastete nach ihnen.

»Sie von Isperos gerettet zu haben und dann auf dem Rückweg zu verbrennen ... Das wäre verdammt schade.«

»Ja, ein echter Schlag ins Gesicht.«

Statik knisterte aus den Kom-Lautsprechern. Die anderen Roamer-Schiffe berichteten von Defekten, von Ausfällen bei den Triebwerks- und Lebenserhaltungssystemen. Die Rettungsschiffe versuchten, dem Zorn der Sonne zu entkommen. Sie bildeten eine Gruppe, doch jedes von ihnen war auf sich allein gestellt.

Anna Pasternak biss sich auf die Lippe. »Sie müssen allein zurechtkommen. Ich habe kein Heftpflaster für Sie übrig.« Erschrocken hob sie den Kopf. »Shizz!« Eine Protuberanz jagte ihnen entgegen, schneller als das Schiff. »Hier schwebt zu viel Zeug herum. Wenn ich jetzt den Sternenantrieb aktiviere, riskieren wir, von einem Kieselstein pfannkuchenflach gedrückt zu werden.«

»Wohl eher von einem der Metallcontainer, die wir mit dem Katapult ins All geschickt haben«, sagte Kotto.

Aufgeregte Stimmen kamen aus dem Kom-Lautsprecher. »Seht nur die Sonne! Seht nur die Sonne!«

Pasternak versuchte, das Schiff unter Kontrolle zu halten, als sie sich langsam von der Gefahrenzone entfernten. Kotto beobachtete die feurige Chromosphäre und riss verblüfft die Augen auf, als gigantische eiförmige Objekte wie verformte Kanonenkugeln aus dem Innern der Sonne kamen. Die gleißenden Gebilde rasten ins All, den Roamer-Schiffen entgegen.

»Was sind das für Objekte?«, fragte Kotto. »Sie müssen künstlichen Ursprungs sein.«

»Das hat mir gerade noch gefehlt«, brummte Pasternak. »Glühende Hydroger.«

»Nein, das sind keine Hydroger«, sagte Kotto. »Die Konfiguration der Schiffe ist anders. Diese hier sind elliptisch. Die Spektralanalyse zeigt ganz andere Werte.«

Die Rettungsschiffe der Roamer flogen bereits mit Höchstgeschwindigkeit, doch die elf Feuerbälle kamen schnell näher. Einer von ihnen war so groß wie ein kleiner Mond und hätte ein halbes Dutzend Kampfschiffe vom Typ Moloch aufnehmen können. Sie boten einen so unglaublichen Anblick, dass einige Sekunden verstrichen, bis sich Kottos Ehrfurcht in Sorge verwandelte. Die Situation war auch so schon schlimm genug, doch er befürchtete, dass die eiförmigen Gebilde aus der Sonne alles noch schlimmer machten.

»Wenn ich ordentliche Waffen hätte, würde ich es mit dem einen oder anderen Schuss versuchen«, sagte Pasternak. »Vielleicht sollte ich mit Eiswürfeln nach den Dingern werfen.«

Hinter den Roamer-Schiffen näherten sich die flammenden Objekte einander, bis sich ihre verschwommenen Ränder überlappten. Sie formten eine undurchdringliche Barriere, grell und beeindruckend.

Kotto sah auf die Indikatoren vor Pasternak und stellte erstaunt fest, dass Temperatur und Strahlungsintensität schnell sanken. »Die ... die Fremden schützen uns vor der Hitze und dem Partikelstrom der Sonne! Sehen Sie nur. Die angezeigten Werte befinden sich wieder im normalen Bereich.«

Die Roamer-Schiffe setzten ihre Flucht fort und die Feuerbälle blieben hinter ihnen zurück, formten noch immer einen feurigen Schild.

»Sie ... schützen uns vor den Protuberanzen. Woher wussten sie von uns? Und ... warum sollte ihnen an unserem Wohlergehen gelegen sein?«

Pasternak öffnete wieder die Kom-Kanäle. »Haltet euch nicht mit Fragen auf. Bleibt in Bewegung.«

»Ich beklage mich nicht«, sagte jemand.

»Mein Triebwerk ist nicht länger überlastet«, meldete ein anderer Kommandant. »Zum Teufel auch, wer *sind* die Fremden?«

Kottos Herz klopfte und er starrte noch immer auf die Bildschirme. Die seltsamen ... Schiffe? Geschöpfe? Entitäten? ... die aus den Plasmatiefen der Sonne gekommen waren, hatten sie gerettet.

Irgendwie hatten die Feuerbälle gewusst, dass von den Protuberanzen große Gefahr für die Menschen ausging. Die feurigen Ovoide schützten die Roamer-Schiffe auch weiterhin vor dem stellaren Strahlungssturm, bis sie eine sichere Entfernung erreicht hatten.

Dann trennten sich die Objekte voneinander und glitten wie viel zu groß geratene Glühwürmchen hin und her. Sie flogen durch die enorm starken Magnetfelder von Sonnenflecken und tanzten in der Korona, bis sie wie glühende Asche in die superheiße Sonne zurückfielen.

»Nun, das ist eine angenehme Überraschung: zur Abwechselung einmal fremde Wesen, die uns *nicht* an den Kragen wollen«, sagte Anna Pasternak. Sie wischte sich Schweiß von der Stirn und nahm Kurs auf Rendezvous.

115 ✷ KÖNIGIN ESTARRA

Als Estarra ihre Palastgemächer aufsuchte, um endlich einmal in Ruhe nachdenken zu können, überraschte sie ihren Mann und den Vorsitzenden Wenzeslas bei einer heftigen Kontroverse. Sie blieb in der Tür stehen und hörte schockiert zu.

»Sie hatten kein Recht, mir und dem Volk so etwas zu präsentieren«, sagte Peter. »Die Bürger wussten nichts von einem Daniel. Ich werde in aller Öffentlichkeit darauf hinweisen, dass er nicht mein Bruder ist.«

»Die Bürger wussten auch nichts von Ihnen, Peter«, erwiderte Basil und lächelte süffisant. »Alles ist unter Kontrolle. Die Ergebnisse der jüngsten Meinungsumfragen zeigen, dass das Volk den neuen Prinzen ohne irgendwelche Zweifel akzeptiert hat. Es beruhigt die Bürger zu wissen, dass es einen weiteren Kandidaten für das Amt des Königs gibt – falls es zum Schlimmsten kommen sollte.« Er senkte die Stimme. »Wenn Sie jetzt nicht mehr Kooperationsbereitschaft zeigen ... Die Hanse hat andere Möglichkeiten.«

Peter schnitt eine finstere Miene. »Drohen Sie mir nicht, Basil.«

»Finden Sie die Wahrheit bedrohlich?«

Der König lachte und es klang bitter. »Wann hatten Ihre Entscheidungen jemals etwas mit Wahrheit zu tun? Sie können nicht verhindern, dass ich vor das Volk trete, denn wenn Sie mich verbergen, erfülle ich nicht mehr meinen Zweck. Und was diesen Daniel betrifft ... Haben Sie auch seine Familie umgebracht?«

Estarra stand noch immer in der Tür und versuchte zu verstehen, was sie hörte. Es schien überhaupt keinen Sinn zu ergeben.

»Sie sind ein Amateur, wenn es um Drohungen geht, Peter«, sagte Basil ungerührt. »Es wäre eine Herausforderung festzustellen, wie lange wir die Öffentlichkeit mit Hologrammen und alten Reden täuschen können. Es hört ohnehin niemand richtig zu.«

Peter schüttelte so den Kopf, als wüsste er um einige Dinge, die dem Vorsitzenden unbekannt waren. »Sie haben den Mythos selbst geschaffen, Basil, aber trotzdem verstehen Sie nicht, was ein König dem Volk bedeutet.« Er bemerkte Estarra und ein Lächeln erhellte seine Miene. »Oder vielleicht sollte ich sagen: König *und Königin*. Unterschätzen Sie nicht, wie sehr die Bürger ihre rechtmäßigen Regenten lieben.«

Der überraschte Vorsitzende bedachte Estarra mit einem finsteren Blick. »Wir führen ein privates Gespräch, Königin Estarra. Würden Sie uns bitte Gelegenheit geben, es zu beenden?«

Bevor Estarra zurückweichen konnte, hob Peter die Hand. »Das ist nicht nötig, Basil. Sie können in Anwesenheit meiner Königin sprechen.«

Estarra war verwirrt und besorgt. Offenbar verbarg Peter Dinge vor ihr, wichtige Dinge, aber sie trat an die Seite ihres Mannes und legte ihm die Hand auf die Schulter. Der Vorsitzende, Sarein und ihr Bruder Reynald hatten diese Ehe für sie arrangiert. Estarra glaubte, ihre Pflicht erfüllt zu haben, was bedeutete, dass sie jetzt eigene

Bündnisse schließen konnte. Zwar erwartete man nur von ihr, in der Öffentlichkeit den König zu unterstützen, aber sie vertraute eher Peter, dessen Herz sie gesehen hatte und den sie zu verstehen begann, als dem Vorsitzenden.

»Ich bin bereit, auf jede erdenkliche Weise zu helfen. Mein Ehemann und König braucht mich nur zu beraten.« Zusammen mit Peter stand sie dem Vorsitzenden gegenüber und begriff, was sie tat. Wenn ihre Vermutungen stimmten, brachte dies sie sogar in Gefahr.

Mit verdrießlichem Gesicht sammelte Basil seine Unterlagen ein, strich seinen Anzug glatt, sah sich in der königlichen Suite um und stellte fest, dass eine Topfpflanze in der Ecke verwelkte. »Meine hiesigen Angelegenheiten sind erledigt.«

Die Wächter öffneten die Tür für den Vorsitzenden und schlossen sie hinter ihm. Sie bezogen außerhalb des Apartments Aufstellung, angeblich zum Schutz von König und Königin. Aber wahrscheinlich sollten sie das Königspaar daran hindern, Orte aufzusuchen, an denen es nichts verloren hatte.

Estarra sah Peter an und musterte ihn stumm. Nach einigen Sekunden verschränkte sie die Arme und holte tief Luft. »Ich glaube, du bist mir einige Erklärungen schuldig.«

Peter wandte den Blick ab und wirkte beunruhigt. »Ich glaube, es ist sicherer für dich, wenn du ... nicht mehr weißt.«

»Ich möchte nicht beschützt werden, Peter. Ich kann selbst auf mich Acht geben.« Als der König keine Antwort gab und überlegte, wie viel er preisgeben sollte, sammelte Estarra ihre Gedanken und versuchte es auf eine andere Weise.

»Als mein Bruder Beneto nach Corvus Landing aufbrach, versprach er mir, eines Tages zurückzukehren. Er erwartete eine ruhige Mission. Er wollte den Kolonisten helfen und sich um die Weltbäume kümmern. Ich habe ihn sehr geliebt.« Ihre Züge verhärteten sich. »Deshalb verstehe ich nicht, was du gegen die Präsenz deines Bruders hast. Warum habe ich Daniel nie kennen gelernt? Warum war er nicht bei unserer Hochzeit zugegen? Es macht mich betroffen, dass ich nicht einmal den Bruder meines Mannes kenne.«

»Daniel ist nicht mein Bruder«, sagte Peter und lenkte Estarras Fragen damit in eine ganz neue Richtung.

»Was soll das heißen? Ich habe damit begonnen, mich dir gegenüber zu öffnen, Peter, und jetzt muss ich erfahren ...«

»Ich heiße auch nicht Peter«, unterbrach er Estarra. »Dies wird eine Weile dauern ...«

Später lagen sie nackt nebeneinander auf weichen Laken. Das matte, pastellfarbene Glühen einiger ferner Lampen erhellte den Raum. Estarra schmiegte sich an Peter und fühlte noch immer den tiefen Schmerz von Benetos Tod.

Sie sprachen lange miteinander, während Peter sie nicht als König streichelte, sondern als Ehemann und Liebhaber. Es erleichterte ihn, sein Wissen endlich mit jemandem teilen zu können. Peter strich mit den Fingerkuppen über die linke Seite von Estarras Gesicht, ließ sie über die Brauen und Wangenknochen bis zum Kinn wandern. Er sehnte sich verzweifelte danach, im schwer durchschaubaren Gespinst von Politik und Loyalität im Innern der Hanse jemanden zu finden, dem er vertrauen konnte.

Estarra konnte kaum glauben, was er ihr mit heiserer Stimme erzählte, und gleichzeitig sah sie sich außerstande, seine Worte in Zweifel zu ziehen. Sie bemerkte die Tränen in seinen Augen – in seinen künstlichen blauen Augen. Peter schilderte, wie er vor Jahren entführt und gegen seinen Willen im Palast festgehalten worden war, während Basil ihn darauf vorbereiten ließ, zum nächsten König zu werden. »Erst später fand ich heraus, dass die Hanse meine Familie umgebracht hat.«

Estarra riss die Augen auf. »Glaubst du, wir sind in Gefahr?«

Peter gab ihr einen Kuss auf die warme Schulter. »Ja. Basil hat versteckte Drohungen gegen dich geäußert; auf diese Weise wollte er mich zur Räson bringen. Hinzu kommen offene und direkte Drohungen mir gegenüber. Ich habe es nie für möglich gehalten, dass er es ernst meinen könnte, aber jetzt, nach der Präsentation von Daniel, bin ich nicht mehr so sicher. Vielleicht habe ich bereits zu großen Schaden angerichtet. Basils Macht ist groß genug, um uns vergiften zu lassen oder irgendeinen ›Unfall‹ vorzubereiten.«

Estarra zog Peter näher zu sich heran, gab ihm ihre Kraft und fühlte die Wärme seines Körpers. Vielleicht sollte sie mit Sarein darüber reden ... oder besser nicht. »Dann müssen wir beide die Augen offen halten.«

Sie kam sich plötzlich vor wie eine kleine Fliege in einem großen Netz.

116 ✱ OSIRA'H

Selbst während der Nacht auf Dobro sorgten Glänzer und Beleuchtungsstreifen für helles Licht in der Residenz des Designierten, gaben ihr damit die Sicherheit des Tages. Osira'h fürchtete sich nie. Die Trockenzeit-Brände waren inzwischen gelöscht, aber es lag noch immer ein unangenehmer Geruch von Rauch und Asche in der Luft. Manchmal konnte man im Dunkeln ein Glühen sehen, dort, wo Feuer alles verbrannt hatte.

Das kleine Halbblut-Mädchen stand im oberen Stock von Udru'hs Residenz am Fenster. Dies war das einzige Zuhause, das Osira'h jemals gekannt hatte. Von hier aus sah sie die Lichter der Zuchtbaracken.

»Ah, hier bist du«, erklang Udru'hs volltönende Stimme. »Ich hätte wissen sollen, dass du hier bist und aus dem Fenster siehst.«

Osira'h lächelte und es funkelte in ihren Augen. »Ich denke nach.« *Und ich versuche die sonderbare Präsenz zu verstehen, die vagen sehnsuchtsvollen Gedanken, die aus dem Lager zu kommen scheinen.*

Vor einer Stunde hatten sie eine letzte gemeinsame Mahlzeit eingenommen, nur sie beide, in einem privaten Esszimmer. Der Designierte mochte keine prunkvollen Zeremonien und hübsche Dekorationen. Er speiste gern in Osira'hs Gesellschaft, insbesondere dann, wenn sie bei ihren täglichen Übungen besonders gute Arbeit geleistet hatte.

Er war nie streng zu ihr, nie zornig, aber auch nie nachlässig. Seit Osira'h sprechen konnte, trieb er sie an und ermunterte sie immer wieder. Er wurde nicht müde, sie daran zu erinnern, dass das Schicksal des Ildiranischen Reiches vielleicht von ihren Fähigkeiten abhing, davon, ob es ihr gelang, Ildiraner und Hydroger zusammenzuführen. Osira'h war entschlossen, ihn nicht zu enttäuschen.

Sie holte tief Luft und fühlte Stolz in der Brust. Alles in ihr drängte danach, den Designierten zufrieden zu stellen. »Es gefällt mir, nach draußen zu sehen, so weit mein Blick reicht. Dann denke ich an die Dinge, die weit entfernt sind. Fliegen wir eines Tages nach Ildira, damit ich meinen Großvater besuchen kann, den Weisen Imperator? Ich würde mir gern den Prismapalast ansehen.«

Der Dobro-Designierte schenkte ihr ein kleines, aber bedeutungsvolles Lächeln. »Wenn sich Gelegenheit bietet, zeige ich dir die ganze

Pracht des Reiches, Osira'h.« Er wurde wieder ernst. »Aber wenn wir jetzt versagen, bleibt vom Reich nichts übrig, das ich dir zeigen könnte.«

Er legte ihr die Hand auf die Schulter. Zusammen betrachteten sie ihre Spiegelbilder im Glas und die Sterne am dunklen Himmel.

»Dort draußen setzen die Hydroger den Krieg fort, Osira'h, und sie wissen nicht, wer ihre Feinde und wer ihre Verbündeten sind. Sie verstehen nicht, wer wir sind und wie wir denken. Die Hydroger begnügen sich nicht mehr damit, im Innern ihrer Gasriesen zu bleiben. Sie kommen aus ihnen hervor und greifen an, aber sie selbst verstehen ihre eigenen Ziele nicht.«

Udru'h schloss die Hand fester um Osira'hs Schulter und zog dann die Hand zurück. »Man hat mir gerade berichtet, dass die Hydroger den Waldplaneten Dularix im Innern des Ildiranischen Reichs verheert haben. Dort wohnten weder Menschen noch Ildiraner, aber die Hydroger griffen trotzdem an.«

»Warum?«, fragte Osira'h. »Warum lassen sie uns nicht in Ruhe?«

»Das musst *du* sie fragen, Osira'h, wenn du so weit bist. Du kannst die Kluft zwischen unseren Spezies überwinden und Verständnis schaffen, ein Bündnis schmieden, das alle Ildiraner rettet. Den Klikiss-Robotern gelang das vor langer Zeit, aber diesmal haben sie versagt. Deshalb wendet sich das Reich an *dich*, Osira'h. Dein Bewusstsein kann die Botschaft senden, zusammen mit überzeugenden Emotionen. Vielleicht können uns die Hydroger nur auf diese Weise verstehen.«

Osira'h presste die Lippen zusammen und wusste nicht recht, ob sie dem Designierten davon erzählen sollte ... Aber sie hatte nie irgendetwas vor ihm verborgen. »Vor zwei Tagen habe ich eine mentale Stimme gehört, einen Ruf, der wie ein Schrei nach Hilfe klang. Ich wusste nicht, was es war, aber ich glaube, ich habe jene geistige Stimme schon einmal gehört.«

Der Designierte wirkte überrascht, dann ernst. »Von wem kam der Ruf? Und wie hast du die telepathische Nachricht empfangen?«

Osira'h zuckte mit den Schultern. »Es geschah während der Zeit des Feuers. Dabei spürte ich eine ... Verbindung. Mit einer ... Frau? Ein mentaler Ruf kam von ihr, sehr verzweifelt und traurig. Sie schien mir recht nahe zu sein.«

»Nahe? In der Nähe, meinst du?« Der Designierte wandte sich vom Fenster ab und sah Osira'h in die Augen.

Ihr flaumiges hellbraunes Haar zuckte, bewegte sich von ganz allein. »Die Stimme hatte ihren Ursprung hier auf Dobro. Und sie kam von einer Person, die meinem Selbst nahe ist, die ich gut kennen sollte.«

Zutiefst beunruhigt zog Udru'h das Mädchen vom Fenster fort. »Belaste dich nicht damit. Es ist unerheblich für das, worauf wir uns konzentrieren müssen.«

»Natürlich.« Osira'h war wesentlich klüger und reifer als andere Kinder ihres Alters, was sie der besonderen Abstammung, ihren geistigen Fähigkeiten und einer anspruchsvollen Erziehung verdankte. Aber manchmal behandelte der Designierte sie trotzdem wie ein kleines Kind.

»Es wartet viel Arbeit auf uns und wir haben nur wenig Zeit.«

Osira'h folgte Udru'h dorthin, wo die Ausbilder stundenlang mit ihr üben würden, bis spät in die Nacht, bis die Sonne wieder aufging und Dobro ihr nährendes Licht schenkte. Aber das Mädchen hätte gern noch einmal zum Zuchtlager gesehen und fragte sich erneut, von wem der Ruf stammte. Die mentale Stimme der rätselhaften Frau hatte so hoffnungslos geklungen.

Osira'h glaubte, dass sie darüber Bescheid wissen sollte. Vielleicht würde sie es eines Tages herausfinden.

117 ✺ WEISER IMPERATOR

Bron'n kam mit schlechten Nachrichten zum Weisen Imperator. Durch das *Thism* fühlte der kranke Cyroc'h die Aufregung seines Leibwächters. Er wusste bereits, dass sich das Schlimmste anbahnte, obwohl er viele Tage lang versucht hatte, Jora'h unter Kontrolle zu halten.

Das Oberhaupt der Ildiraner ruhte in seinem Chrysalissessel unter der Himmelssphäre, wo er stundenlang Hof hielt, sich von seinen Untertanen verehren ließ, die Seelenfäden des Lichts zusammenhielt und sich einen Rest von Kraft bewahrte. Die Wucherungen in Gehirn und Rückgrat bereiteten ihm starke Schmerzen, aber der Weise Imperator zog sich nicht von den Pilgern und Bittstellern zurück. Jetzt nicht mehr.

Mit seinem Kristallschwert schob Bron'n zwei Schwimmer beiseite, die den Weisen Imperator seit einigen Minuten priesen. »Der Erstdesignierte hat ein Raumschiff gefunden, Herr«, sagte er leise. »Er will sofort aufbrechen.«

Die wässrigen Augen des Weisen Imperators brannten. »Ja, Bron'n, ich habe es gespürt. Jora'h kann sich nicht vor mir verstecken. Er weiß, dass ich ihn die ganze Zeit über sehe. Trotzdem will er sich auf den Weg machen.« Cyroc'h hob eine fleischige Hand und winkte die Schwimmer fort. Voller Ehrfurcht wichen sie zur Wand der Empfangshalle zurück.

»Sein Schiff startet innerhalb einer Stunde, Herr«, sagte Bron'n mit rauer Stimme. »Soll ich den anderen Wächtern Bescheid geben? Wir können ihn aufhalten, mit Gewalt, wenn es sein muss.«

»Nein, wenn der Erstdesignierte Widerstand leistet, würden eventuelle Beobachter kaum verstehen, warum Sie seinen Anweisungen zuwiderhandeln.« Der Weise Imperator seufzte schwer. »Eine Stunde ist genug Zeit für mich.«

Cyroc'h hob beide Hände zu einer segnenden Geste und nutzte einen großen Teil der ihm noch verbliebenen Kraft, um sich aufzusetzen. Der gnadenlose Schmerz hinter seiner Stirn ließ nie nach. Er blickte durch den Empfangssaal und nahm die Details der Ildiraner auf, die gekommen waren, um ihn zu sehen. Über ihm in der Himmelssphäre flogen Vögel und bunte Insekten umher. Sorglos, in Frieden ... Doch derzeit schien die Lichtsphäre weit entfernt zu sein.

Als Weiser Imperator hatte Cyroc'h das Ildiranische Reich hundert Jahre lang regiert und sich seinen Platz in der *Saga der Sieben Sonnen* verdient. Sein Totenkopf würde bei den anderen ruhen und tausend Jahre lang im Ossarium glühen. Das genügte.

Wenn er noch länger zögerte, würde all das auseinander fallen, was er erreicht hatte. Das durfte nicht geschehen.

»Ich ziehe mich jetzt in meine private Kontemplationskammer zurück«, wandte er sich an alle Zuhörer im Saal. »Ich habe mich mit aller Kraft für mein Volk eingesetzt und die Ildiraner haben sich meiner Führung als würdig erwiesen. Sie haben meine Anstrengungen durch ausgezeichnete Arbeit gewürdigt. Vergessen Sie nie, dass ich immer all das zu schätzen wusste, was die Ildiraner in meinem Namen leisteten.«

Er winkte die Bediensteten herbei, die sofort den Chrysalissessel umringten. Bron'n folgte gehorsam, beunruhigt von den Worten des

Weisen Imperators. In der Kontemplationskammer schickte Cyroc'h die Bediensteten fort, die mit Kummer reagierten und darum bettelten, ihm die Haut massieren zu dürfen. Sie wollten sich um seinen langen Zopf kümmern, ihm Hände und Füße mit Öl einreiben. Aber er lehnte ab.»Geht jetzt. Ich möchte allein sein, ganz allein.« Bron'n hob sein Schwert, um dem Befehl des Weisen Imperators Nachdruck zu verleihen. Nachdem die Bediensteten gegangen waren, blieb er in der Tür stehen und der Weise Imperator bedachte ihn mit einem müden, seltenen Lächeln.»Sie sind mein treuester Diener, Bron'n. Warten Sie draußen. Verschließen Sie die Tür und lassen Sie niemanden eintreten – außer Jora'h.«

Bron'n trat einen Schritt in den Flur.»Soll ich den Erstdesignierten rufen, Herr?«

Der Weise Imperator lächelte erneut, auf eine seltsame Weise, und schüttelte den Kopf.»Das ist nicht nötig. Er wird von allein kommen.«

Bron'n stellte keine weiteren Fragen und ließ den Weisen Imperator allein. Cyroc'h wusste, dass sich Jora'h genau in diesem Augenblick darauf vorbereitete, mit einem Raumschiff nach Dobro zu fliegen, um dort seine geliebte grüne Priesterin zu befreien. Es galt, keine Zeit zu vergeuden, und deshalb zögerte der Weise Imperator nicht.

Er öffnete ein kleines Fach im Chrysalissessel und entnahm ihm eine Phiole mit blauer Flüssigkeit. Er hatte dieses besondere Mittel vor einigen Tagen herstellen lassen. Es war der letzte Dienst der ildiranischen Ärzte gewesen und sie hatten gefragt, was der Weise Imperator mit einer so gefährlichen Flüssigkeit anstellen wollte. Vermutlich hatten sie befürchtet, dass er dem komatösen Hyrillka-Designierten einen gnädigen Tod gewähren wollte. Aber Cyroc'h hatte die Phiole einfach entgegengenommen, ohne Antwort zu geben. Später hatte er Bron'n angewiesen, die Ärzte und damit alle weiteren Fragen zu eliminieren.

Er hielt die Phiole nun in der Hand und bewunderte ihre prächtige Farbe. Das rötliche Licht gab der Flüssigkeit einen violetten Ton.

Er trank das Gift mit einem einzigen Schluck.

Es brannte wie bitteres Feuer auf der Zunge und im Hals. Der Weise Imperator schloss die Augen und lehnte sich in die weichen Polster des Sessels zurück. Die toxische Substanz würde schnell wirken.

Cyroc'h spürte, wie das Gift seine Wirkung in ihm entfaltete, Nerven und Muskeln zersetzte. Der von den Tumoren verursachte Schmerz wich kalter Leere und dann schien ihn etwas anzuheben und in Richtung einer noch helleren Lichtquelle zu tragen.

Jora'h würde seine Verantwortung bald verstehen, ob er wollte oder nicht. Das *Thism* war gnadenlos.

Dem Weisen Imperator blieb keine andere Möglichkeit, um seinen Nachfolger zu überzeugen. Sein Tod brachte Unordnung ins Netz des *Thism* und löste die Seelenfäden voneinander – das Gespinst würde zerreißen und dann blieb Jora'h nichts anderes übrig, als den Platz seines Vaters einzunehmen. Cyroc'h vertraute darauf, dass er dann die richtigen Entscheidungen traf.

Er *musste* die richtigen Entscheidungen treffen.

Der lange Zopf des Weisen Imperators zuckte, als versuchte er, nach Luft zu schnappen. Cyroc'h versuchte, die Augen zu öffnen und ein letztes Mal die sieben Sonnen zu sehen, aber die Lichtquelle in seinem Innern leuchtete viel heller.

Die Arme und Beine zitterten, was auf die Wirkung des Gifts zurückging, aber der grässliche Tumorschmerz löste sich zu bleierner Benommenheit auf. Die wuchernden Invasoren in Hirn und Rückgrat schienen zuerst getötet worden zu sein. Das war eine große Erleichterung. Hinter Cyroc'hs Augen wurde das Licht heller, strahlte in seinen Knochen wie der Kern einer Sonne.

Der Weise Imperator atmete zum letzten Mal und starb mit einem Lächeln in seinem engelhaften Gesicht.

118 ✸ ERSTDESIGNIERTER JORA'H

Die Agonie des Verlustes traf Jora'h, als er an der Andockplattform einer der Palastkuppeln stand und die letzten Vorbereitungen dafür traf, Ildira zu verlassen.

Der Erstdesignierte hatte ein ausreichend großes Schiff sowie einen bereitwilligen Kommandanten und die notwendige Splitter-Crew für einen schnellen Flug nach Dobro gefunden. Die Vorstellung, dass Nira über all die Jahre hinweg gelitten hatte, bereitete ihm tiefen Kummer. Der Weise Imperator hatte nichts unversucht gelassen, ihn auf Ildira festzuhalten und zu verhindern, dass er den Planeten verließ, aber Jora'h wollte sich einfach nicht zur Vernunft bringen lassen.

Er musste Nira unbedingt retten. Er wollte sie in die Arme schließen und sie um Verzeihung bitten für das, was sie hinter sich hatte. Jora'h begriff, dass er rasch handeln musste, bevor sein Vater spürte, was er plante.

Als er Wächter aus den Lifts am anderen Ende der Plattform kommen sah, wusste er, was sie wollten. Die *Thism*-Verbindung hatte ihn verraten und Cyroc'h beabsichtigte, ihn erneut aufzuhalten. Aber Jora'h schwor sich, Nira diesmal nicht im Stich zu lassen.

»Beeilung!«, rief er den Besatzungsmitgliedern des Schiffes zu, als sie über die Rampe liefen.

Und plötzlich glaubte er, ihm würde das Herz aus der Brust gerissen.

Jora'h taumelte und stieß einen schmerzerfüllten Schrei aus. Pein und Desorientierung durchzuckten ihn wie ein Blitz. Nie zuvor in seinem Leben hatte er eine solche Leere empfunden, einen Riss im Zentrum seines Selbst.

Von einem profunden Schock erschüttert wankte der Erstdesignierte und versuchte, das Gleichgewicht zu wahren. Der Kommandant des Schiffes taumelte ebenfalls und sank auf die Knie. Alle Crewmitglieder schnappten nach Luft. Einige von ihnen fielen zu Boden und krümmten sich von Qualen heimgesucht zusammen.

Das ganze ildiranische Universum war plötzlich auf den Kopf gestellt.

Verwirrtes Jammern kam von vielen Balkons des Prismapalastes. Pilger, Beamte und Adlige gaben ungläubige Schreie von sich. Die gerade auf der Plattform eingetroffenen Wächter blieben abrupt stehen und schwankten.

Das *Thism* war zerrissen. Die Seelenfäden, verwoben zu einem dichten Gespinst, das alle Ildiraner miteinander verband, strafften sich, zerfransten und gaben nach. Die Lichtquelle verschwand.

»Nein!«, entfuhr es Jora'h, der sofort verstand, was geschehen war. »Der Weise Imperator ist tot!«

Unsicher setzte er einen Fuß vor den anderen und kehrte in den Prismapalast zurück. Sein langes Haar umwogte den Kopf. Er sah nichts und dachte an nichts, bis er die Kontemplationskammer seines Vaters erreichte.

Der hässliche Leibwächter Bron'n stand vor der verschlossenen Tür, in der einen Hand sein Kristallschwert. Aber er wirkte wie in sich zusammengesunken und hielt das Schwert mit der Kraftlosigkeit eines müden Alten. In Bron'ns Augen zeigte sich ein vorwurfsvoller Glanz, als er Jora'h ansah, und er zeigte seine spitzen Zähne.

»Was ist geschehen? Wo ist mein Vater?«

»Er befahl mir, hier stehen zu bleiben und auf Sie zu warten.« Bron'n holte zischend Luft. »Er forderte mich auf, niemanden eintreten zu lassen, abgesehen von Ihnen. Er wusste, dass Sie kommen würden.«

Jora'h starrte den Leibwächter ungläubig an, als er die Tür öffnete. »Er ist freiwillig aus dem Leben geschieden? Und Sie haben ihn nicht daran gehindert, obwohl Sie *wussten*, was er vorhatte ...?«

»Ich diene dem Weisen Imperator«, sagte Bron'n und klammerte sich an diese Worte, als wären sie ein Anker. »Ich stelle seine Anweisungen nicht infrage.«

Jora'h betrat die Kontemplationskammer und sah die bleiche, weiche Masse seines Vaters im Chrysalissessel. Im Tod wirkte Cyroc'h wie eine riesige graue Schnecke, schien nur aus Fettwülsten zu bestehen. Ganz offensichtlich hatte es den Weisen Imperator viel Kraft gekostet, sich bis zum Ende zusammenzuhalten. Jetzt gab sein Fleisch dem Zerren der Schwerkraft nach.

Jora'h griff nach einem schlaffen Arm, als gäbe es noch Hoffnung, aber die Echos des zerrissenen *Thism* wiesen deutlich auf den Tod seines Vaters hin. Der Weise Imperator war gestorben und zur Lichtquelle zurückgekehrt.

Jora'h nahm die leere Phiole und sah einen kleinen Tropfen blauer Flüssigkeit in ihr. »Aber warum?«, fragte er die Leiche. »Warum hast du das getan, Vater? Ich brauche deine Hilfe, deinen Rat. Wie soll ich jetzt das ildiranische Volk führen? Ich bin nicht bereit.«

Dann verstand er und hielt sich am Rand des Chrysalissessels fest, um nicht zu fallen. Es war eine Verzweiflungstat seines Vaters gewesen. Wenn er, Jora'h, nach den Strängen des *Thism* griff, wenn er das Netz selbst in den Händen hielt und sich mit dem heiligen Licht der höheren Ebene verband – dann würde er viel mehr verstehen, als ihn der Weise Imperator hätte lehren können.

»Sie hätten ihn daran hindern sollen, Bron'n.« Über die Schulter hinweg sah Jora'h zum Wächter, der betroffen in der Tür stand.

»Ich diene dem Weisen Imperator«, wiederholte er.

»*Ich* bin jetzt der Weise Imperator!«

»Noch nicht. Sie sind erst dann der Weise Imperator, wenn Sie die Zeremonie hinter sich gebracht haben und das *Thism* kontrollieren. Bis dahin fehlt uns ein Weiser Imperator.«

Überwältigt und verwirrt begann Jora'h zu verstehen, was sich jetzt ändern würde, was er tun musste. Solange es keinen Weisen Imperator gab, solange das *Thism* zerrissen blieb, war das ildiranische Volk miteinander nicht verbunden und irrte ziellos dahin ... Und mit der Zeit würde es immer schlimmer werden. Wenn der gegenwärtige Zustand andauerte, konnten sich erhebliche psychische Schäden und vielleicht noch schlimmere Folgen ergeben. Es bestand die Gefahr, dass alle Ildiraner verrückt wurden.

Es blieb Jora'h nichts anderes übrig, als so schnell wie möglich die Nachfolge seines Vaters anzutreten. In einigen wenigen Tagen, wenn alle Designierten nach Mijistra gekommen waren, musste die Zeremonie stattfinden.

Jora'h drehte sich wieder zum Chrysalissessel um und legte die Hand auf den Arm seines toten Vaters. Cyroc'h hatte gewusst, dass er nicht mehr lange leben würde, doch diese plötzliche Entscheidung, mit der er den Erstdesignierten zwang, die Führung des Ildiranischen Reichs zu übernehmen – es war zu viel.

Beklommenheit erfasste Jora'h, als ihm klar wurde: Mit seinem Trotz in Hinsicht auf Nira, mit seinem Bestehen darauf, trotz des Verbots seines Vaters nach Dobro zu fliegen, hatte er den Weisen Imperator zum Selbstmord getrieben.

Jetzt konnte er nicht mehr aufbrechen, um Nira zu helfen. Er musste auf Ildira bleiben und sein Bestes geben, um das Reich zusammenzuhalten.

Während der Erstdesignierte um seinen Vater trauerte, stand Bron'n starr und steif im Flur vor der Kontemplationskammer.

Er hatte den Anweisungen gehorcht, seine Pflicht erfüllt ... Aber Bron'n wusste, dass ihn trotzdem ein Teil der Schuld traf. Er streckte den Arm, mit dem er das Kristallschwert hielt, und richtete es auf sich selbst. Vorsichtig setzte er die Spitze auf den unteren Teil seines Brustharnischs und übte leichten Druck aus, bis der spitze Kristall die Panzerung durchdrang, bis er sich in die Haut bohrte und ersten stechenden Schmerz verursachte.

Daraufhin wusste Bron'n, dass er die richtige Stelle gefunden hatte.

Er stützte den Griff des Schwerts an die Wand und schob sich mit einem Ruck nach vorn, mit seiner ganzen animalischen Kraft. Blut quoll an den Fangzähnen vorbei aus dem Mund. Bron'n knurrte und drängte mit noch größerer Entschlossenheit nach vorn, bis die kristallene Klinge in sein Herz stach. Selbst nach dieser tödlichen Verletzung arbeiteten seine Muskeln weiter, bis die Spitze des Schwerts aus dem Rücken ragte ...

Als Jora'h hörte, wie der Leibwächter seines Vaters zusammenbrach, lief er aus der Kontemplationskammer in den Flur und blieb dort neben der zweiten Leiche stehen. Er verstand, was Bron'n getan hatte, hob den Blick flehentlich zu den strahlenden Sonnen am Himmel. Aber er sah kaum Licht und fühlte nur wenig Wärme.

119 ✸ ADAR KORI'NH

Eine volle Kohorte aus Kriegsschiffen der Solaren Marine verließ den verheerten Planeten Dularix. Sieben Manipel, dreihundertdreiundvierzig Schiffe unter Adars Kommando – und doch hatten die Hydroger eine weitere Welt zerstört.

Kältewellen hatten die gesamte Vegetation von Dularix erstarren lassen. Die Kontinente waren nun leblos. Berge waren geborsten, die Landschaft verwüstet und steril.

Die Aufzeichnungen der vor vielen Jahren ausgeschickten Erkundungsgruppen zeigten dichte Wälder. Die Ildiraner hatten sich nicht die Mühe gemacht, hier eine Kolonie zu gründen, und die Menschen wussten nichts von Dularix' Existenz. Trotzdem hatten die Hydroger den Planeten angegriffen und alles Leben auf ihm ausgelöscht.

Es gab überhaupt keinen Grund für den Angriff. Ein Patrouillenflug hatte die ildiranische Flotte in dieses Sonnensystem gebracht, als die Hydroger Dularix nach der sinnlosen Zerstörung verließen. Kori'nh stand im Kommando-Nukleus des Flaggschiffs und betrachtete stoisch die Bilder einer verheerten Welt.

»Wer kann die Hydroger verstehen, Adar?«, fragte Tal Zan'nh und trat neben Kori'nh. »Wir müssen einen Bericht nach Ildira schicken.

Vielleicht ist mein Großvater imstande, uns mithilfe des *Thism* die Motive unserer Feinde zu erklären.«

Die Solare Marine hatte dem Treiben der Hydroger zugesehen, ohne aktiv zu werden. Kori'nh und seine Flotte waren an die Befehle des Weisen Imperators gebunden, die verboten, die Hydroger zu verfolgen. Der Kommandeur schloss die Hände zornig ums Geländer der Kommando-Plattform.»Unser Auftrag besteht darin, alles zu beobachten ... und uns dann zurückzuziehen, ohne zu kämpfen.« Die Worte hinterließen einen schlechten Nachgeschmack im Mund.

Zan'nh sah ihn beunruhigt an.»Wir wissen, dass die Solare Marine keine wirkungsvollen Waffen gegen die Hydroger hat. Was hätte es für einen Sinn, anzugreifen und vernichtet zu werden?«

»Bei Qronha 3 haben wir einen gewissen Erfolg erzielt«, sagte der Adar und musterte seinen talentierten Protegé.

»Aber ... auch dort erlitten wir eine Niederlage.«

»Kommt darauf an, aus welchem Blickwinkel man es sieht, Tal. Vergessen Sie nicht, dass die Hydroger Verluste erlitten. Zwar waren wir nicht auf den Kampf vorbereitet, aber Qul Aro'nh zerstörte ein Kugelschiff und beschädigte zwei weitere.«

Kori'nh wusste, dass die Besatzungsmitglieder sein Unbehagen spürten und glaubten, dass es sich auf die Hydroger bezog. Er seufzte und befahl der Kohorte, das Sonnensystem zu verlassen. Der ildiranische Sternenantrieb wurde aktiv und mit Überlichtgeschwindigkeit rasten die Kriegsschiffe in die Leere zwischen den Sternen, um ihre sinnlose Patrouille fortsetzen ...

Und dann starb der Weise Imperator auf dem fernen Planeten Ildira.

Alle an Bord der dreihundertdreiundvierzig Schiffe fühlten es – von Adar Kori'nh und Tal Zan'nh bis zu den einfachsten Wartungsarbeitern. Jähe Leere zuckte wie ein Blitz durchs *Thism*, zerfetzte die hellen Seelenfäden und trennte alle Ildiraner von der Lichtquelle. Von einem Augenblick zum anderen waren sie alle allein und ohne Hoffnung.

Kori'nh schwankte und hielt sich am Geländer der Kommando-Plattform fest. Einige Sekunden lang konnte er kaum mehr etwas sehen. Zan'nh stieß einen verzweifelten Schrei aus. Die Crewmitglieder des Kriegsschiffs pressten die Hände an die Schläfen, schlossen die Augen und stöhnten.

Die Schockwelle des Verlustes vibrierte durch alle Abteilungen an Bord eines jeden Schiffes. Niemand achtete mehr auf die Anzeigen und Displays, während die Schiffe auf dem programmierten Kurs weiterflogen.

Mit einer enormen Anstrengung brachte sich Adar Kori'nh wieder unter Kontrolle. Nie zuvor hatte er eine solche ... *Leere* empfunden. Es heulte zwischen seinen Schläfen und eine Woge der Verzweiflung wollte alle Gedanken fortreißen, aber er schaffte es trotzdem, sich zu konzentrieren. »Achtung!«, rief er der Brückencrew zu. »Geben Sie Alarm.« Die ersten Worte klangen heiser, doch er wiederholte sie mit mehr Kraft und Nachdruck.

Als die Besatzungsmitglieder weiterhin schmerzerfüllt stöhnten, verließ er die Kommando-Plattform und löste den Alarm selbst aus. Die Ausbildung der Soldaten sorgte dafür, dass alle sofort auf das Schrillen der Sirenen reagierten.

»Tal Zan'nh! Verständigen Sie die Quls und Septars.« Kori'nh atmete tief durch. »Die Subcommander sollen sofort zu mir kommen. Unsere Situation hat sich auf dramatische Weise verändert. Wir müssen den Notfall sofort besprechen.« Die Schiffe flogen noch immer unbeirrbar durch den interstellaren Raum ... obwohl sich alles andere im ildiranischen Universum geändert hatte.

»Aber, Adar – der Weise Imperator ist tot!«, rief der Kommunikationsoffizier. »Wir alle fühlen es.«

»Wir sind noch immer die Solare Marine!«, erwiderte Kori'nh scharf. »Die *ildiranische* Solare Marine. Was würde der Weise Imperator von uns halten, wenn wir in einer Krise wimmern und wehklagen?«

Der Alarm ertönte noch immer und langsam, ganz langsam, befreiten sich die Soldaten aus ihrem Elend. Sie erfüllten ihre Pflicht, klammerten sich an vertraute Routine.

Kori'nh zog den kristallenen Zeremoniendolch aus seinem Gürtel und beobachtete, wie das Licht an der gewölbten Schneide schimmerte. Der Schmerz in seiner Brust zwang ihn zu dieser Maßnahme – das Gewicht der ildiranischen Tradition und sein Speziesinstinkt ließen ihm keine andere Wahl. Er hob das scharfe Messer zum Kopf und schnitt so schnell, dass es fast sanft wirkte. Er durchtrennte den Zopf und dabei kratzte die Klinge über die Kopfhaut, ohne eine Wunde zu verursachen. In einer Hand hielt er das abgetrennte Haar, jetzt ein totes Etwas, und voller Abscheu warf er es zu Boden.

Überall an Bord der Schiffe schnitten sich die Männer ihre Zöpfe ab, als Zeichen des erlittenen Verlustes. Niemand von ihnen hatte jemals zuvor den Tod eines Weisen Imperators erlebt. Die Soldaten der Solaren Miene stöhnten erneut, als sie ihr Haar abschnitten, damit das Ende von Cyroc'hs Herrschaft markierten und sich auf ein neues Oberhaupt vorbereiteten.

Kori'nh empfand die grässliche Leere und Isolation als schrecklich und in höchstem Maße beunruhigend. Doch als er auf die Subcommander wartete, begriff er plötzlich, dass zum ersten Mal in seinem Leben niemand über seine Entscheidungen wachte. Cyroc'h war nicht mehr in der Lage, seine Taktiken zu spüren und gewisse Maßnahmen zu missbilligen.

Ja, der Adar fühlte sich hilflos; niemand wies ihm die Richtung. Andererseits hatte er jetzt die Freiheit, selbst die Initiative zu ergreifen. Er konnte eigene Entscheidungen treffen, so wie die menschlichen Kommandeure MacArthur, Agamemnon, Kutusow. Es war ein erhebendes Gefühl.

Es gab viele Möglichkeiten ...

Im Konferenzzimmer des Kriegsschiffs musterte Kori'nh die kummervollen Tals und Quls. Sie alle hatten sich das Haar abgeschnitten. Jeder von ihnen war bestürzt und der Adar musste beweisen, dass er noch immer Befehle erteilen konnte. Seine Offiziere würden ihm noch entschlossener folgen, denn jetzt gab es keinen anderen Anker für sie.

Viele Male war er nicht mit der allgemeinen Strategie des Weisen Imperators einverstanden gewesen, hatte aber immer gehorcht. Viele Male war er sich wie ein Feigling vorgekommen, wenn er den Befehl bekommen hatte, sich mit seiner Flotte zurückzuziehen und zu verbergen, um die Hydroger nicht zu provozieren. Doch ganz gleich, wie sich die Solare Marine verhielt: Die Fremden aus den Tiefen der Gasriesen griffen trotzdem Planeten an, verwüsteten und zerstörten sie.

Kori'nh war der Kommandeur der Solaren Marine. Er kommandierte die größte und eindrucksvollste Streitmacht, die dem Ildiranischen Reich jemals zur Verfügung gestanden hatte. Doch der Weise Imperator war nicht bereit gewesen, Gebrauch von ihr zu machen.

Die Terranische Verteidigungsflotte hatte den Feind immer wieder angegriffen und neue Waffen entwickelt. Selbst die Roamer, ohne eigenes Militär, entwickelten tollkühne Taktiken und innovative Verarbeitungstechniken, um Ekti zu produzieren. Ihr Kometen-Bombardement hatte den Hydrogern zweifellos einen harten Schlag versetzt.

Die Solare Marine hingegen unternahm nichts.

Adar Kori'nh hatte die Niederlagen satt. Es wurde Zeit, dass seine prächtige Flotte auf der Suche nach Ruhm in den Kampf zog. Der Weise Imperator konnte ihn nicht länger daran hindern.

Im Konferenzzimmer musterte Kori'nh Tal Zan'nh sowie die Quls und Septars. Er hatte ihre Personaldateien eingesehen, kannte daher ihre jeweiligen Stärken und Fähigkeiten.

Zan'nh wirkte noch betroffener als die anderen Offiziere – der Weise Imperator war sein Großvater gewesen. Sein Vater, der Erstdesignierte Jora'h, würde bald Cyroc'hs Nachfolge antreten. Eigentlich war Zan'nh der erstgeborene Sohn des Erstdesignierten, aber er gehörte nicht zum Adel-Geschlecht, und deshalb wurde sein jüngerer Bruder Thor'h zum nächsten Erstdesignierten. Die *Thism*-Stränge waren stark und fest in Zan'nh. Sicher fühlte sich der talentierte Tal noch isolierter als die anderen Ildiraner in der Flotte.

Zan'nh war vermutlich der beste Soldat dieser Kampfgruppe, doch der Adar beabsichtigte trotzdem, ihn nach Hause zu schicken.

»Tal Zan'nh, ich möchte, dass Sie mit dem größten Teil der Kohorte nach Ildira zurückkehren; nur ein Manipel bleibt hier. Bringen Sie die Schiffe nach Hause, um unserem Volk in diesen schweren Zeiten Trost zu gewähren.« Ein kurzes Stöhnen wurde am Tisch laut, aber Kori'nh achtete nicht darauf. »Sobald alle Designierten auf Ildira eingetroffen sind, unterzieht sich Ihr Vater der Zeremonie und wird dadurch zum neuen Weisen Imperator. Dann verknüpft er die Fäden des *Thism*, wodurch sich unser Volk wieder eins fühlen kann.«

Zan'nh verbeugte sich. »Ja, Adar. Ich erkenne meine Pflicht.«

»Was macht der Rest der Kohorte, Adar?«, fragte ein Septar.

Kori'nh sah die Subcommander an und wusste, dass es kein Zurück gab, wenn er seine Entscheidung verkündet hatte. »Ich werde mit einem Manipel eine neue Mission beginnen. Einzelheiten kann ich nicht nennen.«

Er richtete den Blick auf einen älteren stoischen Qul namens Bore'nh. Der Manipel-Kommandant war ein vorbildlicher Offizier, der nie gezögert hatte, seine Pflicht zu erfüllen. Damit eignete er sich bestens für die bevorstehende Mission. »Qul Bore'nh, ich habe Ihren Manipel für diesen besonderen Einsatz ausgewählt. Sind Sie bereit, meine Befehle auszuführen, ohne sie infrage zu stellen?«

Bore'nh wirkte überrascht, dann erhellte Stolz seine Miene. »Es wäre mir eine Ehre, Adar.«

Vage Schuldgefühle regten sich in Kori'nh, als er sagte: »Für die von mir geplante Mission brauche ich nur eine minimale Crew. Lassen Sie alle nicht unbedingt erforderlichen Soldaten mit den anderen Schiffen nach Ildira heimkehren.«

Bore'nh fragte nicht nach Gründen. »Wie Sie wünschen, Adar.«

Tal Zan'nh sah Kori'nh beunruhigt an, beherrschte sich aber. »Möchten Sie mich unter vier Augen sprechen, Adar?«

»Nein. Derzeit besteht Ihre primäre Pflicht darin, mit Ihren Schiffen nach Ildira zu fliegen.«

Um zu vollbringen, was er für richtig hielt, musste Kori'nh schnell handeln, solange er noch unabhängig war, bevor der Erstdesignierte zum neuen Weisen Imperator wurde. Ihm blieben einige Tage, mehr nicht. Wenn Jora'h die Fäden des *Thism* wieder miteinander verknüpfte, waren dem Adar erneut die Hände gebunden. Er musste *jetzt* handeln.

Kori'nh ließ die Offiziere gehen und kehrte zum Kommando-Nukleus zurück. Dort lauschte er den vom Interkom-System übertragenen Befehlen, als viele Crewmitglieder von Qul Bore'nhs neunundvierzig Kriegsschiffen mit Shuttles zu den anderen Raumern gebracht wurden.

Als er festgestellt hatte, dass seine Anweisungen präzise ausgeführt worden waren, verabschiedete er sich von Tal Zan'nh. »Ich weiß, dass Sie Ihrem Vater ebenso gut dienen werden wie ich dem Weisen Imperator gedient habe.«

»Ich werde mein Bestes geben, um allen meinen Pflichten gerecht zu werden, Adar. So wie Sie.«

Qul Bore'nh trat zu Kori'nh im Kommando-Nukleus, als sich der Manipel vom Rest der Kohorte löste. Die sechs anderen Manipel jagten den sieben Sonnen von Ildira entgegen, während sich Kori'nhs neunundvierzig Schiffe mit vollem Waffenpotenzial und minimaler Crew formierten.

Schließlich gab der Adar den Befehl, Fahrt aufzunehmen. »Endlich werden wir dem Feind gegenübertreten.«

120 ✹ KÖNIGIN ESTARRA

Von ihrem hohen Balkon aus blickte Estarra über das Palastgelände mit den Statuengärten, glitzernden Teichen und Ansammlungen von Formsträuchern. Eine glänzende Hängebrücke überspannte den Königlichen Kanal, der den Palastdistrikt umgab.

In einigen Tagen sollte eine »Flitterwochenfeier« stattfinden, gewissermaßen eine Fortsetzung des Hochzeitsfestes – Peter meinte, die Hanse wollte die königliche Heirat noch weiter ausschlachten. Der Plan sah weitere Veranstaltungen, Partys und Darbietungen vor, um das Volk von der Krise abzulenken.

Die Vorbereitungen liefen auf Hochtouren. Estarra und Peter sollten an Bord eines Prachtschiffes über den Königlichen Kanal fahren, damit alle den König und die Königin sehen und ihnen zuwinken konnten. Das bunte Spektakel diente dazu, das Herrscherpaar der Öffentlichkeit zu präsentieren und jeden Zweifel daran zu zerstreuen, dass Estarra ihrer Rolle als Königin nicht gerecht werden könnte.

Eine derartige Feier erschien frivol nach Benetos Tod und der Verheerung von Corvus Landing, nach der Niederlage der TVF bei Osquivel.

Sarein tauchte plötzlich hinter Estarra auf. Sie war hohlwangig und dunkle Ringe lagen unter ihren Augen, so als hätte sie kaum geschlafen. Ihre Hanse-Kleidung wirkte zerknittert. »Basil weiß nicht, dass ich hier bin, kleine Schwester.« In Sareins Stimme vibrierte eine Anspannung, die Estarra nie zuvor gehört hatte.

»Warum sollte es für mich wichtig sein, ob der Vorsitzende deinen Aufenthaltsort kennt? Du bist Therocs Botschafterin.«

»Peter hat es zu weit getrieben«, fuhr Sarein fort. »Er hält sich für unentbehrlich und das ist riskant für ihn.«

»Natürlich ist Peter unentbehrlich. Er ist der König.«

Sarein runzelte ungeduldig die Stirn. »Sei nicht dumm, naive kleine Schwester. Inzwischen solltest du es besser wissen. Der Vorsitzende hält sich immer mehrere Möglichkeiten offen. Mir ist gerade das Ausmaß der ... Gefahr klar geworden ...« Sie zögerte und suchte nach Worten. »Du musst mit Peter reden, Estarra! Hast du eine gute Beziehung zu ihm?«

Estarra nickte verlegen. »Ja ... ja, das habe ich. Er ist mein Gemahl und ein sehr ehrenwerter Mann.«

Sarein griff nach der Hand ihrer Schwester und drückte fest zu. Estarra erschrak – ein solches Verhalten sah ihr gar nicht ähnlich. »Ich bitte dich, Estarra: Sag ihm, dass er kooperieren soll. Du könntest diese Sache in Ordnung bringen, bevor Basil etwas anstellt, das sich nicht rückgängig machen lässt. Überzeuge Peter davon, dass es besser ist, sich zu fügen. Seine Zukunft, *deine* Zukunft und das Schicksal der Hanse hängen davon ab.« Sarein beugte sich näher. »Ich möchte nicht, dass dir etwas zustößt, Estarra. Ob du es glaubst oder nicht: Mir liegt viel an dir. Wir haben gerade Beneto verloren ...«
Estarra begriff plötzlich den Grund für ihren Ärger. »Seit dem Tag, an dem die Hydroger Beneto umgebracht haben, hast du mich nicht ein einziges Mal besucht. Sollten wir uns als Schwestern nicht gegenseitig helfen? Aber ich vermute, du bist zu ... beschäftigt gewesen.«
Sarein versteifte sich. »Beneto war auch mein Bruder. Sag mir nicht, auf welche Weise ich um ihn trauern soll.« Sie wich einen Schritt von Estarra fort, zögerte und hielt den Blick der Königin fest. »Und ich möchte nicht um andere Tote trauern. Sei vorsichtig. Bring Peter dazu, seine Haltung zu ändern. Dann sind wir alle besser dran.«
Beunruhigt blickte Estarra auf den vom Sonnenschein hell erleuchteten Platz hinab. Viele Touristen drängten sich dort zusammen und sie bemerkte sogar einige Klikiss-Roboter, die wie schwarze Wächter dastanden. Zeppeline glitten über den Himmel. Besuchergruppen wurden durch die Gartenlabyrinthe geführt. Estarra sehnte sich nach Theroc zurück. Ihr fehlten die Weltbäume, ihre Familie, ihre Freiheit. »Auf wessen Seite stehst du, Sarein?«
In den Augen ihrer älteren Schwester blitzte es zornig. »Es geht hier nicht um verschiedene Seiten. Wir alle müssen unsere Arbeit erledigen und wir haben den gleichen Feind, oder etwa nicht?«
Estarra richtete einen forschenden Blick auf Sarein. *Oder etwa nicht?*

Im Gegensatz zum König hatte Estarra nur wenige Pflichten. Die wichtigste Aufgabe lag bereits hinter ihr, denn die Hochzeit mit Peter bildete die Grundlage für ein Bündnis zwischen Theroc und der Hanse. Zuvor hatte Sarein eine Gruppe von grünen Priestern dazu gebracht, sich für den Dienst bei der TVF zu melden.
Nach der Hochzeit und der Verteilung der grünen Priester auf die zehn Gitter schien die Hanse nicht zu wissen, was sie mit der neuen

Königin anfangen sollte. An Bord eines Schiffes unterwegs zu sein und der Menge zuzuwinken – war das der wichtigste Dienst, den Estarra leisten konnte? Die hübschen Boote hätten vielleicht ihrer kleinen Schwester Celli gefallen, aber gab es sonst jemanden, der Estarras öffentliche Auftritte schätzte?

Im Erdgeschoss des Flüsterpalastes ging sie zu den Bootshäusern und Wartungshangars mit der wundervollen Zeremonienjacht. Wie immer folgten ihr Wächter und näherten sich, als sie überlegte, in welche Richtung sie sich wenden sollte. Ein Protokollfunktionär eilte herbei und bot ihr an, sie zu führen. Estarra nickte. »Danke. Ich möchte das Paradeschiff sehen. Ich bin ja so aufgeregt, was die Fahrt über den Kanal betrifft.«

Der Funktionär gab sich mit dieser Erklärung zufrieden und geleitete die Königin durch die Flure. Kleine Nebenkanäle des königlichen Hauptkanals bildeten ein weit verzweigtes Netz innerhalb des Flüsterpalastes.

Nach wenigen Momenten gesellte sich ihnen ein schwatzhafter Protokollminister hinzu und begann sofort damit, Dutzende von Details zu erläutern. Sie betrafen die Paradeboote, die Weine und Speisen, die an Bord der königlichen Jacht serviert werden sollten, die Volksmusik, die bei verschiedenen Stationen am Kanal erklingen würde.

Estarra lächelte die ganze Zeit über und nickte bei jeder aufgeregten Schilderung des Protokollministers. Er schien überglücklich zu sein, dass die Königin mit seiner Auswahl einverstanden war.

Sie standen an den Kais unter der Decke der Bootshauskuppel. Estarra beobachtete die Jacht, bei der es allein auf Prunk ankam, nicht auf Geschwindigkeit. Prächtig geschmückt sollte sie langsam durch den Königlichen Kanal fahren. Eine Ehrenwache aus Militärbooten würde vor und hinter ihr unterwegs sein. An bestimmten Stellen des Kanalufers sollten Silbermützen in Galauniformen stehen.

Estarra bemerkte einige Arbeiter, die bunte Bänder und Wimpel an der Jacht befestigten. Maler strichen den Rumpf des Führungsbootes. Einige Arbeiter trugen Gummianzüge, schwammen im kleinen Kanal und polierten alle bis zur Wasserlinie reichenden Teile.

»Bestimmt wirkt alles sehr eindrucksvoll«, sagte Estarra.

»O ja, o ja«, bestätigte der Protokollminister. »Dies ist König Peters Lieblingsjacht, wissen Sie.« Peter hatte seine Frau bereits darauf hingewiesen, dass er noch nie an Bord des Schiffes gewesen war.

»Brot und Spiele«, hatte der Vorsitzende bei der Erläuterung des Plans vor zwei Tagen gesagt. »Man lenke das Volk von den eigentlichen Problemen ab.«
»Mir wäre es lieber, die Probleme zu lösen«, hatte Peter erwidert und die Arme verschränkt. Die Anspannung war deutlich spürbar gewesen.
»Wie Sie wollen.« Basils Stimme hatte sehr scharf geklungen. »Aber in der Zwischenzeit werden Sie und Ihre reizende Königin an Bord eines Schiffes unterwegs sein. Eine kleine Flitterwochen-Kreuzfahrt.«
»Wie Sie meinen, Basil.« Peter hatte bei diesen Worten nicht zerknirscht geklungen und sein Gesichtsausdruck war undeutbar gewesen. Estarra wusste, wie sehr er derartige Auftritte in der Öffentlichkeit verabscheute.

Sie beobachtete nun, wie ein Arbeiter von einem der unteren Decks der Jacht kam. Sein Overall war schmutzig und er trug eine Werkzeugtasche. Der Mann hatte blondes Haar und einen ruhigen Gesichtsausdruck. Er bewegte sich mit fließender Geschmeidigkeit, als hätte er es eilig. Er verließ den Maschinenraum der Jacht, ging rasch über den Landungssteg und setzte den Weg mit zielstrebigen Schritten in Richtung der Werkstätten fort.

Es gab nichts Ungewöhnliches an dem Mann und es dauerte einige Sekunden, bis Estarra ihn erkannte: Sie hatte ihn in den Nachrichtensendungen über Peters Besuch in der Kompi-Fabrik gesehen. Sie erinnerte sich deshalb an ihn, weil er Peters Autorität infrage gestellt hatte.

Ein Techniker war er gewiss nicht. Estarra kniff die dunklen Augen zusammen. Ein solcher Mann hatte nichts an Bord der königlichen Jacht zu suchen, erst recht nicht im Maschinenraum. Für den schmutzigen Overall gab es nur eine Erklärung: Er diente zur Tarnung.

Es lief Estarra plötzlich kalt über den Rücken. Sarein hatte sie gewarnt und aufgefordert, vorsichtig zu sein. Und Peters Schilderungen wiesen darauf hin, dass bereits viel Blut an den Händen des Vorsitzenden klebte. Was hatte Peter in der Hochzeitsnacht gesagt? »Regel eins: Traue niemals Basil.«

Estarra beobachtete den Verkleideten aus dem Augenwinkel, als er seine Werkzeugtasche abstellte und den Umkleideraum betrat. Neben ihr setzte der Protokollminister lächelnd seinen endlosen Monolog fort und sie gab vor, ihm aufmerksam zuzuhören. Sie achtete darauf, sich nicht anmerken zu lassen, dass sie den vermeintlichen Arbeiter erkannt hatte. Niemand sollte Verdacht schöpfen. Sie dankte den Wächtern und dem Protokollminister, kehrte dann ins Innere des Flüsterpalastes zurück.

Sie musste Peter finden.

121 ✹ JESS TAMBLYN

Während er mit der Hoffnung nach Rendezvous flog, rechtzeitig genug zu Cesca zurückzukehren, trug Jess eine Phiole mit Wental-Wasser bei sich, wie einen Talisman. Nachdem er die Wiedergeburt der Wasserentität auf dem namenlosen Meeresplaneten gesehen hatte, glaubte er voller Stolz, einen wichtigen Erfolg erzielt zu haben.

Der größere Behälter befand sich im Frachtraum des Schiffes und er plante, seinen Inhalt an andere Roamer zu verteilen. Sie sollten das lebende Wasser zu weiteren Ozeanwelten bringen, damit die Wentals wuchsen und zahlreich genug wurden, um gegen die Hydroger zu kämpfen.

Jess sah auf die Navigationskarten und überprüfte den Kurs. In einem Tag würde er den Asteroidenhaufen Rendezvous erreichen. Ihm klopfte voller Vorfreude das Herz und ihm gingen tausend Möglichkeiten durch den Kopf, das zum Ausdruck zu bringen, was er Cesca sagen musste.

Wenn er ihr schönes Gesicht sah, wenn er vor ihr stand und sein Herz ganz öffnete ... Dann fielen ihm bestimmt die richtigen Worte ein. Er begriff nun, ihr gegenüber einen dummen Fehler gemacht zu haben – er hatte die falschen Prioritäten gesetzt. Eine selbstlose und ehrenvolle Lösung war nicht immer die richtige. Das menschliche *Herz* musste stark sein, wenn die *Menschheit* überleben wollte.

Jess fühlte sich heiter und zuversichtlich, wie von einer neuen Kraft erfüllt. Warum hatte er so lange gewartet? Er hatte die falschen Entscheidungen getroffen, sich von seinen Bedenken in Hinsicht auf die öffentliche Meinung aufhalten lassen – obgleich seit Jahren praktisch allen Roamern klar gewesen war, dass sie sich liebten. Sein Vater hatte ihn dazu erzogen, ein harter Geschäftsmann zu sein und das Eigentum des Clans zu schützen. Doch als es um eine andere Art von Verhandlungen ging, die ein glückliches Leben mit Cesca betrafen ... Darauf war er nicht vorbereitet gewesen.

Der Weg vor ihnen war breit genug für sie beide gewesen, aber sie hatten gezaudert. Keiner von ihnen hatte die Gelegenheit genutzt. *Wir haben viel Zeit verloren,* dachte Jess. *Hoffentlich ist es noch nicht zu spät.*

Als er durch ein unbewohntes Sonnensystem flog, entdeckten die Sensoren eine weitere wolkige Welt mit sterilen Ozeanen und unberührten Meeren. Ein guter Ort für eine zweite Wental-Kolonie.

Er hatte dem Logbuch gerade einen entsprechenden Hinweis hinzugefügt, als die sonderbare Wasserentität plötzlich unruhig wurde. Ein Blitz aus Furcht zuckte durch Jess' Nervensystem. »Was ist los?«

Und dann gaben die Sensoren Alarm, als sie ein großes Raumschiff orteten, das sich vom Rand des Sonnensystems her näherte – ein Kugelschiff. Die Hydroger rasten mit unglaublicher Geschwindigkeit heran und sicher ging es ihnen nicht darum, freundliche Grüße zu übermitteln. Jess reagierte instinktiv, indem er die Kontrollen des Triebwerks betätigte. Sein Schiff sprang nach vorn und beschleunigte.

Während der letzten Jahre waren immer wieder Roamer-Schiffe spurlos verschwunden. Manche Leute glaubten an Unfälle in den Weiten des Alls; andere hielten es für möglich, dass die Hanse und TVF dahinter steckten.

Wie viele jener Schiffe waren Angriffen der Hydroger zum Opfer gefallen?

Eine andere Möglichkeit fiel Jess ein und er tastete nach der Phiole in seiner Tasche. »Haben sie dich gespürt? Wissen die Hydroger von der Rückkehr der Wentals?«

Nein, aber sie dürfen uns nicht entdecken. Du darfst dich nicht fassen lassen, denn dann würden die Hydroger erfahren, dass wir noch leben. Es ist zu früh.

»Hier gibt es nicht viele Verstecke.«

Jess biss die Zähne zusammen, flog auf den wolkigen Planeten zu und benutzte sein ganzes navigatorisches Geschick. Seine Schwester Tasia war eine ausgezeichnete Pilotin. Jess und Ross hatten ihr alle nur erdenklichen Ausweichmanöver beigebracht – jetzt musste sich Jess jene Dinge ins Gedächtnis zurückrufen. Nicht nur sein eigenes Leben stand auf dem Spiel, sondern auch die Leben der Wasserentitäten, die gegen die Hydroger kämpfen konnten.

»Wie kann ich mich wirkungsvoll zur Wehr setzen? Wie kann ich entkommen?«

Der Wental bot ihm keine Lösung an. *Derzeit sind wir noch zu schwach. Wir können ein Kugelschiff nicht besiegen.*

Die Hydroger schlossen immer mehr auf, als Jess den Planeten erreichte und hoffte, dem Verfolger in den Wolken zu entgehen. Er holte alles aus dem Triebwerk heraus, aber dieses Schiff war als Teil eines Nebelseglers geplant gewesen. Es bestand nur aus einem Habitat- und einem Kontrollmodul, verbunden mit dem Antrieb und einem Produktionsbereich. Es war nicht für den Kampf bestimmt, sondern dazu, durch kosmische Gaswolken zu driften.

Jess schloss die Augen und versuchte, seinen Leitstern zu sehen, beschleunigte dann mit allem, was das Triebwerk hergab, wobei er ein ganzes Stück über die zulässige Belastungsgrenze hinausging. Mit hoher Geschwindigkeit tauchte das Schiff in die Atmosphäre ein.

Die Hydroger folgten ihm. Blaue Blitze flackerten zwischen den pyramidenartigen Auswüchsen in der Außenhülle und dann gleißte destruktive Energie durch die Wolken, ionisierte die Luftmoleküle. Eine starke Druckwelle traf Jess' Schiff und einige Bordsysteme fielen aus.

Seine Finger tanzten über die Schaltelemente, doch er versuchte vergeblich, das Schiff wieder unter Kontrolle zu bringen – es stürzte durch die Atmosphäre des Planeten. Die Vibrationen wurden immer stärker und schließlich gelang es Jess, die Flugbahn abzuflachen und dadurch zu verhindern, dass die Reibungshitze einen kritischen Wert erreichte.

Lass dich nicht fassen, vernahm er die Stimme des Wental. *Die Hydroger dürfen auf keinen Fall von den Wentals erfahren.*

»Ich gebe mir alle Mühe zu entkommen!« In wilden Ausweichmanövern warf Jess das Schiff hin und her. So dünn die Atmosphäre in dieser Höhe über dem Planeten auch sein mochte: Sie wirkte sich störend auf die Navigation aus. »Falls es dich tröstet: Ich glaube, die Droger sind nicht daran interessiert, mich gefangen zu nehmen.«

Die riesige Kugel kam noch näher und wieder zuckten blaue Blitze über den Himmel. Jess bediente die Kontrollen und sein Schiff tauchte in einem weiten Bogen tiefer in die Wolken hinein. Die destruktive Energie der Hydroger verfehlte ihr Ziel.

Jess knirschte mit den Zähnen. »Ich fürchte, ich kann dem Feind nicht entkommen, aber das muss nicht unbedingt das Ende für dich bedeuten.« Er atmete tief durch. »Ich werfe den Inhalt des Frachtraums über Bord. Die Ausrüstungsgüter sind mir gleichgültig. Vielleicht fällt der Wental-Zylinder bis ins Meer tief unter uns. Das würde dir doch genügen, oder?«

Jess wartete nicht auf eine Antwort der Wasserentität, versiegelte das Cockpit, betätigte Kontrollen und öffnete damit die Luke des Frachtraums. Als das kleine Schiff den Flug fortsetzte, ließ es einen Schweif aus diversen Objekten hinter sich zurück. Die Hydroger schenkten ihnen keine Beachtung, ignorierten auch den Wental-Zylinder.

Nimm die Phiole und trink ihren Inhalt, sagte der Wental. Die Stimme schien tatsächlich aus der Tasche zu kommen. *Du musst überleben.*

Jess holte die Phiole hervor. »Aber was soll das bezwecken?«

Zögere nicht.

Erneut eröffneten die Hydroger das Feuer. Ein Triebwerksmodul explodierte und automatische Systeme löschten das Feuer sofort. Das Schiff war jetzt völlig außer Kontrolle, schlingerte und geriet in die untere Atmosphäre. Sturmböen erfassten es und schienen bestrebt zu sein, den Hydrogern zu helfen.

Die gewaltige Kugel näherte sich, um dem kleinen Schiff den Todesstoß zu versetzen.

Jess zog den Stöpsel aus der Phiole und trank das lebendige Wasser.

Sein Schiff drehte sich, das Triebwerk qualmte und die Außenhülle wies große Brandspuren auf ... Aber die Hydroger gaben sich damit nicht zufrieden. Sie gingen hinter dem kleinen Raumer in Position und feuerten.

Jess hatte die Essenz des Wental geschluckt und spürte, wie sich nukleare Energie in ihm ausbreitete. Der Wental erfüllte sein Gewebe, raste wie ein Tsunami durch die Blutgefäße, bis in die kleinsten Kapillaren, drang sogar in das auf Wasser basierende Protoplasma der Zellen vor.

Er schnappte nach Luft und seine Finger krümmten sich, als die Muskeln kontrahierten. Er konnte nicht einmal mehr die Kontrollen berühren. Statische Funken stoben von seinen Fingerspitzen. Er gab einen Schrei von sich, der von Schmerz, Verblüffung und wilder Freude kündete.

Das beschädigte Schiff stürzte dem fremden Ozean entgegen. Die Hydroger folgten ihm und feuerten noch einmal. Jess' kleiner Raumer platzte auseinander; glühende Trümmerstücke fielen wie Meteore durch bleigraue Wolken ...

Das Kugelschiff verharrte noch einige Momente über dem Planten, bis er sicher war, sein Zerstörungswerk vollendet zu haben. Dann raste es fort.

122 ✳ DOBRO-DESIGNIERTER

Udru'h ließ die scharfe Kante des Messers über seinen Kopf streichen und schnitt den Rest dessen ab, was einst eine stolze Haarkrone gewesen war. Er hatte die Haut geölt und die Klinge war scharf wie ein Rasiermesser, entfernte selbst die kleinsten Stoppeln. Zwar lebte das Haar und zuckte wie von statischer Elektrizität bewegt, aber der Dobro-Designierte fühlte keinen Schmerz. Entschlossenheit erfüllte ihn, als er das Ritual vollzog, wie alle anderen ildiranischen Männer im Reich.

Bis auf den Erstdesignierten Jora'h.

Der Weise Imperator, sein Vater, war tot. Udru'h spürte Verzweiflung, die mit Zähnen aus Eis in seiner Brust nagte. Er hatte von Cyroc'hs Krankheit gewusst, aber nicht damit gerechnet, dass er so bald sterben würde.

Das Reich befand sich in einer sehr kritischen Situation und der Tod des Weisen Imperators kam zu einem denkbar schlechten Zeitpunkt – dadurch blieb das ildiranische Volk ohne ein Oberhaupt, vom *Thism* getrennt, das alle Ildiraner miteinander verband. Zu viele Pläne standen vor der entscheidenden Phase, so wie Udru'hs Arbeit auf Dobro. Er dachte an Osira'h und ihre Fähigkeiten ...

Die Zeit genügte nicht!

Er ließ das Messer sinken und sah in das von Glänzern umgebene, reflektierende Glas. Sein hageres Gesicht war attraktiv, aber die Züge hatten sich verhärtet. Die Ähnlichkeit mit Jora'h war unübersehbar, doch was bei dem Erstdesignierten ruhig und sanft wirkte, schien bei Udru'h strenger und dunkler zu sein.

Was sollte jetzt aus dem Reich werden?

Der Weise Imperator hatte versucht, Jora'h zu unterweisen, ihm einige seiner Pläne zu erklären, aber nicht alle. Der Erstdesignierte war sehr zornig gewesen, als er die Wahrheit erfuhr – eine Wahrheit, die er schon lange zuvor hätte erahnen sollen, wenn er bereit gewesen wäre, Lehren aus der Geschichte zu ziehen und die Hinweise um ihn herum zu deuten. Aber Jora'h lehnte es ab, die Realität zu verstehen, und er sah auch nicht die Notwendigkeit bestimmter Maßnahmen ein, die zum Wohle des ildiranischen Volkes ergriffen werden mussten. Und jetzt schickte er sich an, zum neuen Oberhaupt des Reiches zu werden.

Udru'h fragte sich, ob er seinem Bruder vertrauen konnte.

Er musste glauben, dass der verstorbene Weise Imperator das Ildiranische Reich niemandem anvertraut hätte, der nicht dafür geeignet war, es zu führen. Aber Udru'h erinnerte sich auch an die schwere Krankheit seines Vaters. Vielleicht hatten Schmerz und körperlicher Verfall Cyroc'hs Entschlossenheit und geistige Klarheit beeinträchtigt. War das möglich? Und welche Konsequenzen ergaben sich daraus?

Ohne den Weisen Imperator und das *Thism* waren die Brüder voneinander getrennt und nicht imstande, die Gedanken der anderen zu erfassen. Der Dobro-Designierte hoffte, dass Jora'h alles verstand und akzeptierte, sobald er die Fäden des *Thism* wieder miteinander verknüpft hatte. Er *musste* verstehen!

Aber selbst *wenn* er verstand, wenn ihm alle Hintergründe klar wurden ... Vielleicht hielt er die getroffenen Entscheidungen für falsch. Als neuer Weiser Imperator konnte er jede beliebige Anweisung erteilen und jahrhundertelange Bemühungen zunichte machen. Etwas Schlimmeres konnte kaum geschehen.

Wenn Jora'h das Zuchtprogramm auf Dobro so sehr verabscheute – was hinderte ihn daran, es mit einem Befehl zu beenden? Jora'h konnte alles ruinieren – nur deshalb, weil er die menschliche grüne Priesterin zu lieben glaubte, deren genetisches Erbe eine lebende Brücke bauen konnte, die sie vielleicht alle vor den Hydrogern rettete.

Derart düstere Gedanken gingen Udru'h durch den Kopf, als er förmliche, selten getragene Kleidung überstreifte. Mit gerunzelter Stirn betrachtete er sich im Spiegel. Er zog schlichte Kleidung vor, denn es gab so viel zu tun. Sein verletzter Bruder, der Hyrillka-Designierte, trug immer prächtige Umhänge, wie sie sich für Banketts und Partys eigneten. Das Leben in Luxus überließ Udru'h anderen; für so etwas hatte er nichts übrig.

Leider gab es einige Zeremonien, an denen er teilnehmen musste: die Bestattung seines Vaters, die Unterbringung seiner glühenden Knochen im Ossarium ... und schließlich jenes Ritual, durch das Jora'h zum neuen Weisen Imperator wurde. Es gab keine Aufforderung, nach Ildira zu fliegen. Alle Designierten wussten, dass sie sich sofort auf den Weg zum Prismapalast machen mussten. Es blieb Udru'h nichts anderes übrig, als die kleine Osira'h und das Zuchtprogramm für einige Zeit unbeaufsichtigt zu lassen. Die Umstände wollten es so.

Doch ohne die telepathischen Verbindungen bot sich ihm eine unerwartete Chance, eine Möglichkeit, geheime Pläne einzuleiten – und sie vor Jora'h zu verbergen, wenn das erforderlich sein sollte.

Als er sein Quartier besorgt und niedergeschlagen verließ, fühlte sich Udru'h sehr allein und konnte nicht einmal einen blassen Schimmer der Lichtquelle sehen. An seinen grundsätzlichen Überzeugungen änderte sich nichts. Wenn er nicht sicher sein konnte, dass sein Bruder die schwierigen, notwendigen Entscheidungen traf, so musste er, der Dobro-Designierte, dafür sorgen, dass jene Entscheidungen absolut unausweichlich waren.

Er rief die Wächter zu seiner Residenz und gab ihnen klare Anweisungen für die Zeit seiner Abwesenheit. Nira Khali war ein gefährliches ungelöstes Problem, so wie zuvor auch die *Burton*. Udru'h konnte nicht zulassen, dass sein Bruder sie zurückbekam. Das hätte alles ruiniert.

123 ✺ OSIRA'H

Der telepathische Ruf war so stark, dass er das Herz des Mädchens erreichte, seine Gedanken fesselte und es selbst in den stillsten Stunden der Dobro-Nacht weckte.

Osira'h war erschöpft und allein. Nach dem schockierenden Tod des Weisen Imperators hatte sich der Dobro-Designierte auf den Weg nach Ildira gemacht und bei den Lehrern und Instruktoren die Anweisung hinterlassen, die Übungen mit ihr fortzusetzen und noch intensiver zu gestalten. »Wir wissen nicht, wie viel Zeit uns noch bleibt. Osira'h muss bereit sein, ihre Verantwortung wahrzunehmen.«

Aber in dieser Nacht, als sie in der Residenz des Designierten allein war, vernahm sie eine sehnsuchtsvolle Stimme in ihrem Kopf, die sie ihrerseits mit Sehnsucht erfüllte. Es war ein Ruf des Blutes, der Liebe und des Glaubens, ganz anders als all jene Stimmen, die sie bisher mithilfe ihrer besonderen telepathischen Fähigkeiten gehört hatte. Sie hatte die andere Präsenz schon einmal gespürt, vor nicht allzu langer Zeit, während der Brände, aber der Designierte hatte sie zu aufmerksam im Auge behalten und dadurch verhindert, dass sich Osira'h die Zeit für eine mentale Suche nahm.

Aber jetzt, ohne das schimmernde Sicherheitsnetz des *Thism*, konnte Osira'h klarer denken und mehr sehen. Die seltsame Botschaft war lauter und leichter zu verstehen. Sie erinnerte an etwas vor langer Zeit, an Hände, die sie gehalten und gestreichelt hatten.

Wie das Grollen eines fernen Gewitters wiederholte sich der Ruf und zerrte so an Osira'h, wie sie es noch nie zuvor erlebt hatte.

Sie konnte nicht auf die Rückkehr des Designierten warten und ihn um Rat bitten – alles in ihr drängte danach, jetzt sofort eine Antwort zu finden. Sie musste feststellen, was es mit diesem Ruf auf sich hatte und von wem er stammte.

Das Mädchen besann sich auf die mentale Ausbildung, um das Problem zu lösen. Udru'h und die Lehrer hatten Osira'h beigebracht, wie man den Geist benutzte, und jetzt brauchte sie ihre besonderen Fähigkeiten mehr als jemals zuvor. Sie konzentrierte die telepathische Kraft, die auf ihre gemischte Abstammung zurückging: Die eine Hälfte konnte mithilfe ildiranischer Gene auf das *Thism* zugreifen, die andere war wie bei einer grünen Priesterin zum Telkontakt imstande. Es gab niemanden sonst, der dieses Potenzial in sich vereinte.

Umgeben von Glänzern setzte sich Osira'h in ihrem Bett auf, sah sich im hell erleuchteten Zimmer um und blickte dann zum dunklen Fenster. *Dort draußen.* Sie öffnete ihr Selbst dem Ruf, fühlte Sehnsucht ... nah, persönlich ...

Er kam aus dem Zuchtlager. Die Antwort war klar und offensichtlich. Jemand in der Nähe, eine Person, die fast ihre Hoffnung aufgebeben hatte.

Osira'h trat ans Fenster heran, konnte jedoch kaum etwas in dem beleuchteten Lager erkennen. Sicherheitslampen leuchteten über den Baracken und hielten die Nacht von ihnen fern. Das Mädchen begriff, dass es nach draußen gehen musste, wenn es mehr erfahren wollte. Die fremde Person wünschte sich etwas so sehr, dass sie nicht nur Osira'hs Gedanken berührte, sondern auch ihr Herz.

Vor seiner Abreise hatte ihr der Dobro-Designierte strengstens verboten, die Residenz zu verlassen und zum Zuchtlager zu gehen. Voller Aufregung angesichts ihrer überraschenden Unabhängigkeit traf Osira'h eine Entscheidung. Rasch streifte sie einfache Kleidung über, schlich an den nichtsahnenden Hauswächtern vorbei und eilte draußen durch hell erleuchtete Straßen.

Die Sterne am Himmel wirkten wie Diamanten auf schwarzem Samt, tausende von kleinen Lichtern. In den Lücken zwischen Gebäuden hatten sich Ruß und Asche angesammelt, Erinnerungen an die Brände. Der davon ausgehende Geruch kitzelte in Osira'hs Nase, als sie den Weg fortsetzte. Im Zuchtlager gab es nicht viele Wächter, und die menschlichen Familien hatten sich längst in den Gemeinschaftsbaracken schlafen gelegt. Osira'h konnte mühelos ungesehen bleiben.

Sie hatte nie infrage gestellt, was in jenen Gebäuden geschah. Der Designierte hatte ihr versichert, dass all dies notwendig war, dass sie selbst den Höhepunkt jahrhundertelanger Forschung und Zuchtexperimente darstellte. *Ihre* Fähigkeiten rechtfertigten letztendlich alles.

Osira'h bemerkte die Silhouette einer Frau an einer Zaunecke. Kurze Furcht ließ sie zögern. Deutliche Empfindungen kamen von der Person: ein sich wund anfühlender Körper; Kopfschmerzen von langem Weinen; Augen, die brannten, weil sie so lange zur Residenz des Designierten gesehen hatten. Auf der Suche nach ihr ...

Als sie sich näherte, spürte Osira'h eine Verbindung mit der Gefangenen ... mit der menschlichen Frau ...

Eine jähe Erkenntnis offenbarte sich ihr. *Die Frau war ihre Mutter!*

Osira'h erstarrte, als sie das begriff und die Gedanken der grünhäutigen Frau empfing, die hinter den Zäunen lebte, arbeitete, Geschlechtsverkehr mit Ildiranern erdulden musste und Kinder gebar.

Nach einigen Sekunden setzte sich Osira'h wieder in Bewegung und war ebenso verwirrt wie aufgeregt. Ihre Mutter erwies sich als hager und drahtig. Das Mädchen sah eingefallene Wangen und tief in den Höhlen liegende Augen, darunter dunkle Ringe. Doch plötzlich erhellte sich das Gesicht der Frau. »Meine Prinzessin! Meine Tochter!« Ihr kamen die Tränen, als das Mädchen auf der anderen Seite des Zauns stehen blieb.

»Warum bist du hier?«, fragte Osira'h. »Du bist meine Mutter und solltest nicht im Zuchtlager sein. Warum hilfst du dem Designierten nicht bei meiner Ausbildung?«

Nira streckte eine schwielige grüne Hand durch den Zaun und berührte die Wange ihrer Tochter. »Du bist so schön ... mein kleines Mädchen. Jora'h wäre stolz auf dich.« Niedergeschlagen fügte sie hinzu: »Ich glaube, er weiß nicht einmal, dass er eine Tochter hat.«

»Ich wurde geboren, um das Ildiranische Reich zu retten.«

»Nein. Liebe hat dich gezeugt, aber ich wurde gefangen genommen und hierher gebracht. Ich konnte dich nur einige Monate nach deiner Geburt pflegen, dann trennte man mich von dir. Ich wollte bei dir bleiben, aber man hielt mich hier fest und ich musste ... schreckliche Dinge ertragen. Man hat dich getäuscht.«

»Das ist nicht wahr«, erwiderte Osira'h. »Du verstehst nicht.«

Ein mattes, aber aufrichtiges Lächeln erschien auf Niras Lippen, als ihre Hand über die Wange des Mädchens strich. Osira'h spürte, wie das Band zwischen ihnen fester wurde, sah Echos von Gedanken und schmerzlichen Erinnerungen, die nicht ihr gehörten. »Natürlich verstehe ich, mein kleines Mädchen. Der Designierte erzählt dir nur das, was du wissen sollst, und es ist nicht die ganze Wahrheit. Du bist sein Werkzeug, seine Trophäe.«

Trotz und Ärger regten sich in Osira'h. Der Umgang mit ihren telepathischen Fähigkeiten war ihr noch nie so leicht gefallen wie jetzt, aber es widerstrebte ihr, mehr auf diese Weise herauszufinden. »Meine Aufgabe besteht darin, das Ildiranische Reich zu retten! Nur ich kann eine Brücke zu den Hydrogern bauen und einen dauerhaften Frieden vereinbaren.«

Nira wirkte skeptisch. Die Tätowierungen in ihrem Gesicht bestanden aus dunklen, narbenartigen Linien. »Meinst du einen Frieden für Menschen, Ildiraner und Hydroger? Oder geht es nur um ein Bündnis, das das Ildiranische Reich auf Kosten meines Volkes retten soll?« Sie schüttelte den Kopf. »Was sage ich da? Du bist nur ein Kind. Von solchen Dingen kannst du nichts wissen.«

»Das kann ich sehr wohl! Die besten Lehrer haben mich jahrelang unterrichtet. Die fähigsten Mentalisten und Priester des Linsen-Geschlechts haben mir dabei geholfen, meinem Bewusstsein Struktur zu geben. Der Designierte meint, das Niveau meiner Intelligenz, meines Wissens und meiner Reife sei mindestens so hoch wie bei doppelt so alten Kindern. Dass muss es auch sein, denn uns bleibt nur wenig Zeit.« Osira'h sprach so, als wiederholte sie auswendig gelernte Sätze.

Nira runzelte enttäuscht die Stirn und senkte den Kopf. »Es tut mir so Leid, Osira'h. Als ich damals von meiner Schwangerschaft erfuhr ... Ich war sicher, dass dich der Erstdesignierte im Prismapalast aufwachsen lassen würde. Ich hätte es nie für möglich gehalten, dass du um deine Kindheit betrogen und auf diese Weise benutzt wirst. Oh, was für ein grässliches Schicksal! Und du weißt nicht einmal, welche schrecklichen Dinge man dir angetan hat.«

Osira'h spürte, dass ihre Mutter nicht log, aber trotzdem sträubte sie sich dagegen zu glauben, dass Nira die Wahrheit sagte. Es hätte bedeutet, all die Dinge in Zweifel zu ziehen, die der Designierte sie gelehrt hatte. »Aber ich ...« Ihre Stimme zitterte. »Ich bin die große Hoffnung des Weisen Imperators.«

»Dann hör mir zu, Osira'h. Wenn du eine so wichtige Rolle erfüllst, sollte dir klar sein, welche Konsequenzen sich aus deinem Handeln ergeben. Wenn du tatsächlich ein ildiranischer Messias werden sollst, so darfst du nicht blind den Befehlen von Leuten gehorchen, die Dinge vor dir verbergen.«

Zögernd streckte Osira'h ihren schlanken Arm durch den Zaun. »Ich höre bereits einige deiner Gedanken. Zeig sie mir alle.«

Nira blinzelte. »Du kannst alle Informationen von mir aufnehmen? Direkt?«

»Ich glaube, ich bin dazu imstande. In mir sind deine Fähigkeiten und die meines Vaters vereint.«

Die Lippen der Frau formten ein sonderbares Lächeln. »Vielleicht ist es so wie beim Zugriff auf die Informationen des Weltwaldes. Aber wir haben keinen Schössling, der uns hilft. Das Band zwischen Mutter und Tochter muss genügen.«

Osira'h berührte die Haut ihrer Mutter, die Stirn, die Schläfen. »Es ist anders als bei der Ausbildung, aber der Designierte wollte immer, dass ich so etwas versuche und neue, ungewöhnliche Kommunikationsmethoden ausprobiere.« Sie atmete tief durch und sprach dann wie bei der Wiederholung eines Mantras. »Lass Wissen, Erinnerungen und Informationen in deinem Selbst wie kühles Wasser sein und ich werde es wie ein trockener Schwamm aufnehmen. Lass mich die Wahrheit in deinem Herzen erkennen und sie zu meiner eigenen machen.«

Nira griff so nach der Hand ihrer Tochter, als fürchtete sie, das Mädchen könnte es sich anders überlegen. Die grüne Priesterin presste die kleine Hand an ihren Kopf, öffnete ihr Bewusstsein und gab alle ihre Erinnerungen und Gedanken frei – Osira'h nahm sie auf.

Als der Fluss begann, offenbarten sich dem Mädchen Details: die ersten Bilder von Jora'h, die wundervolle Zeit, die ihr Vater und ihre Mutter im Prismapalast verbracht hatten. Osira'h hatte sich immer mehr Informationen über Ildira gewünscht, doch der Dobro-Designierte war nie darauf eingegangen, weil er solche Dinge für unwesentlich hielt.

Osira'h sah die Liebe, die Nira und ihr Vater teilten, hörte, was sie sich gegenseitig versprochen hatten ... und begriff schließlich den Verrat des Weisen Imperators und des Dobro-Designierten. Otema hatte man umgebracht, weil sie zu alt fürs Zuchtprogramm gewesen war. Nira hatte man in eine dunkle Zelle gesperrt, bis sich herausstellte, dass sie ein Kind des Erstdesignierten in sich trug – Osira'h. Und nach der Geburt ihrer Tochter hatte Nira nur einige Monate mit ihrer kleinen Tochter verbringen können, bevor die Ildiraner ihr das Kind wegnahmen und es so aufwachsen ließen, wie sie wollten, mit einem verzerrten Bild von der Wirklichkeit.

Osira'h war unersättlich und nahm immer mehr in sich auf, auch die schrecklichen Einzelheiten der wiederholten Vergewaltigungen und erzwungenen Schwangerschaften. Plötzlich sah das Mädchen die Wahrheit hinter Udru'hs trockenen Worten.

Sie erfuhr auch, welche Freude es bereitete, dem Weltwald zu dienen. Sie spürte die Aufregung beim Kontakt mit dem Netzwerk der intelligenten Bäume, betrachtete Bilder der erstaunlichen Dinge, die Nira auf Theroc und in Mijistra gesehen hatte. Sie wusste, wie glücklich ihre Mutter einst gewesen war und wie viel sie verloren hatte, als sie auf Dobro zu einer Gefangenen wurde, zu einem Opfer von Udru'hs Experimenten.

Als die Flut der Gedanken zu einem Rinnsal schrumpfte, wusste Osira'h genau, wer ihre Mutter war. Sie trug all das in sich, was Nira erlebt, gedacht und gefühlt hatte. Jede einzelne Erkenntnis hallte wie ein Donnerschlag durch ihren mentalen Kosmos.

Die ildiranischen Oberhäupter waren nicht die Helden, für die sie sie immer gehalten hatte. Ihre Aufgabe, mit den Hydrogern zu kommunizieren und das Reich zu retten, war nicht das altruistische Ziel, das ihr der Dobro-Designierte beschrieben hatte.

Völlig erschöpft sank Nira auf die Knie, doch ihr Gesicht zeigte ein erleichtertes Lächeln darüber, etwas Wichtiges geleistet zu haben. Osira'h war wie erstarrt, die Hand noch immer am Kopf ihrer Mutter. Bevor das Mädchen etwas sagen konnte, schnappte Nira plötzlich nach Luft und wich fort. Osira'h sah ihre Furcht und auch den Grund dafür.

Zwei Ildiraner des Wächter-Geschlechts kamen aus dem hell erleuchteten Lager, traten in die Schatten und näherten sich dem Zaun. »Nira Khali, wir kommen wegen Ihnen«, sagte einer der beiden Soldaten. »Der Designierte gab uns strikte Anweisungen.«

Ein dritter Wächter kam aus der Richtung der Stadt und ging mit langen, zielstrebigen Schritten auf das Kind zu. »Du darfst deine Residenz nicht ohne Begleitung verlassen, Osira'h«, sagte er mit schroffer Stimme. »Es ist zu gefährlich. Du könntest dich verletzen. Ich bringe dich zurück.«

Das Mädchen drehte sich um und begegnete trotzig dem Blick des stämmigen Soldaten. »Ich bin unverletzt. Wie kann es hier auf Dobro Gefahren für mich geben?«

Der Wächter ergriff Osira'h am Arm. »Wir bitten den Designierten nicht darum, seine Anweisungen zu erklären. Daran solltest du dir ein Beispiel nehmen.« Er zog Osira'h von ihrer Mutter fort, als die beiden anderen Soldaten Nira packten. Die grünhäutige Frau leistete keinen Widerstand.

»Lasst sie in Ruhe!« Osira'h wusste jetzt über viele Dinge Bescheid und ihr Instinkt hinderte sie daran, zu erkennen zu geben, dass sie Nira Kahlis Identität und ihren Hintergrund kannte. »Tut ihr nichts.«

»Wir befolgen die Anweisungen des Designierten.«

Als die Ildiraner des Soldaten-Geschlechts die grünhäutige Frau fortzerrten, rief Nira ihrer Tochter zu: »Erinnere dich. *Erinnere dich ...*«

Der Wächter führte Osira'h durch hell erleuchtete Straßen zur großen Residenz zurück. Zwar konnte sie Nira nicht mehr sehen, aber die geistige Verbindung blieb bestehen. In ihrem Herzen pochte eine Furcht, die sowohl ihre eigene als auch die Niras war, und sie spürte die Resignation ihrer Mutter. Die grüne Priesterin setzte sich zur Wehr, entkam fast ...

Plötzlich fühlte das Mädchen heftigen Schmerz. Ein Speer aus Eis schien sich durch Osira'hs Brust zu bohren und sie schnappte entsetzt nach Luft. Sie stolperte, hörte einen Schrei in der Ferne und spürte neuerliche Pein.

Auf diese Weise haben sie auch Botschafterin Otema umgebracht!

Osira'h überraschte den Wächter, indem sie sich von ihm losriss und zum Zaun zurücklief. »Aufhören! Was habt ihr mit der Frau gemacht?«

Sie lief schneller als jemals zuvor in ihrem Leben, erreichte den Zaun und sah, wie die Soldaten den erschlafften Leib ihrer Mutter zu einer Laboratoriumsbaracke zogen. Im hellen Licht bemerkte sie rotes Blut am haarlosen grünen Kopf.

Sie empfing keine Gedanken mehr von ihrer Mutter, nichts.

Osira'h schrie und versuchte, durch eine kleine Lücke im Zaun zu klettern, doch der Wächter zog sie zurück. Sie wirbelte zu ihm herum. »Was haben die Soldaten getan? Warum haben sie sie geschlagen?«

»Sie hat versucht zu entkommen«, sagte der Wächter, während die Soldaten mit der Frau in den Schatten verschwanden. »Der Designierte warnte uns vor den Dingen, die sie anstellen könnte. Nira Khali ist eine Bedrohung.«

»Eine Bedrohung für wen?«, fragte Osira'h.

»Für alles.«

Als Nira fort war, spürte Osira'h nur noch Leere dort, wo sie ihre Präsenz gefühlt hatte. Aber sie hatte alle Gedanken und Gefühle ihrer Mutter aufgenommen und begriff auch, welche Gefahren ihr drohten, wenn der Designierte Udru'h von diesem Wissen erfuhr.

Sie musste das Geheimnis wahren, bis sie mehr herausgefunden und verstanden hatte, bis sie entscheiden konnte, was sie unternehmen sollte.

Zum ersten Mal war sie ihrer Mutter begegnet – und jetzt musste sie ihr Lebewohl sagen. Nira hatte ihr mehr gegeben als nur das Leben. Sie hatte die Wahrheit in Osira'h geweckt und die Lügen ihrer Lehrer entlarvt. Konnte all das, was sie gelernt hatte – die vermeintlichen Fakten ihrer Existenz –, eine Lüge sein?

Osira'h drängte den Kummer beiseite und verbarg ihre Emotionen hinter kindlichem Geschwätz. »Ich wollte sie fragen, warum ihre Haut so seltsam grün ist«, sagte sie und sah zum animalisch wirkenden Gesicht des Wächters auf, der sie wieder zur Residenz führte. »Das ist alles.«

»Kümmere dich nicht darum.«

Danke, Mutter, dachte sie. *Danke für alles.*

Zwar hatte sie den Körper eines sechsjährigen Mädchens, aber Osira'h trug großes Wissen und viel Reife in ihrem Bewusstsein. Sie war jetzt stärker, erfüllt von Geheimnissen und Plänen.

Als der Wächter sie zur Residenz des Designierten zurückbrachte, dachte Osira'h über verschiedene Dinge nach. Sie wollte den Dobro-Designierten nicht hassen, aber sie wusste jetzt genau, was er ihr angetan hatte, und in diesem Wissen keimte Zorn.

124 ✸ KÖNIG PETER

Zur großen Überraschung und Freude der schwatzhaften Protokollminister schien König Peter ein sehr persönliches Interesse an der Flitterwochen-Parade zu haben. In Wirklichkeit wollte Peter alles genau im Auge behalten, nachdem Estarra ihm von Sareins Warnung und ihrem Verdacht in Hinsicht auf die königliche Jacht erzählt hatte.

Begleitet von Estarra und OX begab sich der König zu den Wartungsdocks, eine ganze Weile vor dem geplanten Beginn der Fahrt. Die Protokollminister gaben rasch den Medienrepräsentanten Bescheid, die sich sehr über die unerwartete Gelegenheit freuten. Der König und die Königin lächelten, kamen allen Bitten nach und erwiesen sich als sehr kooperativ.

Peter glaubte nicht, dass er Basil auf diese Weise besänftigen konnte. Der angerichtete Schaden war zu groß.

Die Docks, Korridore und Bürgersteige waren sauber, alle Wände gereinigt und poliert. Selbst die anderen Boote in den Wartungshangars glänzten. Rosarote und weiße Pfingstrosen schwammen auf dem Wasser, verströmten einen angenehmen Duft.

Der König zeigte ein ruhiges Lächeln. Seine Anerkennung erfreute die Arbeiter und das Palastpersonal sehr. Königin Estarra blieb dicht an der Seite ihres Mannes und winkte den Leuten zu. Sie spielten beide die Rolle der verliebten Jungvermählten.

In der vergangenen Nacht hatten sie sich mit mehr Leidenschaft geliebt als jemals zuvor. Peter hatte Estarras Wangen und Lider geküsst, überrascht von der Intensität seiner Gefühle. Und er war sehr erleichtert gewesen. Er hatte so nahe an Estarras Ohren geflüstert,

dass seine Worte kleinen Küssen gleichkamen. »Seit man mich entführt und in den Palast gebracht hat, bin ich immer misstrauisch gewesen. Es blieb mir gar nichts anderes übrig, als all jenen mit Argwohn zu begegnen, die behaupteten, meine Freunde zu sein.«
Estarra schmiegte sich an ihn. »Du musst jemandem vertrauen, Peter.«
»Ja, und ich glaube, das kann ich jetzt.« *Estarra.* Sie war intelligent und tüchtig und mit ihrer Situation ebenso wenig zufrieden wie er mit seiner. Peter hielt sie in den Armen und erzählte von seinen kleinen Brüdern, von seiner hart arbeitenden Mutter und sogar dem Vater, der die Familie verlassen hatte, um auf Ramah ein neues Leben zu beginnen. Sie alle waren ermordet worden, damit niemand die Identität des Königs infrage stellen konnte. Tränen brannten in Peters Augen und er spürte, wie sie das Kissen nässten. Estarra strich ihm mit den Fingern durchs Gesicht, tröstete ihn ...

Jetzt stand er mit ihr am Dock und bewunderte die bunten Fahnen. »Geh an Bord, OX.« Peter winkte dem Lehrer-Kompi zu, der gehorsam über den Landungssteg ging.

Einige Arbeiter hatten im Bug der königlichen Jacht Haltung angenommen. Peter winkte ihnen und den Besatzungsmitgliedern zu. Als sich einige wichtigtuerische Beamte darauf vorbereiteten, König und Königin an Bord zu begleiten, hob Peter den Zeigefinger an die Unterlippe und erweckte den Anschein, als wäre ihm gerade etwas eingefallen. Er wandte sich an einen Protokollminister. »Estarra und ich würden gern allein an Bord gehen und uns dort ungestört umsehen.«

»Das ist sehr ungewöhnlich, Euer Majestät ...«

Peter lächelte. »In einigen Minuten können Sie alle an Bord kommen – aber sicher gibt es hier niemanden, der einem Mann einige private Momente mit seiner schönen Braut missgönnt, oder? Morgen, während der eigentlichen Prozession, kann ich wohl kaum einen Kuss von ihr bekommen.« Er beugte sich zu Estarra. Sie kicherte und drückte sich kurz an seine Seite.

Die Zuschauer lachten und applaudierten. Einige besonders tapfere Männer weiter hinten pfiffen sogar. Das Publikum zeigte seine Zuneigung ganz deutlich.

Peter richtete einen bittenden Blick auf den Protokollminister. Die Änderung der Pläne schien ihn zu verwirren, aber die Reaktion der

Zuschauer entging ihm nicht; außerdem bot sich ihm hier Gelegenheit, dem Königspaar einen Gefallen zu erweisen. »Na schön, wir gestatten es Ihnen – aber nur für einige Minuten. Sie sind der König, Euer Majestät; die Öffentlichkeit erwartet ein bestimmtes Verhalten von Ihnen.«

Peter lächelte und zwinkerte ihm zu. »Wir bleiben nicht so lange fort, dass man *bestimmte Dinge* vermuten könnte.«

Arbeiter kamen über den Landungssteg und vollführten stolze Willkommensgesten. »Wir begrüßen Sie an Bord, König Peter. Sie werden alles zu Ihrer vollsten Zufriedenheit vorfinden.«

»Da bin ich sicher, denn immerhin haben so tüchtige Männer und Frauen wie Sie alles vorbereitet.« Peter führte Estarra über den Steg. OX war bereits unter Deck im Maschinenraum verschwunden.

Peter nahm sich einige Minuten Zeit, um übers Oberdeck zu wandern, Wimpel und auf Hochglanz poliertes Gold zu bewundern. Schließlich schlang er den Arm um Estarras Taille, zog sie näher; er wusste, dass alle sie beobachteten. Dann verschwanden sie unter Deck, so wie kurz zuvor der Kompi.

Als die Leute am Dock sie nicht mehr sehen konnten, trennten sich die beiden und begannen damit, die Jacht zu durchsuchen. Sie öffneten Schränke, sahen in den einzelnen Kabinen nach, blickten unter Kojen und Tische. »Wir wissen nicht, was Pellidor hier angestellt hat«, sagte Peter. »Aber viele andere Personen haben sich an Bord dieses Bootes aufgehalten, und das bedeutet: Was auch immer er getan hat, es muss gut verborgen sein.«

OX befolgte seine Anweisungen, indem er sich den Maschinenraum vornahm und dort alle Apparate und Maschinenteile überprüfte. Peter hatte den Kompi heimlich mit detaillierten technischen Daten ausgestattet. OX kannte die exakten Spezifikationen der königlichen Jacht und konnte Anzeichen von Sabotage erkennen.

Peter wusste, dass ihnen nicht viel Zeit blieb. Draußen erklangen erneut einige Pfiffe und er rief mit gedämpfter Stimme: »Hast du irgendetwas gefunden, OX?«

Der Kompi kam aus dem Maschinenraum. »Ich habe die Bordsysteme der Jacht einer vollständigen Kontrolle unterzogen und dabei eine gefährliche Vorrichtung im Inneren einer Treibstoffspule entdeckt.«

Peter war nicht überrascht. »Was für eine Vorrichtung?«

»Eine Plasmabombe. Klein, aber sehr leistungsfähig. Sie hätte den größten Teil der Jacht zerstört und alle Personen an Bord getötet. Sie wären nicht mit dem Leben davongekommen.«

»Dahinter steckt Basil. Hast du die Bombe deaktiviert?«

»Ja. Die Jacht ist jetzt völlig sicher.«

»Danke, OX.« Peter brauchte einige Sekunden, um den Zorn aus dem Gesicht zu verbannen.

»Es gibt da ein sonderbares Detail«, fuhr der Kompi fort. »Die molekulare Struktur der Plasmabombe enthält gewisse leicht zu identifizierende chemische Signaturen – sie weisen auf eine Produktion durch die Roamer hin. Die Konfiguration ist mit Material von Rand Sorengaards Piratenschiffen identisch, die vor sechs Jahren von der TVF aufgebracht und konfisziert wurden.«

»Roamer?«, fragte Estarra. »Mein Bruder wird in einigen Monaten die Sprecherin heiraten. Warum sollten die Roamer einen Groll gegen uns hegen?«

»Die Roamer haben hiermit nichts zu tun«, sagte Peter. »Die Hanse verwendet identifizierbare Roamer-Technik, um anschließend irgendeinen armen Händler als Sündenbock zu verhaften.« Er wandte sich an OX. »Haben Hanse oder TVF in letzter Zeit ungewöhnliche Maßnahmen ergriffen oder irgendein Roamer-Schiff beschlagnahmt?«

OX griff auf seine Datenbanken zu. »Ja, ein Handelsschiff der Roamer wird in der Mondbasis festgehalten, nachdem es der Erde Versorgungsgüter geliefert hat. Es gehört einem gewissen Denn Peroni.«

»Das ist der Vater der Sprecherin!«, entfuhr es Estarra verblüfft.

»Außerdem ist er ein wichtiges Clan-Oberhaupt«, sagte Peter. »Was legt man ihm zur Last?«

»Nichts Bestimmtes«, erwiderte OX. »Angeblich gab es bei der Lieferung und in seinen Dokumenten einige Unstimmigkeiten. Ich habe die Dokumente selbst untersucht – sie sind in Ordnung.«

»Verdammt. Man hält ihn also bis zu dem ›tragischen Zwischenfall‹ fest, wird dann Spuren finden und ihn anklagen. Zweifellos soll er bei einem Fluchtversuch ums Leben kommen.« Peter schüttelte den Kopf, als neuerlicher Zorn in ihm brodelt. »Ich weiß genau, wie Basil denkt und auf welche Weise er Probleme löst.«

Estarra glaubte, ihren Ohren nicht trauen zu können. »Die Hanse will den angeblichen Mordversuch als Vorwand nehmen, um den

Roamern den Krieg zu erklären und ihnen das Ekti und alles andere abzunehmen?«

Peter nickte. »Gegen die Hydroger erzielte die TVF keine Erfolge – indem Basil es auf die Roamer abgesehen hat, wählt er einen Feind, von dem er glaubt, dass er leicht besiegt werden kann. Aus dem gleichen Grund griff er bei Yreka so streng durch. Nichts in jener kleinen Kolonie rechtfertigte einen Kampf.«

»Wir müssen Cescas Vater warnen und ihn befreien«, sagte Estarra. »Wer weiß, was passiert, wenn ...«

»Vorsicht.« Peter hob die Hand. »Eines nach dem anderen. Ich habe noch immer gewissen Einfluss als König, erinnerst du dich? Ich kann eine königliche Begnadigung aussprechen.« Er überlegte kurz und lächelte dann. »Ich werde Folgendes verkünden: Im ›Geiste einer neuen Offenheit‹ – nicht nur Basil kann diese Worte verwenden – wünscht meine Frau bessere Beziehungen zu den Roamern, die künftig Teil Ihrer erweiterten Familie auf Theroc sein werden. Ich ordne an, dass bürokratische Schikanen ehrlichen Roamer-Händlern wie Denn Peroni gegenüber zu unterlassen sind.

Wir erlassen die Begnadigung, wenn die Paradefahrt beginnt und alle abgelenkt sind.« Peter sah den Lehrer-Kompi an. »OX wird sie persönlich überbringen. Niemand hat einen Grund, seine Motive infrage zu stellen.«

Estarra richtete den Zeigefinger auf den alten Kompi. »Aber Peroni soll so schnell wie möglich aufbrechen, sobald er Gelegenheit dazu hat.«

»Das richte ich ihm aus, Königin Estarra«, sagte OX.

Peter atmete mehrmals tief durch und brachte dabei seinen Gesichtsausdruck unter Kontrolle. Er drückte Estarra an sich. »Wir sind jetzt lange genug hier unten gewesen und müssen nach oben zurückkehren. Lächelnd. Kannst du eine Pokermiene aufsetzen und dir nichts anmerken lassen?«

»Wenn ich mit meinem lieben Gemahl zusammen bin, kann ich Freude über alles zeigen«, erwiderte Estarra. »Sollen wir den Vorsitzenden Wenzeslas zur Rede stellen? Mit dem versuchten Anschlag auf unser Leben kann er doch nicht durchkommen, oder? Das Volk würde ihn zerreißen.«

Peter kniff berechnend die Augen zusammen. »Nein, derzeit machen wir einfach so weiter, als wäre überhaupt nichts geschehen. Die Paradefahrt wird genau so stattfinden, wie sie geplant ist. Mal sehen, wie Basil reagiert. Ich möchte ihm nachher in die Augen sehen, nach dem Scheitern seines Plans.« Er zog Estarra an sich, küsste sie leidenschaftlich und ließ sie dann wieder los. »Von jetzt an herrscht Krieg zwischen uns. Wir müssen einfach darauf vertrauen, dass die Bürger einen wahren König wollen und keine Schattenmacht hinter dem Thron.«

125 ✳ VATER REYNALD

Nachdem die Hydroger alles Leben auf Corvus Landing ausgelöscht hatten, brauchten sie weniger als zwei Wochen, um den Hauptteil des Weltwaldes zu finden. Und auf Theroc war niemand bereit.

Zusammen mit vielen anderen Theronen war Vater Reynald zu einer Plattform hoch oben auf dem Blätterdach emporgeklettert, um das Fest der Schmetterlinge zu feiern. Jedes Jahr öffneten sich gleichzeitig abertausende von Puppen. Dann schlüpften große Schwärme kurzlebiger schmetterlingsartiger Geschöpfe aus ihren Kokons, entfalteten zarte, amethystfarbene und saphirblaue Flügel, um einen Tag lang umherzufliegen und dann zu sterben.

Evolutionäre Anpassung sorgte dafür, dass Dutzende von Epiphytenarten genau an diesem Tag ihre Blüten öffneten, um bestäubt zu werden – ihre Düfte erfüllten überall die Luft. Raubvögel warteten; für sie begann ein einzigartiger Festschmaus, wenn die ersten Schwärme aufstiegen.

Viele Theronen setzten sich auf die miteinander verbundenen Blattwedel, um das Spektakel zu beobachten. Baumtänzer sprangen von Ast zu Ast, vollführten Saltos und drehten Pirouetten, präsentierten damit künstlerische Interpretationen des ergreifenden eintägigen Flugs der Schmetterlinge. Kinder lachten und spielten, bangten nicht um ihr Gleichgewicht, als sie barfuß über die hohen Zweige liefen und versuchten, Schmetterlinge zu fangen.

Akolythen der grünen Priester beobachteten alles, prägten sich jedes Detail ein und erzählten den Weltbäumen davon. Reynalds Großeltern saßen auf einer Plattform Seite an Seite und spielten ein improvisiertes Lied auf selbst gebauten Musikinstrumenten ...

Und dann kamen die Hydroger.

Zwar fehlte Reynald ein Zugang zum Telkontakt, aber er spürte ein Schaudern im Weltwald. Die aufmerksamen grünen Priester blickten nach oben, rissen ungläubig und entsetzt die Augen auf, als wie gewaltige Diamanten glänzende Kugelschiffe vom Himmel fielen. In geringer Höhe flogen sie über den Weltwald hinweg, wirkten dabei so zuversichtlich wie Raubtiere, die ihre Beute umzingelt hatten.

Reynald reagierte instinktiv und rief laut genug, um die Stimmen der erschrockenen Zuschauer zu übertönen: »Alle nach unten! Geht in Deckung!«

Alexa sah ihr ältestes Kind an – ihren einzigen überlebenden Sohn – und bewegte sich so automatisch, als hätte sie immer seine Anweisungen befolgt. Sie trieb eine Gruppe von Kindern zu Leitern und kleinen Liftplattformen. »Ihr habt Vater Reynald gehört. Kommt!«

Uthair wandte sich an Reynald. »Nützt das etwas?«, fragte er leise und mit rauer Stimme. »Wir wissen, wozu die Hydroger fähig sind.«

Reynald straffte die Schultern und wirkte wie ein wahrer Vater. »Theroc hat mehr Weltbäume als jeder andere Planet im Spiralarm. Hoffen wir, dass die Macht und Intelligenz dieses Waldes uns schützen können. Tief unten auf dem Waldboden kann vielleicht ein Teil unseres Volkes überleben.«

Die alte Lia griff nach dem Ellenbogen ihres Mannes. »Komm, es ist nicht gut, hier oben zu bleiben.« Jene Theronen, die sich für das Fest versammelt hatten, kletterten durch das Dickicht aus Zweigen und Blättern und dann an den schuppigen Stämmen in die Tiefe.

Der Weltwald schauderte erneut, voller Furcht und Vorahnung. Zweige bewegten sich, Blätter strichen übereinander hinweg; der Wald schien zu flüstern, sich auf die Verteidigung vorzubereiten.

Die grünen Priester stöhnten, griffen nach der Rinde und schöpften Kraft. »Vater Reynald, die Hydroger sind über allen Kontinenten erschienen. Es ist ein Großangriff.«

Reynald wandte sich an den nächsten grünen Priester. »Setzen Sie sich mit Nahton im Flüsterpalast in Verbindung und schicken Sie meiner Schwester Estarra auf der Erde eine Nachricht. Oder Sarein! Teilen Sie dem König mit, dass wir so schnell wie möglich Kriegsschiffe brauchen. Nehmen Sie Kontakt mit Rossia und Yarrod in den TVF-Kampfgruppen auf. Rufen Sie sie unverzüglich nach Theroc zurück.« Er blinzelte und suchte verzweifelt nach Möglichkeiten.

»Und auch die Roamer! Sprechen Sie mit Ihnen, wenn Sie können. Bitten Sie sie um Hilfe. Gibt es irgendwelche grünen Priester im Ildiranischen Reich?«

»Wir schicken den Notruf überallhin.« Der grüne Priester stöhnte, als an den nächsten drei Kugelschiffen Energie zwischen den pyramidenartigen Erweiterungen der Außenhülle flackerte. »Aber keine Hilfe kann uns schnell genug erreichen.«

Die Bäume erbebten und schwankten, bohrten ihre nervenartigen Wurzeln tiefer in den Boden, verankerten sich und trafen Vorbereitungen für das Schlimmste.

Die violetten und blauen Schmetterlinge, deren Leben ohnehin nicht lange währte, flatterten umher und tranken den leckeren Nektar der Epiphytenblüten. Sie schienen die Gefahr am Himmel überhaupt nicht zu bemerken.

Reynald beobachtete die Flucht. Die meisten Zuschauer hatten inzwischen das hohe Blätterdach verlassen und den Waldboden erreicht. Er hoffte, dass sie dort sicherer waren, aber tief in seinem Innern wusste er, dass es auf Theroc nirgends echten Schutz vor dem Feind gab. Und als Vater des theronischen Volkes würde Reynald den Angriff mit eigenen Augen beobachten.

Die Hydroger gingen noch tiefer und begannen mit der Zerstörung. Blaue Energiestrahlen und dunstige Kältewellen trafen den Weltwald; beide Waffen wirkten wie die tödliche Sense eines Schnitters.

Die grünen Priester in Reynalds Nähe stießen schmerzerfüllte Schreie aus.

»Sagen Sie mir, was auf den anderen Kontinenten geschieht«, forderte Reynald sie auf und beobachtete, wie die Kugelschiffe den Weltwald verwüsteten. Die grünen Priester griffen nach den Blattwedeln und empfingen Bilder von anderen grünen Priestern auf dem Planeten, die wie sie zu Beobachtern eines schrecklichen Kampfes geworden waren. »Beschreiben Sie mir, was mit meiner Welt passiert.«

Im Baumdorf an den tiefen Spiegelglasseen verließen grüne Priester, Baumtänzer und Kolonisten die herabhängenden Wurmkokons. Kugelschiffe glitten über den Wald, Boten des Verderbens. Wo Kältewellen das Blätterdach berührten, saugten sie das Leben aus den Blattwedeln, ließen sie grau werden und zerbröckeln.

Blaue Blitze setzten dicke Stämme in Brand. Die Weltbäume schienen völlig wehrlos zu sein.

Almari – die junge Priesterin, die sich Reynald als Ehefrau angeboten hatte – beobachtete entsetzt, wie sich die Hydroger den runden, friedlichen Seen näherten. Sie streckte die Hand nach der Rinde des nächsten Baums aus und versuchte vergeblich, eine Verteidigungstaktik zu finden, irgendeine Möglichkeit, den Wald und seine Bewohner zu schützen. Doch die Bäume konnten ihr nichts anbieten.

Die Kältewellen der Hydroger verwandelten die Wurmkokons in eine Todesfalle, denn die Überlebenden in ihnen waren hinter einer dicken Eisschicht gefangen. Viele Theronen fielen von hohen Ästen, als sie zu fliehen versuchten. Andere wandten sich auf dem Boden zur Flucht und bahnten sich einen Weg durchs Dickicht.

Almari hingegen stand reglos am Ufer eines Sees.

Wieder setzte der Feind Kältewellen ein und blaue Energieblitze ließen die gefrorenen Stämme der Weltbäume bersten. Die Wurmkokons stürzten zu Boden, splitterten und verwandelten sich in Eisstaub.

Almaria beobachtete wie gelähmt, wie die nächste Kältewelle das Wasser des Sees zu Eis erstarren ließ. Wenige Sekunden später wurde die grüne Priesterin zu einer eisigen Skulptur, deren Gesicht ungläubige Verzweiflung zeigte.

Auf der anderen Seite des Kontinents, bei der Pilzriff-Stadt, versuchten die Bäume, das Blätterdach dichter zusammenzuziehen, um die darunter gelegenen Bereiche vor den Angriffen von oben zu schützen. Die dicken Äste falteten sich wie betende Hände und formten eine Barrikade, als die Hydroger kamen. Die dicken Stämme zitterten, widerstanden aber den ersten Kältewellen und Energiestrahlen.

Reynald schirmte sich die Augen ab und sah ein weiteres Kugelschiff, das dicht über die Baumwipfel hinwegflog und den Weltwald mit Kältewellen attackierte. Er griff nach den Armen der beiden grünen Priester. »Die Bäume müssen uns helfen! Wenn nicht, droht uns allen der Tod!«

Die Priester schlossen die Augen und projizierten ihre Gedanken in den Weltwald. »Die Bäume sind nicht auf diesen Kampf vorbereitet ...«

»Das ist niemand von uns, aber wir müssen uns ihm stellen. Leben hat die Möglichkeit, anderem Leben Kraft zu geben.« Der Weltwald schien voller Verzweiflung aufgegeben zu haben, doch damit wollte sich Reynald nicht abfinden. »Jahrhundertelang haben wir mit den Bäumen gesprochen und ihnen vorgelesen. In dieser Zeit müssen sie etwas über uns gelernt haben.«

Die beiden grünen Priester schlossen die Augen und konzentrierten sich auf das Netzwerk des verletzten Weltwaldes. Gemeinsam berührten sie die Kraft tief zwischen den Wurzeln und zogen sie hoch, in die Stämme und flüsternden Blattwedel. Reynald sah, wie die Sehnen an ihren Hälsen hervortraten und die Gesichter zu Grimassen wurden, als sie versuchten, den Wald zu aktivem Widerstand zu veranlassen.

Das nächste Kugelschiff setzte sein Zerstörungswerk fort, und Reynald beobachtete, wie der Wald darunter in Bewegung geriet. Eine verheerende Kältewelle hatte dicke Stämme splittern lassen, aber ihr folgte eine Welle der Wiedergeburt. Noch während die alten Bäume schwarz wurden und fielen, wuchsen neue Blätter aus den geplatzten Stämmen und ersetzten die vom Eis getöteten.

Das neue Grün explodierte regelrecht, wirkte wie eine Zeitrafferaufnahme wuchernder Fruchtbarkeit. Wie Narben schoben sich die neuen Blätter über die von den Hydrogern verursachten Wunden. Trotziges, herausforderndes Grün bedeckte die Schwärze und trachtete danach, mit der Zerstörung Schritt zu halten.

Das Kugelschiff flog weiter, ohne darauf zu achten, dass sich die Schneise der Zerstörung hinter ihm mit frischer Vegetation füllte.

Reynald hätte am liebsten gejubelt. Die zur Schau gestellte Kraft des Lebens gab ihm Hoffnung. Erneut rief er den grünen Priestern zu, etwas zu unternehmen, aber sie konnten sich kaum mehr auf den Beinen halten. »Es genügt nicht«, sagten sie erschöpft. »Diese Anstrengungen sind zu viel für uns.«

Reynald blickte zum dichtesten Teil des Weltwaldes, der derzeit nicht bedroht war. Dort erzitterten Bäume, als sammelten sie die grüne Energie von Milliarden Blättern, klappten dann zusammen und bildeten einen zentralen Hügel, der wie ein Bunker aus zahllosen miteinander verflochtenen Ästen und Zweigen wirkte. Die Wurzeln stießen tiefer in den weichen Boden hinab und das Donnern der umstürzenden Bäume übertönte das Fauchen der von den Kugelschiffen herabzuckenden Energiestrahlen.

Reynald fragte sich, ob der Weltwald versuchte, einen kleinen Kern von sich zu schützen. Der Bunker aus Holz schien die Festigkeit von Eisen zu haben. Hatten die hohen Bäume endgültig aufgegeben? Und wie sollte ein so kleiner geschützter Bereich den Theronen das Überleben ermöglichen?

Die Kugelschiffe schlugen immer wieder zu, flogen im Zickzack über den Weltwald hinweg, ohne ein erkennbares systematisches Vorgehen. Große Teile des Waldes waren bereits den Kältewellen zum Opfer gefallen. So viele Bäume, so viele Leben ... Stämme vereisten und verbrannten.

Reynald sah, dass es mit jeder verstreichenden Sekunde schlimmer wurde. Auf der Aussichtsplattform fühlte er sich zwar sehr verwundbar, aber er wusste, dass die Theronen auf dem Boden ebenso schnell starben wie die in den Baumwipfeln. Die Weltbäume und wilden Tiere wurden ausgelöscht, Millionen von Menschen niedergemetzelt.

Weder Reynald noch der Weltwald konnten etwas dagegen tun.

126 ✸ ADAR KORI'NH

»Die Ildiraner brauchen einen Sieg«, sagte Adar Kori'nh zu den wenigen Crewmitgliedern des Manipels. Seine Krieger ... seine Helden. Nachdenklich strich er sich mit der Hand über den kahlen Schädel. »Wir brauchen ihn dringender als jemals zuvor.«

Diese Kriegsschiffe waren die größten und mächtigsten Raumschiffe der Solaren Marine, mit den besten Waffen des Reiches ausgestattet, geschmückt mit Solarfinnen, die sich bei jeder Kursänderung bewegten. Kori'nh wusste, dass er für diese Mission zehnmal so viele Freiwillige bekommen hätte. Er war nicht der einzige Ildiraner, der sich dem Feind gegenüber ohnmächtig fühlte.

Alle waren bereit – er musste jetzt nur noch dafür sorgen, dass ihr Opfer zum gewünschten Erfolg führte.

Nach dem Tod des Weisen Imperators fühlten sich alle Ildiraner allein und das galt auch für Kori'nh. Der Erstdesignierte würde bald die Nachfolge seines Vaters antreten, die Seelenfäden des *Thism* wieder zusammenbinden und die Pfade proklamieren, die ihm die Lichtquelle zeigte.

Aber Kori'nh war der oberste Kommandeur der Solaren Marine und hatte eigene Vorstellungen in Hinsicht darauf, wie ein Krieg geführt werden sollte. Von den Zwängen des *Thism* befreit konnte er jene Vorstellungen in die Tat umsetzen.

»Mit Höchstgeschwindigkeit zum Qronha-System«, sagte er und sofort bildeten die neunundvierzig Schiffe eine perfekte Kampfformation. »Es liegt an uns, den Kampf zu den Hydrogern zu tragen und sie zu vernichten.«

Die Crewmitglieder jubelten, froh darüber, ihm in unsicheren und schmerzvollen Zeiten zu folgen. Der Adar stand stolz im Kommandonukleus von Qul Bore'nhs Schiff und trug bei dieser Gelegenheit wieder seine Galauniform mit allen Auszeichnungen und Medaillen, die er vom Weisen Imperator erhalten hatte. Ja, so sollte man sich an ihn erinnern.

»Heute werden wir alle unsterblich in der *Saga der Sieben Sonnen*.«

Im Herzen des Qronha-Systems, nicht weit von Ildira entfernt, umkreiste ein kleiner Stern einen roten Riesen so nahe, dass die größere Sonne mit ihrer Schwerkraft dem kleineren Begleiter Gas raubte. Qronha 3 war der einzige Gasriese des Systems und seine Atmosphäre enthielt die älteste ildiranische Himmelsmine. Woanders hatten Roamer die Herstellung von Ekti übernommen, aber die Ekti-Fabrik von Qronha 3 war eine symbolische Bastion der Ildiraner geblieben. Der Angriff der Hydroger auf jene Himmelsmine hatte nicht nur tausende von Arbeitern umgebracht, sondern auch den Beginn des Krieges mit dem Ildiranischen Reich markiert.

Jetzt schickte sich die Solare Marine an, den Feind überraschend anzugreifen, und zwar dort, wo der Konflikt begonnen hatte.

Der Gasriese schwoll an, als der Manipel langsamer wurde.

»Die Hydroger sind irgendwo dort unten«, sagte Kori'nh. Qul Bore'nh stand neben ihm, bereit dazu, den Einsatzbefehl zu geben. Die Septars, die den Befehl über jeweils sieben Schiffe führten, leiteten Energie in die Waffensysteme.

»Wir müssen sie finden und ihnen einen empfindlichen Schlag versetzen«, sagte der Adar. »Wir werden den Hydrogern – und unserem eigenen Volk – zeigen, dass es möglich ist. Kein Kommandant hatte jemals eine wichtigere Pflicht.«

Kori'nh holte tief Luft und konzentrierte sich. Ohne das *Thism* erstreckte sich Leere in seinem Selbst. Wenn Jora'h das Gespinst des *Thism* wiederherstellte, konnte Kori'nh nicht mehr aus eigener Initiative handeln. Es blieb nur wenig Zeit – die Kriegsschiffe mussten jetzt sofort aktiv werden.

Der Adar wies seine Flotte an, in die oberen Schichten der Atmosphäre vorzustoßen. Während der ersten Schlacht über Qronha 3 hatte die Solare Marine nur einen kleinen Sieg errungen, aber er zeigte, auf welche Weise sich ein Erfolg erzielen ließ.

Diesmal wollte Kori'nh mehr erreichen.

Als die Schiffe ins Wolkenmeer des Gasriesen tauchten, dachte der Adar an eine große Schlacht in der Geschichte der Erde. Ein sehr einfallsreicher, letztendlich aber erfolgloser General namens Napoleon hatte dabei eine Niederlage erlitten: Waterloo.

»Halten Sie sich bereit.«

Der Manipel glitt durch rostbraune Wolkenbänder, durch graue und gelbe Schleier. Überschallknalle hallten durch den hohen Himmel.

Kori'nh wies die Kriegsschiffe an, eine herausfordernde Mitteilung zu senden: »Hydroger, wir beanspruchen diesen Planeten für das Ildiranische Reich und verlangen, dass Sie ihn sofort verlassen.«

Qul Bore'nh wandte sich ihm im Kommando-Nukleus zu. »Erwarten Sie vom Feind, dass er unseren Forderungen nachkommt, Adar?«

»Natürlich nicht.« Kori'nh musterte ihn mit steinerner Miene. »Ich will die Hydroger provozieren.«

Er wies die neunundvierzig Schiffe an, in Formation zu bleiben, allerdings mit maximalem Standardabstand. Angriffsjäger schwärmten aus und übertrugen Erkundungsdaten.

Als die Kugelschiffe schließlich erschienen, war Kori'nh nicht nur bereit, sondern auch erleichtert. *Es geht los!* »Greifen Sie den Feind an!«

Die ildiranischen Kriegsschiffe eröffneten das Feuer mit kinetischen Raketen und hochenergetischen Strahlen. Ionisierungsblitze und Rauchwolken verwandelten das Kampfgebiet schnell in ein verwirrendes Durcheinander aus Signalen und Zielen. Selbst die Sensordaten waren nicht mehr präzise.

Die Hydroger reagierten, indem sie von ihren eigenen Waffen Gebrauch machten und den Angreifern blaue Energiestrahlen entgegenschleuderten.

Kori'nh ließ den Kampf einige Minuten lang andauern und lockte immer mehr Hydroger aus den Tiefen des Gasriesen nach oben. Doch als der Feind das Triebwerk eines ildiranischen Schiffes beschädigte, wusste er, dass die Zeit für einen Wechsel der Taktik gekommen war.

»Nun fügen wir der *Sage der Sieben Sonnen* unsere Heldentaten hinzu«, teilte der Adar den anderen Schiffen mit. »Wir haben einen vollen Manipel und jedes Schiff kann dem Feind eine Lektion erteilen. Lassen Sie uns einen großen Sieg erringen und allen zeigen, was möglich ist.« Er wandte sich an den neben ihm stehenden Subcommander. »Geben Sie den Befehl, Qul Bore'nh.«

Der Offizier sprach mit ruhiger Stimme. »An alle Septars: Wählen Sie Ihre Ziele. Wir haben das Potenzial, neunundvierzig Kugelschiffe zu vernichten. Sorgen Sie dafür, dass jedes einzelne Schiff seine Mission erfüllt.« Er empfing Bestätigungen von den einzelnen Kommandanten. »Ingenieure, leiten Sie die Kaskadenüberladung der Sternenantrieb-Reaktoren ein.«

Kori'nhs Hände schlossen sich ums Geländer der Kommando-Plattform, er sah sich um und spürte die grimmige Entschlossenheit der Crew. Sie waren besiegt worden, aber jetzt sahen sie eine echte Chance, Vergeltung zu üben.

Er hatte einer Septa aus Angriffsjägern strikte Anweisungen gegeben. Die sieben kleinen Schiffe sollten das Geschehen aus sicherer Entfernung beobachten und aufzeichnen. Wenn alles vorbei war, würden sie nach Ildira fliegen, Bericht erstatten und dem neuen Weisen Imperator schildern, was die Solare Marine im Qronha-System geleistet hatte.

Kori'nh wandte sich mit einer letzten Mitteilung an die Besatzungsmitglieder aller Kriegsschiffe. »Hier und heute verdienen wir uns für immer und ewig einen Platz in der *Saga*. Kann sich irgendein Ildiraner ein ehrenvolleres Ende erhoffen?«

Er hörte, wie das Donnern des Sternenantriebs lauter wurde, als das energetische Niveau in den Reaktoren immer mehr anstieg. Im Kommando-Nukleus war es bereits sehr viel wärmer geworden.

Ein Kugelschiff nach dem anderen jagte ihnen entgegen.

»Möge der Feind Zeuge seiner eigenen Torheit werden«, brummte Kori'nh.

Er sah auf dem Zielschirm, wie das erste Kriegsschiff mit weiß glühenden Triebwerkskegeln gegen eine Hydroger-Kugel knallte wie ein Hammer auf einen Amboss. Beide Schiffe platzten auseinander und der Explosionsblitz gleißte so grell, dass die Bugsensoren des Flaggschiffs für mehrere Sekunden überlastet waren. Eine Pforte zur höheren Ebene der Lichtquelle schien sich zu öffnen. Alle sahen es.

Oben und auf der Steuerbordseite löschte eine weitere Explosion ein zweites Kugelschiff aus. Die Hydroger hatten noch nicht begriffen, mit welcher verheerenden Taktik Kori'nhs Flotte gegen sie vorging. »Diesmal ist das Überraschungsmoment auf unserer Seite.«

Das Flaggschiff beschleunigte und ohne zu zwinkern beobachtete Kori'nh, wie Wolkenfetzen am Bug vorbeizuckten. Die Kugel, die er als Ziel für sich gewählt hatte, schwoll vor ihnen an, riesig und geometrisch perfekt. Hinter der durchscheinenden Außenhülle sah er eine komplexe Stadt.

»Nur noch einige wenige Sekunden, Adar«, sagte Bore'nh.

Mit hoher Geschwindigkeit näherten sie sich dem gewaltigen Kugelschiff. Blaue Energie flackerte zwischen den pyramidenförmigen Dornen, aber das ildiranische Schiff war so schnell, dass eine Kollision unvermeidlich wurde. Die Überladung des Triebwerks hatte fast den kritischen Punkt erreicht.

Jetzt konnte sie nichts mehr aufhalten.

Im letzten Augenblick gestattete sich Kori'nh ein Lächeln, das alle Zweifel und Enttäuschungen seiner militärischen Laufbahn beiseite schob. Dies war *perfekt*.

Das Flaggschiff kollidierte mit der riesigen Kugel, als der Sternenantrieb explodierte. Kori'nh hielt die Augen bis zum Schluss geöffnet, bis weißes Licht das ganze Universum auszufüllen schien.

127 ✹ SAREIN

Sarein stand neben Basil Wenzeslas auf dem Beobachtungspodium am Königlichen Kanal und spürte freudige Aufregung bei den vielen Zuschauern. Der Vorsitzende hingegen wirkte abgelenkt und sein Blick glitt immer wieder ins Leere.

»Was ist los?«, fragte Sarein leise und lächelte weiterhin. Fanfaren erklangen – Themen aus der Symphonie, die für Peters und Estarras Hochzeit komponiert worden war. Die Stimmen der Menge bildeten ein konstantes Hintergrundgeräusch.

Basil sah Sarein an und sein Gesicht wirkte seltsam ernst. Ihre Präsenz an seiner Seite schien ihn zu stören und für ein oder zwei Sekunden sah die theronische Botschafterin einen Fremden in ihm. »Manche Probleme sollten sich erst gar nicht ergeben«, sagte Basil schließlich. »Wir alle sollten zum gleichen Team gehören und das gleiche Ziel haben, aber die Hälfte unserer Schwierigkeiten geht auf Schwächen im eigenen Lager zurück.« Er sah wieder zum Königlichen Kanal. »Das ist unverantwortlich.«

Zeppeline mit VIPs an Bord schwebten über dem Flüsterpalast. Von dort aus hatte man einen prächtigen Ausblick auf den Kanal, der viele Kilometer weiter durch den Palastdistrikt führte. Die Stimme eines Ansagers ertönte aus Lautsprechern und wies darauf hin, dass die Fahrt der Jacht und ihrer Eskorte unmittelbar bevorstand.

Farne und Blumen schmückten den Platz. Gärtner hatten sich besondere Mühe gegeben, um den Eindruck von üppiger Vegetation zu erwecken. Die junge Königin von Theroc sollte sich wie zu Hause fühlen.

Nahrungsmittel- und Souvenirverkäufer schritten durch die Menge, bauten Stände auf und boten ihre Waren an. Repräsentanten des Palastes glitten auf Schwebeplattformen umher und verteilten Gedenkmünzen, die auf der einen Seite Peter und Estarra zeigten, auf der anderen das Symbol der Hanse.

Das Gesicht des bärtigen alten Erzvaters erschien auf den großen Bildschirmen am Platz. Er schenkte dem jungen Paar erneut seinen Segen und verkündete dann den Beginn der Flitterwochen-Fahrt.

Schnittige militärische Boote rasten in beiden Richtungen durch den Kanal und nahmen eine letzte Sicherheitsüberprüfung vor. Die Zuschauer waren bereits kontrolliert und nach Waffen durchsucht worden. Doch die Patrouillen auf dem Kanal dienten nicht nur dazu, die Sicherheit des königlichen Paares zu gewährleisten. Die Boote mit ihren starken Motoren zeigten akrobatische Manöver und ließen Wasserfahnen aufsteigen.

Sarein trat noch etwas näher an Basil heran. Er starrte auf den Kanal und blickte nicht zum Palast, wo jetzt die königliche Jacht erschien. Ihre bunten Bänder und Wimpel flatterten im Wind.

König Peter und Königin Estarra standen am Bug, waren prächtig gekleidet und winkten stolz. Die Zuschauer applaudierten begeistert, als sich die Jacht näherte. Sarein spürte, dass das Volk der Erde ihre Schwester und Peter wirklich liebte. Die Bürger der Hanse rückten zusammen, unterstützten ihren König und erhofften sich ein Wunder. Der alte Frederick war gleich zu Anfang des Krieges gestorben; jetzt sahen die Leute zu König Peter auf und erwarteten Rettung von ihm.

Bevor sich Peter an diesem Morgen auf den Weg gemacht hatte, war er zusammen mit Estarra an Basil herangetreten. König und Königin waren perfekt gekleidet und bestens auf die Festlichkeiten dieses Tages vorbereitet. Peters Verhalten ließ in letzter Zeit nichts zu wünschen übrig und Sarein hoffte, dass er und Estarra ihre Warnung ernst nahmen. Sie begrüßte den jungen König förmlich und freute sich für ihre Schwester, obwohl ein Teil von ihr bedauerte, nicht selbst Königin geworden zu sein.

Peter lächelte. »Ich möchte Sie einladen, Basil. Ich bin als König nur eine Galionsfigur, aber *Sie* sind der Vorsitzende der Terranischen Hanse. Sie treffen die wichtigen Entscheidungen und steuern die Ereignisse im Spiralarm. Sie sollten zusammen mit uns feiern.«

Basil sah ihn überrascht und auch misstrauisch an, aber der junge König machte einen aufrichtigen Eindruck, als er fortfuhr: »Königin Estarra und ich würden uns freuen, wenn Sie uns bei der Flitterwochen-Fahrt an Bord der Jacht Gesellschaft leisten. Sie könnten auf dem Heck stehen, während wir vom Bug aus der Menge zuwinken.«

Basil brauchte einige Sekunden, um sich zu fassen. »Das wäre diesmal nicht ratsam, König Peter.«

»Warum nicht?«, fragte Estarra freundlich. »Sie könnten eine Art Ehren-Trauzeuge sein. Es wäre eine gute Möglichkeit, die Verbindung zwischen dem Vorsitzenden der Hanse und dem König zu demonstrieren.«

Sarein sah, wie es in Basils Augenwinkel zuckte. »Nein, ich glaube nicht«, sagte er. »Das Programm steht fest und in den vergangenen Wochen haben Sie den Protokollministern genug Probleme bereitet, Peter.«

Peter lachte. »Ach, sie kommen schon darüber hinweg, Basil. Begleiten Sie uns. Was haben Sie schon zu verlieren?«

»Bitte, Vorsitzender«, fügte Estarra hinzu.

Es wunderte Sarein, warum sich Basil so sehr sträubte. Die neue kooperative Einstellung des Königs war doch genau das, was er sich erhofft hatte. »Es ist ein durchaus vernünftiger Vorschlag, Basil«, sagte sie leise. »Warum gehst du nicht darauf ein?«

»Ich habe Nein gesagt.« Basil versteifte sich. »Gehen Sie jetzt und bereiten Sie sich auf die Fahrt vor.«

»Komm, Estarra. Basil verabscheut Änderungen des Zeitplans.«
Peter wirkte enttäuscht – zu enttäuscht, fand Sarein –, als er Estarras Arm nahm und mit ihr fortging. In Basils Gesicht bemerkte Sarein einen sehr sonderbaren Ausdruck ...

Gekleidet in ihr Botschaftergewand aus grün gefärbten theronischen Fasern stand Sarein neben Basil, während sich ihnen andere Repräsentanten der Hanse auf dem Beobachtungspodium hinzugesellten.

Die königliche Jacht und ihre Eskorte fuhren langsam durch den Kanal. Die Zuschauer jubelten und machten Aufnahmen vom winkenden königlichen Paar. Soweit Sarein es feststellen konnte, lief alles bestens.

Trotzdem war Basil sehr angespannt.

Weiter hinten bahnten sich einige Palastwächter einen Weg durch die Menge und geleiteten den grünen Priester Nahton zum Podium. Einer der Wächter half ihm beim Tragen seines Schösslings. Nahton rannte, und Entsetzen zeigte sich in seinem Gesicht.

Die Repräsentanten der Hanse wichen beiseite, damit der grüne Priester das Podium betreten konnte. Seine Stimme klang rau und dünn, nicht weil er vom Laufen außer Atem war, sondern wegen der Nachrichten, die er brachte. »Die Hydroger greifen Theroc an! In diesem Augenblick! Sie wollen den Weltwald vernichten!«

Sarein hob die Hand zum Mund und konnte kaum glauben, was sie hörte. Ihr Zuhause! Theroc!

Basil überwand die Verblüffung und bat um eine genaue Erklärung. Nahton erzählte ihm rasch, dass Kugelschiffe damit begonnen hatten, den Weltwald mit Kältewellen und blauen Energieblitzen anzugreifen. Mehrere große theronische Siedlungen waren bereits zerstört.

»Die Bewohner haben sich in den Wald zurückgezogen, aber auch dort gibt es keinen Schutz für sie. Die Weltbäume versuchen, sich zur Wehr zu setzen, bisher ohne Erfolg. Vater Reynald bittet alle um Hilfe. Können wir die TVF schicken?«

Basil musterte den grünen Priester geistesabwesend und schien sich zu fragen, was es zu unternehmen galt. Sarein griff nach seinem Arm. »Wie viele Schiffe kannst du entsenden, Basil? Warum zögerst du?«

Er runzelte die Stirn und schien sich darüber zu ärgern, dass sie ihn bei seinen Überlegungen störte. »Sarein, wenn wir wüssten, wie man sich wirkungsvoll vor einem Angriff der Hydroger schützen kann, so hätten wir von einer solchen Methode längst Gebrauch gemacht. Was hat es für einen Sinn, unsere Streitmacht einzusetzen, wenn sie überhaupt nichts ausrichten kann?«

Zorn regte sich in Sarein. »Du hast meinem Volk Schutz und Partnerschaft mit der Erde angeboten. Neunzehn grüne Priester haben sich zum Dienst in der TVF verpflichtet. Meine Schwester hat den König geheiratet.« Dann spielte sie den Trumpf aus, von dem sie wusste, dass er den Vorsitzenden handeln lassen würde. »Basil, wenn der Weltwald ausgelöscht wird, hast du keinen Telkontakt mehr.«

Wenzeslas nickte. »Nun gut, Nahton. Setzen Sie sich mit den grünen Priestern an Bord der TVF-Schiffe in Verbindung. Die Kriegsschiffe, die Theroc am nächsten sind, sollen sich sofort mit Höchstgeschwindigkeit auf den Weg machen.« Er sah Sarein an. »Selbst wenn sie rechtzeitig eintreffen, was ich bezweifle: Du weißt, dass unsere Waffen im Kampf gegen die Hydroger kaum etwas nützen.«

»Clydia meldet, dass ihre Schiffe nur einen Tag von Theroc entfernt sind«, sagte Nahton. »Es sind die nächsten.«

»Ein Tag?«, stöhnte Sarein. »Dann kommen sie viel zu spät! Du weißt, wie schnell die Hydroger die Kolonie auf Corvus Landing zerstört haben, Basil!«

»Die Schiffe sollen trotzdem aufbrechen«, erwiderte der Vorsitzende. »Oder hast du eine bessere Idee, Sarein?«

Sie erinnerte sich an ihren brennenden Wunsch, Theroc zu verlassen, dachte daran, wie sehr sie ihre provinziellen Eltern verachtet hatte, die nicht bereit gewesen waren, den Handel mit der Hanse auszuweiten. Doch wenn sie sich jetzt vorstellte, wie der prächtige Weltwald zerstört wurde und wie sehr ihre Familie litt ... Hatte sie bereits ihre Eltern oder Großeltern verloren? Lebte ihre kleine Schwester Celli noch? Und Reynald?

»Wir müssen die Flitterwochen-Fahrt unterbrechen«, sagte Sarein. »König Peter muss von dem Angriff auf Theroc erfahren. Und natürlich auch meine Schwester. Unsere Familie ist in Gefahr.«

Basil schnitt eine Grimasse. »Nein, die Parade geht wie geplant weiter. Wir halten die Nachricht zurück und geben sie später bekannt.«

»Aber Estarra muss Bescheid wissen«, beharrte Sarein.

»Nichts soll ihren Frieden und ihre Fröhlichkeit jetzt stören. Sie muss ihrer Rolle gerecht werden.«

Sarein griff erneut nach Basils Arm. »Wir haben bereits Beneto auf Corvus Landing verloren, Basil. Jetzt hat es Reynald mit den Hydrogern zu tun. Vielleicht sterben meine Eltern in diesem Augenblick. Wie könnte ich es ertragen, noch mehr zu verlieren? Zeig ein wenig Mitgefühl!«

»Und du solltest etwas mehr Vernunft zeigen. Dies ist ein *Krieg*. Er fordert Opfer.« Basil sah Sarein an. »Du musst mit all dem Kummer fertig werden, den das Schicksal dir beschert. Vielleicht ist es am besten, wenn alles auf einmal passiert. Dann kann man es schneller hinter sich bringen.«

Sarein kniff misstrauisch die Augen zusammen. Basil beobachtete die langsam durch den Kanal fahrende königliche Jacht. Peter schlang den Arm um Estarras Taille und winkte dem Vorsitzenden zu. Basil erwiderte den Gruß steif.

»Wie meinst du das?«, fragte Sarein und fühlte neue Sorge.

Die Jacht erreichte eine Biegung des Kanals und Basil schloss die Hände fester ums Geländer des Beobachtungspodiums. Er ging nicht auf die Frage ein. Sarein sah ihn weiterhin an und fürchtete die Bedeutung, die sich in seinen Worten verbergen mochte. »Basil ... *Was hast du getan?*«

Doch die königliche Jacht setzte ihre Fahrt ohne einen Zwischenfall fort. Der König und die Königin winkten, spielten ihre Rollen perfekt. Das Boot glitt weiter, ohne dass irgendetwas geschah.

»Nichts«, sagte Basil. Er ließ die Schultern hängen und erweckte den Eindruck, eine Niederlage erlitten zu haben, obwohl Sarein keinen Grund für eine solche Reaktion erkennen konnte. »Es wird natürlich nichts passieren. Keine Tragödie, kein Zwischenfall. Alles ist unter Kontrolle.« Mit steinerner Miene sah er der königlichen Jacht nach.

Der grüne Priester Nahton fuhr damit fort, Einzelheiten vom Hydroger-Angriff auf Theroc zu berichten. Sarein hörte seinen Schilderungen mit Tränen in den Augen zu, doch Basil schenkte ihm kaum Aufmerksamkeit und schien mehr mit einer ganz persönlichen Katastrophe beschäftigt zu sein.

128 ✳ VATER REYNALD

Auf Theroc starben die Weltbäume und der Telkontakt berichtete allen grünen Priestern im Spiralarm davon.
Niemand von ihnen konnte helfen.
Neben Reynald sah ein tätowierter grüner Priester auf und sein Gesicht zeigte großen Kummer. »Clydia und Nahton weisen darauf hin, dass die nächsten Kampfschiffe der TVF erst in einem Tag hier eintreffen, selbst wenn sie mit Höchstgeschwindigkeit fliegen.«
Ein Kugelschiff flog dicht über den Wald hinweg; Kältewellen gingen von ihm aus. Schwärze breitete sich im Blätterdach des Weltwaldes aus und eisiger Dampf stieg geisterhaft auf. Beide Priester sanken auf die Knie und konnten den Schmerz des Weltwaldes kaum ertragen.
»Können sich die Bäume nicht irgendwie zur Wehr setzen?«, fragte Reynald. »Wenn die Hydroger ihr alter Feind sind, müssen sie doch wirkungsvoll gegen sie gekämpft haben. Wie ist es ihnen damals gelungen, sich zu verteidigen?«
»Ja«, erwiderten die grünen Priester wie aus einem Mund. »Es wird Zeit zurückzuschlagen.«
Neue Energie vibrierte durch den dichten Wald, als das gemeinsame Selbst aller Weltbäume Kraft sammelte und sich auf seine lebenden Waffen besann.
Die schuppigen Stämme öffneten sich und zum Vorschein kamen Samenkugeln, so groß wie eine Männerhand. Als sich die tief fliegenden Kugelschiffe näherten und Kältewellen über die Wipfel strichen, setzten die Bäume ihre Samenkugeln wie Projektile ein. Ein klebriger, zähflüssiger Saft bedeckte sie. Die Geschosse jagten empor, wie ein von unten nach oben fallender Regen.
Die Samenkugeln wirkten wie Sandkörner, die jemand in einen Sturm geworfen hatte. Mit lautem Klacken trafen sie die Außenhülle eines Kugelschiffs und blieben daran haften. Und dann ... fraßen sie sich durch den kristallenen Rumpf des riesigen Raumschiffs.
»Wie können Samenkugeln eine solche Panzerung durchdringen?«, fragte Reynald.
»Die Wurzeln eines Baums können Berge bersten lassen, wenn man ihnen genug Zeit gibt«, erwiderte ein grüner Priester.
»So viel Zeit haben wir nicht.«

Reynald beobachtete, wie sich das Innere des getroffenen Hydroger-Schiffs veränderte. Es wurde dunkler, schien plötzlich voller Schatten zu sein ... grüner Schatten. Pflanzliches Leben breitete sich aus, wuchs rasend schnell. Wurzeln tasteten umher, wurden immer länger. Blätter entfalteten sich. Eine grüne Explosion fand statt. Das große Schiff schlingerte, schien außer Kontrolle zu geraten.

Und dann platzte es auseinander. Eine sich hin und her windende Vegetationsmasse zerriss die Außenhülle und weißer Dunst entwich aus dem Inneren des Schiffes. Es stürzte ab, fiel in einen bereits verheerten Teil des Waldes. Die neu entstandenen Pflanzen sprangen regelrecht in den verödeten Bereich, bohrten dort ihre Wurzeln in den Boden und breiteten sich aus. Teile der Außenhülle des gewaltigen Kugelschiffs blieben um sie herum liegen.

Unweit des Horizonts stürzte ein zweites Schiff der Hydroger ab, heimgesucht von wuchernden Pflanzen. Die anderen Kugelschiffe reagierten, indem sie höher stiegen, sodass sie von den schwarzen Projektilen nicht mehr erreicht werden konnten. Aus sicherer Entfernung setzten sie ihr Vernichtungswerk fort.

Als sich die Hydroger außer Reichweite befanden, wurden die Weltbäume auf eine Weise aktiv, die zeigte, dass sie die Hoffnung auf ihr eigenes Überleben aufgaben. Erneut öffneten sich die schuppigen Stämme und setzten weitere Samenkugeln frei, aber diesmal fielen sie einfach zu Boden – sie sollten dafür sorgen, dass nach der Zerstörung des Weltwaldes neue Weltenbäume wachsen konnten.

Doch das schützte die Theronen nicht vor dem Tod.

Als sich das Selbst des Weltwaldes zu dieser Maßnahme entschloss, begriffen die Menschen unter dem hohen Blätterdach, dass es sich um die letzte Hoffnung des Waldes handelte. Und wenn die Bäume starben, gab es für die Siedler auf Theroc absolut keine Überlebenschance.

Die meisten Theronen hatten inzwischen die Wipfel verlassen und auf dem Waldboden Zuflucht gesucht, doch die Hydroger würden sie auch dort finden. Reynald verfluchte die Angreifer laut. Gab es überhaupt keine Möglichkeit, die Bäume und sein Volk zu retten?

Plötzlich raste ein Feuerball wie ein orangefarbener Komet über den Himmel. Das eiförmige, brennende Etwas änderte mehrmals den Kurs und jagte den kristallenen Kugeln der Hydroger entgegen. Es bewegte sich wie ein Schiff – oder wie ein Lebewesen. Dutzende von weiteren Feuerbällen folgten dem ersten, wie ein flammender Hornissenschwarm. Jeder von ihnen flog in eine andere Richtung und nahm sich ein Kugelschiff vor.

»Was bedeutet das?«, fragte Reynald. »Wer sind diese Fremden?«

Flammen gingen vom ersten Feuerball aus und trafen ein Kugelschiff, dessen Außenhülle sich schwärzte. Die Hydroger antworteten mit blauen Energieblitzen, doch der Angreifer attackierte die Kugel mit weiteren Flammen, bis es schließlich zu einer gleißenden Explosion kam und das kristallene Schiff *platzte*.

Die unter hohem Druck stehende Atmosphäre entwich und weitere Risse bildeten sich in der Außenhülle. Der ellipsenförmige Feuerball nahm das Kugelschiff weiterhin unter Beschuss, bis es schließlich zerbarst und die Trümmer in den Weltwald fielen.

»Die Faeros sind gekommen«, sagte einer der grünen Priester mit einer Mischung aus Begeisterung und Furcht.

Weitere Feuerbälle rasten über den Himmel und richteten bei den Hydrogern erheblichen Schaden an. Die Kugelschiffe gerieten in Bedrängnis und brachen ihren Angriff auf den Weltwald ab.

Der grüne Priester an Reynalds Seite griff nach der Rinde eines Weltbaums und rief: »Die Faeros greifen überall auf dem Planeten an. Sie treiben die Hydroger zurück!«

Die ovoiden Neuankömmlinge spuckten den Kugelschiffen Feuer entgegen, doch in vielen Fällen zerstob es an den kristallenen Außenhüllen und tropfte wie Lava auf den hilflosen Weltwald hinab. Es traf die in Kälte erstarrten Weltbäume; trockene Zweige und Blätter boten dem Feuer reichlich Nahrung.

»Die Fremden greifen die Hydroger an«, sagte Reynald und wusste noch immer nicht, wer die Faeros waren. »Aber sie könnten den Weltwald ebenso vernichten wie die Kugelschiffe.«

Der grüne Priester senkte den Blick. »Dieser Kampf begann Jahrtausende vor der menschlichen Zivilisation, und die launischen Faeros haben oft die Seiten gewechselt.« Selbst die Weltbäume schienen sich nicht sehr über die neuen Kämpfer zu freuen.

Die Hydroger setzten sich mit blauen Energiestrahlen zur Wehr. Der eisige Dunst einer Kältewelle umgab einen Feuerball und erstickte seine Flammen. Eisumhüllt fiel das ovoide Objekt vom Himmel und zeigte nicht mehr die geringsten Lebenszeichen.

Immer wieder geschah es, dass Energieblitze und Flammen ihr Ziel verfehlten, und dann wurden die Weltbäume getroffen. Weitere

Kugelschiffe stürzten ab und der Weltwald begann an vielen Stellen zu brennen, während am Himmel ein titanischer Kampf tobte.

Flammen breiteten sich im Unterholz aus, wurden größer und heißer, tasteten nach den Stämmen der Weltbäume. Die Theronen hatten ihre Wurmkokons und Pilzriff-Städte verlassen, sahen sich jetzt mit dem Feuer konfrontiert.

Kondorfliegen schwirrten über Wiesen und im Dickicht. Sie spürten das herannahende Verderben, konnten ihm aber nicht entkommen. Über den Wipfeln flogen wilde Wyver hin und her. Einige der monströsen, drachenartigen Geschöpfe griffen die Kugelschiffe an und starben sofort.

Junge Männer, die exotische Flügler aus einzelnen Teilen zusammengebaut hatten, sausten umher und versuchten, dem Feuer zu entkommen. Eigentlich dienten die Flügler nur dem Vergnügen, aber jetzt nahmen die jungen Piloten andere Theronen auf und trachteten danach, sie in Sicherheit zu bringen.

Als sich das Feuer der größten Pilzriff-Stadt näherte, kletterte Reynalds jüngste Schwester von einem Balkon auf einen Ast. Mühelos wahrte sie das Gleichgewicht, wie sie es beim Baumtanz-Unterricht gelernt hatte, und fühlte deutlich, wie es immer heißer wurde. Überrascht stellte sie fest, dass sie den Boden nicht erreichen konnte: Flammen krochen über den Stamm des Weltbaums nach oben. Cellis Reaktion bestand nicht aus Furcht, sondern aus Ärger darüber, dass sie nicht eher aufgebrochen war.

Am Ende des Astes duckte sie sich, spannte die Muskeln, sprang zu einem anderen Ast und erreichte von dort aus mehrere große Blattwedel. Doch dem Feuer konnte sie auf diese Weise nicht entkommen. Alle ihre Baumtänzer-Bewegungen entsprachen einem festen Repertoire und waren sorgfältig einstudiert, doch die gegenwärtige Situation verlangte Improvisationen. Sie musste sich beeilen, denn die Bäume waren spröde und geschwächt.

Der emporsteigende Rauch ließ sie husten. Beim dritten Sprung gab ein Ast nach, aber es gelang ihr, sich an einem Zweig festzuhalten und nach oben zu ziehen. Unten loderte das hungrige Feuer und zischte, als es das Unterholz verschlang. Celli saß in der Falle und rief um Hilfe, doch ihre Stimme verlor sich im lauter werdenden Prasseln.

Ein junger grüner Priester kam mit einem Flügler vorbei. Geschickt ergriff er Celli an der Taille und sie schwang sich auf das Fluggerät.

Die bunten Schwingen von Kondorfliegen vibrierten und trugen sie empor, fort von den Flammen. Celli musste dem jungen Mann ihren Dank ins Ohr brüllen.

Der Flügler schwankte immer wieder, aber sein grünhäutiger Pilot flog weiter und hielt nach einem geeigneten Landeplatz Ausschau, während sich Celli an ihm festhielt. Es schien überall zu brennen ...

Ihre Eltern Idriss und Alexa standen auf einer Lichtung und beobachteten, wie Flammenzungen von Ast zu Ast leckten. Sie blickten zu den cremefarbenen, sich überlappenden Falten der Pilzriff-Stadt auf, als das Feuer das gehärtete Außengewebe schwärzte. Schreie erklangen im Innern der Stadt und wiesen darauf hin, dass nicht alle geflohen waren ...

Die Hydroger griffen erneut an und die Feuerbälle der Faeros attackierten sie noch immer. Als sich ein Kugelschiff näherte, sah Reynald zu ihm empor und ballte die Fäuste, als könnte er es allein mit seinem Zorn vertreiben.

Bevor das Kugelschiff seine Waffen gegen den Weltwald einsetzen konnte, kam ein Faero wie eine Kanonenkugel herab. Das Hydroger-Schiff schleuderte ihm Kältewellen entgegen: Eis gegen Feuer. Die beiden so unterschiedlichen Feinde stiegen auf, wie in einer tödlichen Umarmung vereint.

Reynald beobachtete das über ihm stattfindende Duell, den Kampf zwischen Hitze und Kälte. Offenbar brachte er beiden Kämpfenden das Ende, denn das Kugelschiff der Hydroger und der Feuerball der Faeros fielen Reynald und den grünen Priestern entgegen.

Reynald stieß einen erschrockenen Schrei aus und versuchte, zur Seite zu springen – zu spät. Die riesige kristallene Kugel und das flammende ovoide Objekt stürzten ins Blätterdach und zerfetzten den oberen Bereich des Waldes.

Es blieb Reynald gerade noch Zeit genug, die Hände vor die Augen zu heben. Donnernde Flammen und schimmernde Eiswellen brachten ihm und allen Bäumen in der Nähe den Tod, hinterließen eine Zone der Zerstörung.

Eine Stunde lang tobte der Kampf, dann gelang es den Faeros, die Hydroger zurückzutreiben. Die Kugelschiffe, die nicht in den Wald gestürzt waren, zogen sich ins All zurück.

Die Überlebenden auf Theroc sahen durch den Rauch zum Himmel empor und beobachteten, wie auch die Faeros den Planeten verließen. Sie hatten die Hydroger besiegt, aber einen großen Teil des Weltwaldes in Brand gesetzt.

Der Krieg war gerade noch schlimmer geworden.

129 ✷ WEISER IMPERATOR JORA'H

Musiker des Prismapalastes hämmerten auf Trommeln und es klang nach dem Grollen eines Unwetters. Andere spielten auf seltsamen Instrumenten und fügten dem dumpfen Donnern erbauende, aber auch kummervolle Melodien hinzu, die die Trauer um den Verlust des Weisen Imperators Cyroc'h mit der Freude über den Amtsantritt von Jora'h verbanden. Die talentiertesten ildiranischen Sänger standen zusammen und erhoben ihre Stimmen zu einem wehklagenden Gesang, der die Herzen der Zuhörer berührte.

Jora'h trat einen weiteren Schritt vor und spürte dabei, wie ein Schmerz tief in seinem Innern intensiver wurde. Die Vergangenheit umgab ihn, voller Erinnerungen und verlorener Gelegenheiten. Und die Zukunft lud ihm eine Bürde aus zu vielen unbeantworteten Fragen auf.

In wenigen Momenten, mit der Vollendung der Zeremonie, ging die Zeit von Sex und Romantik zu Ende. Doch Jora'hs Sehnsucht nach Nira konnte nicht vom silbernen Messer des Arztes eliminiert werden. Er fragte sich, ob irgendein Weiser Imperator vor ihm verliebt gewesen war. Voller Entschiedenheit beschloss er, dass sich nicht alles ändern würde. *Nicht alles.*

Er hatte nach Dobro fliegen und Nira retten wollen, doch das kam nicht infrage, solange das ildiranische Volk der Panik nahe war und ein neues Oberhaupt brauchte. Zuerst musste er die Nachfolge seines Vaters antreten.

Aber nachher ...

Stämmige Leibwächter begleiteten ihn auf seinem langsamen Weg in den Palast, bei dem ihn zahllose Zuschauer beobachteten. Die Trommeln dröhnten lauter, im Takt von Jora'hs Herzschlag. Fackelartige Glänzer schufen bunte Lichter, und die kristallenen Wände reflektierten sie.

Jora'h stieg die Treppe zum Podium unter der großen, mit Vögeln und Pflanzen gefüllten Himmelssphäre hoch. Weit oben hing eine Dunstwolke über der Säule aus Licht; Cyroc'hs wohlwollendes Gesicht blickte jetzt nicht mehr auf die Bittsteller im Empfangssaal hinab. Bald würden dort die Züge des Weisen Imperators Jora'h erscheinen.

Ein Priester des Linsen-Geschlechts stand allein auf der gegenüberliegenden Seite des Podiums. Drei Ildiraner des Mediziner-Geschlechts bildeten ein Dreieck um den leeren Chrysalissessel, gekleidet in makellose weiße und silberne Umhänge. Auf einem nahen Tisch lagen ihre Instrumente – die rasiermesserscharfen Klingen blitzten im Licht. Jora'h sah kurz auf die medizinischen Werkzeuge, richtete den Blick dann nach vorn und konzentrierte sich.

Jeder Mann im Ildiranischen Reich hatte sich unmittelbar nach dem Tod des Weisen Imperators das Haar abgeschnitten, mit Ausnahme von Jora'h, dessen Haar jetzt zuckte. Während der Jahre seiner Herrschaft würde es wachsen und schließlich einen langen, seilartigen Zopf bilden, so wie bei seinem Vater.

Jora'h trat auf die Plattform und blieb stehen. Er straffte die Schultern, sah dann zur Himmelssphäre empor. Der Sonnenschein glitzerte in seinen Augen, aber er konnte das *Thism* und die Seelenfäden der Lichtquelle nicht sehen. Bald ...

Er zwang sich zur Ruhe. Das ganze Reich schaute auf ihn.

Das Publikum im Saal beobachtete die Vorgänge mit Sorge und Hoffnung. Aufruhr herrschte auf Ildira und in allen Splitter-Kolonien. Die Ildiraner fühlten sich verloren ohne das telepathische Sicherheitsnetz, das sie alle miteinander verband. Die Designierten, Söhne des toten Weisen Imperators, waren von ihren jeweiligen Planeten nach Ildira zurückgekehrt. Vertreter aller Geschlechter drängten sich in Gebäuden und auf Plätzen zusammen, suchten beieinander Trost. Überall gab es Unruhe und Verwirrung. Das ganze Volk konnte den Verstand verlieren und dem Irrsinn anheim fallen, wenn Jora'h nicht die Zeremonie hinter sich brachte.

Indem er zum Weisen Imperator wurde, konnte er die Fäden des *Thism* wieder zusammenbinden. Ganz gleich, was er sonst fühlte oder fürchtete, er wagte nicht zu warten. Nicht einmal um Niras willen.

Jora'h hob die Hände und von einem Augenblick zum anderen wurde es still. Langsam drehte er sich um und schwieg noch immer. Er sah zum Chrysalissessel, der ohne die Körpermasse seines Vaters seltsam leer wirkte.

Der große Sessel – der Thron – weckte Furcht in Jora'h. Würde er ein Gefängnis für ihn sein? Er nahm sich vor, nicht zu einem invaliden Herrscher zu werden wie sein Vater. Die Tradition verlangte, dass die Füße eines Weisen Imperators nie den Boden berührten, aber ein Weiser Imperator konnte auch die Tradition ändern. Jora'h versprach sich stumm, gesund und aktiv zu bleiben. Ja, er hatte viel vor.

Aber seine gegenwärtige Perspektive mochte sich ändern, wenn er zum Zentrum des *Thism* wurde. Die Lichtquelle würde ihm viele Wahrheiten offenbaren.

Als Jora'h sprach, war seine Stimme laut und fest. Die Zuschauer hörten voller Ehrfurcht zu.

»Das Reich braucht einen neuen Weisen Imperator. Die Fäden des *Thism* müssen wieder miteinander verknüpft werden, auf dass unser Volk eins sein kann. Seit Tagen sind die Ildiraner voneinander getrennt und das hat lange genug gedauert. Zu lange. Heute trete ich die Nachfolge meines Vaters an und werde damit zu eurer neuen Kraft. Ich werde den Weg sehen und uns durch diese schweren Zeiten in die Zukunft führen.«

Jora'h öffnete seinen Umhang wie den Kelch einer Blume und stand nackt vor seinem Volk. Bald würde er alle Bürger kennen, ihre Gedanken, ihre Sorgen und Träume. Er empfand nicht die geringste Scham dabei, sich den Ildiranern auf diese Weise zu zeigen, nicht bei dieser wichtigen Zeremonie.

Das ganze Reich musste daran teilhaben. Der Erstdesignierte musste zeigen, dass seine Familie stark war.

Sein Sohn Thor'h war von den Wiederaufbauarbeiten auf Hyrillka nach Ildira zurückgekehrt. Der junge Mann hatte genug Zeit auf dem von den Hydrogern verwüsteten Kolonialplaneten verbracht, um viele Projekte einzuleiten. Jetzt würde er hier im Prismapalast bleiben, um ganz offiziell zum Erstdesignierten zu werden.

Jora'h hatte neue Ärzte angewiesen, sich um Rusa'h zu kümmern, der nach wie vor im Sub*thism*-Schlaf ruhte. Er hatte viele Brüder und viele Söhne, aber als Erstdesignierter, als *Weiser Imperator*, durfte er keinen von ihnen verlieren, nicht einmal den verachtenswerten

Udru'h, der Nira entführt und über Jahre hinweg gequält hatte. Für sie alle änderten sich nun Stellung und Status, was neue Verantwortung bedeutete – so wollten es die ildiranischen Bräuche und Gesetze.

Jora'h nahm im großen Sessel Platz und lehnte sich zurück. Der Thron schien ihn willkommen zu heißen, fühlte sich gleichzeitig fremd und vertraut an.

Die drei Ildiraner des Mediziner-Geschlechts kamen näher, untersuchten ihn und markierten die Stelle des Schnitts mit einer dünnen Linie. Jora'h zuckte zusammen, zwang sich aber, den Blick auf die nächsten Beobachter zu richten.

Sein ältester Sohn, Tal Zan'nh, stand unter ihnen, gekleidet in die Uniform der Solaren Marine. Jora'h hatte gerade erst von Adar Kori'nhs selbstmörderischem Angriff bei Qronha 3 erfahren. Eine Septa schneller Angriffsjäger war mit Bildern eingetroffen, die zeigten, wie die Kriegsschiffe des Adars sich geopfert und fast fünfzig Kugelschiffe der Hydroger vernichtet hatten.

Neben Zan'nh bemerkte Jora'h den sonst immer so ernsten und grimmigen Dobro-Designierten. Diesmal lächelte Udru'h zuversichtlich. Vielleicht glaubte er, dass der neue Weise Imperator alles verstehen und die Zuchtpläne billigen würde, sobald er vollen Zugang zum *Thism* hatte ...

Jora'h rang mit seinem Zorn und schwor sich einmal mehr, Nira und alle anderen Gefangenen auf Dobro zu befreien, sobald er zum Weisen Imperator geworden war. Er würde den schrecklichen Experimenten ein Ende setzen und die Menschen zur Terranischen Hanse zurückbringen. Vielleicht wussten sie nach so vielen Generationen gar nichts mehr von ihrer Herkunft.

Die Ildiraner des Mediziner-Geschlechts beendeten ihre Vorbereitungen und zogen gleichzeitig ihre Messer. Ein leises Surren erklang dabei, kündete von scharfen Schneiden. Die Zuschauer wurden sofort still und standen so reglos wie Statuen.

Jora'h atmete tief durch, öffnete sein Selbst und streckte mentale Hände nach den losen Fäden des *Thism* aus, bereit dazu, sie zu einem neuen Gespinst zu verknüpfen, das das ildiranische Volk wieder vereinte. Er wusste, dass es wehtun würde – der Schmerz gehörte zum Ritual. Er holte erneut Luft ...

Der Schnitt war schnell und sicher und die gleißende Explosion hinter seinen Augen half ihm, die Gedanken auszurichten, das eigene Bewusstsein auf eine neue Ebene zu heben und die perfekte Sphäre der Lichtquelle zu sehen. Jora'hs Gedanken wurden zu einem Projektil.

Er stieß einen schmerzerfüllten, vom Verlust geprägten Schrei aus, doch gleich darauf schnappte er verblüfft nach Luft. Ganz deutlich sah er die Pfade des *Thism*, die goldenen Seelenfäden, die ihn umgaben, ohne miteinander verbunden zu sein.

Er griff nach ihnen und zog sie näher, verknüpfte sie zu einer wundervollen Tapisserie. Jora'h straffte die Stränge und begann damit, die Leben von Abermilliarden Ildiranern aller Geschlechter miteinander zu verbinden. Gleichzeitig wandte er sich nach hinten, in Richtung Vergangenheit, glättete den Stoff der Geschichte und des Wissens. Sein eigenes Wissen. *Die Wahrheit.*

Die Ärzte arbeiteten schnell, während Jora'h wie gelähmt im Sessel lag, überwältigt vom Wissen, das in sein Selbst strömte. Sie stillten die Blutung, schlossen den Schnitt und brachten fort, was abgeschnitten worden war.

Mit seinem unglaublichen Zugang zum kollektiven ildiranischen Geist und zu den Erinnerungen aller seiner Vorgänger sah Jora'h die Komplexität der Pläne und Strategien, die sein Vater und die Weisen Imperatoren vor ihm entwickelt und verfolgt hatten. Jetzt *verstand* er.

Die rituelle Kastration war ein geringer Preis für diese Offenbarungen. Die Myriaden ineinander verschachtelter Pläne ... Jora'h empfand sie als atemberaubend.

Die Ildiraner im Empfangssaal seufzten erleichtert; einige von ihnen jubelten sogar. Jora'h hörte es kaum. Sein Volk – alle Ildiraner des Reiches – fühlte sich wieder eins. Tief in ihrem Inneren spürten alle Geschlechter, dass wieder ein Weiser Imperator auf dem Thron saß, dass das *Thism* intakt war und allen Sicherheit gewährte. Die Lichtquelle schien wieder hell auf die Ildiraner.

Alles war so, wie es sein sollte.

Es fiel Jora'h schwer, sich ein Gefühl für das eigene Selbst und seine Sterblichkeit zu bewahren. Eine Offenbarung nach der anderen senkte sich auf ihn herab, schneller als er sie verarbeiten konnte. So viel war vor ihm verborgen gewesen! So viele Gründe, so viele schreckliche Notwendigkeiten! Ihn schwindelte, als er im Chrysalissessel lag, wie gelähmt und unfähig dazu, auch nur einen Ton hervorzubringen.

Schließlich blickte Jora'h hilflos in die Menge und begriff, dass auch ihm keine Wahl blieb.

130 ✹ CESCA PERONI

Zwar gab es im Asteroidenhaufen Rendezvous weder Tag noch Nacht, aber die Roamer folgten einem dem irdischen Standard entsprechenden Aktivitäts- und Ruhezyklus. Das Licht in den Korridoren war gedämpft. Raumschiffe trafen rund um die Uhr ein und Dockingcrews arbeiteten die ganze Zeit über, entluden Fracht und begrüßten Besucher.

Dennoch war es während gewisser Stunden des Nachtzyklus sehr ruhig und friedlich. Wenn Sprecherin Cesca Peroni nicht schlafen konnte, fand sie oft Trost darin, durch die Tunnel von einem Asteroiden zum nächsten zu wandern. Ihre Gedanken reichten weiter, als die Füße sie tragen konnten. Die meisten Türen der Privatquartiere waren geschlossen und über ihnen glühte mattes Standby-Licht. Nichts regte sich, als Cesca an ihnen vorbeiging, den Blick nach vorn gerichtet, die Gedanken in Aufruhr.

Als Sprecherin wurde sie ständig mit Problemen konfrontiert, die meisten von ihnen eher banal. Andere aber waren ernster Natur, erforderten geduldige Verhandlungen und die Fähigkeit, zahlreiche innovative Alternativen in Erwägung zu ziehen.

Am vergangenen Nachmittag hatte sie sich offiziell mit einem strahlenden und vollkommen unerschütterten Kotto Okiah getroffen, der ihr bei jener Gelegenheit neue Pläne vorlegte. Erst vor einer Woche war die Kolonie auf Isperos Opfer der Lava geworden und Kottos Gesicht zeigte noch immer rote Stellen, an denen die Haut abblätterte, aber er befasste sich bereits mit einem neuen Projekt.

»Auf einem Planeten, der weit genug von seiner Sonne entfernt ist, herrschen so niedrige Temperaturen, dass die Atmosphärengase gefrieren«, sagte er und schaltete ein Gerät ein, das ein Koordinatennetz projizierte. »Ich meine nicht nur Wasserdampf und Kohlendioxid – solche Gase können wir aus Kometen gewinnen und in Wasserstoff und Sauerstoff aufspalten. Nein, ich spreche von Methanseen und reinem flüssigem Wasserstoff. Solche Vorkommen wären um ein

Vielfaches dichter als die Gase, die unsere Himmelsminen für die Ekti-Produktion nutzten!«

Er betätigte eine Taste und mehrere Planeten erschienen auf der Sternenkarte. »Natürlich müssen wir einen Weg finden, bei Temperaturen dicht über dem absoluten Nullpunkt zu leben und zu arbeiten. Ich weiß nicht, wie ich dafür sorgen kann, dass unsere Geräte und Maschinen unter solchen Bedingungen zuverlässig funktionieren, aber die Ekti-Produktion wäre außerordentlich effizient.«

Er lächelte, das Haar zerzaust, das Gesicht gerötet. Cesca erwiderte das Lächeln. »Wenn jemand so etwas schaffen kann, dann Sie, Kotto. Na schön, beginnen Sie mit der Projektentwicklung und unterbreiten Sie einen Vorschlag. Wann auch immer wir Roamer zu Boden geworfen werden – wir stehen sofort wieder auf.«

Kotto tanzte fast in der geringen Schwerkraft von Rendezvous, als er forteilte, um sich wieder an die Arbeit zu machen ...

In letzter Zeit konnte sich Cesca kaum den Luxus leisten, ihren eigenen Gedanken nachzuhängen. Die Umstände zwangen sie, persönliche Dinge beiseite zu schieben. Oft war es ein Vorteil, ständig mit Angelegenheiten der Roamer beschäftigt zu sein, doch jetzt, mitten in der Nacht, musste sie über die Dinge nachdenken, die sie erfahren hatte. Über all die schlechten Nachrichten.

Sie erreichte einen ausgehöhlten Asteroiden am Rand des Rendezvous-Clusters. Tagsüber brachte der Gouvernanten-Kompi UR Kinder hierher, damit sie in der Schwerelosigkeit spielen konnten, aber in der Nacht war der Asteroid leer und dunkel.

Damit bot er Cesca genau das, was sie brauchte.

Sie schloss die Tür, hielt sich mit einer Hand an einem Metallgriff neben dem Zugang fest und deaktivierte mit der anderen die wenigen noch glühenden Lampen, woraufhin völlige Finsternis herrschte.

Sie ließ los, stieß sich von der Wand ab und schwebte durch die warme Leere. Sie flog blind, breitete Arme und Beine aus und entspannte sich. Die Luft war völlig unbewegt und kein Licht lenkte sie ab. Durch das Fehlen der Schwerkraft fühlte sie sich wie ein Geist – oder wie ein ungeborenes Kind in der Dunkelheit der Gebärmutter. Es spielte keine Rolle, ob ihre Augen geschlossen oder offen waren.

Sie ließ sich einfach treiben ... und konzentrierte sich ...

Ein Roamer-Händler hatte Rendezvous gerade mit der Nachricht von einem schrecklichen Hydroger-Angriff auf Theroc erreicht. Unter den vielen Opfern befand sich auch Reynald, der Mann, dem Cesca die Ehe versprochen hatte.

Durch die Heirat wäre es zu einem Bündnis zwischen Roamern und Theronen gekommen, doch der politische Aspekt stand derzeit für Cesca nicht im Vordergrund. Angesichts der Atmosphäre des guten Willens zwischen den beiden Völkern sollte es trotzdem möglich sein, eine Allianz zu bilden.

Jess hatte ein solches Bündnis für richtig gehalten und auch Cesca sah die Weisheit darin. Aber eine Ehe mit Reynald konnte jetzt nicht mehr ihre Grundlage bilden. *Armer Reynald.*

Cesca gab sich der Trauer über seinen Tod hin. Reynald war ein guter Mann gewesen, mit einer sanften Persönlichkeit und echter Liebe für sein Volk. Cesca glaubte, dass er ein anständiger Ehemann gewesen wäre, obgleich sie jemand anders liebte. Er hatte sie herzlich willkommen geheißen und sich ganz so verhalten, wie es sich eine Frau wünschen konnte.

Doch ihr Herz war ihm verschlossen geblieben, ohne dass er etwas davon geahnt hatte. Sie hatte sich nicht einmal die Mühe gemacht, ihn richtig kennen zu lernen, trotz der Zuvorkommenheit des theronischen Prinzen. Cesca musste sich eingestehen, dass sie ihn eigentlich gar nicht verdient gehabt hätte.

Jetzt spielte das alles keine Rolle mehr. Die Hydroger hatten Reynald getötet und einen großen Teil des Weltwaldes zerstört. In der gegenwärtigen Situation brauchten die Theronen die Hilfe der Roamer dringender als zuvor und Cesca würde dafür sorgen, dass die beiden Völker zueinander fanden. Doch Verpflichtungen einem Mann gegenüber gab es jetzt nicht mehr für sie.

Sie konnte sich auf die Suche nach Jess machen.

War es egoistisch, schon jetzt daran zu denken? Sie liebte ihn, hatte ihn immer geliebt, doch nach Ross' Tod im Wolkenmeer von Golgen hatte sie nicht schnell genug gehandelt. Eine sonderbare Laune des Schicksals wollte es, dass ihr die Hydroger erneut den Mann genommen hatten, mit dem sie verlobt gewesen war.

Wieder war sie allein und noch immer liebte sie Jess. Zwar trug sie Kummer im Herzen, aber stand jetzt noch etwas in ihrem Weg?

Schon seit zwei Jahren hätten sie verheiratet sein sollen. Naiverweise waren sie beide davon überzeugt gewesen, alle Zeit der Galaxis zu haben. Inzwischen wusste Cesca es besser. Sie hätte Jess jetzt sofort geheiratet, ohne eine vorherige Verlobung. Sie wäre bereit gewesen, vor die Roamer-Clans zu treten und den Schwur zu leisten. Sie sah darin keinen Verrat Reynald oder Ross gegenüber.

Es gab keine Bedenken mehr für Cesca.

Aber von Del Kellums Nebelseglern hatte sie gerade erfahren, dass Jess verschwunden war. Ohne Erklärung hatte er die interstellare Gaswolke verlassen und war fortgeflogen, ohne irgendeine Spur zu hinterlassen.

Cesca konnte Mitteilungen schicken und durch das Netzwerk der Roamer Nachforschungen anstellen, in der Hoffnung, dass Jess so bald wie möglich zurückkehrte. Aber niemand wusste, wo er sich befand, was aus ihm geworden war ...

In der Dunkelheit stieß sie gegen die Wand des Raums. Der Kontakt mit der Polsterschicht über dem Felsgestein brachte Cesca in die Realität zurück. Sie streckte die Hände aus, bekam eine Haltestange zu fassen und hielt sich daran fest, bevor das Bewegungsmoment des Abprallens sie wieder in den offenen Raum schweben ließ.

Sie blinzelte, ohne etwas in der völligen Finsternis zu sehen. Ihr Körper blieb gewichtslos, doch ihr Herz war schwer. Sie fühlte sich so allein und isoliert ...

Cesca hielt an ihrer Entschlossenheit fest. Die Roamer waren unabhängig und einfallsreich. Sie würde einen Weg finden, Jess zurückzubekommen.

131 ✳ JESS TAMBLYN

Nach der Vernichtung seines Schiffes über der unbekannten Wasserwelt, nach dem Gleißen der Explosion und dem endlosen Trümmerregen, fühlte Jess, wie er eine Ewigkeit lang durch die Atmosphäre fiel. Eine berauschende Woge der Macht durchströmte ihn, so stark, dass er sie nicht ganz zurückhalten konnte.

Er wechselte den Fokus seines Selbst, zog das Bewusstsein in den Körper zurück ... und stellte fest, dass er in einem seichten, warmen Meer schwamm. Von grünem Plankton durchsetztes schiefergraues Wasser umgab ihn, reichte bis zum erschreckend weiten Horizont.

Doch es regte sich keine Sorge in Jess. Er war wie durch ein Wunder heil und fühlte sich lebendiger als zuvor. Die Kraft einer uralten, für ihn unverständlichen Entität erfüllte ihn. Über lange Zeit hinweg war der letzte Wental als diffuser Nebel zwischen den Sternen verstreut gewesen, aber er hatte überlebt. Jetzt war er noch stärker. Während Jess schwamm, empfand er die tröstende See wie die Wärme von Fruchtwasser.

Er hatte sich verwandelt, in etwas, das weitaus größer war als seine frühere physische Existenz. Er verstand es nicht, aber als er seine Umgebung mit neuen, funkelnden Augen beobachtete, erschien ihm jedes Detail deutlicher und schärfer. Seine Reaktionen waren schneller und sein Instinkt hatte sich enorm erweitert.

Die ausgeschleuste Fracht und der große Wental-Zylinder waren bereits ins Meer gefallen. Der Wental füllte das Gewebe von Jess' Körper und durch die Poren berührte er das fruchtbare neue Ambiente. Die Entität hatte sich bereits durch ihn im Ozean ausgebreitet. Ein Blitz aus Licht und Leben war von Jess' Haut ausgegangen und wie eine Schockwelle der Wiedergeburt durchs hungrige Wasser gefahren.

Als der Wental aus seinen Zellen floss und den Ozean belebte, fühlte sich Jess als Teil von ihm. Es war das außerordentlichste, wunderbarste Gefühl, das er sich vorstellen konnte. Der Angriff der Hydroger hatte zu einer neuerlichen Ausbreitung der Essenz des Wentals geführt.

Er dachte daran, das vitale Wasser von Welt zu Welt zu tragen, wie ein exotischer Täufer, der den Menschen neue Verbündete im Kampf gegen die Fremden aus den Tiefen der Gasriesen brachte.

Aber dazu musste er diesen Planeten verlassen ...

Jess schwamm, sah sich voller Staunen um, betrachtete seine perfekten Hände und die sonderbar leuchtende Haut. Das Glühen nahm zu, als er sich auf die Umgebung konzentrierte und spürte, wie das Wasser in Bewegung geriet. Er begriff nicht ganz, was er war und was er mit seinem Leben machen sollte.

Doch dann bahnte sich die Realität einen Weg in seine friedlichen Gedanken und daraufhin verstand er, wo und was er war. In einer Vision sah er Cesca, allein, und Kummer stieg in ihm auf.

Die neuen Umstände seiner Existenz schenkten ihm Enthusiasmus, aber ihm wurde auch klar, dass er in einem unbekannten Meer schwamm und sein Körper eine grundlegende Veränderung erfahren hatte. Er saß auf dieser Welt fest und er war nicht länger nur ein Mensch.

Jess liebte Cesca noch immer, aber es gab keine Möglichkeit mehr für ihn, zu ihr zurückzukehren. Das hatte sich für immer geändert.

132 ✺ BASIL WENZESLAS

Nichts ärgerte den Vorsitzenden Wenzeslas mehr als das Scheitern sorgfältig ausgearbeiteter Pläne. Dem Durcheinander im Spiralarm Ordnung aufzuzwingen – nur darin fand er Ruhe und Zuversicht. Zeitpläne mussten eingehalten und Arbeiten erledigt werden, damit die Geschäfte der Hanse weitergingen.

Aber manchmal führten auch die gewissenhaftesten Vorbereitungen nicht zum angestrebten Ziel und dann brach alles auseinander, stürzte wie ein Kartenhaus ein. König Peter hätte jetzt tot sein sollen, die Roamer in eine Ecke gedrängt. König Daniel hätte auf dem Thron sitzen müssen, als williges Werkzeug der Hanse.

Tief in Gedanken versunken trank Basil Kardamomkaffee. Er wusste noch immer nicht, wie es Peter gelungen war, den Mordanschlag zu vereiteln. Die Plasmabombe war neutralisiert worden und der Roamer-Sündenbock namens Denn Peroni hatte die Mondbasis verlassen können – ihm hatte Basil Wenzeslas nach dem »schrecklichen Zwischenfall« die Schuld geben wollen.

Alles war so von Pellidor vorbereitet worden, dass die Spuren des Anschlags zu den Roamern führten. Inzwischen hatte Basil die den TVF-Kampfgruppen übermittelten versiegelten Befehle widerrufen, denn es gab keinen Vorwand dafür, Roamer-Schiffe zu konfiszieren und die Weltraumzigeuner zu zwingen, Teil der Hanse zu werden, sie ihrer Kontrolle zu unterwerfen.

Es hätte ein leichter Sieg sein sollen, eine Stärkung für die Hanse und die ganze Menschheit. Aber der König hatte alles vereitelt.

Genau aus diesem Grund musste Peter durch einen fügsameren Nachfolger ersetzt werden.

Doch derzeit blieb dem Vorsitzenden nichts anderes übrig, als den äußeren Schein zu wahren. Wenn sich für die Geschäfte der Hanse keine weiteren Probleme ergeben sollten, musste er mit König Peter zusammenarbeiten.

Er beobachtete, wie sich der Sonnenschein auf den Palastkuppeln widerspiegelte, sehnte sich dabei nach den Tagen des Alten Königs Frederick zurück. Basil hatte ihn manchmal schlecht behandelt, ihn bei privaten Begegnungen gedemütigt und kaum jemals Rücksicht auf ihn genommen. Aber Frederick hatte seine Rolle als Galionsfigur für das Volk akzeptiert.

Im Gegensatz zu Peter.

Der clevere Raymond Aguerra schien damals der ideale Kandidat gewesen zu sein, aber seine anfängliche Kooperationsbereitschaft war immer mehr Aufsässigkeit gewichen. Basil wusste nicht, was er falsch gemacht hatte. Peter hatte ihn immer wieder herausgefordert, die Macht des Vorsitzenden infrage gestellt und gleichzeitig versucht, den eigenen Einfluss zu erweitern.

Basil stand in seiner Penthouse-Suite und sah über die funkelnden Messingkuppeln des Flüsterpalastes hinweg. Die Menschen ließen sich so leicht von Fassaden täuschen. Nur die Kenner wussten, dass die wahre Macht beim Hauptquartier der Hanse lag und nicht beim hübschen Palast.

Der Vorsitzende begriff, dass er irgendetwas unternehmen und erreichen musste, selbst wenn es sich nur um einen Pyrrhussieg handelte.

Streng und voller Unbehagen hatte Basil schließlich die Anweisung erteilt, den Einsatz einer weiteren Klikiss-Fackel gegen einen Gasriesen vorzubereiten. Die Niederlage der TVF bei Osquivel und die Hydroger-Angriffe auf Corvus Landung und Theroc hatten ihn dazu gebracht, seine Zurückhaltung aufzugeben.

Die Klikiss-Fackel war die einzige wirkungsvolle Waffe der Menschheit im Kampf gegen die Hydroger: Diese alte Technik der Klikiss zerstörte einen ganzen Gasplaneten. Inzwischen sah Basil keine andere Möglichkeit, als von dieser apokalyptischen Waffe Gebrauch zu machen.

Ein akustisches Signal kam vom Interkom-System und Franz Pellidors Stimme erklang. »Zwei Besucher sind gerade vom Raumhafen der Erde eingetroffen, Vorsitzender. Sie bestehen auf einem Gespräch mit Ihnen.«

»Ganz schön dreist von ihnen, ihr Anliegen nicht durch die offiziellen Kanäle vorzutragen.« Basil verzog das Gesicht. *Ausgerechnet heute.*

»Sie können eine Ermächtigung von Ihnen vorweisen, Sir«, sagte Pellidor. »Eine Händlerin namens Rlinda Kett und ein gewisser Davlin Lotze. Sie weigern sich, mir zu sagen, was ...«

Basil setzte die Tasse mit einem lauten Klacken auf die Projektionsfläche des Schreibtischs. »Schicken Sie sie zu mir. Vielleicht bringen sie gute Nachrichten. Das wäre eine willkommene Abwechslung.«

Er aktivierte den Polarisationsfilm der Fenster, um den Flüsterpalast nicht mehr sehen zu müssen; er wollte jetzt nicht an Peter denken. Der selbstzufriedene junge König hatte ihn in dem Wissen auf die Jacht eingeladen, dass Basil eine Bombe an Bord wähnte. Er hatte Bescheid gewusst! Welch eine Demütigung für den Vorsitzenden!

Wenigstens bestand für Peter jetzt kein Zweifel mehr an der Bereitschaft der Hanse, ihn loszuwerden. Basils Warnungen waren keine leeren Drohungen mehr. Vielleicht zeigte der König in Zukunft mehr Kooperationsbereitschaft ... Oder markierte das vereitelte Attentat den Beginn eines kalten Krieges zwischen König und Vorsitzendem? Was auch immer der Fall sein mochte: Basil war sicher, dass Peter und Estarra nicht über genug wahre Macht und Verbindungen verfügten, um es mit ihm aufzunehmen.

Schritte näherten sich. Die dicke dunkelhäutige Rlinda Kett erreichte die Tür als Erste und grinste breit. Der hoch gewachsene Exosoziologe Davlin Lotze begleitete sie. Händlerin und Spion hatten sich umgezogen, trugen saubere, schlichte Kleidung. Nichts Extravagantes. Sie versuchten nicht, ihn zu beeindrucken. *Gut.*

Basil hatte Lotze nicht mehr gesehen, seit er in seinem Auftrag zum ildiranischen Planeten Crenna gereist war. Der Spion wirkte hager und ausgeruht. Gesicht und Augen zeigten einen Enthusiasmus, der eigentlich gar nicht zu dem zurückhaltenden Lotze passte.

»Was haben Sie herausgefunden?«, fragte Basil. »Sie sind wesentlich länger fort geblieben, als ich erwartet habe.«

»Warten Sie nur, bis Sie sehen, was wir entdeckt haben!«, sagte Rlinda. »Und ich will verdammt hoffen, dass Sie mich angemessen dafür bezahlen. Haben Sie saubere Unterwäsche parat? Wenn Sie von dieser Sache erfahren, machen Sie sich in die Hose!«

Basil richtete einen skeptischen Blick auf Davlin Lotze.

Der Spion nickte. »Sie übertreibt nicht, Vorsitzender Wenzeslas. Unsere Entdeckung wird die Terranische Hanse für immer verändern.«

Basil wölbte die Brauen. Normalerweise blieb Lotze immer kühl und sachlich. »Haben Sie herausgefunden, was mit Margaret und Louis Colicos geschehen ist?«

»Louis Colicos und der grüne Priester Arcas wurden ermordet«, berichtete Lotze knapp. »Von den drei Klikiss-Robotern, dem Kompi und Margaret Colicos fehlte jede Spur. Wir nehmen an, dass die Archäologin zu einem unbekannten Ort entkam.«

»Sie entkam?«, fragte Basil. »Wo ist sie jetzt? Hat sie Aufzeichnungen hinterlassen?«

Rlinda schnaufte. »Vorsitzender Wenzeslas, würden sie ihn bitte ausreden lassen? Die vermisste Frau ist unwichtig.«

Davlin Lotze sah die Händlerin an. »Die Entdeckung des Transportal-Systems verdanke ich Margarets Verschwinden.«

Basil verschränkte ungeduldig die Arme. »Was für ein Transportal-System?«

Lotze erzählte vom Transportsystem, das die Welten der Klikiss miteinander verband, von den verlassenen Städten auf bewohnbaren Planeten. »Das System besteht aus Toren, durch die man ohne zeitliche Verzögerung andere Welten erreichen kann. Es verbindet Dutzende, vielleicht sogar hunderte von potenziellen Kolonien. Sie alle sind leer und warten nur darauf, besiedelt zu werden. Die Welten, die ich besucht habe, sind durchaus für Menschen geeignet. Wir haben uns auf schlimmeren Planeten niedergelassen.«

Rlinda Kett beugte sich erwartungsvoll vor, sah aber nicht die Reaktion, mit der sie gerechnet hatte. »Verstehen Sie nicht, Vorsitzender? Ein Transportal ermöglicht es, in einem Augenblick von einem Planeten zu einem anderen zu gelangen – *ohne Ekti*.«

Plötzlich wurde Basil die Bedeutung der Entdeckung klar. Hunderte von leeren Welten, bereits von einer alten, verschwundenen Zivilisation gezähmt. »Damit wären interstellare Reisen wieder möglich! Die Ziele wären andere, aber die Expansion der Hanse könnte noch schneller vorangehen als vorher.«

»Nach einer gründlichen Analyse der Technik sind wir vielleicht imstande, die Portale zu programmieren, damit sie uns zu unseren eigenen Kolonien und zurück zur Erde bringen«, fügte Lotze hinzu. »Nach einer ersten Expedition, die ein System installiert und dem Netzwerk ein neues Transportal hinzufügt, brauchen wir kein Ekti mehr, um den betreffenden Planeten zu erreichen.«

Basil sah zu seiner Tasse Kaffee, aber sie stand leer auf dem Schreibtisch. »Diese Neuigkeiten verändern tatsächlich alles.« Er wanderte durch den Raum und versuchte, die plötzliche Aufregung im Zaum zu halten. »Ein neuer Beginn! Menschen brechen auf, um all jene leeren Welten zu erforschen und dann zu besiedeln.«

Er stellte sich einen beständigen Strom von Pionieren vor, die bereit waren, Entbehrungen in Kauf zu nehmen, die Transportale der Klikiss zu durchschreiten und neue Außenposten einzurichten.

»Sie haben eine Vorstellung von der neuen Situation gewonnen«, meinte Rlinda Kett. »Aber glauben Sie nicht, dass Sie jetzt ein wenig übertreiben?«

»Ich kann Ihnen gar nicht sagen, wie gut es sich anfühlt, endlich wieder voller *Optimismus* in die Zukunft zu denken.« Basil klopfte auf den Schreibtisch. »Wir können ganz neue Ressourcen für uns erschließen. Nichts kann uns jetzt aufhalten.«

Er lachte und deaktivierte die Polarisierung der Fenster, um wieder zum Horizont zu sehen. »Zum Teufel mit den Hydrogern und Roamern! Wir brauchen nicht mehr um ihr kostbares Ekti zu kämpfen. Für die Hanse beginnt jetzt ein ganz neues Geschäft.«

133 ✷ ANTON COLICOS

Während der Wochen des langen Sonnenuntergangs auf Maratha Prime bereiteten sich die Touristen darauf vor, die Kuppelstadt zu verlassen und heimzukehren in die helle Sicherheit. Nur einige besonders abgehärtete Ildiraner blieben zurück, um während der langen dunklen Nacht über die Anlagen zu wachen.

Anton und Vao'sh würden bei den Wartungsarbeitern, Technikern und Attraktionsdesignern bleiben, Geschichten erzählen und sich mit der *Sage der Sieben Sonnen* befassen.

»Es ist ergreifend.« Vao'sh blickte zum noch hellen Himmel hoch und beobachtete, wie die letzten Shuttles vom Raumhafen der Kuppelstadt aufstiegen und zum riesigen Passagierschiff in der Umlaufbahn von Maratha flogen.

Anton blickte mit einem zufriedenen Lächeln nach oben. »Wie die Blütenblätter einer verwelkenden Blume, vom Wind fortgeweht ...«

Er freute sich auf die ruhigeren Tage, die es ihm erlaubten, sich eingehender mit der *Saga* zu befassen und mit Vao'sh über sie zu sprechen. Er wusste diese Gelegenheit zu schätzen, die bisher noch kein terranischer Gelehrter bekommen hatte, und er wollte sie möglichst lange nutzen.

Nach dem Tod des Weisen Imperators hatte Anton voller Faszination und Sorge beobachtet, wie Kummer und Furcht die sonst immer so fröhlichen Urlauber auf Maratha Prime heimsuchte, wie sie an einer Art kollektiver Depression zu leiden begannen. Bis dahin hatte er die wahre Bedeutung des *Thism* für die Ildiraner nicht verstanden. Selbst Vao'sh war nicht imstande gewesen, sie in verständlichen Begriffen zu erklären. Aber die Auswirkungen sah Anton ganz deutlich. Viele ildiranische Geschlechter wiesen große Ähnlichkeit mit Menschen auf, doch es gab erhebliche Unterschiede.

Mit Nachdruck und erzwungenem Enthusiasmus hatte Anton ihnen möglichst viele erbauende und fröhliche Geschichten erzählt, sich alle Mühe gegeben, den Ildiranern über die Zeit der Trauer hinwegzuhelfen. Er bezweifelte, dass er in der Lage gewesen war, seinen Zuhörern zu helfen, aber Vao'sh hatte die Bemühungen mit Anerkennung zur Kenntnis genommen.

Während er die Urlauber dabei beobachtet hatte, wie sie hastig packten, letzte Souvenirs einkauften und zu den Shuttles eilten, waren ihm Sonnenuntergang und Aufgabe der Stadt wie eine Metapher für den verblassenden Glanz des Ildiranischen Reiches erschienen. Diese Überlegungen hätten Vao'sh vermutlich nicht gefallen. »Dieser Ort erinnert mich immer mehr an eine jener Ruinenstädte der Klikiss, in denen meine Eltern so viel Zeit mit Ausgrabungen und Forschungen verbringen.«

»Maratha Prime mag stiller sein als früher, Erinnerer Anton, aber die Stadt ist noch nicht tot und leer. Und nächstes Jahr, nach der Fertigstellung von Secda, wird auf Maratha nie wieder schmerzliche Stille herrschen.«

»Für einige von uns sind lärmende Mengen nicht unbedingt etwas Erfreuliches, Vao'sh. Ich habe nichts dagegen, in einem isolierten Außenposten zu leben – solange ich mich mit der *Saga* befassen kann. Deshalb bin ich hierher gekommen.«

»Ich werde nie verstehen, warum Menschen so wenig Wert auf Gesellschaft legen«, sagte Vao'sh.

Anton lachte. »Mir genügt ein guter Freund wie Sie.« Er streckte die Hand aus und legte sie auf die knochige Schulter des ildiranischen Erinnerers. »Wir beide kommen allein zurecht, Vao'sh ... was auch immer geschieht.«

Und er freute sich darauf, viel Arbeit zu leisten.

Nun standen sie bei der kleinen Wartungsgruppe, die in der Kuppelstadt zurückbleiben würde, und sahen, wie das große Passagierschiff aus der Umlaufbahn schwenkte und die Urlauber zu ihrem normalen Leben im Ildiranischen Reich zurückbrachte. Vao'sh beobachtete die dunkler werdenden Farben am Himmel, die langsam verblassende Pracht des Tageslichts, als dieser Teil des Planeten allmählich in die Nacht glitt.

Im Innern der Kuppelstadt verbannten Lampen und Glänzer alle Schatten, noch bevor die Sonne unterging. Maratha Prime würde ein Fanal in der Dunkelheit sein, voller Licht und Komfort.

Die Monate der Dunkelheit damit zu verbringen, unter dem Sternenhimmel Geschichten zu erzählen – Anton hielt das für ebenso perfekt wie das Geschichtenerzählen am Lagerfeuer. So sollte es sein.

»Wir beide werden hier eine großartige Zeit verbringen, Vao'sh«, sagte er.

Auf der anderen Seite des Planeten setzten die Klikiss-Roboter ihre unbeaufsichtigte Arbeit fort. Sie waren damit beschäftigt, ihre eigenen Pläne zu verwirklichen ...

134 ✹ TASIA TAMBLYN

Nach dem überraschenden Angriff der Feuerball-Wesen auf die Hydroger bei Theroc hatten General Lanyan und seine Admirale die Idee, den Versuch zu unternehmen, jene Geschöpfe als Verbündete zu gewinnen. Bei den bisherigen Kämpfen waren die Waffen der Terranischen Verteidigungsflotte gegen die Hydroger kaum wirksam gewesen, doch die »Faeros«, wie die grünen Priester die Fremden nannten, hatten zahlreiche Kugelschiffe zerstört und die Angreifer zurückgetrieben.

Tasia Tamblyn hatte ihr Geschick in extremen Situationen mehrmals unter Beweis gestellt und deshalb wählte Lanyan sie aus: Mit einem Manta sollte sie aufbrechen und die flammenden Entitäten suchen. Tasia hatte den Auftrag gern übernommen, fragte sich aber insgeheim, ob der General sie als Roamerin für entbehrlicher hielt als andere TVF-Angehörige.

Bei der Schlacht von Osquivel hatten viele Soldaten und Offiziere ihr Leben verloren, deshalb war Tasia erneut befördert worden. Sie bekleidete nun den Rang eines Captains. Sechs weitere Mantas standen nun formell unter ihrem Kommando, aber General Lanyan wollte Tasia bei ihrer »diplomatischen« Mission keine weiteren Schiffe mitgeben.

»Wir möchten den fremden Wesen nicht als Drohung erscheinen«, erklärte er. »Wenn wir nur mit einem Schiff zu ihnen kommen, sind sie vielleicht eher bereit, mit Ihnen zu kommunizieren.«

Tasia fand sich damit ab, obwohl die Situation sie an Robb Brindle und seine Druckkapsel erinnerte. Seit seinem Tod war sie unruhig und fühlte den Verlust wie einen kalten Stein in der Magengrube. Aber sie musste weiterhin den Weg beschreiten, den ihr der Leitstern zeigte, und irgendwie versuchen, dieses Durcheinander hinter sich zu bringen. Wie immer beabsichtigte sie, die Erwartungen aller anderen zu übertreffen, obgleich das bedeutete, dass die Messlatte beim nächsten Mal noch höher lag.

Vielleicht gelang es ihr, innovative Kommunikationsstrategien für die Verständigung mit den Feuerwesen zu entwickeln und damit die Vorteile der Roamer-Flexibilität zu zeigen. Menschen und Faeros hatten einen gemeinsamen Feind. Tasia erhoffte sich eine Möglichkeit, endlich wirkungsvoll Rache an den Hydrogern zu üben.

Sie hatte sich bereits die von Admiral Stromos Erkundungsgruppe bei Oncier aufgenommenen Bilder angesehen, auf denen die sonderbaren brennenden Entitäten zu sehen waren. Der in eine Sonne verwandelte Gasriese Oncier schien bei diesem ganzen Krieg eine Schlüsselrolle zu spielen. Tasias Manta-Kreuzer erreichte nun das Oncier-System, offenbar eine Heimstätte der Faeros. Ihrer Meinung nach gab es keinen besseren Ort, um nach ihnen Ausschau zu halten.

Nach der verheerenden Niederlage von Osquivel versuchte die TVF, sich zu reorganisieren. Neue Offiziere gehörten zu Tasias Brückencrew. Nach jener Schlacht hatten sich die Ereignisse überstürzt und Tasia hoffte, dass die Neulinge an Bord ihre Pflicht erfüllen und allen Befehlen unverzüglich Folge leisten würden.

Eigentlich sollten die Menschen eine vereinte Streitmacht bilden und ihre politischen Differenzen für die Dauer des Konflikts beiseite schieben. Roamer, Theronen, Bürger der Hanse ... Vielleicht ergab sich doch noch etwas Gutes aus dem Krieg, wenn es ihnen gelang, die wichtigen Dinge im Auge zu behalten.

Zwar hatte Tasia derzeit nur einen Kreuzer, aber die TVF hielt ihre Mission für wichtig genug, um ihr einen grünen Priester mitzugeben. Rossia stand wie eine menschliche Telegraphenstation auf der Brücke, dazu bereit, einen Bericht zu senden, wenn sie den feurigen Entitäten begegneten. Staunen oder Furcht schien seine großen Augen aus den Höhlen treten zu lassen.

General Lanyan wollte nicht den gleichen Fehler machen wie bei den von Kompis bemannten Aufklärungsschiffen, die er nach Golgen geschickt hatte und die spurlos verschwunden waren. Tasias Crew bestand allein aus Menschen. Sie vermisste EA und hoffte, dass der Zuhörer-Kompi bald zu ihr zurückkehrte.

»Die Sensoren zeigen sonderbare Werte an«, sagte die Sensoroperatorin.

»Großartig.« Tasia versuchte, sich an den Namen der jungen Frau zu erinnern. Mae? Terene Mae? »Verschaffen Sie mir einen Eindruck, Ensign Mae.«

Als sich der Manta mit hoher Geschwindigkeit näherte, schien die künstliche Sonne namens Oncier zu flackern und zu fluktuieren. »Admiral Stromo war erst vor einem Monat hier, aber Oncier ist um einige Größenordnungen dunkler als bei den letzten Messungen.«

»Vergrößern Sie das Bild, Ensign.«

»Aye, Captain.« Die kleine Sonne Oncier wirkte wie ein langsam verglühender Aschebrocken – sie brannte nicht mehr gelbweiß, sondern orangefarben. Kleine Flecken umgaben den künstlichen Stern, wie leuchtende Motten, die eine unwiderstehlich attraktive Flamme umschwirrten.

Tasia wandte sich an die Navigationsoffizierin Ramirez. »Bringen Sie uns vorsichtig näher, Lieutenant. Und stumm, ohne irgendwelche Kommunikationssignale.« Tasia fühlte sich von Unbehagen erfasst; sie hatte nicht erwartet, in diesem Sonnensystem so etwas vorzufinden.

Rossia schnitt eine Grimasse, als er den Funkenschwarm sah, der den dramatisch abgekühlten Stern umgab. Der Manta näherte sich und wurde langsamer, damit sie beobachten konnten, ohne selbst bemerkt zu werden.

Bald waren sie nahe genug, um zu erkennen, dass der Funkenschwarm aus gegeneinander kämpfenden Schiffen bestand: Faero-Feuerbälle und diamantene Kugelschiffe der Hydroger. Die Droger setzten unbekannte Waffen gegen die Faeros ein und rissen tiefe Wunden ins stellare Plasma. Oncier schien zu sterben und seine Energie an die Kälte des Alls zu verlieren.

»Wie bei der Schlacht von Theroc« sagte Rossia. »Faeros und Hydroger sind tödliche Feinde. Zumindest jetzt.«

»Shizz, dies ist schlimmer als bei Theroc«, erwiderte Tasia. »Diesmal greifen die Droger einen ganzen Stern an! Ich glaube, sie werden langsam größenwahnsinnig.« Die Brückenoffiziere murmelten voller Unbehagen und Verwirrung. »Übermitteln Sie einen Bericht, Rossia. Viele Leute im Spiralarm müssen erfahren, was hier geschieht.«

»Aber *ich* weiß nicht, was hier vor sich geht.« Trotzdem griff der grüne Priester nach dem Stamm des Schösslings, konzentrierte sich und schilderte die Ereignisse durch den Telkontakt.

Tasia beobachtete die hin und her rasenden hellen Punkte. Jeder von ihnen war entweder ein Feuerball oder ein Kugelschiff, groß genug, um zehn Manta-Kreuzer aufzunehmen.

»Wie viele Faeros und Hydroger kämpfen dort gegeneinander?«, fragte Tasia.

Ensign Terene Mae ließ die Sensordaten vom Computer analysieren. »Jeweils über tausend. Und zwar nur auf dieser Seite des Sterns.«

Kugelschiffe und Feuerbälle schwirrten wie zornige Wespen umher. Mehrere Hydroger-Schiffe tauchten ins Plasma der künstlichen Sonne ein. Dunkle Flecken breiteten sich auf der Oberfläche von Oncier aus und wiesen darauf hin, dass dort die Temperatur niedriger war als in den übrigen Bereichen. Das atomare Feuer von Oncier schien immer mehr zu verlöschen – die Hydroger setzten sich gegen die Faeros durch.

»Wenn jene Feuerbälle auf unserer Seite sind, Captain Tamblyn ... Sollten wir dann nicht versuchen, ihnen irgendwie zu helfen?«, fragte Mae. Tasia begriff sofort, dass die junge Frau noch keinen Kampfeinsatz hinter sich hatte. Sie kam frisch vom Ausbildungslager auf dem Mars.

»Wir haben nur einen Manta.« Tasia deutete zum Bildschirm und auf den sterbenden Stern. »Was können wir in einer solchen Situation tun? Wir wissen bereits, dass die Droger imstande sind, ganze

Monde zu zerstören, und jetzt schicken sie sich offenbar an, eine Sonne zu vernichten. Sie bekämen es wohl kaum mit der Angst zu tun, wenn unser Kreuzer sie angreifen würde.«

»Entschuldigung, Captain«, sagte Ensign Mae und wirkte verlegen.

Zwar gab sich Tasia zuversichtlich, aber in Wirklichkeit fühlte sie sich von der Situation überfordert. Wie sollte die terranische Verteidigungsflotte einen Krieg gewinnen, bei dem ganze Planeten und Sonnen zerstört wurden?

Vor einigen Wochen, als sich die nächsten TVF-Schiffe auf den Weg nach Theroc gemacht hatten, waren sie dort einen halben Tag nach der Niederlage der Hydroger und dem Rückzug der Feuerbälle eingetroffen. Zum Glück hatte das terranische Militär den Theronen dabei helfen können, die Brände zu löschen, denen fast zwei Drittel des Weltwaldes zum Opfer gefallen waren.

Bei Theroc hatten es die Faeros geschafft, das Blatt zu wenden und die Hydroger zurückzutreiben. Doch hier bei Oncier schienen sie ihrem Gegner unterlegen zu sein ...

Zum Glück schenkten die titanischen Kombattanten dem einzelnen Manta-Kreuzer nicht die geringste Beachtung. Stundenlang ging der Kampf in der Nähe des sterbenden Sterns weiter, doch immer mehr Feuerbälle erloschen wie Funken in einem kalten Regen.

Tasia saß in ihrem Kommandosessel und beobachtete das Geschehen voller Ehrfurcht.

»Die Menschen sind immer egozentrisch gewesen und haben versucht, sich zu verteidigen, aber ich glaube, bei diesem Krieg geht es gar nicht um uns. Wie entschlossen wir auch kämpfen – wir sind nur unwichtige Zuschauer.« Sie schüttelte den Kopf. »Wie Feldmäuse auf einem gewaltigen Schlachtfeld.«

Weniger als einen Tag nach dem Eintreffen des Kreuzers im Sonnensystem flackerte der künstliche Stern namens Oncier ein letztes Mal auf und erlosch.

135 ✳ KÖNIG PETER

König Peter und Königin Estarra standen auf dem höchsten Balkon des königlichen Flügels und blickten in die Nacht. Sie sahen zu den Sternen empor, die zahllos wie die Bäume eines Waldes am dunklen Himmel funkelten.

Am Nachmittag hatten sie Besorgnis erregende Berichte von einigen Scoutschiffen erhalten, übermittelt durch den Telkontakt. Der Umstand, dass er ständig tragische Nachrichten empfing, hatte tiefe Falten des Kummers in Nahtons Gesicht geschaffen und diese schienen jetzt noch länger zu werden: Bei den Zentralgestirnen mehrerer Sonnensysteme – zum Glück alle unbewohnt – fanden wilde Kämpfe statt. Faeros und Hydroger setzten dort ihren Krieg fort. Ein Vergeltungsschlag der Hydroger hatte die künstliche Sonne Oncier erlöschen lassen und die Fremden aus den Tiefen der Gasriesen griffen auch andere Sterne an.

»Es sieht alles so friedlich aus«, sagte Estarra und hakte sich bei Peter ein.

»Nichts deutet auf die Katastrophen hin, die dort draußen stattfinden.« Peter spürte Kälte in seinem Inneren, als er an die schrecklichen Möglichkeiten dachte. Er war froh darüber, dass Estarra an seiner Seite weilte und er sich nicht allein der enormen Herausforderung stellen musste.

Theroc hatte einen verheerenden Angriff hinter sich. Nach ersten Schätzungen waren über eine Million Theronen ums Leben gekommen, unter ihnen Estarras Bruder Reynald. Aber ihre Eltern, Großeltern und Celli hatten wie durch ein Wunder überlebt.

König Peter gab sich alle Mühe, Estarra zu trösten, als sie von Reynalds Tod erfuhr, so kurz nachdem sie Beneto verloren hatte. Der Weltwald war schwer verletzt worden, aber seine Bäume mit all dem Wissen wuchsen auch auf anderen Planeten und deshalb würde er überleben. Die grünen Priester hatten bereits mit neuen Anpflanzungen begonnen und waren sicher, dass sich die großen Wunden im Wald auf Theroc bald schlossen.

Die Theronen entschieden, mehr Mühe darauf zu verwenden, die Weltbäume zu anderen Planeten zu tragen. Der Weltwald sollte bei einem einzelnen Angriff weniger verwundbar sein und stärker werden. Idriss und Alexa, jetzt wieder Vater und Mutter von Theroc, hatten diese Erklärung abgegeben.

In den verbrannten Regionen des Weltwaldes auf Theroc hatte die TVF die Wracks mehrerer von den Faeros zerstörter Hydroger-Schiffe und kleinerer Kugeln gefunden. Vielleicht konnten Wissenschaftler der Hanse bei gründlichen Untersuchungen genug herausfinden, um wirkungsvollere Waffen gegen den weit überlegenen Feind zu entwickeln.

Estarra litt sehr an dem Trauma ihrer Heimatwelt und wäre am liebsten sofort aufgebrochen, um die Reste des Weltwaldes zu besuchen. Peter hätte sicher einen Flug für sie beide arrangieren können, aber es widerstrebte ihm, die Erde zu verlassen. Niemand von ihnen wusste, was Basil Wenzeslas während ihrer Abwesenheit anstellen mochte.

Estarras Schwester Sarein hatte versucht, als Friedensstifterin aufzutreten und die Spannungen zwischen dem Vorsitzenden und Peter zu lockern. Aber nach Basils Versuch, ihn und die unschuldige Estarra zu ermorden, war der König entschlossen, ständig wachsam zu sein. Die Hanse hatte keinen Zweifel daran gelassen, dass ein Nachfolger, Prinz Daniel, irgendwo in den Labyrinthen des Flüsterpalastes ausgebildet wurde.

Von jetzt an stellte sich für Peter und Estarra jeden Tag die Frage des Überlebens.

»Es gibt eine Hoffnung«, sagte der König. »Die Leute scheinen begeistert zu sein von der Möglichkeit, mithilfe der Klikiss-Transportale neue Kolonien zu gründen. Es herrscht kein Mangel an Freiwilligen.«

Estarra lehnte sich an ihn. »Ja, alle wollen fort.«

Mit einem erfundenen Zitat des Königs hatte Basil Wenzeslas der Öffentlichkeit ein neues Kolonisierungs- und Expansionsprogramm vorgestellt, das auf dem Transportsystem der Klikiss basierte. Er rief kühne Pioniere dazu auf, die nächsten Transportale für eine massive Kolonisierungswelle zu nutzen, die vollkommen auf Ekti verzichten konnte.

Auf der Grundlage von Davlin Lotzes Entdeckungen und Aufzeichnungen hatten Forscher bereits mehrere verlassene Klikiss-Planeten besucht und dort leere Ruinenstädte vorgefunden. Die Anfangsphase erforderte ein wenig Ekti, um jene Orte auf die menschliche Besiedelung vorzubereiten. Techniker und Ingenieure würden für die notwendige Infrastruktur sorgen, damit alles für die Ankunft vieler Siedler bereit war. Grüne Priester freuten sich über die Gelegenheit, Schösslinge auf vielen neuen Welten anzupflanzen und den Weltwald zu verbreiten.

Bisher schienen die Transportale perfekt zu funktionieren – Dimensionstore, deren Betrieb nur wenig Energie erforderte. Wissenschaftler der Hanse analysierten die Technik, aber der Vorsitzende Wenzeslas hatte nicht warten wollen. Während Techniker noch damit beschäftigt waren, die Funktionsprinzipien der Transportale zu erforschen, vertraute sich ihnen die erste Welle der Kolonisten an, um fremde Welten zu erreichen. Der Menschheit eröffneten sich neue Horizonte, die sie vom Krieg und den strengen Sparmaßnahmen aufgrund der Ekti-Knappheit ablenkten.

Estarra sah Peter aus ihren großen, dunklen Augen an. »Die zunehmenden Hydroger-Angriffe und die Faeros, die den Weltwald in Flammen aufgehen ließen ... Die vielen Menschen, die durch Transportale zu anderen Planeten reisen wollen, erscheinen mir wie Ratten, die das sinkende Schiff verlassen.« Erneut blickte sie zu den Sternen empor.

Peter schlang den Arm um sie. »Nach den vielen Niederlagen und Rückschlägen müssen wir *etwas* erreichen. Vielleicht ist dies die einzige Möglichkeit der Menschheit zu überleben.«

Vielleicht lag es an den besonderen Umständen oder daran, dass sie wirklich füreinander bestimmt waren – Peter und Estarra hatten sich ineinander verliebt. Zusammen führten sie einen Machtkampf gegen die Terranische Hanse, von dem die meisten Menschen nie etwas erfahren würden. Peter war dem Universum dankbar dafür, dass es ihm Estarra als Verbündete gegeben hatte.

»Dort draußen, so weit entfernt, dass wir es erst in vielen, vielen Jahren beobachten können, erlöschen die Sterne«, sagte Estarra.

Peter zog sie an sich. »Aber es werden auch neue Sonnen geboren.«

KOMMANDOSTRUKTUR DER TERRANISCHEN VERTEIDIGUNGSFLOTTE

Basil Wenzeslas, Vorsitzender der Hanse
(Oberbefehlshaber der Terranischen Verteidigungsflotte)

Großer König Peter
(Nominelles Oberhaupt)

General Kurt Lanyan
(Erster Kommandeur)

Admiral Lev Stromo
(Militärischer und politischer Verbindungsoffizier, zuständig für Gitter 0, Erde und Umgebung)

Zehn Gitter-Admirale, jeder für einen bestimmten Raumbereich zuständig:

Gitter 1: Admiral Peter Tabeguache
Gitter 2: Admiral Zia San Luis
Gitter 3: Admiral Crestone Wu-Lin
Gitter 4: Admiral Zebulon Charles Pike
Gitter 5: Admiral Kostas Eolus
Gitter 6: Admiral Franklin W. Windom
Gitter 7: Admiral Sheila Willis
Gitter 8: Admiral Haki Antero
Gitter 9: Admiral Esteban Diente
Gitter 10: Admiral Tabitha Humboldt

AUSGEWÄHLTE ADLIGE KINDER DES ERSTDESIGNIERTEN JORA'H (DESIGNIERTE-IN-BEREITSCHAFT)

Zan'nh, ältester Sohn, Halbblut mit Soldaten-Geschlecht*
Thor'h, ältester reinblütiger Adelssohn, zukünftiger Erstdesignierter
Yazra'h, älteste adlige Tochter**
Daro'h, Dobro-Designierter-in-Bereitschaft
Pery'h, Hyrillka-Designierter-in-Bereitschaft
Cilar'h, Colusa-Designierter-in-Bereitschaft
Rol'h, Scotia-Designierter-in-Bereitschaft
Mir'h, Alturas-Designierter-in-Bereitschaft
Quon'h, Galt-Designierter-in-Bereitschaft
Andru'h, Kamin-Designierter-in-Bereitschaft
Estry'h, Shonor-Designierter-in-Bereitschaft
Theram'h, Heald-Designierter-in-Bereitschaft
Shofa'h, Vondor Qe-Designierter-in-Bereitschaft
Graci'h, Hrel-oro-Designierter-in-Bereitschaft
Czir'h, Dzelluria-Designierter-in-Bereitschaft

* Jora'hs Erstgeborener hätte eigentlich das Kind einer adligen Frau sein sollen, aber es kam zu einer Fehlgeburt und Jora'h hatte bereits eine Frau des Soldaten-Geschlechts geschwängert. Deshalb war Jora'hs erster Sohn ein Mischling des Adel- und Soldaten-Geschlechts.
* Wenn der Erstdesignierte, Nachfolger des Weisen Imperators, mit Frauen aus dem Adel-Geschlecht Nachkommen zeugt, werden fast immer Jungen geboren, aber manchmal kommen auch adlige Töchter zur Welt.

DIE HERRSCHENDE FAMILIE VON THEROC

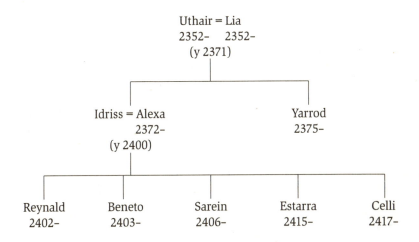

CLAN TAMBLYN

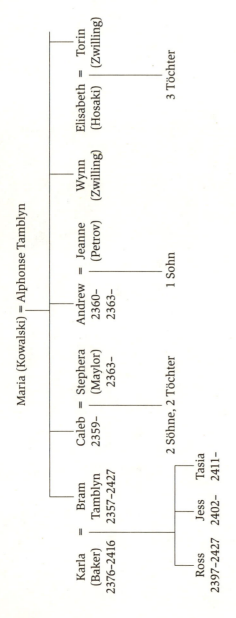

GLOSSAR

Abel-Wexler – eines der elf Generationenschiffe der Erde, brach als Zehntes auf.
Adar – höchster militärischer Rang in der Ildiranischen Solaren Marine.
Aguerra, Raymond – cleverer Junge von der Erde, der spätere König Peter.
Alexa, Mutter – Regentin von Theroc, Ehefrau von Vater Idriss.
Almari – grüne Priesterin aus einer theronischen Siedlung am See.
Amundsen – eins der elf Generationsschiffe der Erde, brach als Sechstes auf.
Andeker, William – menschliche Wissenschaftler, Spezialist für Robotik.
Angriffsjäger – ein schnelles Schiff der Ildiranischen Solaren Marine.
Arcas – grüner Priester.
Aro'nh – Offizier der Ildiranischen Solaren Marine, führte einen überraschend erfolgreichen Kamikaze-Angriff auf die Kugelschiffe der Hydroger bei Qronha 3.

Baker – Roamer-Clan.
Balboa – eines der elf Generationenschiffe der Erde, brach als Zweites auf.
Bartholomäus – Großer König der Erde, Fredericks Vorgänger.
Baumtänzer – Akrobaten in den theronischen Wäldern.
BeBob – Rlinda Ketts Spitzname für Branson Roberts.
Bedienstete – kleine persönliche Assistenten des Weisen Imperators.
Bekh! – ildiranischer Fluch, vergleichbar mit »Verdammt!«
Ben – erster Großer König der Terranischen Hanse; auch der Name eines Mondes von Oncier.
Beneto – grüner Priester, zweiter Sohn von Vater Idriss und Mutter Alexa.
Bimp – Kurzform für Bruchimpulsdrohnen.
Blaue Himmelsmine – Ross Tamblyns Himmelsmine über Golgen, wurde von den Hydrogern vernichtet.
Blinder Glaube – Branson Roberts Schiff.
Blitzminen – besonders schnelle Himmelsminen, von Roamern verwendet.
Bobri's – komische Gestalt in der *Sage der Sieben Sonnen*.
Boone's Crossing – eine Kolonialwelt der Hanse.
Bore'nh – Qul in der Ildiranischen Solaren Marine.
Borkenbeeren – theronische Frucht.

Brindle, Conrad – Robb Brindles Vater, Offizier im Ruhestand.
Brindle, Natalie – Robb Brindles Mutter, Offizier im Ruhestand.
Brindle, Robb – junger TVF-Rekrut, schließt Freundschaft mit Tasia Tamblyn.
Bron'n – Leibwächter des Weisen Imperators.
Bruchimpulsdrohnen – neue Waffe der TVF, auch Bimp genannt.
Burton – eines der elf Generationenschiffe der Erde, brach als Viertes auf.

Caillié – eines der elf Generationenschiffe der Erde, brach als Fünftes auf und wurde als Erstes von den Ildiranern entdeckt. Die Kolonisten der *Caillié* besiedelten Theroc.
Celli – jüngste Tochter von Vater Idriss und Mutter Alexa.
Chen – Roamer-Clan.
Ch'kanh – gepanzerte, anemonenartige Pflanzen, die in den schattigen Schluchten von Maratha wachsen.
Chrana-Suppe – ildiranische Speise.
Christopher – dritter Großer König der Terranischen Hanse; auch der Name eines Mondes von Oncier.
Chromfliege – silbrig glänzendes Insekt auf Theroc.
Chrysalissessel – der Thron des Weisen Imperators.
Clark – eines der elf Generationenschiffe der Erde, brach als Siebtes auf.
Clee – Getränk auf Theroc, eine stimulierende Mischung aus Wasser und den Bodensamen der Weltbäume.
Clydia – grüne Priesterin, gehört zu den neunzehn grünen Priestern, die sich für den Dienst in der TVF verpflichteten.
Colicos, Anton – der Sohn von Margaret und Louis Colicos, befasst sich mit epischen Geschichten und übersetzt sie.
Colicos, Louis – Xeno-Archäologe, Ehemann von Margaret Colicos, spezialisiert auf die Hinterlassenschaften der Klikiss.
Colicos, Margaret – Xeno-Archäologin, Ehefrau von Louis Colicos, spezialisiert auf die Hinterlassenschaften der Klikiss.
Colony Town – wichtigste Siedlung auf Corvus Landing.
Comptor – ildiranische Welt; dort kam es zu einem legendären Waldbrand.
Comptor-Lilien – große, fleischige Blumen auf Comptor; die rosaroten Blütenblätter sind essbar.
Corribus – von den Klikiss aufgegebene Welt. Die beiden Xeno-Archäologen Margaret und Louis Colicos fanden dort die Klikiss-Fackel.
Corvus Landing – Kolonialwelt der Hanse, größtenteils Landwirtschaft, ein wenig Bergbau.
Cotopaxi – Kolonialwelt der Hanse.

Crenna – ildiranische Splitter-Kolonie, wurde wegen einer Seuche evakuiert.
Cyroc'h – Name des gegenwärtigen ildiranischen Weisen Imperators.

Daniel – neuer Prinz, von der Hanse ausgewählt.
Dasra – Gasriese, von dem man vermutet, dass Hydroger in seinen Tiefen leben.
Datenwafer – Module mit hoher Speicherkapazität.
Daym – ein blauer Superriese, eine der ildiranischen »sieben Sonnen«, außerdem der Name des primären Gasriesen, in dessen Atmosphäre die Ildiraner drei große Ekti-Fabriken den Roamern überließen.
DD – ein Kompi, der Margaret und Louis Colicos nach Rheindic Co begleitet.
Dekyk – ein Klikiss-Roboter im archäologischen Lager auf Rheindic Co.
Designierter – reinblütiger Sohn des Weisen Imperators, Herrscher einer ildiranischen Welt.
Diamantfilm – kristallines Pergament für ildiranische Dokumente.
Dobro – ildiranische Kolonialwelt.
Drache bzw. Wyver – größtes fliegendes Raubtier auf Theroc.
Dremen – terranische Kolonialwelt, düster und wolkig.
Dularix – unbewohnte Welt im Ildiranischen Reich, wurde von den Hydrogern angegriffen.
Duris – Tristern; zwei nahe Sonnen, die eine weiß und die andere gelb, werden von einem weiter entfernten roten Zwerg umkreist. Drei der ildiranischen »sieben Sonnen«.

EA – Tasia Tamblyns persönlicher Kompi.
Ekti – exotisches Wasserstoffallotrop, Treibstoff für den ildiranischen Sternenantrieb.
Erinnerer – Angehöriger der ildiranischen Historiker-Art.
Erkundungsboot – schnelles, für die Erkundung eingesetztes Schiff der TVF.
Erstdesignierter – ältester Sohn und Nachfolger des ildiranischen Weisen Imperators.
Erzvater – symbolisches Oberhaupt des Unisono, der Einheitsreligion auf der Erde.
Eskorte – mittelgroßes Raumschiff der Ildiranischen Solaren Marine.
Estarra – zweite Tochter und viertes Kind von Vater Idriss und Mutter Alexa.

Faeros – intelligente Feuer-Entitäten, leben im Innern von Sonnen.
Feuerfieber – eine historische ildiranische Seuche.

Filterfilm – Schutzbedeckung für die Augen, von den Ildiranern verwendet.
Fitzpatrick, Maureen – frühere Vorsitzende der Terranischen Hanse, Großmutter von Patrick Fitzpatrick III.
Fitzpatrick, Patrick, III. – arroganter Commander in der Terranischen Verteidigungsflotte, General Lanyans Protegé.
Flachsteine – aus verschiedenen Schichten bestehende künstliche Edelsteine, sehr selten und kostbar.
Flötenholzbäume – Pflanzen auf Crenna, mit vielen Zweigen, harter Rinde und Löchern, in denen der Wind pfeift.
Flüsterpalast – prächtiger Sitz der Hanse-Regierung.
Frachteskorte – Schiffstyp der Roamer; Frachteskorten werden für den Transport von Ekti eingesetzt.
Frederick, König – früherer Herrscher der Terranischen Hanse.
Fünfwürfel – fünfseitige Würfel, von den Roamern verwendet.

Gans – abfällige Bezeichnung der Roamer für die Terranische Hanse.
George – zweiter Großer König der Terranischen Hanse, außerdem Name eines großen Mondes von Oncier.
Geschlechter – die verschiedenen Subspezies der Ildiraner.
Geschuppte – ildiranisches Geschlecht, Bewohner von Wüsten.
Glänzer – ildiranische Lichtquelle.
Golgen – Gasriese mit der Blauen Himmelsmine.
Goliath – der erste verbesserte Moloch der TVF.
Greifkapsel – kleines, für Außenarbeiten bestimmtes Raumschiff der Werften von Osquivel.
Großer König – nomineller Herrscher der Terranischen Hanse.
Grüner Priester – Diener des Weltwaldes, kann die Weltbäume für den Telkontakt nutzen, eine telepathische Kommunikation über interstellare Entfernungen hinweg.

Handelsstandard – die am meisten verbreitete Sprache in der Terranischen Hanse.
Hanse – Terranische Hanse.
Haufenwürmer – große, Nester bauende Würmer auf Theroc.
Haufenwurmkokon – ein großer, von Haufenwürmern konstruierter Kokon, der Platz genug bietet, um Menschen als Wohnraum zu dienen.
Hauptquartier der Hanse – ein großes, pyramidenförmiges Bauwerk in der Nähe des Flüsterpalastes auf der Erde.
Heald – Sonnensystem im Ildiranischen Reich, Ort einer berühmten »Geistergeschichte« der *Saga der Sieben Sonnen*.
Hendy, Sam – Bürgermeister von Colony Town auf Corvus Landing.

Hijonda – Kolonialwelt der Hanse.
Himmelsmine – Ekti produzierende Anlage in der Atmosphäre von Gasriesen, normalerweise von Roamern betrieben.
Himmelsperle – seltene, metallische schwarze Perlen aus dem Innern von Ekti-Reaktoren.
Horizont-Cluster – ein großer Sternhaufen in der Nähe von Ildira.
Hosaki – Roamer-Clan.
Hosaki, Alfred – Oberhaupt eines Roamer-Clans.
Hydroger – fremde Wesen, die in den Tiefen von Gasriesen leben.
Hyrillka – ildiranische Kolonie im Horizont-Cluster. Auf den Monden von Hyrillka wurden die ersten Klikiss-Roboter entdeckt.

Iawa – Kolonialwelt, einst von Vorgängern der Roamer bewohnt.
Iawa-Geißel – Pflanzenkrankheit auf Iawa.
Idriss, Vater – Regent von Theroc, Ehemann von Mutter Alexa.
Ildira – Zentralplanet des Ildiranischen Reiches, empfängt das Licht von sieben Sonnen.
Ildiraner – humanoides, polymorphes Volk mit verschiedenen »Geschlechtern«.
Ildiranische Solare Marine – Raumflotte des Ildiranischen Reiches.
Ildiranisches Reich – das Sternenreich einer großen Zivilisation im Spiralarm.
Ilkot – ein Klikiss-Roboter im archäologischen Lager auf Rheindic Co.
Isix-Katze – kleine, wilde Katze auf Ildira.
Isperos – heißer Planet, auf dem Kotto Okiah eine Testkolonie gründet.

Jack – vierter Großer König der Terranischen Hanse, außerdem Name eines großen Mondes von Oncier.
Jazer – Energiewaffe der Terranischen Verteidigungsflotte.
Jora'h – Erstdesignierter des Ildiranischen Reichs, ältester Sohn des Weisen Imperators.
Jorax – Klikiss-Roboter auf der Erde.
Jupiter – verbessertes Schlachtschiff der Moloch-Klasse in der TVF, Flaggschiff von Admiral Willis' Gitter-7-Kampfgruppe.

Kamarow, Raven – Kommandant eines Frachtschiffes der Roamer.
Kamin – Planet im ildiranischen Reich.
Kampfboot – kleines Raumschiff in der ildiranischen Solaren Marine.
Kanaka – eines der elf Generationenschiffe der Erde, brach als Letztes auf. Aus den Kolonisten an Bord wurden die Roamer.
Kellum, Del – Oberhaupt eines Roamer-Clans, leitet die Werften von Osquivel.

Kellum, Zhett – achtzehnjährige Tochter von Del Kellum.
Kett, Rlinda – Händlerin, Captain der *Unersättliche Neugier*.
Khali – Niras Nachname.
Kleeb – abfällige Bezeichnung der Roamer.
Klikiss – eine alte, insektenartige Spezies, die vor langer Zeit aus dem Spiralarm verschwand. Sie ließen leere Städte zurück.
Klikiss-Fackel – eine Waffe bzw. ein Mechanismus, den die alten Klikiss entwickelten, um Gasriesen implodieren zu lassen und in Sonnen zu verwandeln.
Klikiss-Roboter – intelligente, käferartige Roboter, gebaut von den Klikiss.
Knatterer – theronische Nuss.
Kohlenstoffknaller – neue Waffe der TVF, bricht Kohlenstoffverbindungen auf.
Kohorte – Kampfflotte der ildiranischen Solaren Marine, besteht aus sieben Manipeln beziehungsweise 343 Schiffen.
Kompetenter computerisierter Helfer – intelligenter Dienstroboter, »Kompi« genannt, in den Modellen Freundlich, Lehrer, Gouvernante, Zuhörer und anderen erhältlich.
Kompi – Kurzform für »kompetenter computerisierter Helfer«.
Kondorfliege – buntes fliegendes Insekt auf Theroc; sieht aus wie ein großer Schmetterling und wird manchmal wie eine Art Haustier gehalten.
Kongress des Mannigfachen Glaubens – religiöse Körperschaft der Hanse, mit den Vereinten Nationen vergleichbar. Dem Kongress gehören Repräsentanten vieler Religionen an.
Königlicher Kanal – ein Kanal, der den Flüsterpalast umgibt.
Koralleneier – eine essbare Meeresfrucht auf Ildira.
Kori'nh, Adar – Kommandeur der Ildiranischen Solaren Marine.
Kräusler – saure theronische Frucht.
Kriegsschiff – größtes Schiff der Ildiranischen Solaren Marine.
Kri'l – legendärer verliebter Schwimmer aus den ildiranischen Mythen.
Kryobeutel – Konservierungsbeutel.
Kugelschiff – großes, kugelförmiges Raumschiff der Hydroger.
Kurier – schnelles Schiff der TVF.

Lanyan, General Kurt – Kommandeur der Terranischen Verteidigungsflotte.
Leitstern – Philosophie und Religion der Roamer, eine lenkende Kraft im Leben jeder einzelnen Person.
Lia – frühere Regentin von Theroc, Alexas Mutter.
Lichtquelle – die ildiranische Version des Himmels, eine Sphäre auf einer höheren Existenzebene, die komplett aus Licht besteht. Ildiraner

glauben, dass ein Teil des Glanzes der Lichtquelle bis in unser Universum reicht, vom Weisen Imperator kanalisiert und durch das *Thism* im Volk verteilt wird.

Linsen-Geschlecht – Philosophen und Priester, die verwirrten Ildiranern helfen und das *Thism* für sie interpretieren.

Llaro – von den Klikiss aufgegebene Welt.

Logan, Chrysta – letzter Captain des verlorenen Generationenschiffes *Burton*; führte die Kolonisten nach Dobro.

Lotze, Davlin – Exosoziologe und Spion der Hanse auf Crenna.

Mae, Terene – TVF-Ensign, Besatzungsmitglied von Tasia Tamblyns Manta-Kreuzer.

Manipel – Kampfgruppe der Ildiranischen Solaren Marine, besteht aus sieben Septas bzw. neunundvierzig Schiffen.

Manta – mittelgroßer Kreuzer der TVF.

Maratha – ildiranische Urlaubswelt mit sehr langem Tag-Nacht-Zyklus.

Maratha Prime – Primäre Kuppelstadt auf einem Kontinent von Maratha.

Maratha Secda – Schwesterstadt von Maratha Prime, auf der anderen Seite des Planeten gelegen, derzeit im Bau.

Marco Polo – eines der elf Generationenschiffe der Erde, brach als Drittes auf.

Marmoth – großes Herdentier auf Ildira, für die dicke graue Haut und seine Schwerfälligkeit bekannt.

Meyer – rote Zwergsonne, in deren Umlaufbahn sich Rendezvous befindet.

Mijistra – eindrucksvolle Hauptstadt des Ildiranischen Reiches.

Moloch – größte Schlachtschiff-Klasse der Terranischen Verteidigungsflotte.

Mondstatuengarten – Parkanlage beim Flüsterpalast, mit sorgfältig beschnittenen Bäumen und Sträuchern sowie vielen Skulpturen.

Nahrungsrationen – Fertignahrung, dazu bestimmt, Jahrhunderte zu überdauern.

Nahton – grüner Priester im Flüsterpalast auf der Erde, in den Diensten von König Peter.

Nebelsegler – kleine, mit riesigen Segeln ausgestattete Raumschiffe, die Wasserstoff aus interstellaren Gaswolken gewinnen.

New Portugal – Hanse-Außenposten mit einem TVF-Stützpunkt.

Ng, Trish – Roamer-Pilot.

Nira – junge grüne Priesterin, begleitet Otema nach Ildira.

Okiah, Berndt – Jhy Okiahs Enkel, Chief der Himmelsmine von Erphano, kam bei ihrer Zerstörung ums Leben.
Okiah, Jhy – eine Roamer, sehr alt, frühere Sprecherin der Clans.
Okiah, Kotto – Jhy Okiahs jüngster Sohn, wagemutiger Erfinder, der die Isperos-Kolonie plante.
Oncier – Gasriese, wurde von der Klikiss-Fackel in eine Sonne verwandelt.
Opalknochen – kostbare Fossilien von Dobro, oft zu Schmuck verarbeitet.
Orangefarbene Flecken – Krankheit bei den menschlichen Kolonisten auf Crenna.
Osira'h – Tochter von Nira Khali und Jora'h, mit ungewöhnlichen telepathischen Fähigkeiten.
Osquivel – Gasriese mit Ringen und verborgenen Werften der Roamer.
Ossarium – In diesem Raum des Prismapalastes werden die glühenden Totenköpfe der Weisen Imperatoren aufbewahrt.
Otema – alte grüne Priesterin, Therocs Botschafterin auf der Erde; wurde später nach Ildira geschickt.
OX – Lehrer-Kompi, einer der ältesten irdischen Roboter. Befand sich an Bord der *Peary*. Jetzt Berater von König Peter.

Paarbirnen – theronische Frucht, wachsen in Paaren an Bäumen.
Palastdistrikt – Regierungszone um den Flüsterpalast auf der Erde.
Palawu, Howard – wissenschaftlicher Berater von König Peter.
Palisade – Kolonialwelt der Hanse.
Panzerglas – transparentes Schutzmaterial, sehr widerstandsfähig.
Paris Drei – Kolonialwelt der Hanse.
Pasternak, Anna – Oberhaupt eines Roamer-Clans, Kommandantin eines Schiffes, Shareens Mutter.
Pasternak, Shareen – Chief der Himmelsmine von Welyr; mit Del Kellum verlobt, kam bei einem frühen Angriff der Hydroger ums Leben.
Peary – eines der elf Generationenschiffe der Erde, brach als Erstes auf.
Pellidor, Franz – Assistent des Vorsitzenden Basil Wenzeslas, ein »Sonderbeauftragter«.
Peroni, Cesca – Roamerin, Sprecherin aller Clane, von Jhy Okiah ausgebildet. Cesca war mit Ross Tamblyn verlobt, hat aber immer seinen Bruder Jess geliebt.
Peroni, Denn – Cescas Vater.
Perrinsamen – theronische Nuss.
Peter, König – Nachfolger des Alten Königs Frederick, formeller Regent der Terranischen Hanse.
Pfefferblumentee – ein Getränk der Roamer.

Pilzriff – große Gewächse auf Theroc, von den Theronen als Wohnquartiere benutzt.
Platcom – Plattform-Commander, Kommandant einer Thunderhead-Waffenplattform in der TVF.
Platschbeeren – theronische Frucht.
Plumas – Mond mit einem dicken Eispanzer, unter dem sich ein Ozean erstreckt. Der Tamblyn-Clan betreibt dort Wasserminen.
Postdrohne – kleines, schnelles Schiff, unbemannt, für den Transport von Nachrichten bestimmt.
Prinzessin – Niras Spitzname für ihre Tochter Osira'h.
Prismapalast – Wohnort des Weisen Imperators.
Ptoro – Gasriese.
Pym – von den Klikiss aufgegebene Welt.

Qronha – ein Doppelstern, zwei der ildiranischen »sieben Sonnen«. In dem System gibt es zwei bewohnbare Welten und einen Gasriesen, Qronha 3.
Qul – Rang in der Ildiranischen Solaren Marine, Kommandant eines Manipels bzw. von neunundvierzig Schiffen.

Ramah – terranische Kolonialwelt, hauptsächlich von islamischen Pilgern besiedelt.
Ramirez, Lieutenant Elly – Navigatorin an Bord von Tasia Tamblyns Manta.
Relleker – terranische Kolonialwelt, als Urlaubsplanet bekannt.
Remora – kleiner Angriffsjäger der Terranischen Verteidigungsflotte.
Rendezvous – bewohnter Asteroidenhaufen, geheimes Regierungszentrum der Roamer.
Rettungskapsel – eine kleine Kapsel, für die Evakuierung der Besatzungsmitglieder von TVF-Kampfschiffen bestimmt.
Reynald – ältester Sohn von Vater Idriss und Mutter Alexa.
Rheindic Co – von den Klikiss aufgegebener Planet. Die beiden Xeno-Archäologen Margaret und Louis Colicos entdecken dort wichtige Hinterlassenschaften des verschwundenen Insektenvolkes.
Rhejak – terranische Kolonialwelt, bekannt für die Perlen ihrer Riffminen.
Roamer – lockere Konföderation unabhängiger Menschen, wichtigste Produzenten von Ekti.
Roberts, Branson – früherer Ehemann von Rlinda Kett.
Robinson, Madeleine – frühe planetare Prospektorin. Sie und ihre beiden Söhne entdeckten Klikiss-Ruinen und aktivierten Roboter auf Llaro.

Rod'h – Halbblut-Sohn Nira Khalis und des Dobro-Designierten.
Rusa'h – Hyrillka-Designierter, dritter Sohn des Weisen Imperators.

Saatbeeren – theronische Frucht.
Saga der Sieben Sonnen – historisches und legendäres Epos des ildiranischen Volkes.
Sai'f – eine von Jora'hs Partnerinnen, Angehörige des Wissenschaftler-Geschlechts, experimentiert mit Bonsai-Bäumen.
Salznuss – theronische Frucht.
Sandoval – ein Roamer-Clan.
Sarein – älteste Tochter von Vater Idriss und Mutter Alexa. Botschafterin Therocs auf der Erde und Basil Wenzeslas' Geliebte.
Sarhi, Padme – Großgouverneurin der Kolonie Yreka.
Schmetterlingsfest – das massenhafte Ausschlüpfen schmetterlingsartiger Insekten auf Theroc, von den Theronen als Fest gefeiert.
Schössling – ein junger Weltbaum, der oft in einem verzierten Topf transportiert wird.
Schwimmer – Angehörige eines ildiranischen Geschlechts, leben im Wasser.
Seelenfäden – Verbindungen des *Thism*, die von der Lichtquelle herabreichen. Der Weise Imperator und die Angehörigen des Linsen-Geschlechts können sie sehen.
Septa – kleine Kampfgruppe aus sieben Schiffen der ildiranischen Solaren Marine.
Septar – Kommandant einer Septa.
Shana Rei – legendäre »Geschöpfe der Dunkelheit« in der *Saga der Sieben Sonnen*.
Shizz – Kraftausdruck der Roamer.
Shonor – ildiranische Splitterkolonie.
Silbermützen – Elitetruppe der TVF.
Sirix – Klikiss-Roboter im archäologischen Lager auf Rheindic Co.
Sorengaard, Rand – Roamer und Raumpirat, von General Lanyan hingerichtet.
Spiegelseen – einige runde, tiefe Seen auf Theroc; in der Nähe befindet sich eine Baumsiedlung.
Spindelbaum – Pflanze auf Ildira, mit harten Dornen; Sai'f nutzt sie für Bonsai-Experimente.
Spiralarm – der vom Ildiranischen Reich und der Terranischen Hanse besiedelte Teil der Milchstraße.
Splitter-Kolonie – ildiranische Kolonie mit der fürs *Thism* notwendigen minimalen Bevölkerungsdichte.

Sprecher – politisches Oberhaupt der Roamer.
Spreiznüsse – theronische Frucht.
Stadtschiff – eine riesige Metropole der Hydroger.
Stadtsphäre – ein gewaltiger Wohnkomplex der Hydroger.
Stannis, Malcolm – früherer Vorsitzender der Terranischen Hanse, zur Regierungszeit von König Ben und König George. Leitete die Hanse während des ersten Kontakts mit dem Ildiranischen Reich.
Sternenspiel – ein bei den Roamern beliebtes Spiel, bei dem das Navigationsgeschick auf die Probe gestellt wird.
Stoner, Benn – männlicher Gefangener auf Dobro.
Stroganow – eines der elf Generationenschiffe der Erde, brach als Neuntes auf.
Stromo, Admiral Lev – Admiral der Terranischen Verteidigungsflotte.
Sweeney, Dahlia – DDs erste Eigentümerin.
Sweeney, Marianna – Dahlias Tochter, DDs zweite Eigentümerin.
Swendsen, Lars Rurik – technischer Spezialist, Berater von König Peter.

Tal – militärischer Rang in der Ildiranischen Solaren Marine, Kommandant einer Kohorte.
Talbun – alter grüner Priester auf Corvus Landing, Benetos Vorgänger.
Tamblyn, Andrew – einer von Jess' Onkeln, Brams Bruder.
Tamblyn, Bram – Roamer, Oberhaupt des Tamblyn-Clans, Vater von Ross, Jess und Tasia.
Tamblyn, Caleb – einer von Jess' Onkeln, Brams Bruder.
Tamblyn, Jess – Roamer, zweiter Sohn von Bram Tamblyn, liebt Cesca Peroni.
Tamblyn, Karla – Jess' Mutter erfror bei einem Unglück auf Plumas.
Tamblyn, Ross – Roamer, ältester Sohn von Bram Tamblyn, mit seinem Vater zerstritten und Chief der Blauen Himmelsmine.
Tamblyn, Tasia – Roamer, junge Tochter von Bram Tamblyn, dient derzeit in der TVF.
Tamblyn, Torin – einer von Jess' Onkeln, Brams Bruder.
Tamblyn, Wynn – einer von Jess' Onkeln, Brams Bruder.
Telkontakt – unmittelbare telepathische Kommunikation der grünen Priester.
Terranische Hanse – auf Handel basierender Zusammenschluss der Erde und ihrer Kolonialwelten.
Terranische Verteidigungsflotte – die terranische Raumstreitmacht, Hauptquartier auf dem Mars, mit Stützpunkten auf anderen Welten der Hanse.
Theroc – Dschungelplanet, Heimat des Weltwaldes.
Therone, Theronin – Bewohner von Theroc.

Thism – schwache telepathische Verbindung zwischen dem Weisen Imperator und allen Ildiranern.
Thor'h – Jora'hs ältester Sohn des Adel-Geschlechts, dazu bestimmt, der nächste Erstdesignierte zu werden.
Thronsaal – der Empfangssaal des Königs im Flüsterpalast.
Thunderhead – mobile Waffenplattformen der Terranischen Verteidigungsflotte.
Tivvis – umgangssprachlicher Ausdruck für die Soldaten der TVF.
Transportal – Transportsystem der Klikiss; erlaubt es, andere Welten ohne Zeitverlust zu erreichen.
Transtor – von den Hydrogern verwendetes Transportsystem, das es ihnen gestattet, andere Gasriesen ohne die Verwendung von Raumschiffen zu erreichen.
Tre'c – legendäre verliebte Geschuppte aus den ildiranischen Mythen.
Truppentransporter – ein großes Transportschiff der Ildiranischen Solaren Marine.
TVF – Terranische Verteidigungsflotte.
Tylar, Crim – Roamer, früher Betreiber einer Himmelsmine der Roamer über Ptoro.
Tylar, Nikko Chan – junger Roamer-Pilot.

Udru'h – Dobro-Designierter, zweitgeborener adliger Sohn des Weisen Imperators.
Unersättliche Neugier – Rlinda Ketts Handelsschiff.
Unisono – von der Regierung der Hanse unterstützte Standard-Religion für offizielle Aktivitäten auf der Erde.
UR – Roamer-Kompi in Rendezvous, Gouvernanten-Modell.

Vao'sh – ildiranischer Erinnerer.
Verdani – die pflanzliche Intelligenz, die sich im theronischen Weltwald manifestiert.
Verlorene Zeit – eine vergessene historische Periode; von den entsprechenden Ereignissen berichtet angeblich ein fehlender Teil der *Saga der Sieben Sonnen*.
Vichy – eines der elf Generationenschiffe der Erde, brach als Achtes auf.

Wackelfrucht – theronische Frucht.
Weiser Imperator – das gottartige Oberhaupt des Ildiranischen Reiches.
Weltbaum – ein einzelner Baum des Weltwaldes auf Theroc.
Weltwald – der halbintelligente Wald auf Theroc.
Welyr – Gasriese, in dessen Atmosphäre eine Himmelsmine der Roamer zerstört wurde.

Wen, Thara – frühe Siedlerin auf Theroc, vom Generationenschiff *Caillié*. Der erste Mensch, der sich mit dem Weltwald verband.
Wentals – intelligente Wasser-Entität.
Wenzeslas, Basil – Vorsitzender der Terranischen Hanse.
Willis, Admiral Sheila – Kommandeur der Gitter-7-Kampfgruppe der TVF, ordnete die Belagerung von Yreka an.
Wurmkokon – großes Nest der theronischen Haufenwürmer, bietet genug Platz, um von Menschen als Unterkunft verwendet zu werden.
Wyver – großes fliegendes Raubtier auf Theroc.

Yarrod – grüner Priester, jüngerer Bruder von Mutter Alexa.
Yreka – abgelegene terranische Kolonialwelt.
Yura'h – früherer Weiser Imperator, herrschte zur Zeit der ersten Begegnung mit den Menschen.

Zan'nh – ildiranischer Offizier, ältester Sohn des Erstdesignierten Jora'h.
Zizu, Anwar – TVF-Sergeant, Sicherheitschef an Bord von Tasia Tamblyns Manta.

Vernor Vinge
Eine Tiefe am Himmel

Tausende von Jahren in der Zukunft: Das bedeutendste Ereignis in der Geschichte der menschlichen Zivilisation steht kurz bevor ...

Ausgezeichnet als bester Roman des Jahres – das einzigartige Meisterwerk eines der größten Science-Fiction-Autoren unserer Zeit!

»*Ein grandioses Buch. Mit diesem Roman schuf Vernor Vinge, was der Wüstenplanet für seine Zeit war: Das große galaktische Epos des beginnenden 21. Jahrhunderts.*«

Analog

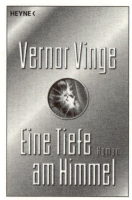

06/8314

HEYNE